Zu diesem Buch

Männer haben sich von jeher zu ihren erotischen und sexuellen Phantasien bekennen können, und nicht nur das: Die Vergnügungsindustrie beeilte sich, diesen Träumen durch die Einrichtung einschlägiger Etablissements zu einer Pseudorealität zu verhelfen, männliche sexuelle Phantasien lieferten Romanen und Erzählungen reichlich Stoff und viele Witzzeichnungen leben von der Diskrepanz zwischen der verführerischen Frau in der Gedankenblase des Mannes und der muffigen Ehefrau neben ihm.

Anders bei den Frauen. Phantasien schienen sie keine zu haben, schon gar keine sexuellen. Ihre Bedürfnisse hatten voll befriedigt zu sein, wenn sie einen «guten» Mann gefunden hatten – und sollte sich doch eine Frau einer eindeutigen Phantasie bewußt werden, so drängte sie, verwirrt und beschämt, sie ganz schnell wieder in das Unbewußte ab. Wie sehr dieses Schuldgefühl Frauen belastet hat, erfuhr Nancy Friday bereits nach dem Start ihrer Umfrage, besonders aber in den Reaktionen der Frauen auf ihr Buch. Festzustellen, daß die eigenen Phantasien kein Zeichen von Abartigkeit, Untreue oder Schamlosigkeit sind, sondern von vielen Frauen geteilt und untrennbar von der eigenen ganzen Person bejaht und auch genossen werden dürfen, war für sehr viele Frauen befreiend und entlastend.

Nancy Fridays Sammlung ist beeindruckend in ihrer Vielfalt der brutalen, amüsanten, zärtlichen, grausamen und lüsternen Frauenphantasien in einer bisher nicht gekannten Offenheit und Hemmungslosigkeit.
Nancy Friday hält sich mit Analysen dieser Phantasien bewußt zurück und beschränkt sich auf eine vernünftige Gliederung der Stoffülle nach Macht/Art/Grund und Ursprüngen der Phantasien; knappe sachliche Kommentare leiten die Kapitel ein und machen Zusammenhänge und Gemeinsamkeiten deutlich.

Nancy Friday

Die sexuellen Phantasien der Frauen

Aus dem Englischen
von Antonia Rühl

rororo
Rowohlt

Titel der Originalausgabe:
«My Secret Garden – Women's Sexual Fantasies»
Umschlagentwurf
DIE GRAFIKFRAUEN, München

Veröffentlicht im Rowohlt Taschenbuch Verlag GmbH,
Reinbek bei Hamburg, November 1980

Satz Times (Linotron 404)
Gesamtherstellung Clausen & Bosse, Leck
Printed in Germany
780-ISBN 3 499 17376 X

Inhalt

Vorwort

Zum erstenmal in der Geschichte versuchen Frauen herauszufinden, was sie mit anderen Frauen gemeinsam haben. Sie tun dies, weil sie zu einem besseren Verständnis ihrer selbst kommen wollen, statt weiterhin das «schweigende Geschlecht» zu bleiben, und auch deshalb, um sinnvolle Bindungen und Beziehungen zu anderen Frauen zu finden. Ich halte es für interessant, daß man zwischen amerikanischen und europäischen Frauen in dieser Hinsicht keinen Unterschied feststellen kann. Bei der Suche nach der Erkenntnis, was es bedeutet, Frau zu sein, helfen uns Ehrlichkeit über unsere Empfindungen und Wünsche mehr als jegliche Nationalität oder Klassenzugehörigkeit.

Nach der Veröffentlichung meines Buches in Amerika haben mir Tausende von Frauen geschrieben und genau das ausgedrückt, was ich auf meinen Forschungsreisen in Europa zu hören bekam: «Ich hatte keine Ahnung, daß andere Frauen solche Gedanken äußern. Ich hielt mich schon für ein Monstrum und für pervers, weil ich solche ‹falschen› sexuellen Vorstellungen habe. Jetzt kann ich mich endlich akzeptieren. Gott sei Dank! Ich bin nicht allein.»

N. F.

Einleitung

Nein, dachte ich erst, als der Verleger mich anrief. Nicht schon wieder ein pseudowissenschaftliches, vordergründig soziologisches, psychologisierendes «bedeutendes» Werk, das eigentlich ein unanständiges Buch ist. Doch dann las ich Nancy Fridays Buch. Ich will kein Blatt vor den Mund nehmen. «Die sexuellen Phantasien der Frauen» sind sehr sexy, und wer so etwas für schlecht und verwerflich hält, dem bleibt nur die Möglichkeit, mit der Lektüre aufzuhören.

Sobald die Erotik des Buches meinen Verstand nicht mehr vernebelte, begann ich über andere Aspekte nachzudenken. Außer Nancy Friday hat meines Wissens niemand je versucht, die unerschöpflichen, unendlich erfinderischen weiblichen Phantasievorstellungen, die unbekannt und unterschwellig wohl schon seit Adam und Eva existieren, wohlwollend und freimütig zu sammeln und niederzuschreiben. Das macht es zu einem faszinierenden, befreienden, schwesterlichen, ja sogar «bedeutenden» Buch, das durchaus einen Platz neben den besten sexualwissenschaftlichen Werken verdient.

Haben alle Frauen sexuelle Phantasien? Meiner Meinung nach ja, wie vage und flüchtig sie auch sein mögen. Als Teenager stellte ich mir schwärmerisch das Gesicht eines Freundes oder Schauspielers vor. Später wurden meine Phantasien immer komplexer; sie glichen einer Art von innerem Ritual, das so sehr Teil von mir war und das ich so sehr akzeptierte, daß es mir nie in den Sinn kam, irgendein Schuldgefühl zu entwickeln. Als ich das Buch zu lesen begann, reagierte ich wie so viele der Frauen, die Nancy Friday ihre Phantasien anvertraut hatten:

«Wer hätte das gedacht? So was habe ich mir doch auch schon mal vorgestellt. *Das* ist also eine sexuelle Phantasie ...»

Zweifellos wird das Buch eine Fundgrube für Psychiater – Profis wie auch Amateure – werden. Es wird aber auch eine Fundgrube für alle, die sich für Frauen und deren Gefühle interessieren. Diese Gefühle wurden durch Angst, Prüderie und das männliche Vorurteil, daß Frauen – zumindest solche, die Wert darauf legen, Damen zu sein – höchstens flüchtiges Interesse am Sex haben, sich gottergeben zurücklegen und an etwas anderes denken, viel zu lange nach innen verdrängt.

Ich glaube tatsächlich, daß die besondere Vielfalt der Phantasien das Ergebnis generationenlanger psychischer Verdrängung ist. Die sexuellen Vorstellungen von Männern können völlig frei artikuliert werden. Sie sind das Thema von tausend Karikaturen, hundertausend Büchern und Zeitschriften und Millionen von Zeichnungen und Witzen.

Viele Männer leben große Teile ihrer Phantasien im wirklichen Leben aus, sei es nun bei Vergewaltigungen, Schlägereien, im Krieg, durch politische Macht, Uniformen, bei Autorennen, in Striptease-Clubs oder Puffs. (Wohin könnte sich eine Frau wenden und erwarten, daß Männer sich als Priester, Pferde, Lehrer, Scheichs, Gangster, Folterknechte verkleiden?) Andere Männer schaffen es im Privatbereich ihres eigenen Zuhauses dank der mehr oder weniger bereitwilligen Mitwirkung ihrer Frauen und Geliebten, von denen sie verlangen, sich in Leder, Gummi, Federn, Pelz zu werfen, die Herrscherin oder Sklavin zu spielen, sich dem Untermieter hinzugeben, sich ans Bett anketten zu lassen oder ihre Unterwäsche für eine Transvestitennummer zur Verfügung zu stellen.

Da nur wenige Frauen je gefordert haben, ihre Phantasien im wirklichen Leben austoben zu können, haben die Männer weiterhin selbstgefällig angenommen, daß der sexuelle Akt, das Eindringen eines Penis, für Frauen «mit der richtigen Einstellung» das Höchste an Lust bedeute. Einem Mann fällt es sicher nicht leicht, sich mit dem Gedanken zu konfrontieren, daß seine Frau daliegt und ihn anlächelt, sich dabei aber vorstellt, daß sie von seinem besten Freund, dem Nachbarn oder Paul Newman umarmt wird. Frauen haben sich in erstaunlichem Maß mit der Vorstellung abgefunden, daß sie ohne schmückendes Beiwerk, ohne Zugaben nicht genügen. Daher akzeptieren sie es, daß Männer Pin-up-Girls, Playboy-Häschen und anzügliche Ansichtskarten brauchen (die in der Aktenmappe versteckt werden), um mit einer normalen Frau schlafen zu können. Männer akzeptieren bei Frauen nichts dergleichen. Nancy Friday berichtet über die schmerzliche Erfahrung, als sie ihrem Liebhaber sexuelle Phantasien anvertraute. Man kann das als Warnung für jede Frau verstehen. Viele Männer fühlen sich durch die Phantasien einer Frau bedroht, wodurch leider meist bewirkt wird, daß der Sex «flöten» geht.

Fairerweise müssen wir zugeben, daß diese Reaktion verständlich genug ist. Phantasien sind geheimnisvolle und empfindliche Bettgenossen, pikant und erregend, wenn sie im Kopf herumspuken, neigen jedoch dazu, ein Eigenleben anzunehmen, wenn sie in unbeholfene Worte gekleidet werden. Etwas unendlich Subtiles, einzigartig Ätherisches ist entschwunden und hinterläßt nichts als einen beunruhigten, verstörten Mann. Wer ist seine wirkliche Frau? Ist es die, die ihn streichelt und liebt, oder Lilith, die mit dem Minotaurus Kapriolen macht?

Tja, welche ist die wirkliche Frau? Was berichten unsere Phantasien über uns selbst? Bin ich bereits Lesbierin, wenn ich mir sexuelle Spiele mit einer Frau vorstelle, während ich mit einem Mann schlafe? Oder umgekehrt – bin ich dann wirklich heterosexuell? Bin ich schon bisexuell, wenn ich ein bißchen von beidem genieße? Will ich, daß sich meine Träume verwirklichen, wenn ich in ihnen versklavt und gedemütigt werde? Eins steht fest: Die Phantasie wird von dem Phantasierenden sorgsam manipuliert, sorgfältig zensiert und unter wachsamer Kontrolle «desodoriert». Ein Phantasie-Frauenschänder kann jung, gutaussehend, gewalttätig im Ansatz, nicht aber in der Tat sein. Der wirkliche Frauenschänder ist möglicherweise häßlich, alt, verschwitzt, hat üblen Mundgeruch, schlechte Zähne und ist auf einen körperlich äußerst schmerzvollen Akt aus. Wenn wir klug sind, behalten wir die Schändungs-Phantasien für uns.
Aber ... steckt nicht in jeder Phantasie wenigstens ein Körnchen Wirklichkeit? Ist das nicht der Grund, warum wir sie so geheimhalten und warum Männer sie so fürchten? In dieser Frage fühle ich mich weder kompetent noch willig, ein Urteil abzugeben. Außerdem glaube ich nicht, daß man Phantasien stark vereinfacht interpretieren sollte. Innere Sprache und Wunschbilder stellen einen verwickelten Code dar, der keineswegs leicht entschlüsselt werden kann und möglicherweise etwas ganz anderes bedeutet, als es vordergründig erscheinen mag.

Jill Tweedie

1. Kapitel

Die Macht der Phantasie

In meiner Phantasie wie beim wirklichen Vögeln bin ich an einem entscheidenden Punkt angelangt ... Wir schauen bei einem Footballspiel zu. Es ist bitterkalt. Vier oder fünf von uns haben sich unter einer großen Wolldecke zusammengedrängt. Plötzlich springen wir auf, um den Mittelstürmer besser zu sehen, der auf die Ziellinie zurennt. Während er übers Feld rast, drehen wir uns in die Decke eingehüllt wie ein Mann in seine Richtung und schreien laut vor Aufregung. Irgendwie ist einer der zuschauenden Männer – ich weiß nicht, welcher es ist, und will auch nicht nachsehen, weil ich viel zu gespannt bin – ganz dicht hinter mich gerückt. Ich schreie weiter; meine Stimme ist wie ein Echo von ihm, dessen Atem ich heiß auf der Haut spüre. Ich kann seinen steifen Penis durch seine Hose hindurch fühlen, als er mir durch eine Berührung zu verstehen gibt, ich solle meine Hüften weiter zu ihm herum drehen. Das Spiel ist so, daß wir alle immer noch zur Seite gewandt bleiben, um zuzuschauen. Die Menge gerät völlig außer sich. Jetzt hat er seinen Schwanz herausgeholt, und plötzlich ist er zwischen meinen Beinen. Er hat ein Loch in meinen Slip unter dem kurzen Rock gerissen, und ich schreie noch lauter, weil die Spieler jetzt nah beim Tor sind. Wir springen alle ständig vor Begeisterung hoch, und ich muß ein Bein auf die nächsthöhere Sitzreihe stellen, um das Gleichgewicht nicht zu verlieren. Nun kann der Mann hinter mir leichter in mich eindringen. Wir hüpfen alle herum und klopfen uns gegenseitig auf den Rücken. Er legt mir den Arm um die Schultern, damit wir uns im gleichen Rhythmus bewegen. Jetzt ist er in mir drin, ist wie ein Rammbock in mich hineingestoßen. Mein Gott, mir kommt's vor, als wäre er schon in meiner Kehle! «Weiter so! Los, los ... !» schreien wir gemeinsam. Wir sind lauter als alle anderen und bringen sie dadurch dazu, noch verrückter zu brüllen. Wir zwei heizen die Begeisterung an wie die Anführer einer Clique, während ich in mir spüre, wie er – wer auch immer er sein mag – steifer und steifer wird und mit jedem Hochspringen immer tiefer reinstößt, bis das Hurrageschrei für die Spieler den Rhythmus unseres Fickens annimmt, und alle um uns herum sind auf unserer Seite, jubeln uns und dem Tor zu ... Es ist jetzt schwer, beides voneinander zu trennen. Es ist der letzte Angriff des Mittelstürmers, alles hängt von ihm ab. Wir beide rasen wie die Wahnsinnigen, unserem eigenen Ziel schon nahe. Meine Erregung steigert sich, gerät fast außer Kontrolle, als ich dem Football-Spieler zujuble, der es wie wir machen soll, damit wir alle gemeinsam das Ziel erreichen. Und als der Mann hinter mir aufschreit und mich in lustvollen Zuckungen umkrampft, schießt der unten ein Tor ... und ich ...

«Erzähl mir, an was du gerade denkst», sagte der Mann, mit dem ich in Wirklichkeit gerade schlief. Seine Worte wirkten so erregt wie das Geschehen in meiner Phantasie. Da ich nie lange überlegte, bevor ich im Bett etwas mit ihm tat (so sicher waren wir uns unserer Spontaneität und Reaktion), machte ich mir auch diesmal nicht die Mühe, meine Gedanken zu zensieren. Ich erzählte ihm, was ich mir da ausgemalt hatte.

Er stieg aus dem Bett, zog sich an und ging.

Ich lag auf den zerwühlten Kissen, urplötzlich zurückgestoßen und völlig im unklaren darüber, wieso. Ich hatte zugeschaut, wie er sich anzog, und ihm zu erklären versucht, daß alles nur Phantasie war. In Wirklichkeit wollte ich diesen anderen Mann vom Footballplatz doch gar nicht. Er war gesichtslos, ein Niemand! Außerdem hätte ich solche Gedanken nie gehabt und schon gar nicht laut ausgesprochen, wenn ich nicht so erregt gewesen wäre. Und das lag nur an ihm, meinem wirklichen Liebhaber, der mich so sehr erregt hatte, daß ich meinen ganzen Körper, alles von mir, selbst meine Gedanken preisgegeben hatte. Konnte er es denn nicht begreifen? Weil er mich so wild und wunderbar fickte, waren diese Gedanken in mir ausgelöst worden, die mich wiederum noch sinnlicher machten. Im Grunde – ich versuchte zu lächeln – müßte er stolz sein und glücklich für uns beide ...

Ich hatte meinen Liebhaber immer bewundert, weil er zu den wenigen Männern gehörte, denen klar war, daß Humor und Spaß auch im Bett am Platze sind. Doch meine Football-Phantasie hielt er nicht für lustig. Wie gesagt, er ging einfach weg.

Seine Empörung und die Scham, die er mich empfinden ließ – das Verfassen dieses Buches ließ mich erkennen, daß ich mich noch immer darüber ärgere –, bedeutete den Anfang vom Ende für uns beide. Bis zu diesem Augenblick hatte er von mir immer verlangt: «Mehr!» Er hatte mich davon überzeugt, daß es keine sexuelle Grenze für mich gab, deren Überschreitung ihn nicht noch mehr erregen würde. Sein Ansporn glich dem Peitschenschlag, den ein Kind ab und zu einem Kreisel gibt, auf daß er sich immer schneller drehe. Ebenso trieb er mich immer weiter, Dinge zu tun, nach denen es mich schon immer verlangt hatte. Früher war ich jedoch viel zu scheu gewesen, um im Beisein eines anderen auch nur daran zu denken. Scheuheit war sonst nicht unbedingt meine Sache, aber auf sexuellem Gebiet war ich immer noch die Tochter meiner Mutter. Er hatte mich eindeutig von dieser unangebrachten sittsamen Befangenheit befreit, mit der ich mich zwar intellektuell nie identifizierte, der ich jedoch körperlich auch nicht entfliehen konnte. Er hatte mich durch seinen Stolz auf meine Bemühungen auch stolz auf mich selbst gemacht. Ich liebte uns beide.

Wenn ich jetzt an meinen «Alles ist erlaubt»-Liebhaber zurückdenke, erkenne ich, daß ich nur zu bereitwillig *seine* indirekt eingestandenen Pygmalion–D. H. Lawrence-Phantasien in Szene gesetzt hatte. Und meine? Von denen wollte er nichts wissen. Ich durfte nicht als Co-Autor seines faszinierenden Drehbuchs «Wie Nancy sein soll» mitwirken, obwohl es schließlich um *mein* Leben ging. Ich sollte nicht handeln, sondern alles mit mir geschehen lassen.

Wo bist du nun, mein verflossener Freund? Wenn du schon durch mein Phantasiegebilde des «anderen Mannes» geschockt wurdest, was hättest du dann wohl von meinem Wachtraum mit dem Dalmatiner meines Großonkels Henry gehalten? Oder nehmen wir das einzige Mitglied meiner Familie, das dir gefallen hat, nämlich Großonkel Henry selbst. Erinnerst du dich noch an sein Porträt, das über dem Klavier meiner Mutter hängt? Damals trugen die Männer noch kitzlige Schnurrbärte, die Frauen lange Röcke. Wenn du wüßtest, was der Großonkel unter dem Tisch mit mir anstellte! Allerdings war nicht ich es, ich war wie ein Junge gekleidet.

Oder war ich's doch? Ganz egal! In der Phantasie spielt es keine Rolle. Phantasien zeichnen sich durch Flexibilität und durch die Fähigkeit aus, jederzeit irgendeinen neuen Charakter, ein Bild oder eine Idee zu verkörpern. Oder sie enthalten wie die Träume, mit denen sie eng verwandt sind, simultan widersprüchliche Ideen. Sie erweitern, erhöhen, verzerren oder übertreiben die Realität und führen uns weiter und schneller in die Richtung, wo das schamlose Unbewußte hin will (was es auch schon weiß). Phantasien beschenken das erstaunte Selbst mit etwas Unglaublichem: mit der Möglichkeit, das Unmögliche zu erleben.

Ich hatte andere Liebhaber und andere Phantasien, doch ich machte die beiden nie mehr miteinander bekannt. Das änderte sich erst, als ich meinen Ehemann kennenlernte. Der «richtige Mann» verfügt über die Fähigkeit, das Beste in einer Frau zu fördern, alles an ihr zu begehren, sie in ihrem Wesen zu erfassen und nicht nur alles zu akzeptieren, was er vorfindet, sondern sich geradezu mit nichts weniger zufriedenzugeben. Bill holte meine Phantasien wieder aus jenen Tiefen empor, in die ich sie als vernünftig denkender Mensch verbannt hatte. Dort führten sie zwar ein so intensives Eigenleben wie immer, waren aber nichts, über das je wieder offen geredet werden durfte. Ich werde nie Bills Reaktion ver-

gessen, als ich ihm dann doch schüchtern, ängstlich und etwas beschämt erzählte, was ich gerade phantasiert hatte.
«Was für eine Vorstellungskraft!» sagte er. «So etwas hätte ich mir nicht mal im Traum ausmalen können!»
Sein Blick, der amüsierte Bewunderung ausdrückte, wirkte auf mich unendlich erleichternd. Ich erkannte, wie sehr er mich liebte. Da er mich liebte, liebte er auch alles, was mir ein reicheres Leben verschaffte. Meine Phantasien bedeuteten für ihn den Zugang zu einem neuen Garten der Lust, der ihm bisher unbekannt geblieben war und in den ich ihn einladen würde.
Die Ehe befreite mich von vielen Dingen und führte mich neuen entgegen. Wenn meine Phantasien auf Bill so aufschlußreich und imaginativ wirkten, konnte ich sie ja vielleicht in den Roman einbauen, den ich gerade schrieb, überlegte ich mir. Er handelte natürlich von einer Frau ... Sicher gab es Frauen und auch Männer außer Bill, die von einem neuen Weg zum Verständnis weiblicher Phantasievorstellungen fasziniert wären! Also widmete ich ein ganzes Romankapitel einer idyllischen Träumerei über die sexuellen Phantasien der Heldin. Mir gefiel diese Passage am besten vom ganzen Buch. Sie war annähernd von der Art, die die von mir am meisten bewunderten Romane auszeichnete. Doch mein Verleger war schockiert. So etwas hätte er noch nie gelesen, erklärte er mir. (Ich halte gerade dies für den Grund schlechthin, einen Roman zu schreiben!) «Diese Phantasien lassen die Heldin wie eine Art von sexueller Mißgeburt wirken», behauptete er. «Wenn sie so verrückt nach diesem Kerl ist und wenn er sie wirklich so phantastisch bumst, warum denkt sie sich dann all diese anderen verrückten Sachen aus ... statt an ihn zu denken?»
Darauf hätte ich folgende Gegenfrage stellen können: «Warum haben auch Männer sexuelle Phantasien? Warum suchen Männer Prostituierte auf, um gewisse Praktiken durchzuführen, wenn sie doch willige Frauen zu Hause haben? Warum kaufen Männer ihren Frauen schwarze Spitzenstrapse und BHs, die die Brustwarzen frei lassen? Warum tun sie so etwas, wenn es dabei nicht um die Erfüllung eigener Phantasien geht? In Italien schreien Männer bei der Ejakulation «Madonna mia!». Aus einschlägigen Büchern erfahren wir, daß es für einen phantasievollen Mann nicht ungewöhnlich ist, eine Frau für das Privileg zu bezahlen, Sahnetorte (nach Großmutterart) aufzuschlürfen, die sie sich netterweise in die Vagina gestopft hat. Warum ist es durchaus respektabel (und immer wieder gut verkäuflich), wenn in Karikaturen der Durchschnittsbürger auf der Straße einer üppigen Blondine nachschaut, während er sie in einer «Sprechblase» über seinem Kopf auf höchst exotische Weise vögelt?

Mein Gott! Weit davon entfernt, als verwerflich zu gelten, werden derartige Phantasien von Männern als amüsant, als familiärer Spaß angesehen, über den Vater und Sohn gemeinsam lachen können.
Männer tauschen sexuelle Phantasien beim Bier aus, wo sie dann die Bezeichnung «schmutzige Witze» tragen. Sollte mal gelegentlich ein Mann sie nicht komisch finden, wird er gleich als merkwürdiger Kauz abgestempelt. Blue Movies erheitern die Teilnehmer eines Junggesellendinners oder einer Konferenz bis zu Lachkrämpfen. Und wenn Henry Miller, D. H. Lawrence und Norman Mailer – ganz zu schweigen von Jean Genet – ihre Phantasien auf dem Papier ausbreiten, dann werden sie als das angesehen, was sie sein können – als Kunst. Die sexuellen Phantasien von solchen Männern werden zu Romanen. Nun hätte ich meinen Verleger fragen können, warum die sexuellen Phantasien von Frauen nicht den gleichen Namen verdienen.
Aber ich sagte nichts. Die Anspielungen meines Verlegers trafen mich, ebenso wie die Zurückweisung durch meinen früheren Liebhaber, an jener besonders empfindlichen Stelle, wo Frauen, die so wenig über das wahre sexuelle Wesen ihrer Geschlechtsgenossinnen wissen, am verletzlichsten sind. Was bedeutet es, eine Frau zu sein? War ich etwa nicht feminin? Schön und gut, wenn man an der eigenen Weiblichkeit so wenig zweifelt, daß man sich diese Frage selbst nie gestellt hat. Doch es irritiert, zu wissen, daß diese Frage nun im Kopf eines anderen herumgeistert und dort im Vergleich mit einer undefinierbaren, unbekannten, unvorstellbaren Konkurrenz beurteilt wird. Was bedeutet es nun wirklich, eine Frau zu sein?
Unwillig, mit diesem «Männer-Mann» zu argumentieren, der wohl den Finger auf dem sexuellen Puls der Welt zu haben glaubte (schließlich waren von ihm ja James Jones und Mailer verlegt worden, mit denen er vermutlich sexuelle Einsichten teilte, die nicht veröffentlicht werden konnten), stand ich auf, nahm meinen Roman und meine Phantasien und ging nach Hause, wo man uns schätzte. Ich legte das Manuskript ins Bücherregal. Die Welt war für weibliche Sexualphantasien noch nicht reif.
Ich hatte recht damit. Damals hatte mein Buch keine Chance, obwohl ich von einem Zeitpunkt spreche, der erst vier und nicht etwa vierhundert Jahre zurückliegt. Allseits wurde behauptet, man wolle mehr über die Frauen erfahren. Was ging in ihren Köpfen vor? Doch im Grunde wollten die Männer kein neues, möglicherweise bedrohliches Potential der Frauen kennenlernen. Konsequenterweise müßte dann nämlich eine sofortige sexuelle Umorientierung, ein Überdenken der männlichen (überlegenen) Position erfolgen. Übrigens waren die Frauen auch noch

nicht bereit, dieses Potential (ein gemeinsames, aber unausgesprochenes Wissen) miteinander zu teilen.
Was wir Frauen brauchten und worauf wir warteten, war eine Art von Maßstab, an dem wir uns messen können, ein sexuelles «Faustregel-Gegenstück» zu dem, womit Männer einander immer versorgt hatten. Doch wir Frauen waren das schweigende Geschlecht. In unserem Wunsch, den Männern zu gefallen, legten wir einander jene sexuellen Beschränkungen und Heimlichkeiten auf, die die Männer für ihr eigenes Glück und ihre Freiheit für notwendig hielten. Wir hatten uns gegenseitig eingekerkert, unser eigenes Geschlecht und uns selbst betrogen. Männer haben immer zusammengehalten, um sich gegenseitig brüderliche Unterstützung und Ermutigung zu bieten, wodurch sie sich selbst die bestmöglichen Zugänge zu vielfältigen sexuellen Abenteuern geöffnet hatten. Nicht so die Frauen ...
Wenn Männer über Sex sprachen, schrieben und spekulierten, sich vertrauliche Mitteilungen machten und einander um Rat und Ansporn baten, ist es gesellschaftlich immer akzeptiert worden. Mehr noch: wenn im Umkleideraum mit sexuellen Erlebnissen geprahlt wird, so halten die meisten das für sehr männlich ... er ist schon ein rechter Teufelskerl. Dieselbe Zivilisation, die Männern diese Freiheit gab, verbarrikadierte sie für uns Frauen, ließ uns auf sexuellem Gebiet mißtrauisch gegeneinander sein und zwang uns zu folgenden Verhaltensmustern: Täuschung, Scham und vor allem – Schweigen.
Ich hätte mich vermutlich nie entschlossen, dieses Buch über die erotischen Phantasien von Frauen zu schreiben, wenn nicht zuvor die Stimmen anderer Frauen das Schweigen gebrochen hätten. Dadurch gaben sie mir nicht nur jenen sexuellen Maßstab, den ich schon erwähnte, sondern auch die Erkenntnis, daß andere Frauen vielleicht ebenso gespannt auf meine Ideen waren wie ich auf die ihren. Plötzlich hieß es nicht nur, man wolle mehr über Frauen erfahren, sondern die Frauen sprachen, ohne auf eine Aufforderung zu warten. Tausende von Frauen tauschten Erfahrungen, Wünsche aus und unterstützten sich gegenseitig, indem sie sich jenen befreienden Kräften mit ihrer Stimme, ihrem Namen, ihrer Person anschlossen, die den Frauen etwas Sensationelles verhießen, etwas, das «mehr» war.
Befreiung lag in der Luft. Mit der zunehmenden körperlichen Freiheit der Frauen wurden auch ihre Gedanken frei. Die Idee, daß Frauen sexuelle Phantasien haben, das Rätsel, welcher Art sie sind, die Aussicht, daß die uralte Frage der Männer an Frauen «Woran denkst du gerade?» nun endlich beantwortet werden würde, faszinierte plötzlich die Verleger. Es war nun nicht mehr die Sache *eines* geschäftstüchtigen Verlegers,

der meinte, es könnte ein Verkaufsknüller werden, wenn er eine Serie von Sexstories, geschrieben von sexy Ladies, veröffentlichte, da dies den ewig-selben Fickszenen, die ja sonst immer von Männern verfaßt worden waren, einen neuartigen Reiz geben könnte. Den Verlegern war die Angelegenheit entglitten. Frauen schrieben zwar über Sex, aber es geschah von ihrem Standpunkt aus (Frauen wurden nicht mehr als bloße männliche Sexobjekte gesehen), und das Schlafzimmer war ganz und gar nicht mehr das alte. Es wurde plötzlich auch offenkundig, daß die Befreiung der Frauen gleichzeitig die Männer von all den Klischees befreite, nach denen Frauen als Last, Zimperliesen oder als notwendiges Übel eingeschätzt wurden und selbst im besten Fall noch weniger wert seien als ein Mann. Man stelle sich vor! Es könnte mehr Spaß machen, sich mit einer Frau zu unterhalten, statt sich mit den Jungs die Nacht um die Ohren zu schlagen!
Da all dies in der Luft lag, war es kein Wunder, daß meine Idee auf den ersten Blick alle faszinierte. «Ich denke daran, ein Buch über weibliche Sex-Phantasien zu schreiben», eröffnete ich einigen meiner intelligenten und aufgeschlossenen Freunde. Mehr brauchte es nicht, und schon brach die Unterhaltung abrupt ab. Männer und Frauen wandten sich mir mit erwartungsvollem Lächeln zu. Sie waren bereit, die Idee zu diskutieren, allerdings nur reichlich allgemein, wie ich bald entdecken mußte.
«Oh, du meinst wohl so was wie den alten Schändungs-Traum?»
«Denkst du etwa an King Kong oder etwas Ähnliches?»
Als ich dann jedoch über die Phantasien so detailliert zu sprechen begann, wie es für einen lebendigen und emotional nachvollziehbaren Bericht jeder Art nötig ist, war es am Tisch mit der Ruhe aus und vorbei. Die Männer wurden gehässig und nervös (Oh, mein verflossener Liebhaber! Überall gibt es dich!). Ihre Frauen, weit davon entfernt, irgendwelche eigenen Phantasien beizusteuern – diese Möglichkeit hatte sie vielleicht ganz zu Anfang gereizt –, verschlossen sich wie Austern. Wenn überhaupt etwas gesagt wurde, so kam es von den Männern.
«Warum sammelst du nicht die Phantasien von Männern?»
«Frauen brauchen keine Phantasien; sie haben ja uns!»
«Frauen haben keine sexuellen Phantasien.»
«Ich verstehe ja, daß irgendeine alte vertrocknete Jungfer, die kein Mann mehr will, solche Phantasien hat. Meinetwegen gesteh ich's auch noch einer frustrierten Neurotikerin zu. Aber die normale, sexuell befriedigte Frau hat so was doch nicht!»
«Wer hat denn solche Phantasien nötig? Was ist am guten altmodischen Sex auszusetzen?»
Nichts ist am guten altmodischen Sex auszusetzen. Auch am Spargel

nicht. Warum aber kann man nicht auch noch Sauce Hollandaise dazu nehmen? Ich versuchte zu erklären, daß es nicht ums «Brauchen» ging und daß eine Frau nicht weniger Frau ist, wenn sie aufs Phantasieren verzichtet (oder: Es muß nicht notgedrungen daran liegen, daß ihr bei dem Mann etwas fehlt, wenn sie's tut). Falls eine Frau aber phantasieren möchte oder schon dabei ist, sollte sie es ohne Scham akzeptieren und sich nicht für unnormal halten. Das gleiche gilt für den Mann. Die Phantasie sollte als eine Erweiterung der eigenen Sexualität angesehen werden. Meiner Meinung nach beunruhigte die Männer am meisten die Vorstellung eines unbekannten sexuellen Potentials in ihren Frauen und somit die Gefährdung durch einen unsichtbaren, allmächtigen Rivalen.

«Phantasien beim Sex? Meine Frau? Aber ... Angela malt sich so was bestimmt nicht aus ...» Und damit wandte sich ein Mann halb drohend, halb zweifelnd an Angela. «Oder tust du's doch, Angela?» Immer wieder war ich überrascht, wie viele intelligente und in anderer Hinsicht vorurteilslose Männer von der Möglichkeit schockiert wurden, daß ihre Frauen sexuelle Gedanken hatten – ganz egal, wie flüchtig auch immer –, die nicht um sie kreisten.

Natürlich teilte sich diese Angst ihren «Angelas» mit. Ich begriff bald, daß solch ein Thema nicht in gemischter Gesellschaft erörtert werden konnte. Zu Anfang nahm ich tatsächlich an, daß die Anwesenheit eines Ehemanns oder festen Freundes selbstsicher und mutig machen würde. Wenn ich jetzt zurückdenke, erkenne ich, daß die Annahme, auch ein Mann könnte daran interessiert sein, möglicherweise etwas Neues über das Sexualleben seiner Partnerin herauszufinden, sehr naiv war. Ich hoffte sogar, daß er sie ermutigen würde, weiterzureden, falls Scheu oder mangelndes Selbstvertrauen sie hemmten. Natürlich ist es in Wirklichkeit ganz und gar nicht so.

Doch selbst wenn die deutlich spürbare Angst, die das Thema in den Männern erweckte, ohne Einfluß blieb, da ich mich allein mit den Frauen unterhielt, war es schwierig, zu ihnen vorzudringen und schwierig, ihre Furcht zu bezwingen. Diese Furcht bestand nicht so sehr darin, mir ihre Phantasien anzuvertrauen, sondern sie sich selbst einzugestehen. Es ist diese nicht-so-bewußte Furcht vor Zurückweisung, die Frauen dazu bringt, ihre Phantasien tief in fast vergessene Schichten des Bewußtseins zu stoßen.

Ich unternahm nicht den Versuch, bei meinen Mitarbeiterinnen Psychiater zu spielen, denn es war nie meine Absicht gewesen, ihre Phantasien zu analysieren. Ich wollte lediglich meine Ansicht erhärten, daß Frauen phantasieren. Es sollte ihnen zugestanden werden, dieselben Wünsche und Bedürfnisse wie Männer zu haben, von denen viele nur in der Phantasie erfüllt werden können. Mein Glaube war und ist, daß eine Frau mit sexuellen Phantasien in ausreichendem Informationsmaterial einen Hintergrund findet, der ihr «Rückendeckung» gibt. Sie wird nicht länger von der schrecklichen Furcht gepeinigt, daß sie ganz allein solche unkontrollierten, häufig ungebetenen Gedanken und Vorstellungen hat.

Mit der Zeit entwickelte ich dann eine Methode, alle (mit Ausnahme der total gehemmten Frau) dazu zu bringen, ihre Phantasien in Worte kleiden zu können. Wenn z. B. – in vielen Fällen geschah dies – die erste Reaktion war: «Wer, ich? Niemals!», dann gab ich der Betreffenden ein oder zwei der Phantasien zu lesen, die mir von freimütigeren Frauen berichtet worden waren. Dadurch wurde die Furcht genommen ... «Ich dachte schon, ich hätte wilde Vorstellungen, aber sie sind ja nicht halb so ausschweifend wie bei diesem Mädchen.» Manchmal erwachte auch ein gewisses Konkurrenzgefühl, das unserem Geschlecht ja nie ganz fern ist. «Wenn sie die Phantasie, die Sie mir da gezeigt haben, für besonders sexy hält, dann soll sie mal sehen, was *ich* ihr zu bieten habe.»

Auf diese Weise hatte ich eine ganz umfangreiche, wenn auch amateurhafte Sammlung zusammengestellt, ohne mich dabei zu überanstrengen. Schließlich stammten bis jetzt alle Beiträge von Frauen, die ich kannte, oder von Freundinnen von Bekannten, die anriefen oder schrieben, weil sie erfahren hatten, was ich vorhatte, und mir dabei helfen wollten. Irgendwann wurde mir dann klar, daß ich in größerem Umfang forschen müßte, wenn meine Sammlung von Phantasien mehr sein sollte als nur ein Querschnitt meines eigenen weiteren Bekanntenkreises. Folglich ließ ich eine Annonce in Zeitungen und Zeitschriften setzen, die ein vielschichtigeres Publikum erreichte:

Weibliche Sexualphantasien
von seriöser Forscherin gesucht
Anonymität gewährleistet. Postfach XYZ

Sosehr ich von meinem Mann und auch vom herrschenden Zeitgeist ermutigt worden war, bedeuteten dennoch die Briefe, die nun kamen, den Wendepunkt in meiner eigenen Einstellung zu dieser Arbeit. Ich fühle mich nicht als Heilsarmee oder Rotkreuzschwester, aber einige der Briefe voller Hilferufe und Seufzer der Erleichterung bewegten mich doch sehr. Immer wieder begannen sie so: «Gott sei Dank, daß ich diese Gedanken mal jemandem erzählen kann. Bis zum heutigen Tag habe ich sie noch keinem Menschen anvertraut. Ich habe mich immer geschämt und gefürchtet, daß andere Menschen sie für unnatürlich halten und mich als Nymphomanin oder Perverse bezeichnen würden.»

Fairerweise muß ich zugeben, daß ich dieses Buch aus Neugier begann –

Neugier auf mich selbst und das merkwürdig explosive Erregung-Angst-Syndrom, das dieses Thema bei anderen bewirkte. Die männliche Selbstgefälligkeit meines Liebhabers, der mich zurückstieß, und jener angeblich allwissende Verleger hielten mich sozusagen bei der Stange. Doch die ganze Angelegenheit wurde für mich ernsthaft und wichtig, als ich erkannte, was das Buch bedeuten konnte, und zwar nicht nur für die manchmal einsamen, manchmal kontaktfreudigen, meist anonymen Frauen, die mir schrieben, sondern auch für die Abertausende, die vielleicht den Mut aufbrachten, das Buch zu lesen, auch wenn sie zu gehemmt, isoliert oder verschämt waren, mir zu schreiben.

Heutzutage gibt es eine ganze Anzahl von Frauen, die offen und ehrlich über Sex und darüber schreiben, was in Geist und Körper einer Frau während des Geschlechtsverkehrs vor sich geht. Es gibt so großartige Schriftstellerinnen wie Edna O'Brien und Doris Lessing. Doch selbst so freimütige Frauen wie diese scheinen einen letzten siebten Schleier zu brauchen, um das Bekenntnis zu ihrer eigenen Sexualität zu verhüllen. Was sie schreiben, gilt als Literatur. Ich halte es für interessant und sogar nützlich, wenn dieser Schleier als ein weiterer Schritt in der Befreiung von uns allen, Männern wie Frauen gleichermaßen, gehoben würde, denn kein Mann kann mit einer gehemmten Frau im Bett wirklich frei sein.

Es war eine gute Schulung, dieses Buch zusammenzustellen. Als ich erfuhr, wie andere Frauen in ihren Phantasien und in ihrem Leben sind – manchmal ist es schwer, beides voneinander zu trennen –, habe ich vor Verblüffung die Luft angehalten, habe ab und zu laut gelacht, bin errötet und mußte häufig seufzen. Ich empfand Empörung, Neid und sehr viel Mitgefühl. Ich halte meine eigenen Phantasien für lustiger als manche andere, für weniger poetisch und für erstaunlicher als viele. Natürlich sind meine besten Phantasien, die derzeitigen Favoriten, hier nicht enthalten. Ich habe nämlich eines über Phantasien gelernt: Es macht Spaß, sie mit anderen zu teilen, doch sobald sie ausgesprochen sind, geht ein Großteil ihrer magischen, unentrinnbaren Macht verloren. Es sind Kieselsteine, auf denen das Wasser getrocknet ist. Ist das verwunderlich? So sind wir alle ...

2. Kapitel

Der Grund der Phantasien

Frustration

Die meisten Leute glauben, sexuelle Phantasien füllten eine Leere aus, einen Hunger; daß sie an die Stelle des echten Ereignisses treten und daher nicht in Augenblicken sexueller Befriedigung entstehen, sondern wenn etwas fehlt. Frustration steht somit am Beginn des allgemeinen Verständnisses, warum Frauen sich etwas vorphantasieren. Deshalb fangen wir mit den Träumen von zwei frustrierten Frauen an.

Mady

Was für eine Erleichterung, einmal zugeben zu dürfen, daß man solche Träume hat, und sie jemand zu erzählen, der so viel Verständnis dafür hat wie Sie offensichtlich! Ich habe einen Traum, der regelmäßig wiederkommt, wahrscheinlich, weil sich mein Mann so wenig für mich interessiert. Er fickt mich nur alle fünf oder sechs Wochen, und es ist immer das gleiche: Wir liegen im Bett, das Licht ist aus, und er fängt an, mit seinem Schwanz zu spielen. Das dauert oft eine halbe Stunde oder sogar noch länger. (Früher hab ich das für ihn gemacht, aber jetzt fragt er nicht mehr danach.) Ich spüre, wie er richtig fest reibt und keucht, dann schiebt er mein Nachthemd hoch (immer noch unter der Bettdecke), sagt: «Mach die Beine breit!», und zwei Sekunden später kommt er in mir, wälzt sich von mir runter und schläft ein.
Die ganze Zeit, aber vor allem hinterher, wenn ich weiß, daß er schläft, spiele ich mit mir selbst und genieße meine Phantasien.
Ich stehe vor der Tür zu einem großen Haus. Die Tür geht auf, und ein großer, sehr schwarzer Mann mit einer üppigen schwarzen Frau hinter sich sind drinnen. Er packt mich und zieht mich rein, die Frau schiebt von hinten und hilft ihm so. Sie schieben mich in einen Raum, in dem ein riesiger Schäferhund – ein sehr männliches Tier, im vollen Sinn des Wortes – mit einem Jungen von ungefähr vierzehn zusammengebunden ist. Der Junge ist nackt, mir wird befohlen, mich ganz auszuziehen. «Laß sehen, was du hast», sagt der Schwarze und grinst mich gierig an. Ich protestiere, und er zeigt mir eine Peitsche, während seine Frau mich

Wie so häufig, wenn jemand mit einer Menge unerklärlicher oder bestürzender Erfahrungen konfrontiert wird, über die er, wie man ihm beigebracht hat, mit niemand sprechen soll, hat Mady nicht nur keine Erklärung für ihre Phantasien, sie ist nicht einmal in der Lage, die richtigen Fragen zu stellen. Die Hilflosigkeit, die aus ihrer letzten Bemerkung spricht, wo sie nach der Bedeutung ihrer Wachträume fragt, ist geradezu rührend.

Dodo

Wir haben zwei Jahre regelmäßig zusammen geschlafen, und ich hatte inzwischen drei kurze Affären, aber mein Mann und ich sind erst seit acht Wochen verheiratet. Ich dachte, ich sei auf alle ehelichen Enttäuschungen, wie jede jungverheiratete Frau sie erlebt, vorbereitet, doch auf eines war ich nicht gefaßt. Vorher war unser Liebesleben sehr anregend gewesen, immer ziemlich spontan und phantasievoll. Obwohl ich seit meiner Pubertät masturbiert hatte, entdeckte ich erst vor einem Jahr meine Klitoris und hatte meinen ersten Orgasmus. Seitdem war mein jetziger Mann sehr rücksichtsvoll und handelte entsprechend. Nie hatten wir Verkehr, ohne daß er mich streichelte, bis ich einen Orgasmus hatte, entweder vorher oder während dem Geschlechtsakt.

Doch seit wir verheiratet sind, ist unser Sexleben im Vergleich zu früher gleich Null. Zugegeben, die Routine des Alltags ist viel größer, oft ist er zu müde, aber selbst am Sonntagnachmittag (das war immer unser «Bleiben wir doch im Bett und vögeln wir»-Tag) gibt es jetzt höchstens ein lahmes Nickerchen. Da es noch nicht sehr lange so ist, bin ich noch nicht ärgerlich oder gar frustriert, ich werde schon damit fertig. Wenn ich hier auf eine etwas unzusammenhängende Weise gemeckert habe, so ist das nur meine Art, zum Thema zu kommen: zu meinen Phantasien.

Wenn mein Mann beschließt, zur Sache zu kommen, geht das meistens ruckzuck, rums, bums, fertig, und vielen Dank. Und das ist der Augenblick, wo meine Phantasie sich zu regen beginnt. Ich entdeckte, daß ganz egal, wie lange ich versuchte, zu einem Orgasmus zu kommen, er mir ganz einfach nicht genug Zeit dazu ließ. Allmählich fand ich heraus, daß es schneller funktionierte, wenn ich mir in Gedanken irgend etwas vorstellte, eine Situation, die mich so erregte, daß es mir ganz schnell kam. Außerdem stellte ich, nachdem ich verschiedene Phantasien ausprobiert hatte, fest, daß die Sache schneller und wirksamer klappte, wenn ich mir jedesmal nur eine bestimmte Szene ausmalte. Und je öfter man sich so etwas vorstellt, entweder während dem Verkehr oder während man masturbiert, um so lebendiger und realistischer wird es.

Das Traumbild, das ich meine, ist kurz, ich stellte es mir meistens mehrmals vor, ohne ans Ende zu denken, bis ich spürte, wie der Orgasmus mich überwältigte. Ich sehe einen Raum voller Männer, alle gut angezogen, wohlhabend, und mindestens mittelalt. Ein Mann agiert als mein Ehemann oder mein Aufpasser – er bleibt anonym, und ich habe ihn mir nie für eine nähere Beziehung ausgesucht. Er bestimmt alle meine Handlungen und scheint der Anführer zu sein. Ich bin in dem Zimmer voller Männer und trage ein zauberhaftes Sommerkleid, hell, mit einem weiten Rock. Der Mann erzählt den andern, daß ich schnell verlegen werde, im Grunde aber eine Exhibitionistin bin. Er befiehlt mir, das Kleid aufzuknöpfen, so daß meine nackten Brüste freiliegen. Dann muß ich mich über einen Couchtisch legen, und zwar so, daß meine Brüste auf der einen Seite herunterbaumeln und auf der andern mein Hintern über der Kante liegt. Er erzählt den Männern, daß mich alles erregt, was eiskalt ist und feucht, und schlägt vor, daß sie meine Brüste in ihre halbvollen Champagnergläser tauchen. (Als mein Mann und ich noch vergnügtere Tage und Nächte zusammen hatten, spielten wir oft mit Eiswürfeln.) Es geht dann damit weiter, daß er die Hand unter mein Kleid und mein Höschen gleiten läßt und meine Pobacken streichelt. Um meine Klitoris oder meine Vagina kümmert er sich überhaupt nicht, nur um meinen Po. Er unterhält sich mit den anderen Männern und erzählt ihnen, was für einen herrlichen weißen Hintern ich habe und ob sie ihn gern sehen wollten? Er streichelt meine Pobacken noch weiter, dann schiebt er langsam meinen Rock hoch, damit sie sie sehen können, aber ich trage immer noch das Höschen. Er streichelt meinen Hintern noch ein wenig länger, während er ihn immer wieder lobt. Inzwischen werde ich immer erregter, und wenn ich spüre, wie der Orgasmus kommt, stelle ich mir vor, wie er mir ganz langsam das Höschen über die Hüften herunterstreift. Wenn ich da noch nicht auf dem Höhepunkt bin, fange ich mit meiner Träumerei noch einmal von vorne an, und zwar ab dem Moment mit den Champagnergläsern, oder ich stelle mir zum Schluß noch vor, daß er mich ein wenig schlägt, nicht sehr hart. Dabei erklärt er den andern Männern, daß es ihm gefällt, wie meine weißen Pobacken rosa werden.

Diese Vorstellung hatte ich zum erstenmal, als ich in der Badewanne masturbierte. Jetzt erlebe ich die Szene im Geist jeden Tag, wenn nicht im Bett bei meinem Mann, dann in der Wanne und mit einem gut gezielten Wasserstrahl. Ich bin neugierig, wie lange diese Phantasie dauern wird, ehe ich anfange, mich dabei zu langweilen. Allmählich glaube ich, daß es nur die Grundidee dieser Szene ist, die mich andreht – eine Art Reflexhandlung. Aber solange es wirkt, funktioniert unsere Ehe großartig – inklusive unser Sexleben. (Brief)

Unzulänglichkeit

Bevor wir uns provozierenderen Gründen für Phantasien zuwenden, positiven Gründen, mit denen ich mich identifiziere, denen gegenüber ich aber immer noch – selbst nachdem ich dieses Buch zusammengestellt habe – eine merkwürdige Mischung aus Aufregung und Ängstlichkeit empfinde, möchte ich Ihnen vier weitere Variationen zum Thema *Frustration* präsentieren. Es zählt zu den großen, allumfassenden Themen sexueller Einsamkeit, ein Thema, dessen Realität wir alle begreifen können. Das erste Interview stammt von der fünfundvierzigjährigen Luise, einer sexuell völlig unbefriedigten Frau, das zweite von der fünfundzwanzigjährigen Irene, bei der es wohl ähnlich ist. Danach folgt ein Brief von Annette, die so jung – neunzehn – und verzweifelt war, daß sie inzwischen wohl etwas gegen ihre Frustration getan hat. Meiner Meinung nach sind die Gewaltsamkeit und Entfremdung einiger der Themen, die diese Frauen behandeln, ein Maßstab dafür, wie sehr das menschliche Wesen gegen sexuellen Hunger wütet. Ein wohlgenährter Esser wird gelangweilt zwischen verschiedenen Dessertvorschlägen wählen; ein Halbverhungerter wird davon träumen, «ein Pferd aufzufressen».

Luise

Vielleicht ist der Grund für meine Phantasien mit meinem Stiefsohn nur die Erniedrigung, weil ich spüre, daß mein Mann mich nur geheiratet hat, um eine Haushälterin zu haben, und jemand, der sich um seinen Sohn kümmert. Mein Mann ist impotent, aber der Junge trieft vor Sex. Manchmal kann ich meinen Blick kaum von der Ausbuchtung in seiner Hose wegbekommen. Ich weiß ja, was dort ist, es ist so groß, als würde es seinen ganzen Bauch hinaufreichen.

In meinen Phantasien rufe ich ihn und sage, er soll aufstehen. Ich weiß, daß er nicht schläft. Ich horche draußen vor der Schlafzimmertür und weiß, daß er daliegt und mit seinem Schwanz spielt. Gerade, als ich noch einmal rufen will, taucht ein anderer Junge auf, ein Schulfreund, und ich lasse die beiden gehen, weil ich weiß, was sie vorhaben.

Sie gehen in den Holzschuppen, und nach einer Weile schleiche ich mich hin und schaue zwischen den Brettern hindurch. Sie stehen sich gegenüber und streicheln sich gegenseitig den Schwanz. Ich bin verdammt wütend, trotzdem spüre ich, wie ich feucht werde. Ich laufe ins Haus zurück und rufe, er soll reinkommen. Am liebsten würde ich ihn schlagen. Halb beschämt und grinsend kommt er rein. Ich setze mich mit zitternden Knien. Ich sehe, was für eine große Wulst er hat, ich habe das Gefühl, er macht sich extra groß, dann, ich weiß nicht wie, knöpfe ich seine Hose auf und ziehe das Hemd hoch. Ich dachte nicht, daß er so riesig ist. Ich streichle ihn, er ist heiß, und ich spüre, wie das Blut darin klopft, und er kommt im Handumdrehen und läßt alles über meine Hand laufen. Später nehme ich ihn mit in mein Schlafzimmer, er sitzt auf der Bettkante, ich spiele mit ihm und schiebe die Vorhaut hin und zurück. Ich zittere vor Erregung, ich reiße mir das Kleid vom Leib, er saugt an meinen Brüsten, dann strecke ich ihm den Hintern hin und führe ihn ein, wobei ich meinen Po fest zusammenkneife. Aber er kommt zu schnell, und ich schicke ihn weg. Ich beobachte, wie er die Straße runtergeht, und hole mein künstliches Glied raus, es ist dicker und geht ganz rein. (Brief und Interview)

Irene

Mein Mann studiert, ich selbst bin nur ein Jahr auf der Uni gewesen, nebenbei habe ich gearbeitet. Ich bin fünfundzwanzig, mein Mann ist ein Jahr jünger. Wir haben keine Kinder, und ich glaube auch nicht, daß ich welche haben möchte.
Mein Mann redet viel über Sex, aber besonders aktiv ist er nicht. Wie Sie sicherlich vermuten, bin ich sexuell unbefriedigt und hatte nie einen Orgasmus. Kürzlich habe ich angefangen, beim Sex mit meinem Mann an jemand anders zu denken. Ich male mir aus, wie es wäre, wenn der andere sich so lange beherrscht, bis ich komme. Ich kenne ein paar Männer, denen ich das zutraue. Leider dauert der Sex mit meinem Mann nicht lange, so daß ich nicht viel Zeit habe, meine Phantasie spielen zu lassen.
Oft fragt er, was ich beim Verkehr denke, aber ich würde es nie wagen, ihm von den andern Männern zu erzählen. Ich bin überzeugt, es würde alles nur schlimmer machen, wenn er wüßte, daß ich mir einen Ersatzmann vorstelle. Außerdem, wenn ich ihm wirklich einmal ein paar unschuldige kleine sexuelle Zweideutigkeiten erzähle, regt ihn das nur noch mehr auf, und er kommt noch schneller.
Oft, wenn ich irgendwo bin, suche ich mir einen «Phantasie-Partner». Wenn ich einen Mann treffe, der mich interessiert, stelle ich mir vor, daß meine großen Brüste nackt sind. Wenn er sie sieht, kann er sich nicht mehr beherrschen und nimmt mich, sofort, auf der Stelle, und befriedigt mich richtig. Ich sehe mir sogar attraktive Paare an und überlege, ob er sie befriedigt und wie sie sich fühlt, wenn sie einen Orgasmus hat. Obwohl mich derartige Gedanken nur eifersüchtig machen und sonst gar nichts.
Ich habe auch versucht, an andere Frauen zu denken, nicht oft, aber manchmal stelle ich mir doch vor, daß ich mit einer Frau, die ähnlich ist wie ich, Sex habe. Wir kennen unsere Wünsche viel genauer als irgendein Mann und können sie auch viel besser befriedigen. In meiner Phantasie machen wir auch Cunnilingus, weil ich gehört habe, das ist eine gute Methode, einen Orgasmus zu bekommen. Aber mein Mann will es bei mir nicht machen.
Ich habe auch versucht, mich selbst zu befriedigen, doch auch wenn ich mir dabei etwas vorphantasiere, komme ich nicht zum Höhepunkt. Während ich masturbiere, habe ich mir einen gutaussehenden jungen Mann vorgestellt, der es mir besorgt. Ich schließe meine Augen und bilde mir ein, daß er seinen Kopf an meine Brüste preßt und meine Finger seine Lippen sind. Oder ich stelle mir vor, daß ein Haufen Männer mich

gekidnappt hat, um eine Orgie mit mir zu veranstalten. Ich bin die einzige Frau dabei. Einer nach dem andern treiben sie es mit mir, im Eßzimmer, in verschiedenen Betten, auf dem Fußboden, überall, und alle sehen zu. Sie nehmen mich einer nach dem andern, und dann habe ich schließlich einen Orgasmus – aber ich bilde es mir nur ein, in Wirklichkeit habe ich keinen.
Meine neueste und verrückteste Vorstellung ist, daß ich beides bin, ein Mann und eine Frau, und daß ich mit mir selbst Verkehr habe. Ich bilde mir ein, daß ich mir jede sexuelle Befriedigung geben kann, die ich haben möchte. Es ist sehr kompliziert, sich das genau vorzustellen, doch ich glaube, daß es schließlich funktionieren wird. (Brief)

Annette

Ich habe noch nie auch nur einer Menschenseele meine sexuellen Phantasien gebeichtet, aber ich habe das Gefühl, ich muß sie jetzt irgend jemand erzählen, und deshalb bin ich froh, eine Gelegenheit zu haben, sie loszuwerden. Ich habe mich deswegen immer geschämt, weil ich glaube, daß die andern Leute so etwas anomal finden, mich für eine Nymphomanin halten oder so etwas Ähnliches.
Ich bin neunzehn und seit einem Jahr verheiratet. Mein Mann ist dreiundzwanzig. Wenn er zu Hause ist, haben wir ein befriedigendes Sexleben und treiben es auf alle möglichen Arten, auch langen oralen Verkehr. Die Schwierigkeiten fangen an, wenn mein Mann nicht da ist, manchmal ist er zwei Wochen hintereinander weg, weil er dienstlich viel verreisen muß.
Am Ende der zweiten Woche, manchmal schon früher, werde ich ganz verrückt auf Sex, und dann befriedige ich mich selbst, weil ich aus verschiedenen Gründen nichts mit anderen Männern zu tun haben will. Anfangs stellte ich mir vor, daß mein Mann bei mir wäre, er streichelte mir die Brüste und meine Vulva, leckte und saugte an meiner Vagina, und wenn ich mir dann mit geschlossenen Augen eine Banane oder das dünnere Ende einer Gurke in die Scheide schob, bildete ich mir ein, es wäre der Penis meines Mannes.
Zuerst reichte das aus, damit ich einen richtigen Orgasmus bekam, aber nach einer Weile stellte ich fest, daß ich Schwierigkeiten hatte, soweit zu kommen. Deshalb stellte ich mir vor, daß es zwei Männer mit mir trieben – mein Mann und ein Mitglied des Tennisklubs, das mir sehr gefällt. Der eine küßte meine Brüste und leckte an meinen Brustwarzen, während der andere mich mit seinem Mund zwischen den Beinen streichelte.

Dann, wenn ich die Banane in meine Vagina reinschob, bildete ich mir dabei ein, daß der fremde Mann mich fickte, während mein eigener Mann mir seinen Penis in den Mund steckte.

Jetzt bin ich bereits einen Schritt weiter, und um einen Orgasmus zu bekommen, lege ich mich rücklings auf unser Doppelbett, spreize die Beine und schiebe eine dicke Gurke rein, wobei ich mir vorstelle – mit geschlossenen Augen –, daß vier Männer auf einmal mit mir Liebe machen. Während ich die Gurke rhythmisch rein und raus schiebe, stelle ich mir vor, daß ein Mann zwischen meinen Beinen kniet und meine Spalte küßt, die übrigens ohne Schamhaare ist; der nächste kniet neben dem Bett und küßt mich auf den Mund; die beiden andern knien rechts und links von mir auf dem Bett in der Hocke und saugen an meinen Brustspitzen. Dann strecke ich die Hand aus und halte ihre Penisse und befriedige sie.

Doch meine Phantasien gehen noch weiter. Ich lasse meinen Kopf über die Bettkante sinken, und der Mann steckt mir seinen Penis in den Mund. Der Mann zwischen meinen Beinen klettert aufs Bett und steckt seinen in meine Vagina, und mit meinem Mund, den Händen und der Vagina schaffe ich es, daß sie alle gleichzeitig kommen. Nach einer Weile, wenn ich wieder einen Orgasmus haben möchte, stelle ich mir vor, daß ich mit einem nach dem andern Soixante-neuf mache. Ich sauge an seinem Schwanz, bis er steif ist, und weiter, bis er kommt. Ich schlucke jedesmal ihr Sperma, und sie sind schlapp und impotent, jedenfalls im Augenblick. Das regt mich unglaublich auf. Auf diese Weise habe ich eine ganze Serie von herrlichen Orgasmen.

Ich weiß, wenn ich je Gelegenheit hätte, meine Phantasien wahr zu machen und es mit vier virilen Männern gleichzeitig zu treiben, ohne daß mein Mann es erführe – ich würde es tun. Ich bin überzeugt, wenn ich so etwas einmal gemacht hätte – und ich glaube, es würde alle Grenzen meiner Gefühle sprengen –, dann würde mich das Verlangen, darüber zu phantasieren, mir so etwas vorzustellen, nicht mehr länger quälen.

Es würde mich interessieren zu erfahren, was andere Frauen für Phantasien haben und ob nur ich allein so verrückte Ideen habe. Und wenn Sie vier starke, gutaussehende Männer kennen, die gern mit einer attraktiven, leidenschaftlichen Frau eine Orgie veranstalten möchten, schicken Sie sie vorbei! (Brief)

Maria

Ich bin seit drei Jahren verheiratet, und ich glaube, mein Mann wäre höchst erstaunt, wenn er entdeckte, daß ich manchmal beim Geschlechtsverkehr an andere Männer denke. Ich tue so, als ob ich nicht sehr oft an sexuelle Dinge denke. Und außerdem könnte so eine Beichte seine Gefühle verletzen, denn er äußert oft Zweifel darüber, ob er attraktiv auf Frauen wirkt.
Manchmal versuche ich mir vorzustellen, daß ich meinen Mann so errege, daß er mir die Kleider vom Leib reißt und mich «vergewaltigt». Aber wenn wir Verkehr haben, ist er genau das Gegenteil davon, und es fällt mir schwer, mir so etwas im Geist überhaupt vorzustellen. Seit kurzem weigere ich mich oft, mit ihm Verkehr zu haben, wenn er möchte (was sowieso nur ungefähr einmal im Monat ist), damit er mich dazu zwingen muß, weil ich insgeheim hoffe, daß es zu einer Art Vergewaltigung käme. Doch bis jetzt hat er es noch nicht getan. (Brief)

Sexuelle Steigerung

Wenn man so will, kann man fast jede weibliche Sexualphantasie als einen Schrei der Frustration deuten. Wir neigen alle dazu, uns Frauen, jede beliebige Frau, als potentiell frustriert vorzustellen, weil dies schließlich unserer historischen sexuellen Rolle entspricht. Wir sind traditionell das frustrierte Geschlecht – weniger erfahren, weniger beweglich, und sexuell weniger akzeptiert. Wir haben weniger Zeit darauf verwendet und sind durch Kunst, Literatur und die Gesellschaft (ganz zu schweigen von unseren Eltern und Ehemännern) weniger darüber informiert worden, worin unsere sexuelle Rolle besteht – außer der einer wunschlosen Jungfrau oder Gefangenen. Selbst die mutigste sexuelle Abenteurerin, mit der ich mich unterhalten habe, gibt zu, daß ihre Rolle in den Phantasien noch immer etwas hinter ihrer wirklichen sexuellen Aktivität herhinkt. Selbst in ihrer wildesten, sexuellen Phantasie spielt sie irgendwie immer noch die gehemmte Rolle, die ihr von ihrer Mutter einstudiert worden war. Im wirklichen Leben mag sie sich völlig frei fühlen, die Initiative beim Sex zu ergreifen, die aktive Verführer-Rolle zu spielen oder einen Mann für eine einzige Nacht ohne Schuldgefühle zu nehmen, nur weil es ihr gerade Spaß macht. Ihre Phantasie wird dagegen oft noch zu dem «Es ist nicht meine Schuld, er hat mich dazu gezwungen»-Typus gehören. Sie wurde betäubt, vergewaltigt oder einer grausamen, überwältigenden Macht ausgeliefert. Erst eine spätere Generation wird Ideen wie diese ablegen können, die tief im Geist verwurzelt sind, ganz egal, was der relativ freie Körper auch anstellt.
Trotzdem würde man es sich mit der Behauptung zu leicht machen, daß jede Frau, deren sexuelle Vorstellungswelt im Konflikt mit ihrer sexuellen Realität liegt, nicht das kriegt, was sie will, daß alle sexuellen Phantasien von realer Frustration beherrscht werden. Einige der glücklichsten, sexuell völlig befriedigten

Frauen, mit denen ich sprach, haben dennoch Phantasien und sind gerade deshalb um so befriedigendere Partnerinnen auf sexuellem Gebiet. Ich will etwas ganz Simples ausdrücken: Wir Frauen sind traditionell dazu veranlagt zu phantasieren und sind ausgesprochene Experten darin. Selbst wenn wir gerade gut gevögelt werden, kann unser Geist sich auf sexuelle Forschungsreisen begeben und sich Varianten ausdenken, ohne die auszukommen unser Körper gelernt hat. *Sex an sich – nicht nur der Mangel daran – kann die Phantasie anregen.* Für manche Frauen besteht sogar eine Art Kettenreaktion zwischen der sexuellen Wirklichkeit und der Phantasie, da die eine die andere nährt und stimuliert.

Patricia

Patricia ist eine blonde amerikanische Schönheit, die in Rom lebt. Letztes Jahr hatte sie sich von ihrem Mann getrennt und wohnte mit dem Italiener, Antonio, zusammen. Patricia und ihr reicher englischer Ehemann sind sich einig, daß sie Rom verlassen werden, wenn sie ihre jeweiligen Abenteuer satt haben. Nichts von dem, was sie oder er in Rom tun, fällt ins Gewicht, und sie werden gemeinsam nach New York oder London zurückkehren. Patricia sagt dazu: «Wir lieben uns nämlich wirklich. Aber jetzt wollen wir ohne Schuldgefühle etwas Neues kennenlernen.»

Beim Cunnilingus schließe ich die Augen und stelle mir vor, daß ich in einem besonders vornehmen Lokal bin, vielleicht in einem sehr eleganten Restaurant. Oberflächlich betrachtet gleicht dieser Abend hundert anderen «smarten» langweiligen Abenden, die wir in ebenso vielen smarten, langweiligen Lokalen verbrachten. Die Männer tragen Dinnerjackets, die Frauen sind hinreißend frisiert, der Oberkellner ist die Perfektion schlechthin. (Ich glaube, daß diese Phantasie meine eigene Reprise der alten Paulette Goddard-Story ist.) Wir sitzen alle an einem Tisch. Glitzerndes Kristall und Silber ist auf einem tiefhängenden, schweren Damasttischtuch arrangiert – die Tischdecke ist wichtig, da sie den Mann darunter verbirgt, den ich zwischen meinen Beinen fühle. Ich unterhalte mich angeregt mit meinen beiden Tischnachbarn. Wie ist der Mann unter den Tisch gelangt? Interessant, daß Sie mich das fragen. In meiner Phantasie habe ich mich nämlich auch um dieses Detail gekümmert. Entweder ist er unter dem Vorwand, eine Serviette aufzuheben, heimlich unter den Tisch geschlüpft, oder er hat sich bei der Tischrunde entschuldigt – man vermutet natürlich, daß er auf die Toilette gegangen ist – und ist in den Keller gelaufen, von wo er durch eine Falltür unter dem Tisch herausstieg, um dort zärtlich meine nachgiebigen Beine zu spreizen. Es ist schon erstaunlich, wie wenig Zeit es in der Phantasie bedarf, um technische Details zu überwinden ... aber die Zeit gleicht ja in der Phantasie auch nicht der normalen Zeit. Manchmal ist dieser Mann ein Schwarzer, meist ist er mir unbekannt. Vielleicht hat er auch das Gesicht eines Neulings in unserer langweiligen kleinen Runde, ein Gesicht, auf das ich schon den ganzen Abend ebenso reagiert habe wie jetzt auf seine Berührung an meinen Schenkeln. Ich will ihn, diesen Phantasie-Mann, ebenso sehr, wie ich den Mann will, der wirklich zwischen meinen Knien liegt.

In meiner Phantasie gibt es an diesem Punkt immer eine erstaunliche Vielfalt an Details: z. B. arrangiere ich lässig das Tischtuch über meinem Schoß, damit niemand merkt, daß er meinen Rock hochgehoben hat, seinen Kopf an mich preßt und seine Zunge ... ja, Lippen und Zunge sehe ich sehr deutlich. Dann besteht da das knifflige Problem der vielen Beine unter dem Tisch ... fast wie ein Ballett, und ich bete insgeheim, daß ihn keiner mit den Füßen tritt. Diese Details machen alles noch aufregender. Doch am meisten Angst habe ich – süße Agonie –, daß mich jemand zum Tanzen auffordern könnte. Oder, nein, noch schlimmer wäre es, wenn der Mann unter dem Tisch *aufhört* ... wenn jemand die Rechnung verlangt und sagt: «Okay, das wär's. Gehen wir!» Vermutlich habe ich in Wirklichkeit Angst davor, daß der Mann, der mit mir schläft, müde wird und aufhört. Ich nehme mir viel Zeit, um zum Höhepunkt zu kommen ... hauptsächlich, weil es mir soviel Lust bereitet, dorthin zu gelangen. Aber es hat in der Vergangenheit Männer gegeben, Liebhaber, die plötzlich aufhörten, bevor ich meinen Orgasmus hatte, obwohl ich schon wußte, daß ich ihn haben würde ... und jeder kann wohl nachfühlen, was für eine Enttäuschung das ist.

All diese Anspannung in meiner Phantasie erhöht natürlich die *wirkliche* Erregung. Was das Vergnügen schließlich fast zur Marter werden läßt, ist die wahnsinnige Angst, was zum Teufel ich in meinem Phantasierestaurant tun soll, wenn der Mann zwischen meinen Beinen mich zum Höhepunkt bringt. Ich lege ihm die Hand auf den Kopf – hör nicht auf! – und nehme mit der anderen eine Zigarette oder stochere in meinem Salat herum, wobei ich ständig ein perfektes Gesellschaftslächeln zur Schau trage und die ganze Zeit überlege: Was soll ich bloß machen, wenn ich komme? (Ich bin recht laut.) Je näher ich dem wirklichen Höhepunkt komme, desto realer wird die Anspannung in der Phantasie. Doch schließlich – Gott sei Dank – gibt es einen plötzlichen Stromausfall im Restaurant, und alle Lichter verlöschen. Dann kommt's! In der Dunkelheit und all dem Stimmengewirr habe ich meinen sehr realen, sehr lautstarken Orgasmus. (Tonband-Interview)

Mir ist inzwischen klar, welche Beunruhigung die Erwähnung von Wachträumen beim Geschlechtsverkehr hervorruft. Was war nun aber an der eben berichteten Phantasie beunruhigend oder gar bedrohlich? Es handelt sich um ein aufregendes kleines Drehbuch, das großen Spaß macht. Patricia gab übrigens an, daß ihr wirklicher Liebhaber ihre Erregung spürte und ausgesprochen lustvoll fand. Die meisten Menschen – Männer und Frauen – wollen verständlicherweise nicht hören, daß die Gedanken ihres Bettgenossen während des Geschlechtsverkehrs bei etwas anderem als bei ihnen sind. Beunruhigung im Bett gehört zu den ansteckendsten Gefühlen, die es gibt. Weil man nicht immer wissen kann, ob es ein ungetrübtes Vergnügen für den Partner ist, Phantasien erzählt zu bekommen, heißt das noch lange nicht, daß man selbst sie nicht haben darf. Wieviel eine Frau mitteilt und wieviel sie für sich behält, hängt vom Grad ihrer Sensibilität und von ihrer Kenntnis ihres Liebhabers ab.

Patricia und die anderen Frauen, die zu diesem Buch Beiträge geliefert haben, sind zugegebenermaßen in der Minderheit. Die Durchschnittsfrau ist sich ihrer Phantasien nicht voll bewußt. Falls sie es doch ist, würde sie nicht im Traum daran denken, sie jemandem zu erzählen. Die meisten Frauen gelangen nie über diesen Punkt hinaus; ihre Phantasien werden nicht nur den anderen verschwiegen, sondern nicht mal sich selbst eingestanden, werden nie in den Dienst ihres Sexuallebens gestellt. Letzten Endes verlieren diese Frauen und auch ihre Männer das, was die Phantasie möglicherweise hinzugefügt hätte.

Ich kann mir genau vorstellen, daß jetzt einige Männer sagen: Patricias Phantasie ist kein Beispiel dafür, wie Sex durch sexuelle Phantasien bereichert werden kann. Und zwar aus einem einfachen Grund: Wenn ein Mann Cunnilingus mit einer Frau macht, ist dies nicht der richtige, vollständige Sex. In dieser Lage *muß* eine Frau ja phantasieren, werden die Männer weiter argumentieren, denn sie bekommt von ihrem Partner nicht alles, was sie haben könnte. Wenn er sie auf die gute altmodische Art und Weise fickt, brauchte sie bestimmt nicht zu phantasieren.

Wenn Patricia behauptet, daß ihre Phantasien sie (und ihren Liebhaber) zu größerem Sexgenuß stimulieren, so habe ich dem nichts hinzuzufügen. Wem diese Argumentation noch nicht genügt, kann sich mit Susannes Brief beschäftigen, der das Problem Phantasie weiter erläutert.

Susanne

Mit sechzehn las ich ein Aufklärungsbuch, in dem ein Fall geschildert wurde, der mich tief beeindruckte. Das betreffende Mädchen beschrieb, wie sie einmal bei einer Tanzveranstaltung in der Toilette war, ein Mann hinter ihr auftauchte, ihren Rock hochhob und ihr den Penis hineinsteckte (ganz offensichtlich war das noch in der Zeit, als es keine Strumpfhosen gab). Er hatte Geschlechtsverkehr mit ihr, ohne sich dabei auch nur umzusehen, und sie wußte nicht einmal, wer er war.

Das regte mich auf. Damals hatte ich noch keinen Verkehr, aber ich dachte jedesmal daran, wenn ich masturbierte, und natürlich begann ich nach einiger Zeit, mich in die Lage des Mädchens zu versetzen und mir einzubilden, daß ich so was auch erlebte.

Das war für lange Zeit meine einzige Phantasievorstellung. Ab siebzehn hatte ich Verkehr, und Sie sind sicher auch der Meinung, daß man sich dabei nur etwas vorträumen kann, wenn keiner der Partner viel redet, sonst ist alles aus. Damals, in meiner Anfangszeit, war es genau das Gegenteil, und so hatte ich nicht viele Phantasien, außer, ich befriedigte mich selbst.

Mit neunzehn lernte ich meinen Mann kennen, mit zwanzig heirateten wir. Als wir erst einmal den Bogen raus hatten, wie wir richtig schönen Verkehr haben konnten, entdeckte ich, daß ich mir auch wieder etwas ausdenken konnte, was natürlich den Spaß bei mir noch erhöhte, auch bei meinem Mann. Ich konnte es ihm erzählen, er war sehr verständnisvoll und ermunterte mich sogar.

Meine Phantasien änderten sich mit der Zeit, allerdings blieben gewisse Ähnlichkeiten. Der Gedanke, daß es mir ein Unbekannter von hinten besorgte, regte mich immer noch auf, doch meine Vorstellung von der Szene wurde genauer, obwohl der Mann immer nur tat, wozu er Lust hatte, ohne mich zu fragen oder zu streicheln. Ich bin selten nackt, meistens trage ich ein Kleid, nie Strümpfe oder Strumpfhosen, so daß er sofort dran kann. Gewöhnlich spielt es sich irgendwie in der Öffentlichkeit ab, in einem Park, auf einer Party, in einem Büro, so daß die Leute zusehen können. Sie stören nie und regen sich auch nicht auf.

Ein typisches Beispiel: Wir sind auf einer Party, alles nette, gutaussehende Leute. Sie stehen herum und unterhalten sich. Ich unterhalte mich mit zwei Männern. Ich trage ein Kleid, das gerade meine Scham bedeckt, sonst nichts. Jeder von den beiden legt einen Arm um mich und spielt mit meinen Brüsten. Einer langt mit seiner Hand zwischen meine Beine. Die anderen Leute tun, als ob nichts wäre. Ich werde zu einem kleinen Sofa geführt, wo man mich hinlegt, mir das Kleid hochschiebt, und ich spreize die Beine, und erst steckt ihn mir der eine rein, dann der andere, und dann alle Männer im Zimmer, zuletzt mein Mann. An diesem Punkt, wo meine Phantasien zur Tatsache werden, kommen mein Mann und ich zu einem herrlichen Höhepunkt.

Ich möchte noch hinzufügen, daß wir den Ausdruck «Liebe machen» nicht benützen, weil wir finden, daß die Liebe ein Gefühl ist, das wir die ganze Zeit über für den andern spüren, und die Freude am Sex etwas anderes ist. Deshalb verwenden wir beim Liebesakt, wenn ich an andere Männer denke, wenn ich daran denke, wie mich andere Männer ficken, auch andere Worte dafür. Ich bin überzeugt, daß Sie auch so denken.

Ich habe nie etwas Ungewöhnliches dabei gefunden, Phantasien zu haben. Ohne sie könnte ich überhaupt nicht masturbieren, und wie mein Mann sich beim Verkehr benahm, war eine große Hilfe.
Zweifellos haben Sie sich auch schon Gedanken über die Verbindung von Phantasien und Tatsachen gemacht, daß man möchte, die Phantasien würden Wirklichkeit. In vielen Fällen, wo es vielleicht um Leute geht, denen man nie begegnen wird, ist das wohl ausgeschlossen. In meinem Fall sind die Leute ganz gewöhnlich, aber die Umstände außergewöhnlich; es wäre doch ziemlich problematisch, in der Realität das zu tun, was ich mir vorstelle. Es wäre unmöglich, es mit etwa zehn Männern zu treiben, während irgendwelche Leute zuschauen. Sogar ohne Höschen herumzulaufen, kann riskant sein, obwohl ich weiß, daß viele Männer, auch mein Ehemann, bei dem Gedanken daran sehr erregt werden, und so habe ich eigentlich mit einem anderen Mann immer unter ganz konventionellen Bedingungen Verkehr, die ich mir dann später in meinen Phantasien weiter ausmale. Ein paarmal habe ich es geschafft, ähnlichen Sex zu haben wie in meinen Phantasien, aber immer war es bis zu einem gewissen Grad gezwungen, einfach nicht so wie in meinen Phantasien.
Wir haben auch Gruppensex ausprobiert, und dabei hatte ich an einem Abend manchmal Sex mit bis zu fünf Männern. Ich möchte ja nicht zuviel Aufhebens von der Geschichte mit dem Höschen machen, doch ich muß noch einmal auf die ursprüngliche Geschichte zurückkommen, die nicht nur vor der Zeit der Strumpfhosen spielte, sondern auch, ehe es den Mini gab. In dem Buch hieß es nur, daß ihr Rock hochgeschoben wurde, ohne zu beschreiben, ob sie drunter was anhatte, vielleicht war der Schlüpfer auch so weit, daß er nicht störte. Wie dem auch sei, es gab kein Hindernis, und das ist bei meinen Phantasien sehr wichtig. Ich habe von den Mädchen gelesen, die immer ohne Hose herumlaufen, aber dazu fehlt mir offen gestanden der Mut, obwohl mein Mann auch dafür ist. Gelegentlich trage ich auch keine, wenn ich das Gefühl habe, daß es nicht riskant ist, wenn ich mich in der Gesellschaft von Leuten befinde, denen so etwas gefällt. Es ist einfach so, daß ich den Sex liebe, aber nicht vergewaltigt werden möchte.
Ich möchte nur noch einmal sagen, daß mir meine Phantasien viel Spaß machen, und wünsche Ihnen bei Ihren Forschungen alles Gute. (Brief)

Vorspiel

In meinem Wunsch, die Angst vor den Phantasien während des Geschlechtsverkehrs zu verringern, werde ich hoffentlich nicht falsch verstanden. Ich will keineswegs andeuten, daß mit Ihnen etwas nicht stimmt oder daß Sie es eigentlich lieber anders hätten, falls Sie sich keinen sexuellen Phantasien hingeben. Ich versuche lediglich, ein besseres Klima für Phantasien zu schaffen, damit jene Frauen, die Wachträume haben, sich nicht so allein, nicht so entfremdet fühlen, sondern erkennen, daß nichts Schlechtes daran ist. Sie sollen vielmehr – ebenso wie jene Frauen, die sich ihrer Phantasien noch nicht bewußt geworden sind – bewußteren Nutzen aus ihnen ziehen, was aufregende neue Dimensionen für den Sex eröffnen kann.

Wir reagieren alle unterschiedlich auf unterschiedliche Reize, und mir ist klar, daß einige Leute eben nicht phantasieren, wie es vielleicht auch einige wenige gibt, die nicht träumen. Ich glaube allerdings, daß es die meisten *doch tun*. Bei der Lektüre dieses Buches werden viele möglicherweise ihre Phantasien unter einer dünnen Schutzhaut entdecken, die durch Kindheitserziehung und Prüderie (oder wie man es sonst noch nennen mag) entsteht.

Ich habe schon gesagt, warum meiner Meinung nach die Phantasien von Frauen reicher und abenteuerlicher sind als die der Männer. Sie stellen einen echten weiblichen Untergrund dar. Ebenso wie manche Menschen phantasieren, andere wiederum nicht, gibt es Phantasien, die man mitteilen kann, andere besser nicht. Wenn ich diesen Untergrund öffne, meine ich damit nicht, daß wir all unsere Phantasien erzählen oder ausleben müssen, um sexuell glücklicher zu werden. Man sollte sie lediglich furchtlos als das akzeptieren, was sie sind.

Niemand hat z. B. etwas dagegen einzuwenden, daß gewisse «Requisiten» wie ein Martini, Musik, gedämpfte Beleuchtung – Dinge, die nichts mit dem Mann selbst zu tun haben – eine Frau «in Stimmung» bringen können. Warum muß sich ein Mann dann eigentlich durch das bedroht fühlen, was in ihrem Kopf vorgeht? Manche Menschen werden sinnlich, wenn sie sich erotische Filme anschauen oder ein pornographisches Buch lesen. Spielt es eine Rolle, daß die Menschen im Film Fremde sind oder daß die Worte, die eine Frau aufreizen, von einem anderen Mann geschrieben wurden? Warum spielt es dann eine Rolle, an was oder wen eine Frau denkt? Eine Frau braucht für den Geschlechtsverkehr keine Erektion; sie ist jederzeit bereit. Ein Mann kann ejakulieren, während seine Frau möglicherweise an die Einkaufsliste denkt. Ist das etwa vorzuziehen? Wäre es für beide nicht genußvoller, wenn die Frau während der Präliminarien ganz bewußt die mentalen Filmspulen auswechselt und etwas Aufregenderes einspannt als die Überlegung, was die Kinder am nächsten Tag zu Abend essen sollen? Ist es wirklich von Bedeutung, ob sie in ihrer Vorstellung ein früheres erotischeres Liebesspiel mit ihrem Mann wiederholt (wie z. B. in Bertas Phantasie, die folgt)? Ist es so wichtig, ob sie ihre sexuelle Spannung dadurch anheizt, daß sie sich vorstellt, von irgendeinem Tennischampion gefickt zu werden, den ihr Mann nicht mal kennt (im Gegensatz zu Belinda)? Wichtig ist doch nur die Qualität des wirklich stattfindenden Geschlechtsverkehrs. Wenn eine ganz private Revue der bevorzugten Erotica eine Frau schneller in Stimmung bringt als ein Martini und ihrem Partner letzten Endes größeren Genuß verschafft – warum dann nicht? Am wichtigsten ist es, sich selbst zuzugestehen, daß es in Ordnung ist, Wachträume zu haben. Für einige Frauen ist die Phantasie das beste sexuelle Vorspiel. Beide Partner sollten nicht vergessen, daß es der wirkliche Mann ist, den sie begehrt, denn sonst wäre sie wohl kaum mit ihm zusammen.

Berta

Während ich mit meinem Mann Verkehr habe, denke ich manchmal an frühere Liebesakte mit ihm, an solche, die besonders aufregend waren und bei denen wir beide Dinge taten und sagten, die wir gewöhnlich nicht tun oder sagen. Natürlich wäre es mir am liebsten, es würde jedesmal so sein – das Bett praktisch in Trümmern und wir auf dem Fußboden, feucht und klebrig und glücklich –, aber es klappt nicht immer so. So erschaffe ich mir in Gedanken solche Szenen wieder, während er in Wirklichkeit nur auf mir liegt und mich ganz normal vögelt.
Wir hatten schon unglaubliche Zeiten zusammen im Bett – und außerhalb, vor allem unter der Dusche, wenn wir mit eingeöltem Körper Fangen spielen. Das sind die Augenblicke, an die ich mich erinnere, besonders dann, wenn ich nicht sehr erregt bin und zu einem Höhepunkt kommen will. Wenn ich soweit bin, ist es mein Mann auch. Mein Mann weiß Bescheid, und ist ganz dafür. Manchmal glaube ich sogar, er verläßt sich darauf, sagen wir mal, wenn er müde ist. Es ist, als wollte er sagen: «Na los, erinnere dich, wie schön es war, damit wir es miteinander treiben können.»
Wir sind seit zweieinhalb Jahren verheiratet und genießen unser Sexleben. Doch ich habe jedesmal, wenn ich vergangene Höhepunkte (natürlich mit meinem Mann) in Gedanken wieder durchspielte, festgestellt, daß der Verkehr viel schöner wurde, erotischer, was mir dann wieder fürs nächste Mal neuen Stoff zum Träumen gibt. In meinen Augen sind Phantasien so nützlich wie ein ordentliches Bankkonto, wenn Sie verstehen, was ich meine. (Tonbandinterview)

Belinda

Während ich an diesem Buch arbeitete, lernte ich den Psychologen Dr. Robert Chartham kennen, den Autor vieler Sexbücher, und unterhielt mich länger mit ihm. Er zeigte mir einen Brief, den er von einer Frau, die wir Belinda nennen wollen, erhalten hatte. Darin beklagt sie sich, daß ihr Sexleben eintönig sei, daß sie beim Verkehr an irgendwelche alltäglichen Dinge denke und sie ein schlechtes Gewissen habe, weil sie offenbar nur dann erregt werde, wenn sie an die Beine des Tennisstars John Harrison denke.

Letztes Jahr, so schrieb sie, ging ich ins Stadion, um John Harrison bei einem Match zuzusehen. Ich hatte mir absichtlich einen Platz in der Nähe des Schiedsrichterstuhls ausgesucht, so daß ich seine Beine genau sehen konnte. Ich konnte meine Augen einfach nicht abwenden, und als er sich mit dem Handtuch abrieb, starrte er mich einen herrlichen langen Augenblick an, unsere Blicke bohrten sich richtig ineinander, und er hat sich vermutlich gefragt, warum diese dumme Person (ich) ihn so ansah, doch ich möchte lieber glauben, daß er meine Botschaft verstand. Ich dachte nämlich: Mein Gott, wie herrlich wäre es, wenn du jetzt deinen Schwanz in mich reinstecktest. Falls es überhaupt möglich ist, so etwas mit den Augen zu sagen, dann habe ich es getan.

Hier ist Dr. Charthams Rat für Belinda und was sie ihm darauf antwortete.

Liebe Belinda,
weil Sie sich für einen sexuellen Versager halten, werden Sie auch zu einem. Sie haben eine völlig falsche Einstellung, was den Geschlechtsverkehr betrifft, und Ihr Mann scheint mir nicht viel besser zu sein.
Sie denken zuviel über Ihre Reaktionen beim Sex nach und wie gut Sie dabei sind, statt völlig entspannt zu sein und die Dinge einfach mit ihrem Körper geschehen zu lassen. Statt ans nächste Mittagessen zu denken, während man Sie liebt – denken Sie doch an John Harrisons Beine oder besser noch, stellen Sie sich vor, es wären John Harrisons Hände und es wäre sein Mund, mit dem er Sie streichelt, und es wäre John Harrisons Schwanz, der in Ihnen ist. Versuchen Sie es mal und warten Sie ab, was geschieht. Bitte, berichten Sie es mir.
Wir nennen so etwas Phantasien, und fast jeder von uns, ob Mann oder Frau, hat seine sexuellen Phantasien – zumindest von Zeit zu Zeit. Es ist eine durchaus legitime Art, unsere Sinnlichkeit zu erwecken. Vielleicht sollten Sie nur Ihrem Mann nicht verraten, daß Sie an John Harrison denken, wenn Sie mit ihm zusammen sind. Es könnte ihn verletzen.

Mit den besten Wünschen
Robert Chartham

Lieber Dr. Chartham,
herzlichen Dank für Ihren Brief. Ich bin überzeugt, Sie wußten, was für eine Wirkung Ihr Satz «und es wäre John Harrisons Schwanz, der in Ihnen ist» auf mich haben würde. Natürlich hatte ich daran gedacht und mich danach gesehnt, aber es jemand erzählen und es sogar geschrieben sehen zu können, war irgendwie besonders aufregend. In meinen Gedanken gebrauchte ich das Wort Penis, und Ihre Formulierung fuhr mir

wie ein Schock in die Glieder. Den ganzen Tag (letzten Freitag) fühlte ich mich ganz seltsam, warm und irgendwie offen und empfänglich. Ich kaufte ein kleines schwarzes Etwas von Nachthemd, weil ich weiß, daß Schwarz meinen Mann erregt. Ich konnte es gar nicht erwarten, bis wir endlich im Bett waren, bis dahin waren nämlich unsere beiden Kinder immer in der Nähe. Ich ging vor ihm ins Bett, mein Mann hatte also das kleine schwarze Etwas noch nicht gesehen, das ich trug.

Ich muß sagen, es hatte einen höchst dramatischen Effekt. Er steckte ihn mir sofort hinein, und ein paar Sekunden später kam er schon. Ich brauche wohl nicht zu erklären, daß ich mit so einer Geschwindigkeit nicht mithalten konnte, doch ich platzte kurz darauf, und es war viel intensiver als sonst. Wir liebten uns zweimal in jener Nacht und am Morgen noch einmal und waren am nächsten Tag wie benommen, weil wir uns so herrlich fühlten. Das verdanken wir Ihnen, und ich glaube, daß ich von nun an nicht mehr darum kämpfen muß, einen Orgasmus zu haben. Die ganze Sache wurde sogar noch aufregender für mich, weil ich John Harrison in einer Fernsehwerbung sah. Ich hoffe nur, ich habe mich wie immer benommen, weil mein Mann neben mir saß und es für mich doch ein ziemlicher Schock war, ihn so plötzlich im Fernsehen zu sehen.

Der Orgasmus am Morgen war der schönste, weil ich alle Schuldgefühle abgeschüttelt hatte und mir vorstellte, wie John Harrison darum bettelte, mich lieben zu dürfen. In meiner Phantasie konnte er sich einfach nicht beherrschen und hielt seinen Penis ganz fest, um eine Erektion zu verhindern. Es gelingt ihm nicht, und es kommt ihm, während er noch so dasteht, der Samen spritzt durch seine Finger auf mich.

Sie haben Recht, daß ich es meinem Mann nicht erzählen sollte. Es würde ihn verletzen und alle weiteren Möglichkeiten in dieser Richtung zerstören.

Noch nie in meinem ganzen Leben habe ich jemand von diesen Dingen erzählt, und ich danke Ihnen, daß Sie mir geholfen haben, meine Schuldgefühle endlich loszuwerden. Mein Mann sagt, daß er nie an mich als Frau, sondern immer als Geliebte denkt, vermutlich ist das eben seine Art der Phantasie. Ich muß Ihren Brief gut verbergen, denn ich möchte ihn nicht zerreißen, weil es mich so erregt, daß da geschrieben steht: «und es wäre John Harrisons Schwanz, der in Ihnen ist».

Natürlich sehe ich ein, daß ich nicht jeden Tag so etwas fühlen kann, aber ich habe einen Anfang gemacht und werde von nun an meine Phantasien genießen, statt sie zu verdrängen.

Bestätigung

Wie ich schon an früherer Stelle erwähnte, will ich in diesem Buch nicht zu sehr den Advokaten spielen, sondern vielmehr das gesammelte Material für sich selbst sprechen lassen. Abgesehen davon, daß ich die sexuelle Phantasie als einen interessanten Aspekt der weiblichen Sexualität ansah – schließlich gehöre ich ja auch zu den «Phantasierenden» – hatte ich zu diesem Thema nur wenig zu sagen, bevor ich das Material zu sammeln begann. Ich habe viel von den Frauen gelernt, die Beiträge zu diesem Buch lieferten. Im Grunde stammt alles, was ich zu sagen habe, direkt aus dem, was sie mir erzählt und einfallsreich für mich in ihren Phantasien illustriert haben. Ich habe die Phantasien als solche unverändert gelassen. Ganz bestimmte wurden für dieses Buch ausgewählt und in einer geordneten Reihenfolge gruppiert und klassifiziert.

Jeder Beliebige hätte dies nach einem willkürlichen System der Klassifizierung seiner Wahl tun können. Daß ich gerade diese Anordnung gewählt habe, bedeutet wohl, daß ich trotz allem als Anwalt auftrete. Dieses Buch ist darauf angelegt, Sie zuerst für die Idee der weiblichen Sexualphantasie als Einstimmung fürs Liebesspiel zu gewinnen. Und schließlich sollen Sie von der Richtigkeit sexueller Phantasien zu jeder beliebigen Zeit überzeugt werden.

Ich begann mit der Überlegung, wie wenig es *offensichtlich* bedeutet, was eine Frau beim Sex denkt. Wenn ihre Gedanken sie erregen, ist es gut und erhöht so ihre und seine Lust. Ich habe aber auch erlebt, wie das Material dieses Buches selbst von Freunden aufgenommen wurde, die ich als kultiviert und freizügig bezeichne. Deren Reaktionen ließen mich erkennen, wie schwer es für viele Leute sein wird, einige der sexuellen Vorstellungen zu akzeptieren – vermutlich fällt es einigen schon schwer, sie auch nur zu glauben –, die Frauen ihrer eigenen Behauptung nach – besonders beim Geschlechtsverkehr – haben. Und noch schwerer werden die Behauptungen der Frauen zu schlucken sein, daß sie diese Wachträume bei glücklichem, befriedigendem Geschlechtsverkehr mit dem Mann hatten, den sie lieben.

Aus diesem Grund habe ich das Thema «Phantasie beim Geschlechtsverkehr» als erstes mit Hilfe der leicht verdaulichen Idee von Phantasie als sexuellem Vorspiel zur Sprache gebracht. Ich setze voraus, daß wir alle daraus Nutzen ziehen – aus allem, was zum Sex führt. Als nächsten Schritt wage ich die Annahme, daß wir alles gut finden, was uns ein stärkeres Gefühl der Bestätigung beim Geschlechtsverkehr gibt. (Ich brauche meine Leserinnen nicht über die falsche Annahme aufklären, die unter Männern weit verbreitet ist: Es sei für Frauen alles einfacher, weil sie nicht das äußere Zeichen innerer sexueller Ängste haben – den schlappen Schwanz – und deshalb auch weniger Bestätigung brauchen.) Die Tatsache, daß Frauen wie Sally, Vicki und Sandra die begehrte Bestätigung von solch ewigen Richter-Gestalten wie der Mutter, dem Doktor oder sogar Jesus Christus erhalten, sollte uns zu denken geben. Wenn man die Idee weiblicher Phantasie als eine Art erregtes Vorspiel begreifen und akzeptieren kann, ist die Idee, daß Phantasie durch Reduzierung von Angst die Erregung steigert, auch nicht mehr weit.

Sally

Meine Freundin Sally ist Besitzerin einer kleinen Boutique. Sie ist Anfang Zwanzig, hat langes schwarzes Haar und die Art von Figur, die in den fließenden Chiffonkleidern, die es bei ihr zu kaufen gibt, hinreißend aussieht. Vor kurzem beendete sie ein jahrelanges Verhältnis mit einem Mann, der ungefähr doppelt so alt ist wie sie. Als eine Art Abschiedsgeste hat er ihr die Boutique finanziert. Sally hält diese Affäre für «die beste Erziehung ihres Lebens». Sie hat ihren Wohltäter Eric immer noch sehr gern und spricht ganz enthusiastisch von ihm. Da ich ihn flüchtig kennengelernt habe und Sallys Begeisterung für alles Neue kenne, dachte ich mir schon, daß die «Erziehung», auf die Sally anspielt, einige faszinierende neue Erfahrungen auf sexuellem Gebiet einschließt. Sally gibt zu, daß es für jeden Mann in Zukunft schwer sein wird, mit Eric mitzuhalten. «Mich langweilen jetzt jüngere Männer sehr», sagt sie.

Ich habe über diese Phantasie ziemlich viel nachgedacht, seit ich sie mir zum erstenmal ausmalte. Ich habe sie auf zehn verschiedene Arten analysiert, sie aber niemandem erzählt, bevor ich Eric traf. Oberflächlich betrachtet ist es ein ganz simpler Wachtraum. Je nach Stimmung variiere ich ihn und füge einige Details hinzu. Im wesentlichen geht es darum, daß ich mir während des Geschlechtsverkehrs vorstelle, nackt mit einem Mann (oder auch mehreren Männern) dazuliegen, wie es sich ja auch in Wirklichkeit verhält. Während wir ficken, telefoniere ich mit meiner Mutter. Ist das nicht verrückt? Natürlich muß ich meine Stimme unter Kontrolle haben und mit ihr so normal reden, als ob nichts Ungewöhnliches los wäre. Ab und zu fragt sie dann aber doch: «Was war das eben für ein Geräusch?» Jedesmal, wenn sie mißtrauisch wird, werde ich ganz besonders erregt, doch auch in den langen Phasen, während sie und ich nur plaudern – weit freundlicher als wir es in Wirklichkeit tun –, fühle ich mich in warmen Wogen der Erregung förmlich gebadet. Es ist sehr angenehm und gleichzeitig ungeheuer aufregend, so mit ihr zu reden.
Meine Mutter kam schwer mit Eric zurecht – sie sind ja ungefähr im gleichen Alter. Meine Mutter flirtet übrigens für ihr Leben gern. Nie zeigte sie sich mit mir und Eric einverstanden; vielleicht war sie ganz einfach eifersüchtig. Aber am Phantasie-Telefon ist sie mir gegenüber immer sehr lieb und verständnisvoll.
Am merkwürdigsten ist folgendes: Wenn ich dann meinen Orgasmus habe und meine Stimme nicht mehr kontrollieren kann, schimpft sie nicht oder legt einfach auf, wie man es erwarten könnte. Nein, sie plaudert mit einer so freundlichen, warmherzigen Stimme weiter, wie ich sie in Wirklichkeit nie zu hören bekomme. (Tonbandaufnahme)

Vicki

Vicki ist zweiunddreißig und gerade zum erstenmal geschieden. Ihre fremdartige Schönheit zieht viele Männer an, aber Vicki interessiert sich immer nur für «Scheißkerle». Sie hat ihre nächste Eroberung (vermutlich eher ein Folterknecht) schon im Visier und lacht als erste bei der Aussicht auf die harten Schläge, die sie sicher abbekommen wird. «So bin ich nun mal», drückt sie es aus und zupft an dem engen T-Shirt herum, das ihre knabenhafte Figur betont, bevor sie fortschwirrt – ihrem Waterloo entgegen.
Wenn sie nicht gerade «fertig gemacht» wird, kann man Vicki normalerweise im Archiv eines großen Museums finden. Sie ist eine anerkannte Kunsthistorikerin, tritt regelmäßig im Fernsehen auf und schreibt für ein gutes halbes Dutzend Kunstzeitschriften in aller Herren Ländern. Man könnte meinen, sie hätte schon genug Leiden gesehen, ohne noch ihr eigenes hinzufügen zu müssen.

Interessant, daß du mich das fragst, meine Liebe, weil ich dir wirklich danken, jedenfalls aber die Verantwortung dafür zuschieben will, was für merkwürdige Gedanken ich seit letztem Jahr habe, als wir uns über dein neues Buch unterhielten. Diese Gedanken wirken sich auf mein Sexualleben aus. Seit letztem Jahr geht das nun schon so. Nein, stimmt nicht. Ich glaube, es gab diese Gedanken schon immer, aber erst unser Gespräch über Phantasien brachte sie an die Oberfläche. Jetzt kann ich nicht mehr mit einem Mann ins Bett gehen, ohne mir vorstellen zu müssen, daß er mein Arzt ist. Ich weiß wirklich nicht, ob diese konzentrierte Phantasie den Geschlechtsverkehr für mich aufregender gemacht hat oder nicht. Ich weiß nur, daß er da ist, mit Chirurgenkappe und Mundschutz, und nur im entferntesten meinem wirklichen Arzt gleicht. Oder liegt das nur an Kappe und Mundschutz? Du kennst ja den alten Spruch über Ärzte? Die sehen alle gleich aus, wenn man auf dem Gynäkologenstuhl liegt ...
Dabei war ich schon seit Jahren nicht bei einer solchen Untersuchung. Ich weiß genau, wie unvorsichtig es ist, nicht hinzugehen, wenn man über fünfundzwanzig ist, aber ich habe diese ärztlichen Kontrollen schon immer gehaßt. Weißt du noch, wie ihr mich alle im Internat bearbeitet habt, weil ich nicht zum Arzt ging, obwohl ich ein halbes Jahr lang keine Periode hatte? Und dabei war ich noch Jungfrau. Nun, das Problem wurde ja gelöst, nicht wahr?
Mich beunruhigt an dieser Doktor-Phantasie eigentlich nur, daß ich die Assoziation einfach nicht begreife. Ich hatte nie eine Affäre mit einem Arzt. Und bei diesen Untersuchungen war ich weiß Gott nie erregt. Ich habe nicht mal die üblichen Kinderspiele «Doktor und Krankenschwester» mit den Nachbarsjungen gespielt. Aber wenn ich jetzt mit einem Mann ins Bett steige, geht's schon los – ich und der Mann im Bett, ich

und der Doktor in meinem Kopf. Je erregter ich werde, meine Beine oben, und der Doktor dazwischen – mein Liebhaber natürlich ... na ja, du weißt schon, wie ich's meine – jedenfalls ist es so: je konzentrierter die Untersuchung, desto intensiver die Erregung. Je näher der Arzt seiner Diagnose kommt, desto näher komme ich meinem Orgasmus. Und kurz vor dem Orgasmus sehe ich dann unfehlbar das maskierte Gesicht des Doktors ganz nahe vor mir, und seine liebevollen Blicke sagen mir noch, bevor er spricht, daß ich in bester Form bin und alles völlig in Ordnung ist.
Wenn ich jetzt darüber nachdenke und es sogar laut ausspreche, merke ich, daß ich etwas korrigieren muß, was ich vorhin erwähnte. Ich schob dir die Schuld daran zu, daß all das in mir an die Oberfläche kam, erinnerst du dich? Was auch immer es zu bedeuten hat, ich weiß jedenfalls, daß mein Sexualleben nie besser war. (Tonbandaufnahme einer Unterhaltung)

Franziska

Franziska ist eine hübsche jüdische Mutter von drei Kindern. Sie hat einen großen Haushalt, ständig sind Freunde ihrer halbwüchsigen Kinder da oder Geschäftskollegen ihres Mannes, die von überall auf der Welt zu jeder Tages- oder Nachtzeit hereinschneien. Sie besitzt eine ruhige, aber feste Hand darin, alle Generationen und Nationalitäten friedlich um den Familieneßtisch zu versammeln. Drei Monate im Jahr wohnt ihre Mutter bei ihnen.

«Meiner Mutter gegenüber habe ich ziemlich ambivalente Gefühle», sagt sie. «Ich glaube schon, daß ich sie liebe, und akzeptiere sie heute mehr als früher, aber ich bringe es nur sehr selten fertig, sie auf die Wange zu küssen. Früher bin ich vor jedem zurückgeschreckt, der mich berühren wollte, jetzt bin ich viel freier ... mit jedem, außer meiner Mutter. Ich habe mich oft gefragt, ob irgend etwas Lesbisches bei dieser Vorstellung dabei ist. Als ich neunzehn war, hatte ich ein unbefriedigendes Erlebnis mit einer Lesbierin in Paris. Aber ich weiß es nicht, denn in meinen Phantasien gibt es genauso oft Frauen wie Männer, und mein reales Sexleben spielt sich ausschließlich mit Männern ab.»

(Dieses Interview mit Franziska ist ein typisches Beispiel, wie Frauen von ihren Phantasien erzählen. Obwohl sie an der ganzen Sache sehr interessiert war und sich freiwillig gemeldet hatte, versucht sie am Anfang, alles in einem halbabstrakten Satz zu sagen. Erst wenn sie die fast unbewußten Bilder wieder und wieder im Geist durchgeht, während sie sie mir erzählt, wird sie sich an genaue Einzelheiten erinnern.)

Ich fürchte, meine Phantasien sind nur das übliche. Am liebsten habe ich die: Mit dreizehn oder vierzehn Jahren, also, während ich gerade in der Entwicklung bin, verkauft mich meine Mutter an einen orientalischen Potentaten.
Diese Mutter hat aber kein Gesicht, es ist nicht *meine* Mutter, weil ich ja etwas gegen meine Mutter habe. Jedenfalls ist es eine Autoritätsperson, die mich hergebracht hat, um mich zu verkaufen. Vorher hat sie mir genau gesagt, wie ich mich verhalten muß. Eigentlich ist es so, daß sie mich seit meiner Kindheit dazu erzogen hat, sexuelle Dinge zu tun, sie hat mich als einen reinen und vollkommenen Gegenstand der Lust erzogen und alles an mir selbst ausprobiert, um mir genau zeigen zu können, wie man alles machen muß. Sie hat Cunnilingus mit mir gemacht, einfach alles, und es mir auch mit ihrem eigenen Körper gezeigt. Eigentlich bin ich jetzt etwas durcheinander, ob es eine Mutter ist oder wer ... aber es ist eine Frau.
Wir betreten den Palast. Und da ist der Potentat, er sitzt wie ein großer Buddha auf seinem Thron, wie ein Radscha. Meine Mutter hat mir genau erklärt, was ich zu tun habe; ich bin überhaupt nicht unsicher, ich *muß* nur meine Rolle richtig spielen, es ist der Höhepunkt meines Trainings, sonst wird man mich nicht kaufen. Und es ist eine große Ehre, wenn ich gekauft werde. Meine Mutter fängt an, dem Radscha meine Fähigkeiten zu beschreiben, ja, sie fängt an, an ihm zu demonstrieren, was sie mir beigebracht hat. Sie fickt ihn, indem sie sich auf ihn setzt, sie beugt sich hinunter zu ihm, sie spielt mit ihm, während sie ihm die ganze Zeit von mir erzählt.
Dann macht sie es mit mir, sie legt sich auf mich und fickt mich, nicht mit irgendeinem Gerät – so was hat es nie dabei gegeben –, nein, sie nimmt den Finger. Ich liege da und reagiere, wie ich reagieren soll, während ihr Finger oder ihre Zunge in mich eindringt.
Ich gerate etwas durcheinander ... lassen Sie mich nachdenken ... Der Radscha selbst bleibt passiv, aber mein Akt gefällt ihm, gefällt ihm sehr, das ist das wichtigste, natürlich. Er sagt: «Ja, sie kann es, sie ist großartig, sie wird am Hof eine bedeutende Stelle einnehmen ...»
Es hat nie etwas damit zu tun, daß ich die reichste werde oder den meisten Schmuck bekomme; die Art Harem ist es nicht. Der Witz ist, daß ich meine Rolle hervorragend gespielt habe und ich das sinnlichste Wesen bin, dem er je begegnet ist, und er möchte, daß ich an seiner Seite

bleibe. (Ich vermute, dies hat alles damit zu tun, daß ich dem Mann gefallen möchte, aber hinterher beunruhigt es mich manchmal, warum er so passiv ist, warum *ich* immer alles mit *ihm* mache. Mal sehen, ob ich mich noch an mehr erinnere.)
Er, der Radscha, steigt nie von seinem Thron herab. Er sitzt da, und meine Mutter und ich produzieren uns unterhalb von ihm auf einer Art Bühne, einer Plattform. Jetzt sind wir nackt. Als wir hereinkamen, trug ich eine wunderschöne Robe. Ich wurde zu ihm geführt, er schob meine Robe auseinander und murmelte bewundernde Worte. Aber es ist dann meine Mutter, die mich auszieht, auf all die Schönheiten meines Körpers aufmerksam macht, während sie sie entblößt. «Sehen Sie diesen Körper, die Schönheit der Brüste ... » (Das ist auch noch ein Punkt: Früher habe ich mich geniert, weil ich so flachbrüstig war – darüber bin ich jetzt weg –, aber natürlich habe ich in meinen Phantasien wunderschöne Brüste.) «Sehen Sie, wie gut ich sie genährt habe», sagt sie weiter und ihre Hände gleiten über meine Hüften und halten meinen Po auf, damit er es genau sehen kann. «Wie schön sie geformt ist, nur um Ihnen zu gefallen», sagt sie.
Dann muß ich mich hinlegen, und sie spreizt meine Beine und zeigt ihm meinen Kitzler, damit er feststellen kann, wie perfekt er ist. Dann treibt sie es mit mir. Und während der ganzen Zeit masturbiert er. Und alle andern Höflinge, ach ja, es ist ein großer Hof, wie in einem amerikanischen Kostümfilm, Nubier stehen herum und halten Fackeln (sie sind sehr groß, masturbieren aber nicht, nur die andern, auch die Hofdamen).
Dann gehe ich und setze mich auf den Schoß des Radschas, er nimmt nur sein Gewand auseinander, und ich ficke ihn. Ich sitze nackt auf seinem Schwanz, auf seinem Thron, und während der ganzen Zeit tut er gar nichts, er tut nichts mit mir oder für mich. Ich mache alles allein, dazu hat man mich erzogen, deshalb ist es in meinen Phantasien auch nicht wichtig, doch jetzt, da ich es mir genauer überlege, finde ich es doch seltsam, daß für mich selbst kein Sex übrigbleibt. Nur eines zählt: Ich bin die beste, ich habe bestanden. Der sexuelle Teil mit dem Radscha zählt nicht – ob er zum Beispiel groß ist oder geschickt oder so; ich habe andere Phantasien, bei denen Größe und Erfahrung eine Rolle spielen und es mich sofort erregt, weil drei Männer auf einmal es mit mir treiben. Doch bei dieser Vorstellung, ich mag sie am liebsten, kommt es nur darauf an, daß ich bestehe. Ich will damit sagen, wenn ich in Wirklichkeit gefickt werde und ich mir dabei diese Phantasien ausmale, dann werde ich total geil, es ist das Größte. (Tonbandinterview)

Sandra

Sandra hat eine komische Angewohnheit. Sie glaubt immer, daß jede Frau, die sie kennenlernt, viel eifersüchtiger veranlagt ist, als die andern Leute vermuten. Vielleicht projiziert sie auch nur ihre eigene Rolle in sie hinein – sie hat ein sehr liebevolles, wenn auch sehr wachsames Auge auf Tom, ihren Ehemann. Sie ist sehr hübsch, intelligent, hat einen scharfen Witz und einen guten Ruf als Literaturagentin. Beide, sie und Tom, waren schon einmal verheiratet, und ihr großes Haus ist voll mit einem halben Dutzend Kinder aus ihren früheren Ehen. Was Tom betrifft, so teilt er Sandras Interesse für die Eifersucht. Sie spielen ein Spiel, wo er es mit andern Frauen treibt, und sie – nun, Tom hat es an einem Abend plötzlich so erklärt: «Vermutlich wundern Sie sich, warum ich ein so rotes Auge habe?» Ich verneinte, ich hätte es nicht gemerkt. «Das ist Sandras Werk», schimpfte er, «gestern abend hatten wir einen heftigen Streit.» Erst da fiel mir auf, daß ich sie selten sehe, ohne daß der eine oder andere ein Pflaster oder einen Kratzer hat.

Der Plattenspieler läuft, und während ich auf die Harfenklänge lausche, frage ich mich, ob sich Dali diese Phantasie nur ausgedacht hat, um mich zu quälen. Denn wissen Sie, in einer meiner Phantasien beschäftige ich mich mit ihm – es geht aber nicht darum, daß er meinen Kitzler mit seiner dünnen Schnurrbartspitze kitzelt (mir gefällt Kitzler besser als Klitoris, das klingt so medizinisch, oder Clit, das ist mir zu burschikos). Nein, ich möchte, daß sein großer schwarzer Krake mich nimmt, auf alle möglichen Arten und alles zur gleichen Zeit, mit seinen Fangarmen auf mich losgeht, mit allen gleichzeitig – denn ich werde so schnell müde.
Der große schwarze Krake, das muß ich erklären, hing in einer Galerie. Es war eine Dalí-Vernissage, und dazu gehörte auch ein riesiges Bild von Jesus, als er seine Bergpredigt hält. Also, genau gegenüber diesem edlen Bild hingen ein paar sehr schöne erotische Zeichnungen, und die mit dem Kraken und dem Mädchen gefiel mir am besten. Während ich darauf starrte, hatte ich das Gefühl, ich wäre es selbst ... jeder schwarze Fangarm glitt rhythmisch zu ihrem und meinem Körper hinein und hinaus und endete ganz tief drin in mir (weil es bei mir weit hineingeht), mit seiner dünnen Spitze – nicht wie eine Messerspitze, trotzdem ganz spitz und hart. Eine Art Korkenziehergebilde folgt dem spitzen Ende, das mich reibt, sich in mir dreht, es hat ungeheure Kraft. Mir wird ganz schwindlig, ich schreie vor Lust. Ein Fangarm nach dem andern bringt mich wieder und wieder zum Orgasmus, viele Male bei jedem der schwarzen Dinger, und dann ist da Jesus, der immer noch von seiner Höhe herab den armen Ungläubigen predigt, aber in Wirklichkeit beobachtet er mich, während ich in die Augen meines Beischläfers schaue, dieser riesige Körper, der zugleich Kopf ist und wie ein riesiger Orchi-

deenpenis aussieht, während es mich fickt und mein ganzes Ich mit diesen müden Fangarmen verschlingt, aber trotzdem sind immer noch mehr da, die zu mir kommen wollen, und ich komme wieder und wieder ... aaaahhhhhh! «Gesegnet seist du, mein Kind ...» (Gespräch)

Erforschung

Die folgenden drei Phantasien stammen von Frauen, die mit ihrem Sexualleben glücklich und zufrieden sind. Für viele Frauen bietet die Phantasie einen Weg, um gefahrlos alle Ideen und Handlungen zu erforschen, die sie in der Wirklichkeit vielleicht ängstigen würden. In der Phantasie können sie ihre Wirklichkeit erweitern, können gewisse sexuelle Variablen und Vorstellungen auf ganz ähnliche Weise durchspielen wie Kinder die Phantasie als eine Art von Spiel ansehen, um Wünsche auszukosten und Energien freizulassen, für die sie in der Wirklichkeit noch kein Ventil haben. Über ein Phantasiebild nachzudenken und sich sogar dabei zu erregen, bedeutet noch nicht, daß man es als seine eigene Wirklichkeit erleben will. Sonst wären wir Nachtträumer, die wir alle sind, im Grunde nämlich verdrängte Räuber, Mörder oder gar unbeseelte Objekte.

Karen

Ich habe die Phantasien ziemlich oft, während Ben mich fickt. Oder besser gesagt, ich habe sie, wenn wir gut in Form sind, wenn mein Körper ganz entspannt und voll Erfindungsreichtum ist. Ben wird so erregt, wenn ich diese Phantasien habe, als würde er sie auch durchmachen. Dabei weiß ich genau, wenn es in Wirklichkeit passierte, wäre er entsetzt – und ich wohl auch. Ich glaube, in unserem Leben gibt es keinen Platz für Gruppensex. Es paßt einfach nicht zu uns. Wir wüßten nicht, wie wir es machen sollten. Doch in der Phantasie, da ist es phantastisch.

Wir drei sind im Wohnzimmer, Ben, meine Freundin Helen und ich. Es ist unser Wohnzimmer, hier im Haus. Nur die Fenster sind größer, vorgebaut, mit großen Scheiben, ohne Gardinen, wie die Fenster in den langen endlosen Reihen kleiner Häuser, wo überall Licht brennt, die an endlosen Straßen stehen, die sich durch das Land ziehen, die Leute leben dort wie zur Schau gestellt, wie ... Wir sind gerade vom Einkaufen zurückgekommen, wir drei, und während ich in die Küche gehe, um die Lebensmittel auszupacken und mit dem Abendessen anzufangen, sehe ich, wie Ben Helen aus ihrem Mantel hilft. Ich stehe am Spülbecken und beobachte ihr Spiegelbild in dem riesigen blankgeputzten Fenster. Ben steht hinter ihr, die Hände auf ihrer Schulter, auf ihrem Mantel, doch sie langt rasch nach ihnen und zieht sie zu ihren Brüsten. Sie legen sich um ihre Brüste, und sie hält sie so fest. Ich raschle ein wenig mit irgendwelchen Tüten, damit sie sicher sind, daß ich noch damit beschäftigt bin, die Lebensmittel wegzuräumen. Ich lasse Wasser ins Spülbecken laufen, um ihnen Zeit zu lassen, damit sie weitermachen. Ben zögert, doch läßt es zu, daß sie seine Hände weiter auf ihre Brüste preßt. Dann drängt sie sich mit ihrem Hintern an ihn und reibt sich an seinen Leisten. Ich kann die Geilheit, die plötzlich in Ben hochschießt, fühlen, denn wenn ich das gleiche tue, bekommt er sofort einen Steifen.

Ich kehre ins Wohnzimmer zurück, aber vorher räuspere ich mich und sage irgend etwas, damit sie gewarnt sind. Ich gehe durch das Zimmer und sage, daß ich nach oben gehe, um schnell zu baden, und bitte Ben, Helen was zu trinken zu machen und ihr Gesellschaft zu leisten. Aber ich verschwinde nicht nach oben. Ich stehe hinter der Tür und warte und beobachte sie. Ben sitzt auf dem Sofa, scheu wie immer, und es ist Helen, die anfängt. Sie kniet sich vor ihn hin, zieht den Reißverschluß seiner Hose auf und nimmt seinen Penis in ihre Hand. Dann steckt sie ihn in den Mund. Ben hebt die Hände, um sie wegzuschieben, er blickt kurz in die Richtung, in der ich verschwunden bin, doch seine Gefühle überwältigen ihn. Er sieht Helen, sieht ihre Lippen um seinen Penis, ihren Mund, der voll von ihm ist, ihre Lippen liegen um ihn, als ob sie ihn verschlucken wollte. Er langt wieder nach ihren Brüsten und streichelt sie. Ich habe das Gefühl, sie werden in seiner Hand größer, sie schwellen an, bis sie so groß sind wie meine. Ihr blonder Kopf bewegt sich schneller und schneller, rauf und runter an seinem Penis, sie schiebt die Lippen zurück, damit er ihre Zähne sehen kann, sie sind klein und weiß, und sie tut, als würde sie einen köstlich schmeckenden Bissen Fleisch essen. Die Spitze gleitet tiefer und tiefer in ihre Kehle. Ben ist vor Ekstase praktisch wie gelähmt. Er sinkt tiefer ins Sofa zurück, er langt mit den Händen nach seiner Hose und macht sie ganz auf, so daß sie besser an ihn rankann. Er ist ganz und gar nicht mehr der Ben, den ich kenne. Helen knöpft ihre Bluse auf, ohne seinen Penis auch nur eine Sekunde in Ruhe zu lassen. Sie saugt weiter an ihm. Sie nimmt ihre Brüste in ihre eigenen Hände und massiert sie, bis ein paar Tropfen Milch hervorspritzen, auf Bens Schamhaare, und sie naß machen. Leise trete ich ins Zimmer, ich weiß, daß sie jetzt nicht mehr aufhören können und möchte sie aus der Nähe beobachten. Sie haben sogar vergessen, daß ich überhaupt im Haus bin. Ben ist dabei, in ihrem Mund zu kommen, aber er will noch viel lieber die Milch haben, und er hebt sie hoch, zieht sie aufs Sofa, so daß er an ihren Brüsten saugen kann, während er sie mit den Händen auszieht, er streichelt sie, bis sie stöhnt, er soll in sie reinkommen, dort auf unserem Sofa, mit den Kleidern, halb ausgezogen, halb noch an, vor dem riesigen Fenster. Ich reiße mir die Kleider vom Leib und gehe nackt zu ihnen hin. Ich klettere auf das Sofa, hinter Ben. Ich möchte unbedingt mitmachen, ich möchte Ben noch mehr Genuß geben, für all den Genuß, den er Helen gibt – die eigentlich zum Teil ich bin und zu einem Teil Helen –, und plötzlich habe ich so ein warmes feuchtes Ding, das ich in ihn reinstecke, einen Penis, meinen Penis. Langsam drücke ich ihn rein, bis er ganz drin ist. Ben keucht vor Aufregung, und ich spüre das gleiche heftige Gefühl, als ob tatsächlich ein Teil von mir in ihn eindringt, als wäre es tatsächlich mein Penis. Fest und schnell schiebe ich ihn hin und her, im gleichen Rhythmus, in dem er Helen fickt, deren Vergnügen ich auch spüren kann. Ich kriege es auf beide Arten, ich habe alles, es ist überwältigend. Ich kann es nicht mehr aushalten, es ist zuviel, und ich schiebe ihn tiefer und tiefer in meinen Mann rein, bis ich das Gefühl habe, mein Penis geht durch Ben hindurch und in Helen hinein, in mich selbst, und ich sterbe vor Lust. (Unterhaltung)

Andrea

Seit kurzem denke ich immer mehr über meine Phantasien nach. Ich habe sogar versucht, mit meinem Mann darüber zu reden, das heißt, nur über die, die ihn nicht wütend machen. Daß ich oft an meinen früheren Freund denke und wie es mit ihm gewesen ist, würde ich nicht wagen einzugestehen, auch nicht, daß ich manchmal an einen mir völlig unbekannten Mann denke, der mich zum Verkehr zwingt, was mir in meiner eingebildeten Welt viel Spaß macht.
Aus irgendeinem *seltsamen* Grund habe ich es lieber, wenn mein Mann beim Geschlechtsverkehr völlig angezogen ist, und wenn wir zusammen im Bett sind, möchte ich sein Glied lieber nicht sehen. Mir ist es lieber, wir haben Sex, ohne daß ich seinen Penis sehe. Er dagegen hat viel Freude daran, meine «Gegenden» zu untersuchen, aber ich kann mich nicht überwinden, es auch zu tun. Ich werde viel geiler, wenn alle Dinge meinen Phantasien überlassen bleiben. Aber mein Mann hat es gern, mit seinem Glied vor mir zu paradieren, auch wenn ich ihn bitte, es sein zu lassen, und erkläre, unser Liebesleben würde dann viel besser funktionieren.
Vielleicht finden Sie es deshalb seltsam, daß ich mir seit neuestem ausmale, wie ich meinem Mann erzählte, daß es mir Spaß machen *könnte*, ihn beim Sex mit einer andern Frau zu beobachten. Nicht mit jemand,

den wir kennen – am besten mit einer fremden Frau. Auf diese Weise wüßten wir, daß daraus keine Bindung entstehen würde. Wenn es in der Realität allerdings je dazu kommen sollte – ich weiß nicht, ob ich den Mut hätte, es zuzulassen. Trotzdem glaube ich weiter, daß es Spaß machen würde.

Ich habe auch Phantasien über mich mit andern Frauen. Doch diese Frauen sind gesichtslos, ich meine, es ist keine bestimmte Frau. Das passiert mir gewöhnlich beim Masturbieren, ungefähr zwei- oder dreimal im Monat. *Richtige* lesbische Phantasien habe ich nicht, weil ich Verkehr mit einer Frau widerlich finde, aber den Gedanken, daß es mir eine Frau besorgt, finde ich aufregend. (Vielleicht bin ich selbstsüchtig?)

Ich weiß, ich schrieb am Anfang dieses Briefes, daß ich einige Phantasien mit meinem Mann bespreche, aber ich fürchte, sogar das bilde ich mir nur ein! Mir fällt keine Phantasievorstellung ein, die ich mit ihm diskutiert hätte, allerdings haben wir auch gewisse Kommunikationsschwierigkeiten! (Brief)

Hilde

Ich bin siebenunddreißig Jahre alt. Meine Ehe ist glücklich und die sexuelle Seite unseres gemeinsamen Lebens äußerst befriedigend. Ich stelle mir gern vor, daß der Penis meines Mannes klein, aber sehr kräftig ist. Oft setze ich mich auf seinen Bauch, in der Hocke, die Knie angezogen. Er streichelt meine Pobacken und meinen After, während er mich von unten stößt. Wenn ich spüre, wie seine Finger meinen Hintern erkunden, stelle ich mir vor, daß ein sehr langer und sehr dünner Penis durch meine Afteröffnung eindringt. Ich spüre, wie dieser feine Pfeil von hinten in mich eindringt, und der Druck seiner Handballen gegen meine Pobacken läßt mich glauben, daß noch ein anderer Mann da ist, der es mir von hinten besorgt. Da läßt die Muskelspannung in meinem Becken nach, als wollte ich noch diesen zweiten Mann in meinen Körper lassen. Während mein Mann und ich unseren Höhepunkt haben, stelle ich mir vor, daß dieser dünne Schaft in meinem After pulsiert und mich stößt und mich mit einem zweiten Erguß von Samen erfüllt. Dann kann ich sicher sein, daß der Akt des Geschlechtsverkehrs zumindest von diesem eingebildeten «Ding» hinter mir vollzogen wurde, falls es meinem Mann nicht gelang. Ich habe keine Idee, wer dieser Angreifer von hinten ist. Er oder es ist in meiner Phantasie nicht vorstellbar, nur ein sehr reales Gefühl eines zusätzlichen Eindringens in meinen Körper. Manchmal ist die Spannung in meinem Hintern so groß, daß ich jede Beherrschung

verliere, und einen Augenblick, nachdem mein Mann gekommen ist, hält es meine Blase nicht mehr aus, und ich pinkle. Sein Samen, der eben in mich hineingespritzt ist, fließt auf ihn zurück. Wir haben nur ein einziges Mal analen Verkehr ausprobiert, aber weil sein mächtiger Zwerg so dick ist, hielt ich es einfach nicht aus. Die Tatsache, daß ich unfreiwillig ein wenig Urin von mir gebe, geilt meinen Mann unheimlich auf.
Auf der Farm meines Freundes habe ich beobachtet, wie ein Bulle die Kühe bediente. Besonders ein Bulle ist hinten sehr breit, wie ein flacher Tisch. Mein Mann und ich haben oft Sex im Wohnzimmer oder in der Küche, wenn die Kinder im Bett oder übers Wochenende nicht da sind. Dann stelle ich mir vor, ich läge auf dem Rücken des Bullen, wenn er gerade eine Kuh besteigt. Ich spüre ganz deutlich, wie der Küchentisch oder das kleine Sofa im Wohnzimmer, auf dem ich liege, sich auf und ab bewegt. Automatisch reiche ich zu den Tischbeinen hinunter, um mich an den Beinen festzuhalten, damit ich nicht von dem wilden Bullen falle, während er die Kuh wie ein Verrückter bearbeitet. Ich spüre, wie mein Körper hin und her stößt im Rhythmus, wie der Bulle die Kuh stößt. Manchmal hat mein Mann dann die größten Schwierigkeiten, in mir drinzubleiben. Unweigerlich habe ich bei solchen Vorstellungen meinen Höhepunkt eher als mein Mann, und weil er mich weiterstößt, damit es ihm auch kommt, habe ich einen zweiten Orgasmus, und dabei stelle ich mir in meiner Phantasie vor, wie der Bulle die Kuh mit seinem Sperma überflutet. Bei solchen Gelegenheiten bilde ich mir dann auch ein, daß der Penis meines Mannes noch dicker ist, als er ohnedies schon ist. Eigentlich stelle ich mir sogar vor, daß er so groß wie der des Bullen ist. Um es sogar noch realistischer zu fühlen, stecke ich manchmal meinen Finger in die Vagina, genau in dem Moment, wo er kommt, damit ich glauben kann, daß er noch größer geworden ist und ich jetzt in mir den Bullen spüre. Meinem Mann gefällt das sehr, weil er glaubt, ich will ihn mit dem Finger noch mehr stimulieren. Dabei ist es nur meine Sehnsucht, von einem enormen Penis ausgefüllt zu werden. (Brief)

Brigitte

Ich bin zweiundzwanzig und sehr scheu, und Gruppensex ist überhaupt nicht mein Fall. Aber meine Phantasie ist nicht das geringste bißchen scheu. Wenn mein Mann und ich uns lieben oder wenn ich masturbiere, sehe ich dabei im Geist, wie mein Mann eine andere Frau fickt und ich es mit einem anderen Mann treibe. Wir sind alle im gleichen Zimmer, oder in zwei Doppelbetten, und ich kann in einem großen Spiegel genau sehen, was sie machen. Es erregt mich ungeheuer. Ich kann mich nicht erinnern, wann es anfing oder wodurch, aber ich kriege selten einen Orgasmus, wenn ich nicht daran denke. (Brief)

Kitty

Manchmal, beim Verkehr oder irgendwann am Tag, überlege ich mir, wie es wäre, wenn wir den Ehepartner austauschten, das heißt, wenn mein Mann und ich mit einem Paar, mit dem wir sehr gut befreundet sind, Sex hätten ... ich mit dem Mann, und mein Mann mit der andern Ehefrau. Es könnte mit irgendeinem Paar sein, das wir kennen, oder mit neuen Leuten, die wir eben erst getroffen haben.
Oft erzähle ich meinem Mann von diesen Gruppensex-Phantasien, daß ich mir vorstelle, wie wir den Partner tauschen und wie sie wohl nackt aussehen, und er malt sich das auch aus. Wir überlegen, wie es mit Yvonne und Dirk oder Frank und Erna wäre, aber wir tun es nie in Wirklichkeit, und es wird auch sicherlich nie dazu kommen. Die Vorstellung davon, wie sie wohl sein würden und wie ihr Körper ist, was sie alles tun würden, das macht es für uns so aufregend. Wenn ich zufällig dabei bin, wie eine Freundin sich umzieht oder gar, wenn sie nackt ist, merke ich mir alles und beschreibe später meinem Mann ihre weiblichen Vorzüge. Er tut das gleiche, wenn er mal in der Umkleidekabine mit jemand zusammen ist, den ich kenne. Es macht uns ungeheuren Spaß, uns gemeinsam unsere Freunde nackt vorzustellen. Es ist äußerst aufreizend und erregend, obwohl es in Wirklichkeit nie geschehen wird ... vielleicht gerade deshalb. In der Phantasie kann man viel weitergehen als in der Realität. (Brief)

Sexuelle Initiative

Die Gesellschaft ermutigt die Frauen, sich Partner fürs Sexualleben zu suchen; eine Frau ohne Mann ist nur eine halbe Frau. Alte Jungfern und Nonnen wirken auf manche Leute beunruhigend. Eine Gesellschaft verlangt von der Frau, daß sie Sexualverkehr pflegt (eine Ehe muß auf diese Weise vollzogen werden, um als gesetzlich zu gelten), versagt ihr aber, beim Sex die Initiative zu ergreifen. Man gesteht ihr sexuelle Gelüste zu und drängt sie, diese zu befriedigen, versagt ihr aber wiederum, die aktive Rolle zu übernehmen ... außer in der Phantasie, wo sie sich auf ihre eigene Weise in ihrer eigenen Zeit nehmen kann, was ihr eigentlich rechtens als Frau zusteht, wie ihr gesagt wird.
Was bedeutet: «Sie ist eine wirkliche Frau.» Männer sagen es mit derartiger Be-

wunderung, daß jede Frau in Hörweite vor Neid erblaßt und begierig darauf ist, endlich herauszufinden, was es eigentlich ist, das die «wirkliche» Frau hat. (Frauen bezeichnen einander nicht als «wirkliche Frau». Wie sollen wir also eine solche erkennen? Seit wir auf die Welt kamen, haben wir herauszufinden versucht, was es heißt, Frau zu sein.)

Es gibt so spärliche und widersprüchliche Informationen über die wesentlichen Merkmale der Weiblichkeit, daß man fast glauben könnte, jemand (Mutter?) versuchte uns, von Anfang an in die Irre zu leiten. Es gibt nicht nur innere, sondern auch äußere Widersprüche. Die Hinweise, die wir bekommen, scheinen genau dem zu widersprechen, was wir fühlen und auch tun wollen.

Unser erstes Spielzeug ist ein Baby, ein Puppenbaby; unsere erste «Spiel»-Rolle ist die einer Mutter. Wir ahnen zwar unklar, daß all dies etwas mit unserem Geschlecht zu tun hat, erhalten jedoch keine hilfreichen Hinweise darauf. Irgendein Schritt scheint ausgelassen worden zu sein. Die Verärgerung und Besorgtheit, die unsere Mütter hinter einem gepreßten Lächeln nicht ganz verbergen können, wenn wir Fragen danach stellen, zeigt uns, daß dieser Schritt bewußt ausgelassen wurde und wir dieses spezielle Gebiet besser meiden sollten. Wir spielen Puppenhaus mit unseren Spielzeugbabies, aber es ist ein vaterloses Haus. Kleine Jungen spielen nicht «Puppenhaus»; es ist nicht ihre akzeptierte Rolle. Es gibt keine akzeptierte Spielrolle, in der die kleinen Mütter ihre ersten sexuellen Regungen erforschen können, die häufig völlig überraschend auftauchen. Ein kleines Mädchen, das plötzlich unbändige Energie entwickelt, das rennen und schreien, in Bäumen herumturnen und auf Mauern klettern will, bezeichnet man als Wildfang. Spontaneität und Tatendrang gelten also eindeutig nicht als weibliche Tugenden. Wenn dies jedoch kein akzeptables Ventil für jene geheimnisvollen, vielleicht sogar beunruhigenden neuen Energien ist, was dann? Das wird uns nicht verraten. Wir wissen nur, daß hier ein Geheimnis ist. Vielleicht schlagen wir irgendwo den falschen Weg ein. Um uns ist großes Schweigen. Wir lernen, still zu sein. Passiv.

Mit der Zeit hat ein Mädchen die Puppenbabies satt und entdeckt die ersten Anzeichen, daß sie wie durch ein Wunder Frau geworden ist. (Sie weiß nicht, wie es dazu gekommen ist, denn ihres Wissens hat sie nichts getan, nichts gelernt und überhaupt nichts erlebt. Kann es *das* überhaupt sein? Nichts zu tun, das Geheimnisvolle zu meiden, passiv und unwissend zu sein – bedeutet es das, eine Frau zu sein?) Wie die Antwort auch lauten mag, die Jungen wissen ganz offensichtlich, welche Mädchen das Problem gelöst haben. Sie beginnen, sich mit diesen Mädchen zu verabreden. Und das führt direkt und ganz natürlich zu den Wünschen und Trieben, die Mädchen unterdrückt haben. Und Wunder über Wunder! Um besonders viele Verabredungen zu haben, muß man plötzlich nur das tun (am meisten weiblich sein?), was man sowieso tun möchte, und soll nichts mehr unterdrücken. Freiheit, Aufregung und eine «wirkliche» Frau zu sein, scheinen plötzlich und wie durch Zauberei vereint und integriert zu sein – endlich etwas Verlokkendes.

Falsch. Wieder einmal wird einem eingehämmert – von Mutter und den anderen Mädchen, falls man zu langsam kapiert –, daß aktives Handeln, der scheinbar einfachste Weg zur Weiblichkeit, keineswegs der beste Weg ist. Vielleicht ist es sogar überhaupt kein Weg. Tatsächlich scheint Weiblichkeit wieder einmal damit zusammenzuhängen, *nichts* von dem zu tun, was man tun möchte, wieder einmal sind Frustration und Passivität im Spiel. Plötzlich wird die vage Unterscheidung aus der Kinderzeit zwischen «anständigen» kleinen Mädchen und Mädchen, die «ordinär» waren, zu einer harten Trennungslinie zwischen den Frauen. Es gibt zwei Arten: diejenigen, mit denen die Jungen sich gerne verabreden, und diejenigen, die sie heiraten. Welcher von beiden Arten entspricht man nun als «wirkliche» Frau? Die Wahl ist jetzt schwieriger, da man den Geschmack der verbotenen Frucht gekostet hat. Soll man zugreifen und sich empfänglich zeigen oder sich zurückhalten, für die Ehe aufsparen?

Keiner läßt es darauf ankommen: Die Ehe ist – von Mutter? – als die hinreißende Erfüllung des Bittgebets eines jeden Mädchens, als die andere Seite des Regenbogens, als der Beginn eines von da an «ewigwährenden Glücks» dargestellt worden. Um ganz sicher zu sein, daß die Ehe hält und das Mädchen nicht andere Wege geht, wird die «richtige» Frau nicht nur als Ehefrau, sondern zusätzlich als Mutter definiert. Es läßt sich auch noch anders (auf Mutters Weise) ausdrücken: Man ist keine wirkliche Frau, solange man keine Mutter ist.

So, wie die Babypuppen aus einer geschlechtslosen Leere plötzlich auftauchten, so wird nun ein entscheidender Schritt zwischen dem Mädchen, so wie es jetzt ist, und diesem neuen wirklichen «Frausein» schweigend übergangen. Mit jedem neuen Mann in ihrem Leben könnte sie etwas Neues lernen. Möglicherweise wären es widersprüchliche Dinge, die sie jedoch der Lösung des Rätsels ihrer selbst und dessen, was es tatsächlich für sie bedeuten könnte, Frau zu sein, näherbrächten. Die Aussicht, eine Vielfalt von Männern und Frauen und das Leben selbst zu erforschen, ist faszinierend, erschreckend und beängstigend, wenn nicht sogar verboten (von Mutter und den anderen Mädchen).

Ich bin überzeugt davon, daß es daran liegt, warum so viele Frauen früh heiraten. Auf jede Frau, die das Unbekannte sucht, die sexuell wißbegierig ist, kommen Hunderte von Frauen, die sich ängstlich in Ehe und Mutterschaft flüchten und die symbolische, aber oberflächliche Manifestation erstreben, es endlich geschafft zu haben: Sie sind «wirkliche» Frauen. Der Ehering bescheinigt es, und die Mutterschaft verbürgt es. Gibt es auf der ganzen Welt jemanden, der diese erhabenen Versicherungen anzweifelt? Nur die Frau selbst, ihr Selbst in ihren Phantasien, das dort anfängt, auszuprobieren und die verschiedenen sexuellen Rollen einer Frau zu testen, wo ihr wirkliches Selbst sich nicht weitertraut.

Eine Rolle ist ihr von Anfang an versagt geblieben: die des sexuellen Initiators und Erneuerers. Eine Frau kann einen Mann zum Dinner einladen, nicht jedoch zum Tanz. Sie kann ihn bitten, ihr das Salz zu reichen, sie kann sogar über den Tisch greifen, um es sich zu holen, aber sie kann dem Mann unter dem Tisch nicht die Hand aufs Knie legen. Sie kann ihn auffordern, neu entdeckte Rezepte auszuprobieren, und ihn dazu drängen, mehr zu essen, weil Mutter ihr erzählt hat, daß durch seinen Magen ein schnellerer (besserer) Weg zu seinem Herzen führt als durchs Telefon. Es ist Tradition, daß Frauen darauf warten, zu etwas aufgefordert zu werden oder mit sich etwas machen zu lassen. Es gilt als aggressiv, sich um den Mann zu bemühen, den man will. Wenn man sich gar darum bemüht, daß er im Bett so ist, wie man ihn gerne haben würde, dann ist das nicht nur aggressiv, sondern sogar unweiblich. Die Tatsache, daß ihm vielleicht gefällt, was auf den ersten Schritt folgt, steht nicht zur Debatte. Es geht darum, daß es nicht getan wird, nicht getan wurde und auch nicht getan werden wird, bis Männer und Frauen nichts Bedrohliches mehr darin sehen, die traditionellen sexuellen Rollen zu verändern.

Wenn er zu schüchtern zum Telefonieren ist oder vielleicht weniger einfallsreich oder erfahren im Bett als sie (sein könnte, wenn sie so sein dürfte), werden zwei Menschen möglicherweise nie dazu kommen, und das Bett bleibt so gut wie unberührt, obwohl sie große Lust darauf hätten. Er wird nie erfahren, was ihm entgangen ist, sie dagegen schon, wenn auch nur in ihrer Phantasie. Wenn sie in diesen Phantasien (wie in so vielen dieses Buches) einer Tigerin gleich eine erstaunlich aggressive Rolle spielt – sie fesselt ihn ans Bett usw. –, dann stempeln Sie die Dame bitte nicht als eine insgeheim herrschsüchtige sexuelle Sadistin ab. Manchmal muß man eben laut schreien, um gehört zu werden.

Selbst eine Frau, die auf sexuellem Gebiet so mit sich im Einklang ist wie Karla, muß eine Sex-Unterrichtsklasse erfinden, in der ein Phantasie-Lehrer sie *auffordert*, die Initiative zu ergreifen, bevor sie in Wirklichkeit etwas so Schönes und Natürliches tun kann, wie ihren Mann zu besteigen. Fannys Phantasie, worin sie ihren Liebhaber zu einer variantenreichen Sex-Szene verführt, illustriert etwas, das sie schon immer gern getan hätte und von dem sie glaubt, daß auch er Vergnügen daran fände – allerdings nur, wenn sie ihn führen würde. Warum nicht? Man überlege sich, wieviel temperamentvoller es auf der Tanzfläche und im Schlafzimmer zugehen würde, wenn Frauen (und Männer) leichter den ersten Schritt tun könnten, um eine zweite Position auszuprobieren ... oder eine dritte und vierte.

Karla

Mein Mann und ich stammen ursprünglich aus Neuseeland und leben jetzt in Papua. Mein Mann ist fünfundfünfzig, ich bin knapp achtunddreißig. Wir sind seit achtzehn Jahren verheiratet und haben zwei Kinder. Wir hatten und haben immer noch ein höchst befriedigendes Sexualleben.

Meine Phantasie, die mich oft beschäftigt, dreht sich darum, daß wir ein Demonstrations-Paar für eine Klasse junger Paare sind, die in der Kunst des Geschlechtsverkehrs unterrichtet werden. Ich kann den Lehrer hören, wenn er der Klasse darüber berichtet, daß wir uns immer mehr dem Höhepunkt nähern. Immer wieder verlangt er, daß wir die Position wechseln, damit seine Schüler einen besseren Blick zwischen meine Beine tun können. An diesem Punkt steige ich normalerweise auf meinen Mann und nehme eine Hockstellung über ihm ein, um unserem Publikum zu ermöglichen, unsere vereinigten Geschlechtsorgane zu sehen. Manchmal höre ich den Lehrer sagen, ich solle die aktive Rolle übernehmen, worauf ich meinem Mann dann in Wirklichkeit sage, daß ich von nun an alle Bewegungen allein machen möchte, bis er ejakuliert. Normalerweise ist er damit einverstanden, es sei denn, ich habe seinen Zustand falsch eingeschätzt, und er ist sowieso schon kurz vor seinem Orgasmus. In diesem Fall entschuldige ich mich dann in der Phantasie bei dem Lehrer. Wenn meine Gedanken in diese Richtung gehen, kann ich oft die Stimme des Lehrers hören, die dem Publikum ganz exakt die Empfindungen schildert, die mich während des Geschlechtsakts bewegen, und er spricht die ganze Zeit über mit einer sanften Stimme, um meinen Mann und mich nicht zu stören. Immer, wenn er der Klasse anordnet, noch genauer zu beobachten, werde ich noch aufgeregter, weil ich ihre Blicke auf mir spüre. Die Stimme des Lehrers, die mir ruhig sagt, ich solle all die Dinge tun, die ich tun möchte, ähnelt keiner Stimme, die ich kenne, keinem speziellen Freund oder Bekannten. Aber er ist insofern doch ein Freund, weil seine Rolle in meiner Phantasie die eines Wohltäters ist, eines Menschen, der sich um mich kümmert und jeden meiner Wünsche kennt. Er und ich haben ein wunderbares Verhältnis. (Brief)

Fanny

Ich weiß nicht genau, was mich zu dieser Phantasie verleitet hat. Ich mag Richard wirklich gern. In gewisser Weise sind wir mehr als nur Liebende, wir sind sehr gute Freunde. Aber die Ehe ist nichts für uns. Manchmal sehen wir uns eine Ewigkeit nicht, doch wenn immer wir zusammen sind, lieben wir uns und machen einfach da weiter, wo wir aufgehört hatten. Ich liebe ihn wirklich, und vielleicht habe ich diese Phantasie, weil ich ihn ohne jenen Besitzanspruch liebe, der allgemein üblich ist. Ich glaube nicht, daß Richard je bewußt einen Gedanken an Homosexualität im Kopf hatte, ich meine, er würde nie zugeben, daß er sich zu einem andern Kerl sexuell hingezogen fühlt. Dagegen glaube ich, daß in jedem von uns ein Teil bisexuell ist, und irgendwie kommt das gerade bei Richard raus. Vielleicht, weil ich es gern so hätte. Verstehen Sie, bei dem Gedanken, daß Richard und ich es mit einem anderen Mann treiben, werde ich richtig geil. Ich würde einfach gern erleben, genau wie seine Gefühle für Liebe und Sex bei Frauen, wie er das auch mit Männern macht.

Und ich würde gern die Ursache des Ganzen sein. Ich meine das so: Es müßte eine glückliche kleine Gruppe sein, und solange ich dabei bin und mitspiele, wird er es auch tun und Spaß daran haben. Das Interessanteste an der Sache ist, daß ich so eine Idee nie haben würde, wenn Richard und ich es ernst miteinander meinten, weil ich zu verdammt eifersüchtig bin und ihn dann für mich allein haben möchte. Aber es gefällt mir, ihn aufzureizen, ihn und einen anderen Mann und mich. Es würde so schön und aufregend sein.

Ich knie vor einem offenen Kamin und stochere in der Asche. Nur – es ist kein echtes Feuer, es ist aus Pappmaché. Das Zimmer erinnert mich an das Chalet, das wir einmal in der Schweiz gemietet hatten. Dabei ist das Zimmer nur Kulisse, eine Bühne. Wegen der Bühnenlichter kann ich die Zuschauer nicht sehen, doch ich weiß, daß sie da sind. Das falsche Kaminfeuer verbreitet einen halbrunden rosigen Schimmer, der mich umgibt, so daß ich nicht richtig erkennen kann, wer der andere Mann ist.

Er ist gerade hereingekommen, zusammen mit Richard, sie stehen im Schatten hinter mir und unterhalten sich. Als Richard in den Raum nebenan geht, um uns einen Drink zu mixen, will der Fremde ihm folgen, dann ändert er seine Absicht und stellt sich hinter mich. Er legt mir seinen dicken Schaffellmantel um, weil ich fröstle. Dann kniet er sich neben mich und ergreift den Schürhaken, den ich halte. Seine Hand liegt nun über meiner, und er preßt sie hart gegen den Griff. Ich beobachte, wie meine Finger durch den Druck ganz weiß werden. Richards Stimme dringt herzlich und glücklich aus dem Nebenzimmer, ich höre die Eisstückchen in den Gläsern klingeln. Ich kann den warmen Brandy-Atem des Fremden riechen und spüre, wie hart er unten ist und den unbarmherzigen Druck seiner Hand. Ich lasse den Mantel von den Schultern gleiten und spüre, wie der Schmerz meine Brustwarzen hart macht. Sie zeichnen sich deutlich unter meinem Pullover ab. Durch die Zuschauerreihen geht ein begeistertes Geraune. Jetzt ergreife ich ein Holzscheit, um es auf das Feuer zu legen, und dabei streife ich mit meinen Brustwarzen seine Schulter. Damit gebe ich ihm zu verstehen, daß ich mich nicht wehren werde. Sein Druck auf meine Hand läßt nach. Die Zuschauer klatschen leise. So, wie er hockt, kann ich sehen, wie sich seine Hose plötzlich wölbt. Sein Schwanz bewegt sich wie in einem schnellen Herzschlag, gerade über dem geheimnisvollen Punkt zwischen den Beinen eines Mannes, wo sich alle Nähte seiner Hose treffen. Hinter uns hören wir Richards vertraute Stimme, wie ein Summen. Er summt, während er eine Platte auflegt, es ist Shirley Basseys Stimme, dunkle, keuchende Musik, wie Richard sagt, bei der man am besten vögelt. Mit seinem Finger, nur mit seiner Fingerspitze, hebt der Mann meinen Pullover hoch, beugt sich vor und preßt seine warmen Lippen auf meine Brust, er nimmt sie in den Mund und spielt mit der Zunge mit meiner Brustwarze, bis ich stöhne. Und die Zuschauer stöhnen auch. Mein Körper fängt an, sich im Rhythmus der Musik zu bewegen, mein Körper und der Mund des Mannes sind wie ein Tanz, alles ist jetzt feucht und warm. Ich fahre mit meinem Finger der Naht seiner Hose zwischen den Beinen nach, und sein Mund reagiert, seine Zunge kreist weiter nach unten, während ich meine Hand zwischen seine Leisten lege, meine Finger wölben sich über der Härte und dem Druck darunter. In einer einzigen Bewegung ziehe ich seinen Reißverschluß auf und lasse ihn frei, wie einen riesigen Vogel. Jetzt spielt seine Zunge in meinem Haar auf dem Bauch, gerade am Rand meiner sehr kurz geschnittenen Hüfthosen. Seine Hände zerren an ihr, um sie wegzuziehen, damit er an mich rankann. Dann spüre ich seinen Atem genau über meiner Klitoris und spüre, wie er meinen Geruch einatmet. Ich bin feucht von mir selbst. Seine Hände öffnen geschickt meine Hose, dann bin ich nackt, sein Mund öffnet sich weit, und seine Zunge liegt genau da, wo ich sie haben möchte. Ich lehne mich zurück und stütze mich nur mit den Händen auf, ich hebe ihm das Bekken entgegen, er packt meine Pobacken und preßt meinen ihm erwartungsvoll hingestreckten Kitzler an seinen Mund wie eine große feuchte Pflaume. Meine Schamlippen scheinen sich in ihrer Gier zu bewegen wie richtige Lippen und betteln ihn um seine Zunge, bis ich sie fühlen kann, warm und voll auf dem kleinen Punkt, ihn saugend und küssend. Ich bin angespannt, wölbe meinen Rücken durch, als wollte ich ihm diesen ganzen Teil meines Körpers geben, die Musik ist überall, Shirley Bassey singt und stöhnt, mein Kopf ist zurückgeworfen, so weit weg vom unteren Teil von mir, so einsam, bis ich die Augen öffne und Richard sehe. Er beobachtet uns fasziniert, seine eigene Erektion ist groß und gierig. «Komm», flüstere ich, und er ist bei uns, auf mir, sein dankbarer Mund auf meinem, sein Schwanz hängt vor dem Gesicht des anderen Mannes. Aber nur für eine Sekunde, dann läßt sein Mund meinen Kitzler los und nimmt Richards Schwanz auf, während er mir den eigenen mit solcher Wucht hineinstößt, daß ich vor Lust Schreie ausstoße, die in den donnernden Ovationen der Zuschauer untergehen. (Tonbandinterview)

Unersättlichkeit

Warum phantasieren Frauen über den Geschlechtsverkehr, wenn sie ihn gerade hinter sich haben oder gerade dabei sind? Warum stellen sich sexuell befriedigte Frauen wie Karla und Fanny noch mehr Sex vor, wenn sie schon «alle Hände voll zu tun haben»? Vielleicht deshalb, weil Frauen, jedenfalls die meisten, körperlich nie voll erfüllt, nie jenseits ihrer Vorstellungskraft übersättigt sind.

Das braucht gar nichts mit der Realität zu tun haben, auch nichts damit, ob der wirkliche Mann sie völlig befriedigen kann (oder auch nur würde, wenn er es könnte). Wie schon gesagt, die Phantasie auf die «Nichts als»-Einschätzung zu reduzieren, die behauptet, Phantasie sei «nur Frustration» ist zu einfach. Phanta-

sie ist per definitionem etwas, das nicht wirklich geschieht. Einige der blühendsten Phantasiegebilde, die ich gesammelt habe, stammen von Frauen, die eindeutig nicht wollen, daß ihre Phantasien Realität werden.
Nein, viel eher als der frustrierte Schrei nach mehr wirklichem Sex bedeuten meiner Meinung nach viele der weiblichen Phantasien das psychische Bedürfnis nach einer umfassenderen Erforschung all dessen, was vor ihnen als kleinen Mädchen geheimgehalten wurde und was auch nur im entferntesten als sexuell gelten konnte.
William Blake schrieb: «Die Straße des Exzesses führt zum Palast der Weisheit», und das Unbewußte im Menschen weiß, daß dies stimmt. Phantasie bedeutet mehr Beteiligung, mehr Spontaneität, mehr Nehmen wie auch Geben, mehr Konzentration auf sich selbst, und vielleicht bedeutet sie auch mehr Lärm, mehr schwarze Männer, Frauen, Hunde, Zuschauer, Eltern, Erfahrungen, Verhaltensweisen, Rollen. Für Frauen ist Sex immer noch die unendliche und unerschöpfliche Variable, die eine Möglichkeit, wie sie das Geheimnis enträtseln können, was es heißt, Frau zu sein und wie eine Frau zu fühlen. Ich glaube, daß Frauen ungeheure sexuelle Gelüste haben – weit größere als allgemein anerkannt.
Natürlich könnten diese Gelüste in der Realität erfüllt werden, was aber nicht oft vorkommt. Trotz allem existieren sie und können von den Frauen in ihren Phantasien erkannt werden.

Clarissa

Wenn mein Mann und ich unser Liebesspiel beginnen, wenn er mich nur streichelt und küßt, erscheint immer wieder die gleiche Szene vor meinem geistigen Auge: Ich bin eine afrikanische Fruchtbarkeitsgöttin, eine kleine Statue mit langen spitzen Brüsten, grotesk, weil sie übertrieben groß sind, und statt meines Mannes liebt mich das männliche Gegenstück, eine Statuette mit einem enormen Penis, der alle Proportionen eines Körpers sprengt. Dieses Bild entsteht wie von selbst in mir, ohne daß ich es erzwingen will, und zwar sobald ich weiß, daß wir Verkehr haben werden, und es bleibt, bis ich einen Orgasmus hatte. Es hat nichts damit zu tun, daß ich etwa mit dem Penis meines Mannes nicht zufrieden wäre, er hat eine sehr ordentliche Größe und befriedigt mich völlig. Ich stelle mir einfach immer wieder vor, wie dieser enorme, lange, dicke Penis (mit einem gigantischen Kopf am Ende) in mich eindringt. Wenn wir mit dem Liebesspiel anfangen, bilde ich mir nur ein, daß dieses riesige Organ sich an meinen enormen Brüsten reibt, daß er sich mehr oder weniger mit ihnen duelliert. Er versucht, zwischen sie zu gleiten und stößt erst auf die eine, dann auf die andere ein, und ich wehre ihn ab, indem ich meine riesigen Brüste vorstrecke. Das ist meistens der Augenblick, in dem mein Mann meine Brustwarzen streichelt oder an ihnen saugt. Es

ist von meiner Seite aus wirklich keine Eifersucht oder ein Gefühl der Unzulänglichkeit, denn ich weiß genau, daß er mich in dieser Beziehung für genau richtig hält.
Deshalb möchte ich versuchen zu beschreiben, wie völlig entspannt und natürlich wir in unseren Liebesgewohnheiten sind und wie sehr wir den Körper des andern lieben und verstehen. Wir schlafen nackt, und er ist meistens schon im Bett, während ich mir noch die Haare aufdrehe. Ich tue das nackt und stehe dabei vor dem großen Ankleidespiegel in unserem Schlafzimmer. Er beobachtet mich dabei, weil es ihm gefällt, wie sich meine Brüste straffen, wenn ich die Arme hebe, um einen Lockenwickler zu befestigen. Gewöhnlich sind wir in unserer Liebessprache ziemlich konservativ, doch in einem solchen Augenblick sagt er jedesmal: «Du hast wirklich flotte Titten, Mädchen!» Wenn ich mir die Haare fertig aufgedreht habe, gehe ich zum Bett, beuge mich über ihn, so daß er an jeder Brustspitze einen Augenblick lang knabbern kann, dann ziehe ich die Decke zurück, so daß er nackt daliegt. Ich beuge mich über ihn und gebe seinem Penis einen raschen Kuß. Das tun wir jeden Abend, obwohl wir nur jeden zweiten oder dritten Abend Verkehr haben. Wenn er schon eine Erektion hat, oder wenigstens zum Teil, spiele ich etwas mit seinem Penis herum, weil ich weiß, heute ist «der» Abend. Wenn das aber nicht stimmt und ich trotzdem Lust auf etwas Liebe habe, und wenn ich finde, daß er nicht müde sein kann und ihn auch nichts bedrückt, bearbeite ich seinen Penis weiter, um zu sehen, ob er nicht doch reagiert. Aber viele Abende ist es nur der freundliche Kuß einer Ehefrau, und nichts geschieht. (Natürlich küssen wir uns auch noch auf den Mund, ehe wir einschlafen.)
Sie verstehen also, daß meine Phantasie über dieses übergroße Geschlechtsorgan nicht von einem Gefühl der Frustration oder der Vernachlässigung herrührt. Wenn ich zurückdenke, kann ich mich nur an eine einzige Phantasie erinnern, die ich als Kind hatte: Es war die eines erigierten Penis. Zwar masturbiere ich jetzt nicht mehr, aber ich habe das Gefühl, daß ich es als Kind ständig gemacht habe. Sicher schon mit elf Jahren, denn meine Mutter erwischte mich und eine Freundin dabei, wie wir es mit Kerzen taten, und da war ich zwölf und hatte es schon seit längerem gemacht. Die Kerzen waren der Einfall meiner Freundin gewesen. Sie hatte im Zimmer ihres Bruders ein paar von den verrückten Comic-Heften gefunden, mit Dagwood und Blondie und noch ein paar Figuren, die es miteinander trieben, auch mit dem Mund, wobei der Mann in allen Fällen immer einen enormen und immer steifen Penis hatte. Die Vorstellung davon hatte ich jedesmal, wenn ich masturbierte ... diese erschreckenden und aufregenden Bilder der riesigen Penisse in

den Comic-Heften. Dabei war das Thema Sex bei mir zu Hause gar nicht tabu. Meine Mutter hatte mich bereits sehr früh und ganz genau aufgeklärt und mir sogar gesagt, daß Sex Spaß macht, was die meisten Eltern nie sagen würden. Meine Mutter schimpfte nicht mit uns und erzählte es auch nicht der Mutter meiner Freundin. Sie sagte einfach, wir sollten damit aufhören, und mahnte uns, vorsichtig zu sein und uns nicht zu verletzen, wenn wir Kerzen oder irgend so etwas benützten. Obwohl ich erst mit vierzehn den ersten Verkehr hatte, war ich von jenem Tag an am Penis der Jungs äußerst interessiert, genau wie schon vorher. Ich weiß nicht, ob das mit meiner Phantasie über meine afrikanische Sexgöttin zu tun hat. Vielleicht doch.
Ich möchte noch erwähnen, daß ich meinem Mann nie davon erzählt habe, ich werde es wohl auch nie tun, weil er dann glaubt, seiner wäre zu klein, und das stimmt nicht. (Brief)

Annabelle

Meine Phantasie ist fast immer dieselbe: Ich werde vergewaltigt, nicht nur von einem Mann, sondern von drei oder vier. Das Seltsame dabei ist, daß der Reihe nach der Penis immer größer wird. In meiner Phantasie sind manche zweiundzwanzig bis dreißig Zentimeter groß. Und weil ich meine Beine ganz weit spreizen muß, damit sie reinkommen können, ist meine Lust so groß, daß ich den herrlichsten Orgasmus habe. Die Lust, die ich verspüre, ist so intensiv, daß mein Mann von ihr angesteckt wird und er auch mehr Lustgefühl erlebt, weil er glaubt, daß er allein der Anlaß dafür ist. (Brief)

Iris

Ich bin dreiundzwanzig Jahre alt, seit zwei Jahren verheiratet und habe zwei Kinder.
Die früheste Phantasie, an die ich mich erinnern kann, hatte ich mit neun oder zehn. Ich stellte mir vor, wie die Jungen in der Klasse mich ansahen und mich berührten und über meinen Körper redeten. Heute sind meine Phantasien ähnlich. Häufig stelle ich mir vor, daß der Mann, mit dem ich zusammen bin, meine Geschlechtsteile genau untersucht, nicht als Arzt, sondern als Liebhaber. Manchmal stelle ich mir vor, er unterhält sich mit einem Freund, während sie mich beide genau untersuchen und mit der Hand zu einem Orgasmus bringen, während sie zuse-

hen. Ich habe diese Phantasie häufig, wenn ich vor einem Spiegel masturbiere.
Erst vor kurzem haben mein Mann und ich uns gestanden, daß wir Phantasien hatten. Wir haben sie nie beschrieben, nur ihre Existenz zugegeben. Ich denke manchmal an andere Männer, während mein Mann und ich Verkehr haben. Meistens denke ich an Männer, die wir kennen und die ich besonders attraktiv finde. Gewöhnlich stelle ich mir vor, daß diese Männer darum betteln, mit mir eine Affäre zu haben, und daß ich schließlich einwillige.
Ich glaube nicht, daß mein Mann eifersüchtig würde, wenn ich es ihm erzählte. Vielleicht, wenn ich es tatsächlich täte, würde er es sein. Er weiß, daß es mir Spaß macht, an Männer zu denken, und ich immer gern wissen würde, was hinter dem Reißverschluß von jedem Mann steckt, den ich ansehe. (Brief)

Nora

Mein Mann hat nicht viel Phantasie, und unser Geschlechtsverkehr ist immer gleich. Ich habe versucht, ihn dazu zu bringen, verschiedene Dinge auszuprobieren, aber er wollte nie. Der Grund, daß ich genauer Bescheid wußte, lag nicht darin, daß ich vor der Ehe mehr Erfahrungen gesammelt hatte als er, nur ein paar, und ich nehme an, ich habe jedesmal nur getan, was der Mann eben wollte. Jedenfalls war er zum Beispiel richtig beleidigt, als ich versuchte, seinen Kopf runter zu meinem Kitzler zu schieben. Er schob ihn energisch wieder hoch und küßte mich ganz normal auf den Mund. Er scheint auch gar nicht glücklich zu sein, wenn ich auf ihm liege, doch ab und zu läßt er es mich machen.
Außer im Bett halte ich ihn auf jedem anderen Gebiet für den idealen Ehemann – oder zumindest für einen guten, und deshalb habe ich mich entschlossen, mich mit dem etwas dürftigen Sexleben abzufinden. Ich nehme meine Zuflucht zu meinen Phantasien, und ich habe immer einen Orgasmus, wenn ich mir dabei etwas vorstelle. Ich finde, die Abwechslung ist der Schlüssel zu der ganzen Sache, und der Grund, warum so viele Ehen fade werden, ist einfach der, daß sie wieder und wieder immer das gleiche machen. Nun, bei uns ist es auch so, aber in meinem Kopf ist es jedesmal anders.
Ich mache es ganz absichtlich. Ich weiß, wenn wir zu Bett gehen, ob mein Mann in Stimmung ist oder nicht, und wenn er es ist, geile ich mich im Geist auf, noch ehe ich im Bett bin, während ich mir die Haare bürste oder mich ausziehe und so weiter. Manchmal trödle ich im Bad herum,

nur damit ich bis zum richtigen Punkt in meiner Phantasie komme. Dann, wenn wir unseren guten alten immer gleichen Verkehr haben, habe ich meine arabischen Nächte. Ich meine es genau, wie ich sage. Es ist wie in einem Märchen aus Tausendundeiner Nacht, ich bin Scheherezade und erzähle mir selbst jedesmal eine andere Geschichte, eine Sexgeschichte. Die ersten zehnmal oder so ging es nur um mich und einen Mann. Ich beschrieb all die verrückten Dinge, die wir zusammen trieben. Dann erfand ich verschiedene Szenerien, zum Beispiel trieben wir es auf dem Küchenboden (vielleicht mit einem Boten) oder in der Garage eines Nachbarn, bei dem ich mir ein Werkzeug borgen wollte (ein Freudscher Ausrutscher). Dann war ich lange Zeit damit beschäftigt, Neunundsechzig zu machen, wobei mir die Leute zusahen. Dann fing ich an, mich im Verkehr mit zwei Männern vorzustellen, und seit kurzem treibe ich es mit einer ganzen Gruppe, Männern und Frauen. (Wobei die Frauen nur mit den andern Männern beschäftigt waren und mich nicht angerührt haben.) Ich habe mich noch nie zusammen mit einer anderen Frau gesehen, doch außer diesem einen Punkt probiere ich alles aus – im Geist. Ich kann dabei meine Phantasien so einteilen, daß sie mit dem, was wirklich passiert, genau übereinstimmen, und auf diese Art und Weise funktioniert es bei mir beinahe jedesmal. (Brief)

Tagträume

Man könnte behaupten, daß das Leben einer Frau für Phantasien wie geschaffen ist. Man denke nur an all diese Stunden der Muße, an die langweiligen, ewig sich wiederholenden Bewegungsabläufe, die ihre Hände automatisch erledigen, an die endlosen Gelegenheiten nachzusinnen, etwas zu erfinden und zu rekonstruieren. In gewissem Sinn sind wir zum Träumen geboren, zum Daheimbleiben ... so stellen sich die meisten Männer uns jedenfalls vor. Selbst die heutigen Superfrauen, die das Haus verlassen, um zur Arbeit zu gehen, haben zumindest ebenso viele Gelegenheiten für ausgefallene Phantasien (und mehr natürliche Begabung und Übung darin) wie der Mann am Nachbarschreibtisch. Da gibt es die langen Fahrten mit der U-Bahn, langweilige geschäftliche Besprechungen, verkaterte Tage, an denen man sich bestenfalls gerade noch auf die erotischen Möglichkeiten des Schnurrbarts vom Chef konzentrieren kann oder auf die provozierende Art und Weise, wie sich der neue Sachbearbeiter für Kundenwerbung kleidet, oder auf die hemmungslose Fickerei mit Harry in der letzten Nacht oder auf die Aussicht auf die kommende mit George ...
Trifft das Sprichwort «Müßiggang ist aller Laster Anfang» nur auf das eine Geschlecht zu? Warum verwenden Werbefachleute ständig Fotos von hübschen Mädchen mit verträumtem Blick, um so gut wie alles zu verkaufen? Weil es allgemein anerkannt ist, daß Frauen (allesamt Träumerinnen) jene guten, reinen Ge-

danken bewegen, die unsere Gesellschaft zusammenhalten – speziell materielle Dinge, die mit dem Heim (und mit dem Haushalt) zusammenhängen. Wohingegen Männer (diese lüsternen Schufte!) nur davon träumen, wie aus ihren schlimmen Träumen Wirklichkeit werden könnte. Wo werden Abbildungen von Männern in der Werbung eingesetzt? Immer wenn es um Autos, Whisky, Pfeifentabak geht ... kurz, um all das, was sie noch erfolgreicher zum Sex führt.
Ich schlage vor, daß Sie das nächste Mal, wenn Sie so ein hübsches weibliches Gesicht mit dem Mona-Lisa-Lächeln sehen, überlegen (nur überlegen!), ob die Lady vielleicht gar nicht an einen edlen Ritter auf dem Pferd denkt, sondern nur an das Pferd.
Die lebenslange Gewohnheit, nachzugrübeln, macht die Frauen wohl so phantasievoll. Tagträume kommen häufig dem am nächsten, was Frauen in Wirklichkeit wollen, aber nie bekommen. Ein Mann, den die Lust überkommt, kann eine Frau anrufen, besuchen, ausführen oder auch «bestellen und bezahlen». Für eine Frau ist es dagegen nicht so einfach, sich ebenso mühelos und ohne Scham das zu verschaffen, was sie will ... ihm seine Kleider auszuziehen, ihn ins Bett zu zerren, ihn von oben oder von unten zu nehmen und sich eine männliche Hure ins Bett zu holen, die sie von hinten nimmt, falls es der andere nicht tun will ...
Statt dessen träumen Frauen eben davon.

Corinna

Meine Phantasie ist tatsächlich passiert. Ich meine damit, daß sie mir von einem Mann erzählt wurde, der dabeigewesen ist. Er und ein Mädchen. Mir gefällt die Geschichte so sehr, und ich mag ihn so gern, obwohl wir nie zusammen geschlafen haben, daß ich mir vorstelle, ich wäre das Mädchen, daß er und ich es auf diese herrliche Art treiben. Manchmal sitze ich im Zug und erwische mich dabei, wie ich plötzlich blöde lächle, weil ich an meine Phantasie denke. Ich wünschte, es würde mal in Wirklichkeit passieren. Aber selbst, wenn es nie so weit kommt, hilft es mir über eine Menge langweiliger Stunden hinweg.
Ich helfe einem befreundeten Junggesellen, seine neue Wohnung zu streichen, und weil es ein heißer Tag ist, haben wir uns beide ausgezogen. Er steht auf einer hohen Leiter und pinselt mit einer breiten Bürste die Decke, während ich unter ihm stehe und die Wände mit einem Roller anmale. Es ist eine Wasserfarbe, ein blasses Grau. Wir lachen über irgendeinen Witz – wir haben einen Joint geraucht, und der Plattenspieler ist sehr laut –, und plötzlich sehe ich zu ihm hoch, während er zu mir herabgrinst, und von unten sehen seine Eier so komisch (und nett) aus, obwohl wir beide nie zusammen im Bett gewesen sind, und ich kenne ihn auch gar nicht so gut und weiß nicht, wie er es auffassen wird – jedenfalls lange ich mit meinem Roller hoch, von dem die graue Farbe tropft, und male seine hüpfenden Eier an, und weiter rauf bis zu seinem

Schlüsselbein. Er stößt einen Schrei aus und stürzt wie ein Verrückter die Leiter runter und legt mit seiner Bürste los – klatsch, klatsch –, erst die rechte Brust, dann die linke, und ich drehe mich im Kreis, und er klopft mir auf den Hintern, erst auf die linke Backe, dann auf die rechte, mit seiner großen, dicken Bürste. Da fahre ich ihm mit dem Roller an der Seite hoch, vom Knöchel bis zur Achsel, er klatscht mir die Bürste auf den Nabel, ich krümme mich vor Lachen, und er ist auf mir drauf, und wir liegen in einer Pfütze grauer Farbe am Boden, wir ringen und kämpfen miteinander und sind plötzlich beide ganz geil, heiß wie die Hölle, und keuchen, und ich sage: «Schieb ihn rein!», und er versucht, mich so zu fassen zu bekommen, daß es geht, und ich schlinge ihm vor Lust die Beine um den Hals, damit er an meinen Kitzler kann, und alles ist so schwierig wegen der verdammten Farbe, und plötzlich sehe ich, wie seine Augen sich vor Entsetzen weiten, und im gleichen Augenblick spüre ich es auch: Die Farbe verbrennt uns, doch wir spüren es nur eine Sekunde lang, dann wird es zum herrlichsten Gefühl von der Welt, und wir beide gleiten ineinander, und das schlüpfrige Zeug auf unserer Haut klebt uns zusammen, und er kriegt ihn rein, und wir rutschen herum und ficken und FIKKEN und FFFIIICCCKKKEEENNN ... (aaaarrrrrrgggghhhhh). (Tonbandinterview)

Molly

Molly erklärte, daß sie sich die folgende Phantasie nicht während des Verkehrs vorstellt, sondern daß es mehr ein Tagtraum ist, eine kleine Szene, an die sie gerne denkt, während sie die Kinder abholt oder während sie die Hausarbeit macht. Wie Molly es ausdrückt: «So bleiben meine sexuellen Batterien aufgeladen.» Sie ist nie Lehrerin gewesen, noch möchte sie eine sein, doch sie gibt zu, daß die jungen Männer, die ihre Kinder mit nach Hause bringen, attraktiv sind. Sie hat mit achtzehn geheiratet.
«Vielleicht», gibt sie zu, «ist das für ein Mädchen mit Phantasie etwas zu früh. Manchmal glaube ich, daß ich eine Menge versäumt habe.»

Die Szene ist ein Klassenzimmer, die Lehrerin ungefähr so alt wie ich, etwa fünfunddreißig oder noch älter. Aber sie ist noch Jungfrau, eine frustrierte alte Person. Sie läßt einen Schüler nachsitzen, einen kräftigen, einsachtzig großen Burschen, der nicht besonders intelligent ist. Sie hält ihm einen ernsthaften Vortrag, daß er im Unterricht nicht aufpaßt und so weiter. Sie fragt ihn zwei oder drei schwierige Fragen, und als er sie nicht beantworten kann, muß sie ihn bestrafen. Sie befiehlt ihm, die Hosen runterzulassen, er ist verlegen, aber sie besteht darauf. Sie setzt sich auf einen Stuhl, und er muß sich quer über ihren Schoß legen, das Gesicht nach unten, die Hose hängt ihm um die Knie, und sie beginnt, ihn zu verhauen. Er kriegt eine Erektion, und sie schlägt fester zu, trotzdem irgendwie zärtlicher. Dann fängt sie an, mit der anderen Hand mit seinem Penis herumzuspielen, während sie ihn weiter schlägt. Sein Penis wird noch größer und härter. Sie fragt ihn, ob er schon ein Mädchen gefickt hat, und er sagt nein, und sie bewegt sich auf ihrem Stuhl, um sich den Rock hochzuschieben. Sie trägt kein Höschen. Sie dreht ihn so, daß sie seinen Penis in ihren Schlitz manövrieren kann, und genau in dem Augenblick schimpft sie ihn wieder aus, wie am Anfang, und sagt ihm, daß er mehr lernen muß und so weiter, während sie ihn immer noch schlägt, doch eigentlich ist es so, daß sie ihn sich dadurch immer tiefer reinschiebt. Außerdem bewegt sie ihren Hintern rhythmisch hin und her, sehr heftig, trotzdem aber doch so, daß sie die ganze Sache in der Hand hat und ihre Lust immer größer wird, aber seine auch.

Er beginnt zu schreien: «Oh, meine Lehrerin!» Wieder und wieder, während er zum Höhepunkt kommt, und sie will ihn weiter ermahnen, aber immer wieder kommen ihr die Worte ficken und Kitzler dazwischen. Beide steigern sich bis zu einem geräuschvollen Höhepunkt, und inzwischen sind sie auch vom Stuhl auf den Boden geglitten. Hinterher knöpft sie sich das Kleid ordentlich zu und erzählt ihm in einem sehr spöttischen, mißbilligenden Ton, daß er am nächsten Tag wieder nachsitzen muß, außer er macht seine Schularbeiten richtig, und er gibt zu, daß er sehr faul ist und so weiter und daß er anscheinend einfach seine Aufgaben nicht richtig machen kann. (Brief)

Alice

Eigentlich hat Alice die Schule nie beendet. Sie ist vierunddreißig, hat eine sehr gute Stelle an einer Universität und soll nach Afrika gehen, um eine ihrer vielen Arbeiten über Anthropologie fertig zu schreiben. Wenn man sie kennenlernt, kann man kaum glauben, daß sie ein solcher Profi ist und so selbstsicher, denn sie wirkt sehr verletzlich und reizvoll. Aber hinter ihren veilchenblauen Augen steckt ein Geist wie ein Präzisionswerkzeug. Sie hat eine Schwäche für schwierige Männer, Typen, die sie schlagen, körperlich oder geistig. Ich habe nie erlebt, daß sie sich zu einem «netten Kerl» hingezogen fühlte, und ich habe langsam den Eindruck, daß irgend etwas in ihr auch den nettesten Mann in einen gemeinen Kerl verwandeln würde. Ich kenne einen ihrer früheren Liebhaber, und er hat gesagt, daß sie negative Reaktionen bei ihren Liebhabern weckt und irgend etwas in ihr bei einem Mann die schlechtesten Eigenschaften zum Ausbruch bringt. «Vielleicht kommt es daher, daß man bei Alice immer weiß, daß sie unbefriedigt ist. Ganz gleich, wie oft man sich sagt, daß sie es ist – und nicht man selbst –, die sexuell unbefriedigt oder unzufrieden ist, daß irgend etwas mit ihr nicht stimmen kann, weil man sie nie richtig in den Griff kriegt – trotzdem kommt sich ein Mann bei ihr im Bett minderwertig vor. Sie ist einfach nicht ganz bei der Sache.»

Ich habe keine Phantasien beim Verkehr. Meine Phantasien sind mehr gelegentliche Tagträume. Ich stelle mir gern vor, daß ich ein einzigartiges Wesen bin, das es heute noch gar nicht gibt. Himmlisch schön natürlich, aber das ist nicht der wesentliche Punkt an der Geschichte. Es zählt nur, daß ich das triumphale Produkt einer unglaublich weit fortgeschrittenen genetischen Forschung bin, die Menschen hervorbringen will, die die exquisitesten sinnlichen Freuden spüren können – mit Nervenenden und Empfindungsorganen, die so hoch entwickelt sind, daß sie Ekstasen erleben, die für gewöhnliche menschliche Wesen unvorstellbar sind.
Bei mir und Leuten wie mir (aber gibt es denn noch jemand wie mich? Das Aufregende daran ist, daß ich es nicht weiß. Ich lebe mein Leben unter Menschen, denen offensichtlich die gleichen groben kleinen Vergnügen Spaß machen wie ihren Vorfahren und weiter nichts) ... bei mir kann schon die Spitze einer Feder, wenn sie mein Knie berührt und ich in erotischer Stimmung bin, ein so heftiges Gefühl hervorbringen, als hätte eine andere Frau zwanzig Orgasmen auf einmal. Ich spüre das wirklich, aber es ist nichts zu sehen, es ist geheim, nur ich weiß es.
Es ist nicht einfach eine Hypersensibilität meiner Haut – nein, ich kann ganz kühl bleiben, ich kann mich durch eine Menschenmenge drängen, ohne mehr als das übliche Unbehagen bei der Berührung mit fremden Leuten zu empfinden. Ich bin ständig und ausschließlich eingestimmt auf Sinnlichkeit, Begierde, auf alle Gefühle und Wünsche des animalischen Sex. Meine Sinnlichkeit, wenn ich in Stimmung bin, ist so nuanciert, daß schon ein bestimmter Blick eines Mannes, der mir eigentlich nicht besonders gefällt, eine Welle nach der andern eines alles durchdringenden Gefühls in mir auslösen kann, bei dem eine andere Frau keuchen und stöhnen und sogar schreien würde. Während ich nach außenhin vielleicht nur ein kleines Lächeln zeige, doch was ich innerlich fühle – im Bruchteil einer Sekunde –, ist die Summe aller erotischen Erfahrungen, die ein anderer im ganzen Leben macht.
Ein Höhepunkt dieser Phantasie ist natürlich, wenn ich einem Mann begegne, dessen Sinne ebenso phantastisch verfeinert und geschärft sind wie meine, aber so weit bin ich noch nicht. Es ist einfach zuviel los hier, und ich habe auch gerade erst angefangen. Er wird bald auftauchen, und dann geht es erst richtig los. (Tonbandinterview)

Lilly

Joe und ich leben seit drei Jahren zusammen, aber seit acht Jahren schlafen wir schon miteinander. Ich finde, wir haben ein ziemlich phantasievolles Sexleben, und es macht mir Spaß, mit ihm über meine Phantasien zu reden. Höchstens, wenn ich ihm erzählte, daß ich bei einem besonders leidenschaftlichen Liebesakt an einen andern Mann gedacht hätte, würde er eifersüchtig, sonst sicherlich nicht.
Doch ich kann ehrlich sagen, daß ich in meinen Phantasien nie an einen fremden Mann gedacht habe, während Joe es mit mir trieb. Ich glaube, meine meisten Phantasien erinnern eher an einen Tagtraum. Ich hatte ein paar, die immer wieder auftauchen:
1. Mit meinem früheren Chef hatte ich nie eine Affäre, obwohl er sehr attraktiv ist und ein Bärtchen hat. Manchmal entdecke ich mich dabei, wie ich ihn anstarre und mir überlege, wie es sein würde, wenn er meine Brüste streichelt und küßt und sein Schnurrbart über meine Brustwarzen streicht. Ich stelle mir vor, daß es ein sehr sinnliches Gefühl sein müßte, wenn er an meinen Brustwarzen saugt und ich dabei das Kratzen seiner Barthaare auf der Haut um sie spüre.
2. Ich ertappe mich dabei, wie ich in der U-Bahn gutangezogene Männer anstarre. Ich fange bei ihrem Haar an, dann das Gesicht, dann wandert mein Blick langsam und unauffällig den Körper hinunter. Ich versuche, an der Ausbuchtung in der Hose zu erkennen, wie groß ihr Penis wohl ist, und mit ein wenig Phantasie sehe ich sie nackt und kann sie in mir spüren. Bei jedem überlege ich mir, was er wohl für ein Liebhaber wäre.
3. Manchmal, wenn ich zur Arbeit fahre, fällt mir ein, wie Joe es am Abend vorher mit mir getrieben hat, und ich werde ganz geil. Ich spüre, wie meine Klitoris hart wird und zu klopfen anfängt. Ich bekomme jedesmal einen großen Schreck, wenn ich plötzlich merke, wo ich bin, und die vielen Menschen zum Ausgang drängen.
Es hat mir Spaß gemacht, Ihre Fragen zu beantworten. Eine großartige Idee! (Brief)

Elly

Sogar wenn ich nur im Haushalt Routinearbeiten erledige, denke ich manchmal, wie es wäre, wenn ein Mann seine Hände über meinen ganzen Körper gleiten ließe. Häufig erinnere ich mich, was für ein köstliches Gefühl es ist, wenn ein harter Penis in meinem Mund auf und ab gleitet. Dann versuche ich im Geist, diese herrliche Erfahrung neu erstehen zu lassen. (Brief)

Esther

Ich habe viele Tagträume, was wohl damit zusammenhängt, daß mir Sex soviel Spaß macht. Bei der Hausarbeit trage ich nur das Oberteil meines Babydoll-Pyjamas und bin die meiste Zeit halb aufgegeilt, weil ich mich selbst berühre oder an den verschiedensten Gegenständen reibe. Wenn man zum Beispiel mit dem Ende des Staubsaugerschlauchs leicht über die Gegend der Schamhaare fährt, ist das ganz herrlich, und man kriegt einen Orgasmus, wenn man scharf darauf ist. Manchmal habe ich bei der Hausarbeit auch einen Dildo drin. Dann stelle ich mir vor, es ist das Glied unseres Boxerhundes. (Brief)

Ingrid

Ich bin Krankenschwester und seit zehn Jahren verheiratet. Bei langweiligen Kursen im Krankenhaus stelle ich mir in meiner Phantasie oft vor, daß ich auf den Redner losgehe. Ich überlege, wie lange er wohl weiter so dummes Zeug reden kann, während ich vor ihm knie und seinen Penis in den Mund nehme.
Ich habe häufig auch Phantasien über Patienten, die meinem Traumtyp entsprechen – meistens sind es starke, überwältigende Höhlenmenschen-Typen mit großer Kraft. Es ist komisch: da liegen sie hilflos in ihrem kleinen weißen Bett oder auf dem Operationstisch, doch wenn ich sie ansehe und sie mir im Geist vorstelle, dann bin ich es, die klein und hilflos ist, und sie beschützen mich und geben mir Befriedigung.
Das soll nicht heißen, daß ich meinen Mann nicht liebe. Ich liebe ihn. (Brief)

Liliane

Manchmal, wenn ich, sagen wir, Kartoffeln schäle, stelle ich mir vor, daß Bert hinter mir auftaucht, mich nach vorne drückt und in mich eindringt, gleich da, am Spülbecken. (Gespräch)

Viola

Wenn ich mit jemand Verkehr habe, denke ich an nichts anderes, als wie ich meinen Liebhaber befriedigen kann. Ob er eifersüchtig wäre, wenn er wüßte, daß ich an jemand anders denke? Vermutlich. Und deshalb konzentriere ich mich ausschließlich auf den Liebesakt.
Ich spare mir die Phantasien für die Zeit auf, wenn ich allein bin. Ich warte bis zum Abend, trinke ein paar Glas und rolle mich mit einem Sexbuch im Bett zusammen. Wenn der Alkohol zu wirken beginnt, kann ich mir vorstellen, daß meine Hände die meines Geliebten sind.
Andere Phantasien sind nur Tagträume, die ich ständig habe. Am liebsten träume ich davon, wie ich koche oder das Geschirr spüle und mein Liebhaber hereinkommt. Er nimmt mich in die Arme, wir küssen uns und pressen uns aneinander und werden immer leidenschaftlicher. Ich lange einfach hinter mich und schalte den Herd aus, das Geschirr ist vergessen, alles bleibt in einem herrlichen Durcheinander zurück, während wir ins Schlafzimmer verschwinden und uns lieben. (Interview)

Selbstbefriedigung

Nicht alle müßigen Gedanken beschäftigen sich mit sexueller Phantasie, wie auch nicht jede sexuelle Phantasie (und müßige Hände) zur Masturbation führt. Im Grunde geht es mal wieder um die alte «Huhn–Ei-Frage». Phantasie und/oder Masturbation – was kommt zuerst? Eins scheint jedoch festzustehen: Selbstbefriedigung ohne Hilfe der Phantasie erscheint kaum denkbar, unglücklich, unwirklich. Masturbation braucht die Phantasie nicht nur, sie verlangt sie geradezu. Ohne Phantasie hätte die Selbstbefriedigung etwas schrecklich einsames. Darüber mag ich nicht mal nachdenken.
Im Lauf meiner Nachforschungen traf ich keine einzige Frau, die behauptet hätte, nie zu masturbieren. Sie können nun einwenden, daß dies an meinem Thema liegt, da die Frauen, die sich an mich wandten, notgedrungen eher sexuell freizügig sein müssen. Vielleicht sagt meine Überraschung darüber, daß all diese Frauen masturbieren, mehr über mich aus als über sie. Schon möglich. Glauben Sie bitte nicht, mich hätte es total verblüfft, daß Frauen masturbieren, es wenigstens einmal versuchten oder an irgendeinem Punkt ihres Lebens fast zufällig darauf kamen. Ich hielt es einfach für unwahrscheinlich, daß meine eigene Erfahrung so weit verbreitet war. Das führt uns wieder dahin zurück, wie wenig Frauen eigentlich über einander wissen, wie sehr sie dazu neigen, sich isoliert, anders als die anderen Frauen zu fühlen, nur weil sie nicht genug über andere Frauen wissen.
Uns allen ist bekannt, daß Männer masturbieren. Kleine Jungen und Selbstbefriedigung gehören zum üblichen, ja sogar reizvollen Repertoire von Frauenzeitschriften, die über kleine Jungen «aufklären».
Das ist es vermutlich: Wir haben alle so viel darüber gelesen, wie die kleinen Jungen es für sich entdecken und dabei entdeckt werden. Wie reizend!

Wie ist es bei den Frauen? Wir sind so «versteckt» wie unsere Klitoris. Wenn wir sie, die so gut verborgen ist, gefunden haben, fühlen wir uns schuldbewußt, daß wir sie entdeckt haben. Wenn sie dafür gedacht wäre, gefunden und genossen zu werden, wäre sie ja wohl draußen und hinge herunter wie ein Schwanz! (Kein Wunder, daß kleine Mädchen unter Penisneid leiden.)
Ich war vermutlich auch deshalb so überrascht, wie viele von uns masturbieren, da ich ohne langes Nachdenken annahm, daß ich mit meiner Entdeckung ebenso allein war, wie ich beim Heranwachsen mit meinen anderen Gedanken über mich als weibliches Wesen allein gewesen war. Mit dem Verstand akzeptierte ich die Ähnlichkeit mit anderen Frauen – warum sollte ich anders sein? –, doch emotional war ich dem Problem Masturbation ebensowenig gewachsen wie der bangen Frage, ob ich vielleicht sexuell überentwickelt war. Kein Mensch sprach von masturbierenden Mädchen, es paßte nicht zu dem vorgeschriebenen Mythos der Unschuld, des Heranwachsens, des Frau-Werdens. Ich glaube nicht, daß es eine weibliche Version jenes populären Mythos gibt. Weder Heidi noch Nesthäkchen masturbierten.
Ich möchte Ihnen einiges von dem berichten, was ich über Frauen und Masturbation erfahren habe. Trotz des langen Trainings in Zurückhaltung sprechen Frauen ohne Scheu darüber, sobald man ihr Vertrauen erst einmal gewonnen hat. Wenn sie erkennen, daß sie nicht die einzigen sind, gestehen sie die Masturbation ebenso willig ein wie den Geschlechtsverkehr mit einem Mann. Sie akzeptieren sie und fühlen sich, im Unterschied zu Männern, anscheinend nicht weniger vollwertig als Frau, weil sie sich selbst befriedigen. Man kann dies auf unsere Zeit, auf die Art meiner Untersuchungen oder auf die Besonderheit jener Frauen zurückführen, die mit mir Kontakt aufnahmen. Aber es ist mehr als das. Es geht im Grunde um das, was diese ganze Untersuchung zusammenfaßt: Frauen, die sich vertrauensvoll geöffnet haben und sich mit anderen Frauen im Bunde fühlen, stecken tatsächlich weniger voll Scham, sind abenteuerlustiger und akzeptieren sexuell mehr als Männer. Falls Bücher wie dieses mithelfen, daß Frauen untereinander vertrauensvoller werden, miteinander sprechen und sich erforschen, dann werden wir möglicherweise feststellen, daß das Kapitel über Sex in unserem freizügigen Jahrhundert beileibe nicht ganz geschrieben worden ist, sondern nur halb.
Hier sind einige Daten zum Thema Phantasie und Masturbation, die mir interessant erscheinen. Die meisten Frauen, mit denen ich mich unterhielt, erinnern sich daran, daß ihre ersten sexuellen Phantasien und ihre erste Masturbation ungefähr in die gleiche Zeit fielen – normalerweise zwischen dem siebten und elften Lebensjahr (aus mir unerklärlichen Gründen werden die beiden Altersangaben sieben und elf am häufigsten erwähnt). Zweitens sind die Phantasien beim Masturbieren nicht dieselben wie beim normalen Geschlechtsverkehr.
Interessanterweise haben viele Phantasien während der Masturbation gar nichts mit aktivem Sex zu tun. Manchmal genügt schon die Vorstellung, nackt an einem Strand zu liegen. Mehr braucht oder will die Frau gar nicht.
Nun noch ein letzter Punkt: Ich halte die Erfindungsgabe der Frauen bei der Wahl ihrer Hilfsmittel beim Masturbieren für wert, erwähnt zu werden. Sie reichen vom Finger, dem künstlichen Penis, den zunehmend beliebten Vibratoren (obgleich jede Frau erwähnt, daß sie das Geräusch der Batterie stört) über Gur-

ken, Staubsaugerschläuche, elektrische Zahnbürsten, silberne Haarbürstengriffe bis zu schlichtem fließendem Wasser. Manchmal ist das Gerät alles und erscheint in Wirklichkeit und Phantasie in gleicher Form, doch manchmal wird aus der Haarbürste der Schwanz des begehrten Liebhabers, und das Wasser aus dem Badewannenhahn wird zum Pipi aus dem Schwanz des Mannes. Schockierend? Im Grunde nicht, wenn Sie genauer darüber nachdenken.

Patsy

Ich hoffe, daß mein Brief Ihnen etwas nützt. Um Ihnen eine Vorstellung zu geben, wie ich bin – und vielleicht hilft es auch herauszubekommen, warum ich solche Sachen denke –, ich bin neunundzwanzig, seit sechs Jahren verheiratet, keine Kinder. Wir haben ungefähr drei- oder viermal in der Woche Verkehr, und mein Mann hat keine Ahnung, daß ich Ihnen schreibe, weil ich ein paar Themen anschneiden möchte, über die er sicherlich sehr erstaunt wäre.

Zuerst möchte ich erwähnen, daß ich masturbiere. Ich benütze einen Vibrator, meistens morgens und wenn ich gebadet habe. Ich werde erregt, wenn ich meine Brüste streichle und an gewisse Bücher denke, die wir haben, oder wenn ich sie betrachte. Meine Brüste sind nicht sehr groß, und wenn ich Mädchen mit großen üppigen Titten sehe, werde ich sehr geil. Eine meiner Lieblingsphantasien beim Masturbieren geht auf einen Fall zurück, der tatsächlich passiert ist.

Einmal war ich mit einer Freundin in der Sauna. Ich hatte sie im Verdacht, gewisse lesbische Neigungen zu haben. Was dann passierte, macht mich heute noch geil. Meine Brustwarzen und mein Kitzler werden hart, wenn ich daran denke. Wir zogen uns beide aus, wickelten ein Handtuch um die Hüften und gingen hinein. Es war nur noch eine andere Frau da. Sie lag auf dem Rücken, und man konnte alles sehen. Als sie verschwunden war, legte meine Freundin ihr Handtuch ab und streckte sich auf dem Rücken aus. Ich sah sie zum erstenmal nackt, und was sie dann alles sagte, machte mich ganz sexy. Ich legte mein Handtuch auch fort, und sie stellte fest, daß meine Schamhaare viel dunkler und dichter waren als ihre. Sie war sehr hellhäutig, aber ihre Brüste waren viel größer als meine. Sie stand auf, trat zu mir und begann, mir meine Beine zu massieren. Ich ließ sie gewähren. Bald waren ihre Hände überall. Sie bat mich, mit ihr in ihre Wohnung zu kommen und Tee zu trinken und sagte, wenn ich wollte, würde sie es mir machen. In der Wohnung zog sie mich aus und geilte mich herrlich auf. Sie leckte und saugte an meinen Brüsten und steckte ihren Kopf zwischen meine Beine und machte Cunnilingus (sie konnte es besser als mein Mann). Ich spürte, wie sie an meiner Klitoris saugte, und allein ihre Brüste zu fühlen war so schön, daß ich zumindest zweimal kam. Ich denke oft daran zurück, und dann mache ich es meinem Mann besonders gut. (Brief)

Norma

Ich finde, daß der Name Norma genau zu ihr paßt. In meinen Ohren klingt er altmodisch und spröde. Und so war ich nicht überrascht, als Norma zögerte, mir für dies Buch ein Interview zu geben. Sie findet jedoch, daß nichts Schlechtes dabei ist, und glaubt fest daran, daß es zur Befreiung der Frau beitragen kann. Sie würde es sogar ihrer Tochter zu lesen geben (wenn sie eine hätte). «Ich wünsche keinem Mädchen, daß es so erzogen wird, wie ich es wurde.»
Norma erzählte mir auch, daß sie mit keinem Mann mehr geschlafen hat, seit ihr Ehemann, der starke homosexuelle Neigungen hatte, sie vor fünfzehn Jahren verließ, gerade als ihr Sohn Till geboren war.

In meinen Phantasien bin ich sehr tapfer und aggressiv. Ich bin immer der führende Teil. Es geht dabei immer um junge Männer. Wahrscheinlich glauben Sie, daß ein gewisses Element des Inzests mit hereinspielt – ein gewisses Verlangen nach Till. Aber ich glaube, das ist nicht ganz richtig. Ich glaube, der Grund warum ich mir immer fünfzehn bis zwanzig Jahre jüngere Männer vorstelle, ist wohl der, daß ich vor ihnen weniger Angst habe. Eigentlich ist es sogar immer jemand, der noch unberührt ist, oder doch beinahe. Jemand, der nicht so ganz genau weiß, worum es eigentlich geht – im Schlafzimmer, verstehen Sie. Und deshalb ist es an mir, ihm alles beizubringen, und nichts, was er tut, kann mich überraschen oder mich ängstigen. Er ist ja noch ein Junge.
Ich kann Ihnen genausogut noch mehr sagen: Ich habe meine Phantasien immer in der Badewanne. Wenn mich die Lust überkommt, gehe ich einfach ins Bad und klettere in die Wanne. Aber ich mache es auf meine eigene Weise. So wie ich erzogen wurde, kann ich mich nicht überwinden, mich dort zu berühren. Ja, dort. Oder etwas hineinzustekken. Ich tue also folgendes: Ich stelle das Wasser auf eine schön warme Temperatur ein. Dann lege ich mich flach auf den Rücken, mein Gesäß gegen das Ende der Wanne gedrückt, wo der Hahn ist, die Beine sind gespreizt, die Füße liegen auf dem Wannenrand, und der warme Strahl aus dem Hahn kann mich jetzt genau treffen. Gewöhnlich lege ich ein Handtuch über meinen Kopf. Das warme spritzende Wasser spielt mit mir. Ich kann meine Phantasien danach einrichten, ob ich nur daliege und der warme Druck des herabrauschenden Wassers von allein zur

Quelle findet oder ob ich meine Lippen auseinanderhalte, so daß der Wasserstrahl mich sofort erregt.
Phantasien werden mit der Zeit langweilig und verlieren irgendwann schließlich ihre erotisierende Wirkung. Deshalb muß man sich ständig neue ausdenken. Kürzlich habe ich mir die von dem schönen jungen Mann und mir ausgedacht. Wir sind vollständig angezogen. Vielmehr, er trägt einen Smoking, und ich trage irgend etwas langes effektvolles Schwarzes. Wir warten auf ein paar Leute, die noch kommen sollen. Der Junge und ich kennen uns nicht näher, wir sind nur von gemeinsamen Freunden in dieses Haus eingeladen worden. Schließlich wird angerufen, und man sagt, daß sie das Flugzeug nehmen mußten und erst gegen Mitternacht da sein werden. Sie bitten uns, nicht wegzugehen, sondern uns inzwischen so gut wie möglich die Zeit zu vertreiben.
Ich schlage vor, Karten zu spielen. Ich sage, daß es ohne Einsatz langweilig ist, ich aber nicht um Geld spielen möchte. Er lacht und fragt, um was ich dann spielen will. Ich schlage vor, daß wir pokern und der Gewinner nach jeder Runde sich von dem andern etwas wünschen kann, was er fünf Minuten lang tun muß. Natürlich dachte ich an Strip-Poker, wissen Sie, ich spiele sehr gut und weiß, daß ich unter diesem Vorwand ihn zu allem veranlassen kann, wonach mir der Sinn steht, sozusagen im Scherz, ohne daß ich in Verlegenheit gerate.
Der junge Mann ist einverstanden, und keine zehn oder fünfzehn Minuten später sitzt er da und hat nur noch das gestärkte Hemd, die schwarze Fliege und die Schuhe an. Sonst ist er nackt. Manchmal stelle ich mir dann vor, daß er sofort eine Erektion hat, ein anderes Mal variiere ich ein wenig. Dann ist er so verlegen, daß er keine haben kann, bis ich «unbeabsichtigt» ein paar zweideutige Gesten mache. Oder ihn berühre. Dann schlage ich vor, daß wir um höheren Einsatz spielen, und er fragt, was ich meine. Ich erkläre es ihm: Wir sollten um einfallsreichere Strafen spielen, und die Strafzeit sollte bis zu fünfzehn Minuten oder sogar einer halben Stunde dauern. Er wird noch aufgeregter, und ich sehe ein Glitzern in seinen Augen. Er ist einverstanden. Aber natürlich gewinne ich wieder. «Was soll ich nun tun?» fragt er. Ich befehle ihm, halb ausgezogen, wie er ist, sich aufs Bett zu legen, dann fessle ich ihm die Hände und Füße ans Bett.
Wenn ich überzeugt bin, daß er sich wirklich nicht mehr bewegen kann, fange ich mit meiner Show an. In meiner Phantasie werde ich zu einer unerhört verführerischen, schönen Frau, die ich immer hatte sein wollen. Während er so daliegt, an Händen und Füßen gefesselt, lege ich den unerhörtesten Striptease hin, den Sie sich vorstellen können. Dies ist der wichtigste Teil meiner Phantasien. Alles andere war nur der Weg dazu.

Aber wenn ich zu diesem Augenblick komme, kann ich spüren, wie eine heiße Welle mich überflutet. Meine Bauchmuskeln krampfen sich zusammen – nicht vor Schmerzen –, weil ich spüre, daß ich gleich einen Orgasmus habe. Dann komme ich und setze mich auf ihn, aber nur für eine Sekunde, damit er selbst keinen Orgasmus bekommt, dann stehe ich sofort wieder auf, und er ist nur noch verrückter nach mir, sein Gesicht noch röter, seine Erektion hart wie Stein. Ich rede mit ihm, frage ihn, ob er ihn mir reinstecken möchte? Manchmal spiele ich die Ärgerliche und sage, ich würde lieber eine Kerze in mich reinstecken als ihn. Manchmal stelle ich mir auch vor, daß ich es tue, und dann sehe ich mich dastehen, nackt, und eine große rote Weihnachtskerze ragt halb aus mir heraus, und dann tanze ich um den schönen jungen Mann herum. Ich erzähle ihm, daß ich ihn vielleicht losbinde und er mich lieben darf, wenn er mit seinen Zähnen die Kerze ganz in mich hineinschiebt. Oder ich benütze seine harte Erektion wie einen Hammer, ich knie mich über ihn, so daß er mit seiner eigenen Erektion – die jetzt so hart ist, daß er sie nicht mehr schlaff bekäme, auch wenn er wollte –, daß er mir so die Kerze ganz hineinschiebt.

Und während der ganzen Zeit spüre ich, wie das herrliche warme Wasser mich berührt, mich streichelt und mein Blut dort hinschießt. Dann ziehen sich plötzlich meine Muskeln zusammen, und ich habe in der schönen sauberen Badewanne einen Orgasmus. Danach bade ich richtig, gehe ins Bett und habe den schönsten Schlaf, den Sie sich vorstellen können. (Tonbandinterview)

Gerda

Manchmal, wenn ich masturbiere, ist da dieser nette Mensch, natürlich mein Liebhaber, der einen Haufen netter Gentlemen zusammentrommelt, die mich dringend ficken möchten ... offenbar geht es in meinen Phantasien immer darum, daß alle diese Männer sich bald umbringen, nur um mich haben zu können.

Jedenfalls hat jeder ein herrliches Glied von bemerkenswerten Proportionen, und sie erzählen meinem Liebhaber, daß ich großartig bin, und ich habe auch meinen Spaß. Das Komische bei der Sache ist, daß mein feiner Freund, der sich soviel Mühe gegeben hat, all die Ficker zu finden, ärgerlich wird (weil es mir seiner Meinung nach zu sehr gefällt), als einer der Jungs vorschlägt, ich soll noch andere Sachen machen (die in dem Spiel nicht drin sind). Ich gerate sehr in Versuchung, und mein Liebhaber ärgert sich über uns beide, mich und den andern Kerl, und rät uns ganz freundschaftlich, wir sollten nicht so vertraut tun. Klingt das nicht verrückt? Sicher ist es das auch. Aber Sie wollten es ja wissen. (Tonbandinterview)

Marie-Therese

Bei den seltenen Gelegenheiten, wenn ich masturbiere, verwende ich den ziselierten silbernen Griff einer Haarbürste und denke an meinen ehemaligen Liebhaber, bei dem ich Fellatio machen durfte ... was ich so gern tue, aber mein Mann erlaubt es bei sich nicht. Ich stelle mir vor, wie der Schwanz meines Liebhabers in meinem Mund steif wird, wie die Adern hervorstehen, und dann, gerade wenn ich komme, schaue ich hinunter und sehe meinen eigenen Saft auf den eingravierten Initialen meines Mannes ... (Brief)

Elisabeth

Ich stelle mir eine ganze Menge von Dingen vor, wenn ich masturbiere. Manchmal, daß ein Mann an der Tür klingelt und mir was verkaufen will und ich ihn hereinbitte. Während er da steht und mir seine Bürsten zeigt oder was er eben hat, fange ich an, mich selbst zu streicheln. Er beobachtet mich, ganz offensichtlich erregt, und es fällt ihm immer schwerer, mit seinem Verkaufsgespräch weiterzumachen. Dann ziehe ich mich aus und masturbiere, wobei ich die ganze Zeit beobachte, wie er versucht, sich zu beherrschen. Er ist jetzt ganz schön geil, und natürlich bin ich ganz kühl – zu ihm, denn ich werde immer erregter. An diesem Punkt bitte ich ihn dann manchmal, ihn mir reinzustecken, sehr zu seinem Erstaunen und zu seiner Freude. Er kriegt kaum die Hose runter, weil seine Erektion so enorm ist. Und er zertritt alles, was er mir verkaufen will, die Bürsten oder was es ist, weil er es so eilig hat. Während ich mir dies vorstelle, stecke ich eine Karotte oder einen ähnlich geformten Gegenstand in meinen After, während ich meine Klitoris mit der Hand reize oder mit einem Vibrator, um meine Phantasien noch glaubwürdiger zu machen.
Manchmal ändere ich die Geschichte: Ich mache keinen Versuch, den Mann zu reizen oder zu ermutigen. Aber wenn er erst einmal in der Wohnung ist, kann er meinem überwältigenden Charme nicht widerstehen und vergewaltigt mich, gleich im Wohnzimmer – wobei er aufpaßt, daß er mir nicht weh tut und mich nicht verletzt. Ich stelle ihn mir als

unglaublich geschickten Liebhaber vor, obwohl er mich am Anfang anwidert und ich mich ihm nicht hingeben will. Aber es endet damit, daß ich um mehr bettle, während er mich reizt und lockt und verlangt, daß ich verschiedene Dinge für ihn tue ... viele davon habe ich noch nie getan, noch nie hat mich ein Mann um so etwas gebeten, und oft wünsche ich mir, daß mein Mann mich darum bitten würde. (Brief)

Marianne

Seit ich verheiratet bin, masturbiere ich fast nie, und wenn doch, beschäftige ich mich in meinen Phantasien meistens nur mit mir selbst. Ich will ein paar Phantasien aufzählen, an die ich mich erinnere. Bei einer bilde ich mir ein, ich befinde mich an einem schönen weißen Meeresstrand. Der Himmel ist blau, die Sonne scheint, und ein warmer leiser Wind weht. Ich gehe eine Weile am Strand spazieren, dann bleibe ich stehen und ziehe mich nackt aus. Dann schwimme ich lange nackt im Meer. Ich komme aus dem Wasser, lege mich in den weichen warmen Sand und spüre, wie der sanfte Wind über mich hinwegweht und die Sonne meinen Körper wärmt. In einer andern Phantasie tue ich alles genauso, nur ist die Szene ein Wasserfall in den Bergen. In den meisten Phantasien ziehe ich mich aus, und häufig spielt sich alles im Freien ab. Ein paarmal begann ich zu masturbieren, während ich voll angezogen war, und zog mir dann beim Masturbieren alles aus. (Brief)

Hannelore

Wenn ich masturbiere, habe ich immer wieder den gleichen Tagtraum. Ein Vertreter geht auf ein hübsches kleines weißes Haus am Strand zu, und die Haustür steht einen Spalt offen. Er ruft, und als sich nichts rührt, wandert er durch alle Zimmer und sucht nach irgendwelchen Anzeichen, daß sie bewohnt sind. Schließlich kommt er zu einer geschlossenen Tür, hinter der er Wasser rauschen hört. Er öffnet die Tür. Eine Frau duscht sich gerade, er zieht sich aus, klettert zu ihr unter die Dusche, liebt die Frau. Gewöhnlich komme ich in dem Augenblick zu meinem Höhepunkt. (Brief)

Astrid

«Ich habe meinen Mann noch nie betrogen, obwohl ich vor unserer Heirat ziemlich viele Liebhaber hatte», sagt Astrid. «Sogar noch am Tag der Hochzeit habe ich mich gefragt, ob ich mit einem Mann allein glücklich werden kann. Ich bin glücklich.»
Astrid ist vierundzwanzig, seit vier Jahren verheiratet und Mutter von zwei Kindern. Da ihr Mann beruflich viel verreisen muß, hat sie eine Menge Zeit für ihre Phantasien. Sie gehören zwei Hauptkategorien an: lesbische Neigungen und Masturbation.
Daß sie masturbiert, hat Astrid ihrem Mann erzählt, und da er darüber auch Phantasien hat, verheimlichen sie ihre diesbezüglichen Phantasien nicht voreinander. Doch hat Astrid ihm nie ihre lesbischen Phantasien eingestanden, obwohl er – was für viele Männer typisch ist – lesbische Liebe im Grunde genommen für eine frivole Sache hält und viel weniger ernst nimmt als Homosexualität. Zum Beispiel hat er ihr erklärt, daß er es nicht als Betrug empfinden würde, wenn sie mit einer anderen Frau Sex hätte.

Die meisten lesbischen Phantasien habe ich, während ich masturbiere. Gewöhnlich beobachte ich Frauen, wie sie sich mir zuliebe selbst befriedigen. Ich stelle mir viele verschiedene Positionen und Techniken vor, alle unter höchst dramatischen Umständen. Zum Beispiel werde ich von eingeborenen Frauen gefangengehalten, die in einer Art heidnischem Ritus um mich herumtanzen, und dann muß ich zuschauen, wie sie masturbieren. Dann ist da die Vorstellung, daß ich durch einen Wald gehe und auf eine Frau stoße, die sich selbst befriedigt. Diese Phantasien über Frauen, die masturbieren, regen mich richtig auf. Dann, während ich tatsächlich masturbiere, stelle ich mir vor, daß jemand, ein Nachbar oder mein Mann, ins Zimmer kommt, während ich meinen Höhepunkt habe, wieder und wieder, ich kann nicht mehr aufhören, weil es so schön ist, obwohl mich jemand beobachtet. Weil ich so häufig ans Masturbieren denke, habe ich auch diesbezügliche Tagträume und fange an, mir die verrücktesten Dinge vorzustellen, wenn ich jemand sehe oder kennenlerne, den ich attraktiv finde: jedesmal überlege ich, ob diese Frau oder dieser Mann, seinen oder ihren Partner «leckt» und ob sie oder er masturbiert. Ich überlege dies nicht im Zusammenhang mit mir, ich frage mich ganz einfach, ob sie so was tun oder nicht.
Mein Mann hat keine Ahnung von meiner Fixierung aufs Masturbieren und von meiner heimlichen Sehnsucht, daß eine Frau mich lieben würde. Andererseits ist die Phantasie, die wir uns zusammen ausdenken, so schön, und wir machen dann die verrücktesten Dinge zusammen. Ich liebe es, wenn er mir erzählt, wie er an dem und dem Tag masturbiert hat (wenn er es nicht tatsächlich gemacht hat, beschreibt er mir, wie er sich

bei einer Gelegenheit befriedigt hat, was mich aufregt, obwohl ich die Geschichte schon kenne).

Mein Mann ist Tischler und erzählt mir zum Beispiel, wie er während der Mittagspause in einen Teil des Gebäudes, der schon fertig war, ging – alle Kollegen waren woanders – und sich in irgendeinem Raum einschloß. Er holte seinen Penis heraus und besorgte es sich selbst, zehn bis fünfzehn Minuten lang, dann spritzte er seinen Samen auf den Boden. Alle Einzelheiten seiner Erzählung regen mich entsetzlich auf. Manchmal masturbiert er im Klo, während der Kaffeepause. Er sagt, daß ihm plötzlich einfällt, wie ich an ihm sauge, und da muß er eben masturbieren. Manchmal erzählt er mir auch, wie er beim Jagen im Wald masturbiert. Wenn ich mit den Kindern meine Mutter besuchen fahre – sie wohnt dreihundertfünfzig Kilometer weit weg –, bin ich mehrere Tage nicht da. Dann masturbiert er und erzählt mir genau, was er gemacht hat, wenn ich wieder zu Hause bin und wir uns lieben.

Manchmal fragt er auch: «Liebling, hast du's heute getan?» Und ich schildere ihm die Umstände, unter denen ich masturbiert habe, und wo. Er wird sehr erregt. Er möchte immer wissen, ob ich mich auszog oder ob ich nur meine Hand unter das Höschen schob, ob ich einen Gegenstand in meine Vagina schob oder meine beiden Hände benützte – die eine, um meine Klitoris zu stimulieren, die andere, um schnell drin hin und her zu fahren. Doch von meinen lesbischem Phantasien während dem Masturbieren erzähle ich ihm nicht. Ich erzähle ihm, daß ich dabei an uns gedacht habe.

Während der ganzen Zeit, in der wir uns unsere Phantasien erzählen, sind wir mit dem Vorgeplänkel zum Liebesakt beschäftigt. Es gefällt uns auch sehr, gemeinsam zu masturbieren oder dem andern dabei zuzusehen.

Der Orgasmus durch Masturbieren ist von dem beim Geschlechtsverkehr sehr verschieden. Denn irgendwann kommt es schließlich zum Verkehr, und dann sind wir wie verrückt nach einander. Ich muß Ihnen noch sagen, daß vorher, bevor diese Dinge ins Spiel kamen, unser Verkehr sehr selten war. Von meiner Seite aus war die Leidenschaftlichkeit nur vorgetäuscht. Drei Jahre lang hatte ich während unserer Ehe nur dann einen Orgasmus, wenn ich masturbierte.

Dann, eines Abends, beim Vorgeplänkel, sagte ich zu ihm: «Mach's doch so!» und versuchte, ihm den Finger zu führen.

Da meinte er: «Mach's doch selbst, Baby», und so spielte ich mit mir selbst, allerdings tat ich sehr unbeholfen, weil er nicht merken sollte, daß ich es schon sehr oft gemacht hatte. Er merkte, wie ich trotzdem

sehr erregt wurde, und sagte: «Fick dich selbst, Baby!» Und er spielte mit seinem Penis, während ich gehorchte.
Das war der Beginn unseres neuen herrlichen Sexlebens. Wir brauchten noch ein paar Anläufe, bevor wir uns alles offen eingestanden, und es stellte sich heraus, daß er während unserer ganzen Ehe masturbiert hatte und auch schon lange davor. Ich habe es nie ausprobiert, erst ein Jahr nach der Heirat. Als Teenager habe ich es nie gemacht. Meine Schuldgefühle waren entsetzlich, bis ich mich mit der Sache näher beschäftigte und herausbekam, daß es etwas ganz Natürliches ist, und weit verbreitet. Trotzdem hatte ich weiter ein schlechtes Gewissen, bis wir es zusammen machten.
Ich glaube wirklich, daß mich Masturbation, ganz gleich, ob bei Mann oder Frau, mehr erregt als Kontakt mit einer Lesbierin. Die lesbische Seite gehört einfach zu dem andern dazu.
Ich will damit sagen, daß mich immer nur Männer fasziniert haben und ich nie mit einer Frau zusammen leben könnte. Ich erinnere mich, wie ich als Kind von ungefähr sieben Jahren beobachtete, wie mein Vater und ein paar Freunde von ihm hinterm Schuppen urinierten. Penisneid war der Inhalt meiner ersten Phantasie, daß ich einen haben wollte. Ich pflegte mir vorzustellen, daß ich auch einen bekommen würde, wenn mein Vater den seinen mir zwischen die Beine steckte. Ich finde Männer und ihren Penis faszinierend. Manchmal überlege ich mir, wie schön es wäre, wenn ich meinen Mann beim Masturbieren «erwischte», wenn ich heimlich zusehen könnte, was er tut und wie er erregt ist, ohne daß er etwas ahnt.
Ich finde, daß mit der Zeit und weil wir darüber reden, unsere Phantasien und unser Liebesleben immer schöner werden. Ich wünschte, wir hätten schon eher darüber gesprochen. (Tonbandinterview)

Lesbierinnen

Es gibt keine Gesetzmäßigkeit, was Frauen und ihre Phantasien, deren Ursachen und Begleitumstände betrifft. Es variiert von Frau zu Frau. Und bei jeder einzelnen Frau variiert es von Nacht zu Nacht und von Liebhaber zu Liebhaber. Und selbst mit dem gleichen Liebhaber innerhalb ein und derselben Stunde kann eine Frau phantasieren oder nicht. Es hängt von so vielen Dingen ab, von den unbekannten Gezeiten und Monden der weiblichen Psyche. Wie jede andere Frau hat auch die Lesbierin Phantasien über Liebe und Sex, doch in ihrem Fall ist das Lustobjekt sowohl in der Phantasie wie auch im Leben nicht ein Mann (oder Männer), sondern eine Frau. Lust, Ärger, Liebe, Aufregung, Schuld, Zuneigung etc. etc. werden von ihr äußerst stark empfunden, wenn andere Frauen im Spiel sind.

Andererseits haben die meisten Frauen, die sich nicht als lesbisch bezeichnen, dennoch ab und zu das, was man «lesbische Phantasien» nennen könnte. Sie haben diese Phantasien, obwohl ihr normales Leben total oder überwiegend heterosexuell bestimmt ist. Einige Frauen akzeptieren diese Bilder als so natürlich wie ihre eigene weibliche Anatomie: Klar denken Frauen an Frauen. Für andere erhebt sich damit die Frage einer möglichen latenten Bisexualität, während wieder andere schuldbewußt darüber grübeln, ob derartige Gedanken schon bedeuten, daß sie es wirklich wollen. Die geheimen Gedanken von Frauen über Frauen gleichen einem Geheimnis innerhalb eines Geheimnisses. Es ist ein Thema, das ich noch etwas hinausschieben will. Fürs erste nun diese Phantasien von Lesbierinnen, von Frauen also, die ihre bevorzugte Neigung zu Frauen akzeptieren und/oder praktizieren.

Marion

Marion ist auf einem Bauernhof geboren und heißt eigentlich Marianne. Sie änderte ihren Namen in das mondäner klingende Marion, als sie älter war und sich selbst besser verstand. Männer hat sie nie gemocht.

Vielleicht waren es die vielen Seitensprünge meines Vaters, warum ich heute so gegen Männer eingestellt bin. Mein Vater war nicht sehr intelligent. Sogar schon als Kind wußte ich Bescheid. Ein breiter, grobknochiger Mann, der irgendwie unfertig wirkte. Noch heute erinnere ich mich an die Telefonanrufe, nach denen meine Mutter immer weinte. Andere Frauen riefen ihn an. Ich weiß noch, daß ich bei einer dieser Dämchen dachte – warum mag er sie lieber als meine Mutter? Die andere klang so dumm. Einmal hatten sie einen schrecklichen Streit wegen einem Brief, den er von einer seiner Freundinnen erhalten hatte. Aber mehr als an alles andere während meiner Kindheit erinnere ich mich an die Anrufe und meine weinende Mutter. Ich kann mich auch daran erinnern, daß ich mir als Kind schwor, nie so zu werden wie sie, niemals!
Sie lachen doch nicht etwa? Zum Teufel mit Ihnen, wenn Sie's tun. Was schert es mich, was Sie denken. Ich will Ihnen bloß erklären, wie Leute wie wir sind: Lesbierinnen. Das verdammte Wort klingt so beschissen. Und wenn man mich schwul nennt, gefällt mir das auch nicht. Ich bin kein Homo. Aber warum klingt das Wort nur so beschissen? Sie mögen Salat, ich mag Äpfel. Sie mögen Männer, ich mag Frauen. Na und? Was ist daran, verdammt noch mal, so kriminell?
Scheiß auf die Klischees! Ich will sagen, auf die Moralpredigten! Aber es deprimiert einen so – immer muß man sich verteidigen. Okay, jetzt erzähle ich Ihnen, was mir so durch den Kopf geht:
Lilly und ich, wir nehmen am liebsten eine elektrische Zahnbürste. Mit

Batterie, dann hat man nicht die Scherereien mit der Schnur und dem Reinstecken. (Lachen) Und genau das tun wir nämlich – wir stecken sie rein.
Waren Sie schon mal beim Arzt oder beim Zahnarzt, und er hatte sich in den Finger geschnitten und trug so ein kleines Gummikäppchen darüber? Wie ein kleines Präservativ? Wie dem auch sei – so was benützen wir auch. Wir kleben die kleine Bürste im Griff fest, weil sie sonst durch die Vibration rausrutschen würde, und kleben ein Käppchen aus glattem Pflaster über die Borsten. Ein paar andere machen es auch so. Wir machen unsere Witze darüber, die nur wir verstehen. «Na, was für 'ne Marke nimmst du heute abend?» fragen wir zum Beispiel, wenn eine eine neue Freundin hat. «Eine Philips?» Wir tauschen unsere Erfahrungen über die verschiedenen Marken aus. Ich persönlich mag eine Ronson-Zahnbürste. Sie hat vier – oder sechs? – Batterien und funktioniert tadellos.
Ich habe eine Art Gurt, den ich mir um die Taille schnalle, die Träger laufen über die Schulter und hinten über Kreuz. Den andern Strang ziehe ich mir zwischen den Beinen durch und mache ich vorne am Gürtel wieder fest. Ein Mann, der sonst Sandalen macht, hat ihn mir angefertigt. Auf diese Weise kann ich die Ronson unten richtig verankern. Ich meine, sie ist ganz fest. (Lachen)
Sie wissen doch, wie es ist. Kaum unterhalten sich zwei Kerle zusammen, wollen sie vom andern schon wissen, ob die Freundin einen Orgasmus kriegt. Das ist das Qualitätszeichen ihrer Männlichkeit. Sie denken bloß an das eine. Ich und meine Ronson, wir können jedes Mädchen befriedigen, zu jeder Zeit. Es ist eine einfache Frage der Biologie. Die Männer glauben immer, und sie wissen nicht mal warum, daß sie ganz tief reinmüssen. Um den Samen an die richtige Stelle zu befördern. Das ist Biologie. Okay, ich bin da wohl sehr hart, aber ich bin auch eine Frau. Vielleicht will ich auch nur mit den Männern wetteifern. Oder vielleicht will ich den biologischen Faktor nicht wahrhaben. Aber ich kümmere mich nicht darum, ob es tief reinreicht. Ich kenne mich und vergesse nie, daß der Kitzler da ist, wo er ist.
Und deshalb weiß ich, was Lilly davon hat. Aber in meinen Gedanken, da bin ich allein, ich bin zwar sehr erregt, aber ich fühle mich allein gelassen. Ich weiß bloß, daß Lilly okay sein wird. Aber ich muß mir in Gedanken irgendeine Szene ausmalen, damit ich auch erregt werde. Was mich andreht, ist zum Beispiel die Vorstellung, daß ich einen Motorradfahrer vergewaltige. Einen dieser harten Kerle in blankem schwarzen Leder, mit den riesigen Maschinen. Ich bewege die Ronson in Lilly hin und her, geb's ihr ein bißchen am Kitzler, ein bißchen an den Schamlip-

pen, und wieder am Kitzler. Und inzwischen stelle ich mir im Geist vor, daß ich immer noch die Ronson trage, doch es ist nicht mehr Lilly. Es ist dieser Kerl, er liegt über seinem Motorrad, den Arsch in die Höhe. Es ist ein großer, starker Schwuler, verstehen Sie? Und ich besorg's ihm mit der Ronson. Rein in seinen Hintern. Und er ist selig. Er streckt mir den Arsch entgegen, weil er nicht genug kriegen kann. Und im Geist lange ich hin und kitzle seinen Kitzler. Als wäre er eigentlich Lilly, und ich wäre tief in ihr drin, und ich weiß, daß ich ihren Kitzler kitzeln soll. Und dann merke ich zu meiner Überraschung – ich kann es richtig fühlen –, daß er gar keinen Schwanz hat. Er hat einen Kitzler, eine Scham. Ich bin hinter ihm und lange hinunter, durch seine Schamhaare, und er hat einen Kitzler, Schamlippen. Dann dreht er sich auf den Rücken, und ich spüre, wie die Ronson reingeht, und mein eigener Kitzler vibriert auch. Er spreizt die Beine ganz weit, dann legt er sie mir über die Schultern. Er ist bloß noch ein Kitzler, und ich weiß, daß die Vibration Lilly durch und durch geht, aber ich spüre sie auch, und manchmal packt Lilly gerade an diesem Punkt die Ronson, reißt sie aus der Halterung und stößt sie mir rein, und ich bin glücklich.
Plötzlich ist sie der Kerl auf dem Motorrad, und ich bin bloß ein Kitzler, nichts als ein Schlitz, und werde von irgendeinem Kerl auf dem Motorrad gefickt, und es gefällt mir großartig. Es gefällt mir, daß Lilly so aufgeregt ist und die Rollen getauscht hat. Auch die Position, so daß nicht mehr ich der Kerl bin, sondern sie. Dann stecke ich meinen Finger in ihren Schlitz, und wenn ich spüre, wie sich ihre Bauchmuskeln zusammenziehen, dieses herrliche Gefühl, wenn sie einen Höhepunkt nach dem andern kriegt, dann könnte ich schreien. Und mir kommt's auch. (Tonbandinterview)

Jeanne

Jeanne wurde in Belgien geboren und machte ihre erste lesbische Erfahrung mit ihrer Kusine Renée, die ein Jahr älter war und mit der sie einen Sommer auf dem Bauernhof ihres Onkels zusammen verbrachte.
Jeanne sagt von sich: «Ich bin lesbisch, weil ich es so wollte, nicht weil ich eine unglückliche Jugend hatte, in armen Verhältnissen aufgewachsen bin, irgend so ein sozialer oder wirtschaftlicher Grund ...» Früher hat sie sich wegen ihrer Gefühle geschämt, doch «... dann hat mir eine Freundin klargemacht, daß ich nicht verrückt bin, nur weil ich Frauen lieber habe». Mit dieser Freundin – Paula – lebt die fünfundzwanzigjährige Jeanne seit zwei Jahren zusammen.
Der Vorfall, der sich in Jeannes Gedächtnis eingrub und die Wurzel ihrer sehr genauen Phantasievorstellungen ist, ereignete sich auf dem Heuboden des Bau-

ernhofs ihres Onkels. Die beiden jungen Mädchen lagen sich gerade in den Armen, als sie plötzlich von Anjou, dem jungen Hund der Kusine, bei ihrem Liebesspiel unterbrochen wurden. Unter ihnen, auf dem Fußboden, bestieg Anjou gerade eine Hündin. Beide Mädchen waren von «seiner aufgestellten Männlichkeit» fasziniert und beschrieben sich dann gegenseitig, was es wohl für ein Gefühl wäre, wenn Anjou es mit ihnen machte. Heute haben sich diese Erlebnisse zu sexuellen Phantasien geformt, sie sind zu einem Ritus geworden und werden genau und mit viel Gefühl beschrieben und durchlebt. Wie bei jedem Kunstwerk, so ist es auch hier die Genauigkeit im Detail, die die Gefühle des Urhebers dieser Phantasien für den Leser so realistisch macht.

Da wir wissen, daß wir nicht erwischt werden, ruft meine Kusine Anjou zu sich, wenn er die Hündin bestiegen hat. Anjous Glied ist noch nicht in den Schlauch unter seinem warmen Bauch zurückgeschlüpft, und während Renée ihre Arme um ihn schlingt, flüstert sie: «Hilf mir, ihn mir auf den Rücken zu setzen. Ich möchte es auch probieren.» Ich bin vor Leidenschaft und Erregtheit wie verrückt, und nachdem ich das Scheunentor geschlossen habe, laufe ich in die dunkle Ecke, wo Renée schon Heu zusammenschiebt und ein «Nest» baut. Ich bin von Anjous Glied fasziniert. Das riesige, schimmernde, rote, abgerundete Organ ist immer noch bloß. Renée kniet sich auf Hände und Füße und sagt: «Hilf mir, leg ihn mir auf den Rücken!» Sie hebt ihren Rock hoch, und ihre weißen, runden Pobacken sind zu sehen. Sie spreizt die Beine, und das feuchte Fleisch ihrer Schamlippen liegt jetzt ganz frei. Ich versuche mehrmals, Anjou aufzuheben, aber er knurrt. Dann langt Renée hinter sich, legt die Hand um sein Organ und sagt: «Leg deine Hand auf meinen Kitzler und dann auf seine Schnauze, Jeanne!» Inzwischen gleitet ihre Hand an Anjous Organ hin und her. Sobald Anjou an meiner Hand geleckt hat, wendet er den Kopf Renées bloßem Hintern zu, und ich werde immer aufgeregter, während ich beobachte, wie seine lange Zunge hervorschießt und er Renées Vagina zu lecken beginnt.
Renée fängt an, sanft zu stöhnen, ihre Stimme scheint von irgendwo zu kommen. Anjou steht jetzt hinter ihr über ihrem Po, tritt unruhig von einer Pfote auf die andere, während er vergeblich versucht, sein steifes, glänzendes Organ in ihre junge, jungfräuliche Vagina zu schieben.
«Hilf ihm doch, ihn reinzustecken, schnell, Jeanne!» und ich lege meine Hand um seine vibrierende, heiße, glänzende rote Männlichkeit, halte sie vorsichtig fest und bewege sie vor und zurück zwischen den feuchten, vollen geteilten Lippen ihrer Vagina, bis ich ihn ihr in den offenen Mund der Vagina schiebe.
Ich sitze wie angewurzelt da, fasziniert von dem Anblick, wie Anjous rotes, pfeilähnliches Organ aus seinem kurzen mit Haaren bedeckten

Schlauch gleitet und in meiner Kusine verschwindet. Sie keucht und stöhnt, während Anjou sie stößt und meine Kusine ihm ihren nackten Hintern hinstreckt, damit er es ihr richtig besorgen kann. Renée schreit und stöhnt vor Lust, und schließlich kreist sie mit ihren Hüften, während Anjous lange tierische Männlichkeit in ihrer Vagina hin und her stößt. Die üppigen Schamlippen liegen fest an seinem tierischen Organ, als er es zurückzieht, und dann verschwindet es mit einem heftigen Stoß völlig im Bauch meiner Kusine. Ich halte es nicht mehr aus, krieche um meine Kusine herum, und hocke mich vor sie hin, damit sie ihren Mund an meine heiße Vagina legen kann, während Anjous Männlichkeit immer noch in ihr hin und her stößt.

Selbst heute schließe ich noch meine Augen und wünsche mir aus tiefstem Herzen, daß Paula so ein riesiges, erhobenes Organ hätte, das sie mir hineinstößt. Bis jetzt habe ich ihr noch nicht gestanden, daß ich mir ihre verlängerte Klitoris als Anjous tierische Männlichkeit vorstelle, weil sie das sicherlich beunruhigen würde. Sie würde glauben, ich hätte ein Tier lieber. Und das ist ziemlich absurd. Trotzdem habe ich diese Phantasien, und sie gefallen mir. (Brief)

Lisa

Obwohl ich verheiratet bin, handeln meine meisten Phantasien von lesbischen Erlebnissen, und manchmal habe ich auch etwas mit einer Lesbierin. Wenn meine lesbische Freundin es mir besorgt, mich befriedigt, habe ich einen Höhepunkt, wenn ich mir vorstelle, daß sie mit einem Dildo mit mir Verkehr hat.

Ich glaube, meine Phantasien begannen, als ich sechzehn war. Damals stellte ich mir vor, daß ich mit einem Mann ins Bett ging, aber ich hatte keinen Höhepunkt. Heute, wenn ich mit meinem Mann zusammen bin, denke ich oft an Tiere. Ich stelle mir vor, daß er und ich auf dem Bett liegen und ein Hund ins Zimmer kommt und mich leckt. Dann befriedige ich den Hund, gehe in die Knie, und der Hund besteigt mich. Ich liebe es, mir vorzustellen, daß der Hund seinen Samen in mich hineinspritzt. Ich stelle mir vor, wie mein Mann den Hund besteigt, gerade, als er auf mir ist.

Meine andere Phantasie beschäftigt sich mit einem Esel. Mein Mann hat mich an einen Araber verkauft, und ich befinde mich in der Wüste. Mein Herr und Gebieter holt seinen Freund, der mir zusehen soll, seinem neuen Lustobjekt. Man befehlt mir, mit dem Tier zu spielen, mit dem Esel. Ich gehorche und mache es vom Anfang bis zum Ende: das

Tier wird hereingeführt, und ich errege es und sauge an ihm. Wenn der Esel erregt ist, besteigt er mich von hinten. Ich liebe es, sein Werkzeug ganz in mir zu spüren, und er ejakuliert in mich hinein.
Aber die Phantasien mit meiner lesbischen Freundin sind am aufregendsten. Dabei wird das Glied des Mannes, ihr Dildo, echt und wirklich und befriedigt mich total. (Brief)

Zizi

Mein Name ist Zizi. Ich bin Französin und eine energische Anhängerin des *Mouvement de Libération de la Femme* (Frauenbefreiung). Was mein Alter betrifft, so bin ich dreiundzwanzig Jahre alt.
Ich finde, daß die weibliche Sexualität zu stark von Tabus und Verboten eingeengt wird, und das ist der Grund, warum ich nicht zögere, ein paar meiner sogenannten Phantasien zu beschreiben. (Obwohl ich es in meinem schlechten Englisch nicht richtig ausdrücken kann, möchte ich doch sagen, daß mich Ihre Untersuchungen auf diesem Gebiet sehr aufregen.)
Meine ersten sexuellen Erlebnisse standen unter dem Einfluß einer patriarchalischen Ideologie, deshalb will ich davon gar nicht reden. Meine neuesten Beziehungen zu Männern waren mehr subjektiv. Wichtig für mich war, die ewige «westliche Grundposition» zu überwinden. Mir gefällt es, einem Kerl auf den Bauch zu klettern. Ich stecke seinen Penis in mein Loch und reite auf ihm wie auf einem Pferd. Dann presse ich meinen Hintern zusammen (sein Penis ist immer noch drin). Seine Beine sind gespreizt – ich habe das Gefühl, ich bin ein Junge, der ein passives Mädchen spielt, das Gefühl, daß ich tatsächlich einen Phallus habe, der in eine Vagina eindringt. Das ist meine Art der Rache nach Jahren des Gehorchens. Wenn ich den Orgasmus erreiche, spüre ich, wie mein Penis ejakuliert.
Durch meine Affären mit Männern bin ich mir bewußt geworden, wie sehr ich mich nach anderen Mädchen sehne. Bevor ich tatsächlich Sex mit einem Mädchen hatte (in Paris), begnügte ich mich mit unbewußten «Perversionen». Das möchte ich Ihnen erklären: Ich wohnte in einem Apartment in der Stadt. Auf der anderen Seite vom Hof sah eine mittelalterliche Frau, Typ Hausfrau, häufig aus dem Fenster. Eines Tages, aus irgendeinem Grund (!), kam mir der Gedanke, nackt im Zimmer herumzuspazieren, wobei ich die Jalousien nur halb zugezogen hatte, so daß sie mein Gesicht nicht sehen konnte. Deshalb hatte sie das Gefühl, ich würde ihres auch nicht sehen (also keine Schuldgefühle). Dabei sah

ich sie genau, dank eines Spiegels. Ich tat, als wüsche ich mich. Sie kam richtig in Schwung und beobachtete genau, was ich tat. Ich fing an, meine Klitoris zu streicheln, während ich mich wusch. Je größer ihre Aufmerksamkeit zu werden schien, um so intensiver streichelte ich mich, bis es mir kam.
Ein paar Monate später hatte ich eine Affäre mit einer Frau. Wir mochten die Position 69 besonders, aber manchmal trieben wir es auch ganz anders. Wir beschlossen, uns beim Masturbieren zuzuschauen. Wir setzten uns jeder in einen Sessel, halb ausgezogen, damit es unanständiger war. Wir beobachteten, wie unsere Finger sich bewegten und gegen die Klitoris rieben – es war schrecklich erregend. Wir berührten einander überhaupt nicht. Die Lust der einen übertrug sich auf die andere und umgekehrt.
Ich würde Ihnen gern noch mehr erzählen, aber die Tatsache, daß ich Sie nicht kenne, hält die Freude, Ihnen schreiben zu können, in Grenzen. Obwohl es in gewisser Weise sehr erregend ist, einer unbekannten Frau die intimsten Gefühle zu schildern. (Vielleicht verführe ich Sie irgendwann? Wer weiß?)
Je m'aventure à te donner un baiser, ma douce inconnue. (Brief)

Katherina

Ich habe eine feste Freundin, mit der ich gelegentlich immer noch schlafe. Ich habe mit ihrem Einverständnis geheiratet und mit der Vereinbarung, daß ich ihr genau erzähle, was mein Mann mit mir macht. Was ich immer noch ausführlich tue.
Wir beide, Mary und ich, waren Jungfrauen, weil wir nur unsere Finger benützten und einen selbstgemachten Dildo mit einem Schlauch und einem kleinen Ballon am Ende, mit dessen Hilfe wir Handcreme durchdrückten oder etwas Ähnliches, wenn er in uns drinsteckte ... das fanden wir sehr aufregend. Abgesehen davon, daß wir Männern bei der Selbstbefriedigung zusahen oder sie aufgeilten, waren wir nicht an ihnen interessiert, und so war ich in den Flitterwochen immer noch Jungfrau, was Mary am Abend vor der Hochzeit noch einmal genau nachgeprüft hatte.
Ich fragte mich gespannt, was in der ersten Nacht passieren würde, weil ich mit Mary verabredet hatte, daß ich Jungfrau bleiben würde und nicht an diese Möglichkeit glaubte. In jener ersten Nacht wartete ich im Schlafzimmer, bis Fred ins Bad verschwand, zog mich hastig aus, warf mein Nachthemd über und kletterte ins Bett. (Wir hatten getrennte Bet-

ten und haben sie immer noch.) Er kam zurück, zog sich aus und trat nackt ans Bett. (Ich hatte ihn vorher noch nie so gesehen, sein Schwanz war immer in der Hose gewesen.) Ich schätzte seinen Schwanz auf ungefähr zwölf Zentimeter. Er war leicht gekrümmt. Er zog die Bettdecke zurück, hielt seinen Schwanz fest und begann ihn zu reiben. Dabei schob er mir das Nachthemd von den Schultern, so daß meine Titten nackt waren. Sie sind sehr gut entwickelt und haben feste Warzen, wenn ich geil bin. Inzwischen war er steif, ungefähr fünfzehn Zentimeter, und er sah mich nur an.

Dann sagte er: «Ich werde dich jetzt taufen!» und er kniete sich neben meine Schultern hin.

Er rieb weiter, seine Eier schwangen hin und her, und er berührte meine Brustwarzen. Plötzlich rieb er schneller und keuchte, und sein Samen spritzte mir übers Gesicht und in den Mund. Er kletterte vom Bett, löschte das Licht und kroch in sein eigenes.

Nach jener Nacht machte er es immer so, entweder auf meinem Gesicht, auf meinen Titten oder meinem Kitzler, und überließ es mir selbst, mich zu befriedigen. Häufig, wenn er glaubte, ich schliefe, beobachtete ich, wie er es sich besorgte, wobei ein leises schabendes Geräusch entstand, wenn er seinen Schwanz an meinem Nachthemd trocken rieb. Das war dann der Augenblick, wo ich meine Phantasien hatte. Ich streichelte meine Brustwarzen und spielte mit dem Kitzler, wobei ich die Beine spreizte und mir vorstellte, wie ein großer Hund auf mich zukam. Ich beobachtete, wie er seinen Schwanz leckte, dann meinen Kitzler, bis ich irgendwie meine Beine einfach ganz weit aufmachen mußte und er mich heftig fickte, angeregt durch entsprechende Bewegungen mit meinem Finger.

Ich konnte mich richtig aufgeilen, wenn ich an den Hund dachte, der immer von einem Mann mit einer Hundepeitsche begleitet wurde, falls ich nicht gehorchen wollte.

Es kam so weit, daß ich einen langen, niedrigen Hocker kaufte, wie ich ihn mir in meinen Phantasien vorstellte, und wenn ich tagsüber allein war, zog ich mich nackt aus und legte mich auf ihn, eine Hundepeitsche neben mir, die Beine gespreizt, und träumte meine Phantasie, sooft ich Lust hatte. Ich konnte den Hocker so hinstellen, daß der Mann im Haus gegenüber mich von seinem Schlafzimmerfenster aus beobachten konnte – was er oft tat –, während ich ihn durch einen genau plazierten Spiegel ebenfalls beobachtete.

Eines Tages erwischte mich Mary dabei, und ich mußte ihr alles gestehen. Später half sie mir sogar, meine Phantasien zu verwirklichen. Wir hatten zu verschiedenen Gelegenheiten Hunde beobachtet und fanden es sehr aufregend, wenn sie in der Hündin feststeckten und ein paar Minuten nicht rauskonnten, wenn sie fertig waren. Nebenan zogen neue Leute ein, und die Frau hatte einen hübschen Schäferhund. Eines Tages, als ich mit Mary zusammen war, kam er in unseren Garten. Mary rief ihn ins Haus, und sofort steckte er seine Schnauze an meinen Kitzler. Sie zwang mich, ihn zu streicheln, und sein Schwanz kam raus, und ich war verblüfft, wie groß und hart er war. Ich mußte ihn waschen, mich hinlegen und an ihm saugen, während sie mir einen hilfreichen Schlag mit der Peitsche gab. Schließlich mußte ich mich über den Hocker legen, die Beine gespreizt, und sie streichelte meine jetzt ganz nasse Möse und spielte mit meinen Brustwarzen. Sie schaffte es, daß der Hund sich auf mich setzte und meine Brustwarzen leckte, und sie rieb seinen Schwanz und steckte ihn mir in den Schlitz. Er begriff genau, was von ihm verlangt wurde. Offenbar hatte er darin Erfahrung. Er steckte ihn mir tief rein und stieß mich hart und schnell, bis ich spürte, daß ich naß wurde und er in mir kam.

Das war der Höhepunkt meiner Phantasien, und ich träume oft davon. Es war sehr nett, es Ihnen erzählen zu können – mit Marys Einverständnis, wie Sie an ihrer Unterschrift sehen können.

Es stimmt! (handschriftlich) Mary. (Brief)

3. Kapitel
Die Art der Phantasien

Entweder wissen Sie schon darüber Bescheid oder können sich zumindest leicht viele der beliebtesten Themen und Muster sexueller Phantasien – Leitmotive – ausmalen, in diesem Bereich so vertraut und beliebt wie Froschkönig oder der schnauzbärtige Räuber in Märchen und Kindertheater (der Vergleich geschah nicht ganz unabsichtlich). Und obwohl eine Frau ihre sexuelle Phantasie ebenso individuell entwerfen und gestalten kann wie eine Abendesseneinladung, wird sie wahrscheinlich – meine Ansicht, nachdem ich vierhundert Phantasien gesammelt habe – «ihre eigene» aus dem Dutzend Archetypen oder den ständig wiederkehrenden «Grund»-Situationen auswählen, um darauf aufzubauen. In der Folge wird sie ihre erwählte Situation mit jenen persönlichen Details ausschmücken, die sie für sie am lebendigsten machen, so wie eine Frau Accessoires verwendet, um eine Grundgarderobe anspruchsvoller oder anspruchsloser zu gestalten.

Viele Maler haben den weiblichen Akt zum Thema, und jedes dieser Bilder spricht verschiedene Menschen und verschiedene Gefühle auf verschiedene Weise an. Das Thema ist klassisch und gehört zum «Grundbestand», die Details sind dagegen subjektiv, persönlich und machen erst den Unterschied aus.

Wenn ich nun behaupte, daß es (ungefähr) sechzehn Grundthemen gibt, die alle sexuellen Phantasien durchziehen, dann will ich dies als stark vereinfachende Reduzierung verstanden wissen. Es soll keineswegs bedeuten, man wisse «alles», was es über Phantasien zu sagen gibt. Die Phantasie beschäftigt sich auch nicht nur mit diesen sechzehn Grundthemen. Ich habe das vorhandene Material so geordnet, daß ich das wiedererkennbare und bekannte als Rahmen für das einzigartige, verblüffende und exotische verwende. Der faszinierendste Bestandteil der Phantasie, das emotionsgeladene Detail, wird dadurch verständlicher und folglich auch bedeutungsvoller.

Nehmen wir z. B. eine Standardsituation in den Phantasien: die Szene mit einem maskierten Frauenschänder. Kaum etwas könnte noch vorhersehbarer sein. Neu und jedesmal anders ist jedoch die Art und Weise, wie jede Frau diese Szene «ausschmücken» wird – Umgebung, Beleuchtung, unterschiedliche Nuancen in Handlung und Dialog. Man könnte fast meinen, sie wähle das «gängige Modell» als eine Art von Tarnung der ungeheuren Vielfalt an sexuellen Details, die sie in der Phantasie über sich selbst preisgibt. Wer verbirgt sich eigentlich hinter den Masken? Ihr Stiefvater? Ein Priester, Ihre Schwester? Neun Schwarze?

Vielleicht erinnern sich aus diesem Grund so viele Frauen nur noch an das Gerippe ihrer Phantasien, vielleicht halten sie deshalb ihre Schilderungen auf einem Niveau, das keine alles-enthüllenden Details bietet. Mehr einzugestehen – nicht nur mir, sondern sogar sich selbst gegenüber –, wäre zu «explosiv geladen», entblößend und käme dem Eingeständnis zu nahe, wie groß und vielseitig ihr sexueller Appetit ist. Und solche sexuellen Gelüste haben Frauen nach allgemeiner An-

sicht nicht (sonst gäbe es dafür einen weniger abwertenden Begriff als Nymphomanie). Wenn eine Frau ihre Phantasien schildert, beginnen und enden sie in neun von zehn Malen ungefähr so: «Ich habe die sehr merkwürdige Vorstellung, erniedrigt zu werden.» Das ist schon alles, oder es ist zumindest das, woran sie sich zu erinnern wünscht. (Vermutlich verhält es sich hier jedoch ähnlich wie mit dem Vergegenwärtigen von Träumen in der Psychoanalyse: wenn man erst mal so viel eingestanden hat, wird man sich vermutlich beim nächstenmal schon an mehr erinnern, sofern man dazu ermutigt wird.)
Jeder verblüffenden, hochstilisierten und einfallsreich gestalteten Phantasie, die ich gehört oder gelesen habe, stehen ein Dutzend präziser Wiederholungen der offensichtlichen «Favoriten» gegenüber. Jedes Etablissement mit männlichen Prostituierten sollte dies berücksichtigen, um einer Kundin wenigstens die Startchance zu geben, das zu bekommen, wofür sie bezahlt hat. In Genets Stück «Der Balkon» gehen Leute ins Bordell, um dort ihre sexuellen Träume auszuleben. Frauen sollten in einem wahren Phantasie-Bordell durch verständnisvolle und einfühlsame Anleitung zu dem gleichen ermutigt werden. Kein Haus der Phantasie kann sich als vollkommen einschätzen, sofern es nicht Zimmer mit den folgenden Kennzeichnungen über seinen Türen hat.

Anonymität

Anonymität ist der beste Freund der Phantasie. Sie steigert die Romantik und fügt dramatische Akzente hinzu, vergrößert das Vergnügen und schaltet Schuldgefühle aus, die der ärgste Feind der Phantasie sind. Die Anonymität mag schlicht und einfach durch nächtliche Dunkelheit gewährleistet sein, durch einen plötzlichen Stromausfall im Phantasie-Restaurant, durch das vorgebundene Taschentuch eines Frauenschänders oder die bekannte Hygiene-Maske der Ärzte. Ob der Mann sie nun von hinten vögelt, so daß sie ihn nicht sehen kann, oder ob er ein völlig Fremder ist ... Auf jeden Fall wird eine Frau sich um Anonymität bemühen, da sie weiß, welche befreiende und erregende Wirkung sie hat.
In der Anonymität ist sie Madame X, sexuell endlich frei, etwas zu tun und mit sich geschehen zu lassen. Ohne tiefere Beziehung als die rein physische des Augenblicks ist sie für das Eine-Nacht-Abenteuer frei, und alle Hemmungen sind Tausende von Kilometern weit entfernt. Die Unkenntnis – sie weiß nicht, wer er ist, und umgekehrt – reduziert beide auf Sex-Objekte, reduziert die Beziehung auf eine rein körperliche ohne bisherige oder zukünftige Verpflichtung. Wenn es keine eher zärtlichen Gefühle gibt, dann deshalb, weil sie für den Augenblick nicht erwünscht sind.
Anonymität macht eine Frau frei, sich zu nehmen, was sie sexuell schon immer wollte, und zwar genau auf die Art und Weise, wie sie es sich immer ersehnte, ohne jemandem hinterher Rechenschaft ablegen zu müssen. Da niemand je davon erfahren wird, da sich die Fremden auf Grund des Gesetzes der Phantasie nie wiedertreffen werden, und da dies nicht nur das erste Mal mit seiner ganz besonderen sexuellen Aufregung, sondern auch das letzte Mal mit all der Intensität ist, die vor dem Abschied kommt ... warum nicht alles ausprobieren?

Linda

Linda ist eine alte Bekannte von mir, und in Gedanken sehe ich sie immer so wie damals, als sie aus Paris zurückkehrte. Sie ist Modezeichnerin, und viele Zeitungen bringen ihre Zeichnungen. Wenn Sie in Ihrer Zeitung Zeichnungen der neuesten Kollektion entdecken, kann es gut sein, daß sie von Linda stammen.
Sie war zweimal verheiratet und wohnt jetzt mit einem Mann zusammen, der nicht ihr zweiter Ehemann ist. Er hat ziemlich viel Geld, und Linda selbst verdient auch nicht schlecht. Es geht ihnen finanziell glänzend, aber sie streiten sich ständig, manchmal nicht gerade leise. Manchmal denke ich, daß ihre Beziehung durch einen gewissen Grad von Gegensätzlichkeit stimuliert wird – wenn sie nicht überhaupt darauf basiert –, wie bei so vielen Paaren, die ihre besten sexuellen Augenblicke nach einem erbitterten Streit haben.
Linda ist ungefähr dreißig, mit feinen Gesichtszügen, blond – hübsch wie ein altmodischer Filmstar. Ihre Phantasien über den «Haarladen», wie sie einen Schönheitssalon zu nennen pflegt, überraschen mich nicht. Sie hat offen und phantasievoll über Sex geredet, als es noch nicht Mode war.

Gerald kennt sie noch nicht. Ich kann es kaum erwarten, bis er sie liest ... vermutlich erzähle ich sie dir deswegen. Er hält sich für einen großartigen Kerl, der alles schon mal gemacht hat oder tun würde. Aber diese Phantasie ... also, er kommt darin nicht mal vor! Aber ich will nicht unfair sein. Er ist wirklich phantastisch im Bett. Und was für ein Mann – außer einem Verrückten, und das würde ich nicht mal wollen – könnte so etwas mit mir machen? Dazu sind die Phantasien schließlich da, nicht wahr? Weil man es im realen Leben nie bekommt.
Ich bin also in diesem Haarladen, einem sehr schicken Laden wie Lizzy Arden oder Revlon. Irgendein Schwuler mit einer ziemlich gewöhnlichen Vorstellung von Eleganz hat ihn eingerichtet, mit Kronleuchtern und Springbrunnen, goldenen Waschbecken und schockrosafarbenen Stühlen, deren Lehnen man flachstellen kann, so daß man halb liegt, während das Haar trocknet und man seine Fingernägel maniküren oder sich eine Gesichtsbehandlung machen läßt. Diese Stühle stehen in einer langen Reihe, mit einem gewissen diskreten Abstand zueinander, grüne Topfpflanzen wachsen rechts und links, so daß wir Damen ein gewisses Gefühl von Privatsphäre haben.
Ich habe gerade eine Gesichtsbehandlung, ich habe eine Crememaske auf dem Gesicht und kühle Wattebausche auf den Augen. Ich kann absolut nichts sehen. Außerdem würde ich sowieso nicht wissen, was los ist, weil ein weißer seidener Vorhang von der Decke bis zu meiner Taille runterhängt, dann weiter bis zum Boden. Von der Taille abwärts kann mich niemand sehen. Aber ich kann auch niemand sehen. Doch ich weiß Bescheid. Drüben, auf der anderen Seite, steht ein junger Mann – ei-

gentlich ist es ein ganzer Haufen junger Männer, eine Reihe von jungen, kräftigen, muskulösen Typen, halb nackt. Sie tragen eine Art Lendenschurz, und ihr Körper glänzt vor Schweiß, während sie ihre Pflicht tun. Bei uns, den Damen. Sie sind dazu da, um uns zu bedienen. Aber während auf unserer Seite des Vorhangs die Einrichtung sehr schick ist, mit Kronleuchtern, Springbrunnen und gepflegter Atmosphäre, arbeiten diese Burschen auf der anderen Seite wie die Galeerensklaven, einer neben dem andern, keine schönen Lampen, keine hübsche Musik, nur das Knallen der Peitsche, wenn der Aufseher an der Reihe entlanggeht, hin und her, und aufpaßt, daß keiner einen Streich versäumt – sozusagen.
Der Bursche, der für mich zuständig ist, ist dunkel und sieht auf eine rauhe, unpersönliche Art gut aus. Außerdem kann er mich ja nicht sehen. Für ihn bin ich nichts weiter als eine Vagina. Er könnte auch ein Schwuler sein, ich weiß es nicht ... doch auch das würde meine Lustgefühle nicht verringern. Der Witz daran ist einfach, daß es sein Job ist, daß er dazu angestellt wurde. Ein Dienst am Kunden, den dieser schicke Salon offeriert wie zum Beispiel auch den Masseur. Er hockt zwischen meinen Beinen und besorgt es mir mit der größten Geschicklichkeit, die man sich überhaupt vorstellen kann. Diese erste Sekunde ist wahnsinnig erregend: ich liege da, die Beine zu einem V gespreizt, und warte auf ihn. Ich kann nicht sehen, daß er näher kommt, ich weiß nicht, daß er da ist, bis seine Zunge – seine Zungenspitze – hervorschnellt und mich trifft, ein Gefühl zum Wahnsinnigwerden!
Also, jetzt ist er da und bearbeitet mich ganz herrlich, und ich liege auf der anderen Seite des Vorhangs, der selige Ausdruck auf meinem Gesicht unter der Gesichtsmaske verborgen, die Brunnen plätschern, die leise Musik spielt. Sein Kopf wendet sich hin und her, während er mich fachmännisch und automatisch erregt und hinhält, erregt und hinhält ... und er erregt mich immer mehr. Er selbst hat nichts davon – außer seiner Bezahlung. Sein Schwanz baumelt ihm zwischen den Beinen, klein wie ein Daumen, während er dahockt und mit großer Könnerschaft an mir leckt. Doch plötzlich, mit mir, ist alles anders. Ich bin etwas Besonderes. Das Leben, das er in meiner Vagina weckt, steckt ihn an, diese unglaubliche Sinnlichkeit, die ich habe ... vielleicht kann er das Klopfen in meiner Vagina spüren. Hast du schon mal so ein Klopfen gespürt? Es ist wie Trommeln, wenn es anfängt ... wenn ich anfange!
Aber zurück zum Haarladen. Plötzlich entdeckt der gemeinsame alte Aufseher mit der Peitsche, daß mein Kerl langsamer geworden ist. Damit meine ich, daß er zu viel kostbare Zeit braucht, daß er tatsächlich mit dem Herzen bei der Sache ist, daß er der Kundin mehr gibt, als notwendig ist. Er schlägt meinen Kerl mit der Peitsche, aber mein Junge

dreht sich nicht einmal um. Er stöhnt und preßt sich in meine Vagina, als gäbe es kein Morgen, und sein Schwanz ist jetzt riesig, seine Hand streichelt ihn, und er wird immer geiler und ich auch. Der Aufseher mit der Peitsche schlägt ihn heftig, doch der Junge ist für die Welt verloren, er spürt nur mich, wir kommen uns immer näher und näher, sind jetzt zusammen, und plötzlich beginne ich zu beten, daß der verdammte Mann mit der Peitsche ihn nicht wegzieht, weil wir gleich den herrlichsten Höhepunkt unseres Lebens haben werden. Der Mann mit der Peitsche packt ihn an den Schultern – mein Herzschlag setzt für eine Sekunde aus –, er versteht es einfach nicht. Er hat noch nie erlebt, daß einer von diesen Burschen sich so aufgeführt hat, daß sich einer von einer Kundin so andrehen hat lassen, von der Vagina einer Kundin! Dann, im entscheidenden Augenblick, merkt der Kerl mit der Peitsche plötzlich, wie er seine berufliche Reserviertheit verliert, unsere Erregung greift auf ihn über.
«So etwas habe ich noch nie erlebt!» brüllt der Kerl mit der Peitsche. «Wieso ist der Mann so verrückt vor Lust, daß er nicht mal seinen Lohn haben will?»
Und dann passiert es: Der Mann mit der Peitsche ist selbst auch so «aufgepeitscht», daß er seinen eigenen Schwanz rausholt und ihn fieberhaft bearbeitet, und wenn wir kommen, kommt er auch ... und, o Junge, was ist das für ein herrlicher Tag in diesem Haarladen! (Tonbandinterview)

Pamela

Ich liege an einem ganz einsamen Strand auf dem Rücken und schlafe fest. Ich trage nur einen Bikini, das winzige Höschen wird rechts und links an den Seiten durch eine Schleife zusammengehalten, das Oberteil vorne auch mit einer Schleife. Ich habe riesige Brüste, die das kleine Stück Stoff zu sprengen scheinen. Ich atme tief und gleichmäßig, und manchmal bewege ich mich ein wenig im Schlaf. Der Schatten eines Mannes fällt auf mich. Er steht da und sieht auf mich herab, wie ich daliege und schlafe. Er ist sehr braun und trägt nur eine Badehose. Er betrachtet mich, und dabei wird er immer erregter. Vorsichtig und ganz leise, um mich nicht zu wecken, kniet er sich neben mich und löst zart die Schleifen an meinen Hüften. Das Unterteil gleitet in den Sand, und ich bin nackt.
Einen Augenblick lang sitzt er nur da und betrachtet mich. Ich murmele im Schlaf und verändere meine Lage etwas, ich spreize die Beine und

ziehe die Füße etwas an. Seine Erektion wird immer größer. Er schlüpft aus seiner Badehose und kniet sich über mich. Ohne die Augen zu öffnen, schiebe ich eine Hand bis zu seinem Penis vor und streichle ihn zärtlich, dann führe ich ihn zu seiner Verblüffung bis zu meiner Scheide und stecke ihn hinein. Er fickt mich auf Teufel komm raus, und ich bewege mich im Rhythmus seiner Stöße mit. Aber ich öffne in keinem Augenblick die Augen, ich murmle nur, wie im Schlaf, als hätte ich einen schönen Traum. (Tonbandinterview)

Marie

Marie ist der Typ des sauberen frischen Mädchens von nebenan. Nach dem zweiten Kind ist sie mit ihrem Mann in einen Vorort gezogen. Sie erzählte mir, daß sie bei ihrer Heirat mit Philip noch Jungfrau war, daß sie ein- oder zweimal versucht war, bei einer Party mit jemand einen Flirt anzufangen, daß sie aber immer vor den Folgen zurückschreckte.

Ich glaube, ich könnte Philip nicht mehr in die Augen sehen, wenn ich ihn mit einem anderen Mann betrügen würde. Ich wünschte, ich könnte es, weil wir so wenig Sex zusammen haben und ich mir so abgeschoben vorkomme, so unerfahren ... es ist so langweilig. Aber ich habe einfach nicht den Mut. Ich beneide die Frauen, die ein paar Jahre jünger sind als ich und alle heute möglichen sexuellen Freiheiten genießen. Ich habe schon allein deswegen ein schlechtes Gewissen, weil ich solche Phantasien habe, aber ich kann es einfach nicht verhindern, daß sie mir in den Sinn kommen, wenn wir Verkehr haben. Es ist alles soviel aufregender, und ich bemühe mich, mir einzureden, daß ich sie verdient habe ... natürlich nur in der Phantasie, nicht in der Wirklichkeit. Aber wer weiß. Wenn ich in Wirklichkeit je die Möglichkeit dazu hätte – vielleicht würde ich es tun? Manchmal erwische ich mich sogar dabei, daß ich gern daran denke, während ich auf irgendeiner Party bin. Ich stehe da, mit dem Glas in der Hand und wünschte, er wüßte, was ich mir gerade denke – ich meine der Mann, mit dem ich mich gerade unterhalte.
In Gedanken stelle ich mir ein Gartenfest vor, genau so wie es hier ungefähr zwei- oder dreimal wöchentlich im Sommer am Abend stattfindet. Ich sehe die Szene genau vor mir: den sich leicht senkenden Rasen, die großen Bäume, die Hecken, die alle sehr gepflegt und gut geschnitten sind. Ich kann sogar hören, wie irgendwo tiefer im Garten Gärtner bei der Arbeit sind und Büsche schneiden ... dabei arbeiten doch Gärtner gar nicht nachts, höchstens in meiner Phantasie. Jedenfalls, es ist Abend, denn alle Männer tragen einen Smoking. Ich trage ein kurzes

Kleid, das einzige wirklich kurze Kleid, das ich kaufte (als Konzession an die Minimode). Aber was viel wichtiger ist, ich trage keine Strumpfhose, was ich sonst immer tue. Mein Kleid ist von einem sehr hübschen Blau – wie das, welches ich tatsächlich besitze –, und alle Kellner tragen kurze rote Jacken. Ist es eigentlich normal, sich in seinen Phantasien die Farben genau vorzustellen? Nun, ich tu's jedenfalls.

Ich schlendere in eine ziemlich entfernte Ecke des Gartens, ganz allein. Das ist typisch für mich, denn ich liebe Blumen und schaue mir immer gern fremde Gärten an. Plötzlich treffe ich auf einen Mann, einen Gast, und wir unterhalten uns über Blumen und solche Dinge. Ich kenne ihn nicht. Ich habe ihn nie zuvor gesehen. Vermutlich ist er verheiratet. Die meisten Männer auf solchen Partys sind verheiratet. In meiner Phantasie weiß ich eigentlich sogar, daß er zu einer andern gehört ... was es sowohl einfacher als auch aufregender macht.

Er bückt sich und pflückt eine Blume für mich. Doch er kommt nicht wieder hoch. Ich meine, er richtet sich nicht wieder auf. Er steckt den Kopf unter mein Kleid, und ich stehe da, ohne mich zu wehren, halte mein Glas in der Hand und blicke zu den andern, weit weg stehenden Gästen, die mich nur von der Taille aufwärts erkennen können, weil ich hinter einer ziemlich hohen Hecke stehe. Ich glaube, es ist Buxbaum oder Eibe. Jedenfalls sehr dicht und breit und fest, was sehr wichtig ist, denn ich lehne mich dagegen. Wissen Sie, der Mann hat entdeckt, daß ich keinen Slip trage, was ihn völlig überrascht (keine Frau aus dem Viertel, wo wir wohnen, würde es wagen, so herumzulaufen). Er verschwendet keine Zeit und preßt den Mund an mich und steckt mir die Zunge sofort rein. Ich sinke mehr oder weniger gegen die Hecke, weil mir die Knie weich werden. Vielleicht hätte ich noch zurückweichen können, als er den Kopf unter das kurze Kleid schob, doch als sein Mund mich berührt, ist das einfach zuviel. Ich bete, daß er nicht aufhört.

In diesem Augenblick sehe ich zu ihm hinunter und entdecke, daß er seinen Reißverschluß geöffnet hat und mit sich selbst spielt. Er hat eine so große Erektion, wie ich sie noch nie im Leben gesehen habe. Ich starre weiter auf seinen Penis, der immer größer wird, und meine Erregung auch. So etwas wie seinen Mund habe ich noch nie auf mir gefühlt, es ist wie ein Traum, zärtlich und doch fordernd, und seine andere Hand an seinem Schwanz, die Adern an ihr treten genauso dick hervor wie auf seinem Penis. Meine Knie geben immer mehr nach, ich habe das Gefühl, mich nur noch auf seinen Mund zu stützen, daß nur er mich noch aufrecht hält, und ich glaube, wenn ich die Augen von seiner Hand, seinem Penis wegnehme, daß ich dann ohnmächtig werde. Plötzlich, kurz

vor meinem Höhepunkt – ich weiß, daß er gleich kommen wird –, sind an seiner Penisspitze kleine Blasen zu sehen, mehr und mehr, eine nach der andern, und ich habe Angst, daß er kommt, ehe ich komme, und mich stehenläßt.
Und dann beginnen auch noch die andern nach uns zu rufen. Ich kann sogar Philips Stimme heraushören. Er möchte, daß ich zum Essen reinkomme. Ich weiß nicht, was in diesem Augenblick schlimmer ist ... daß sie uns finden oder daß wir aufhören müssen, ehe wir zum Höhepunkt kommen. Ich schwebe einfach im Raum, ich könnte mich nicht bewegen, selbst wenn Philip direkt auf mich zuliefe, was er gerade beabsichtigt. Doch dann, Gott sei Dank, passiert alles auf einmal: Gerade, als Philip so nahe ist, daß er den Ausdruck auf meinem Gesicht erkennen kann, drehen sich alle Gäste wie ein Mann um und folgen der Gastgeberin ins Haus zum Abendessen. Und im gleichen Moment verwandeln sich die Bläschen in einen unglaublich starken Strahl, er ejakuliert, und ich habe meinen Höhepunkt. Vermutlich ertränke ich den Mann beinahe. (Tonbandinterview)

Das Publikum

Die meiste Zeit versuchen wir, bei unserem Liebesleben allein zu sein, wir versuchen, uns dabei abzuschirmen, durch schalldichte Schlafzimmerwände, Jalousien und abgeschlossene Türen. Wir fahren viele Meilen mit unserem Liebhaber, um von allem wegzukommen, und wenn uns die sexuelle Lust auf einer Party oder im Restaurant überkommt, ist unsere erste Reaktion zu verschwinden, um beim Akt aller Akte keine Zeugen zu haben.
So sieht die Realität aus, und ohne ein moralisches Urteil fällen zu wollen, ist das vermutlich auch gut so.
Bei Phantasien ist es genau das Gegenteil: sehr häufig sind andere Leute anwesend. Ich spreche hier nicht von Phantasien über Orgien. Die gibt es auch. Doch häufig machen die anderen Leute in den Phantasien nicht mit, ihre Anwesenheit hat auch nicht das geringste mit einer Orgie zu tun. Es wäre sogar seltsam, wenn die Person, die sich etwas vorstellt, denken würde, daß die andern sie gar nicht beobachten, und überlegen müßte, was sie zum Beispiel mit den sechs kahlköpfigen Kellnern tun soll. Die Zuschauer sind einfach nur vorhanden. Und was tun sie dann? Vielleicht bedeutet ihr Vorhandensein und ihr Schweigen einfach, daß sie die Ereignisse billigen (zu ficken ist okay). Oder es ist spannender, weil man glaubt, sie könnten sich jede Sekunde umdrehen und merken, was los ist. «Sieh doch bloß», könnten sie sagen, «Harry und Ines treiben es miteinander, und ihr Mann ist nebenan!» (eine andere Möglichkeit wäre, daß die Zuschauer erstaunt darüber sind, daß Harry und Ines es nicht in der vermuteten Position miteinander treiben oder daß ein zweiter Mann oder ein Hund dabei sind, irgend etwas, wodurch der Vorgang in der Phantasie noch erregender und noch sensationeller

wird, wenn man von den Zuschauern entdeckt wird). Die Möglichkeit, beobachtet oder entdeckt zu werden, kann oft aufregender sein als das tatsächliche Vorhandensein von Zuschauern. Jeder, der mal im warmen Sonnenschein einer – offenbar – einsamen Bucht gefickt hat oder in Hörweite anderer Leute, die ihn aber nicht sehen konnten, muß zugeben, daß es den Reiz erhöht ... oder er lügt.
Aber nicht alle Zuschauer in einer Phantasie sind passiv und tragen nichts zu den Ereignissen bei. Manche phantasievollen Frauen übertragen in ihrer Vorstellung den Zuschauern eine aktive Rolle – sie applaudieren, mit Ohs und Ahs, und die glückliche Träumerin wird nicht nur die Sarah Bernhard aller Fickerinnen, sondern auch der Fellini aller Phantasien. Sie bestimmt beides, ihre eigenen Handlungen, die der Zuschauer und die ihrer Kritiker, sie stimmt das eine auf das andere ab, so daß ihre eingebildeten Zuschauer ihre eingebildeten Handlungen nur noch beflügeln, was wiederum die Höhen und Tiefen ihres realen Ficks verstärken. Das klingt kompliziert? Lesen Sie Carolines Phantasie darüber und erinnern Sie sich dabei, was die Zeitungen über ein paar Mitglieder des Ensembles von «O Calcutta!» schrieben: sie waren von der Begeisterung der Zuschauer über ihre Aufführung so abhängig geworden, daß sie ohne Zuschauer keinen Verkehr mehr haben konnten.

Caroline

Ich lernte Caroline, eine junge Schauspielerin, durch gemeinsame Freunde auf einer Party in London kennen. Gleich mein erster Eindruck war, daß ihr jenes narzißtische In-sich-selbst-Ruhen fehlte, von dem ich glaube, daß es – Fluch und/oder Segen – notwendig ist, um eine gute Schauspielerin zu werden. Deshalb war ich auch nicht weiter erstaunt, daß ich ihren Namen noch nie gehört hatte, obwohl sie erzählte, daß sie augenblicklich in einem Erfolgsstück im West End aufträte.
Wir unterhielten uns fast nur über Italien, und sie erzählte mir kurz von dem Ort, wo sie und ihr Freund sechs Monate lang gelebt hatten, «um die Ehe auszuprobieren». Doch es hatte nicht funktioniert. Sie hörte mir begeistert zu, als ich von meinen Jahren in Rom erzählte und von meinen eigenen Vorstellungen über die Ehe.
Ein paar Abende später entdeckte ich Carolines Namen auf einem Theaterplakat in der Shaftesbury Avenue und kaufte spontan Karten für die Aufführung. Ihre Rolle verlangte, daß sie fast den ganzen Abend lang beinahe nackt auf der Bühne war, und nach dem ersten Akt fiel der Vorhang über einer ziemlich langen, tumultuösen Szene, bei der sie (kaum simulierten?) Verkehr hatte. Die Zuschauer waren begeistert davon, und von ihr. Plötzlich war ich auf die Frau neugierig, die sich über ihr Privatleben ziemlich ausschwieg, auf der Bühne aber so ungeniert war.
Nach der Vorstellung gingen wir in die Garderobe, und eine Gruppe von uns aß irgendwo irgend etwas, und dabei kam das Thema dieses Buchs zur Sprache. Sie erklärte, sie würde gern mitmachen. Sie habe eigentlich keine typischen Phantasien, meinte sie, doch vielleicht fände ich es interessant.

Seit ich diese Liebesszene in dem Stück spiele, das Sie gesehen haben – es läuft jetzt seit sechs Monaten –, brauche ich das Gefühl, daß ich Zuschauer habe, auch, wenn ich privat Verkehr habe. Wahrscheinlich hat es mich tatsächlich beeinflußt, daß ich jeden Abend vor so vielen Leuten auf der Bühne erregt sein oder so tun muß, als wäre ich es. Zuerst versuchte ich mir einzureden, daß es eine Rolle ist wie jede andere auch ... man muß so viele Gefühle beim Theater nachvollziehen, und da gibt es gewisse Tricks, wie wir uns in die Lage der darzustellenden Person versetzen können ... Und wie ich schon sagte, anfangs versuchte ich, zwischen meinem eigentlichen Ich und dem Ich auf der Bühne, das vor so vielen Leuten eine Liebesszene spielt, eine gewisse Distanz zu schaffen.
Doch es gelang mir nicht. Ich gewöhnte mich immer mehr an die Rolle, fühlte mich immer wohler in ihr, und statt den Augenblick zu fürchten, wo ich auf die Bühne mußte, freute ich mich darauf. Meine Brustwarzen wurden hart und fest. Es war ein erstaunlich verführerisches Gefühl, ich genoß es sehr. Ich fing an, immer engere Blusen, immer dünnere zu tragen, so daß die Zuschauer meine Erregung sehen konnten, sie konnten sehen, daß ich von unten bis oben geil war, bis zu den harten Brustwarzen. Ich brauchte die Erregung der Zuschauer wegen meiner eigenen ... Eine Art Komplicenschaft entstand zwischen ihnen und mir, eine sexuelle Verschwörung, die mein Spiel beflügelte oder besser gesagt, mein Verlangen, die Rolle zu spielen.
Das Schweigen, die Spannung im Theater während der Szene teilt sich dem ganzen Haus mit – der Funke springt über von mir zu ihnen und von ihnen zu mir –, und am Ende jeder Vorstellung, wenn sie klatschen und mich immer wieder vor den Vorhang rufen, spüre ich, daß sie mir nicht nur als Schauspielerin applaudieren, sondern auch als Frau, als Caroline. Bei der Schauspielerei neigt man häufig dazu, sich zu teilen, man weiß gar nicht mehr genau, wer man eigentlich ist. Aber in dieser Rolle, wenn die Zuschauer applaudieren – ihre Begeisterung –, das eint in mir irgendwie die Schauspielerin und mein privates Selbst. Wenn ich jetzt zu Hause, privat, jemand liebe, dann denke ich manchmal, ach, was soll das alles ... es ist so langweilig, so reizlos. Und dann habe ich ein Gefühl der Unsicherheit. Als ob ich nicht sicher wäre, daß ich es auch richtig mache, wissen Sie, egal, was der Mann auch sagt.
Bevor ich in diesem Stück auftrat, brauchte ich keine Phantasien. Oder wenigstens hätte ich Ihnen das noch vor sechs Monaten erzählt. Jetzt weiß ich, daß ich irgendwo tief in meinem Innern immer das Gefühl hatte, beobachtet zu werden: nämlich von mir. Diese Spaltung zwischen meinem Ich, das den Liebesakt tatsächlich vollzieht, und dem Ich, das mich beobachtet – dieser Riß wird durch die Zuschauer gekittet, die die

Rolle des Beobachters übernehmen und mir applaudieren. Ich kann Ihnen das Gefühl der Befriedigung darüber gar nicht beschreiben.
Ich erinnere mich, wie wir diese Liebesszene zum erstenmal mit Publikum machten. Die Proben hatten selbstverständlich ohne Leute stattgefunden, und ich war professionell kühl und sachlich geblieben. Doch bei der Premiere war ich sehr nervös und besorgt, ich würde den Leuten nicht gefallen, sie würden nicht mitgehen ... daß sie die Szene nur seltsam finden würden und mich auch, weil ich dabei mitmachte. Doch als sie applaudierten ...
Jetzt brauche ich immer Publikum. Sonst werde ich nicht erregt. Sogar wenn ich mit dem Mann zusammen bin, den ich liebe, drehe und wende ich im Geist sein Gesicht so lange hin und her, bis es zu dem des Schauspielers im Stück geworden ist. Vielleicht wird dadurch alles noch aufregender für mich, ich weiß es nicht. Darüber habe ich noch nicht gründlich nachgedacht. Ich glaube, es ist einfach so, daß ich mir dann einbilde, hinter seinem Rücken ist das Publikum und applaudiert ihm, weil er mich liebt, und es applaudiert, weil ich in so zauberhafter Weise auf ihn reagiere. Und während meine eigene Erregung immer größer wird, wird der Applaus immer lauter und lauter ... (Tonbandinterview)

Elsbeth

Ich bin überzeugt, daß die meisten Frauen solche exhibitionistischen Träume haben wie ich. Besonders gefällt mir die Vorstellung, daß mich jemand beobachtet, der nicht ahnt, daß ich ihn ebenfalls beobachte. Oder ich stelle mir vor, daß ich es mit jemand treibe, vielleicht einem guten Freund der Familie, und mein Mann kommt herein und beobachtet uns, was wir vorher besprochen haben, der andere Mann aber nicht weiß. Es wäre auch genauso aufregend, ins Zimmer spaziert zu kommen und meinen Mann mit einer anderen Frau zu erwischen, was wir auch vorher abgesprochen haben. Mit meinem Mann rede ich nicht über so etwas. Ich stelle es mir nur vor, weil es mich erregt. (Brief)

Ines

In meiner ersten sexuellen Phantasie, an die ich mich erinnern kann, stellte ich mir vor, wie ich mich auszog, während ein Junge, den ich mochte, mich dabei beobachtete. Damals war ich noch ein Teenager. (Brief)

Melanie

Ich bin fünfundzwanzig Jahre alt und seit vier Jahren glücklich verheiratet. Meine frühesten Erinnerungen an sexuelle Gefühle gehen auf die Zeit zurück, als ich drei Jahre alt war. Ich erinnere mich, daß ich mich auszog, nachdem meine Eltern mich zu Bett gebracht hatten. Es gefiel mir, nackt zu sein. Dann zog ich mich wieder an. An mehr erinnere ich mich nicht, nur an das aufregende Gefühl meines eigenen nackten Körpers.

Während ich masturbiere, denke ich meistens an irgendwelche Jugendfreunde. Ich hatte nie mit einem Verkehr, doch wenn ich masturbiere, überlege ich, wie das wohl gewesen wäre. Häufig beobachtet mich mein Mann während meiner Phantasien. Er tut sonst nichts, er ist nur einfach da.

Meine Phantasien beim Verkehr mit meinem Mann sind völlig anders. Meistens sind meine Gedanken ganz darauf konzentriert, was wir tun, doch manchmal stelle ich mir im Geist vor, daß wir an einem stillen Strand liegen, ganz nackt, oder auf einer großen Wiese mit viel grünem Gras um uns. Ich denke oft, daß wir nackt an einem einsamen Strand sind. Der Gedanke, nackt zu sein, daß wir beide im Freien sind und nackt, erregt mich.

Ich habe nie den Wunsch, meinem Mann von meinen Phantasien zu erzählen, wie erregend es ist, im Freien nackt zu sein, nicht nur im Schlafzimmer. Ich glaube, wenn ich meine Gedanken laut aussprechen würde, würde ihnen das viel von ihrer Wirkung nehmen. (Brief)

Christine

Christine ist eine hübsche blonde Frau von Anfang Dreißig, mit intelligentem Gesicht und roten Wangen. Als sie Charlie kennenlernte, war sie Sekretärin, und die Arbeit machte ihr Spaß; doch nach der Heirat gab sie sie auf, weil Charlie sie darum bat. Es gab deswegen keine Probleme. Sie sind seit zwölf Jahren verheiratet. Heute leben sie in einem hübschen Haus in einem Vorort und haben zwei Kinder. Christine arbeitet in einer Frauenorganisation und ist für ihr Viertel die Vertreterin im Verein für Eltern und Erzieher.

Sie beschreibt ihr Geschlechtsleben als «sehr befriedigend».

Es macht uns immer noch Spaß, zu den ungewöhnlichsten Zeiten Verkehr zu haben, zum Beispiel wenn wir für eine Party schon viel zu spät dran sind, oder eine ganz impulsive Sitzung auf dem Wohnzimmerteppich, dem Küchentisch, und so weiter ... Augenblicke, die wir uns stehlen können, weil die Kinder bei einem Pfadfindertreffen sind oder einem Fußballspiel. Wir haben fast jeden Abend in der Woche Sex, selbst wenn Charlie so müde ist, daß er einschläft, sobald er seinen Höhepunkt gehabt hat und noch auf mir liegt und in mir drin ist.

Aber kürzlich ist eines Abends etwas passiert. Charlie kam früher nach Hause, und wir dachten, wir könnten es schnell noch machen, bevor die Kinder zurück waren. Plötzlich wurden wir gestört – wir waren im Wohnzimmer –, unser Nachbar erschien an der Haustür. Ich hatte gerade noch Zeit, meinen Rock runterzuziehen, und Charlie ließ ihn ein. Er blieb nur fünf oder zehn Minuten, doch während der ganzen Zeit hatte ich das Gefühl, daß irgend etwas nicht stimmte. Es war nicht zu übersehen, wie unruhig der Bursche war ... und dann fiel mir die große Ausbuchtung vorn in seiner Hose auf.

Erst nach seinem Weggang entdeckte ich, daß ich in der Eile vergessen hatte, meine Strumpfhose wieder anzuziehen. Während unserer Unterhaltung war mein kurzer Rock hochgeglitten, und der Mann hatte alles genau sehen können. Ein paar Minuten lang war ich wie versteinert, total verwirrt. Dann legte sich der Schreck, ein seltsames Gefühl der Erregung blieb zurück, das jedesmal wiederkehrt, wenn ich daran zurückdenke, obwohl ich unseren Nachbarn so aufregend finde wie ein Mohnbrötchen.

An jenem Abend konnte ich es kaum erwarten, ins Bett zu kommen. Unser Verkehr war so schön wie noch nie. Aber ich konnte nicht schlafen, wirklich, ich konnte nicht, bis ich Charlie erzählte, was mich so erregt hatte. Ich dachte, er würde ärgerlich werden, so wie ich angenommen hatte, daß ich ärgerlich sein würde. Doch bei der Vorstellung, daß ein fremder Mann auf den Schlitz gestarrt hatte, mit dem er gerade gespielt hatte, wurde Charlie so geil, daß er seine Zigarette ausmachte und sich wieder auf mich legte. Es dauerte nicht so lange wie sonst, wenn wir es zweimal am Abend machen. Er war nur ein paar Sekunden in mir drin, und schon kam es ihm, es war beinahe wie eine Explosion. Heute ist es so, als hätte diese Vorstellung unserem Liebesleben eine ganz neue Dimension gegeben. Wenn wir jetzt zusammen schlafen, ist der Gedanke daran fast eine Notwendigkeit für uns geworden.

Jetzt flüstert mir Charlie nicht mehr irgendwelche Worte ins Ohr, die ihn gar nicht erregen, die ihm nichts mehr sagen und die er mir nur zuflüstert, weil er weiß, daß sie mich erregen. Sondern ich erzähle ihm von Erlebnissen, die ich in meiner Phantasie gehabt habe. Zum Beispiel, daß ich auf dem Untersuchungsstuhl eines Frauenarztes liege, wo man die Beine spreizen muß, damit er tief in einen reinsehen kann. Aber der Behandlungsstuhl steht nicht in einem Zimmer, sondern in der Mitte eines

riesigen Stadions und ist auf eine sich drehende Plattform montiert. Tausende von Männern haben hundert oder hundertfünfzig Mark für eine Eintrittskarte gezahlt, die Platzanweiser vermieten Ferngläser, damit man mich genauer sehen kann. Ich erzähle, wie der Behandlungsstuhl sich langsam im Kreis zu drehen beginnt, wie helle Lampen mich anstrahlen und die Männer überall von den Sitzen aufspringen und sich vordrängen, die ganze riesige Menge ist wie verrückt darauf, mich zu sehen, Tausende von Männern stehen im Kreis um mich, alle wollen mich genau sehen, sie sind wie wild, sie wollen mich ficken und tief zwischen die feuchten roten Schamlippen eindringen, die sie ganz deutlich erkennen können.
Und während der ganzen Zeit, in der ich auf dem Behandlungsstuhl liege, rühre ich mich nicht, nur ab und zu lange ich mit den Händen hinunter, und meine Fingerspitzen schieben vorsichtig die Schamlippen etwas zurück, damit sie meinen Saft sehen können, der feucht in mir glitzert, und dann fangen alle Männer an zu schreien, manche haben ihren Reißverschluß aufgezogen, und durch meine fast geschlossenen Lider kann ich Hunderte, Tausende von Erektionen sehen, die alle in mich eindringen wollen.
Während der ganzen Zeit weiß ich, daß Charlie hinter der Bühne in der Garderobe auf mich wartet, wo ein schönes, warmes Bett steht. In ein paar Minuten werden mich die uniformierten Platzanweiser hineinschieben, verschwinden und hinter sich abschließen. Charlie wartet schon auf mich, aber es ist ein ganz fremder Charlie, nackt steht er aufrecht da, mit einer riesigen Erektion. Die Haut ist so gespannt, daß ich die purpurroten Venen erkennen kann. Seltsamerweise sagt er kein Wort, er lächelt mich auch nicht an. Er hat den gleichen ausdruckslosen unbewegten Gesichtsausdruck, den ich eben draußen auf der Plattform hatte, während all die vielen Männer um mich herum mir begeistert zuschrien. Charlie wartet nicht einmal, bis ich vom Stuhl runter bin, er zieht mich wortlos zu sich heran, er stellt sich zwischen meine Beine, und manchmal stelle ich mir in diesem Augenblick vor, daß ich auf einem Operationstisch liege, an Händen und Füßen festgebunden, damit ich nicht hinunterfallen kann. Und ich spüre, wie die Spitze seines riesigen, steifen Schwanzes meine Schamlippen leicht berührt. Er lächelt noch immer nicht, er sagt kein Wort, er zeigt kein Gefühl, weder Lust noch Aufregung, doch ich spüre, wie ich immer erregter werde, wie meine Bauchmuskeln sich zusammenziehen, als erwarten sie irgendeine sexuelle Explosion, einen sexuellen Angriff ... Doch in Wirklichkeit ziehen sich nur die Muskeln in mir wie verrückt zusammen, es ist dieser unglaublich intensive, stille Augenblick vor dem Orgasmus, wenn man glaubt, im

Bauch und in der Vagina einen Krampf zu bekommen, und in diesem Augenblick spüre ich, wie er in mich eindringt, als wollte er mich pfählen, und plötzlich sind meine Beine nicht mehr auf dem Behandlungsstuhl festgeschnallt, ich schlinge sie um seinen Bauch, und meine angespannten Muskeln entspannen sich ... wieder und immer wieder in einer Ekstase der Lust, die größer ist denn je, weil die Anspannung vorher beinahe so heftig war wie ein großer Schmerz. Ich komme und komme immer wieder. Manchmal endet meine Phantasie damit, daß ich weine. Einfach vor Lust und Glück, verstehen Sie?
Man hört immer nur davon, daß Männer sich in Zügen oder an einsamen Stränden oder irgendwo zur Schau stellen. Ich frage mich, ob andere Frauen auch so einen geheimen exhibitionistischen Drang haben wie ich? (Interview)

Vergewaltigung

Vergewaltigung bewirkt in der weiblichen Phantasie ungefähr dasselbe wie der erste Alkohol in Wirklichkeit: beide befreien eine Frau von Verantwortlichkeit und Schuldgefühlen. Wenn sie sich in die Hände ihres Phantasie-Angreifers gibt – sie macht ihn ja überhaupt erst zum Angreifer –, bringt sie ihn dazu, genau das zu tun, was *sie* möchte, während sie scheinbar gezwungen wird zu tun, was *er* will. In jeder Hinsicht ist sie der Gewinner und dabei ganz unschuldig, da sie ja einer gnadenlosen Gewalt hilflos ausgeliefert ist, die stärker ist als sie selbst. Die Schmerzen, die sie vielleicht erleiden muß, die Schürfwunden und die Demütigung sind der notwendige Preis, den sie dafür zahlt, ohne Schuldgefühle die Art von Vergnügen zu genießen, die sie in Wirklichkeit vielleicht nicht konfrontieren oder auch nicht finden kann.
Ich will noch einmal meine Überzeugung betonen, daß Phantasie nichts mit der Realität zu tun haben muß. Die Phantasie repräsentiert keineswegs nur unterdrückte Wünsche nach realer Erfüllung. Frauen wie Julietta, deren Phantasie sich auf das Vergewaltigungsthema konzentriert, bestehen ausnahmslos darauf, daß sie keinen realen Wunsch haben, vergewaltigt zu werden. In Wirklichkeit würden sie so schnell wie möglich vor jedem davonrennen, der auch nur einen Finger gegen sie erhebt. Ich glaube es ihnen. Das Wichtige ist nicht die Handlung, vielmehr zählen die Emotionen, die diese Geschichte freisetzt.

Julietta

«Ich glaube, ich kann mehr als einen Mann gleichzeitig lieben. Das ist keine Theorie. Ich habe es immer so gemacht. Deshalb möchte ich auch nicht heiraten und habe lieber Affären mit Männern, die bereits verheiratet sind. Denn sie haben kein Recht, von mir Treue zu verlangen.» Das sagt Julietta.
Bei Überzeugungen wie diesen war ich nicht erstaunt, als sie mir während unserer

Gespräche erzählte, daß sie eine große Anhängerin der Frauenbewegung ist. «Meine Mutter wäre entsetzt, wenn sie so etwas hören würde», meint Julietta. «Ich bin in einem kleinen Dorf aufgewachsen, aber ich bin weggegangen, als ich alt genug war, um allein reisen zu können. Meine Mutter ist dort geblieben. Das ist der Unterschied zwischen Frauen ihrer Generation und meiner.»

Es klingt vielleicht verrückt, wenn ich sage, daß ich, wenn ich mit einem Kerl im Bett bin, gern das Gefühl habe, als würde ich es gegen meinen Willen tun. Daß ich durch die körperliche Kraft des Mannes dazu gezwungen werde und mich nicht wehren kann. Irgend so etwas in dieser Richtung. Die Ärzte nennen so etwas Vergewaltigungs-Phantasien, und weiter möchte ich auch nicht gehen, in der Phantasie, meine ich. Und in Wirklichkeit schon gar nicht. An dunklen Abenden gehe ich nie allein aus, und wenn irgendein geiler Kerl mich anfallen würde, würde ich schreien wie eine Verrückte, auch wenn er eine Waffe hätte. Das alles klingt gar nicht nach mir. Aber da könnte man sagen, daß die Person, die ich heute bin, mit dem Mädchen, das meine Mutter aus mir machen wollte, auf Kriegsfuß steht. Und deshalb möchte der Rest von jenem Mädchen, der noch in mir ist, gern glauben, daß alles gar nicht meine Schuld ist, daß ich zum Sex gezwungen wurde. Daß ich in Wirklichkeit immer noch die gute kleine Julie bin.
Wenn ich also mit jemand im Bett bin, macht es mir nichts aus, wenn er das Licht anläßt oder es Tag ist. Ich sehe nackte Männer gern ... alles an ihnen. Doch ab einem bestimmten Punkt, wenn ich richtig erregt bin, schließe ich die Augen oder vergrabe den Kopf im Kopfkissen oder lege mir den Arm oder ein Kissen über die Augen. Auf diese Weise kann ich alles fühlen, bin aber gleichzeitig im Dunkeln und kann meine eigenen Gedanken haben. Wenn ich etwas über den Augen habe, habe ich eine Phantasie, die ich besonders liebe. Ich stelle mir vor, daß ich gegen meinen Willen in eine Art Lagerhaus oder Schuppen gebracht wurde. Ich bin nackt und trage nur eine schwarze Seidenmaske. Weil nämlich die mächtige Person, die mich dort hingeführt hat, nicht möchte, daß die Männer – jawohl, es sind immer mehrere –, die dort auf mich warten, mich erkennen können. Er will mich also irgendwie beschützen, obwohl er mich gegen meinen Willen in das Lagerhaus gebracht hat. Ich erfahre nie, wer er ist, und er fickt mich niemals. Ich weiß einfach, daß er irgendwo im Hintergrund wacht, das Gefühl der Macht genießt, das er besitzt, nicht nur über mich, sondern auch über die Männer. Denn diese Männer sind so geil, daß sie sich kaum noch beherrschen können. Doch er kann mich ihnen jeden Augenblick wegnehmen. In meiner Phantasie kann ich mir genau vorstellen, wie die Männer sind, alle groß und kräftig gebaut. Sie sind auch nackt, während sie warten, daß sie bei mir an die

Reihe kommen. Sie beobachten, wie die andern es machen, unterhalten sich über die verschiedenen Techniken und wie sie es mit mir treiben werden, wenn sie drankommen.
Inzwischen stelle ich mir bei dem Mann, mit dem ich in Wirklichkeit im Bett liege, vor, daß ich jedesmal, wenn er eine neue Position ausprobiert oder eine andere Technik, mit dem nächsten Mann meiner Phantasie zusammen bin. Auf diese Weise ist es immer sehr aufregend, weil ich mir einbilde, einen unerschöpflichen Vorrat an Männern zu haben, die mich ficken wollen ... aber sie wissen nie, wer ich bin. Selbst wenn ich einen von ihnen am nächsten Tag auf der Straße treffen würde oder beim Mittagessen, würde er mich nicht erkennen. Und das ist alles, was ich in solchen Augenblicken denke, daß ich nackt auf einem rauhen Bett liege, nur mit einer kleinen schwarzen Maske vor dem Gesicht, und diese fünf oder sechs nackten Männer darauf warten, an die Reihe zu kommen, um mich zu ficken. Wenn ich mir das in Gedanken vorstelle, komme ich jedesmal. (Tonbandinterview)

Monika

Ich bin dreißig Jahre alt, habe zwei Kinder und bin seit neuneinhalb Jahren verheiratet.
Ich habe sehr oft die Sex-Phantasie, daß ich vergewaltigt werde, von einem oder mehr Männern. Diese Phantasien habe ich aber nicht, wenn mein Mann mich liebt, sondern wenn ich allein bin und Zeit habe. Ich weiß, es klingt seltsam, ja sogar verrückt, aber manchmal träume ich davon, daß meine Phantasien Wahrheit sein könnten, daß es wirklich passiert! Ich weiß nicht, warum ich überhaupt solche Gedanken und Gefühle habe.
Im Alter von siebzehn Jahren hätte mich der Freund meiner besten Freundin beinahe vergewaltigt. Der Akt selbst wurde nie vollzogen ... ich schrie so, daß er aufhörte. Das alles passierte in seinem Wagen. Er sollte mich von einer Party nach Hause fahren. Er hatte sich mit seiner Freundin gestritten, sie war früher gegangen, er war geblieben und trank ziemlich viel, wie wir andern alle auch. Er bot mir an, mich nach Hause zu begleiten, weil mein Freund, der heute mein Mann ist, anrief und sagte, er müßte noch länger arbeiten und könnte mich nicht abholen.
Ich erinnere mich, daß ich überlegte, was meine Freundin eigentlich an ihm fand, er war ein ungehobelter, rücksichtsloser bulliger Typ mit einer ziemlich ordinären Redeweise.
Zu mir war er immer sehr nett gewesen, aber seine Freundin behandelte

er wie Dreck. Und trotzdem liebte sie ihn und nahm jede Beleidigung hin, sie wurde sogar schwanger und verlor das Kind im vierten Monat. Jedenfalls – auf dem Heimweg bremste er plötzlich an einer einsamen Straße in unserer Gegend. Ich spürte sofort, daß irgend etwas in der Luft lag, und meine Gefühle waren ziemlich zweischneidig. Einerseits dachte ich im stillen, wie aufregend so was wäre, andererseits hatte ich schreckliche Angst.

Er riß mich an sich und wollte mich küssen. Ganz automatisch weigerte ich mich, obwohl ich eigentlich gern herausgefunden hätte, ob es sein «animalischer Charme» war, weswegen meine Freundin ihn so mochte.

Er sagte, ich sollte mich doch bloß nicht so haben und er würde mir nicht weh tun und ich sollte keine Angst haben. Dann fragte er, was mir an meinem Freund denn so gefiele und ob er mich denn schon mal richtig befriedigt hätte. Natürlich verteidigte ich meinen Freund und erklärte, daß er ein sehr anständiger, liebevoller Mensch wäre, im Gegensatz zu ihm. Er lachte und sagte, ich sollte doch mit diesem Unsinn aufhören, mich entspannen und ihn machen lassen. Er würde mir zeigen, wie es richtig wäre. Ich ließ mich von ihm küssen, doch als er anfing, mich mit seinen Händen zu betasten, geriet ich in Panik und wehrte mich. Er wurde ärgerlich und sagte, er würde nicht aufhören. Wir kämpften zusammen, wie mir schien, dauerte es Stunden, und dann war ich einfach erschöpft und so entsetzt, daß alles in mir erstarrte. Er wiederholte immer wieder, daß ich nicht schwanger werden würde, ich sollte keine Angst haben und es einfach genießen. Aber ich konnte es nicht, und als ich glaubte, daß nichts ihn aufhalten könnte, begann ich heftig zu weinen. Das muß ihn irgendwie erschüttert haben, denn schließlich hörte er auf; er ließ mich los, ordnete seine Kleider und so weiter. Er sagte, er würde mich nun nach Hause fahren, aber es wäre wohl besser, wenn ich niemand etwas erzählte und so weiter. Natürlich versprach ich es.

Als wir vor meinem Haus hielten, und ich aussteigen wollte, packte er mich plötzlich am Arm und sagte, es täte ihm alles so leid. Er bat mich richtig um Verzeihung und fing tatsächlich an zu weinen. Ich hatte ein ganz komisches Gefühl, weil er mir tatsächlich leid tat. Ich sagte ihm, am besten würden wir alles vergessen, es wäre doch alles in Ordnung, ich wäre nicht wütend und so. Seitdem haben wir uns immer so benommen, als wäre nie etwas passiert, wir sind einfach gute Freunde geblieben, und schließlich hat er meine Freundin geheiratet, diejenige, die ihn so anbetete.

Aber er ist trotzdem ein Tier. Alle Welt weiß es. Er schlägt sie, er ist ein großer Trinker und redet immer noch übles Zeug.

Der Grund, warum ich Ihnen dies erzähle, ist einfach der, daß ich

manchmal, obwohl ich weiß, daß es falsch oder sogar verrückt ist, daß ich mir manchmal vorstelle, wie er mich zu vergewaltigen versucht – entweder in seinem Wagen, bei mir zu Hause, in seiner Wohnung oder sogar in seiner Garage. Bei dieser Vorstellung werde ich äußerst erregt.
Ich habe auch Phantasien, in denen ich mir vorstelle, daß er und ein paar seiner flegelhaften, rücksichtslosen Freunde mich angreifen. Ein anderes Mal geht es gar nicht um ihn, sondern um irgendeinen Mann, den ich mir einfach in meiner Einbildung vorstelle.
Ich weiß nicht, warum ich diese sexuellen Phantasien habe. Zu andern Zeiten wieder stelle ich mir Vergewaltigungsszenen vor, und bei dem Gedanken daran laufen mir Schauer über den Rücken, und mir wird schwindlig. Und so genieße ich meine Phantasien manchmal, und manchmal wird mir davon beinahe schlecht.
Ich hoffe, mein Bericht hat Ihnen bei Ihrer Arbeit weitergeholfen. Jedenfalls weiß ich, daß es mir sehr geholfen hat, nach so vielen Jahren endlich einmal jemand gegenüber mein Gewissen zu erleichtern.

Dinah

Ich habe von Ihrem geplanten Buch gelesen und möchte gern meinen Teil dazu beitragen. Ich bin zweiundzwanzig Jahre alt, Südländerin und Studentin. Und natürlich eine Frau. Das heißt, eigentlich bisexuell. Tatsache ist, daß ich in keine Kategorie passe. Ich bin auch schon lesbisch gewesen. Ich dachte, Sie brauchen auch Informationen über mein früheres Leben. Aber reden wir von meinen Phantasien. Ich habe ein paar wirklich ganz interessante. Ich phantasiere nicht nur, wenn ich masturbiere, sondern auch, wenn ich Verkehr habe. (Ich habe zwar ein etwas schlechtes Gewissen, aber es macht solchen Spaß!)
Phantasie Nummer eins: Ich betrete eine Apotheke in einer kleinen Stadt. Ich bin dort fremd. Ich bin ausländisch angezogen, wie eine Hure. Mehrere einheimische Männer sind im Laden und mustern mich mit gierigen Blicken. Ich gehe zur Ladentheke und verlange eine Tube Verhütungscreme. Der Apotheker gibt sie mir. Ich stecke sie ein und will gehen, aber einer der Männer vertritt mir den Weg und sagt, ich sollte sie ausprobieren (die Creme). Sie vergewaltigen mich. Sie drükken mir die Creme in die Vagina und den After. Sie zwingen mich, auf alle viere niederzugehen, und besorgen es mir von hinten. An einem Punkt der Phantasie muß ich mich auf einen Mann legen, und ein anderer steckt mir seinen Penis in den After, ein zweiter den seinen in meinen Mund.

Phantasie Nummer zwei: Ich bin auf einer Schnellstraße und fahre sehr schnell. Zwei Polizisten halten meinen Wagen an. Ich erkläre ihnen, daß ich alles tun würde, um keinen Strafzettel zu bekommen. Ich muß mich auf den Rücksitz legen und die Beine spreizen (der eine Beamte sitzt vorne, der andere hinten). Während der eine losfährt, besorgt es mir der andere. Sie wechseln sich ab. Dann treffen sie einen Freund, und der macht auch noch mit.
Phantasie Nummer drei: Ich befinde mich in einem Frauengefängnis. Ich habe versucht zu entfliehen oder an einer Demonstration teilgenommen, jedenfalls an irgend etwas Ungesetzlichem. Die Wärterin ist eine große Schwarze. Während zwei andere Wärterinnen mich festhalten, schiebt sie mir den Rock hoch, zieht mir die Hose runter und schlägt mich mit einem Lineal. Dann holt sie einen Dildo hervor und fickt mich damit heftig. Wenn ich geil werde, lacht sie. Dann befiehlt sie den Wärterinnen, mich auf ihren Schreibtisch zu legen und festzuhalten. Sie betrachtet meine Möse und sagt: «Hm, hmhm, das ist aber mal ein hübsches Schlitzchen», und dann leckt sie mich und saugt an mir, bis es mir kommt.
Phantasie Nummer vier: Ich bin auf einer Sitzung. Ich bin die einzige Frau und habe keine Wahl: Ich beuge mich über einen Stuhl, und alle Männer ficken mich der Reihe nach. Ich benehme mich dabei ganz kühl.
Ich könnte noch viele ... (Brief)

Sandra

Ich habe immer Phantasien, beim Geschlechtsverkehr und beim Masturbieren. Ich werde vergewaltigt, von einem Mann oder einer ganzen Gruppe, während die andern zusehen, wie man mich «erniedrigt». Meine Vergewaltiger sind immer sehr gutaussehende Männer – mit dunklem Haar, muskulös, mit allem bestens versehen – und brutal, weil sie sich einfach nehmen, was sie haben möchten, und zum Teufel mit meinen Wünschen – oder mit meinen vorgetäuschten Wünschen. (Denn eigentlich gefällt mir genau das, was sie tun!)
Mein Mann ist auf meine Phantasien ungehcuer neugierig, er möchte gern mitmachen, doch er spottet darüber und tut sie als kindisch und unreif ab. Er weiß ja nicht, was er versäumt.
Bei anderen Phantasien geht es um die Aufnahmezeremonie für Studenten. Ich werde aufs Bett gebunden, und alle Studenten der Fakultät treiben es mit mir, während die Erstsemester zusehen. Dann treiben auch sie es mit mir. Immer ist ein bestimmter «Beamter» der Universität dabei, der nur dazu da ist, das Mädchen zu erregen, so daß sie die ganze

Geschichte einfach genießen muß – obwohl sie protestiert. Oder ich stelle mir vor, daß ich eine Kellnerin mit «unten ohne» bin. Jedesmal, wenn ich mich vorbeuge, um einen Gast zu bedienen, greift mich jemand von hinten an. Da ich mir als Kellnerin meinen Lebensunterhalt verdiene, habe ich keine Wahl. Selbst wenn ich mich so steif vorbeuge, wie die Bunnies es machen (vom *Playboy*), werde ich gewöhnlich vom Gast vor mir gezwungen, mich auf seinen Schoß zu setzen, auf seinen Schwanz, der steif und nackt aus seiner Hose hervorsieht.
Ich weiß, daß behauptet wird, Frauen würden von optischen Reizen nicht stimuliert. Ich halte das für falsch. Wieder eines der Gebiete, über das sich die Frauen ausschweigen oder über das sie aus Verschämtheit nicht sprechen wollen. Echte Pornographie geilt mich sehr auf. Wenn ich zum Beispiel das Foto eines Schwarzen mit einer weißen Frau sehe, bin ich fast sofort zu allem bereit.
Übrigens bin ich vierundzwanzig, habe Kunstgeschichte studiert – mit Abschluß –, bin katholisch, seit sechs Jahren verheiratet und habe keine Kinder. (Brief)

Schmerz und Masochismus

Frauen werden in der Phantasie sehr häufig gefesselt und verwenden bei der Schilderung Begriffe der Gewalt großzügig und fast unfreiwillig ... «Er zwang mich dazu, dies zu tun ...» – «Dann mußte ich es machen ...» (Selbst dann, wenn die Phantasie nichts mit Vergewaltigung oder Schmerz zu tun hat.) Die Träumerin will uns damit zu verstehen geben, daß sie selbst in ihrer Phantasie keine Kontrolle über das hat, was mit ihr geschieht. Anders verhält es sich natürlich, wenn sie gerade auf Kontrolle aus ist, wie es einigen von Barbaras Phantasien (nachfolgend) der Fall ist.
Doch selbst wenn Gewalttätigkeit beabsichtigt ist, besteht noch eine klare Unterscheidung zwischen dem Geschehen, das eine Vergewaltigung darstellt, und jenem, das Schmerz-um-des-Schmerzes-willen bietet. Ich hoffe, daß derjenige, der in unserem Phantasie-Bordell für Masochismus zuständig ist – jener mit der Maske und der brutalen Hand – mit den Feinheiten seines Fachs vertraut ist. Er muß abgetrennte Räume bieten: den ersten für die Vergewaltigungs-Träumerinnen, den zweiten für die Masochistinnen. Sonst könnte es nämlich passieren, daß die Wehschreie der zweiteren diejenigen stören oder ablenken, die gerade vergewaltigt werden und sich mehr die Überwältigung als den Schmerz ersehnen. Für sie ist jeder Schmerz nur der Preis für die Erfüllung ihres Wunsches, also ein Mittel für ihre Zwecke. Für andere Frauen wie Sylvia (folgend) gilt die Lust dem Schmerz an sich, und der Schmerz ist alles. Im Extrem (z. B. in Amandas Phantasie) ist dieser Wunsch nach Schmerz eindeutig beunruhigend und zeigt, bis wohin – auch wenn es nur erfunden ist – eine Frau zu gehen bereit ist, um *endlich* etwas zu empfinden, um wenigstens *etwas* zu empfinden.

Barbara

Wir haben noch nicht das Problem der Leute berührt, die ihre Phantasien verwirklichen möchten, doch wenn wir schon dabei sind, kann man eigentlich sagen, daß Barbaras Phantasien über die Schläge, die sie mit der Hand oder einem Stock bekommt, am häufigsten in der Wirklichkeit ausprobiert werden. Das mag widersprüchlich klingen, da viele immer wieder behaupten, daß sie echte Schmerzen hassen.
Doch wie Barbara glaube ich, daß die Erklärung in der Tatsache liegt, daß sie mit ihrem Peiniger über die Anzahl der Schläge handeln kann, wie hart er zuschlägt zum Beispiel – und daß das ganze Verfahren sofort abgeblasen werden kann, wenn die sexuellen Erfahrungen der Wirklichkeit schmerzhafter sein sollten als ihr Reiz in ihren Phantasien.

Ich bin keine Lesbierin und beginne meinen Brief nur deshalb mit dieser Bemerkung, weil man mich dafür halten könnte, wenn ich Ihnen meine Phantasien schildere. Eine ganz bestimmte Phantasie befaßt sich mit Stockschlägen, und einmal habe ich darüber mit einer Frau gesprochen, die nach außenhin ganz normal wirkte, doch sobald ich bei ihr zu Hause war, entdeckte ich schon nach den ersten Minuten, daß sie mich gern schlagen wollte, ehe sie auf ihre Weise Sex machte. Ich war einverstanden unter der Bedingung, daß sie als Waffe nur den Schulstock, den Zeigestab benutzen würde, keinen Gartengerätestiel, kein dickes Rohr von etwa zweieinhalb Zentimeter Durchmesser. Ich weiß nicht warum, aber in meinen Phantasien stelle ich mir gern vor, daß ich ein siebzehnjähriges Schulmädchen bin, das vor der Lehrerin steht und mit dem Stock bestraft werden soll, und eine altmodische Turnhose trage, die mir bis zu den Knien reicht. Ich bilde mir ein, daß ich mich vorbeugen muß, nachdem man mir eine Strafpredigt gehalten hat, und auf den Hintern geschlagen werde. Und so erzählte ich meiner lesbischen Freundin genau, wie weit sie gehen dürfte, und wir machten das Datum und alles genau ab. Natürlich entdeckte ich, daß die Schläge mit dem Stock, die ich in Wirklichkeit bekam, nicht halb so aufregend waren wie in meinen Phantasien, doch während ich beim Masturbieren mit dieser lesbischen Freundin nur mit halbem Herzen dabei war, kam es mir nach den Schlägen ganz schnell.
Seit damals kenne ich einen jungen Mann – der übrigens sehr viel jünger ist als ich –, der mich gern schlägt und mir außerdem auch erlaubt, ihn selbst mit dem Stock auf den Hintern zu schlagen. Wenn unsere Pobakken ganz rot sind, aber nicht wirklich verletzt, machen wir richtigen Sex zusammen. In allen meinen Phantasien beschäftige ich mich mit den verschiedenen Möglichkeiten, geschlagen zu werden oder jemand zu schlagen. Zum Beispiel würde es mir gefallen, wenn man mich an Händen

und Füßen festbände und mir zwölf Schläge mit der Rute gäbe, aber wenn so etwas tatsächlich passierte, würde ich sicher ohnmächtig vor Schmerzen. Ein andermal stelle ich mir vor, daß ich auf den breiten Sitz einer Schaukel gefesselt bin, die an der Decke befestigt ist. Wenn die Schaukel zurückschwingt, ist mein Hintern ein prachtvolles Ziel für die Peitsche. Manchmal stelle ich mir auch vor, daß ich über einem Hocker liege, an den ich festgebunden bin, daß ich nur Höschen und Büstenhalter trage, und dieser große Hocker hat vorne Griffe, an denen ich mich festhalte. Dabei geht am andern Ende ein Gummipenis hoch, der mir genau zwischen die Beine fährt. Und dann schlägt man mich und ich masturbiere mit dem Gummipenis, während man mich immer noch schlägt.

In einer anderen Phantasie stelle ich mir gern vor, daß ein Mann sich auf mich legt, wir sind beide nackt, und sich so bewegt, daß sein enormer steifer Penis genau zwischen meinen Brüsten ruht. Ich beobachte erregt, wie er ihn hin und her schiebt, dann, kurz vor dem Höhepunkt, muß er so weit hinunterkriechen, daß er ihn mir an der richtigen Stelle reinschieben kann.

Ich muß Ihnen noch gestehen, daß ich mir beim Geschlechtsverkehr immer vorstelle, daß ich lange Schlüpfer trage, mich vor der Lehrerin bükken muß und auf den Po geschlagen werde. Ich glaube, es gibt nur zwei Gründe für meine Phantasien. Die erste Sache passierte, als ich etwa sechs oder sieben war. Ich hatte eine ältere Schwester, die damals ungefähr vierzehn Jahre alt war, und vermutlich, weil sie sich schlecht benommen hatte, erklärte meine Stiefmutter, daß sie ein paar Schläge zur Bestrafung erhalten würde. Meine Schwester mußte vor mir ihren Rock ausziehen, dann legte meine Stiefmutter sie über die Sofalehne. Meine Schwester trug die üblichen langen Schlüpfer der damaligen Zeit, viel länger als heutzutage, und mit dem Po in der Luft und den herunterbaumelnden Beinen verfingen sich die Hosen um ihre Schenkel.

Meine Stiefmutter begann den Po meiner Schwester mit einem Stock zu bearbeiten. Vermutlich war es gar nicht so schmerzhaft. Trotzdem schrie die bei jedem Schlag auf. Der zweite Vorfall ereignete sich, als ich fünfzehn war und schon ein paar Dinge über Sex wußte. Nebenan wohnte ein Junge von ungefähr siebzehn, der mir manchmal bei den Schularbeiten half. Wir knutschten und küßten uns. Eines Abends behauptete er, daß ich in Mathematik so schlecht wäre, daß man mir ein paar überziehen sollte, und dann legte er mich über seinen Schoß, mit dem Gesicht nach unten. Nachdem ich mich zum Schein gewehrt und gewunden hatte, glitt mir der Rock bis zu den Hüften hoch. Ich wußte, daß er meine Hose sehen konnte. Außerdem wußte ich, daß er deswegen eine

Erektion hatte, ich konnte es genau spüren. Also er schlug mich richtig, ziemlich fest, und trotzdem gefiel es mir. Danach besuchte ich ihn fast jeden Abend, und zuerst schlug er mich immer, und dann drehte er mich im Lehnsessel um, legte sich auf mich und wir masturbierten. Später fragte ich ihn, wie es in seiner Schule war, wenn ungezogene Jungen es mit dem Stock kriegten. Es war eine gefährliche Frage, und ich erreichte genau die Reaktion, die ich wollte. Er sagte, er würde es mir zeigen, und als er dann berichtete, daß «heute abend» die Sache stattfinden sollte, zog ich ein sehr aufregendes weißes Höschen an mit langen Beinen und rosa Spitzen am Rand. Seine Eltern waren ausgegangen, und wir hatten das Haus ganz für uns allein und verloren keine Zeit. Er zeigte mir, wie ich mich über die Lehne des Sofas beugen mußte, die Arme ausgestreckt, und ich spürte, wie sich meine Hose in dieser Lage stramm um die Beine und Hüften legte. Meinen Rock hatte ich vorher bereits ausgezogen, und wir hatten uns geküßt und gestreichelt, so daß seine Erektion schon ganz groß war. Dann spürte ich zum erstenmal den Rohrstock auf meinem Höschen. Er schlug mich viermal ziemlich heftig, und ich wand mich und schrie. Als er fertig war, erklärte ich, daß er jetzt an der Reihe wäre. Ich war furchtbar aufgeregt, als ich sah, wie sich seine Hose über seinem Hintern spannte, und ich schlug ordentlich zu. Das Gefühl, einen Rohrstock in der Hand zu haben, war herrlich.
Bei einer anderen Phantasie stelle ich mir vor, daß ich die Sekretärin der Rektorin einer Schule für Mädchen zwischen fünfzehn und neunzehn bin. Es gehört zu meinen Aufgaben, die Züchtigungen mit dem Rohrstock bei den Mädchen auszuführen, wenn die Schulleiterin sie angeordnet hat. In meiner Phantasie warten manchmal an drei oder vier Abenden in der Woche ungefähr sechs Mädchen vor meiner Bürotür auf ihre Züchtigung mit dem Rohrstock, und eine nach der andern kommt auf meine Aufforderung hin herein. Sie ziehen ihre Gymnastikanzüge aus, müssen sich über den Schlagstock beugen und erhalten die Anzahl der Schläge, die die Rektorin angeordnet hat. Dann ändere ich die Szene und stelle mir vor, daß ich eines der älteren Mädchen bin, ungefähr achtzehn, und beim Rauchen erwischt wurde. Darauf stehen zwölf Schläge. Wir stehen vor der Tür zum Büro der Sekretärin und können das Geräusch der Schläge hören. Dann bin ich an der Reihe. Ich gehe hinein, ziehe meinen Gymnastikanzug aus und stehe verlegen in meinem engen Schlüpfer da. Die Sekretärin deutet auf den Schlagbock, sagt, ich soll mich darüberbeugen, und ich gehorche. Während ich so tue, als spürte ich die Schläge, masturbiere ich.
Ich habe viele Geschichten über die Bestrafung von Frauen in früheren Zeiten gelesen, und viele haben meine Phantasien beeinflußt. Da gibt es eine reizende Erzählung über einen reichen Mann – sie spielt in den

achtziger Jahren des vorigen Jahrhunderts –, der für seine große Familie mit acht Töchtern und sechs Söhnen eine Erzieherin einstellte. Die Kinder wurden oft mit dem Rohrstock bestraft, und jedesmal war der Vater dabei und sah zu, wie die Erzieherin die Strafe vollzog. Die Jungen mußten ihre Hosen herunterlassen und sich über einen Hocker beugen, die Mädchen mußten ihre Röcke ausziehen und trugen bei der Bestrafung nur eine leichte lange weiße Unterhose. Ich sehe mich im Geist als die Erzieherin, weil ich erstens an einer solchen Bestrafung Spaß habe und weil ich zweitens weiß, daß ich danach mit dem Herrn des Hauses ins Bett gehe. Er ist Witwer.
In einem anderen Buch mit Geschichten über die Zeit der Kolonialisierung des Mittleren Westens der USA gibt es einen Bericht darüber, wie Frauen, die sich etwas zuschulden kommen ließen, vom Gericht zur öffentlichen Bestrafung verurteilt wurden. Vor dem Gerichtsgebäude wurden sie mit den Händen über dem Kopf an den Schlagbock gebunden. Sie standen in der Unterwäsche da, mußten sich vorbeugen und konnten sich nicht vom Fleck rühren. Die Anzahl der Schläge mit dem Rohrstock hing von der Schwere des Verbrechens ab, doch wenn das Urteil vollstreckt war, mußte so ein Mädchen weiter dort stehenbleiben, und die Passanten konnten den Stock nehmen und sie auch schlagen. Nach drei Stunden befreite man sie dann.
Natürlich war die ganze Bevölkerung auf den Beinen, wenn eine junge hübsche Frau bestraft werden sollte, und wenn es vorbei war, hatten die meisten Männer eine Erektion und waren scharf darauf, mit ihren eigenen Frauen nach Hause und ins Bett zu gehen. Im Mittelalter und auch noch später gab es zum Beispiel Priester, die junge Mädchen nach der Beichte mit dem Stock bestraften. Das Mädchen mußte sich ausziehen und auf den Tisch legen, der Priester schlug sie mit dem Stock auf den Hintern, und danach ging er mit ihr ins Bett, so daß viele junge Mädchen, die einen bestimmten Priester besonders mochten, im Beichtstuhl einfach logen, weil sie wußten, was dann passierte. (Brief)

Judith

Vor ein paar Jahren wurden meine Eltern Mitglieder einer bestimmten religiösen Sekte, und ich erhielt Religionsunterricht, damit ich auch aufgenommen werden konnte. Zuerst war ich sehr glücklich darüber, bis mir eine Freundin einiges über den Mann erzählte, der mir Unterricht gab.
Sie müssen mich für ziemlich dumm halten, denn ich war damals schon dreiundzwanzig Jahre alt. Trotzdem fand ich nichts Seltsames dabei, daß er mich so viel berührte. Ich dachte einfach, das gehöre mit zum Unter-

richt. Am Ende fing er an, mich auszuziehen, allerdings möchte ich auch sagen, daß nichts weiter passierte, er betastete mich nur überall und tat mir überall am Körper weh, vor allem an den Brüsten.
Das Widerliche an der Geschichte war, daß ich ihn nicht aufhielt, obwohl ich wußte, daß es nicht richtig war. Ich sehnte mich sogar danach, obwohl er mir manchmal entsetzlich weh tat. Hinterher schämte ich mich immer schrecklich, und schließlich erzählte ich meinen Eltern alles. Obwohl sie auch sehr entsetzt waren, baten sie mich doch, mich nicht zu beschweren, damit ihre eigene Position in der Kirche nicht in ein schlechtes Licht geriet.
Eines Tages, und eigentlich war es die direkte Folge dieser Ereignisse, ging ich von zu Hause fort. Damals war ich zwar sehr unglücklich, doch jetzt erscheint es mir als das einzig Richtige. Mein Mann, ein Methodistenpfarrer, ist der liebevollste Mann der Welt und sehr einfühlsam. Ich kann mich wirklich nicht beklagen, nur jedesmal, wenn mein Mann sehr liebevoll zu mir ist, wandern meine Gedanken zu jenem Mann zurück und zu dem, was er damals mit mir tat. Ich weiß, es ist traurig, aber es passiert mir jedesmal. (Brief)

Annerose

Mein Mann versucht mich immer wieder dazu zu überreden, ihm von meinen sexuellen Phantasien zu erzählen, aber bis jetzt habe ich behauptet, ich hätte keine. Es ist beinahe so, als wüßte er, daß es außer ihm noch etwas – oder noch jemand – gibt, das mich erregt ... vielleicht wegen der Schreie und Geräusche, die ich beim Verkehr mit ihm mache. Es sind nicht nur Lustschreie, sondern auch Schreie über die Schmerzen, die ich in meinen Phantasien erlebe. Eigentlich möchte ich sogar behaupten, daß ich eine genaue Grenze zwischen ihnen gar nicht ziehen kann.
Meine Phantasien beginnen, wenn ich die erste sexuelle Erregung verspüre, die ersten Lustgefühle. Sie lenken mich nicht davon ab, sondern verstärken sie im Gegenteil noch. Sicherlich ist so etwas nicht leicht zu verstehen, und wie könnte ich meinem Mann, den ich liebe, erzählen, daß ich mir die fürchterlichsten Dinge vorstelle, die man meinem Körper antut, während er so zärtlich zu mir ist?
Meine Phantasien oder Träume fangen gewöhnlich damit an, daß mein Körper gestreckt wird, an jedem Bein und an jedem Arm zieht ein brutaler Mann, sie reißen mich buchstäblich weit auf, so daß ein ungeheuer großer Penis – an seinem anderen Ende ist nichts und niemand – in mich eindringen kann, mich ausdehnt, mich zerreißt, meine Vagina ist weit

offen, während er immer tiefer hineinstößt. Die Männer verdrehen meine Arme schmerzhaft, während sie daran gleichzeitig ziehen, und ich höre meine Knochen knacken und brechen. Gleichzeitig zerreißt die Haut um meine Vagina. Ich kann es genau hören. Ich schreie laut – in Wirklichkeit und in meiner Phantasie. Es gefällt mir großartig, obwohl mir mein Verstand und meine Logik sagen, daß es gespenstisch ist, daß es nicht normal ist, auf diese Art Vergnügen am Sex zu haben. Und trotzdem gefällt es mir. Ich hasse das, was in meinen Phantasien mit mir passiert, doch es ist von meinen Lustgefühlen untrennbar. (Brief)

Amanda

Ich habe Ihren interessanten Brief gelesen und glaube, daß ich Ihnen gern über meine eigenen Erfahrungen berichten möchte. Ich hoffe, daß Ihnen dies bei der Zusammenstellung ihres Buches helfen wird. Ich bin sechsunddreißig Jahre alt, verheiratet und habe zwei Kinder. Ich habe häufig Phantasien, auch am Tag, weil ich auf diese Weise der entsetzlichen Langweiligkeit meines Lebens entfliehen kann.

Ich kann mich nicht mehr erinnern, wann ich damit anfing, doch schon als ich noch sehr jung war, lag ich gern auf dem Bett und träumte, ich wäre eine Prinzessin, die gefangengenommen worden war und gefoltert werden sollte, und das erregte mich sehr. Später, als ich reifer wurde und mein Denkvermögen sich mehr entwickelte, stellte ich mir vor, wie ich gefoltert, gepfählt, gepeitscht und gebrandmarkt wurde, und was so alles noch dazugehört, und es endete damit, daß ich heftig masturbierte und einen Orgasmus hatte. Ich masturbierte häufig und tue es immer noch, denn mein Mann ist zwar der netteste Mensch von der Welt, aber ein miserabler Liebhaber.

Als Mädchen sehnte ich mich nach den schrecklichsten Arten des Mißbrauchtwerdens und konnte kleine unwichtige Vorfälle in meiner Phantasie zu unglaublichen Greueltaten ausschmücken. Gegen Ende der Schulzeit gab es die übliche ärztliche Untersuchung, und der Arzt sah mich kaum an, aber insgeheim hoffte und fürchtete ich, daß er irgendeine Art von chirurgischem Eingriff vornehmen müßte. Viele Jahre danach stellte ich mir in meinen Träumen vor, wie ich von Krankenpflegern für die Operation vorbereitet werde und mich dann freiwillig der schrecklichsten Vivisektion unterwerfe, ohne jede Art von Betäubungsmitteln, und meine Folterer tapfer von jeder Schuld an meinem langsamen Tod freispreche (der natürlich im Namen der Wissenschaft geschieht).

Nach allem, was ich Ihnen erzählt habe, werden Sie mich für eine Masochistin halten, aber das bin ich wirklich nicht. Ich kann Schmerzen überhaupt nicht ertragen. Meine Eltern haben mich nie gezüchtigt, und einmal, als ich etwas Geld gestohlen hatte und sie mir drohten, mich mit dem Gürtel zu schlagen, wurde ich hysterisch und schrie wie am Spieß. Man könnte eigentlich eher sagen, daß ich in jeder denkbaren Beziehung zu nachsichtig erzogen wurde, und bis zu einem gewissen Grad behandelt man mich bis heute noch so.
Vor etwa zwei Jahren erzählte mir eine Freundin ziemlich ausführlich von den unsittlichen Anträgen, die ihr ein Mann gemacht hatte, bei dem sie sich die Ohren durchstechen ließ. Trotz ihrer Warnungen ging ich zu ihm hin, weil ich hoffte, er würde sie mir auch machen, aber vor seiner Tür verlor ich allen Mut und wäre auf und davon gestürzt, wenn er nicht gerade den Gartenweg entlanggekommen wäre.
Der Bericht meiner Freundin war reichlich übertrieben, denn als ich ihm vom wahren Zweck meines Besuchs erzählte und darauf bestand, Kleid und Slip auszuziehen, bekam er beinahe einen Anfall. Schließlich endete es damit – und zwar nicht, weil er es so wollte –, daß ich nur noch Schuhe, Strümpfe und Strumpfgürtel trug und er mich halbherzig betastete und befummelte. Ich kam nach Hause mit schief durchstochenen Ohren, die auch noch weh taten.
Trotz der Schäbigkeit dieses Vorfalls träume ich oft, daß ich mich würdevoll und kühl einem riesigen Publikum präsentiere, um mir mit heißen Nadeln meine Brustwarzen durchstechen zu lassen, in die dann große Ringe eingelassen werden. Seit kurzem haben sich meine Phantasien in dieser Beziehung noch ausgeweitet. Schon wenn ich nur ein einfaches Bad nehme, bin ich darauf vorbereitet, nach einem genauen Ritus beschnitten und vergewaltigt zu werden, anschließend opfert man mich (durch Bauchaufschlitzen) einem furchteinflößenden Gott. Das ist meine neueste und genaueste Phantasie, die mich immer zum Höhepunkt führt, wenn ich daran denke.
Ich hoffe, daß meine Erzählung von Interesse für Sie war, und versichere Ihnen, daß jedes Wort stimmt. (Brief)

Dominierung

Diesen Bereich würde ich direkt neben Vergewaltigung und Masochismus stellen. Kostüme und Requisiten sind bei allen dreien austauschbar. Damit ist die Ähnlichkeit jedoch bereits zu Ende; zwar kann bei allen dreien Gewalt angewendet werden, aber graduell verschieden und nach verschiedenen Seiten, und die Emo-

tionen, die geweckt und ausgelöst werden, unterscheiden sich untereinander drastisch. Oder «köstlich», wie die Betroffenen selbst vielleicht sagen würden.
Was auch immer der Grund dafür sein mag, die von Dominierung Phantasierenden fühlen sich gern erniedrigt. Sie genießen es, durch welche Methode auch immer entwürdigt und bis zum Zustand äußerster Demütigung fertiggemacht zu werden. Wie das geschieht, spielt keine Rolle: Petra z. B. erwähnt nicht einmal, wie man sie zu ihren demütigenden Handlungen zwingt. Nathalie wird durch Prügel zum Gehorsam gebracht, aber Prügel sind ein so offensichtliches Kindheitssymbol der Dominierung, daß Nathalie uns gar nicht erst zu erklären braucht, daß nicht die Prügel selbst sie so in Erregung versetzen, sondern nur der Zustand, zu dem die demütigende Handlung sie herabwürdigt, zählt. Und je genauer spezifiziert diese Erniedrigungen sind, desto besser. Hilde will nicht nur von dem Piedestal heruntergestoßen werden, auf das ihr Liebhaber sie gestellt hat, sie will überdies flach auf dem Arsch liegen, in der erniedrigendsten, rein sexuellen Position; Nathalie gibt sich nicht mit dem Wunsch zufrieden, zum Objekt reduziert zu werden, sondern will noch mehr, will alles, will ein hundertprozentiges, ausschließliches Sexualobjekt sein.
Je mehr die Frauen in ihre neu gewonnene sexuelle Freiheit hineinwachsen und ihre historische Rolle als zweites (und «stummes») Geschlecht hinter sich lassen, desto mehr werden sie sich – ironischerweise – in Dominierungsphantasien ergehen. Doch der Trend wird in zwei verschiedene Richtungen verlaufen. Erstens wird die Frau die neue Realität, dem Manne gleichgestellt zu sein, in ihrer Identität als Frau unbewußt nervös machen und so in die Sehnsucht nach der traditionellen, sicheren und «bekannten» Rolle gegenüber dem dominierenden Mann zurücktreiben. Zweitens aber wird sie ihren neuen, befreiten Zustand erforschen und sich bewußt machen, indem sie sich selbst in die beherrschende Position des sexuellen Rohlings begibt. Ob nun beherrschend oder beherrscht, die jahrhundertelange Unterdrückung der Frau wird wenigstens in der Phantasie gerächt werden.
Worauf jedoch schließlich alles hinausläuft, ist die Tatsache, daß es natürlich relativ gleichgültig ist, an welchem Ende des Seils (oder der Peitsche) man zieht, sobald man sich im Sado-Masochismus verfangen hat. Eine Umkehrung kann zu einem herrlichen Spiel werden, solange dabei nur jemand gedemütigt wird.

Nathalie

Sie haben ja so recht damit, daß man das Gefühl hat, die eigenen sexuellen Phantasien seien zu «ausgefallen», um sie offen einzugestehen oder darüber zu diskutieren. Ich habe nie gehört, daß eine andere Frau darüber gesprochen hätte, obwohl ich überzeugt bin, daß wir alle die eine oder andere Phantasie haben. Ich habe es schließlich fertiggebracht, meinem gegenwärtigen Liebhaber meine beiden Phantasien zu schildern – unter «Zittern und Zagen» und mit Hilfe mehrerer Martinis. Das Gefühl der Erleichterung, nachdem es endlich ausgesprochen war, gab mir

dann soviel Sicherheit, daß ich das Thema auch meinen engsten Freundinnen gegenüber anschneiden konnte. Sie stimmten mir zwar zu, daß wir alle die eine oder andere abwegige Vorstellung haben, sind aber zu prüde, um mit mir über ihre Phantasien zu reden.
Ich weiß nicht, ob Sie Hintergründe wollen, aber ich nehme es an. Ich bin neunundzwanzig Jahre alt, lebenslustig und ledig. Ich halte mich für liberal und sexuell emanzipiert. Nachdem ich vor sieben Jahren von meiner Jungfräulichkeit befreit wurde, hatte ich über zwanzig halb-ernsthafte Affären. Ich liebe den Sex und gebe mir stets alle Mühe, das Vergnügen meines Partners zu steigern. Ich masturbiere regelmäßig und komme innerhalb weniger Minuten zum Höhepunkt, vor allem, wenn ich dabei phantasiere, was aber nicht unbedingt notwendig ist. Ich habe alles, was mit Sex zu tun hat, immer schon geliebt, von der ersten Berührung bis zum letzten Kuß, obwohl ich bei einem Mann zum erstenmal vor drei Jahren zum Höhepunkt gekommen bin.
Es macht mir Spaß, gelegentlich sexuell aggressiv zu sein, und gelegentlich sehne ich mich danach, unterworfen zu werden. Ich denke viel an Sex und werde leicht erregt, wenn ich erotische Bücher lese.
Von meinen Phantasien hat sich allerdings noch keine erfüllt – bis jetzt. Der Gedanke, daß mein Partner Sie jetzt kennt und sie in unser nächstes Zusammensein einplant, macht mich verrückt.
Meine erste Phantasie besteht darin, daß ich verprügelt werde: Ich habe die Prügel jedesmal provoziert, sie sind niemals ungerecht. Meine angeborene weibliche Bosheit bringt meinen Partner so weit, daß er ganz ruhig sagt: «Jetzt reicht's.» Ich sage: «Kommandiere mich nicht herum.» Er sagt: «Du brauchst wohl eine kräftige Tracht Prügel.» Ich sage in herausforderndem Ton: «Das möchte ich sehen.»
Nun packt er mich, hält meine beiden Hände sehr fest auf meinem Rükken, zieht mir das Höschen herunter, dreht mich auf seinen Knien um und klemmt sich meine strampelnden Beine zwischen die Knie. Ich bin verlegen und habe Angst. Er benutzt ausschließlich seine Hand, schlägt ungefähr zwei dutzendmal zu, aber sehr fest. Manchmal stelle ich mir vor, daß er eine Haarbürste oder ein Lineal benutzt. Im allgemeinen aber nur seine Hand. Ich schluchze wütend. Die Wut verwandelt sich in Demütigung, und diese wiederum in Unterwerfung. Zum Schluß drängt er mich aufs Bett und dringt in mich ein – nicht brutal, aber auch ohne Vorspiel. Manchmal stelle ich mir auch vor, daß meine Wut während der ganzen Prügelszene anhält. Er stößt mich aufs Bett, beugt sich über mich, schiebt mir seinen erigierten Penis in den Mund und befiehlt mir, ihn zu saugen. Ich weigere mich und beiße ihn, was eine zweite, noch kräftigere Tracht Prügel nach sich zieht, woraufhin ich bereitwillig alles

tue, was er will. Daß ich brutal geschlagen werde, kommt in meinen Phantasien nicht vor; ich glaube kaum, daß ich auf Auspeitschen stehe (obwohl Auszüge aus *The Pearl* und der *Geschichte der O* mich unheimlich erregen). Normalerweise hasse ich Schmerz, es sei denn, ich bin kurz vor dem Höhepunkt; dann finde ich es schön, richtig fest in die Innenseite der Oberschenkel gebissen zu werden, daß es blaue Flecken gibt. Diese Prügelphantasie habe ich schon seit vielen Jahren. Die Vorstellung, verprügelt zu werden, löste bereits im Alter von sechs bis sieben Jahren sexuelle Gefühle bei mir aus, obwohl ich sie damals nicht erkannte und natürlich noch nichts von Geschlechtsverkehr oder Fellatio wußte. Übrigens, falls das wichtig sein sollte: Soweit ich mich erinnern kann, bin ich von meinen Eltern nie verprügelt worden.

Meine zweite Phantasie verläuft folgendermaßen: Ich bin, auf dem Rükken liegend, an mein Bett gefesselt; ich schreie, kratze und wehre mich. Beine und Arme sind ausgebreitet und soweit gestreckt, daß es gerade nicht mehr angenehm ist. Er hat mir ein Kissen unters Becken gestopft, und ich bin natürlich nackt. Durch das Kissen wird meine Vulva angehoben und exponiert, und ich kann mich höchstens ein paar Zentimeter weit herauf- und herunter-, von einer Seite zur anderen bewegen. Ich stehe kurz vor der Panik. Ich bettele, flehe und weine. Er ist niemals ärgerlich; er reagiert ständig auf mich, als wäre ich ein Objekt, gelassen und nüchtern. Er ist vollständig angekleidet, während er die Stricke prüft, um sich zu vergewissern, daß sie fest sind.

ICH: Bitte mach mich los.

ER: Noch nicht.

ICH: Wenn du mich losmachst, sauge ich dich bis zum Wahnsinn.

ER: Das wirst du ohnehin tun, Liebling. Gleich.

ICH: Wenn du mich nicht losmachst, du Schwein, schwöre ich dir, daß du nie wieder in meinen Mund kommen wirst.

ER: Doch, das werde ich, Liebes.

ICH: Aber ich will es nicht – nicht so!

ER: Im Moment spielt es keine Rolle, was du willst, Liebling.

ICH: *Alle möglichen Obszönitäten, vermischt mit Schluchzen und Zerren an den Stricken*

ER: Das reicht. *Er bleibt immer kühl und gelassen.*

ICH: Meine Beine tun weh, meine Arme tun weh, es reißt mir die Beine auseinander. *Bitte!*

ER: Ein bißchen Schmerz tut dir nur gut.

ICH: *Weitere Obszönitäten*

Er streckt die Hand aus und kneift mich in die Innenseite beider Oberschenkel, sehr fest.

ER: Du wirst jetzt still sein, Liebling, bitte!

ICH: Ja. *Weine vor Schmerz und Wut.*

Dann verläßt er das Zimmer – stundenlang, wie es mir wegen der Schmerzen in Armen und Beinen vorkommt. Wenn er zurückkommt, ist er nackt und hat eine enorme Erektion, bei deren Anblick ich bereits vor erwartetem Schmerz wimmere. Er berührt mich nicht. Er kniet am Fußende des Bettes und betrachtet meine exponierte, freigelegte Schamgegend. Ich fühle mich zutiefst gedemütigt, denn ich bin nicht mehr Herr meiner selbst. Ich kann mich nicht bedecken, kann weder meine Beine zusammenklemmen noch mich umdrehen. Meine ganze Fotze ist exponiert, seinem Blick, seinem Mund und/oder Penis mühelos zugänglich. Ich bin ihm auf Gnade und Ungnade ausgeliefert. Immer wieder frage ich ihn: «Was hast du mit mir vor?» Aber er sitzt nur da. Von da an verläuft die Phantasie unterschiedlich. Manchmal küßt er mich überall, bis ich ihn anflehe, in mich einzudringen. Manchmal dringt er ohne Vorspiel in mich ein und scheint mich zu nehmen, als sei ich gar nichts. Manchmal dringt er von oben in meinen Mund ein, was ich hasse, weil ich ihm dann ausgeliefert bin und er so tief eindringen kann, wie er will. (In Wirklichkeit liebe ich Fellatio, aber nur, wenn ich auf ihm bin, damit es flach bleibt.) Was immer er jedoch tut, die Phantasie endet jedesmal damit, daß er mich losbindet, mich umarmt und meine schmerzenden Muskeln massiert, während ich vor Erleichterung schluchze und ihm *danke* – nicht, weil er mich losgebunden hat, sondern weil er mich gefesselt hatte!

Obwohl beide Vorstellungen mich richtig aufregen, ist vor allem diese zweite Phantasie überaus faszinierend für mich. Eine andere habe ich meinem Repertoire erst kürzlich hinzugefügt, aber sie ist nicht ganz so wirksam wie die anderen. Sie verläuft folgendermaßen: Es gelingt mir, *ihn* ans Bett zu fesseln, genau wie er mich, mit ausgebreiteten Armen und Beinen. Erreicht habe ich das durch eine Art «unschuldiger» Verspieltheit, etwa: «Ach Liebling, zeig mir doch mal, wie man diesen und jenen Knoten knüpft. Ach ja, richtig. Jetzt laß mich's mal versuchen ...» Und so weiter. Wenn er merkt, daß ich ihn hereingelegt habe, reagiert er mit Wut und Angst, ungefähr so wie ich in meiner zweiten Phantasie. Wir haben praktisch die Rollen getauscht: Er ist hilflos und verängstigt, während ich kühl und nüchtern bin. Er weint natürlich nicht, aber er fühlt sich wegen der absoluten Unmöglichkeit, seine Genitalien zu schützen, sogar noch verletzlicher, exponierter und hilfloser als ich

zuvor. In dieser Phantasie beginne ich ihn sehr sanft am ganzen Körper zu küssen, arbeite mich bis zu seinem Becken hinunter und dann an der Innenseite seiner Schenkel entlang, um ihn zu reizen. Kontakt mit seinem Penis oder seinen Hoden vermeide ich sorgfältig, küsse und lecke ihn lediglich, bis er mich anfleht seine Genitalien zu berühren. Das jedoch zögere ich hinaus, bis er beinahe wahnsinnig wird, und selbst dann berühre ich ihn kaum, fahre nur fort, ihn zu reizen, bis er es nicht mehr aushalten kann. Dann nehme ich ihn in den Mund, bis er dort kommt, oder ich lasse ihn in meine Vagina kommen. Gelegentlich, wenn er sich während der nichtgenitalen Reizperiode entspannt und sich mir ganz hingibt, jage ich ihm wieder ein bißchen Angst ein, indem ich ihn schmerzhaft in die Innenseite der Oberschenkel zwicke oder kneife. Gewöhnlich bin ich jedoch sanft und zärtlich. Ich bedrohe weder seine Genitalien, noch füge ich ihm dort Schmerzen zu, es sei denn, er bittet mich, ihn zu beißen, was ihm in der Realität auch gut gefällt.
PS. Ein paar Gedanken über sexuelle Phantasien. Mit scheint, je emanzipierter ich werde (ich bin jetzt wirklich aktiv in der Frauenbewegung), je öfter phantasiere ich über die Prügel und das Fesseln. Da ich in meinem Arbeits- und Gesellschaftsbereich usw. voll und ganz emanzipiert bin, ist es fast so, als versuche ich in meinem Sexualbereich eine Art Gegengewicht zu dieser Emanzipation zu finden. Die beiden ersten Phantasien habe ich schon immer gehabt, aber nicht so intensiv wie seit der Zeit, wo ich mit der Frauenbewegung zu tun habe, oder vielmehr, seit ich mir deren Prinzipien zu eigen gemacht habe. Ich bin überzeugt, daß es noch andere Frauen wie mich gibt, die sich von der männlichen Herrschaft befreit haben und sich danach sehnen, im Bett wieder unter sie zurückkehren zu können.
Noch eines: Je mehr ich darüber nachdenke, desto mehr habe ich das Gefühl, das ideale Mann-Frau-Verhältnis wäre jenes, in dem *beide* sich gegenseitig ihre Phantasien anvertrauen können und *beide* genug füreinander empfinden, um diese Phantasien auszuleben. Es wäre zum Beispiel großartig, wenn meine Phantasie sich mit seiner ergänzte, das heißt, wenn er mich gern verprügeln oder fesseln würde, während ich mich gern von ihm verprügeln oder fesseln ließe. Das ist zwar nicht der Fall, aber er liebt mich so sehr, daß er bereit ist, es auszuprobieren. Jetzt habe ich vor, *seine* Phantasien in Erfahrung zu bringen, und wenn es überhaupt möglich ist, werde ich sie ihm zu erfüllen versuchen. Gewiß, es wäre zuviel verlangt (obwohl es durchaus zutreffen kann), daß er ebenfalls gefesselt werden möchte. Doch wenn er meinen Körper anmalen oder vielleicht ausgepeitscht werden möchte, oder wenn er will, daß ich ein bestimmtes Kostüm anziehe, werde ich alles tun, was in meiner

Macht steht, um ihn zufriedenzustellen. Was kann es schaden, wenn man diese inneren Bedürfnisse auslebt? Warum fürchten wir uns so davor, sie jemandem mitzuteilen?
Hoffentlich können Sie meine Erfahrungen verwenden. Sie aufzuschreiben, hat mich richtig in Erregung versetzt! Viel Glück mit Ihrem Vorhaben. (Brief)

Petra

Ich bin zweiunddreißig Jahre alt, katholisch und habe drei Söhne. Ich bin zum zweitenmal verheiratet. Mit meinem zweiten Mann bin ich seit über elf Jahren verheiratet.
Beim Geschlechtsverkehr habe ich immer sexuelle Phantasien, die mich zum Orgasmus bringen. Im Laufe der Jahre haben sich meine Phantasien verändert, da wir häufig umziehen und ich daher ständig neue Menschen kennenlerne und mich in neuen Situationen befinde.
Meine Phantasie dreht sich um einen Mann, mit dem ich kürzlich eine Affäre hatte, die sieben Monate dauerte. Er ist verheiratet und elf Jahre jünger als ich. Er hat zwei jüngere Brüder. Ich stelle mir vor, daß seine ganze Familie, er, seine beiden Brüder, seine Frau und sein Vater, mich ausziehen und mich zwingen, sie zu bedienen, alles zu tun, was sie verlangen. Ich muß die Männer vor aller Augen saugen, und wenn ein Mann das Gefühl hat, ich habe meine Sache nicht gut gemacht, schlägt er mich. Ich werde häufig geschlagen. Nachdem ich bei allen Fellatio gemacht habe – und Cunnilingus bei der Ehefrau –, werde ich mit ausgebreiteten Armen und Beinen an ein Bett gefesselt, und sie spielen mit mir, zuweilen sehr grob, das heißt, einer der Männer hält seinen Hintern über meinen Mund und verlangt, daß ich ihn dort lecke. Seine Frau übt dann Cunnilingus bei mir aus, und ich werde sehr erregt, wenn ich sie beobachte und sehe, daß alle anderen um uns herumstehen und zusehen. Immer wieder muß ich Wörter wie «Ficken» sagen und ihnen allen schildern, was ich empfinde. Zu diesem Zeitpunkt komme ich gewöhnlich.
Manchmal darf ich mir jemanden auswählen, den ich demütigen will, und ich wähle jedesmal den Vater, den ich nicht mag. Ich lasse ihn stundenlang Cunnilingus an mir machen, und es endet stets damit, daß ich ihn auspeitsche, weil er es nicht gut genug gemacht hat. (Brief)

Hilde

Ich schreibe in Beantwortung Ihrer Bitte um sexuelle Phantasien der Frau.

Ich phantasiere zuweilen, wenn es mir schwerfällt, zum Orgasmus zu kommen (mein Freund muß mich jedesmal, nachdem er gekommen ist, manuell stimulieren). Ich stelle mir vor, daß ich irgendwie gedemütigt werde. Oder daß mich ein Mann, etwa ein Sklavenhalter, vor seinen Freunden zur Schau stellt. Gott allein weiß, warum, aber wenn ich intensiv genug daran denke, habe ich einen phantastischen Orgasmus.

Ich glaube kaum, daß er eifersüchtig wäre, wenn ich ihm von diesen Phantasien erzählte, nur ärgerlich. Ich glaube, er könnte das nicht verstehen und wäre ziemlich enttäuscht von mir, und angewidert. Sehen Sie, wir haben beide die Universität absolviert; er ist schon immer stolz auf meine Intelligenz gewesen. Er kann junge Mädchen nicht leiden, die nicht in der Lage sind, mit einiger Sachkenntnis über eine Reihe von Themen zu diskutieren. Er hält uns für nüchterne, vernünftige Menschen. Ich selbst bin reserviert, ziemlich groß und kleide mich modisch, aber elegant; er mag keine flattrigen, kichernden jungen Mädchen. In alltäglichen Dingen beherrscht er mich; nie darf ich entscheiden, wann und wo gegessen, welcher Film angeschaut wird, usw. Sexuell jedoch beherrscht er mich nicht, jedenfalls nicht so, wie ich es mir wünschte.

Er verlangt, daß ich ihm den Rücken massiere oder kratze, bis ich vor Langeweile umkomme; er erwartet von mir, daß ich ihn Ewigkeiten streichle und küsse, ohne daß er wirklich etwas mit mir macht. Aber er würde nicht einmal im Traum daran denken, mich zur Liebe zu zwingen, mich zu schlagen oder so ähnlich.

Im Grunde ist er sehr gut im Bett. Ich habe mit acht anderen Männern geschlafen, also kann ich das beurteilen. Es gibt Zeiten, da erreiche ich den Gipfel der Ekstase, aber es gibt auch Zeiten, da bin ich restlos frustriert und ruhelos. Dann habe ich auch diese seltsamen Dominations-Demütigungs-Phantasien. Ich habe sie sogar beim Masturbieren. (Normalerweise phantasiere ich nicht während der Masturbation; ich brauche bloß an die Sache selbst zu denken.)

Nach allem, was ich Ihnen von unserem Verhältnis zueinander erzählt habe, fragen Sie sich vermutlich, warum ich ihm nichts von diesem Dominationswunsch erzähle. Schließlich hört er sich alles an, was ich ihm über mich selbst oder meine Wünsche erzähle, ohne schockiert zu sein (obwohl er selbst niemals seine Gedanken preisgibt). Nun, der Grund dafür ist, daß er ein Jahr lang in einer Pension gewohnt hat. Seine Vermieterin war Nymphomanin. Sie schlief mit jedem Mann, den sie finden konnte, und ihn hat sie auch verführt. Er war jung und unerfahren, und er gibt zu, daß sie ihn alles gelehrt hat, was er kann. Bei Nacht pflegte sie in sein Zimmer geschlichen zu kommen, ließ ihren Ehemann allein im Bett und schlief mit ihm. Ihr Ehemann wußte davon, da er sie jedoch nicht befriedigen konnte, ließ er es zu, daß sie ihre Befriedigung anderswo suchte.

Mein Freund genoß diese Liebesnächte, fühlte sich hinterher aber schmutzig und angewidert. Er hat immer wieder betont, wie sehr er unsere «reine» Liebe genieße. Als er das sagte, kam ich mir sehr minderwertig vor. Es klang, als habe sie sehr viel mehr Anziehungskraft gehabt. Natürlich hatte sie sehr viel mehr Erfahrung als ich. Wenn ich jedoch den Vorschlag mache, unser Liebesleben zu erweitern, vor allem in Richtung Fellatio, erwidert er, er wolle das nicht, denn er sei sicher, daß es mir nicht gefallen würde. Er gibt jedoch zu, daß er es sehr genoß, als sie es tat. Er will nicht glauben, daß ich es wirklich tun *möchte*. Ich habe es bei anderen Männern getan und genossen, aber er will es einfach nicht zulassen. Oder vielmehr, er läßt es zu, bis zur Ejakulation, dann schiebt er mich fort.

Sie sehen also, in gewisser Weise hat er mich auf ein Piedestal gestellt. Er sieht mich rein, sauber und gesund (obwohl er von den anderen Männern weiß) und will nicht, daß dieses Bild von mir zerstört wird.

Meine erste sexuelle Phantasie tauchte kurz nach der Pubertät auf. Ich war ungefähr elf oder zwölf. Bei Nacht lag ich im Bett und stellte mir vor, ich wanderte durch den Wald. Ein fremder Mann folgte mir, und als ich davonlaufen wollte, fing er mich ein und schlug mich. Jede Nacht spielte ich die verschiedensten Versionen dieses Themas durch; der Mann überwältigte mich, schleppte mich fort und zwang mich, etwas gegen meinen Willen zu tun. Der sexuelle Teil war eher verschwommen. In jenem Alter hatte ich noch keine klare Vorstellung davon. Indem ich vor dem Einschlafen daran dachte, erreichte ich jedoch, daß ich auch davon träumte. Später veränderte sich die Phantasie dahingehend, daß ich in den Orient verschleppt und als Sklavin verkauft wurde. Diese Story birgt unendlich viele Möglichkeiten, da ich von einer ganzen Reihe von Männern gekauft und verkauft wurde. Gelegentlich phantasiere ich sogar heute noch davon. Meine Phantasien fallen offensichtlich unter die Kategorie «zur Schau gestellt werden», aber eher im demütigenden Sinn als aus Angeberei.

Meine weithergeholten Sklavinnen-Phantasien erscheinen absurd, aber es gibt eine, deren ich niemals müde werde, bis etwas geschieht, das ihr ein Ende setzt. Vor vier Jahren ging ich mit einem Jungen. Ich war noch Jungfrau und sehr naiv. Er flirtete mit mir, bis ich mich wahnsinnig in

ihn verliebte, und ließ mich dann sitzen. Verliebt hatte ich mich hauptsächlich in ihn, weil er eine gewisse Grausamkeit an sich hatte – nicht direkt bösartig, aber gerade so, daß es meinen Wünschen entsprach. Er packte zum Beispiel meine Handgelenke und preßte mich gegen eine Wand oder aufs Bett, und zwang mich dann, ihn zu küssen. Ich wehrte mich, aber er behielt immer die Oberhand, denn er war überaus stark. Wir genossen diese Ringkämpfe immer sehr, gingen aber nie weiter, und als er mich verließ, war ich immer noch unberührt.
Das Seltsame ist nun, daß wir uns immer noch kennen und jeder sich der Gegenwart des anderen stets sehr bewußt ist. Als wir uns vor ein paar Monaten auf einer Party trafen, flirteten wir miteinander, und er tat Dinge, welche die anderen Leute nicht bemerkten, zerquetschte mir fast die Hand, als er sie hielt, biß mich in die Lippen, als wir uns küßten, bis ich beinahe vor Schmerzen aufschrie. Er sah das und genoß es anscheinend. Dann hatten wir eine ernsthafte Aussprache, und wir beschlossen, nicht mehr miteinander herumzuspielen, sondern aufrichtige Freunde zu sein (über das Vergnügen, das wir jeder in seinem eigenen Sinn an den zugefügten Schmerzen hatten, sprachen wir nicht; wir haben überhaupt niemals davon gesprochen, und außer uns weiß niemand davon). Seitdem ist er sehr freundlich zu mir gewesen. Als ich mich über meinen Freund geärgert hatte, tröstete er mich und ließ mich bei sich übernachten. Wir haben zusammen geschlafen, aber ich fühlte mich zu elend, um es zu genießen, und er tat es aus Besorgnis, nicht aus Verlangen, und so wurde es kein Erfolg. Er behandelt mich gewöhnlich völlig normal, vor allem vor seinen Freunden … Aber wenn wir allein sind, taucht hier und da die alte Art wieder auf. Er weiß von meinem Verlangen nach Domination – das sehe ich an seinem Blick –, und er reizt mich gern, indem er manchmal mitmacht und sich manchmal weigert – aber nur in kleinen Dingen.
Ich phantasiere jedoch ständig über das, was geschehen würde, wenn wir irgendwo ganz allein wären, weit weg von allen unseren Freunden, und wenn wir uns vollkommen gehen lassen könnten und nicht so «anständig» tun müßten.
Er geht mir einfach nicht aus dem Kopf. Es sind jetzt vier Jahre, aber immer noch verkrampfe ich mich, sobald er hereinkommt. Solange er da ist, kann ich mich nicht entspannen. Viele andere Mädchen sind gekommen und gegangen. Allen hat er weh getan, aber ich bin die einzige, die noch mit ihm befreundet ist. Er ist sehr ehrgeizig, möchte Auslandsreisen machen und beruflich Erfolg haben, daher hat er keine Zeit für eine ständige Freundin, geschweige denn eine Frau, die ihm die Freiheit nehmen würde. Zwischen uns hat immer eine Bindung bestanden, und ich

wünschte nur, ich hätte ihn in ungefähr fünf Jahren kennengelernt, dann wäre er in seinem Beruf schon etabliert. Ich finde nämlich, daß er der einzige Mensch ist, der *alle* meine Bedürfnisse erfüllen kann. Das hat er auch mehr oder weniger zu mir gesagt.
Aber so werde ich meinen Freund heiraten. Er wird sicher ein guter Ehemann und Vater werden, aber ich fürchte, daß ich bis an mein Lebensende etwas vermissen werde.
Nun, ich hoffe, daß Sie irgendwo in diesem langen, konfusen Brief etwas finden werden, das Ihnen von Nutzen ist. Es war jedenfalls eine Erleichterung für mich, darüber zu reden. (Brief)

Ingrid

Ein paar Tage nach meiner Hochzeit las ich von einer jungen Frau, die während ihrer Hochzeitsreise jeden Tag von ihrem Ehemann zum Tätowierer geführt wurde und die während der zwei Reisewochen allem zustimmen mußte, was ihr Mann verlangte; außerdem wurde sie am ganzen Körper tätowiert.
Ich weiß nicht, ob das wahr ist oder nicht, aber ich habe viel daran gedacht und sogar meinen Mann gefragt, ob er möchte, daß ich mich tätowieren lasse. Er hat mich für verrückt gehalten und gedacht, er hätte eine Wahnsinnige geheiratet, darum habe ich es nie wieder zu erwähnen gewagt.
Seitdem denke ich jedesmal, wenn mein Mann mich fickt, daran, daß ich tätowiert werde, und stelle mir vor, daß ich mich ausziehen muß und tätowiert werde, ohne daß man mich fragt, ob ich will oder nicht. Ich stelle mir vor, wie es wohl wäre, wenn mir so richtig saftige Wörter und Bilder auftätowiert würden. Das bringt mich in Fahrt, und mein Mann denkt dann immer, daß er es ist, der das macht.
Einmal habe ich angefangen, Fotos von tätowierten Leuten zu sammeln und von Mustern, die mir gefielen, aber dann habe ich sie weggeworfen, weil ich Angst hatte, er könnte sie finden. Ich würde mich wirklich gern tätowieren lassen, aber das ist natürlich unmöglich. Aber einfach der Gedanke daran bringt mich in Fahrt. Meistens passiert es aber nur, wenn ich's mit meinem Mann mache; und dann ist da noch eine Kleinigkeit: Wenn ich allzu wild werde und mich herumwerfe, und wenn mein Mann aus mir rausrutscht, wird er wütend auf mich. Ich muß mich also ein bißchen vorsehen.
Ich habe nie jemandem davon erzählt, und ich weiß wohl, daß Sie mich für dumm halten werden, aber es passiert tatsächlich. (Brief)

Die Sexualität der Angst

Es mag sein, daß ich mir mehr Arbeit mache als notwendig, wenn ich Unterschiede in den hinter der Phantasie steckenden Emotionen aufzeige, die vielleicht gar nicht existieren.
Aber meine Untersuchung hat ja keine Vorläufer, und deshalb schildere ich hier auch ein ganz spezielles Gebiet der Phantasie, das von der Angst beherrscht wird. nicht von der normalen Angst, sondern von jenem totalen, absoluten Entsetzen, das seltsamerweise sehr sexuell sein kann, wenn man sieht, daß es zum Verlust der Selbstbeherrschung führt. Nur so kann ich mir die Unterschiede in den nun folgenden Phantasien erklären. Man muß kein Psychiater sein, um zu begreifen, daß es mit Angst zu tun hat, wenn manche Frauen nicht zum Orgasmus kommen, mit der Angst davor, sich gehen zu lassen, der Angst vor der Hilflosigkeit, dem Fehlen jeglicher Selbstbeherrschung, die mit dem Orgasmus Hand in Hand gehen – man braucht nur noch ganz Frau zu sein. Und für manche Frauen – vor allem für so selbständige, unabhängige Frauen wie Johanna und Anne, die ihr Leben selbst in die Hand nehmen – muß dieser Verlust der Selbstbeherrschung entsetzlich sein, ist das Erlebnis eines Orgasmus ohne Entsetzen unmöglich, ja, ist es gleichbedeutend mit Entsetzen.
Um zu wissen, was das heißt, braucht man sich nicht «vor Angst in die Hosen zu machen». Setzt man das Gefühl des wild klopfenden Herzens, des offen stehenden Mundes, die hilflose, schlaffe Haltung des Körpers in den Orgasmus fort, ist man auf dem besten Wege, die Sexualität der Angst, die diese Frauen empfinden, zu verstehen.

Johanna

In dem Vorort, in dem mein Mann und ich lebten, lernten wir ein anderes Ehepaar kennen, das an derselben Straße wohnte wie wir. Charles und Johanna. Eines Tages, als Johanna und ich in ihrem Haus allein waren, öffnete sie eine Schublade; sie enthielt einen Revolver. «Charles läßt ihn mir immer da, wenn ich allein bin», erklärte sie. «Ich bin vor meiner Ehe hier einmal vergewaltigt worden. Deshalb sorgt Charles dafür, daß ich ihn zur Hand habe, wenn er fort muß.»
Als ich Johanna neulich traf und sie fragte, ob sie einen Beitrag zu diesem Buch leisten wolle, erfuhr ich mehr von der Geschichte.

Man könnte sagen, daß mein inneres Sexualleben sich immer noch um die Vergewaltigung dreht, von der ich dir erzählt habe. Ich glaube, kein einziger Tag vergeht, ohne daß ich daran denke. Ich war hier, in diesem Häuschen, in dem ich allein lebte, bevor ich Charles kennenlernte. Ein Mann kam herein. Er gab vor, mir etwas verkaufen zu wollen, aber ich wußte, daß etwas daran nicht stimmte. Er erkundigte sich, ob ich allein sei, aber auf eine so gewandte, lässige Art, daß ich keine Angst bekam.

Aber irgend etwas in mir hatte vielleicht doch Angst. Denn noch bevor er es tat, wußte ich beinahe schon, was er tun würde. In derselben lässigen Art, in der er mich gefragt hatte, ob ich allein sei, zog er ein Messer heraus. Er legte das Messer auf den Tisch, dicht neben seine Hand. Dann erklärte er mir, was er tun werde. Er erklärte mir, er sei nicht pervers, und wenn ich alles täte, was er verlange, werde er mir nichts tun. Er erklärte mir sogar, ich würde es genießen. Während er redete, sah ich, daß seine Hose vorn zu schwellen begann. Ich konnte ihm nicht in die Augen sehen. Ich hielt die Augen niedergeschlagen. Wahrscheinlich hat er geglaubt, ich blicke zu Boden. Aber ich beobachtete diese riesige Schwellung vorn in seiner Hose. Ich erinnere mich, daß ich dachte, was für eine grausame, mächtige Schwellung das doch sei.
Er befahl mir, mich auszuziehen. Ich gehorchte – mit einem Auge auf meinen Knöpfen und dem anderen auf dem Messer, das so dicht neben seiner Hand lag. Als ich nackt war, befahl er mir, ihm die Hose zu öffnen. Ich gehorchte. «Hol ihn raus», sagte er, «küß ihn.» Ich gehorchte. Ich verstand gar nicht, was ich da tat. Es schien alles so natürlich zu sein, es war fast, als hätte ich es eilig, ihm zu helfen. Ich tat alles, was er mir befahl. Dann befahl er mir, mich rücklings auf meinen Arbeitstisch zu legen, die Füße aber herabhängen zu lassen. Als ich das tat, nahm er das Messer und stellte sich zwischen meine Beine. «Mach sie breiter», sagte er, und als ich gehorchte, trat er noch näher an mich heran, hob plötzlich das Messer hoch über den Kopf und stieß es unmittelbar neben meiner Hüfte in den Tisch. Dann kniete er sich vor mich hin, die Arme rechts und links neben mir, in der einen Hand noch das Messer, das im Tisch steckte, und begann mich zwischen den Beinen zu küssen. Ich versuchte daran zu denken, wie groß meine Angst sei, wie sehr ich ihn haßte. Aber ich spürte, daß ich immer erregter wurde. Ich schloß die Augen und versuchte mich hin und her zu werfen, als wolle ich seiner Zunge entkommen, aber ich tat es auch, damit seine Zunge mich drinnen überall berühren konnte. Einmal öffnete ich die Augen, aber alles, was ich sehen konnte, waren seine dunklen Haare und die Hand, die immer noch das Messer hielt. Ich schloß meine Augen wieder, und dann plötzlich konnte ich nicht mehr anders, ich zog seinen Kopf an mich heran, zog seine Zunge so weit wie nur möglich in mich herein, und dann kam ich, immer und immer wieder.
Das nächste, was ich sah, war sein Gesicht. Er lächelte. Er war über mir, immer noch auf dem Tisch. Er lag auf mir. «Steck ihn rein», sagte er, und jetzt war ich nur allzu eifrig bereit, zu tun, was er sagte. Mit einer Hand spreizte ich die Lippen, mit der anderen führte ich seinen erigierten Penis in mich hinein. Ich erinnere mich, daß er nicht sehr dick war,

aber sehr lang und schlank. Ich wollte ihn ganz in mir spüren. Schon nach den ersten Stößen fühlte ich, daß er kam, und auch ich kam noch einmal. Ich hatte ganz vergessen, daran zu denken, wie sehr ich ihn haßte. Ich konnte nur noch an sein langes Ding denken, das, lang und schlank, bis obenhin in mir war, und ich kam immer wieder. Dann ging der Mann einfach weg. Genau wie er es versprochen hatte.
Meinem Mann erzählte ich, was geschehen war, bevor wir heirateten, aber ich erzählte ihm nie, was ich dabei empfunden hatte. Damals, als es passierte, ging ich mit einem jungen Mann, und dann war da noch ein anderer Mann vor Charles. Keiner von ihnen hat mich sexuell so sehr in Hitze gebracht wie dieser Mann, als er mich vergewaltigte. Charles auch nicht. Wenn ich mit Charles im Bett bin, hat es gar keinen Zweck, mir zu sagen, daß ich ihn liebe, und daß ich diesen anderen, diesen Fremden, hasse. Das tötet einfach jedes erotische Gefühl in mir ab. Zu anderen Zeiten wieder gelingt es Charles dann doch, mich zum Höhepunkt zu bringen, und ich brauche nicht an den anderen zu denken.
Aber manchmal, wenn ich nicht richtig in Stimmung bin, jedoch weiß, daß Charles in Stimmung ist ... oder wie es manchmal so komisch geht, daß man in erotische Stimmung kommt und dann einfach, ohne jeden Grund, wieder davontreibt ... dann denke ich absichtlich an diesen Mann. Ich schließe die Augen und stelle mir vor, daß ich wieder auf dem Tisch liege, während meine Beine von den Knien an herabhängen und er zwischen ihnen steht. Ich erinnere mich, wie sehr ich ihn gehaßt habe, und an die, ich weiß nicht, die Angst, den *Wahnsinn* dieses Erlebnisses, und wie ich darauf reagiert habe. Wenn ich mir das vorstelle, reagiere ich noch immer genauso darauf. Jedesmal. (Tonbandinterview)

Anne

Anne ist Witwe und älter als die meisten anderen Mitwirkenden an diesem Buch; daher ist auch ihre Ausdrucksweise zurückhaltender als die der meisten. Doch das bedeutet nicht, daß ihr Leben weniger aufregend gewesen wäre.
Anne ist eine alte Freundin meines Mannes, der auch ihren Ehemann Ernst sehr gut kannte, bis Ernst plötzlich tödlich verunglückte. Sie arbeitet am Rand der Filmszene und hat viel mit Filmleuten zu tun. Sie ist vorher schon einmal verheiratet gewesen und war in einen Skandal-Scheidungsprozeß verwickelt, über den Anfang der fünfziger Jahre alle Zeitungen berichteten. «Sobald ich jedoch Ernst kennenlernte, war er der einzige für mich – auf immer», erzählte sie mir. Sehr romantisch, gewiß, wenn ein Teenager so etwas gesagt hätte. Bei einer Frau von Annes Erfahrung und Aufrichtigkeit jedoch irgendwie erschütternd. Dennoch ist sie eine so lebendige, herzliche, attraktive Frau, daß ich es kaum verstehen kann,

daß sie nicht wieder geheiratet hat. Ich bin überzeugt, daß sie Gelegenheit dazu gehabt hat, und ich verstehe nicht, wie eine so sexuell betonte Frau allein leben kann.
Für mich ist Anne immer die intelligenteste, beste, aufgeschlossenste Frau gewesen, die ich kenne ... von allen Generationen ... Es macht Spaß, mit ihr zusammenzusein, und sie belästigt einen nie mit ihren Problemen, obwohl sie welche hat. Die interessanten Geschichten von ihren eigenen sexuell-gesellschaftlichen Erfahrungen vor zwanzig bis dreißig Jahren, die sie erzählt, können sich mit allem messen, was ich im letzten, weltverändernden Jahrzehnt gesehen habe. Wenn ich jemals gedacht hätte, daß *ich* mit meinen Erfahrungen der sechziger Jahre allein sei (d. h. nicht so wie die anderen jungen Mädchen), wie «anders» muß sich Anne dann damals in den Dreißigern gefühlt haben!
Es ist schön und gut, das erste Mädchen der ganzen Straße zu sein, das Pot raucht, einen Liebhaber hat usw., aber bei allem Reiz, den es hat, eine Abenteurerin zu sein, kann so etwas auch schon sehr früh ein scheinbar widersprüchliches Bedürfnis nach Selbstbeherrschung mit sich bringen. Bergsteiger müssen vorsichtiger sein als die Bewohner der Ebenen. Wenigstens ist das meine Erklärung dafür, daß ich so spät erst den Sex richtig zu schätzen gelernt habe. Anne hat sicherlich ihre eigene Erklärung dafür.

Jetzt, wo ich daran denke, fällt es mir schwer, es zu beschreiben. Ich meine das, was beim Sex in meinem Kopf vorgeht. Ich glaube sogar, ich kann es gar nicht ... Ich bin im Dunkeln, aber es ist nicht einfach das Dunkel der Nacht; es ist die Dunkelheit des unendlichen Raums. Das ist, wissenschaftlich gesehen, vermutlich nicht richtig; ich nehme an, die Astronauten, Kosmonauten, was immer sie sind, finden dort Licht. Meine eigene Dunkelheit ist eher mythologisch ... diese «äußere Dunkelheit» ... aber der Tod ist es nicht. Es ist, als wäre ich ganz, ganz weit draußen, irgendwo im unendlichen Raum. Ich bin zwar irgendwie in meinem Körper, aber auch gleichzeitig außerhalb. Jeden Moment muß ich durch eine endlose, unvorstellbare Dunkelheit hinabstürzen, ungefähr wie Luzifer ... Das ist meine zweite Anspielung auf *Das verlorene Paradies*, möchte wissen, was das bedeutet. Vielleicht könnte man es auch so beschreiben, daß es ist, als fiele ich aus einem Raumschiff, nur eben in die absolute Dunkelheit. Es ist beängstigend und gleichzeitig aufregend. Vermutlich ist es das, was ich von den Männern denke. Wenn sie nicht ein bißchen beängstigend sind ... nicht ein bißchen den Teufel im Leib haben, finde ich sie nicht aufregend. So ... das ist die Erklärung für die Luzifer-Assoziation. Er soll ja der schönste Engel gewesen sein.
Ich weiß nicht, warum ich diese spezielle Phantasie habe ... Bewußt habe ich sie bestimmt nicht gewählt ... schließlich habe ich Angst vor der Höhe, wie heißt das noch? ... kann nicht aus dem Flugzeugfenster oder einem Bürofenster ganz oben in einem Hochhaus sehen, kann nicht an

das Geländer einer Dachterrasse treten ... Ich habe Angst, weil ich dann immer springen möchte. Und diese Angst habe ich erst bekommen, nachdem ich anfing, wirklich befriedigende Sexualerlebnisse zu haben. Wahrscheinlich habe ich diesen erschreckenden Verlust der Selbstbeherrschung, diesen Fall tief hinunter bis in ich weiß nicht was, dieses absolute Gehenlassen des Orgasmus nie richtig begriffen. Vorher, als Kind und als junges Mädchen, hatte ich keine Höhenangst, keinen erschreckenden Wunsch, zu springen. Ich glaube, das ist es. Die Angst vieler Frauen, daß sie von sehr weit oben hinunterspringen werden, ist eine Art Verlangen, in den Orgasmus zu springen. Ich glaube, das ist die Verbindung ... Was meinst du? (Tonbandinterview)

Der Reiz des Verbotenen

In seiner ganzen Stärke erlebt, enthält das Gefühl des Verbotenen immer ein Element des Entdecktwerdens, die Möglichkeit, daß jemand – irgend jemand – die Sünderin erwischt. Daher könnte man sagen, daß Phantasien, in denen das schlechte Gewissen die motivierende Emotion ist, in die «In-aller-Öffentlichkeit»-Kategorie gehören (sogar ich habe, glaube ich, eine davon), bei der der Reiz von der Anwesenheit oder unmittelbar bevorstehenden Anwesenheit anderer Leute herrührt. Aber das Schuldbewußtsein ist eine zu starke und überwältigende Emotion, um nur als Zusatz zu einer anderen Idee existieren zu können. Es kann in sich den sexuellen Phantasien eine derartige Lebendigkeit verleihen, daß ich ihm eine eigene Kategorie zuweisen möchte.

Meine eigenen Phantasien werden oft sehr stark von dem Risiko stimuliert, das Verbotene zu tun. Ich bin von Natur aus, genau wie viele andere Frauen, das, was man als «den treuen Typ» bezeichnet, und für diesen Typ sind andere Männer als der eigene Ehemann oder gegenwärtige Liebhaber tabu. (Ich benutze eine recht simple Ausdrucksweise, um mich und die Idee der Treue zu beschreiben, aber ich möchte mich klar ausdrücken, als analytisch gründlich.) Für uns liefern Phantasien mit dem oder jenem sexuell attraktiven Mann in einer kompromittierenden Situation den ersehnten sexuellen Pfiff, ohne echte Schuldgefühle hervorzurufen; im Gegenteil: das Schuldgefühl, in der Realität ein Hindernis, wird durch die harmlose Phantasie zum Schuldgefühl, das uns erregt. Also haben wir dabei beides.

Es gibt Menschen, die rauben Banken aus, weil sie es so erregend finden, wenn sie damit davonkommen. Oder, anders gesagt, weil sie es erregend finden, eventuell gefaßt zu werden. In jedem Krimi-Reißer tickt die Uhr auf bedrohliche Weise ... es ist nur noch eine Frage der Zeit. Diese Vorstellung, daß es eine Frage der Zeit ist, bis die Schuldigen entdeckt werden, steigert die Spannung. Vor allem, wenn es sich bei der schuldauslösenden Tat um Sex handelt. Ob es die verbotene Affäre in der Realität ist (die einzige, die manche Frauen wirklich genießen), oder ob es sich um verbotenen Sex in den Phantasievorstellungen handelt – bei beiden ist es nur eine Frage der Zeit, bis alles vorbei ist, bis der Abpfiff ertönt, die Schritte näher kommen, die Schlafzimmertür aufgerissen und die Entdeckung gemacht wird. In der Phantasie ist die Zeit auf der Seite der Schuldigen (des Sex), da sie abzulaufen droht und so die Erregung steigert. Man braucht nur an die zusätzliche Erregung bei Liebschaften an Bord eines Schiffes zu denken, an Urlaubsflirts, an Sex in einer fremden Stadt.

Emma

Ich verstecke mich vor den anderen. Wir spielen Verstecken, und man hat mir Zeit gegeben, um mich zu verstecken. Ganz oben im Haus habe ich ein leeres Zimmer gefunden, das lediglich mit einem Bett möbliert ist. Rasch, im Stockfinstern, schlüpfe ich unter das Bett und warte darauf, daß die anderen mich finden; ihre Stimmen sind jetzt weit entfernt. Das heißt, weit entfernt, bis auf die Schritte einer Person, die immer näher kommen. Er kommt direkt auf mich zu, als wüßte er, wo ich bin, als hätte ich eine Spur, eine Witterung hinterlassen. Als hätten wir dieses Versteck vereinbart. Ich halte den Atem an, mein Herz klopft, denn ich weiß, wer das ist, der einzige Mensch der ganzen Gruppe, von dem ich wollte, daß er mich findet, daß er mich vor den anderen findet. Er *muß* es sein. Ich will, daß er es ist.
Er kommt geradewegs ins Zimmer, ganz ruhig und schnell, damit die anderen ihn nicht hören. Dann schlüpft er im Dunkeln zu mir unter das Bett. Wir liegen nebeneinander, wagen kaum zu atmen, unsere Hände beginnen uns gegenseitig zu erforschen. Hände, die mich niemals zuvor berührt haben, berühren mich überall. Hände, denen ich in Gedanken ein Gesicht zuordne, jenes Gesicht, das ich schon immer aufregend fand, das zu küssen mir jedoch nicht anstand. Ich wage kaum zu atmen, während ich auf die Stimmen der anderen lausche, die sich nähern und entfernen, während sie eins nach dem anderen die entfernten Zimmer durchforschen ... Beide bewegen wir uns ganz langsam. Meine Haut ist lebendig, die Erregung durchläuft meinen Körper, während meine eigenen Hände ihm helfen, meinen Pullover hochzuziehen, seinen Mund auf meine Brust zu drücken. Ich helfe ihm, den Reißverschluß meiner Hose zu öffnen, und dann hebe ich mit all meinem Mut das Becken und drücke seinen Kopf hinab. Sein Mund liebkost mich überall. Meine Hände, in der Dunkelheit immer kühner, tasten über ihn hin, finden seinen erigierten Penis, hart wie ein Stein, und die ganze Zeit scheinen wir uns wie in Zeitlupe zu bewegen, hier auf diesem nackten Fußboden, atmen kaum, während sich unsere Körper vor dem Hintergrundgeräusch der Stimmen im Stockwerk unter uns bewegen. Die anderen rufen sich

gegenseitig. «Habt ihr sie gefunden?» Dann rufen sie meinen Namen. «Emma! Wo bist du, Emma?» Mit jedem Schritt kommen sie näher. Je lauter ihre sich nähernden Stimmen werden, desto hektischer werden unsere Körper. Die anderen lachen und rufen einander, nennen Plätze, an denen ich mich versteckt haben könnte; sie wissen jetzt, daß wir die einzigen sind, die noch fehlen. Dann werden ihre Stimmen leiser, und ich bete, lieber Gott, laß sie uns noch nicht finden! Dann höre ich die Stimme meines Freundes Benno, und obwohl nicht mal eine Andeutung von Verdacht darin liegt, machen mich die Angst und Furcht, die ich empfinde, noch heißer, bewirken, daß ich die unglaublichsten Dinge mit diesem Mann mache, den ich kaum kenne. Jetzt gibt es nichts mehr, was ich nicht mit mir machen ließe, sogar Schmerzen, sogar Wörter in mein Ohr, die noch nie ein Mann gesagt hat. «Mehr!» Mein eigenes Geflüster ist in meinem Ohr. «Mehr!» verlange ich und bin schon naß, noch ehe er ganz in mir ist. Wir sind wie zwei Verschwörer im Dunkeln, atmen so schwer, daß es fast nicht zu verstehen ist, daß sie uns nicht hören.
Jetzt, da sie wissen, daß wir zusammen sind, gewinnt die Suche neuen Auftrieb. «Was macht ihr zwei? Wo seid ihr?» rufen sie, jetzt lachend und neckend. Die Dringlichkeit ihrer Suche greift auf uns über, die wir beide vom Schweiß des anderen klatschnaß sind und die Kleider halb aus- und halb angezogen haben ... Wie sollen wir es den anderen erklären? Aber dafür ist es jetzt zu spät. Schritte ertönen auf der Treppe, jemand hat die kleine Tür gefunden, die auf den Dachboden führt. Es ist nur einer. Wir brauchen mehr Zeit, Sekunden nur. Wir hören den Suchenden im Dunkeln stolpern, und während der Schwanz in mir immer tiefer in mich hineinstößt, reißen meine Zähne die Haut meiner Unterlippe auf, und wir ficken im Takt der Schritte draußen im Dunkeln, die immer näher kommen, wie auch wir immer näher herankommen an etwas, dem wir nicht mehr ausweichen können. Jetzt, da ich weiß, daß es nicht mehr in meiner Macht liegt, weiß ich auch, daß derjenige, der kommt, Benno ist. Er ruft zu den anderen hinunter, weil er glaubt, uns gefunden zu haben. Während die Schritte und Stimmen immer näher kommen, nähern auch wir uns dem Höhepunkt, bis ich komme. (Auf Bitte niedergeschrieben)

Diana

Ich bin dreißig Jahre alt und seit zwölf Jahren verheiratet.
Ich glaube, meine Lieblingsphantasie ist die, daß ich jemanden so stark errege, daß er masturbieren muß. Ich bin kein Mensch, der einen Frem-

den offen oder bewußt erregt. Ich bin sehr schamhaft und sexuell sogar ein bißchen zurückgeblieben. Aber wie es der Zufall will, habe ich gelegentlich Männer erregt, und die Vorstellung gefällt mir. Eines Tages werde ich genug Mut aufbringen, um auch andere Männer zu erregen, nicht nur meinen Ehemann.

Beim Sex mit meinem Ehemann stelle ich mir manchmal vor, daß wir Sex miteinander haben, während andere Männer und Frauen zusehen, und sie werden von dem Anblick so erregt, daß sie anfangen zu masturbieren. Außerdem denke ich an andere Männer, die mit mir geflirtet haben, und stelle mir vor, wie sie masturbieren oder bei meinem Anblick so erregt werden, daß sie sich nicht mehr beherrschen können und sogar vor aller Augen mit ihrem Penis spielen.

Meine sexuelle Entwicklung erfolgte sehr langsam, und so war ich schon fast zwanzig, als ich überhaupt anfing zu masturbieren. Es geschah damals in aller Heimlichkeit, denn ich hatte Angst, mit meinen Phantasien erwischt zu werden. Da ich mit Jungen ausging und häufig erregt nach Hause kam, stellte ich mir beim Masturbieren vor, was hätte geschehen können. In der Ehe fürchtete ich dann wieder, mit meinen Phantasien erwischt zu werden. Als unsere Erfahrung jedoch wuchs und mein Mann ein besserer Liebhaber wurde, stellte ich mir vor, daß sein Penis in einer äußerst peinlichen, kompromittierenden Situation dick wurde ... und daß er dann zum Höhepunkt kam.

Ich weiß nicht, wie mein Mann reagieren würde, wenn ich ihm von diesen Phantasien erzählte. Er ist sehr liberal, doch wenn er auf die Probe gestellt wird, denkt er möglicherweise doch anders. Er hat mir seine Phantasien anvertraut, und während einige mich erregen, widern andere mich an. (Brief)

Verwandlung

Frauen reagieren so unmittelbar auf die Verheißung größerer Schönheit, daß Fabriken sogar bessere Spiegel im Waschraum der Frauen aufhängen, um diese zu höherer Produktivität anzuspornen. Ein Haus der Phantasie – in dem als höchstes Gut Schönheit verheißen wird – braucht unbedingt ein Zimmer, in dem alles verwandelt werden kann: die unscheinbare Frau in eine schöne, die schöne in eine noch schönere, ein langweiliges Leben in ein aufregendes ... In einem solchen Zimmer könnte sogar der Sex für jene schön werden, die vor ihrer eigenen Häßlichkeit Angst haben.

Es heißt, daß einige der schönsten Frauen der Welt insgeheim daran zweifeln, daß sie begehrenswert sind und ihr Leben Glanz besitzt; davon leben die Zeitschriften. daher wird jede Frau, die das Haus der Phantasie betritt, ganz gleich, wie schön sie in Wirklichkeit oder in ihrer bevorzugten sexuellen Phantasie ist, einen beruhigenden Augenblick im Verwandlungsraum verbringen wollen, ehe es weitergeht. Illusionen von größerer Schönheit, auch in Phantasievorstellungen, steigern den Sex, denn sie steigern bei den Frauen das Bewußtsein ihres eigenen Begehrtwerdens. Einige Frauen, wie beispielsweise Betty und Monika, geben sich damit schon zufrieden. Die Verwandlung ist alles, was sie verlangen. Ohne eine vollständige Verwandlung ihrer eigenen Person und ihrer engstirnigen, ja unerquicklichen Auffassung vom Sex selbst könnte es für sie überhaupt keinen Sex geben, sei er nun eingebildet oder real. Die Phantasie befreit sie aus dem tödlichen Griff von Selbstverachtung und Neurose und schenkt ihnen das Leben.

Monika

Monika ist neunzehn, klein, ungepflegt und wiegt fünfzehn Pfund zuviel. Sie hat immer im Schatten ihrer älteren Schwester gestanden, welche die Schönheit der Familie war, wie sie sagt. «Sie bekam immer die hübschen Kleider, und mit der Zeit machte es mir nichts mehr aus.»

Monika vergötterte ihren Vater, und der Mann in ihren Träumereien war kaum je ein Filmstar, sondern vielmehr ihr eigener Vater.

«Ich träume nicht, daß er mein Liebhaber ist», erklärt sie. «Wir sind immer Vater und Tochter. Aber ich liege stundenlang im Bett oder sitze in der Schule und stelle mir vor, ich ginge mit ihm in ein fabelhaftes Restaurant zum Essen oder Tanzen. Manchmal stelle ich mir vor, daß wir etwas ganz Aufregendes tun, etwa zu einem geheimen Kasino fahren, wo man illegal Roulette spielen kann.»

Alles in allem ein typisches romantisches junges Mädchen, in dessen jugendlichen Phantasien der Vater die idealisierte männliche Hauptrolle spielt, und das außerdem eine Schwester hat, die es beneidet.

Monikas Eltern gehören einer religiösen Sekte an, die der festen Überzeugung ist, daß Sex eine Versuchung ist, der man widerstehen muß, und im Elternhaus wurde über das Thema praktisch niemals gesprochen. «Aber irgendwie bewirkte das, daß ich meine Eltern noch mehr bewundere», sagt sie. «Ich wußte, daß sie anders waren als andere Menschen, reiner, sauberer; selbst als ich auf Grund der religiösen Überzeugung meiner Eltern völlig unwissend dastand, als ich meine Menstruation bekam, gab ich ihnen nicht so sehr die Schuld daran. Oder vielmehr, ich gab meiner Mutter ein bißchen Schuld, weil sie mich nicht gewarnt hatte, meinem Vater aber überhaupt nicht. Es war scheußlich, widerlich. Warum also sollte er darüber sprechen?

Meine Bewunderung für meinen Vater nahm sogar noch zu. Wegen seines Schweigens über dieses Thema, meine ich. Ich wußte sogar damals irgendwie schon, daß sich Männer mehr für Sex als für Frauen interessieren. Aber da war mein Vater, dieser großartige, wunderbare Mensch, der – meine Träumereien über ihn waren realer für mich als er selbst – sich nur mit den schönen Dingen im Leben beschäftigte, wie etwa, mit mir ins Theater zu gehen. Warum sollte er mit mir über häßliche Dinge wie meine Periode sprechen? Sehen Sie, wie ich ihn aufgebaut habe?

Dann war ich eines Tages im Schlafzimmer meiner Eltern. Sie waren nicht da, und ich konnte der Versuchung nicht widerstehen, die Kommode meines Vaters zu öffnen und nachzusehen, was ich dort finden würde. Ich weiß nicht, was ich erwartet hatte. Irgendein herrliches Symbol jener verschwommenen, geheimen Welt, in der Männer lebten, nehme ich an. Was ich jedoch unter den Hemden fand, war ein Päckchen mit diesen scheußlichen Gummidingern – selbst jetzt noch mag ich das Wort nicht aussprechen – und Henry Millers Buch *Wendekreis des Krebses*. Ich hatte noch nie etwas von Henry Miller gehört. Rasch schlug ich das Buch auf und begann zu lesen. Oder vielleicht hatte ich doch von Henry Miller gehört. Vielleicht war es auch nur, weil das Buch unter den Hemden meines Vaters versteckt gewesen war. Aber ich wußte, daß ich etwas Unrechtes tat.»
Dieses Erlebnis, erzählte Monika, erfüllte sie nicht so sehr mit Abscheu, Ärger oder – andererseits – Erregung als mit Furcht. Dieses Buch widersprach all den reinen und edlen Vorstellungen, die sie sich von ihrem Vater gemacht hatte, und die Beschreibung der Geschlechtsakte in dem Buch machte ihr sofort klar, daß etwas Derartiges auch zwischen ihrem Vater und ihrer Mutter stattfinden müsse. «Ich hatte das Gefühl, daß es sich für mich nicht mehr lohnte, zu leben», berichtete Monika. «Mein Vater dachte nicht insgeheim daran, eines Tages mit mir zusammen in einer Welt zu leben, in der wir in die Oper gingen oder gemeinsam einen Bauernhof bewirtschaften, sondern dachte an all die Dinge in diesem Buch. Für mich blieb nichts als diese erschreckende Welt, die Henry Miller beschrieb, voll von all diesem Entsetzlichen. Ich war damals ein dummes Kind und wollte in jener Nacht Selbstmord begehen. Ich schluckte eine ganze Flasche Aspirin und alle möglichen anderen Pillen, die ich im Haus fand. Aber mir wurde lediglich schlecht, und ich mußte die ganze Nacht spucken. Doch sogar jetzt spukt mir der Gedanke an Selbstmord immer noch im Kopf herum.»

Es fing an mit diesen Phantasien, als ich das erste Mal Sex hatte. Bis dahin hatte ich noch nie daran gedacht, aber plötzlich war dieser Gedanke da. Ich hatte beim Tanzen einen sehr gut aussehenden Jungen kennengelernt und war überrascht, daß er auch nur einen zweiten Blick für mich hatte. Das hatten Jungen wie er sonst nie. Aber wir stiegen in seinen Wagen, und kurz darauf wußte ich, warum er ausgerechnet auf mich gekommen war. Normalerweise scheute ich vor derartigen Dingen zurück, da aber dachte ich auf einmal, na ja, früher oder später mußt du es ja doch lernen. Alle kennen sich da aus, nur du nicht. Warum also nicht mit ihm? Er wirkte auf mich auch sehr anziehend, und vielleicht hoffte ich wider jede Vernunft, wenn ich ja sagte, würde ich ihn wiedersehen.
Um die Wahrheit zu sagen, es war sehr aufregend. Wir setzten uns auf den Rücksitz seines Wagens, wo es gemütlich und dunkel war. Wir waren allein. Vielleicht war es das erste Mal, daß ich mit einem Jungen so lange in seinem Wagen allein war, wenn er nicht fuhr. Ich habe immer das Gefühl, daß leere Örtlichkeiten sexy sind. Vor allem leere Zimmer. Ich glaube, dieses Gefühl war es auch, das mich damals ins leere Schlaf-

zimmer meiner Eltern geführt hat. Ein leeres Zimmer hat so etwas Gewisses. Man weiß nie, was einen dort erwartet.
Jedenfalls, dieser Junge war ein großartiger Liebhaber. Vielleicht hatte er aber auch nur eine Menge Bücher gelesen und kannte alle Tricks. Irgendwie wußte ich, daß er all diese Sachen mit mir machte, aber ich konnte nur an den Moment denken, wo er sich auf mich legen, meine Beine spreizen und ihn in mich hineinstecken würde. Irgendwie wußte ich, daß es weh tun würde. Aber allein die Vorstellung, daß er das Ding in mich hineinstecken würde, brachte mir die Erregung, die ich brauchte. Am liebsten hätte ich ihm zugeschrien, er solle die Sextechniken vergessen und sich beeilen. Ich weiß noch, daß ich ihm half, meine Unterwäsche auszuziehen, und als meine Hosen an meinen Knöcheln hängenblieben – unsere Position war natürlich ein wenig ungeschickt –, riß ich sie praktisch selbst herunter, so eilig hatte ich es.
Danach ging es absolut ohne Schmerz weiter. Ich weiß noch, daß ich nur schnell mal eine Sekunde hinsah und überrascht feststellte, daß er ihm vorn herauswuchs, statt ihm zwischen den Beinen zu hängen. Aber dann, als er ihn reinsteckte, spürte ich fast gar nichts. Keinen Schmerz. Nichts. Ich war innen ganz tot, die ganze Erregung war verschwunden. Ich lag da und ließ ihn all diese komischen Bewegungen machen. Und dann tauchte plötzlich dieser Gedanke auf. Ich war auf einmal nicht mehr ich selbst. Der Körper, den er bumste, war nicht mein eigener komischer, dicker Körper, das war nicht ich. Es war meine Schwester. So formte es sich mir zum Gedankenbild. Ich sah ihn genauso, wie er war, sehr hübsch. Aber der Körper, in den er ihn reinsteckte, das war nicht ich. Es war meine schöne Schwester. Zum Teil war ich froh, daß sie es war. Ich haßte sie und wurde zugleich ärgerlich und glücklich, sie in dieser demütigenden Stellung zu sehen, wie sie auf dem Rücksitz eines Autos von einem Fremden gefickt wurde. Meine andere Hälfte jedoch wollte so sein wie sie, wollte den Mann in mir drinnen fühlen. Wenn es meine Schwester war, war es in Ordnung. Und mit diesem Gedankenbild kehrte die ganze Erregung zurück. Ich fühlte den Jungen, ich fühlte, wie ich mich selbst im gleichen Rhythmus wie er auf und ab bewegte, aber die ganze Zeit war nicht ich es, geschah dies alles jenen beiden schönen Menschen in meiner Vorstellung.
Und seit damals bin niemals ich dieses Mädchen. Wenn ich es bin, fühle ich mich kalt, leblos und verabscheue mich und den Jungen sogar ein wenig. Sobald aber diese Phantasie ins Spiel kommt, gerate ich in höchste Erregung. (Interview)

Betty

Ich phantasiere während der letzten Phase des Geschlechtsverkehrs. Ich stelle mir vor, daß ich mich in eine sehr schöne und attraktive Frau verwandelt habe (in Wirklichkeit bin ich eher unscheinbar) und daß ich mit meinem Ehemann in einer äußerst luxuriösen Umgebung, gewöhnlich einem Hotel, weit entfernt von unserem Wohnort, im Bett bin. Ich sehe die Flasche Wein, die im Silberkühler auf uns wartet. Ich denke an die Menschen, die draußen vor unserer Zimmertür im Korridor vorbeigehen und nicht wissen, was wir nur wenige Schritte von ihnen entfernt tun, und wie sie uns beneiden würden, wenn sie es wüßten. Vor allem gefällt mir die Idee, daß es nicht unser Haus ist, sondern ein Hotelzimmer, denn Hotels sind etwas Vorübergehendes, da kann alles mögliche passieren. Als ich noch klein war, stellte ich mir immer vor, daß nur die allerschönsten Frauen in den riesigen, fabelhaften Hotels wohnten, die ich im Kino gesehen hatte. In meiner Heimatstadt gab es keine großen Hotels, daher hatte ich sie nur im Film gesehen, und dort waren natürlich alle Frauen schön.
Vor dem oben erwähnten Stadium bin ich immer ganz ich selbst, sobald ich jedoch das Gefühl habe, diese andere Frau zu sein, besteige ich gewöhnlich meinen Mann und leiste mir einen schönen Ritt auf seinem fabelhaften Schwanz. Dies gehört immer noch zu dem, was ich als «Endstadium» bezeichne, und während ich da auf ihm sitze, mich auf und ab bewege, schließe ich die Augen und scheine diese andere, schöne Frau, die ich bin, von außerhalb meiner selbst zu beobachten. Ich sehe sie so deutlich, daß ich ihr am liebsten etwas Aufmunterndes zurufen würde ... weil es ihr soviel Freude macht. «Genieß es nur, du hast's verdient.» Das komische ist, daß diese andere Frau gar nicht ich bin. Es ist nicht einmal immer dieselbe Frau. (Brief)

Irmgard

Ich bin sechsundzwanzig, aus der oberen Mittelschicht und habe dreieinhalb Jahre lang das College besucht, ehe ich abging und mich in der Welt herumtrieb. Ich bin seit fast vier Jahren legal verheiratet. Gegenwärtig arbeite ich als Bardame. Ich bin für Selbstbestimmung der Männer wie auch der Frauen auf allen Gebieten, auch auf dem des Sex.
Im allgemeinen würde ich sagen, daß meine Phantasien ziemlich frei sind, mein Verhalten jedoch ist, obwohl vielleicht etwas ausgefallener

als das vieler anderer Menschen, im Vergleich zu den Möglichkeiten der menschlichen Sexualität immer noch konservativ.
Ich teile meine Phantasien ein in jene, die ich hatte, bevor ich LSD nahm, und in jene, die später kamen. Vorher enthielten sie Ficken mit allem möglichen, von Jungen, die ich kannte (eher zärtliche Szenen) bis zu sehr abstoßenden oder «lüsternen», schmutzigen alten Männern. Oder eine Phantasie, wo ich es mit einem Mädchen trieb, wir uns unter anderem küßten, die Titten rieben, aufeinander lagen. Oder Träume, in denen ich es mit einem dreijährigen Mädchen, einem Priester trieb oder sogar eine erotische Vorstellung, bei der ich in einem Elefanten emporstieg (*sehr* erotisch). Bei einer Phantasie wurde ich von zwölf schwarzen Männern vergewaltigt (obwohl ich bewußt kein Vorurteil gegen Schwarze habe). Und dann gab es natürlich die üblichen geilen Phantasien, in denen ich es mit meinem Vater, einem Onkel oder einem Vetter trieb.
In anderen Phantasien sehe ich mich als eine Art Pin-up-Girl in einem Pornomagazin; ich strecke meine Titten heraus, spiele mit meinen Brustwarzen, mache ein Gesicht wie ein Kätzchen, bewege mein Becken langsam kreisend und mache dazu Schlafzimmeraugen. So sehe ich mich, wenn ich mit Männern zusammen bin, die mir gefallen, aber auch mit Männern, die ich scheußlich finde. Manchmal, wenn ich mit einem Kerl ficke, der mich anwidert, über den ich mich ärgere oder den ich verabscheue, denke ich: «Okay, du willst ficken, du widerlicher, schleimiger Bastard? Ich werde dich ficken, ich werde dich so ficken, daß du daran stirbst.» Dann wieder stelle ich mir den Mann, mit dem ich zusammen bin, mit einem anderen Mann vor, oder ich stelle mir vor, daß uns viele Leute zusehen, oder daß der Mann, mit dem ich zusammen bin, zusieht, wie ich es mit einem anderen Mädchen treibe. Einmal stellte ich mir vor, daß ich rücklings auf dem Fußboden läge und zehn Personen (Männer und Frauen) meine verschiedenen Körperteile streichelten.
Manchmal, wenn ich einen Mann liebe und seinen Körper schön finde, seine Technik aber scheußlich, habe ich eine Art «mystische» Phantasie: Visionen von Buntglasfenstern, vom leidenden Christus, von der Jungfrau Maria, die Orgel spielt ... Aber die habe ich seit vier Jahren nicht mehr gehabt.
Für mich ist es wichtig, was der Mann sagt über das, was wir tun: Ich höre gern den Ausdruck «ficken». (Geschlechtsverkehr ist zu wissenschaftlich und nüchtern, «lieben» ist zu liberal und außerdem zu einem abstoßenden Klischee geworden, obwohl «lieben» nicht so abstoßend ist, wenn ich jemanden wirklich liebe; dann ist es wirklich so ein Gefühl, als wäre es Liebe.) Aber ich bringe mich furchtbar in Erregung, indem ich Wörter wie ficken, Fotze, Schwanz, Rute, Titten, lecken usw. denke

oder sage. Das macht mich wirklich richtig geil, Hauptsache, es klingt natürlich und nicht, als gäben wir uns furchtbare Mühe und *müßten* diese Wörter gebrauchen.

Wenn ich richtig drin bin, in einer Phantasievorstellung, richtig am Ficken bin, dann sauge ich einen Mann sehr gern, obwohl mein Arm, meine Hand und mein Mund manchmal müde werden und ich dieses erstikkende Gefühl in der Kehle hasse. Und wenn ich wirklich erregt bin, habe ich es gern, wenn er in meinen Mund kommt, in meine Haare, in meine Augen, auf meine Titten, auf meinen Arsch usw. Dann kann ich mir jedesmal vorstellen, daß er dasselbe mit mir macht: meine Brustwarzen leckt, mit der Zunge über meinen Bauch bis in meine Fotze hinein fährt, meine Klitoris leckt und dann am Rücken wieder hinauf. Verstehen Sie das? In meiner Phantasie kann ich das Ganze herumdrehen, und das ist fabelhaft.

Was nun meine lesbischen Phantasien betrifft: Mädchen, die mich am stärksten erregen, sind gewöhnlich keine Freundinnen, sondern verhältnismäßig fremde. Sie müssen auch nicht unbedingt «hübsch» sein; gewöhnlich sind sie schlank, feminin, aber nicht niedlich; häufig lausbubenhaft; gelegentlich geheimnisvoll oder zigeunerhaft. Manchmal bringt mich eine Superbiest-Erscheinung in Erregung. (Ungeheuer faszinierend ist es, superfeminine, idiotische Typen oder super-feminine kühle, sexy Typen zu *beobachten*, aber diesen Typ kann ich mir nicht bei sexuellen Handlungen mit mir vorstellen. «Erdmutter»-Typen oder frische, saubere, kühle Typen sagen mir nicht viel.) Ich habe immer davon geträumt, es mit Frauen dieser Art zu treiben. In der Schule bin ich ganz allein im Zimmer herumstolziert, in einem sehr engen Pullover, Mutters BH mit Kleenex ausgestopft (obwohl ich in der Öffentlichkeit sehr zurückhaltend war). Ich habe drei richtige Sexualerlebnisse mit Frauen gehabt. Gewöhnlich muß ich mir vorstellen, daß sie Männer sind, oder an das eine Mal denken, wo ich dieses verrückte Ding in einem Auto abgetätschelt habe (ihre Titten habe ich direkt geliebt!); daran denke ich, wenn ich mit einem Mädchen zusammen bin, an diese Titten. Das letzte Mal war ich mit einer richtigen Lesbierin zusammen, für die ich irgendwie Mitleid empfand. Ich versuchte mich als Agressor zu sehen, aber es klappte nicht.

Jetzt zu meinen Phantasien und dem Sex, seit ich LSD nehme. Ich muß erwähnen, daß ich Jungfrau war, bis ich einundzwanzig wurde. Ich hatte dieses sehr starke Gefühl, daß man mich als Hure betrachten würde, wenn ich mich «anfassen» oder bumsen ließ. Und ich wollte unbedingt geachtet werden. Mir schien, daß alle Männer diesen Doppelstandard hatten: Sie wollten, daß ich nahgab, aber wenn ich es getan hätte, hätten

Die Wünsche und die Wirklichkeit…

...sie sind wie die Kiefer eines Krokodils: Sie klaffen oft weit auseinander. Und wenn sie sich treffen, gerät nicht selten irgendwer zwischen die Zähne.

Wünsche und Wirklichkeit. Nicht immer ist es Geld, was beide auseinanderhält – und nicht immer Geld, was beide zusammenführt.

sie mich als Hure betrachtet. Als ich siebzehn war, zwang mich schließlich ein Mann, ihn anzufassen; er riß mir die Bluse vom Leib und spielte mit mir. Und ich tat es, ich faßte ihn an, bis er kam, aber ich empfand tiefen Ekel und Haß dabei. Dann, als ich einundzwanzig war, lernte ich einen Mann kennen, den ich liebte (nicht mein Ehemann). Wir nahmen LSD und fickten. Es war ganz anders als alles, was ich bis dahin erlebt hatte: Ich hatte überhaupt nicht das Gefühl, «schmutzig» zu sein. Ich dachte gar nicht an Geschlechtsorgane; ich verlor mich in einem sehr greifbaren, dreidimensionalen, farbigen, herrlichen Etwas, das ich nicht beschreiben kann. Zum erstenmal hatte ich das starke Gefühl, daß dies ein anderes menschliches Wesen war, das ich liebte; es war insofern eine Art Phantasievorstellung, als sich das alles in meinen Gedanken abspielte. Es war weit mehr das, was ich dachte, als das, was mein Körper fühlte, was alles so schön machte, und ich fühlte mich wohl und ganz und gar nicht paranoid. Zum erstenmal wollte ich *alles* auf der Welt lieben (und das sieht mir gar nicht ähnlich). Nach dem ersten Trip erinnerte ich mich jedesmal beim Ficken an die Bilder, die in meinem Kopf waren, als ich es das erste Mal getan hatte, die Gedanken an Liebe, die liebenden Gedanken, und dann begann ich Orgasmen zu haben. Dann hatte ich einen *schlechten* LSD-Trip, und während der folgenden sechs Monate hatte ich vielleicht einen halben Orgasmus.

Von da an versuchte ich es wieder mit meinen alten geilen Vorstellungen: Ich dachte an den Mann, der mir einmal einen Wasserschlauch und eine Weinflasche in die Fotze gesteckt hatte (und Wein hineingegossen hatte). Nicht daß mir das Spaß gemacht hatte, aber wenn ich später daran dachte, fühlte ich mich sehr emanzipiert in dem Sinne, daß ich mich gehen ließ, neue Dinge ausprobierte und einen relativ Fremden als einen Menschen liebte, einen Mann, den ich im Grunde gar nicht mochte. Ich dachte nicht direkt an ihn, aber die Tatsache, daß wir so ausgefallene Dinge taten, bewirkte, daß ich mich wohler fühlte, entspannter im Hinblick auf mich selbst und andere Menschen. Einmal hatte ich eine Phantasie, in der ich mich im Auto mitnehmen ließ, von einem schmutzigen alten Mann, der mich vergewaltigte; ich dachte, wenn ich mit ihm schlafen und ihn lieben würde, brauchte es keine Vergewaltigung zu sein; es war ein aufregender Gedanke, den ich wieder dachte, wenn ich mit anderen Männern zusammen war; er bewirkte, daß ich ihr Ficken viel mehr genoß.

Ich finde wirklich, daß Ihr Buch eine gute Idee ist, denn wahre sexuelle Phantasien und Erfahrungen von Frauen werden selten offen diskutiert. Gewöhnlich kommen sie nur in Romanen von männlichen Autoren vor. Danke. (Brief)

Die Erdmutter

Die Buchstaben der Worte in dieser Überschrift sollten in Ähren geflochten oder von Hand auf ein himmelblaues Tuch gestickt werden. So anheimelnd und akzeptabel sind sie. Vorstellungen von Fruchtbarkeitsriten, ja sogar die Vorstellung einer matriarchalischen Gesellschaft, in der Männer gefüttert werden, um den Sexhunger der Frauen zu stillen, wie in Marinas Phantasie, stehen der Mythologie und der «Natur» so nahe, daß sie genauso akzeptierbar sind wie etwa Grimms Märchen, die trotz des Abscheus moderner Psychoanalytiker vor ihrem oft grausamen Inhalt dennoch die Kinder in den Schlaf wiegen.
Viele Frauen leben die Erdmutterphantasie tagtäglich aus, ohne damit in irgend jemandem Besorgnis zu wecken. Von allen sexuellen Phantasien der Frauen wirken jene, die von der Vorstellung der Frau als Fruchtbarkeitssymbol handeln, vermutlich am wenigsten bedrohlich, sowohl auf die Männer als auch auf die Frauen selbst. Andere Frauen (andere als die Phantasiererinnen) stoßen angesichts einer solchen Fruchtbarkeitsgöttin, die gewöhnlich so allgemein beliebt ist, daß sie beinahe geschlechtslos wirkt, einen von jeder Eifersucht freien Erleichterungsseufzer aus. Das ist, wie ich vermute, der Grund dafür, daß so viele Mütter darum beten, daß phantasiebegabte Töchter *diese* Phantasie wählen mögen.
Trotz aller vereinfachenden Lebenszyklus-Anklänge kann jedoch die Fruchtbarkeitsvorstellung auf manche Frauen ebenso stark wirken wie auf Männer die Vorstellung, daß ein Mädchen von einem Schäferhund gefickt wird.

Vivian

Vivian arbeitet stundenweise als Sekretärin bei einem meiner Freunde, der von seiner Wohnung aus eine Theaterproduktionsgesellschaft leitet. Sie arbeitet bei ihm an den Abenden und hat tagsüber einen richtigen Job ... Sie spart, um Medizin studieren zu können, «aber wenn ich anfange, möchte ich soviel Geld gespart haben, daß ich mich ganz auf das Studium konzentrieren kann und nicht nebenher noch Geld verdienen muß, erklärt sie. Ihre Eltern sind bei einem Autounfall ums Leben gekommen; sie selbst wohnt bei einer Tante. Sie ist einundzwanzig, auf unmoderne, frische Art hübsch und sehr intensiv.

Diese Phantasievorstellung hatte ich, als ich zum erstenmal Geschlechtsverkehr hatte. Felix war mein erster Mann. Er ist immer noch der einzige, aber ganz gleich, mit wem ich später schlafen werde, ich werde zweifellos stets dieselben Gedanken dabei haben, wie ich sie bei Felix habe. Sie scheinen automatisch aufzutauchen, sobald ich die Beine öffne.
Wie dem auch sei, in jener ersten Nacht schliefen wir, glaube ich, nicht sehr viel. Wir hatten Gras geraucht, daher weiß ich nicht mehr genau, wie oft. Es tat überhaupt nicht weh, und es kam auch kaum Blut. Beim zweiten- oder drittenmal in jener Nacht brachte er mich in diese spezielle Position; ich glaube, es ist die Position, die meine Vorstellung über-

haupt ausgelöst hat, die Vorstellung, daß ich bepflanzt wurde. Ich meine, man kann das Gefühl, bepflanzt zu werden, doch nur haben, wenn die Fotze senkrecht gen Himmel zeigt, nicht wahr? Denn genauso war es: Ich lag auf dem Rücken, mein ganzes Gewicht ruhte auf den Schultern, und meine Beine ragten über seine Schultern hinweg senkrecht nach oben. Er war hoch über mir; ich erinnere mich noch, daß ich emporblickte und sah, wie er so hoch oben über mir war und auf mich herunterstieß, in mich hinein. Senkrecht herunter, in mich hinein. Keineswegs eine beängstigende Vorstellung – im Gegenteil, ich fühlte mich sehr groß und einladend, sehr breit und offen, ich wartete darauf, daß er mich mit seinem Stoß ausfüllte. Wartete auf ihn, daß er seinen Samen pflanze, als sei ich ein großes, warmes, fruchtbares Loch in der Erde, nur für ihn da, nur zu dem Zweck, bepflanzt zu werden. Ich war die Erde, und ich war das Loch in der Erde. Ja, ich war ganz Loch, und er, er war wie eine riesige Sämaschine, die das Feld – mich – entlangfuhr, sich mit jedem Stoß von einem Loch zum anderen fortbewegte. Und alle diese Löcher war ich, ich war die Erde. Immer wieder wurde ich bepflanzt. Es war so sehr erregend ... und so, na ja, so richtig, so natürlich. Wie ich da auf dem Rücken lag, die Beine in der Luft, die Füße zur Decke emporgereckt, schien dies endlich die allernatürlichste Position von der Welt zu sein. Und so gefickt, so von einer Sämaschine, seiner riesigen Sämaschine bepflanzt zu werden, die tiefer in die Erde hineinstoßen konnte als alles andere, das konnte mich ausfüllen, bepflanzt, reif ... Ja, das war es, glaube ich: nicht der Gedanke, bepflanzt zu werden, erregte mich, sondern das Bewußtsein, daß ich mit jedem Stoß ganz, vollständig gemacht wurde. Können Sie das verstehen? Nicht die Maschine war erregend, so ungeheuer ihre Größe auch war. Erregend war der Gedanke des Säens. Oder daß ich die Erde war. Gott, ich weiß nicht ... Aber ich liebe dieses Gefühl. (Tonbandinterview)

Marina

Marina gehört weit mehr zu ihrem nomadisierenden Gesellschafts-Set als in ein bestimmtes Land. Jetzt lebt sie in London. Im letzten Jahr war sie in Paris. ihr gegenwärtiger Liebhaber ist ein italienischer Bankier; der frühere war ein englischer Lord. Gemeinsam haben sie nur, daß beide nahezu dreimal so alt sind wie sie. Sie ist zwanzig. Ihre Mutter ist Französin, ihr Vater Schweizer, ihr Bankkonto groß. Für all die vielen Meilen, die sie in ihrem Leben zurückgelegt hat, ist sie unglaublich naiv. Sie spricht ein halbes Dutzend Sprachen und arbeitet bei einer Werbeagentur.

Ich habe schon in einem sehr frühen Alter angefangen zu masturbieren, mit drei Jahren, glaube ich, und zwar so häufig, daß meine Eltern einen Arzt zu Rate zogen. Als Kind dachte ich dabei immer an eine Lieblingsfreundin oder Spielkameradin oder an eine schöne Nachbarin, die ich damals sehr verehrte. Mit ungefähr neun oder zehn begann ich die Männer wahrzunehmen und beim Masturbieren an sie zu denken. Ich hatte eine verschwommene Vorstellung von Liebesszenen, aber die hörte schon beim Zungenkuß auf. Aufgeklärt wurde ich von einer ebenfalls zehn Jahre alten Freundin – im Mittelmeerraum werden die Kinder sehr früh reif –, deren Vater Gynäkologe war; daher war sie eindeutig *au courant*. Ich erinnere mich noch, daß wir an einem schwülen Sommertag auf dem Landsitz meiner Eltern an einem Bach saßen, Weintrauben aßen und endlos, fasziniert über Jungen, Jungen, Jungen, Liebe, Liebe, Liebe, Küssen, Schmusen, Knutschen sprachen ... Dann fragte sie mich, ob ich wüßte, was sich wirklich zwischen Mann und Frau abspielte und wie, und sie erklärte es mir, überdeutlich. Sofort dachte ich: Aber das muß ja genau wie das Masturbieren sein, nur daß da statt der gerollten Tücher, meinem Lieblingswerkzeug, saftiges, feuchtes Fleisch sein würde. Die Aussichten waren berauschend, und ich sonnte mich in einem herrlichen Nebel ungeahnter Möglichkeiten. «Und wenn du wirklich wissen möchtest, wie sich das anfühlt», fuhr sie fort, «mußt du dir eine Kanne holen, sie mit warmem, aber nicht zu heißem Wasser füllen, die Beine richtig schön breit machen und es ganz langsam hineingießen.» Wir verloren keine Zeit. Wir hasteten ins Haus, schnappten uns Mummys beste silberne russische Teekanne, schlossen uns im Badezimmer ein, setzten uns mit weit geöffneten Beinen einander gegenüber in die Badewanne und gossen uns abwechselnd den Inhalt der Teekanne über die Klitoris, während wir uns mit zielsicherer, instinktiver Verve die Körper streichelten. Ich sah mich abwechselnd als Mutter Erde, von einem Fruchtbarkeit bringenden Regen bewässert, bei einem Liebesritual in Ägypten oder Kreta und als autokratische Kaiserin, die bei Frühlingsanfang alle jungen Männer ihres Reiches ausprobiert, um sich zu erneuern. (Alle Männer waren schön; die anderen hatte ich umbringen lassen.) Was meine Freundin dachte, kann ich Ihnen nicht sagen, denn ich war ganz in mich selbst versunken. (Auf Bitte niedergeschrieben.)

Inzest

Damit die Frau ihre Phantasie richtig genießen kann, müssen bei allen restlichen Vorstellungen im Haus der Phantasie eine oder mehrere spezifische Phantasiegestalten zugegen sein. Ich beginne mit dem Inzest, weil die erste sexuelle Vorstellung von Vater, Brüdern usw. für die Frauen, trotz Dr. Freuds Desinteresse am weiblichen Gegenstück zu Ödipus, häufig die stärkste und nachhaltigste ist. Ich finde es interessant, daß Freud die Erzählungen seiner hysterischen Patientinnen über Vergewaltigungen durch Väter, Stiefväter oder ältere Brüder zunächst als Tatsache akzeptierte (und befürchtete, Österreich-Ungarn könne sich auf die kranke, geheime Saga von der Tochtervergewaltigung gründen), diese Erzählungen jedoch später als die Phantasien von Frauen erkannte, die unter der väterlichen Diktatorschaft eines Zeitalters aufgewachsen waren, in dem die Vorstellung vom Herrn des Hauses so stark war, daß sie *jedem* Mann, der später kam, einen fast unüberwindlichen, unbewußten Rivalen bescherte.

Es steht mir nicht an, die psychologische Bedeutung des Inzests zu diskutieren, nicht einmal als Phantasie. Aber ich bin überzeugt, daß Frauen, trotz des relativen Mangels an Beweisen oder Interesse in der Literatur, sich ebenso fasziniert mit Inzest beschäftigen wie Männer. Nicht alle Bettspiele mit Mami und Papi am Sonntagmorgen enden natürlich so traumatisch wie Bellas, aber ich frage mich doch, wie viele Keime für spätere Phantasien bei diesen Familienspielen gelegt werden: Die Erwachsenen mögen ihre eigene sehr erwachsene und harmlose Vorstellung befriedigen, mögen ein sehr klares und beherrschtes Bild von dem haben, was die ganze Familie zusammen dort im Ehebett treibt. Aber was ist mit den Kindern?

Bella

Ich bin zweiunddreißig Jahre alt, geprüfte Krankenschwester und arbeite in einem Londoner Krankenhaus. Ich habe einen fast vierzehnjährigen Sohn. Als ich heiratete, war ich schwanger. Mein Mann ist Arzt.

Meine Phantasie ist für mich selber so schockierend, daß ich sie mein Leben lang geheim gehalten und nur beschlossen habe, sie niederzuschreiben, weil sie eine neue Richtung genommen hat, und um mir ein wenig davon von der Seele zu laden. Meine Phantasien drehen sich um Inzest, um nahezu jede Art von Inzest, und im Laufe der Jahre habe ich alle Informationen über «Inzest» gesammelt, die ich bekommen konnte; ich weiß alles über jene griechischen Sagen, in denen er vorkommt. Damit ein Mann auf mich sexy wirkt, muß ich ihn mir als Mitglied meiner Familie vorstellen.

Ich schließe engere Freundschaften, wenn die anderen Interesse für mein Lieblingsthema beweisen, und eine Affäre vor ein paar Jahren war beinahe inzestuös inspiriert. Es geschah in einem Krankenhaus. Ich pflegte einen netten jungen Mann, einen Bewährungshelfer, der einen Autounfall gehabt hatte. Zu seinen Fällen zählte auch ein Vater, der im Gefängnis gewesen war, weil er seine eigene Tochter geschwängert hatte. Nach dem Gesetz durften sie nicht im selben Haus wohnen, hatten aber ihre sexuellen Beziehungen wieder aufgenommen. Der Bewährungshelfer war schon froh, daß das junge Mädchen die Pille nahm. Ich unterhielt mich abends mit ihm, und unsere Gespräche drehten sich zumeist um mein Lieblingsthema. Eines Abends, als wir beide erregt waren, bat er mich um eine Flasche. Ich stellte Paravents um sein Bett und schob die Flasche unter die Bettdecke. Ich nahm seinen Penis, der ungewöhnlich groß war, und hielt ihn ein paar Augenblicke. Er bekam eine solche Erektion, daß er nicht in die Flasche hineinpaßte. Sanft begann ich ihn zu massieren, und als ich spürte, daß er sich verkrampfte, küßte ich ihn, während ich fühlte, wie sein Samen emporstieg. Den größten Teil seines Samens fing ich mit der Flasche auf, und unsere Lippen lösten sich voneinander. «Vielen Dank, Schwester», sagte er. «O Bruder», antwortete ich, und sofort war eine sexuelle Verbindung hergestellt. Als es ihm besser ging, habe ich häufig mit ihm geschlafen, und wir nannten uns immer Bruder und Schwester.

Meine Hauptphantasien jedoch drehen sich um meinen Vater. Ich war das einzige Kind und hatte ein schönes Elternhaus, mit viel Liebe und Zuneigung von meinen Eltern, vor allem von meinem Vater. Seit ich ungefähr acht Jahre alt war, ist er beim Masturbieren mein Phantasieliebhaber gewesen.

Dad mußte an sechs Tagen der Woche sehr früh zur Arbeit, so daß, wenn ich als Kind am Morgen zu meinen Eltern ins Bett kroch, nur am Sonntag beide im Bett waren. An diesem speziellen Sonntagmorgen muß ich ungefähr acht gewesen sein, das weiß ich daher, daß die Sonntagszeitungen von einem Hotel in Jerusalem berichteten, in dem eine Bombe hochgegangen war, und das war im Sommer 1946. Ich lag noch nicht lange bei meinen Eltern im Bett, als meine Mutter beschloß, aufzustehen und auf einer nahegelegenen Farm frische Milch zu holen. Dad und ich, allein geblieben, begannen einen Ringkampf. Ich weiß noch, wie ich die Umarmungen und Schmusereien genoß, während Dad mich zu besiegen versuchte. Dann beschloß er, wie ich annehme, mich gewinnen zu lassen. Er lag auf dem Rücken, seine Schlafanzughose war offen, mein eigenes Nachthemd war hochgerutscht, und als ich mich rittlings auf meinen Vater setzte, lag meine nackte Schamgegend auf Dads sehr großem und, wie ich jetzt weiß, erigierten Penis. Es war, als säße ich auf einem Besenstiel. Zuerst lag er flach auf Dads Bauch. Ich bewegte mein Hinterteil vor und zurück, während Dad ganz still liegen blieb. In diesem Augenblick lernte ich masturbieren. Schließlich griff Dad nach einem Taschentuch und schob mich von sich. Er stieg aus dem Bett und zog sich im Badezimmer an. Ich blieb im Bett liegen und berührte mich selbst liebevoll mit den Fingern. Das tat ich von da an nun ständig im

Bett oder wenn ich allein zu Hause war, dachte dabei stets an das harte Ding, das Daddy hatte, und wie schön es wäre, es noch einmal zwischen meinen Beinen zu spüren. Aber das sollte nicht sein. Wenn ich am Sonntagmorgen zu meinen Eltern ins Bett kroch, war Dad fast immer schon aufgestanden. Als ich in der Schule durch die anderen Kinder mehr über Sex erfuhr, wurden meine Phantasien abenteuerlicher, bis sie, als ich fast dreizehn war, ein bestimmtes Schema annahmen.

Zu jener Zeit spielte ich mit einem etwas älteren Mädchen. Meine Freundin redete sehr viel vom Sex und vertraute mir eines Tages ihr großes Geheimnis an: daß sie mit ihrem viel älteren verheirateten Bruder Geschlechtsverkehr habe. Sie erklärte was das Wort «Inzest» bedeutete; ein Teil des Sex, von dem sie sprach, war Fellatio. Wie sie sagte, machte sie das gern mit ihrem Bruder, und auch er küßte sie manchmal an ihren Geschlechtsteilen.

Mit diesen neuen Informationen im Kopf ging ich eines Sonntagnachmittags mit meinem Dad spazieren. Tief im Wald mußte er urinieren und stellte sich dazu an einen Baum. Bevor er seinen Penis in die Hose zurücksteckte, drehte er sich jedoch zu mir um, und ich konnte sekundenlang liebevoll dieses herrliche Ungeheuer meines Dad betrachten. Seither ist dies das erotischste Bild in meinen Masturbationsphantasien.

Ich brauche mir nur vorzustellen, daß ich durch einen stillen Wald wandere, und ich kann beinahe *fühlen*, daß mein Dad irgendwo in diesem Wald ist, und wenn ich nur den Atem lange genug anhalten kann, werden wir uns begegnen. Und ich begegne ihm immer auf dieselbe Art. Ich biege um eine Ecke oder einen Baum, und da steht er, mit dem Rücken zu mir, und pinkelt an einen Baum. Dann dreht er sich zu mir um; dabei ist sein Penis noch draußen, und er hält ihn in der Hand, um den Strahl zu lenken. Ich finde dies sogar jetzt zu erregend, um davon zu schreiben, und denke sogar in der Wirklichkeit ständig an meinen Dad.

Bitte schneiden Sie das Thema Inzest an. Gibt es ein Mittel dagegen? Wird so etwas noch immer strafrechtlich verfolgt, in unserem permissiven Zeitalter? Ich kann's nicht mehr lange aushalten. Wenn ich dieses Experiment wagte, würde ich vor Scham sterben, davon bin ich überzeugt; dann wieder erschreckt mich noch mehr die Vorstellung, daß ich mich noch weiter mit ihm einlassen könnte. (Brief)

Dominique

Ich bin in meiner Wohnung, ich bin kein Callgirl, aber auf jeden Fall eine Frau, die in der Liebeskunst erfahren ist. Es klingelt, und vor der Tür steht ein Vater mit seinem Sohn ... Der Vater ist mein Liebhaber gewesen, und ich habe ihm gegeben, was noch keine andere Frau ihm gegeben hat: Ich habe ihm den äußersten Sexgenuß verschafft. (Ich *bin* eine Geberin, das heißt, ich sehe mich in der Wirklichkeit und in der Phantasie als Geberin; das meinte ich, als ich sagte, daß ich in dieser Phantasievorstellung kein Callgirl bin: Ich lasse mich nicht bezahlen.) Der Vater kommt herein und sagt: «Dies ist mein vierzehnjähriger Sohn, ich möchte, daß er so gut wird, wie ich es von mir glaube, ich möchte, daß du ihm beibringst, was du kannst.»
Der Sohn und ich, wir fangen also an, während der Vater dasitzt und zusieht, wie ich den Jungen ausziehe, ihn streichle, ihn anlerne. Aber nicht der Junge ist es, der mich in dieser Phantasie erregt, nicht die Vorstellung, mit einem Jungen zu schlafen, sondern vielmehr der Gedanke, daß der Vater uns zusieht. Ich weiß nicht, ob das Voyeurismus ist oder ob die Tatsache, daß der Vater da ist, daß er mir seinen Sohn gebracht hat, sexuelle Zustimmung bedeutet. Oder ob es das ist, daß er seinen Sohn beobachtet, mich mit seinem Sohn beobachtet. Die Erregung kommt zum Teil davon, daß er *mir* seinen Sohn gebracht hat. Daß er von allen Frauen auf der Welt mich ausgewählt hat, um ihn anzulernen. Oder vielleicht liegt die *wirkliche* Erregung auch darin, daß es sich um Inzest handelt. Denn ich phantasiere auch gern von Familienorgien. Nicht mit *meiner* Familie, sondern mit ganzen Familien, Müttern, Vätern, Töchtern und Söhnen, die alle zu mir in die Wohnung kommen. Doch, mein Ehemann ist ebenfalls da, aber ein gesichtsloser Ehemann. Jeder treibt es mit jedem: Die Mütter zeigen mir, was sie mit ihren Töchtern und mit ihren Söhnen gemacht haben; und die Väter mit den Töchtern ... alle! Es ist eine sehr glückliche Szene, sehr glücklich, sehr sinnlich. Die Familie, die zusammen fickt, bleibt zusammen ... Wahrscheinlich ist das die Bedeutung. (Tonbandinterview)

Lola

Als ich mit siebzehn heiratete, war ich schwanger. Mit dem Ficken begann ich jedoch schon mit vierzehn, hatte also gute drei Jahre, in denen ich herumspielen konnte, und dieses Vergnügen verdankte ich meinen beiden Brüdern. Einer war ein Jahr älter als ich, der andere ein Jahr jünger. Eines Tages überraschten sie mich dabei, wie ich – völlig unschuldig – in der Schule mit ein paar Jungen herumspielte. Sie erpreßten mich, drohten mir mit allem möglichen; sie sagten, wenn ich mit diesen Jungen nicht bis zum Letzten ginge – und sie dabei zusehen ließe –, würden sie unseren Eltern erzählen, was ich getrieben hätte. Da alles, was ich getrieben hatte, weit unschuldiger war als das, was sie von mir verlangten, weiß ich nicht, warum ich ihren Drohungen nachgegeben habe. Vermutlich wollte ich ganz einfach gefickt werden. Ich erinnere mich, daß meine Brüder daneben standen und den anderen Jungen erklärten, wie sie es machen mußten (wir waren zu jenem Zeitpunkt alle noch Jungfrauen), und ich erinnere michmich heute noch an die Mischung aus Angst und Erregung, die ihr Dabeisein den Vorgängen hinzufügte. Obwohl keiner meiner Brüder tatsächlich mit mir geschlafen hat, tun sie es in meinen Phantasien, haben sie es immer getan.

Nach der Erpressungsepisode lag ich des Nachts oft allein zu Hause in meinem Bett wach und stellte mir vor, meine Brüder kämen durchs Haus zu meinem Zimmer geschlichen. Jedes Geräusch in dem stillen Haus hörte sich an wie ihre Schritte. Oft stellte ich mir vor, die beiden kämen gemeinsam zu mir. Sie stiegen rechts und links von mir ins Bett. An eine Nacht, als ich gerade vierzehn war, erinnere ich mich vor allem; ich lag da, dachte an den Schwanz meines älteren Bruders – ich hatte ihn natürlich gesehen –, und stellte mir vor, wie er in mich eindrang und in mir anschwoll. Plötzlich konnte ich mich nicht mehr beherrschen und war überzeugt, der Lärm, den ich machte – ich wimmerte tatsächlich laut –, müsse meine Eltern wecken. Aber ich hielt mir mit einer Hand den Mund zu – dabei stellte ich mir vor, es wäre mein jüngerer Brder –, während ich mit der anderen Hand masturbierte und mir vorstellte, es wäre mein älterer Bruder. Ich trieb mich nahezu in Bewußtlosigkeit heinein. Je intensiver ich daran dachte, wie unrecht das Ganze war, was ich mir vorstellte, desto erregter wurde ich.

Selbst heute – ich bin einundfünfzig – stelle ich mir, wenn ich gefickt werde, vor, daß einer meiner Brüder neben mir steht – genau wie es damals, als sie mich zwangen, in Wirklichkeit geschah –, während ich mir vorstelle, daß mich der andere fickt. Derjenige, der steht, hat seinen Schwanz herausgenommen, und ich spiele damit (während der andere in mir steckt), bis er mir mitten ins Gesicht kommt. Dann tauschen sie die Positionen, und wir machen weiter, bis alle zufrieden sind.

Manchmal nehme ich auch die Ehefrauen meiner Brüder in die Phantasien auf, schaffe eine größere Familienszene und stelle mir vor, wieviel Vergnügen mein Mann diesen Frauen verschaffen könnte, während ich es mit ihren Männern, meinen heißgeliebten Brüdern treibe. Normalerweise sind es aber nur ich und die Jungen. Sind Sie schockiert? Das sollten Sie nicht sein; in der Wirklichkeit kommen derartige Dinge öfter vor, als Sie es sich vorstellen können. Ich weiß es. Und nicht nur bei armen Familien wie der meinen. Brüder und Schwestern ... Es kommt in den besten Familien vor. (Gespräch)

Der Zoo

Nette Hunde gibt es überall. Und wenn sie selber keinen haben, der Nachbar hat bestimmt einen. Hunde sind niemals über etwas erstaunt, das man von ihnen verlangt, vor ihnen braucht man sich nicht zu schämen, und sie plaudern nichts aus. Ist es daher so erstaunlich, daß die Hunde von allen Tieren am häufigsten in den sexuellen Phantasien der Frauen vorkommen und daß gerade diese Phantasien am häufigsten in die Tat umgesetzt werden? Hunde sind ja schließlich ständig greifbar.

Hunde verleihen einer Phantasie etwas sehr Wichtiges: die Schuldlosigkeit. Es ist nie die eigene Schuld, aber eigentlich auch nicht die des Hundes; Hunde haben eine große, von Natur aus neugierige Nase, und ehe man es sich versieht, kommt ihre große, nasse Zunge heraus und leckt an allem, was «danach» riecht. Ich habe dies in einfachen ABC-Schützen-Formulierungen ausgedrückt, denn damit beginnt ja alles – bei kleinen Mädchen, deren Geschlechtsteile noch niemand, vielleicht nicht mal das kleine Mädchen selbst, berührt hat. Der nette Hund der Familie kommt daher, und die erste sexuelle Erregung wird ausgelöst. Ob das kleine Mädchen ihn gewähren läßt oder nicht, spielt keine Rolle; die Erinnerung an jenes erste, vergnügliche Lecken bleibt einer Frau ihr Leben lang erhalten. Später dann, wenn sie hoffentlich mit einem liebenden Mann oder durch Masturbation das volle Potential ihrer Klitoris entdeckt hat, kann die Erinnerung an den Hund mit seinem angeborenen, instinktiven Geschick (wenn sie ihn hat gewähren lassen) oder an die einfallsreichen Phantasien, die sie darum gesponnen hat (wenn sie es nicht getan hat) eine aufregende sexuelle Variation darstellen, umgeben von der Atmosphäre des Tabu, die nur die stumme Mittäterschaft eines Tieres bringen kann.

Was nun das andere beliebte Haustier, die Katze, betrifft – nun, meine Forschungen haben ergeben, daß sie keine Rolle in den sexuellen Phantasien spielt. Vielleicht, weil Katzen keine Schnüffler sind, oder ihre Zungen zu klein sind, oder weil ihnen nicht dieses sehr männliche Glied zwischen den Beinen hängt – ein Bild, das, vor allem mit der in Erregung heraustretenden roten Spitze, für die Frauen in der Wirklichkeit und in der Phantasie erregend ist. Offensichtliche Beschäler wie Esel und Stiere mit ihren unverwechselbaren Penissen sind wieder etwas anderes.

Bei den Haustieren gibt es kein Lecken, keine Klitorisstimulation, weder in der Phantasie noch in der Wirklichkeit. Auch glaube ich kaum, daß viele Frauen existieren, die tatsächlich von einem Stier oder einem Esel gefickt worden sind – obwohl so was auf Herrenabenden angeblich gern zum besten gegeben werden soll. Bei den Beschälern des Bauernhofs, ob nun in der Phantasie oder nicht, dreht sich alles um die sichtbare Erektion des Penis, vor allem um seine unglaubliche Größe. Stell dir vor, daß etwas *so* großes – auf das du so fasziniert reagiert hast, als du es zum erstenmal sahst, auch wenn du vor Verlegenheit schnell weggeschaut hast –, stell dir vor, daß so etwas in dich eindringt! Wie kann man als Frau einen so großen Penis sehen und sich nicht vorstellen, wie er in einen eindringt? Das wäre, als betrachte man einen Rennwagen und ignorierte die Erregung der Geschwindigkeit. Ich glaube nicht, daß es tatsächlich um den Wunsch geht, von diesen Tieren gefickt zu werden, sondern um den Versuch, sich vorzustellen, wie es wäre, wenn man von einem so großen Penis «ausgefüllt» würde. In der Phantasie wie in der Wirklichkeit sprechen die Frauen oft vom «Ausgefüllt»-Sein, vielleicht drücken sie so ihren Wunsch nach *mehr* Sex aus. Da aber jedermann weiß, daß es nicht auf die Penisgröße ankommt, solange der Mann nicht anomal klein ist, glaube ich, daß dieser weibliche Aufschrei die Größe nur als eine Art sichtbarer Metapher benutzt, um den Wunsch nach größerem Sex, vollständigerem Sex, der Substanz des Sex auszudrücken.

Jo

Diese Phantasie habe ich oft, wenn ich allein bin oder viel Zeit habe oder sogar, wenn ich mit meinem Ehemann schlafe.
Ich bin allein im Haus. Mein Mann ist zur Arbeit gegangen. Ich fange im Erdgeschoß mit der Hausarbeit an, räume das Geschirr vom Eßzimmer in die Küche. Ich ziehe mein Nachthemd und meinen Morgenrock aus und arbeite nackt. Während ich arbeite, folgt mir der Hund des Nachbarn überallhin. Ich beachte ihn nicht, doch jedesmal, wenn ich stehenbleibe, spüre ich seine feuchte Nase und seinen warmen Atem zwischen meinen Beinen. Flüchtig öffne ich meine Beine, und seine Zunge schnellt hervor und leckt mich, während ich weiterhantiere, als wäre er gar nicht da. Ich gehe umher, ohne ihm oder mir zuviel zu gönnen. Ganz allmählich, als merkte ich es nicht, gönne ich ihm mehr; jetzt zweimal lecken, dann dreimal, viermal, seine Nase bohrt sich in meine Geschlechtsteil und ich lasse ihn immer länger an mich heran. Plötzlich hat er keine Lust mehr und hört auf, mir zu folgen, als ich gerade mit dem Putzen der unteren Zimmer fertig bin. Bis auf die Küche. Die Küche lasse ich immer bis zuletzt.
Rasch gehe ich in die Küche und rufe ihn, und als er drinnen ist, schließe ich die Tür, damit er nicht wieder hinaus kann. Jetzt beeile ich mich. Ich möchte verhindern, daß er das Interesse verliert. Ich hole eine Schüssel und eine Packung Schokoladenkuchenmix heraus, den Lieblingskuchen meines Mannes. Hastig rühre ich den Teig und gebe die Hälfte in eine Kuchenform, damit wir am Abend wenigstens ein bißchen Kuchen zum Nachtisch haben. Die andere Hälfte schmiere ich mir auf die Brüste,

und als ich mich bücke, um den Kuchen in den Ofen zu schieben, lasse ich mir von dem Hund den Teig von den Brüsten lecken. Mit dem Finger kratze ich Teig heraus und schmiere ihn immer wieder auf die Brustwarzen, damit er nicht aufhört, an ihnen zu lecken, bis sie schmerzen, bis mir alles weh tut. Dann gehe ich zum Kühlschrank, hole die Butter für den Guß heraus, hole den Zucker aus dem Schrank und außerdem eine kleine Flasche Fleischextrakt. Um den Zucker mit der Butter zu verrühren, setze ich mich auf den Küchenstuhl, die Schüssel auf dem Schoß, direkt neben den Küchentisch. Ich bestreiche meine Fotze innen und außen mit dem Fleischextrakt, und während ich Zucker und Butter verrühre, drängt sich der Hund zwischen meine Beine und leckt mich dort. Ich presse die Schüssel an mich, rühre kräftig, immer glatter. Ich hänge jetzt richtig auf dem Stuhl, die Beine weit gespreizt, die große Schüssel verdeckt den Hund. Der warme, süße Duft des Kuchens erfüllt die Küche. Durch das Glas in der Ofentür kann ich sehen, wie der Kuchen langsam aufgeht. Immer wieder tauche ich den Finger in das Glas mit dem Fleischextrakt und bestreiche meine Fotze, damit der Hund immer heftiger leckt, jetzt von einer Seite zur anderen, aufgeregt, als spiele er mit einem Knochen. Der süße Kuchenduft erfüllt meinen Kopf, während ich mir vorstelle, wie das leuchtend rote Ding des Hundes ein und aus schlüpft. Der Kuchen im Ofen wird immer größer, so groß, daß es scheint, als fülle er den ganzen Ofen, drücke die Tür auf und quelle über in die Küche, ersticke uns in seiner süßen Wärme. Ich bete, daß der Hund nicht aufhört und der Kuchen nicht in meine schöne, saubere Küche überquillt, ehe mein Mann nach Hause kommt, ehe ich fertig bin, ehe der Hund fertig ist ... (Auf Bitte niedergeschrieben)

Rosie

Mein erstes Sexualgefühl, an das ich mich erinnern kann, hatte ich, als ich eines Tages mit meinem Hund spielte. Plötzlich wollte ich, daß er mich an der Fotze leckt. Aber ebenso plötzlich, wie mir dieser Gedanke kam, stieß ich den Hund fort und hatte ein sehr schlechtes Gewissen. Jetzt, Jahre später, stelle ich mir zuweilen sehr gern vor, mit einem Hund Sex zu haben oder mich von ihm lecken zu lassen. Aber nur in Gedanken – das heißt, die Vorstellung erregt mich, in Wirklichkeit würde ich das aber nie tun. (Brief)

Daniela

Einmal, ich war ungefähr fünfzehn, ging ich morgens splitternackt in die Küche hinunter, um mir Frühstück zu machen. Es war Sommer, meine Eltern waren nicht da, und es war wunderbar, in dem großen, leeren Haus nackt herumzulaufen. Der Hund war in der Küche; er wachte auf und fing an zu bellen, dann begann er mich zu beschnuppern (es war ein junger Hund, nicht sehr gut erzogen und ein bißchen dumm). Plötzlich merkte ich, daß der Hund einen riesigen Steifen hatte und immer wieder versuchte, mich zu besteigen. Ich glaube, ich war fasziniert und streichelte ihn. Teils wollte ich ihn weitermachen lassen – *was* weitermachen lassen? In jenem Alter wußte ich noch nicht so recht, was er tun würde –, teils schämte ich mich. Aber o Gott, es war wirklich eine starke Versuchung, die Augen zu schließen und seine Nase wandern zu lassen, wohin sie wollte. Ich habe mich immer gefragt, wie es wohl gewesen wäre, hätte ich nicht mit meinem Frühstück weitergemacht. Ich habe diese Vorstellung in tausend verschiedenen Variationen durchgespielt, auch mit dem Penis des Hundes in mir, während mich meine Eltern überraschen ... alles, was Sie wollen. (Brief)

Wanda

Meine Phantasie beginnt damit, daß zwei Männer in mein Häuschen einbrechen, mir befehlen, mich anzuziehen, und mich mit verbundenen Augen fortschleppen. Sie bringen mich in ein großes Bauernhaus, wo mir die Augenbinde abgenommen wird. Ich befinde mich in einem Zimmer, in dem sich drei Paare aufhalten, darunter ein Mann und eine Frau, die Esel züchten. Wie sich herausstellt, gehören sie zu einer Gruppe, die jeden Monat in den verschiedenen Häusern abwechselnd Parties mit Partnertausch veranstalten. Die Hausfrau muß jeweils für sexuelle Unterhaltung sorgen.
Man stellt mich mitten ins Zimmer und sitzt über mich «zu Gericht». Ich werde beschuldigt, neugierig gewesen zu sein und zugesehen zu haben, wie der Mann und die Frau zwei Esel mit der Hand paarten. Das ist ein schweres Verbrechen. Man spricht mich schuldig und verurteilt mich dazu, von dem Esel gefickt zu werden und außerdem bei der Party die Sklavin zu sein. Ich muß allen gehorchen, sonst werde ich ausgepeitscht.
Alle Paare sind *high* von Drogen und Alkohol. Sie tragen mich in den Stall hinaus, wo der Esel steht. Er ist sehr gut beleuchtet. Sie ziehen

mich nackt aus und lassen mich lange, schwarze Nylons und einen Strumpfhaltergürtel anziehen. Dann führen sie mich zu einem niedrigen Tisch, auf den ich mich auf allen vieren hinknien und die Beine weit spreizen muß. An dem Tisch sind Gurte befestigt, die man mir um Arme und Beine schnallt, damit ich mich nicht bewegen kann. Offensichtlich sind vor mir schon andere Mädchen hier gewesen. Unter dem Geschrei und den Pfiffen der anderen Paare führt die Frau den Esel hinter mich. Über mein Hinterteil hat sie ein Holzgestell gezogen; darauf hebt sie nun die Vorderbeine des Esels. Dann fühle ich, wie mir jemand Fettcreme um die Fotze und bis ins Loch hinein schmiert. Sie haben anscheinend mit dem Penis des Esels gespielt, damit er steif wurde, denn als sie ihn auf mich zuziehen, spüre ich die harte, steife Stange an meinem Arsch. Ich fühle das lange, verdickte Ende an meinen Schamlippen. Es zwingt sie auseinander und beginnt, von der Frau geführt, in mein Loch einzudringen. Ich stoße einen Schmerzensschrei aus, denn der Penis überdehnt meine Fotze. Zentimeter um Zentimeter dringt er langsam ein und beginnt sich schmerzhaft vor und zurück, hinein und heraus zu bewegen. Der Penis des Esels ist gut eingefettet worden, und nach ein paar schmerzhaften Stößen geht es ein bißchen leichter. Wenn sie ungefähr zehn Zentimeter vom Penis des Esels in mich hineinpraktiziert haben, halten sie mich fest, während der Esel seinen dicken Penis in meiner Fotze hin und her bewegt wie einen Dampfhammer: Ich hätte es nicht für möglich gehalten, aber ich werde von einem Esel gefickt!

Sanfte Finger tasten an meiner Fotze herum, um zu fühlen, wie der Penis des Esels in mir auf und ab gleitet. Die Finger massieren meine harte Klitoris, die vor Erregung herabhängt, und ich bin jetzt wirklich erregt. Hände betasten meine Vagina und meine Brüste, drücken und streicheln sie, und gerade als mich die Erregung überwältigt und ich zum Orgasmus komme, stößt der Esel einen Laut aus. Die Frau weiß, was das bedeutet, und hält den Penis des Esels in mir fest. Ich spüre ihn in mir pulsieren, als er zu ejakulieren beginnt, und sie schließt ihre Hand um den Eingang zu meiner Fotze. Sie fühlt, wie der pulsierende Penis des Esels heißen Samen in mich hineinpumpt. Der Esel ist mir zuvorgekommen, denn ich stand gerade kurz vor dem Höhepunkt, als er kam. Meine Fotze brennt wie Feuer, als sein Samen in mich hineinspritzt. Nach einer Weile fühle ich, wie sein Penis schlaff wird; sofort zieht die Frau den Eselspenis aus meiner Fotze. Kaum ist meine Fotze offen, kommt der Samen des Esels herausgeströmt. Zwischen meinen gespreizten Beinen hindurch sehe ich den Samen wie einen Wasserfall herausfließen. Jemand hält eine Schüssel zwischen meine Beine, um den Samen aufzufangen. Meine Fotze fühlt sich jetzt, nachdem der Penis des Esels sie gedehnt hat, ungeheuer weit an; jetzt fühlt es sich an, als flössen meine Innereien heraus. Sie ist so wund, und ich habe das Gefühl, daß das Tropfen nie mehr aufhören wird. Dann kniet sich jemand hinter mich, leckt mir den Samen des Esels von der Fotze und trinkt auch meine eigene Flüssigkeit, die ebenfalls herausströmt. (Brief)

Neger

Der Neger ist für sexuelle Phantasien wie geschaffen. Alles an ihm, real oder nicht, gießt Öl in die Flammen: Wegen seiner Farbe ist er verboten; seinem Schwanz schreibt man mythische Proportionen zu; und seit Jahren geht das Gerücht um, daß sein fachmännisches Geschick beim Ficken an Schwarze Magie grenzen soll.

Alle Schwarzen sind sexuell zügellos ... glauben die Weißen. Sie ficken entweder, oder sie sind kurz davor. Nach «Woran denkst du» lautet die bedeutungsschwerste Frage im Schlafzimmer der Gegenwart: «Hast du es schon mal mit einem oder einer Schwarzen getrieben?» Die meisten Frauen haben nicht. In ihren Phantasien aber können sie, und alles, was in ihrer Wirklichkeit unwahrscheinlich ist, verleiht ihren Phantasien Flügel.

Das erste, was eine Frau bei einer Negerphantasie tut: Sie schiebt die Schuld von sich, indem sie sie zu einer Vergewaltigung gestaltet. Wird sie vergewaltigt, kann sie, die Hilflose, sich hemmungsloser dem Akt hingeben, so daß jeder einzelne energische Stoß als kämpferische Abwehr interpretiert werden kann. Anschließend treten dann die angebliche Geschicklichkeit und Größe des Schwarzen bei ihr in Funktion. (Ich muß mich immer wieder fragen, wie schwer diese Vorschußlorbeeren den Schwarzen in der Realität belasten; es ist ein anstrengender Ruf, dem er nachleben muß, ganz gleich, ob er die verbotene weiße Frau tatsächlich so heftig begehrt, wie die echten Fälle angeblicher Vergewaltigung glauben machen wollen.)

Die eigentliche Macht in der Negerphantasie ist die Größe. Es ist nie einfach ein Neger, es ist ein *großer* Neger. Nie einfach ein schwarzer Schwanz, sondern ein *ungeheurer* schwarzer Schwanz. Aber obwohl die Größe alles ist, glaube ich kaum, daß die Phantasiererin tatsächlich von einem schwarzen Schwanz, so groß wie ein Baseballschläger, gefickt werden möchte – es sei denn, Schmerz ist ein zusätzliches Stimulans. Genau wie bei den Phantasien über männliche Tiere ist die Vorstellung von mehr Schwanz, von so viel Schwanz, glaube ich, der Ausdruck des Wunsches nach mehr von allem Sexuellen; die übertriebene Größe, die Attacke von etwas, das übermenschlich groß ist, repräsentieren den Wunsch, etwas kennenzulernen, das wirklich übermenschlich groß ist. Sie will nicht ihre Fotze ausweiten lassen, sondern ihre ganze Sexualität ausweiten; sie will *aus*gefüllt werden, ja, aber auch erfüllt werden – mehr wissen, mehr fühlen, mehr Neues und mehr Erfahrung kennenlernen. Und alles dank dem lebensverschönernden mythischen Schwanz, der Verheißung des sexy wirkenden schwarzen Mannes.

Jemand hat einmal einen Puritaner als einen Menschen definiert, der von der Angst verfolgt wird, daß irgend jemand irgendwo das Leben genießt. Was nun den Sex angeht, so glauben wir insgeheim, daß wir selber dieser von Hemmungen geplagte Puritaner sein könnten und daß irgend jemand irgendwo den Sex mehr genießen könnte. In der Phantasie verspricht uns der «große» Neger, uns zu dieser äußersten Erforschung des Sex, dem absolutesten Orgasmusgenuß, den zu erreichen nur menschenmöglich ist, zu führen. Und dann werden wir wenigstens für alle Zeiten wissen, was wirklich «dran ist».

Marga

Marga ist ein ehemaliges Fotomodell, jetzt verheiratet und wohnt in einem Vorort. Obwohl sie die Bequemlichkeiten liebt, die ihr zu verschaffen ihr Ehemann sich mühelos leisten kann, glaube ich, daß sie sich nach ihrer Junggesellinnenzeit in der Großstadt sehnt. Sie geht den üblichen Beschäftigungen nach, denen alle Ehefrauen in den Vororten nachgehen, um nicht vor Langeweile durchzudrehen. als wir uns das letzte Mal trafen, sagte sie jedoch zu mir: «Wenn ich alles noch mal machen müßte ...» Und zuckte die Achseln.

Ich habe diese Phantasie gewöhnlich in der Badewanne, wenn ich entweder unter dem Wasserhahn masturbiere oder die Handbrause nehme. (Ich kann den Gedanken nicht loswerden, daß überall in Suburbia gegen vier Uhr nachmittags wir Damen – die gebildeten – in der Badewanne oder auf der Chaiselongue liegen, verträumt mit uns selber spielen und auf die unmittelbar bevorstehende Ankunft unseres Ehemannes warten, der wahrscheinlich ohnehin zu müde sein wird, um am Abend mit uns zu schlafen.)
Ich habe nie mit einem Schwarzen geschlafen. Aber wenn ich einen attraktiven Neger sehe, betrachte ich ihn mit ebenso großem Interesse wie einen attraktiven Weißen. Mit mehr sogar. Die Idee jedoch, einen Schwarzen in der Phantasie mitwirken zu lassen, kommt vermutlich eher von der alten Legende, schwarze Männer seien größer, als von der gegenwärtigen *Black is beautiful*-Mode. Denn sehen Sie, die Größe spielt eine sehr wichtige Rolle in dieser Phantasie. Die Phantasie ist eigentlich sehr simpel: Während ich in meiner Wanne im warmen, parfümierten Wasser liege, während das Wasser aus dem Hahn auf meine Klitoris plätschert, mache ich die Augen zu und stelle mir vor, ein Schwarzer, ein sehr gutaussehender Harry Belafonte-Typ, steht über mir, pinkelt auf mich, zielt direkt auf diese kleine Stelle. Sein Strahl ist ebenso warm und kraftvoll wie der wirkliche Wasserstrahl, und er reizt mich damit, läßt ihn rundherum, hinauf und hinab wandern, genau wie ich mich selbst mit dem Wasserstrahl reize. Ich liege da, gerate in immer größere Erregung und bete, daß er nicht aufhört, daß ihm das Wasser nicht ausgeht, und das ist wohl auch der Grund dafür, daß ich ihn mir schwarz

vorstelle, weil die Schwarzen so groß sind, oder sein sollen, und ich brauche eine Art schwarzen Gulliver, um mein Feuer zu löschen. Schließlich bitte ich ihn, nicht aufzuhören, was er gern hat, und gerade als ich den Höhepunkt ereiche, verwandelt sich sein Strahl irgendwie in warmes Sperma, während er ebenfalls kommt, direkt auf mich drauf.
Ehe ich heiratete, ging ich mit einem verrückten Kerl, nicht schwarz, aber völlig verdreht. Ich erinnere mich, daß wir einmal am Strand lagen, niemand sonst war in der Nähe, und ich lag auf dem Bauch. Er stand auf, und ehe ich mich's versah, pinkelte er mir auf den bloßen Rücken. Ich schrie und sprang auf, aber er lachte bloß – ich war verrückt nach ihm –, und unser Ringkampf am Strand endete damit – unnötig zu betonen –, daß er in mir war. Ich habe mir weder vorher noch nachher jemals gewünscht, daß mich in Wirklichkeit jemand anpinkelt, doch diese Vorstellung des äußerst großzügig ausgestatteten Schwarzen, der endlos auf meine Klitoris pinkelt – die wirkt immer. (Gespräch)

Rachel

Ich masturbiere häufig, wenn mein Mann auf See ist, und die Szene, die ich mir dabei am häufigsten vorstelle, ist folgende:
Ich stelle mir vor, daß ich mit einer schönen, vollbusigen Negerin schmuse. Ich ziehe sie aus, küsse ihren wunderschönen Körper von oben bis unten und bringe sie zum Höhepunkt, indem ich ihre Vagina küsse. Dann beginnt sie mich zu streicheln. Wenn wir beide ganz entspannt sind, fragt sie mich, ob ich jemals Sex mit einem Hund gehabt habe. Wenn ich nein sage, ruft sie ihren großen Hund, öffnet ihre Beine und läßt sich von dem Hund die Vagina lecken. Sie legt sich zurück und kommt schon bald darauf wieder zum Höhepunkt. Anschließend legt sie den Hund zwischen meine Beine, und während mich das Lecken dem Höhepunkt entgegenträgt, steckt sie ihre Hand zwischen die Beine des Hundes, bis er eine Erektion bekommt. Sie zieht meine Hüften über die Bettkante und hilft dem Hund, mich zu besteigen, bis ich abermals zum Höhepunkt komme. Zu diesem Zeitpunkt erreiche ich gewöhnlich auch den wirklichen Höhepunkt. (Brief)

Lydia

Ich habe den Geschlechtsverkehr mit Negern immer äußerst befriedigend gefunden (selbst wenn er nicht befriedigend ist), weil sie allein auf

Grund dessen sexy wirken, daß sie verboten sind ... Ich meine, wenn meine Mutter was merken würde ... Daher ist die ganze Idee mit dem Neger eine schöne Phantasie für die Zeiten, in denen ich keinen habe, um ihn persönlich herzunehmen. Ich bin wirklich sprachbegabt, darum denke ich oft, wenn ich einen Nachmittag mit Masturbieren verbringe, an einen wirklich fabelhaften Neger, den ich kenne, wissen Sie, klug und sexy und ein bißchen einschüchternd, und dann rede ich mit mir selbst im Negerslang. Klingt das nicht wirklich idiotisch? Ist mir egal, Sie sind meine Freundin, und wenn Sie etwas wissen wollen, dann sollen Sie auch alles wissen.
Warten Sie mal ... Wenn ich von diesen Sachen rede, gerate ich wirklich zu sehr in Erregung, werde ganz wirr und kann nicht denken. Ich werde mir eine Tasse Kaffee machen und darüber nachdenken ... Ich denke. Eben habe ich das Haus geputzt ... Der Staubsauger bringt mich immer auf neue Phantasien.
Ich sprach von Negern. Da gibt es ganz tolle Sachen, die man im Zusammenhang mit ihnen bei sich selbst machen kann (sie sind in Wirklichkeit niemals so gut wie in meiner Vorstellung), und daher kommt zum Teil das Schuldbewußtsein bei Beziehungen zwischen Schwarzen und Weißen: Mir gefällt es, wenn ich mir vorstelle, daß ein himmlisch aussehender Schwarzer mir sagt, daß ich nichts weiter bin als ein weißes Miststück. Wenn ich das schreibe, komme ich mir vor wie ein Idiot, aber es ist wirklich sehr erregend für mich, vermutlich, weil eine schwarz-weiße Affäre immer viel aufregender ist wegen der damit verbundenen Tabus. Ein Dialog beim Sex ist ohnehin sehr wichtig, und Schwarze haben gewöhnlich ein paar überaus erregende Formulierungen in petto. (Brief von einer Freundin)

Knaben

Knaben sind im Haus der Phantasie nicht sehr gefragt. Bisher habe ich mir im Hinblick auf die Sex-Phantasien der Frauen noch kein Werturteil angemaßt – jede Frau hat ein Recht auf ihre eigenen Gedanken, und überdies ist es nicht der Inhalt der Phantasien, der zählt, sondern die Emotionen, die sie auslösen –, aber ich empfinde eine gewisse weibliche Überheblichkeit bei dem Gedanken, daß Frauen offenbar kein sexuelles Interesse an Knaben haben. Könnte das bedeuten, daß die Frauen, traditionell passiv beim Sex, jene sexuelle Bestätigung, die die Männer immer bei jungen Mädchen suchen, nicht brauchen? Und falls ja, wird sich das ändern, sobald die Frauen die Männer eingeholt haben und außer der Gelegenheit, auszuprobieren und zu führen, auch die Selbstzweifel mit ihnen teilen, die unweigerlich auftreten, wenn man etwas initiiert, vor allem Sex?

Ich weiß nicht, warum so viele Männer ganz junge Mädchen bevorzugen. Ich könnte natürlich ein Dutzend Gründe dafür nennen, aber das wäre die Argumentation eines Mannes, nicht die meine. Ich glaube, die meisten Frauen geben der Erfahrung eines geübten Liebhabers den Vorzug vor dem oberflächlichen Vergnügen, einen jüngeren Mann zu verführen. In unserer Gesellschaft ist ja sogar diese oberflächliche Befriedigung noch durch die Tatsache herabgesetzt, daß unsere Gesellschaftsregeln es beinahe zur Peinlichkeit werden lassen, eine ältere Frau zu sein oder zu sehen, die mit einem auffallend jüngeren Mann zusammen ist. Eine Frau mag zuweilen im Bett die Initiative ergreifen, sexuell jedoch bevorzugt sie einen mindestens ihr gleichgestellten Partner.

Ich habe meine Gedanken über die entsprechenden Bedürfnisse von Männern und Frauen als Spekulationen formuliert; wenn die Dogmatiker nun mit der alten Ausrede kommen, daß es bei Männern anders ist, daß sie sexuell mehr Aufmunterung brauchen als die Frauen, weil sie ihr ständiges und vor allem beweisbar schlaffes oder steifes Männlichkeitsbarometer haben, entlockt mir das nur ein Gähnen. Ich nenne das schlichtweg altmodisch. Eine Frau kann sich sexuell genauso unzulänglich fühlen wie ein Mann oder genauso geil auf einen guten Fick sein wie er. Aus irgendwelchen Gründen jedoch scheint in ihren Wunschvorstellungen, ihren Phantasien nur selten ein junger, d. h. unerfahrener Mann vorzukommen. Bei einigen Frauen jedoch wie bei denen, deren Phantasien hier folgen, irre ich mich, und das ist auch gut so.

Evelyn

Dies ist das erste Mal, daß ich auf eine Annonce hin schreibe, aber Ihre Bitte hat mich fasziniert.

Sie fragen nach sexuellen Phantasien. Ich glaubte schon, «nicht ganz richtig im Kopf» zu sein, denn ich brauche unbedingt meine Phantasie, sonst habe ich nichts vom Geschlechtsverkehr. Mein Mann ist sehr geduldig und durchaus bereit, jede Variation auszuprobieren, die wir uns einfallen lassen. Wenn wir Verkehr haben, denke ich jedoch nur selten an ihn. Statt dessen denke ich an meine früheren Liebhaber, von denen es eine Menge gibt, zumeist unter achtzehn. (Ich selbst bin neunundzwanzig.) Ich wünsche mir eine erotische Situation herbei: Am liebsten hätte ich mehrere junge Männer, ungefähr sechzehn Jahre alt, alle in einer Reihe, gefesselt, nackt, mit schlaffem Penis. Dann gehe ich die Reihe entlang und spiele mit ihnen, bis ihre Schwänze stehen. Dann muß jeder, wenn ich mich vor ihm bücke, seine Finger in mich hineinstecken. Wenn sie das getan haben, sauge ich jeden Schwanz, bis sie kurz vor dem Höhepunkt sind. Diese Vorstellung regt mich so richtig auf. Dann sehe ich zu, wie sie alle mit ihren Schwänzen spielen und spritzen, so weit sie können. Derjenige, der am weitesten spritzt, fickt mich zuerst, und so weiter, der Reihe nach. Zum Höhepunkt komme ich erst, wenn

der letzte mit seiner Zunge meine Klitoris berührt und behutsam daran knabbert. Dann komme ich ihm ins Gesicht. Wenn mir diese Phantasie in Wirklichkeit geboten würde, glauben Sie mir, ich würde sie nicht von der Hand weisen.
Dieser Brief enthält die reine Wahrheit, und obwohl es anfangs schwerfiel, bin ich doch froh, ihn geschrieben zu haben. (Brief)

Viktoria

Ich bin zweiunddreißig, verheiratet und habe drei Kinder. Ich würde sagen, daß ich glücklich verheiratet bin, obwohl sich meine Phantasien beim Sex mit meinem Mann oder beim Masturbieren unweigerlich um junge Männer drehen, die entweder selbst masturbieren oder sich von mir helfen lassen. Das Bild, das ich mir vorstelle, ist eine lange Reihe von Jungen, wie etwa in einer Schule. Ich bin die Direktorin. Ich befehle den Jungen, ihre Hosen zu öffnen, und hole ihre Schwänze heraus. Dann schreite ich die Reihe ab, mache bei jedem Jungen halt und masturbiere ihn, bis er sich restlos erleichtert hat. Ich weiß nicht, warum ich das so genieße. Mein Mann würde mich bestimmt nicht verstehen; wie könnte er auch, da ich es selbst nicht kann? (Brief)

Die Fetischisten

Mit Fetischisten meine ich nicht Menschen, die als Vorspiel zum Sex schwarze Wäsche oder sogar eine Peitsche brauchen. Die Phantasien von Fetischisten wie Thea sind das, was die Traumdoktoren «zielgehemmt» nennen, und das bedeutet, daß der Fetisch Selbstzweck ist.
Obwohl dieses Buch mit dem Gedanken vertraut machen will, daß es sexuelle Phantasien der Frauen *gibt* und daß man darüber sprechen kann, behaupte ich keineswegs, daß meine Recherchen in irgendeiner Weise vollständig sind. Nichtsdestoweniger sind sie ausgedehnt, und daher glaube ich, daß man aus der Tatsache, daß Thea als einzige eine Fetischphantasie zu den von mir gesammelten Phantasien beigesteuert hat, bedeutsame Schlüsse ziehen kann. Es entspricht übrigens ziemlich genau den Ergebnissen der Standard-Psychoanalyse, daß weiblicher Fetischismus selten ist.
Ich weiß nicht, warum das so ist, ich könnte mir aber vorstellen, daß es damit zu tun hat, daß die Frauen traditionsgemäß in die sexuell passive Rolle verwiesen wurden, und deshalb an ihrer Fähigkeit nie zu zweifeln brauchten. Gehemmt oder frigide vielleicht, ja – aber im gesamten englischen Wortschatz beispielsweise gibt es keinen Ausdruck, der als das genaue Äquivalent von «impotent» zu bezeichnen wäre. Andererseits zwingen die sexuellen Verzerrungen unserer Gesellschaft die Männer häufig dazu, in jeder erotischen Begegnung einen Wettbewerb

zu sehen, in dem sich die ärmsten wenigstens physisch mit allen bisherigen und allen zukünftigen Liebhabern der Frau messen müssen, ganz zu schweigen von den Anforderungen, die die Frau ihrer Meinung nach selbst an sie stellt; um diesen Pressionen auszuweichen, stößt der Fetischist möglicherweise einen Erleichterungsseufzer aus, wenn er das Echte mit dem Symbol vertauschen und es sich an kalten Winterabenden mit einem hübschen Paar flauschiger, abgenutzter Hausschuhe bequem machen kann. Unterscheidet er sich darin denn tatsächlich so sehr von dem beliebten Filmklischee von Soldaten und Matrosen, «normale Männer» also, die begierig ihren Traumfilmstar zur guten Nacht küssen, obwohl es sich nur um ein Foto handelt, das im Spind hängt, während sie vor Verlegenheit gelähmt wären, sollte dieser Filmstar in Person in ihrem Bett auftauchen.

Thea

Ich bin das, was man als urinfetischistisch bezeichnen könnte. Mit Hilfe von Büchern und anderem Material bin ich jetzt in der Lage, meine Sexualgefühle besser zu verstehen, obwohl es mir ziemlich schwerfällt, meine Gefühle in Worte zu fassen. Es erregt mich, von unkontrollierbarem Urinieren zu hören, es zu sehen oder daran zu denken. Jedesmal, wenn ich daran denke, daß jemand (vor allem ein Mann) versucht, es «zurückzuhalten», und es dann doch nicht mehr bis ins Badezimmer schafft, werde ich sehr erregt.
Obwohl ich Gewalttätigkeit überaus stark verabscheue, drehen sich meine Gedanken gewöhnlich um die «Folter bis zum Urinieren», aber wegen meines Abscheus vor Gewalttätigkeit und Grausamkeit, beende ich die Szene jedesmal damit, daß der Folterer mit seinem Opfer Mitleid hat, sobald das Urinieren beginnt. Ich versuche, nicht an Dinge zu denken, die tatsächlich schmerzen, weil mich der Schmerz an sich nicht zu erregen vermag.
Es wirkt sexuell stimulierend auf mich, wenn ich sehe, daß Männer, Frauen, Kinder oder Tiere unkontrollierbar urinieren. Jedesmal, wenn ich sehe, daß ein Kind eine Tracht Prügel bekommt oder daß jemand geschlagen oder gefoltert wird, denke ich zuallererst: Ich möchte wissen ob er gleich urinieren wird. Vermutlich stammt dieses Gefühl aus meiner Kindheit. Ich hatte einen sehr harten Vater, und wir Kinder wurden häufiger mit der Peitsche geschlagen, als es notwendig war. Ich fürchtete mich sehr vor ihm, und es ging so weit, daß ich jedesmal, wenn er mich strafen wollte, weiche Knie bekam und mich naß machte.
Vermutlich denke ich in meinen Phantasien deswegen an Folterszenen. Ich habe das Gefühl, daß dies die sicherste Methode ist, jemanden zum Urinieren zu bringen. (Brief)

Andere Frauen

Genauso, wie eine schwierige Wahrheit häufig in Form eines Witzes gesagt wird, sind Frauen in ihren sexuellen Phantasien über andere Frauen aufrichtiger und ehrlicher, als sie es in der Wirklichkeit miteinander sind. Da viele Frauen im normalen Leben beim körperlichen Kontakt miteinander gehemmt sind, ist es kein Wunder, daß die natürliche Wärme und Zärtlichkeit, die eine Frau einer anderen gegenüber empfinden mag, nur in den Phantasien zum Vorschein kommt. (Nehmen wir zum Beispiel den stark stilisierten Kuß, der Frauen, die einander mögen, zur Begrüßung erlaubt ist: ein bewußt ritualisierter Kuß, der Zuneigung ohne physische Konsequenzen anzeigen soll und häufig in der Luft landet.)

Ich glaube nicht, daß die meisten dieser erotischen Gedanken an andere Frauen bedeutungsschwere Phantasien, ausgelöst von tief vergrabenen Wünschen, sind, auch nicht, daß sie unbedingt in die Tat umgesetzt werden sollten; ebensowenig, wie ich daran glaube, daß die müßigen Träume eines Städters von grünem Gras, Bächen und Bäumen wirklich «bedeuten», daß er insgeheim ein Bauer sein möchte. Aber die erotischen Vorstellungen in den Phantasien der Frauen über andere Frauen sind zuweilen so eindeutig eine Projektion dessen, was die Phantasiererin selbst empfindet, was sie wirklich von sowohl Männern als auch Frauen will, daß ich versucht war, diesem Thema ein ganzes Kapitel zu widmen. Es heißt immer, die Gefühle der Frauen anderen Frauen gegenüber seien engherzig, konkurrenzbetont und wenig großzügig, vor allem aber besitzergreifend und eifersüchtig, was das Teilen ihres Mannes mit einer anderen Frau betrifft. Seit ich jedoch mit Recherchen für dieses Buch begann, war die größte Offenbarung für mich die Art, wie viele Frauen von Phantasievorstellungen berichten, die nicht nur ihren Mann einbeziehen, sondern auch das Teilen des Ehemannes mit einer anderen Frau – und zuweilen sogar, daß ihm eine zweitrangige Rolle zugewiesen und das Interesse hauptsächlich auf diese andere Frau konzentriert wird. Dieses Akzeptieren anderer Frauen in der Phantasie drückt sich in keiner Weise in ihrem realen heterosexuellen Leben aus. Für mich ist es einfach ein weiterer Beweis für die grenzenlosen und noch lange nicht ausgeschöpften Möglichkeiten des weiblichen Sexuallebens.

Wenn Frauen für die Männer ein Geheimnis sind, so sind die Frauen es für sich selbst und füreinander sogar noch mehr. Ich bin überzeugt, daß jedes bessere sexuelle Verständnis zwischen Männern und Frauen irgendwo mit dem Anerkennen jener präzisen Wünsche beginnen muß, die Frauen in sexuellen Gedanken übereinander ausdrücken. Nicht alle Frauen, die diese Phantasien haben, sind Lesbierinnen. Auch sollten sie nicht mitleidig und billig als «latente Lesbierinnen» abgetan werden, obwohl viele von ihnen sich selbst resigniert als solche bezeichnen: «Vermutlich bedeutet dies alles, daß ich mir insgeheim wünsche, von einer anderen Frau gefickt zu werden.» Schon dieser resignierte Ton ist eine Anklage gegen die Auswirkungen der simplifizierten Populär-Psychiatrie unserer Zeit. Vielleicht tut sie es, vielleicht auch nicht, vielleicht ist sie eine Lesbierin oder bisexuell; vielleicht aber auch nicht. Schlußendlich ist mir das gleichgültig; darauf kommt es wirklich nicht an. Wenn wir einmal mehr echte Wärme und aufrichtige Zuneigung zwischen den Frauen haben – wer weiß, vielleicht überraschen uns die Frauen dann mit einer ganz neuen Definition dessen, was es für eine Frau heißt, «normalen» physischen Kontakt mit einer anderen Frau zu haben.

Tatsache ist jedenfalls, was in sehr vielen der von den Frauen selbst als «lesbische» Phantasien bezeichneten Vorstellungen auftaucht: daß sie in ihren Phantasien bei anderen Frauen das suchen, was sie in der Realität von ihren Liebhabern nicht bekommen. Es ist durchaus nicht immer die echte lesbische Verbindung, die gewünscht wird. (Jedenfalls nicht unter Verzicht auf die heterosexuelle; eine Frau formuliert es so: «Ich würde mich nicht überschlagen, um einen weiblichen oder lesbischen Bettpartner zu finden.») Was sie in ihren Phantasien vor allem bei anderen Frauen finden, ist Zärtlichkeit sowie vollständige und gekonnte Stimulierung ihrer weiblichen Geschlechtsmerkmale, der Brüste, der Klitoris. Wenn die Realität Mängel aufweist – wer weiß dann besser über Zärtlichkeit Bescheid, über Brüste und Klitoris als Frauen, da sie ja ebenfalls Frauen sind? Und wo könnte dieses Bedürfnis besser, ungefährlicher befriedigt werden, als in einer Phantasievorstellung?

Es ist das natürlichste von der Welt, daß sich Frauen aus demselben Grund wie Männer für Zärtlichkeit an andere Frauen wenden. Daß sie dabei zum größten Teil auf die Phantasie zurückgreifen müssen, ist – das Leben. Die Frau, die große Zärtlichkeitsspenderin, hat immer am kurzen Ende der Titten gesessen. Nehmen wir die Zeitschriften für «echte Männer»: wo werden dem Mann in ihren verführerischen Seiten die Vorzüge der Zärtlichkeit gegenüber den Frauen gelehrt, wo ihm versichert, daß er nicht weniger Mann ist, wenn er Frauen mit Zärtlichkeit statt mit einem permanent steifen Schwanz begegnet?

Die weibliche Brust, das Symbol der Zärtlichkeit, ist dazu da, daß die Männer daran weinen, saugen, ausruhen können. Aber was ist mit den Frauen? Wir alle beginnen an der Brust, kleine Mädchen jedoch werden sehr bald schon von Mutters Brustkind zu Mutters «kleiner Schwester» und in Mutter-Tochter-Kleidern in eine trostlose Welt hinausgeschickt. Väter können da kaum helfen; nicht nur, daß sie keine Brüste haben, ihr warmer Schoß, ihre liebevollen Arme sind leider nur allzu bald tabu. Kein Wunder, daß junge Mädchen wie etwa Bea Schulmädchenschwärmereien für ältere Mädchen und Lehrerinnen entwickeln. Und später, wenn ein junger Mann zum akzeptierten Ventil für diese sexuellen Bedürfnisse wird – an wen kann sie sich dann für Zärtlichkeit wenden? Die meisten jungen Männer sind viel zu sehr damit beschäftigt, ihre eigenen männlichen sexuellen Bedürfnisse zu erfüllen, die wenig Raum für Zärtlichkeit lassen, die sowieso nicht unbedingt der beste Freund der Männlichkeit ist. So kommt ein junges Mädchen ganz logisch auf Phantasien über eine andere Frau (gewöhnlich eine mit großen Brüsten), die sie im Arm hält, sie vielleicht an ihren Brüsten saugen läßt und sie eventuell sogar sexuell stimuliert, doch immer, wie Tanja erklärt, «mit ganz besonderer Zärtlichkeit».

Bisexualität ist heutzutage *en vogue*. Das beste daran ist, daß man sie nicht auszuüben braucht, man braucht nur daran zu glauben; die Frage ist nicht, ob man es ist oder nicht, sondern ob man jemanden, der es ist, heruntermacht. Populär ist die Idee, daß wir alle ein bißchen davon in uns haben. Ich weiß nicht, ob das stimmt, aber überrascht wäre ich nicht. Und obwohl ich weder einen Mann noch eine Frau der Lüge zeihen würde, wenn er oder sie mir sagt, er oder sie hätte in seinem oder ihrem Leben noch nie einen homosexuellen Gedanken gehegt, würde ich mich doch fragen, wie sie es geschafft haben, in diesen letzten Jahren mit Scheuklappen vor den Augen und Wattepfropfen in den Ohren herumzulaufen.

Eine letzte Bemerkung über die Bisexualität, in der Phantasie und in der Wirklichkeit. Manche Frauen, wie etwa Alix, bringen einen Mann in ihre Phantasien über andere Frauen hinein; die Bisexualität macht sie akzeptabler. Aus demselben Grund wird die andere Frau, wie bei Celia, anonym gemacht. Oder die Phantasiererin betont, daß sie bei der anderen Frau absolut passiv bleibt. Oder daß sie lediglich andere Frauen beobachtet, ohne selbst teilzunehmen. Wie immer sie diese Seite ihrer Sexualität handhaben, ob in der Phantasie oder in Verbindung mit der Wirklichkeit, ich habe festgestellt, daß Frauen in der Diskussion über ihre erotischen Vorstellungen mit anderen Frauen bemerkenswert offen sind.

So offen die Frauen mit mir über ihre sexuellen Gedanken über andere Frauen gesprochen haben, und so freimütig sie zugaben, diese Gedanken zu haben – ihre Männer waren genau das Gegenteil, wenn es um ihre eigenen homosexuellen Gedanken ging. Frauen erklären, die Beschreibung ihrer eigenen erotischen Phantasien über andere Frauen könnte sogar ein liebevolles Lächeln auf die Lippen ihrer Liebhaber zaubern; Homoerotik zwischen Frauen scheint für Männer akzeptabel zu sein, ist sogar oft ein sexuelles Stimulans. Aber jede Andeutung, daß der Mann ähnliche Gefühle im Zusammenhang mit anderen Männern haben könnte, wird als Beleidigung oder Drohung aufgefaßt. Wenn Frauen diese Art von Gedanken hegen, schön und gut. Bei einem Mann aber ist das ganz etwas anderes (häßlich, schmutzig).

Christine

Diese Phantasie habe ich schon oft gehabt, wenn ich mit einem Mann zusammen war, aber auch, wenn ich allein war und masturbierte. Zum erstenmal hatte ich sie, glaube ich, in einer Sauna. Hinterher konnte ich es nicht erwarten, zu Ted nach Hause zu kommen, so heiß und geil war ich auf ihn. Ich habe ihm nie davon erzählt. Nicht weil ich mich etwa schämte oder so; ich habe in Wirklichkeit keinerlei Verlangen nach einer anderen Frau und würde vermutlich sofort davonlaufen, wenn sich eine «so» an mich heranmachte. Nein, ich erzähle ihm einfach nichts davon, weil diese Phantasie mir einen so ungeheuren Genuß verschafft, wenn wir bumsen, und ich möchte es nicht riskieren, sie zu verlieren, indem ich das Geheimnis lüfte. Dies ist sie:

Die Sauna ist leer. Das weiß ich aber nicht, wenn ich, in mein Handtuch gewickelt, eintrete. Es ist so dunkel, daß ich kaum den Weg zu einer der Holzbänke finde, auf die ich mich mit hochgezogenen Füßen, die Arme um die Knie, setze. Als ich zu schwitzen beginne und meine Augen sich an die Dunkelheit gewöhnen, merke ich, daß ich allein bin; ich fange an, mit mir zu spielen, mich sanft mit dem Finger zu streicheln, den ich immer wieder in mich hineinstecke, um den warmen Sirup herauszuholen, der stets kommt, wenn ich oder jemand anders mich dort berührt. Aber ich brauche die Feuchtigkeit aus meinem Körper gar nicht, weil der Schweiß an meinen Beinen und meinen Schamhaaren herabläuft; die gesamte Gegend ist klatschnaß. Ich höre nicht, daß die Tür aufgegangen ist. Meine Augen sind geschlossen, meine Gedanken ganz auf meine wachsende Erregung konzentriert, und ich merke erst, daß jemand anders da ist, als ich ein Geräusch höre, rasch aufblicke und auf der gegenüberliegenden Bank einen anderen Körper liegen sehe. Ich bin wie versteinert. Himmel, ob sie gesehen hat, was ich da mit mir selbst gemacht habe? Ich bin zu ängstlich, um mich zu rühren, und schließe die Augen wieder, tue so, als schlafe ich. Ich strecke mich auf der Bank lang aus und ziehe das Handtuch so hoch, daß es beinahe mein Gesicht verdeckt. Ich tue so, als schlafe ich fest. Und ehe ich's mich versehe, spüre ich eine Hand auf meinem Schenkel, die langsam immer höher kriecht. Hinter meinem Handtuch versteckt, halte ich den Atem an. Die Haare an meinen Beinen sträuben sich vor Erregung, aber auch vor Angst ... Soll ich weglaufen? Aber das Handtuch schützt mich, verbirgt mich, und so bleibe ich passiv. Ich überlasse es ihr, mit der Frage fertigzuwerden, ob nicht plötzlich jemand kommt und uns erwischt; sie wird schon aufpassen. Ihre Hände sind jetzt beide an meinen Schenkeln, massieren sie langsam, ihre Finger greifen immer höher, bis sie sanft meine Beine teilt. Ich warte auf ihren Mund, und sie läßt mich endlose Sekunden warten. Unter dem Handtuch flehen meine Lippen jetzt stumm: Bitte, bitte, hör nicht auf, küß mich, küß es! Ihre Finger haben mich geöffnet, meine Klitoris der warmen Luft ausgesetzt, und sie scheint zu wachsen, sich ihr entgegenzudehnen, sich nach ihrem Mund zu recken ... Und dann sind plötzlich weich, zärtlich, ihre Lippen auf mir, ihre warme Zunge an mir, bewegt sich. Mit einem Teil meiner Gedanken überlege ich, was wohl passiert, wenn wir entdeckt werden, aber ich habe keine Wahl. Ich gehöre ihr. Ich kann diese Finger, diesen Mund nicht verlassen. Der Schweiß strömt mir übers Gesicht, der Dampf wirbelt um mich herum, ich fühle nichts von ihr als ihre Hände und ihren Mund. Alles andere ist gestaltlos. Jetzt spüre ich, wie mein Sirup herausläuft, und sie trinkt ihn, in meiner Fotze mischen sich ihr Speichel, ihr Schweiß und mein Schweiß. Ihre Lippen sind so voll, ihre Zunge ist so warm, wie sie mich langsam leckt, vom Arsch bis zur Klitoris, wo sie innehält, zögert, sie mit kleinen Bewegungen umkreist, sie reizt, aber immer wieder zurückkehrt, und wenn die Zunge zurückkehrt, kehren auch die Lippen zurück, küssen mich voll, immer wieder. Die Hitze ist so stark, meine Erregung ebenfalls, daß ich fürchte, ohnmächtig zu werden, laut aufzuschreien. Ich beiße in das Handtuch und hebe mein Becken so plötzlich an, daß ihre ganze Zunge in meiner Fotze ist, als ich komme. (Auf Bitte niedergeschrieben)

Dolly

Ich habe keinerlei homosexuelle Erfahrung, trotzdem aber habe ich viele lesbische Phantasien. Wenn ich mit meinem Freund schlafe, denke ich an meine beste Freundin. Wir sind keine Lesbierinnen, aber wir stehen uns sehr nahe (sie ist sechsundzwanzig, ich bin neunzehn). Jedenfalls, die Phantasievorstellung beginnt, wenn mein Freund anfängt, mich zu küssen. Dann stelle ich mir vor, daß sie es ist. Sie küßt mich tief und leidenschaftlich. Dann steigt sie auf mich und küßt meine Brüste, beißt mich sanft in die Brustwarzen. Dann küsse ich ihre Brustwarzen und sauge an ihnen, während ich in ihren Armen liege. Sie sagt mir, wie sehr sie mich liebt und daß sie sich wünscht, daß ich sie ebensosehr liebe. Ich antworte, daß ich das tue. Dann küßt sie mich abermals. Langsam leckt sie meine Brüste überall, und dann spreizt sie, ebenfalls langsam und mit meiner Hilfe, meine Beine. Sie leckt über die Innenseite meiner Oberschenkel, bis sie an meine Klitoris kommt. Sie weiß, daß diese Stelle bei mir besonders empfindlich ist und leckt dort nur sehr behutsam. Ihre Zunge ist sehr weich. Dann spreizt sie meine Beine und setzt sich dazwischen. Von dem Lecken ist bei uns beiden die Klitoris aufgerichtet, und nun reibt sie die ihre sehr sanft an der meinen, bis wir beide zum Orgasmus kommen. Während ich mir dies vorstelle, werde ich die ganze Zeit von meinem Freund beschlafen und habe einen Orgasmus nach dem anderen.
Dann wieder stelle ich mir vor, daß mein Freund mit mir schläft, während ich in ihren Armen liege und sie mir die Brüste küßt. Während beide an mir arbeiten, komme ich sehr schnell.
Wie Sie sehen, spielen lesbische Phantasien eine große Rolle in meinem Liebesleben. Zwar habe ich niemals lesbische Neigungen gehabt, aber vielleicht bin ich im tiefsten Innern trotzdem bisexuell. Wer weiß? Das ist die einzige Antwort, die ich auf die Frage gefunden habe, warum ich derartige Phantasien habe.
Doch nicht alle meine Phantasien sind lesbischer Art. Ich masturbiere ziemlich häufig, und dabei phantasiere ich. Ich stelle mir einen sehr gutaussehenden Mann mit einem schönen Körper vor. Er steht ungefähr zwei Meter von mir entfernt und besitzt einen riesigen, pulsierenden Penis. Ich bin an mein Bett gefesselt und flehe ihn an, mit mir zu schlafen,

aber er weigert sich. Er steht nur da, mit seiner riesigen Erektion. Ich kann ihn nicht erreichen, weil ich an allen Gliedern gefesselt bin. Allmählich kommt er aber näher, bis er unmittelbar neben mir steht. Dann steht er über mir auf dem Bett – je ein Bein zu meinen Seiten – und läßt sich langsam nieder, bis ich «ihn» mit der Zungenspitze erreichen kann. Aber er läßt mich ihn nicht in den Mund nehmen. Immer noch hockend, rutscht er langsam zurück und reibt seinen Penis an meinen riesigen Brüsten, und meine Brustwarzen richten sich noch mehr auf, hart und hoch. Dann reibt er seinen Penis an der Innenseite meiner Schenkel und schließlich an meiner Klitoris. Zuletzt haben wir Geschlechtsverkehr. Inzwischen bin ich zum Orgasmus gekommen.
Eine weitere Lieblingsphantasie von mir besteht darin, daß ich mich als Mittelpunkt einer Gruppensexszene sehe. Während die Männer der Reihe nach mit mir schlafen, küssen die Frauen mich und spielen mit meinen Brüsten. Alle sagen mir, wie sehr sie mich lieben, und ich bin bis obenhin mit Liebe zu ihnen angefüllt. (Brief)

Bea

Ich habe jetzt keine lesbischen Phantasien mehr, eine Zeitlang aber hatte ich sie – als ich ein Teenager war. Ich hatte eine junge, hübsche Lehrerin, in die ich mich wohl verknallt hatte. Sie war sehr freundlich und nett zu mir, und nach der Schule haben wir uns oft lange unterhalten. Als sie herausfand, daß meine Eltern Sex für schlecht hielten und mir nichts über die «Tatsachen des Lebens» sagten, besorgte sie mir ein kleines Heft, in dem die grundlegenden Informationen standen. Außerdem beantwortete sie mir einige Fragen über das, was ich aus dem Heft gelernt hatte. Einzelheiten über den Sex lernte ich nicht, aber wenigstens erfuhr ich, woher die Kinder kommen. Wie gesagt, ich hatte mich in diese Lehrerin verknallt, und manchmal hatte ich Phantasien über sie. Ich träumte, wir würden uns gegenseitig ausziehen, und sie würde mich in den Armen halten. Dann würde ich ihre Brüste küssen und an ihren Brustwarzen saugen, als wäre ich ein Baby. Dann wieder stellte ich mir vor, ich badete oder duschte mit ihr und wüsche und trocknete sie am ganzen Körper ab. Als sie heiratete, war der Bann gebrochen, und die Träumereien hörten auf.

Valerie

Ich habe zuweilen eine lesbische Phantasie, aber nur so, daß eine Freundin meine Brüste betastet, mehr nicht. (Gespräch)

Lilly

Ich glaube kaum, daß man meine lesbischen Phantasien als «unterdrückte Wunscherfüllung» bezeichnen kann. Ich habe mich oft gefragt, wie es wohl wäre, von einer Frau erregt zu werden, sich mit ihr in ein Vorspiel einzulassen, wobei sie meine Brüste küßt und an meinen Brustwarzen saugt, und wobei sie dann mit meiner Klitoris spielt. Ich wünsche mir nicht, daß sie daran saugt oder sie küßt, sondern einfach mit ihr spielt – aber nicht sehr sanft. (Gespräch)

Rita

Ich muß wohl sehr egoistisch sein, aber ich glaube, es wäre gar nicht so leicht, mich in eine Bäumchen-wechsel-dich-Party oder einen Gruppensex hineinzuziehen. Ich kann den Gedanken, daß mein Verlobter mit einer anderen schläft, nicht ertragen. Dennoch stelle ich mir vor, daß ich zusehe, wie eine andere Frau Fellatio mit ihm macht und ich mich anschließend zu den beiden geselle. Das alles endet jedoch damit, daß ich mit ihm Geschlechtsverkehr habe. (Brief)

Renate

Ich habe ein schönes, ausgefülltes Sexualleben mit meinem Mann. Zuweilen jedoch habe ich lesbische Phantasien, aber es ist schwierig, sie zu beschreiben. Ich denke an meine besten ehemaligen Freundinnen und daran, daß ich mit ihnen im Bett bin, sie berühre und streichele. Weiter gehen die Phantasien nicht, obwohl ich tatsächlich gern eine Lesbierin kennenlernen und mit ihr experimentieren würde. (Brief)

Vera

Ich habe daran gedacht, zu experimentieren, eine Frau zu finden, mit der ich schlafe, um zu sehen, ob ich wirklich so empfinde oder nicht. Meine Phantasien sind ziemlich verschwommen. Manchmal denke ich an eine ältere, attraktive Frau (die feminin aussieht, nicht burschikos), die mich verführt. Dann wieder denke ich an ein Mädchen meiner eigenen Altersgruppe, und in diesem Fall verführt keine von uns die andere. Ich nehme an, man würde es gegenseitiges Erforschen nennen. Ich habe meinem Freund davon erzählt (ich kann offen und frei mit ihm über alles reden). Er sagte, er fände es ganz natürlich, doch als ich ihn fragte, ob er sich jemals gewünscht habe, mit einem anderen Mann zu schlafen, antwortete er nein, lesbische Liebe erscheine ihm akzeptabler als homosexuelle. (Brief)

Lea

In meinen lesbischen Phantasien kann ich meiner Partnerin niemals eine bestimmte Identität zuordnen. Sie ist niemand, den ich kenne, und besitzt weder ein Gesicht noch eine Persönlichkeit. In meinen Träumen ist sie ganz einfach ein weiblicher Körper, der zumeist die Initiative übernimmt, während ich mich passiv verhalte und einfach daliege, während sie mich liebt. Ich stelle mir vor, daß sie mit meinen Brüsten spielt und an ihnen saugt, während ich masturbiere. Dann macht sie Cunnilingus mit mir. Wir küssen uns nicht, und ich berühre in diesen Phantasien auch ihre Genitalien nicht; aber ich spiele mit ihren Brüsten. Ich nehme oft diese Phantasien zu Hilfe, wenn ich mit meinem Mann schlafe, vor allem, wenn er Cunnilingus mit mir macht. (Brief)

Agathe

Ich hatte einmal eine lesbische Phantasie. Ich kann mich kaum daran erinnern, aber es war mit meiner besten Freundin. Ich war der Aggressor. Es war ein herrliches Erlebnis. (Gespräch)

Dana

Ich bin überhaupt nicht lesbisch – dazu mag ich die Männer zu gern –, aber wenn ich masturbieren muß, stelle ich mir vor, daß ein Mädchen mit großen Brüsten und harten Brustwarzen über meinem Gesicht steht, so daß ich ihre Fotze sehen kann. Meine Hand spielt mit ihren Pobakken, während sie am Schwanz eines Mannes saugt. Dadurch wird ihre Fotze naß, und es tropft auf mein Gesicht. Ein anderes Mädchen öffnet meine Beine und steckt eine kalte Flasche in meine Fotze, während sie vorsichtig ihren Finger in meinen After schiebt. Sobald das Mädchen, das über mir steht, den Mann befriedigt hat, setzt es sich auf mein Gesicht, und ich schiebe die Zunge in ihre Fotze und lecke, während sie sich ekstatisch windet. Währenddessen hebt der Mann mein Hinterteil an und schiebt seinen steinharten Penis in meinen After, und das andere Mädchen schiebt die Flasche in meiner Fotze immer schneller vor und zurück, während ich meinen Finger in ihre Fotze stecke und mit ihrer Klitoris spiele, bis der herrliche Saft aus ihrer fabelhaften Fotze schießt. (Brief)

Carola

Ich habe gelegentlich Phantasien über zwei meiner Freundinnen, die beide sehr feminine Figuren haben. Ich meine aber nicht «feminin» im Sinne von Racquel Welch. Solche Figuren reizen mich nicht. Sondern ich meine die sehr weich wirkenden, fülligen Frauen. Ich stelle mir vor, ich sei ein Mann, der mit einer der beiden Frauen schläft. Die Brüste sind sehr wichtig für die Erregung. Ich muß hinzufügen, daß ich nie wirklich Erfahrungen mit Frauen gemacht habe. Ich bin verheiratet, und es ist mir lieber so. (Brief)

Celia

Ich bin neunzehn, Sekretärin, und werde in diesem Jahr heiraten. Mein Verlobter und ich haben noch keinen Geschlechtsverkehr gehabt. Wir gehen genau drei Jahre miteinander. Oralen Sex haben wir jedoch häufig, und wir freuen uns auf ein überaus glückliches und vielseitiges Geschlechtsleben miteinander.
Beim Sex denke ich oft an jemand anders (niemand, den ich kenne), vor allem, wenn es mir schwerfällt, zum Orgasmus zu kommen. Für mich ist

es besonders erregend, an eine andere Frau zu denken, und das «wirkt» dann auch im allgemeinen. Meistens denke ich mir Situationen aus – Strip-Clubs (zusehen und selbermachen); Sklavin (!); irgend etwas, wobei man mich zwingt, mich auszuziehen und mit jemandem zu schlafen. Manchmal stelle ich mir vor, daß nur eine andere Frau da ist, manchmal sind es auch zwei Frauen und ein Mann.

Ich reagiere besonders auf nackte Frauen oder Fotos (ich lese stets erotische Literatur, ehe ich masturbiere, um auf neue Ideen zu kommen!), und das schlägt sich automatisch in meinen Phantasien nieder. Die Frauen in meinen Phantasien sind nicht meine Freundinnen; ich stelle mir lediglich den gesichtslosen Körper einer Frau vor, ich stelle mir nicht vor, daß ich sie berühre. Mir gefällt einfach der Gedanke an einen nackten Körper. Ich stelle mir lieber vor, daß sie mich berührt.

Als ich noch klein war, ungefähr acht, habe ich meine beste Freundin immer dazu aufgefordert, Spiele zu spielen, bei denen wir uns ausziehen mußten und der «böse Mann» uns auf die Straße schickte, oder die unvermeidlichen Schulsituationen, in denen wir einander zu verschiedenen Dingen zwangen. Ich weiß noch, als ich ungefähr zehn war, wollte ich unbedingt Stripperin werden ... Es mag eine Art intimen Kontakt mit meiner Freundin gegeben haben, aber ich kann mich nicht wirklich daran erinnern. Ich hatte ziemlich sexbesessene Einfälle; ich wollte, daß mich ein anderes Mädchen nach dem Duschen abtrocknete oder mich auf verschiedene Art und Weise zwang, meine Kleider auszuziehen.

Es würde mich interessieren, zu erfahren, wie viele Frauen (welcher Prozentsatz) bisexuell sind, und zwar im Vergleich zu der Zahl der Männer. Ich kann mir vorstellen, daß ich es selbst bin, vermute aber, nachdem ich meinen Brief noch einmal durchgelesen habe, daß mein offensichtliches Interesse an Frauen ganz einfach objektiv und eine Art Extra-Stimulans ist.

Ich habe meinem Verlobten von meinen lesbischen Phantasien erzählt, und er ist weder eifersüchtig noch ärgerlich. Wir sprechen regelmäßig darüber. Er selbst hat keine Phantasien, aber er versteht durchaus, warum ich sie habe. Er hält das für absolut normal. Wir ergänzen und verstehen uns sexuell großartig, und ich wünschte nur, jedes andere Paar auf der Welt würde füreinander so empfinden, wie wir es tun. (Brief)

Theresa

Obwohl Fotos von männlichen Homosexuellen mich immer erregen, war das bei dem Gedanken an lesbische Liebe nicht der Fall, sondern sie

war für mich eher abstoßend. In letzter Zeit jedoch habe ich an mir nach der Lektüre von erotischer Literatur eine hundertprozentige Wandlung festgestellt. Ich war und bin vermutlich noch sehr naiv. Ich habe die Homosexualität niemals verurteilt; ich habe mich nur niemals damit befaßt. Dann entwickelte sich in diesem Jahr eine Zuneigung zu einer anderen Frau. Bisher haben wir uns nur unterhalten, aber ich habe das Gefühl, daß mehr daraus entstehen wird. Mein Mann ist ein sehr gewaltsamer, brutaler Mensch. Ich finde ihre Sanftheit erfrischend und habe das Gefühl, daß meine Verbindung mit ihr überaus befriedigend sein würde. Und daher spielt sie jetzt in meinen Phantasien eine Rolle. Allein schon der Gedanke daran, sie zu berühren, zu umarmen, erregt mich. Nicht der Verkehr, sondern einfach die Nähe und die Zärtlichkeit.
Ich muß ein sonderbares Kind gewesen sein, denn in meiner Erinnerung war ich zum erstenmal erregt, als ich kurz vor meiner Hochzeit, mit achtzehn Jahren, ein Ehehandbuch las. Ich heiratete den einzigen Mann, mit dem ich jemals ausgegangen bin. Ich bin zu dem Schluß gekommen, daß ich langweilig sein muß. Es ist stets mein Mann, der sich die verschiedenen Dinge ausdenkt, um unser Sexualleben interessanter zu gestalten. Häufig macht es ihm Spaß, mir gegenüber schmutzige Reden zu führen. Mir gefällt das, und ich hätte wirklich nichts dagegen, wie eine Hure behandelt zu werden – eine teure. Aber er liebt die Brutalität bis fast zur Vergewaltigung. Ich hasse es, grob behandelt zu werden. Ich möchte gern, ach so zärtlich sein, durch Freundlichkeit und Rücksichtnahme erobert werden. Obwohl er grob ist, ist er sehr beherrscht, und oft denke ich, wieviel Spaß es mir machen würde, ihn bis zu dem Punkt zu reizen, da er die Beherrschung verlieren und einfach tun würde, was er wirklich will, statt mit all diesen groben Dingen anzukommen. Es ist sehr schwer, ihn zum Höhepunkt zu bringen.
Früher dachte ich, daß ich sonderbar sei, anders als die anderen Frauen. Jetzt beginne ich allmählich zu glauben, daß ich gar nicht so schlimm bin, wie ich all diese Jahre lang gedacht habe. (Brief)

Tanja

Ich möchte gern wissen, ob ich latente homosexuelle Neigungen habe; vielleicht bin ich auch nur bisexuell.
Zumeist wenden sich beim Sex meine Gedanken anderen Frauen zu. Ich stelle mir entweder vor, daß ich von einer Frau geliebt werde oder daß ich zusehe, wie mein Partner von einer anderen Frau geliebt wird, oder eine Kombination von beidem. Ich habe mit ihm darüber gesprochen,

und er hat gestanden, daß dies häufig auch bei ihm der Fall ist. Er ermutigt mich in meinen Phantasien, indem er seine eigenen auslebt. Häufig redet er mit mir, als vergewaltige er mich, was wiederum eine andere Art von Phantasie bei mir auslöst. Ich stelle mir vor, daß ich gefesselt bin, hilflos der Gnade dieses äußerst aggressiven Mannes ausgeliefert. Anschließend stelle ich mir vor, daß eine Frau die Szene betritt, meinen Partner wegschickt und mich ebenso aggressiv zu lieben beginnt, aber mit besonderer Zärtlichkeit.
Die erste Phantasie, an die ich mich erinnere, handelte von einer Personengruppe (fünf oder sechs) in einem großen Bett, die einander, alle nackt, zu streicheln begannen. Darüber hinaus ging es nie, da ich jedoch zu jener Zeit noch sehr jung war, erschien mir das auch nicht notwendig. Allein die Idee war überaus stimulierend. (Brief)

Michaela

Ich bin seit fünf Jahren verheiratet und habe bisher noch nie mit jemandem über meine sexuellen Phantasien gesprochen.
Beim Sex denke ich nie an jemand anders als an den Mann, mit dem ich zusammen bin, es sei denn, er macht seine Sache nicht zufriedenstellend; dann denke ich an jemanden, der sie zufriedenstellend macht. Das verschafft mir stets genügend Befriedigung, um zum Orgasmus zu kommen. Das ist der Grund, warum ich Phantasien für überaus nützlich halte. Nicht jedesmal können wir perfekten Sex haben; denn der andere (oder man selbst) ist nicht immer in Spitzenform.
Die häufigste Vorstellung, die in meinen Phantasien auftaucht, ist die, «ausgestellt» zu sein. Meine Phantasien variieren immer sehr stark, aber diese Vorstellung ist eigentlich immer dabei. Leute, die zuschauen, nicht unbedingt etwas sagen oder tun, einfach zuschauen ... das bringt mich so richtig in Fahrt.
Interessant ist jedoch, daß ich, obwohl ich niemals Verlangen nach einer anderen Frau verspürt und nicht einmal eine andere Frau «so» angesehen habe, doch häufig lesbische Phantasien habe, wenn ich mit einem Mann zusammen bin. Ich weiß nicht, woher diese Ideen kommen. In meinen Phantasien berühren wir uns, diese Frauen und ich, eigentlich nie, es gibt keinen körperlichen Kontakt, ich denke einfach an sie, an andere Frauen, gewöhnlich nackt, gewöhnlich mit großem Busen. Sie scheinen mich durch ihre erotischen Bewegungen verführen zu wollen. Ich lasse mich einfach durch Zuschauen in Erregung versetzen, doch sobald ich meinen echten Orgasmus erreiche, lächeln die Frauen nur, freu-

en sich für mich und verschwinden. Eines Tages werde ich mich mit ihnen in meiner Phantasie vielleicht sexuell einlassen, aber ich glaube nicht, daß es darauf hinauslaufen wird. Einem Mann würde ich nie etwas von diesen lesbischen Phantasien erzählen, weil ich nicht glaube, daß ein Mann sie verstehen kann. (Brief)

Sandra

Wenn ich mit meinem Mann schlafe, denke ich oft an einen anderen Mann (oder an zwei), und manchmal, nicht so oft, an eine Frau. Der Mann, an den ich gewöhnlich denke, war mein Zahnarzt (ich sage «war», weil er in eine andere Gegend umgezogen ist). Ich habe nie Sex mit ihm gehabt, aber ich hätte es gern getan. Für mich ähnelt er meinem Mann. Er ist liebenswürdig, läßt sich aber von keiner Frau bevormunden (und das liebe ich an meinem Mann: daß er ein Mann ist). In meinen Phantasien lieben wir uns in jeder innerhalb vernünftiger Grenzen nur vorstellbaren Position. Wir masturbieren uns sogar gegenseitig. Meistens denke ich während des Sex jedoch an meinen Mann; er ist mein idealer Sexpartner. Er riecht sogar sexy.
Wenn ich in der Phantasie an andere Männer denke, die ich attraktiv finde, konzentriere ich mich, wenn es auf den Höhepunkt zugeht, auf einen einzigen Mann (oder eine einzige Frau). Sie sehen also, ich habe lesbische Phantasien. Gewöhnlich denke ich an eine Frau, die körperlich einem Mann ähnelt, das heißt, sie ist kräftig gebaut, aber immer noch feminin, zärtlich, liebevoll (manchmal mütterlich), mitfühlend. Sehr oft trägt sie Militäruniform. Sie ist nicht schön, nur attraktiv. Sie ist energisch, aber aufgeschlossen, unterhaltsam, liebt Musik, Sport, Kleider und Tiere. Sie ist wohlhabend, aber nicht reich, sparsam aber nicht geizig. Gewöhnlich masturbieren wir, küssen uns (auf den Mund), schlafen eine in der anderen Armen (ich meist in den ihren). Bei ihr fühle ich mich in Sicherheit. Wir saugen eine an der anderen Brust (ich zumeist an der ihren). Manchmal machen wir 69. Mein Mann weiß, daß ich lesbische Neigungen habe und daß ich möglicherweise ambisexuell bin. Ich würde mich nicht überschlagen, um einen weiblichen oder lesbischen Bettpartner zu finden.
Ich weiß nicht, worauf das schließen läßt, aber ich finde es schön, daran zu denken, daß mein Mann und ein anderer Mann zugleich mit mir schlafen. Obwohl mein Mann diese Phantasien nicht fördert, lehnt er sie jedoch auch nicht ab. Wenn ich ihn frage, ob es ihn erregen würde, zuzusehen, wie ein anderer Mann mich fickt, antwortete er, wahrschein-

lich. Er weiß, daß es mir Spaß machen würde, wenn er dabei ist, wie ich von einem anderen Mann gefickt werde. Wir sehen uns beide gern beim Ficken zu. Eine andere Vorstellung, die mich scharf macht, ist die von zwei sich liebenden Homosexuellen; außerdem wünschte ich, die Frauen hätten Gelegenheit, einige der Pornofilme zu sehen, die sich die Männer ansehen.
Bitte entschuldigen Sie meine unordentliche Handschrift; normalerweise bin ich ordentlich, aber ich wollte dies so schnell wie möglich aufschreiben, damit ich nichts mehr daran ändere. (Brief)

Antonia

Ich habe gerade Ihre Anzeige gelesen und möchte Ihnen bei Ihren Forschungen helfen. Ich werde versuchen, möglichst ehrlich zu schreiben.
Ich bin neunundzwanzig Jahre alt, seit elf Jahren mit einem Angehörigen der Handelsmarine verheiratet und habe zwei Kinder. Mein Mann ist pro Jahr nahezu sechs Monate auf See, und während einer seiner Reisen vor ungefähr drei Jahren weihten mich zwei junge Mädchen in die lesbische Liebe ein. Mein erstes Erlebnis mit diesen Mädchen war so absolut befriedigend und herrlich erregend, daß ich die Szene nahezu jedesmal nacherlebe, wenn ich mit meinem Mann schlafe, wenn er zu Hause ist.
Ich stelle mir folgende Szene vor: Mein Mann ist auf See, die Kinder sind für das Wochenende bei meiner Mutter, weil ich mit den Mädchen vom Büro ausgehen will, um die bevorstehende Hochzeit der einen zu feiern. Zwei Mädchen habe ich eingeladen, bei mir zu übernachten, denn sie wohnen in der Nachbarstadt und müßten die Party sehr früh verlassen, um den letzten Zug zu erwischen. Wir kommen sehr spät und sehr müde von der Party bei mir zu Hause an. Ich werfe mich in den Sessel und sage, ich wünschte, ich hätte eine Zofe, die mich jetzt ausziehen und ins Bett bringen könnte. Die Mädchen erklären, sie wollten meine Zofen sein, und beginnen mich auszuziehen. Wenn sie mir den BH und das Höschen ausziehen, sind sie offensichtlich stark erregt von dem, was sie sehen, und beide erklären, sie hätten noch nie einen so großen und schönen Busen gesehen wie meinen. Sie fragen, ob sie ihn berühren dürften. Ich antworte, sie dürften alles damit machen, was sie wollten, und bald werden meine Brustwarzen unter ihren Liebkosungen sehr groß und hart. Dann nehmen sie jede eine Brust und küssen und saugen an meinen großen, aber sehr empfindlichen Brustwarzen.

Gleichzeitig beginnen sie meinen Bauch und meine Oberschenkel zu streicheln, und kurz darauf schon winde ich mich in meinem Sessel. Sobald ich anfange, mich zu bewegen, lassen sie meine Brüste los, und eines der Mädchen hockt sich auf die Armlehne des Sessels, küßt mich zuerst sehr zärtlich und liebevoll, dann aber immer heftiger. Bald stekken unsere Zungen tief im Mund der anderen. Währenddessen kniet sich das andere Mädchen auf den Teppich zwischen meine Beine und streichelt meine Schenkel und meinen Bauch, bis ich fast wahnsinnig vor Verlangen bin. Ich werfe mich heftig herum, versuche ihre Finger in meine Vagina zu dirigieren, aber sie ignoriert meine Versuche. Plötzlich werde ich fast verrückt, denn ich fühle, wie ihr Kopf sich zwischen meine Beine senkt und ihre Zunge in meine Vagina eindringt. Ich habe fast sofort einen Orgasmus und schreie dabei fast das Haus zusammen. Während ich wieder zu Atem zu kommen suche, ziehen sich die Mädchen aus und lieben sich auf dem Teppich, wobei ich zusehe. Anschließend duschen wir zusammen, gehen alle drei zu Bett und lieben uns die ganze Nacht. (Brief)

Prostitution

Als ich begann, Phantasien für dieses Buch zu sammeln und mit Psychologen, Schriftstellern und anderen Personen, von denen ich glaubte, sie hätten Informationen über das Thema, darüber sprach, lächelten sie oft belustigt und erklärten mir, die beliebteste Phantasie der Frauen sei natürlich die, eine Prostituierte zu sein. Und nach allem, was ich gelesen und gehört hatte, war das auch meine eigene Meinung. (Wer hat zum Beispiel nicht immer wieder das alte Lied gehört, daß bei einem Maskenball die Hälfte aller Frauen als Nutten verkleidet erscheinen?)
Unter den Hunderten von Phantasien jedoch, die ich gesammelt habe, gibt es keine einzige, die sich eingehend mit Prostitution befaßt; das Thema wird höchstens flüchtig berührt, *en passant* erwähnt, etwa von Frauen, die über Anonymität, Demütigung oder Masochismus sprechen. Dieses große, alte Thema, so ungeheuer beliebt bei den viktorianischen Frauen, ist anscheinend tot. Und wenn meine Meinung zutrifft und es mit Irma la Douce wirklich aus ist, dann ist es ironischerweise unser permissives Zeitalter, das sie umgebracht hat. Sie ist aus einem Mangel an Scham gestorben.
Wenn ich erklären soll, was ich damit meine, müssen wir den Unterschied zwischen Scham und Schuldbewußtsein ausleuchten. Schuldbewußtsein betrifft etwas, das ein schlechtes Gewissen verursacht, ob nun ein anderer davon weiß oder nicht, und schuldbewußte Liebe ist auch in unserer Zeit noch eine sehr zugkräftige Phantasie. Es ist ein innerer Urteilsspruch. Scham dagegen betrifft etwas, was andere Leute billigen oder mißbilligen; man selbst kann dem neutral gegenüberstehen oder es sogar gern tun; die *Scham* kommt lediglich ins Spiel, wenn ein au-

ßenstehender Beobachter einen dabei erwischt. Die Frau, die beim Kartenspielen mogelt, wird ihre Karten zum Beispiel weiterhin außer der Reihe nehmen – bis jemand sie dabei erwischt. Erst dann wird sie gereizt und verdrießlich.
Die Scham kommt also nur ins Spiel, wenn der eigene Moral- oder Verhaltenskodex in den eigenen Augen mit dem, was allgemein akzeptiert wird, nicht übereinstimmt – und man mindestens ein heuchlerisches Bedürfnis verspürt, so zu tun, als ginge man mit den Regeln der Mehrheit konform. Wir sehen also, daß der Grund, warum unsere Mütter die Prostitutionsphantasien so sehr genossen, in dem Gefühl begründet lag, daß «diese Mädchen» keine Scham hatten, «schamlos» waren; sie verliehen der Phantasiererin eine Art von «Da gibt's nichts zu verlieren»-Straßenfreiheit. Heute aber – warum sich die Mühe machen und heucheln? Von allen Seiten wird uns schließlich gepredigt, daß es am Sex nichts gibt, dessen man sich schämen müßte.
Auf Wiedersehen, Irma! Wir werden eine Kerze ins Fenster deines Zimmers stellen – für den Fall, daß sich das Rad der Repression wieder einmal drehen und dich uns zurückbringen sollte.

4. Kapitel
Die Ursprünge der Phantasien

Kindheit

Immer wieder fragen mich die Leute unweigerlich, ob die sexuellen Phantasien einer Frau ihre Herkunft widerspiegeln. Werde die Natur ihrer Phantasien nicht durch ihre Bildung oder Gesellschaftsklasse bestimmt? Hätte ich nicht festgestellt, daß mein Material dadurch auf ganz natürliche Art variiere und in bestimmte Kategorien fiele? Die Form der Fragestellung zielte bereits auf eine bejahende Antwort hin: Es muß doch so sein! Der Background einer Frau will heraus.

Meine Antwort lautete jedoch nein. Wohlhabende Frauen phantasierten nicht unbedingt von maskierten Grafen, genausowenig wie die ungebildete Ehefrau eines Bergarbeiters nicht in groben, eindeutigen Wörtern phantasiert. Und das Umgekehrte gilt auch nicht. Es ist sinnlos, über Gesellschaftsschicht oder Background der Frau hinter der Phantasie zu diskutieren, es sei denn, um zu widerlegen, daß sie der erste und wichtigste Einfluß auf das Was und Wie ihres Denkens waren. Man kann niemals vorhersagen, was einen in Erregung versetzen wird. Würde man alle schriftlichen Antworten auf Briefe und Anzeigen, die ich in verschiedenen Zeitungen aufgegeben habe, mischen und dazu sämtliche Interviews nehmen, die ich persönlich gemacht habe, so wäre es unmöglich, jeder Frau die entsprechende Phantasie zuzuordnen ... es sei denn vielleicht durch die Nationalität.

Es ist also müßig zu erwarten, daß eine Dame auf Grund ihrer «Geburt» oder weil sie glücklich mit einem Mitglied der feinen Gesellschaft verheiratet ist, mit der relativ akzeptablen Erdmutterphantasie aufwartet. Trotz all ihrer guten Erziehung wälzt sie sich wahrscheinlich gemeinsam mit all den anderen Phantasiererinnen, die von sexueller Demütigung träumen, mit einem Schäferhund im Dreck. Sie wird höchstens gewandter darüber sprechen.

Die Ausdrucksweise und die Bilder der sexuellen Phantasien sind, wie ich annehme, schockierend, und vielleicht stößt das einige Leser ab, wenn sie dieses Buch zum erstenmal aufschlagen. sobald man sich jedoch darüber einig ist, daß dieses Thema eine ernsthafte Diskussion lohnt, bleibt keine andere Möglichkeit. Versucht man, die Emotion, die Bedeutung und die Erfahrung einer sexuellen Phantasie schönzufärben, so wäre das, als gäbe man einem Verdurstenden ein Stück Papier mit dem Wort «Wasser» darauf. Hier geht es entweder um das Ganze oder um gar nichts.

Mir waren da selbst einige Momente der Offenbarung beschieden. So viel Verständnis ich für diese Phantasien auch habe, ich habe mich keineswegs passiv und unberührt durch all dieses Material gearbeitet. Meist öffnete ich meine «Phantasiepost» – die Antworten auf die Briefe und Anzeigen – am Morgen, und beim

Lesen ist mir nicht nur ein Schluck Kaffee in die falsche Kehle geraten. Nicht so sehr wegen der Ausdrucksweise oder der Situationen, obwohl auch sie für neun Uhr früh starker Tobak sind. Nein, es war die Fülle phantasiereicher Einzelheiten, die mich so verblüffte, das intuitive Begreifen, daß man eine Phantasie nicht beschönigen darf, wenn man ihr nicht das Leben nehmen will, und vor allem die erstaunliche Keativität in den Phantasien jener Frauen, deren Leben, wie es in den Briefen beschrieben ist, sonst so routinemäßig und berechenbar verläuft, wie man die Kinder am Morgen in die Schule schickt.
Sexuelle Phantasien sind der große Gleichmacher unter den Frauen. Es ist ein Jammer, daß die Frauen in der Wirklichkeit nicht ebenso offen miteinander sprechen oder so ehrlich über sich selbst sein können, wie sie es in ihren Phantasien sind. In der Phantasie sprechen alle dieselbe Sprache, da sie alle dasselbe wollen. Ich denke manchmal, daß es genau das ist, was die Männer im Grunde an ihren Gesprächen im Umkleideraum lieben, nachdem sie alles abgelegt haben, können sie dort ohne Prätentionen oder Angeberei über alles reden, sich sexuell miteinander identifizieren wie sonst nirgendwo. Wer weiß? Vielleicht verlieren Frauen durch dieses Buch auch ein wenig das Gefühl, sexuell isoliert zu sein; vielleicht finden sie eine gemeinsame Identifikation, möglicherweise sogar ein Gefühl weiblicher Kameraderie. Es mögen «schmutzige» Gedanken sein, aber wir haben sie alle, Männer und Frauen, und außerdem: was macht sie denn überhaupt so «schmutzig», wenn nicht wahrscheinlich die Geheimnistuerei? Diese Geheimnistuerei ist etwas, das alle Frauen gemeinsam haben, und nirgends tritt das deutlicher zutage als in ihren Phantasien. Jedes echten Gefühls der sexuellen Identifikation mit anderen Frauen beraubt, nehmen sie Zuflucht zu einsamer Erfahrungssuche innerhalb ihrer individuellen Phantasiewelt.
Frauen, die in der Literatur nach Einsichten und Lösungen für ihre eigenen, tiefsten Wünsche und sexuellen Reaktionen gesucht haben, kamen zu der Feststellung, daß die meisten einsichtsvollen Enthüllungen in der Literatur von Männern für Männer bestimmt waren, und wenn diese Männer zu beschreiben versuchen, wie es für Frauen ist, weiß niemand schneller als eine Frau, wie weit sie tatsächlich danebenschießen. Selbst die neuen Bücher von Frauen für Frauen reden nicht darüber, sondern darum herum – als gäbe es das notwendige Vokabular überhaupt nicht; währenddessen sagen die Frauen auch weiterhin seufzend: «Niemand hat ‹es› jemals richtig beschrieben.» Ist es da so überraschend, daß sie bei der Erforschung dieses geheimnisvollen «Es» in der Phantasie die kräftigsten, gröbsten, «pornographischsten» Ausdrücke und Bilder gebrauchen, um etwas, das man ihnen nie definiert hat und von dem sie *wissen,* daß es ebenso mächtig und welterschütternd ist wie jede pornographische Beschreibung des männlichen «Es», die sie gehört oder gelesen haben, daß sie dies emotional real machen wollen? Die Kraft des weiblichen Vorstellungsvermögens mag wohl die wunderschön geschwungenen Krempen ihrer Garbo-Hüte oder das Sonnenplissée ihrer Röcke Lügen strafen, die Bilder und die Wörter jedoch sind universal und klassenlos – lediglich Grammatik und Ortsnamen verraten ihre Identität.
Doch woher, in aller Welt, kamen sie auf solche Ideen, ob sie nun von Windeln umgeben in einer Hochhauswohnung oder hinter dem getönten Glas eines Rolls Royce sitzen? Diese Lippen, die niemals geflucht, geschweige denn den Schwanz eines Mannes liebkost haben, dieser saubere kleine Verstand, der sich

mit der Erziehung der Kinder, dem neuen Job oder einem noch neueren Sommerkleid zu beschäftigen «scheint», woher, o woher hat er diese *Idee*? Und nicht selten wird die Dame, sollte sie sich zu einer Antwort herablassen, erklären: «Nun ja, als ich noch klein war, habe ich zufällig gesehen, wie ...»

Aus solch einem winzigen Keim – ein flüchtiger Blick in der Kinderzeit – entspringt eine vollständige sexuelle Phantasie, vielleicht im Laufe der Jahre etwas ausgeschmückt und verändert, aber begonnen hat es mit einem Blick, einem raschen unerwarteten Blick eines Kindes in den geheimen Garten. Die Tatsache, daß dieser Keim wuchs – und derartige Proportionen annahm – beweist nur, was Geheimnistuerei und Verbote bewirken können, welches Wachstumspotential in einem «Das tut man nicht» schlummert.

Zum Beispiel: Ein kleines Mädchen sieht zum erstenmal zufällig einen erwachsenen Mann hinter einem Baum pinkeln ... sieht aus dem behaarten Geschlechtsteil eines wolligen Hundes plötzlich eine grellrote Spitze hervorschießen ... wird auf dem Heimweg von der Schule von einem älteren Jungen auf provokative Art belästigt ... oder gezwungen, in der Schule das sexuelle Trauma eines sadomasochistischen Erlebnisses zu verkraften (lesen Sie Monas Brief; Sie werden Tränen vergießen) ... Was soll sie mit dieser geheimnisvollen und oft beunruhigenden neuen Information anfangen? Niemand will etwas davon wissen oder hören, niemand will mit ihr darüber reden – sie selbst ist «noch zu klein», das Thema ist «nicht schön», und sie merkt, wenn Mami davon erfährt, wird sie «nervös» – soviel weiß sie wenigstens. All das macht die verbotenen Wissensbruchstücke noch provokativer. Und so gesellen sich diese Gedanken zu anderen erregenden, zuweilen beunruhigenden Gefühlen, Träumereien, Geheimnissen, die sie während des Heranwachsens aufhäuft – oder unterdrückt. Nachdem sie aufhört, mit Puppen zu spielen, während der langen Pause, bevor sie nennenswerten Kontakt mit Jungen zu haben beginnt (ich meine damit nicht unbedingt Sex), hat sie in ihrem Kopf genug faszinierende Bilder angesammelt, um den geilsten Verfasser der exotischsten Pornohefte umzuwerfen, die sie jemals im Zimmer ihres älteren Bruders gefunden hat. Kein spezifisches Wissen, das sie mit einigem Verständnis zusammensetzen kann, sondern erregende Einzelteile, die sie auf eigene Faust und auf Grund ihrer Ignoranz (volkstümlich meist «Unschuld» genannt) um so phantasievoller ausschmücken kann. Verbotene Dinge, in enge, dunkle Kammern eingeschlossen, nehmen überdimensionale Proportionen an.

Und so taucht mit der Zeit der winzige Keim, der flüchtige Blick oder die Idee, die ihre Vorstellungskraft entzündete, als Phantasie wieder auf, gekleidet in weit unerhörtere Bilder und Sprache, als sie Bücher, Fernsehen, Kino oder schmutzige Witze bieten könnten.

Zu dem Zeitpunkt, da Sie oder ich dann von diesen Phantasien hören – zehn oder sogar zwanzig Jahre nach dem Keim (Frauen sind ihren ersten Phantasien unglaublich treu und kehren häufig zu ihnen zurück, nachdem neue und weniger starke seltsamerweise an Kraft verloren haben) –, zu dem Zeitpunkt, da sie uns davon erzählt, ist der ursprüngliche Keim gewöhnlich nicht mehr zu erkennen. Aber sie kennt ihn. Frauen erinnern sich immer an das erste Mal.

Tilde

Die erste sexuelle Phantasie hatte ich, als ich das sehr rundliche Hinterteil eines Lehrers sah. Ich kann nicht mehr als sieben oder acht Jahre alt gewesen sein. Er trug ein sehr kurzes Jackett, war dick, und die Hose spannte sich so über dem Po, daß seine Pobacken sich deutlich abzeichneten. Ich weiß noch, daß dieser Anblick sogar in jenem Alter schon ein eindeutig sexuelles Gefühl in mir auslöste; außerdem suchte ich eine Ausrede dafür, daß ich früh zu Bett gehen konnte, um dort, in der Zurückgezogenheit, an jene aufregenden Halbkugeln denken zu können. Das war, bevor ich masturbierte, aber der infantile Wunsch, mit der Hand über seine Pobacken und bis herum nach «vorn» zu streicheln, war sogar damals überwältigend.
Nachdem ich Masturbieren gelernt hatte, bestand mein größtes Problem darin, die Zurückgezogenheit zu finden, in der ich sie ausüben konnte. Ich mußte mit einer jüngeren Schwester zusammen schlafen, die jede kleinste Berührung spürte. Die Bewegungen meiner Hand mußten also äußerst verstohlen und langsam sein, und das Streicheln meiner Klitoris zog sich herrlich in die Länge. Dadurch wurden unweigerlich sexuelle Phantasien hervorgerufen, angeregt durch das, was ich von anderen Mädchen gehört hatte – ich kann nicht älter als vierzehn gewesen sein –, die den Schwanz ihrer Brüder gesehen hatten. Vor allem ein Mädchen, Monika, war eine Fundgrube für Phantasien. Sie erlaubte den Jungen, sie anzufassen, während sie ihnen den Hosenstall öffnete und sie «abmolk». Dieser Ausdruck erregt mich noch immer, und bei zahllosen Gelegenheiten habe ich mich im Geiste an Monikas Stelle versetzt. Monikas Mutter hatte einen Untermieter, und Monika erzählte mir, nachdem sie mich zu strengstem Stillschweigen verpflichtet hatte, daß sie ihn einmal beim Masturbieren beobachtet hatte, und beschrieb mir die Größe seiner Genitalien. Der Gedanke an seinen Orgasmus begeisterte mich echt und war die Grundlage für mehr als nur Phantasie: Er wurde zum Ehrgeiz. Noch heute stelle ich mir beim Masturbieren vor, daß ich dem Untermieter bei seinem einsamen Vergnügen zusehe. (Brief)

Linda

Meine Faszination im Zusammenhang mit Männern und der ganzen Idee des Sex begann, als ich ungefähr zehn Jahre alt war. Ich hatte noch nie einen Penis gesehen, bis ich eines Tages im Wald nahe bei unserem Haus einen Mann pissen sah. Ich war restlos fasziniert von seinem Penis, aber er sah, daß ich hinschaute, und versteckte ihn sofort. In jedem freien Augenblick, den ich hatte, trieb ich mich in diesem Wald herum, weil ich hoffte, noch einmal einen zu sehen. Sobald ein Mann aus irgendeinem Grund auch nur stehen blieb, dachte ich nur noch: Jetzt! Und lief hinüber in der Hoffnung, etwas zu sehen. Stunden verbrachte ich damit, daß ich mir ausmalte, wie er ausgesehen hatte, und daß ich mir Wörter ausdachte, um seinen Penis zu beschreiben: stolz, beherrschend, pulsierend. Es gibt noch mehr. Jahrelang lag ich in meinem jungfräulichen Bettchen und dachte an jenen kurzen Blick auf meinen ersten Penis. Bei den vielen Stunden, die ich im Wald verbracht und auf eine zweite Chance gewartet habe, ist es ein Wunder, daß ich nicht vergewaltigt oder ermordet wurde. (Gespräch)

Lisbeth

Als ich noch klein war, spielte ich die üblichen Doktor- und Familienspiele, entblößte meine Genitalien und untersuchte diejenigen meiner Freundinnen. Ich weiß jetzt, daß jenes seltsame, warme, beinahe zitternde Gefühl, das ich hatte, sexueller Natur war. Damals verband ich das Urinieren mit diesem Gefühl und stellte mir häufig vor, daß ich mit weit gespreizten Beinen auf der Toilette säße, während einer meiner kleinen Freunde zwischen meinen Beinen hindurch in die Toilette urinierte. (Brief)

Felicitas

Die frühesten Phantasien, an die ich mich erinnere, betreffen meine Eltern oder meinen Vater und meine ältere Schwester (was mich sehr eifersüchtig machte). Ich kann mich nicht erinnern, über meinen Vater und mich phantasiert zu haben, aber ich weiß noch, daß ich mich sexuell sehr stark zu ihm hingezogen fühlte.
Außerdem phantasierte ich über meine Eltern und unsere Boxerhündin. Ich vermute, daß tatsächlich einige Experimente in dieser Hinsicht stattgefunden haben, da sie sehr vorurteilsfrei waren und sie sich manchmal, wenn unsere Hündin läufig war, mit ihr im Schlafzimmer einschlossen. Unsere Eltern haben niemals davon erfahren, aber eine meiner Schwestern, mein Bruder und ich pflegten uns auf alle viere zu hocken, damit sie uns für ein paar Sekunden besteigen konnte – aber dann bekamen wir immer Angst. Seitdem stelle ich mir vor, daß ich es mal wirklich ma-

che und mich von einem Rüden besteigen lasse. Mein Mann und ich, wir hatten eine Zeitschrift mit Fotos von einer Frau, die Geschlechtsverkehr mit einem deutschen Schäferhund hatte. Wenn wir diese Fotos betrachteten, wurde ich erregt und ließ mich von meinem Mann in Anlehnung an die Stellung der Hunde von hinten besteigen. (Brief)

Sonja

Als ich ungefähr elf oder zwölf war, pflegte ich bei Ausfahrten im Auto auf dem Rücksitz zu sitzen und meine Beine sehr fest zu kreuzen. Unser Wagen fuhr sehr holprig, und indem ich mich auf eine Seite hockte, wurde ich von jedem kleinen Buckel, von jeder Vibration sexuell stimuliert. Als ich dies zum erstenmal erlebte, schaute ich zum Autofenster hinaus und sah auf einer Weide einen Hengst mit ausgefahrenem Penis. Von da an stellte ich mir jedesmal vor, daß der Hengst in mich eindrang. Einen Orgasmus bekam ich damals nicht von dieser Phantasie, nur Stimulation. Wenn ich heute jedoch masturbiere und mir vorstelle, von einem Hengst bestiegen zu werden, bekomme ich einen fabelhaften Orgasmus. (Brief)

Katrin

Häufig, wenn mein Mann mich fickt, denke ich an einen ehemaligen Arbeitgeber, der mich zum erstenmal einen erigierten Penis sehen ließ, als ich noch Jungfrau war, mit sechzehn. Das machte einen solchen Eindruck auf mich, daß ich es nie vergessen habe und mir die Szene gern immer wieder vorstelle. Er öffnete seine Hose, holte seinen Schwanz heraus, und ich sah erstaunt, wie er emporstand, dick und steif. Gefickt hat er mich nicht, in meinen Phantasien aber sehe ich seinen großen Ständer vor mir und versuche mir vorzustellen, wie es sich wohl angefühlt hätte, wenn er ihn in mich reingesteckt hätte.
Wenn ich masturbiere – und das tue ich meist, wenn mein Mann bei der Arbeit ist –, phantasiere ich jedesmal. Ich stelle mir eine Szene in der Schule vor, als ich mit dem Stock geschlagen wurde. Der Stock tat mir so weh, daß ich mir in die Hose gemacht habe; danach war ich dann sexuell erregt. In meinen Phantasievorstellungen sehe ich die Direktorin mit ihrem Stock, und wenn ich mir vorstelle, wie sie mir diese schmerzhaften Schläge verpaßte, erreiche ich sehr schnell den Höhepunkt.
Mit meinem Mann habe ich nicht über meine Phantasien gesprochen,

aber beim Ficken benutzen wir beide sehr eindeutige Ausdrücke, denn wir finden den Gebrauch derartiger Wörter ganz natürlich, und außerdem steigert er unsere Erregung. Bitte entschuldigen Sie, wenn die Gewohnheit, derartige Wörter zu gebrauchen, mich dazu verführt hat, sie auch in diesem Brief allzu häufig zu gebrauchen.
Meine erste sexuelle Phantasie hatte ich, glaube ich, als ich im Alter von ungefähr elf Jahren einen Mann pinkeln sah. Seinen Penis selbst sah ich nicht (daher meine Überraschung, als ich zum erstenmal einen sah), aber ich konnte deutlich den Urinstrahl sehen, denn er urinierte an einem Baum, als ich vorbeikam. Die Idee, daß ein Angehöriger des anderen Geschlechts beim Urinieren stand, statt sich so hinzuhocken wie ich, erregte mich so sehr, daß ich es nie vergessen habe. Ich führe meine Phantasien aber noch weiter und stelle mir vor, daß er mir bewußt seinen Schwanz zeigt und ihn bis zur Ejakulation massiert. (Brief)

Marlene

Ich bin vierundzwanzig und seit fünfeinhalb Jahren verheiratet. Ich phantasiere gewöhnlich, wenn mein Mann mit mir schläft, habe es immer getan, und ich glaube, daß er es auch tut. Das hat nichts mit eventuellen Unzulänglichkeiten bei einem von uns zu tun; ich habe ihn immer aufregend im Bett gefunden, und er scheint nie genug von mir kriegen zu können. Es ist nur so, wenn man verheiratet ist und hat immer denselben Mann im Bett, dann ist es, und wenn er noch so gut ist, eine Abwechslung, an andere Männer zu denken. Bei mir war es ein Mann, der im selben Büro arbeitete wie ich; ich verführte ihn. Oder ich treibe es mit einem gutaussehenden Schwarzen im Fernsehen, wobei ich abermals die Verführerin bin. Wer immer es ist – in meinen Phantasien habe ich sogar Priester verführt –, ich stelle mir gern vor, daß es sich um einen Mann handelt, der lange keinen Sex gehabt hat und daher ausgehungert ist.
Das wichtigste Detail in meinen Phantasien sind, sogar beim Masturbieren, meine Brüste. Schon mit fünf oder sechs Jahren war ich von Brüsten fasziniert und versuchte mit vorzustellen, wie es wohl wäre, wenn man sie hätte. Stundenlang starrte ich Fotos von Filmstars an. Nicht nackte Brüste. In meiner Vorstelleung waren es immer Brüste, über denen sich der Stoff spannte. Sie dehnten den Stoff, als wollten sie ihn zum Platzen bringen. Meine eigenen Brüste sind auch in Wirklichkeit sehr schön; es hat sich noch nie jemand beschwert. In meinen Phantasien aber ist meine Figur wahrhaft phantastisch. Meine Brüste sind enorm

und meine wirksamste Waffe bei den Verführungsszenen. Ich brauche nur die Augen zu schließen und dieses Bild von meinen Raquel Welch übertreffenden Brüsten herbeizurufen, und kein Mann kann mir widerstehen. (Brief)

Kay

Ich war mit zehn Jahren ein richtiger kleiner Lausejunge und erinnere mich, daß ich mich gern als Pirat verkleidet habe. Ich zog die Hosen im Schritt fest nach oben und schlang mir einen alten Ledergürtel von meinem Vater sehr fest um die Taille. Warum, wußte ich nicht, ich wußte nur, daß es «da unten» schön war, und so spielte ich sehr häufig Pirat. Als ich ungefähr elf war, erregte es mich sehr, wenn ich mich sehr fest in der Genitalgegend mit dem Riemen schlug und mich mehr oder weniger voll angekleidet in eine Wanne mit kaltem Wasser setzte. Etwa in diesem Alter und auch später träumte ich manchmal, daß ich, in einen Taucheranzug gekleidet, mit anderen Leuten in einem Loch voll schleimigem Wasser einen Ringkampf ausfocht und völlig in dem Schlamm begraben wurde. Dabei rieb ich mich am Saum meiner Schlafanzughose. (Gespräch)

Trudy

Erst jetzt, wo ich dies schreibe, erinnere ich mich daran, daß meine Schwester und ich so taten, als trieben wir es mit unserem Hund. Er machte ausgezeichnet mit. Meine Phantasien über Hunde gehen auch heute noch weiter, so daß ich jedesmal, wenn mein Mann von hinten in mich eindringt, an kopulierende Hunde denke, etwas, das ich, seitdem ich drei oder vier Jahre alt war, häufig genug gesehen habe. (Brief)

Mona

Ich hoffe, Sie werden meinen Namen vertraulich behandeln, denn ich habe noch nie jemandem von dieser Sache erzählt. Nach allem, was ich gelesen habe, halte ich mich für eine Sadistin. Aber ich mag ebensogut eine Masochistin sein, da ich mir häufig vorstelle, daß ich gefoltert werde.
Sexuell entwickelte ich mich mit ungefähr zwölf Jahren, und da ich sehr

wild und ungehorsam war, schickten mich meine Eltern in eine strenge Klosterschule. In dieser Schule war die körperliche Züchtigung erlaubt. Dabei wurde immer ein Lederriemen verwendet. Die Schulvorsteherin, Schwester Rosario, holte die Sünderin – das war häufig ich – vor die Klasse, befahl ihr, sich zu bücken und die Zehen zu berühren, hob ihren Kittel und schlug sie auf die Gesäßbacken.

Während der Ferien lernte ich einmal einen reizenden Jungen kennen, in den ich mich verliebte. Er mußte mir versprechen, mir nicht zu schreiben, wenn ich im Kloster war, weil ich deswegen relegiert werden konnte. Eines Abends nach dem Unterricht sagte Schwester Rosario, sie wolle mich in ihrem Zimmer sprechen. Sie erklärte mir, sie habe einen Brief von einem Jungen abgefangen, der an mich gerichtet gewesen sei, und nun bleibe ihr nichts anderes übrig, als mich zu relegieren, und schließlich sagte sie, sie würde es nicht tun, aber sie werde sehr streng mit mir sein müssen, und ich dürfe es niemanden erzählen. Ich versprach es freudig, aber ich kann Ihnen sagen, wenn ich noch einmal vor der Wahl stünde, ich täte es nicht. Sie befahl mir, alle Kleidungsstücke abzulegen, was ich in höchster Verlegenheit tat. Ich war zu diesem Zeitpunkt dreizehn und ziemlich gut entwickelt. Ich mußte vor ihr niederknien, und sie stellte mir zahllose Fragen, die mich schockierten und in Verlegenheit setzten. Zum Beispiel:

«Wie groß ist dein Brustumfang?»

«Masturbierst du?»

«Welche Farbe haben die Haare zwischen deinen Beinen?»

«Wie nennst du sie?»

Sie wollte haargenau wissen, was ich mit dem Jungen machte und was er machte. Dann mußte ich mich über einen Stuhl legen, und sie gab mir ungefähr zwanzig Schläge mit dem Lederriemen auf die Gesäßbacken. Anschließend mußte ich mich auf den Rücken legen und meine Beine spreizen. Sie gab mir sechs zwischen die Beine.

Von da an mußte ich regelmäßig zu ihr ins Zimmer kommen, und jedesmal mußte ich mich ausziehen, und sie schlug mich mit dem Lederriemen.

Jedesmal fragte sie mich, ob ich masturbiere. Ich berichte Ihnen das alles, weil diese Prügel nach zwei Wochen eindeutig gewisse angenehme Gefühle in mir wachriefen. Zu dieser Zeit begann ich auch zu masturbieren. Ich tue es heute noch regelmäßig.

Inzwischen bin ich Lehrerin und habe Vergnügen daran, Prügel auszuteilen. Die Jungen, die ich unterrichte, sind zwischen zehn und vierzehn Jahren. Ich nehme regelmäßig einen von ihnen mit in mein Zimmer, wo ich ihn mit Peitsche und Stock schlage, nachdem ich ihm befohlen habe,

sich auszuziehen. Ich genieße es, den Jungen zu strafen, aber ich genieße es am meisten, wenn ich sehe, daß er eine Erektion bekommt. Ich trage provozierende Kleider und genieße seine Verlegenheit, wenn er die Erektion bekommt.
Mädchen habe ich noch nie gestraft, vor allem, weil ich dazu nie Gelegenheit hatte ... Aber ich träume häufig davon. Ich stelle mir vor, das Mädchen ist, nur mit Höschen und BH bekleidet, an ein Bett gefesselt. Dann befehle ich einem von meinen Schülern, sie auszuziehen und zu foltern. Die Foltern, die ich mir normalerweise vorstelle, sind: Die Schamhaare eines nach dem anderen auszupfen. Nadeln in die Brüste bohren, sie mit heißem Kerzenwachs verbrennen, sie mit dem Stock schlagen und sie dabei zwingen, schmutzige Gedanken, Masturbation, etc. zuzugeben.
Außerdem träume ich davon, daß ich mit einem meiner Schüler Geschlechtsverkehr habe. Einige meiner Gedanken und auch meiner Handlungen sind sehr abwegig und verrückt, und es fällt mir schwer, sie aufzuschreiben. Ich habe noch nie jemandem von diesen Dingen erzählt. Manchmal fühle ich mich frustiert; ich möchte wissen, ob meine Praktiken sehr ungewöhnlich sind. Es würde mich freuen, wenn Sie mir mitteilen könnten, was andere junge Frauen denken. Ich würde mich wohler fühlen, wenn ich wüßte, daß es noch andere wie mich gibt.
PS. Die Art von Peitschen, die ich gern hätte, kann ich hier nur sehr schwer bekommen, daher wäre ich Ihnen dankbar, wenn Sie mir helfen könnten. (Brief)

Stella

Meine sexuelle Phantasie datiert auf ein tatsächliches Ereignis zurück, das mir passierte, als ich ungefähr elf Jahre alt war. Auf dem Heimweg von der Schule begannen mich ein paar Jungen und Mädchen zu ärgern. Einmal packte mich der Anführer, ein sehr gutaussehender Junge, am Arm und erklärte, ich müsse alles tun, was er mir befehle. Von nun an, sagte er, müsse ich ihm folgen, sobald er es mir befehle, und dann werde er mir seine Wünsche mitteilen. Daraufhin ließ er mich los. Später klopfte mir jedesmal, wenn ich ihn sah, das Herz bis zum Hals, aber er schien mich nie mehr zu bemerken, befahl mir nie, ihm zu folgen oder andere Dinge, die ich, wie ich glaubte, nur höchst ungern ausführen würde.
Während der ersten Teenager-Jahre malte ich mir aus, was er mir wohl befohlen hätte. Ich stellte mir alle möglichen Dinge vor, tue es noch.

Auf dieses Erlebnis gehen alle meine Phantasien zurück, daß ich von diesem gut aussehenden Mann gezwungen werde, alle möglichen Sexualhandlungen zu vollbringen, unglaubliche Dinge, die kein Mann jemals von mir verlangt hat, die mir aber viel Vergnügen machen würden – wenn ich dazu gezwungen würde. Das ist meine Phantasie, sogar wenn ich mit meinem Liebhaber zusammen bin.
Mit dem Masturbieren begann ich erst vor acht Monaten, obwohl ich vierundzwanzig Jahre bin. Beim Masturbieren habe ich andere Phantasien, ich stelle mir entweder vor, daß ich einen Dildo benutze, den zu kaufen ich nicht die Courage habe, oder daß ich mit ein oder zwei Frauen zusammen einen Dildo benutze.
Seltsamerweise ist das einzige, was mich sonst noch erregen kann, der Anblick eines hübschen männlichen Hinterteils. Dann muß ich mir einfach immer vorstellen, wie es ohne Kleidung aussehen würde. (Brief)

Geräusche

An dieser Stelle möchte ich eine Bemerkung über Geräusche beim Sex einschalten, über die Wirkung, die sie auf Frauen ausüben. Ich spreche nicht von Frank Sinatra als Hintergrundmusik; sondern ich beziehe mich vor allem auf jene Worte, Geräusche und Sätze, die aus dem tiefsten Innern kommen und unmittelbar mit dem Ficken zu tun haben. Worte und Geräusche, die – wenn man tatsächlich fickt – ein weitaus natürlicherer Teil dieses Aktes sind als ein chevalereskes «Ich liebe dich» oder überhaupt kein Geräusch. Völlig stumm gefickt zu werden, noch dazu im Dunkeln, grenzt eine Handlung ein, die doch die befreiendste unseres ganzen Lebens sein soll. Manche Frauen, wie Regina, können es überhaupt nicht schweigend tun; Nina spricht aus, was Dutzende von anderen Frauen flüchtig erwähnt haben ... und dessen bin ich jetzt ganz sicher, ausführlicher geschildert hätten, hätte ich sie direkt nach ihren Gefühlen in diesem Zusammenhang gefragt: «Unser Beischlaf ist immer viel schöner durch den Gebrauch von Wörtern wie ficken, Fotze usw., die wir normalerweise *nicht* benutzen ... ausschließlich im Bett.» Beide Frauen führen den Ursprung ihrer Phantasien auf ihre Kindheit zurück, in die Zeit, in der die meisten Erwachsenen finden, diese «schmutzigen», «gemeinen», «ordinären» Geräusche müßten verboten werden, statt sie auf ganz natürliche Weise in den reifsten Akt von allen einzubeziehen ... Wer behauptet denn, eine «Dame» benutze keine Wörter wie «ficken» und «Fotze», oder man benutze sie nicht in Gegenwart einer «Dame»? Möglicherweise nicht gerade, wenn man mit einer Dame zu Mittag ißt, aber wenn eine Dame fickt, ißt sie ja nicht zu Mittag!

Regina

Was ich nicht ausstehen kann, ist stummer Sex. Für mich ist es unnatürlich, wenn zwei Menschen miteinander ficken, und alles, was man hört, wenn man Glück hat, ist schweres Atmen. Mir ist ein tüchtiger Stöhner, ein Keucher oder ein richtiger Schreier lieber – jederzeit. Wenn ich mit meinem Mann zusammen bin, und er sagt nichts, atmet nur, und ich bin zu schüchtern, um mit dem schweren Stöhnen anzufangen, das mich so richtig in Fahrt bringt, phantasiere ich. Dann denke ich an das erste Mal, als ich jemand ficken gehört habe und die Erinnerung daran, na ja, die lockert mich.

Als das passierte, war ich erst ungefähr elf. Wir wohnten in einem großen Wohnblock mit Innenhof. Sämtliche Schlafzimmerfenster des Gebäudes gingen auf diesen Hof, und manchmal klang es, als fände mitten in der Nacht in diesem Gebäude eine Massenorgie statt. Ich mag zwar erst höchstens elf gewesen sein, aber kein Mensch brauchte mir zu erklären, was dieses Stöhnen und Schreien bedeutete. Ich lag da wie gebannt – damals begann ich, glaube ich, zu masturbieren – und lauschte dem Paar, das anfing. Unweigerlich wachten dann weitere Paare auf, und innerhalb weniger Minuten war das ganze Gebäude, wie eine Kettenreaktion, mit Ficken beschäftigt. Ich meine, haben Sie jemals andere Paare ficken hören, Paare, die es wirklich mit Lust und Liebe machen? Das ist ein großartiges Geräusch ... nicht wie im Kino ... wenn's real ist. Ein glückliches, erregendes Geräusch.

Wenn ich also mit einem stummen Mann zusammen bin und schweigend daliege, während er vor sich hin bumst, denke ich an jene geräuschvollen Nächte meiner Kindheit, und innerhalb von Sekunden stöhne und keuche ich ebenfalls, und dann stimmt dieser blöde, stumme Typ natürlich mit ein ... und los geht's, mit einem herrlichen, lauten Fick! (Gespräch)

Nina

Ich bin dreiunddreißig Jahre alt, Lesbierin und seit fünf Jahren glücklich «verheiratet».

Meine Phantasien beim Sex sind weitgehend eine Spiegelung dessen, was tatsächlich geschieht. Häufig «spielen» wir unsere Rollen als Mutter und Baby, sie saugt an meinen Brustwarzen, während ich ihr Wiegenlieder vorsinge. Dann wieder übernimmt sie die männliche Rolle, und ich beschreibe laut, wie ihr «Schwanz» aussieht und was er für Gefühle in mir weckt, während wir uns gegenseitig masturbieren. Der Genuß beim Beischlaf wird bei uns jedesmal gesteigert durch den Gebrauch von Wörtern wie «Fotze», «ficken», usw., die wir normalerweise *nicht* benutzen ... ausschließlich im Bett. Ich muß hinzufügen, daß sich meine Phantasien immer um meine Partnerin drehen, niemals um eine andere Lesbierin. Dächte ich an eine andere Frau, würde ich ihr das nie erzählen, denn sie ist furchtbar eifersüchtig.

Als ich im Alter von sieben Jahren die Freuden des Masturbierens entdeckte, stellte ich mir schon damals vor, es sei meine Freundin, die mich zwischen den Beinen rieb. Vermutlich bin ich schon immer lesbisch gewesen, und es war nur eine Frage der Zeit, daß ich diese anfänglichen Phantasien in die Tat umsetzte. Manchmal, wenn ich als Kind masturbierte, stellte ich mir vor, ihr Hund lecke mich an der Fotze (was er auch zuweilen tat und was mich ungeheuer erregte).

Über Tiere phantasiere ich jedoch heute nicht mehr. Meine Gedanken gelten ausschließlich meiner Liebe zu einer anderen Frau. Oft stelle ich mir eine Art religiöser Orgie vor – lesbisch, aber mit männlichen, wie Priester gekleideten Männern als Zuschauer. Es gibt stets eine Menge brennender Kerzen, vestalische Jungfrauen und einigen Sex auf dem Altar mit meiner Partnerin. Niemals fehlen herrliche Musik und leuchtende Farben, wie in der Kirche. (Ich bin die Tochter eines Geistlichen und besuche die Kirche regelmäßig, fühle mich hinsichtlich meiner Homosexualität aber nicht schuldig.)

Jedes (häufige) Zusammensein mit meiner geliebten Partnerin ist aufregend und befriedigend, vor allem wegen meiner Gedanken und Ausdrücke. Ich würde jedoch mit niemandem über meine Phantasien *sprechen*. (Brief)

Marga

Wenn ich mit meinem Mann zusammen bin, denke ich oft an meinen ehemaligen Liebhaber und an die Zeit, als wir an einem abgelegenen, buschbewachsenen Strand zusammen waren und er mich, nachdem ich bereits den Höhepunkt gehabt hatte, mit seinen Beinen zu Boden drückte; er fiel einfach über mich her und stöhnte und keuchte, als er kam. Das ist auch etwas, das ich vermisse – die Geräusche und das Gerede meines ehemaligen Liebhabers beim Sex; mein Mann führt während des Aktes keine «schmutzigen Reden», nicht so sehr, wie es mein Liebhaber tat, und beim Höhepunkt ist er ziemlich still (Tonbandinterview)

Herta

Mein Mann weiß, wie sehr mich gewisse Redewendungen erregen, etwa wenn er mir sagt, wie sehr er oralen Sex genießt, wie sehr er meine großen Brüste liebt; ich habe es gern, wenn er mir genau beschreibt, was wir tun, wenn wir uns lieben. Aber dann finde ich es schöner, wenn er es «ficken» nennt. (Brief)

Evie

Evie ist Ende Zwanzig, geschieden und lebt mit ihren beiden Töchtern. Ihre freimütigen Bemerkungen über das Reden beim Sex könnten für viele stumme Ficker, die einen bleibenden Eindruck hinterlassen möchten, eine Inspiration sein. Sich an Bewegungen zu erinnern, in Gedanken alles zu rekonstruieren, was letzte Nacht oder letzten Monat im Bett passiert ist, fällt schwer, ein paar heiße Wörter jedoch können in der Erinnerung einen absoluten Orgasmus hervorrufen. Mit der Erinnerung an solche Wörter kann eine Frau einen Mann ihr Leben lang mit einer Erektion sehen. Frauen sind eifrige Sammlerinnen – Liebesbriefe, Rosen, Souvenirs, Wörter; in gewissem Sinne bewahren Frauen alles auf, leben sie fast in der Vergangenheit, denn sie sind nie ganz gewiß, ob «Es» noch einmal passieren wird.

Ja, das Reden ... das ist ein ganzes Gebiet für sich, und ich weiß nicht, ob es Sie interessiert, aber ich könnte mir vorstellen, es interessiert Sie zu erfahren, daß mir bei Männern, die mit mir reden, tatsächlich die Jeans feucht werden (nur so ein Ausdruck), wenn sie etwa sagen: «Du kannst es»; «Du schaffst es»; «Komm, weiter» usw. Ich möchte Sie nicht langweilen, aber das scheint meinen Orgasmusquotienten tatsächlich zu steigern. Manchmal, wenn ich mit einem Mann im Bett bin, und er redet mit mir ... und wenn er mich nur fragt, wieviel Uhr es ist, während er mich liebt ... flippe ich aus. Und wenn ich allein bin, wiederhole ich oft, was bestimmte Männer gesagt haben, und sehr oft gönne ich mir den Luxus, es auszuschmücken und Dinge zu erfinden, die Männer zu mir sagen könnten.

Sie hätten gern die Phantasien meiner Freundinnen erfahren, und ich habe ein paar von ihnen gefragt, aber sie scheinen nicht sehr phantasievoll zu sein. Sie reden anscheinend sehr wenig im Bett und sind nicht an Phantasievorstellungen interessiert, oder sie wollten sich mir nicht anvertrauen, was wohl das wahrscheinlichste ist. Eine erzählte mir, ein Mann pflege ihr Polaroidfotos von seinem erigierten Penis zu schicken, und die betrachte sie dann beim Masturbieren, wenn er auf Geschäftsreisen sei. (Brief)

Frauen, die hinsehen

Aber es wäre zu einfach, zu behaupten, alle sexuellen Phantasien seien, wie Träume, aus einem Kindheitserlebnis entstanden. Die Populär-Psychiatrie zwar, entschlossen, auch die komplexesten Aspekte des Lebens auf allerschnellste Verständlichmachung zu reduzieren, sieht das A und O in dieser Voraussetzung.
Alles hier Vorangegangene aber untermauert die Auffassung, daß viele unserer wirksamsten sexuellen Phantasien auf die Zeit unseres Lebens zurückgehen, in der wir noch nicht einmal wußten, was es – nämlich das Stimulans – eigentlich sollte. Aus der Unschuld und Ignoranz unserer Kindheit geboren, behalten unsere Phantasien ihre geheimnisvolle Macht bis in unsere Erwachsenenjahre der sexuellen Erfahrung (ja, Übersättigung). Nie verlieren sie ihren Glanz. Blaubarts Frauen hatten all die schönen Zimmer seines Schlosses zur Verfügung, aber nicht eine konnte der Verlockung der verschlossenen Tür widerstehen.
Aber verzweifeln Sie nicht, wenn Sie über zwölf Jahre sind und glauben, noch nie eine Phantasie gehabt zu haben. Die erotischsten Phantasien, die ich kenne, sind jene, die erwachsene Frauen bekamen, als sie das richtige Wort hörten, während sie das falsche Gesicht sahen. Material für sexuelle Phantasien gibt es überall, aber der Funke, der es zur Phantasie macht, ist in der Phantasiererin selbst, nicht außerhalb. Es ist keine Frage des Entschlusses: «Okay, jetzt denke ich mir eine fabelhafte Phantasie aus», um sich dann auf die beiden jungen Männer zu konzentrieren, die den neuen Fernseher bringen, auf die dänische Dogge des Nachbarn oder sogar auf den besten Freund des Ehemannes. Es gibt keine allgemeingültigen Phantasiesymbole; was bei der einen Frau wirkt, läßt die andere vielleicht kalt. Während eine Frau auf den klassischen hochgewachsenen, dunklen, gutaussehenden Typ fliegt, fliegt eine andere vielleicht auf die kleinen Blonden. Wirft man das Bild eines Schwarzen auf die Leinwand im Kopf der einen Frau, beginnt ihre Phantasie mit ihren eigenen Hintergrundprojektionen zu ticken, während die innere Stimme einer anderen Frau vielleicht nur sagt: «Na und?» Man kann nicht erzwingen, daß eine sexuelle Phantasie Gestalt annimmt und erregt. Trotzdem glaube ich, daß viele Frauen beim Lesen dieses Buches zu phantasieren beginnen werden. Oder vielmehr, gewahr werden, daß sie schon die ganze Zeit phantasiert haben und daß diese plötzlichen, seltsamen Ideen oder Vorstellungen, die sie bisher vergessen oder unterdrückt hatten, tatsächliche Phantasien sind.
Einen großen Teil des Materials in diesem Buch bekam ich, indem ich Assoziationen wachrief, einer bestimmten Frau nicht direkt die Frage nach einer Phantasie stellte, sondern ihr eine Idee vortrug, von der sie ausgehen konnte. Wenn ich zum Beispiel ganz einfach zu einer Frau sagte: «Haben Sie sexuelle Phantasien?» antwortete sie gewöhnlich: «Ich weiß nicht», oder: «Was ist eine sexuelle Phantasie?» oder: «Nein.» Wenn ich aber erklärte: «Ich habe festgestellt, daß in den sexuellen Phantasien der meisten Frauen ein Element der Anonymität enthalten ist, daß sie die Männer gesichtslos oder als Fremde sieht, wenn sie sich vorstellt, von einem oder mehreren anderen Männern gefickt zu werden ...», daß dann das Gespräch zwischen mir und dieser Frau, zwischen ihr und ihrer eigenen Phantasie sofort beginnt. Weil sie einen erkennbaren Ausgangspunkt hat, bei dem sie anfangen kann. Ob diese Befreiung der Imagination stattfindet, weil die Erwähnung

der Phantasien anderer Frauen eine Art Wettbewerb ausgelöst hat oder weil diese Erwähnung meine Interviewpartnerin aus Isolation und von Schuldbewußtsein befreit hat, oder ob es nur deswegen geschah, weil ihre bisher schlummernde sexuelle Phantasie diese Assoziation ganz einfach als Sprungbrett brauchte, weiß ich nicht. Ich glaube, alles wirkt zusammen.

Ich bringe diese Kraft der Assoziation, die Frauen dazu bringt, Phantasien zu erzählen, jetzt ins Spiel, weil ich mit dieser Methode mehr Informationen bekommen habe, als ich erwartete, vor allem darüber, woher die Frauen die Ideen für ihre Phantasien nehmen. Und was mich besonders interessierte, war, wie häufig diese Ideen auf visuellen Erlebnissen beruhten.

Ich hatte einen Brief, in dem ich meine Recherchen beschrieb, an mehrere Zeitschriften geschickt, und um Beiträge gebeten. Da ich wußte, um wieviel bereitwilliger die Frauen reagierten, wenn das Thema als etwas ganz Normales behandelt wurde, statt als etwas Außergewöhnliches, und wenn ein bißchen persönlicher Background hinzugefügt wurde, beschrieb ich sexuelle Phantasien als Bilder, die überall auftauchen können: beim Sex, während der Fahrt zur Arbeit, oder ganz einfach beim Spazierengehen; wobei ich nebenbei hinzufügte, daß ich bei meinen eigenen Spaziergängen eine chronische Hosenladenbeschauerin sei. Ich betrachte nicht nur die provokative Vorderseite der Männer – ebenso automatisch, wie die Männer meine betrachten –, sondern ich stelle mir en passant auch die Anordnung, die Form dessen vor, was darunter ist. Ich ließ das alles ganz natürlich klingen; ich finde es ja auch natürlich. Und ganz gleich, was jene Frauen, die auf meinen Artikel antworteten, sonst noch über sich und ihre Phantasien berichteten, sie alle erwähnten das Hosenlatzbeobachten: Sie alle sehen hin. Und alle gestanden mit verschwörerischem Triumph, daß es damit nicht aufhöre. Das Hinsehen sei lediglich der Anfang des Überlegens, des Ausmalens und, jawohl – «jetzt, da Sie es erwähnen» – der Phantasie.

Seit ich mit den Recherchen für dieses Buch begann, haben sich meine eigenen Auffassungen über die Sexualität der Frau verändert. Ich dachte schon immer, daß die Frauen beim Sex weitaus abenteuerlustiger seien, als es die Männer ihnen zugestehen wollten; daß eine Frau mit dem richtigen Mann alles mitmachen würde. Jetzt bin ich zu der Auffassung gelangt, daß Frauen nicht nur bereitwillig mitmachen, sondern beim richtigen Wort, mit der richtigen «Start»-Assoziation sexuell kreativ sind und eine bisher unangezapfte Quelle neuer sexueller Ideen und nie gekannten Vergnügens sein können. Ich glaube, Frauen werden von vielen Dingen sexuell stimuliert; sie sind nur nicht daran gewöhnt, offen darauf zu reagieren. Doch man gebe ihnen einen Tip, an den sie sich ohne Schuldbewußtsein halten können, man setze sie mit einem aufmunternden Wort in Gang, und schon wären sie bereit und willens, ein ganz neues Kapitel zu einem Buch zu schreiben, das man für abgeschlossen gehalten hat. Überlegen Sie nur: gewöhnlich braucht man zum Sex zwei Geschlechter, aber nach all diesen Jahren der Ausübung haben wir immer noch erst von einem gehört. Seit Adams Zeiten haben sich die Männer auf ihre Seite des Bettes gerollt, sich eine Zigarette angesteckt und gefragt: «Woran hast du gedacht?» Und die Frau hat geantwortet: «An nichts.» Oder, wenn sie freimütiger war: «An dich.» Wie konnten die Männer das die ganze Zeit glauben? So glauben die Männer (und ihre Schneider) zum Beispiel, daß die Frauen sie wegen ihres gutgeschnitteten Anzugs bewundernd ansehen, etwa so wie sie ein Modefoto auf der Herrenseite eines Magazins ansähen – oder eben diesen Anzug auf einem Kleiderbügel. Und wenn man ein Mädchen direkt fragt, wird sie irgendetwas wie: «Ich dachte nur, wie gut dir doch dieses Grau steht», antworten. In Wirklichkeit jedoch deuten die Geschichten, die mir die Frauen erzählt haben, darauf hin, daß eine Frau, die einen Mann anschaut, sehr viele Dinge sieht und darüber nachdenkt.

Helga

Wenn ich durch die Stadt gehe, beobachte ich ständig Hosenläden. Ich versuche mir vorzustellen, wie die Penisse aussehen. Besonders erregt es mich, wenn die Eier eines Mannes dick hervortreten. Häufig fühle ich mich versucht, auf ihn zuzugehen, mitten auf der Straße, ihm die Hose zu öffnen und seine Eier zu betasten. (Brief)

Susie

Mein schönster Zeitvertreib ist es, Männer anzusehen, vorn und hinten. Ich liebe es, die Form ihres Arsches zu studieren und zu überlegen, wie der wohl aussieht, wenn er in eine Frau hineinstößt, oder ich überlege, wie es wohl ist, ihnen einen Dildo in den After zu schieben. (Brief)

Constanze

Mein Mann hat mich sozusagen ebenfalls zu einer Hosenladenbeschauerin gemacht. Er behauptet schon so lange, daß sein Penis zu klein wäre (er mißt ihn dauernd, wenn er erigiert ist), daß er mich neugierig auf die Maße anderer Männer gemacht hat. Seine Auffassung, ich hätte möglicherweise mehr Orgasmen, wenn ich mit einem Mann schliefe, der einen größeren Penis hat als er, hat mich neugierig gemacht. Daher beobachte ich ständig Hosenläden, die ahnen lassen, das etwas ziemlich Großes dahinter versteckt ist. (Brief)

Dina

Ich habe nicht einmal außerhalb des Schlafzimmers Ruhe, denn ich werfe ununterbrochen verstohlene Blicke auf die Männer, ihre intimen Regionen. Bei den engen Hosen heutzutage fällt es nicht schwer, zu erraten, was sich unter diesen vielversprechenden Schwellungen versteckt. Wenigstens kann man davon träumen und versuchen, sich vorzustellen, wie dieser Mann als Liebhaber wäre, wie groß er wirklich ist, usw. Was ich damit sagen will: Ich glaube, viele Männer arrangieren das da unten so geschickt, daß man schwer erraten kann, ob alles sozusagen aufeinandergehäuft ist, bis es eine Art Pyramide bildet, oder ob es echt ist. Ich finde es schön, daß sich die Männer jetzt ebenfalls auf dieses «Sieh-mich-an»-Gebiet begeben haben, auf dem wir Frauen schon seit Jahren herumstolzieren. Während die Männer weiterhin auf BH-lose Busen unter engen Pullovern oder auf runde Popos unter engen Röcken starren, haben wir Frauen jetzt wenigstens auch etwas zu sehen. Ich frage mich oft, warum die Männer so lange diese weiten, altmodischen, formlosen Hosen getragen haben. Wollen sie nicht, daß wir hinsehen? (Brief)

Anna

Erfreut sehe ich, daß Ihre Gewohnheit, als «unheilbare Hosenladenbeschauerin» durch die Straßen zu gehen, auch auf mich zutrifft. Manchmal kann das sogar ein bißchen Spaß machen, wenn man nämlich plötzlich merkt, daß der Mann einen ebenfalls beobachtet! Natürlich kommt es immer darauf an, wer es ist. Ich glaube, daß es einen Mann erregt, zu wissen, daß man daran interessiert ist, wie er unter seinen Kleidern aussieht. (Brief)

Vera

Ich bin ebenfalls eine «Hosenladenguckerin». Ich kann nicht anders, ich muß mir die genaue Form und Größe eines Mannes «da unten» vorstellen, wenn ich ihn ansehe, und dann vergleiche ich ihn unweigerlich mit meinem Verlobten. (Brief)

Ute

Mir selbst ist so wenig bewußt, daß ich Männer ansehe, ihre Hosenladen betrachte, wenn sie mir auf der Straße begegnen, daß ich gleichzeitig daran denken kann, was ich zum Essen einkaufen will, obwohl meine Gedanken andererseits darum kreisen, wie es dieser Mann geschafft hat,

ein so besonders interessantes Arrangement seiner Genitalien zu erzielen. Sie kreieren wirklich bemerkenswerte Effekte! Mein Mann behauptet, ich erkenne, auf welcher Seite ein Mann «ihn» trägt, bevor ich ihn überhaupt begrüßt habe.
Einmal ist mir etwas Komisches passiert. Ich hastete von der Arbeit nach Hause, dachte an Gott weiß was, beobachtete aber gleichzeitig die mir entgegenströmenden Männer, die ebenfalls auf dem Heimweg waren. Vermutlich merkte ich gar nicht, wie intensiv ich die gutsitzende Hose eines bestimmten Mannes anstarrte, bis er, als wir aneinander vorbeikamen, plötzlich die Hand ausstreckte und mich in die Brustwarze zwickte! Einfach so! Ich war sprachlos. Ich blieb stehen, drehte mich um und starrte ihm mit offenem Mund nach ... Und dann lachte ich. Was hätte ich sonst tun sollen? (Brief)

Lotte

Ich sehe zu gern die Schwellung unter den engen Jeans eines Jungen und stelle mir vor, was darunter ist. Ich möchte wissen, ob er beschnitten ist oder nicht. Die nicht beschnittenen Jungen sind mir lieber. (Brief)

Liz

Ich bin ebenfalls eine unheilbare Hosenladenbeschauerin und überdies eine Hinterteilbeobachterin; ich stelle mir vor, wie die Wirklichkeit unter der Kleidung aussieht. Außerdem drängt es mich unwiderstehlich, mit den Fingern durch das Haar eines Mannes zu streichen, wenn es gut geschnitten ist, eine vernünftige Länge hat und sauber und weich aussieht.
Ich finde nackte Männerkörper sehr erregend (und wünsche mir oft, es gäbe ein Gegenstück zu den Herrenmagazinen für uns Frauen). (Brief)

Winnie

Manchmal, wenn ich mit dem Zug oder dem Bus fahre, ertappe ich mich dabei, wie ich die Hosen der Männer anstarre, um zu sehen, ob ich die Form und die Größe ihres Penis erkennen kann. Manchmal merke ich, wie ein Penis steif wird, wenn der Mann meine Brust betrachtet oder einen Blick auf meine Schenkel zu erhaschen versucht, und dann erregt mich der Gedanke, daß ich die Ursache der Erektion bin. (Brief)

Ria

Ich träume gern vor mich hin; wenn ich höre, daß ein Junge besonders groß oder gut im Bett oder sonst was sein soll, ziehe ich ihn, wenn ich ihn sehe, im Geiste aus und überlege, wie er wohl nackt aussieht. (Brief)

Toni

Es macht mir wirklich Spaß, Männer einfach nur anzusehen. Jedesmal, wenn ich Gelegenheit habe, den Hosenladen eines Mannes zu betrachten, tue ich es; warum sollte es einem Mädchen auch keinen Spaß machen, einen Hosenladen zu sehen, der gut gefüllt ist und durch den Stoff hindurch die Form verrät? Das bringt mich genauso in Fahrt, wie es mein Ehemann tut. (Brief)

Imogen

Obwohl mein Mann genau weiß, daß ich ihm treu bin, ist ihm, glaube ich, nicht klar, wieviel Spaß es mir macht, andere Männer anzusehen. Das tue ich ständig; meistens merke ich gar nicht richtig, daß ich den Hosenladen eines Mannes anstarre. Wenn ich einen Mann mit einer großen Schwellung im Hosenladen sehe, fange ich einfach an zu starren. So etwas fällt eben ins Auge. (Brief)

Franka

Selbstverständlich sehe ich Männer an. Das erwartet man doch von uns, nicht wahr? Warum würden sie sich sonst in die engen Hosen zwängen, die sich vorn so glatt spannen ... außer dort, wo sie es eben nicht tun? Aber das ist zweifellos das Vorrecht eines jungen Mannes. Ich meine, welches Mädchen sieht schon einen alten Kerl an, in einer Sackhose voller Knitterfalten, die ihm bauschig von der Taille hängt? Das ist fast, als schämten sie sich, wie etwa Frauen, die ihre Kleider eine Nummer zu groß tragen. Man sollte meinen, sie würden darauf kommen, nicht wahr? Schließlich wollen wir alle auffallen. (Brief)

Wendy

Ich war mir gar nicht klar darüber, daß ich hinsah – bis Sie danach fragten. Ich tue es zwar, aber da ich nie mit jemandem davon gesprochen habe, war mir vermutlich gar nicht bewußt, wie ich die Männer anstarre – da unten. Das geht bei mir wie bei einem CIA-Agenten: ein flüchtiger Blick, die Lebensdaten des Mannes werden in meinem Gedächtnis registriert, und dann wird die Information einfach abgelegt. Welch eine Verschwendung! Jetzt werde ich aufhören, immer so geheimnisvoll damit zu tun. Schließlich leben wir ja nicht mehr im Mittelalter. (Brief)

Myrna

Selbstverständlich sehe ich hin. Tun das nicht alle? Aber ich mache es sehr geschickt. Ich habe nämlich ein wanderndes Auge – ein Auge, das auf Grund mangelnder Muskelkontrolle tatsächlich wandert. Also richte ich mein gesundes Auge auf etwas oder jemand Akzeptables, dann schließe ich die Lider ein wenig, um einen verführerischen Blick zu imitieren, und dann sieht mein wanderndes Auge «hin». Ich betrachte Männer wirklich gern. Schon als ich in der Schule war, nahm ich deutlich wahr, wie einem Jungen die Hose saß, wie sie auf seinen Hüften hing, wie eng sie sich über den Arsch spannte. Männer, die keinen Arsch haben, tun mir immer sehr leid, genauso wie den Männern vermutlich flachbrüstige Mädchen leid tun. (Brief)

Laura

Wenn ich einen attraktiven Mann sehe, stelle ich mir vor, wie sein Penis aussieht. Während ich dasitze und mich mit ihm unterhalte, sehe ich in Gedanken seinen Penis, und wenn ich an ihn denke, sehe ich seinen Penis erigiert. Ich stelle mir vor, ich fasse ihn an, ich stelle mir vor, er berührt mich. Ich sehe jede winzige Unebenheit und Einzelheit vergrößert in einer ungeheuren Erektion. Ich spüre sogar, wie heiß er in meiner Hand oder in mir ist. (Brief)

Jenny

Ich habe eine außergewöhnliche Vorliebe für männliche Pobacken entwickelt. Wenn ich einen attraktiven Mann von hinten sehe, und er trägt eine enge Hose, versuche ich mir oft vorzustellen, wie seine Pobacken wohl aussehen, wenn er die Hose ausgezogen hat. Manchmal versuche ich mir sogar vorzustellen, wie es wäre, wenn er bäuchlings über meinen Knien läge und ich ihm den blanken Po versohle. Ebenfalls gern, aber *weit weniger*, sehe ich einen attraktiven Mann von vorn, wenn er eine enge Hose trägt, und ich versuche dann zu erraten, ob sein Penis größer, kleiner oder genauso groß ist wie der meines Mannes. (Brief)

Sehen und Lesen

Ich weiß wohl, daß die Theorie im allgemeinen lautet, Frauen würden durch das, was sie sehen und lesen, nicht so stark sexuell erregt wie Männer. Männer reagieren angeblich spontan auf den Anblick einer Brust oder eines Hinterteils; ganze Sparten unserer Wirtschaft spekulieren darauf. Während Frauen, wie es heißt, beim Anblick eines Schwanzes überhaupt nichts empfinden, oder höchstens eine gewisse verlegene Belustigung oder sogar Abscheu. Immerhin geben manche Leute zu, daß der *erigierte* Penis Frauen vielleicht doch erregen kann. Aber selbst darüber ist die Debatte noch nicht abgeschlossen.
Wenn es um einen Wettkampf ginge, wer am *schnellsten* worauf reagiert, wären die Männer den Frauen überlegen. Schließlich sind sie von klein auf dazu erzogen, freier auf den bloßen Umriß einer Brust, die Erwähnung eines Wortes, den Duft einer Frau zu reagieren; sie wurden, was das betrifft, geradezu aufgefordert, «ein kleiner Mann» zu sein. Die Frauen aber ... In der Mädchenschule, die ich besuchte, war sogar die Reproduktion von Michelangelos *David* – aus dunkler Bronze – mit einem hellgrauen Feigenblatt bedeckt (vermutlich von der altjüngferlichen Bibliothekarin daraufgeklebt). Es dauerte Jahre, bis ich zum erstenmal ein wirklich gutes Bild von einem Schwanz ausgiebig betrachten konnte ... und es kann mir kein männlicher Experte weismachen, ich sei nicht erregt gewesen! Zwar hatte ich immer noch keinen stehenden Schwanz gesehen, aber meine kindliche Phantasie machte dieses Manko ausgiebig wett und stattete diesen Schwanz mit beunruhigend erregenden (wenn auch anatomisch falschen) Proportionen aus. Als ich dann erwachsen war, gab es (und gibt es) immer noch kein Paradies sexueller Stimuli für Frauen in der Welt um uns herum; aber zu behaupten, eine erwachsene Frau – eine Frau, die ein paar Erektionen nicht nur gesehen, sondern auch ausgelöst hat – brauche den bereits erigierten Schwanz, also das männliche Sexsymbol in seiner ganzen Größe, um überhaupt etwas empfinden zu können, ist einfach lächerlich. Wer könnte sich denn wohl beim Anblick eines schlaffen Schwanzes, bei dem provokativen Gedanken an das, was sie damit machen könnte, erregter fühlen als eine Frau?
Eben weil eine Frau gelernt hat, nicht hinzusehen, und weil man ihr echte Ventile

für die existierenden visuellen und verbalen Stimuli verweigert hat, ist sie begabter als jeder andere dafür, Echtes durch Bilder zu ersetzen. Kurz gesagt, genau darum ist sie so gut im Phantasieren.

Natürlich braucht sie heutzutage weniger Ersatz: die Hosen der Männer sind enger denn je, ihre Hemden körpernah, das Bewußtsein ihrer visuellen Sexualität stärker. Spielen wir alle «Des Kaisers neue Kleider»? Es wundert mich nicht, daß so viele Frauen berichten, sie seien zuweilen (insgeheim) versucht, «die Hand auszustrecken und ihn zu berühren». Für wen ist er denn überhaupt gedacht? Die neuen, den Blicken preisgegebenen Anheizer haben eine Menge für die Phantasie getan, und nun, da wir alle diesen Anblick genießen können, kann die Phantasie mit ihrer Arbeit beginnen.

Nachdem all das nun so ist, finde ich es einigermaßen merkwürdig, daß sexuell informierte Schriftsteller und Psychologen, die so großzügig und so für die Befreiung sind wie etwa Robert Chartham – dessen Buch *Wie man Frauen glücklich macht* gleich zu Anfang feststellt, daß kein Paar sinnlich ist, wenn nicht beide Partner gleichberechtigt seien, gleichberechtigt beim Initiieren, beim Führen und beim Folgen –, daß sogar ein solcher Mann behauptet, Frauen seien nicht so schnell sexuell erregt wie Männer. Über ein Pornobuch sei ein Mann schneller und gründlicher erregt als eine Frau, erklärte Chartham mir. Ein Mann bekäme da innerhalb von Sekunden eine Erektion, sagte er, als ob es nur auf das äußere Barometer des Mannes ankäme, auf das Bereitschaftssignal des Schwanzes als einzigen Maßstab für die Tiefe und Qualität der Sexualität eines Menschen. Als ich unerschütterlich erwiderte, daß auch ich von der entsprechenden Lektüre sehr schnell erregt würde, sah er mich freundlich an, machte eine Pause und meinte: «Dann sind Sie eine Ausnahme. Frauen brauchen viel länger.»

Was es schwermacht, dieses ganze Thema vernünftig zu diskutieren, ist die unleugbare Tatsache – die meistens als Beweis für die unmittelbarere Sexualität des Mannes angeführt wird –, daß er gewöhnlich schneller kommt. Aber was hat das mit der Frage zu tun, wie schnell und wie tief die beiden Geschlechter erregt werden? Während der Mann schneller kommen kann als die Frau, hat sie vielleicht maschinengewehrartig einen Orgasmus nach dem anderen. Wirklich ein albernes Argument. Wir befinden uns nicht in einem Wettrennen, und selbst wenn, würden wir ja gemeinsam, Männer und Frauen, hinter derselben Sache herrennen.

Das einzige, worin ich Dr. Chartham und anderen, die behaupten, daß Frauen nicht so schnell oder überhaupt nicht auf die Lektüre oder den Anblick sexueller Stimuli reagieren, annähernd zustimmen kann, ist die Feststellung, daß alles ganz sicher kein Naturgesetz ist; es kommt vielmehr daher, daß Frauen auf eine andere Reaktion trainiert wurden. Frauen reagieren zuweilen sogar unmittelbar, aber diese Reaktion ist nicht das gesellschaftlich akzeptierte Lächeln, Erregtsein, Erigieren des Mannes. Bei der Frau bedeutet diese Reaktion häufig ein Zurückziehen in eine geheime Phantasie, mit oder ohne bewußt gewählte Stimuli. Hier sind ein paar Beispiele dafür.

Sophie

Ich antworte Ihnen ein wenig zögernd, weil ich, glaube ich, nicht so viele sexuelle Phantasien habe wie viele andere Frauen. Ich werde aber trotzdem versuchen, Ihnen von denen zu erzählen, die ich habe.
Ich schäme mich, es zuzugeben, aber meine Gedanken wandern tatsächlich manchmal, wenn ich mit meinem Mann Verkehr habe. Gewöhnlich denke ich dabei an andere Männer, die ich sexuell erregend finde. Manchmal denke ich an den Schauspieler Paul Newman, weil ich ihn für den attraktivsten Mann halte, den ich jemals gesehen habe. Ich schließe die Augen und stelle mir vor, daß er statt meines Mannes mit mir schläft. Aber ich fühle mich schuldbewußt deswegen.
Einmal träumte ich, daß ich mit meinem Schwiegervater schlief, während ich mit meinem Mann Verkehr hatte. Der Vater meines Mannes ist einer der bestaussehenden und attraktivsten Männer, die ich persönlich kenne, und ich habe mir oft gewünscht, mein Mann wäre wie sein Vater.
Mehrmals schon sind mir aus keinem ersichtlichen Grund wirklich seltsame Ideen gekommen. Ich sehe mich in Gedanken vor Paul Newman knien und an seinem Penis saugen. Ich unterdrücke diese Gedanken aber immer sehr schnell, weil ich das noch bei keinem Mann gemacht habe, nicht mal bei meinem Ehemann.
Kurz ehe ich heiratete, begann ich über Statuen von nackten Männern zu phantasieren, die ich gesehen hatte. Manche hatten so schöne Körper, daß ich nicht widerstehen konnte, daran zu denken, ich würde mit ihnen schlafen. Mein Liebling war eine Statue des griechischen Gottes Hermes. Vor allem faszinierte mich sein kleiner, zierlich wirkender Penis. Ich habe eine Abneigung gegen große, dicke Penisse, obwohl ich nur den meines Mannes und diejenigen der nackten Männer auf Gemälden oder von Statuen gesehen habe. Selbst jetzt stelle ich mir manchmal vor, mit der Statue des Hermes zu schlafen, denn er ist für mich so etwas wie das Ideal der männlichen Schönheit geworden (vor allem, nachdem ich in der Hochzeitsnacht entdeckte, daß der Penis meines Mannes genauso klein ist wie der der Statue). (Brief)

Miranda

Beim Sex denke ich gelegentlich an einen anderen Mann als den, mit dem ich zusammen bin. Es ist niemals jemand, den ich kenne. Körperlich ist er das Bild des «idealen» Mannes. Wenn ich in Wirklichkeit mit

jemandem zusammen bin, der jung ist, einen schönen und erregenden Körper hat, verwandele ich ihn in der Phantasie in jemanden, der mir unbekannt ist, den ich gerade auf der Straße getroffen habe.
Wenn ich meinem Liebhaber davon erzählte, würde er eifersüchtig sein und denken, die Phantasien kämen daher, daß er beim Sex zu wünschen übriglasse. (Das stimmt nicht; ich denke an derartige Dinge stets nur, wenn mir danach ist.)
Der Gedanke an zwei Männer, die Sex miteinander haben, bringt mich richtig in Erregung, und ich würde so etwas sehr gern mal sehen. (Vor kurzem wurde der Mann, mit dem ich seit drei Jahren zusammen lebe, auf einer Party, wo jeder sehr viel getrunken hatte, von einem Homosexuellen «betastet». Er war entsetzt und fühlte sich «abgestoßen», wie er es ausdrückte, aber mich hat diese Vorstellung ungeheuer erregt.)
Manchmal stelle ich mir vor, daß Leute zusehen, wie ich mit meinem Chef Sex habe; manchmal erhalten ein paar Jungen eine intime Anatomielektion, bei der ich als Modell fungiere. (Eigentlich lächerlich, denn ich habe in der Kunstschule nackt Modell gestanden und mich lediglich gelangweilt.)
Spaß macht mir auch die Vorstellung, daß ich eine Kaiserin bin, der unbegrenzte Mengen von Männern zur Verfügung stehen, die sie aufreiht, um unter ihnen zu wählen. Ich stelle mir vor, Banketts zu geben, bei denen die Diener nackt sind, und anschließend gebe ich den weiblichen Gästen die Möglichkeit, sich mit jedem Mann zu vergnügen, den sie begehren, nachdem alle zuvor von mir auf Qualität getestet worden waren. Dies und Variationen dieses Themas liebe ich besonders, da ich die Männer erotisch bekleiden oder schmücken kann.
Ich habe viele erotische Träume, häufig von durchsichtig gekleideten Männern oder griechischen Göttertypen, gewöhnlich nackt. Manchmal träume ich nachts, daß ich Sex habe, in meinen Träumen ist es aber immer jemand, den ich kenne, niemals ein Fremder. Die Männer in meinen Phantasien sind immer schön, blond und unbekannt.
Eine meiner Lieblingsphantasien ist es, unsichtbar inmitten nackter Männer zu sein, fasziniert zuzusehen, wie sie sich bewegen. In der Wirklichkeit und in der Phantasie liebe ich es sehr, Männer zu betrachten, ihre Körper, und ich habe Phantasievorstellungen, von denen dies nur einige Beispiele sind, bereits seit ich zwölf Jahre war. (Brief)

Margarete

Ich bin sechsundzwanzig, unverheiratet und wohne ganz allein auf dem Land. Ich habe bisher noch nie an eine Zeitschrift geschrieben. Diesmal jedoch war ich entschlossen, den Brief zu beantworten.
Vor einigen Jahren war ich nahe daran, Nonne zu werden. Ich war ein Jahr lang in einem Kloster und begann meine Umgebung zu hassen, denn ich war überzeugt, daß eine große Anzahl Novizinnen tatsächlich sexuell frustriert waren. Ich selbst war es jedenfalls von Anfang an und mußte einfach aufgeben. Bevor ich ins Kloster ging, hatte ich eine leicht lesbische Veranlagung, die aber dann stärker wurde. Ich masturbierte schon vor dem Eintritt ins Kloster häufig, aber das steigerte sich enorm. Ich mußte einfach irgendwie Erleichterung finden. Zum Glück entwikkelte ich eine Zuneigung zu einer Novizin, die älter war als ich, und wir masturbierten sehr oft gemeinsam. Dabei begann ich dann Phantasien zu haben. Ich entwickelte eine Zuneigung zu einer Nonne, und während ich mit mir selbst spielte, dachte ich an sie. Ich stellte mir vor, es seien ihre Finger, die meine Klitoris reizten. Ich versuchte, sie mir vorzustellen, wie sie splitternackt, mit Haaren in der Schamgegend, an meinem Bett stand. Außerdem stellte ich mir vor, daß eine andere Nonne mit ihr spielte. Das brachte mich sehr schnell zum Höhepunkt.
Als ich das Kloster verließ, wurde ich Lehrerin an einer Mädchenschule. Ich war immer gern dabei, wenn die Mädchen morgens alle zusammen unter die Dusche gingen. Meine Gedanken wanderten immer zu einem bestimmten Mädchen, dessen Körper ziemlich weit entwickelt war. In der Abgeschlossenheit meines Zimmers zog ich mich dann aus, legte mich aufs Bett und dachte an das Mädchen, wie ich es unter der Dusche gesehen hatte.
Dann lernte ich einen Mann kennen, der aufregend zu sein schien. Ich lernte auch drei von seinen Freunden kennen, und ich möchte hinzufügen, daß wir alle liberal sind und zuweilen kleine Sexparties veranstalten, bei denen wir alle nackt sind. Auch hier habe ich wieder Phantasien. Ich liebe keinen von ihnen, aber es macht mir Spaß, von ihnen gefickt zu werden, während die anderen zusehen. Während ein Mann tatsächlich in mich eindringt, denke ich an einen anderen der anwesenden Männer. Einer ist dunkelhäutig, denn er ist Italiener und hat einen großen Penis. Wenn ein anderer Mann in mir ist, stelle ich mir vor, es sei der Italiener. Wenn ich gefickt werde, komme ich selten. Ich komme, wenn ich mit mir spiele oder allein in meiner Wohnung einen Vibrator benutze. Aber ich simuliere einen Höhepunkt, um den Mann glücklich zu machen, und benutze oft obszöne Ausdrücke. Ich kaufe mir viele

Sexbücher und habe sogar ein Album mit Fotos von nackten Mädchen. Wenn ich mich ganz verworfen fühlen möchte, lege ich das auf meinen Nachttisch, nehme meinen Vibrator und ein Tonbandgerät und spreche laut meine Gedanken über einen Mann oder vielleicht auch über ein Mädchen aus, mit dessen Körper ich gern spielen möchte. Ich bin nicht verrückt. Ich bin sehr normal, aber der Sex interessiert mich ungeheuer. Ich werde niemals heiraten. Ich weiß genau, daß ich treulos sein würde. Ich liebe meinen eigenen Körper viel zu sehr und mag es, wenn andere damit spielen! (Brief)

Alexandra

Ich bin siebzehn und habe eine intime Affäre mit einem Mann gehabt. Einmal, als wir uns im Auto liebten, hatten wir vor der Volksschule geparkt, die ich als Kind besuchte. Ich erinnere mich, daß ich bei dem Gedanken, wie ironisch das doch war, innerlich gelacht habe. Ich versuchte mir vorzustellen, wie ich die Situation als Kind gesehen hätte. Das erregte mich, vielleicht, weil ich nun etwas tat, das mir als Kind verboten war.
Masturbiert habe ich zum erstenmal, nachdem ich *Candy* gelesen hatte. Ich erinnere mich daran, weil ich so tat, als sei ich das junge Mädchen in dem Buch, und zum erstenmal einen Orgamus hatte. Damals wußte ich noch nicht, was das war, aber ich fand es bald heraus. Eine Zeitlang kam ich pro Tag mindestens einmal zum Orgasmus. Ich las ein «schmutziges» Buch, und beim Masturbieren las ich die Zeilen in Gedanken noch einmal. Nachdem ich zahllose Bücher gelesen hatte, begann ich meine eigenen Geschichten oder Phantasien zusammenzubasteln.
Ich möchte Ihnen hier einige Situationen beschreiben, die mich in Erregung versetzten: beim Anhalten bei Nacht an einer Straßenecke von einem Auto mitgenommen und von drei Männern vergewaltigt zu werden; dieselbe Situation, nur freiwilliger Geschlechtsverkehr mit allen dreien; Callgirl mit gutem Ruf; unter Drogeneinfluß verführt zu werden; Objekt sexueller Experimente, wie sie in den KZs der Nazis im Krieg vorkamen; Geschlechtsverkehr mit einem Hund, während ein Freund zusieht; Geschlechtsverkehr mit meinen Brüdern; Sexspiele mit meinem Vater, mit meinen Schwestern (in den Phantasien, in denen eine Mutter oder ein Vater vorkommt, waren dies niemals meine eigenen Eltern; ebenso waren die Gesichter der Geschwister verändert – eine Tatsache, die ich interessant finde, weil ich es unbewußt mache); Geschlechtsverkehr mit meinem Lieblingslehrer ... Die Liste ist noch länger.

Viele meiner ersten Phantasien drehten sich um einen gewissen Sadismus oder Masochismus, nachdem ich jedoch die emotionale Seite des Liebeslebens kennengelernt hatte, waren diese Phantasien bald nicht mehr wirksam. Im Gegenteil, ich fand sie geschmacklos. Jetzt habe ich ebenso viele «Lieblings»-Phantasien, unter denen ich wählen kann, aber sie haben alle mit Gefühlen zu tun, entweder mit Liebe oder Haß: durch ein Liebesritual in eine Hexenvereinigung aufgenommen zu werden (ich habe das irgendwo gelesen); mit jemandem zu schlafen, den ich gerade erst kennengelernt habe und mit dem ich mich auf Anhieb gut verstehe; eine Affäre mit meinem Lehrer zu haben, die bestimmt nicht im Bereich der Phantasien bleiben würde, wenn ich ihm ein bißchen Mut machte. All diese Phantasien halten sich ziemlich nahe an der Wirklichkeit.
Außerdem habe ich zuweilen lesbische Phantasien. Darin bin ich niemals selber beteiligt, sondern nur Zuschauerin. Früher hatte ich auch Phantasien über Orgien, und auch da war ich passive Zuschauerin. Aber die benutze ich nicht mehr. Jetzt bin ich mehr für die Gefühle. (Brief)

Stephanie

Als ich zuerst von Ihrer Bitte um sexuelle Phantasien las, dachte ich: «Aber das trifft nicht auf mich zu, soweit ich mich erinnern kann, habe ich niemals phantasiert.» Nach einigem Nachdenken jedoch wurde mir klar, daß ich mich gezwungen hatte, sie zu vergessen. Und bei gründlicher Überlegung muß ich zugeben, daß ich zwar phantasiert habe, mir aber nie darüber klar war, daß ich mich davon erregen ließ.
Nachdem ich ein Buch über römische Orgien gelesen hatte, stellte ich mir vor, Geschlechtsverkehr mit einem Esel zu haben, denn ich hatte eine Beschreibung eines derartigen Ereignisses gelesen. Allerdings fand ich es schon bald abscheulich. Eine andere Phantasie, die ich mehrmals hatte, und zwar immer dann, wenn ich mich vor dem Geschlechtsverkehr fürchtete, etwa nach der Geburt eines Kindes oder wenn ich abgespannt war (versuche ich mir etwas weiszumachen?), ist folgende: Ich stelle mir vor, ich bin im Dschungel bei einem primitiven Stamm. Man zwingt mich, zuzusehen, wie einige Stammesmitglieder wegen verschiedener sexueller Vergehen bestraft werden. Die Foltern male ich mir in allen Einzelheiten aus. Den Männern wird der Penis oder das Skrotum abgeschnitten, oder man gießt ihnen glühend heiße Flüssigkeiten in die Harnröhre. Den Frauen führt man ganz langsam glühend heiße Eisenstäbe ein. Als der einzige zivilisierte Mensch dort bin ich entsetzt über diese Praktiken.

Jetzt, da ich Ihnen diese Phantasien schildere, fällt mir eine andere, ganz ähnliche ein. In der befinden wir uns in einem Nazi-KZ. Dort gibt es eine grausame Frau, die Männer foltert. Sie zwingt sie, den Urin so lange zurückzuhalten, bis sie platzen. Sie hat eine Maschine, in die sie ihren Penis einspannt. Diese Maschine stimuliert sie ununterbrochen, so daß sie ständig Orgasmen haben. Ich erinnere mich, daß ich versucht habe, diese spezielle Folter zu Ende zu führen, aber es wollte mir nichts einfallen, außer, daß der Penis der Männer schlaff wurde, also mußte ich eine andere Folter erfinden, die anschließend angewendet wurde – welche, weiß ich heute nicht mehr. Die Frauen in dem KZ waren alle sehr jung und wurden von einem verrückten Professor vergewaltigt. Ihre Geschlechtsteile waren noch nicht voll entwickelt, und so schaffte er es immer, sie umzubringen. Er wandte alle möglichen Praktiken an, aber ich erinnere mich nur an diesen Saal voller Mädchen, jedes einzelne so gefesselt, daß er ihre Geschlechtsteile bequem untersuchen und sich dasjenige auswählen konnte, das diesmal an die Reihe kommen sollte.
Übrigens bestehen die meisten dieser Phantasien aus Dingen, über die ich gelesen habe; nur sehr wenig ist frei erfunden. Es finden auch noch andere Dinge in diesen Phantasien statt, aber alle in derselben sadistischen Richtung.
Meinem Mann erzählte ich von der Dschungelphantasie; ich glaube, er war ein bißchen schockiert, aber ich mußte nur darüber lachen, als ich es ihm schilderte. Ich fühle mich kein bißchen schuldbewußt deswegen, denn obwohl ich irgendwo ganz tief innen eine pervertierte Sadistin sein mag, zeigt sich das im täglichen Leben nie; im Gegenteil, ich bin ein sehr sanfter Mensch, daher konnte ich es mir leisten, darüber zu lachen, denn die Tatsache, daß ich diesen Teil meines Ichs unter Kontrolle gebracht hatte, verlieh mir Sicherheit.
Wie gesagt, ich erinnerte mich nur mühsam an diese Phantasien, vor allem, weil ich das Gefühl hatte, daß sie eine Gefahr darstellten; daher gönnte ich sie mir nur ein- bis zweimal und unterdrückte sie dann sofort. Nicht, weil ich ein schlechtes Gewissen hatte, sondern weil ich es als Mangel an Selbstbeherrschung betrachte, sich allzu sehr einem Genuß hinzugeben. (Brief)

Verschiedene Assoziationen

Frauen werden erregt, wenn sie Dinge sehen. Das ist eine zwar einfache Behauptung, aber ich habe mich viel damit beschäftigt, weil sie so häufig abgestritten wird. Selbst vergleichsweise liberale Zeitschriften unterstützen die Legende, daß

Frauen den Anblick des männlichen Körpers häßlich oder beängstigend finden: Sie zeigen männliche Modelle zwar tatsächlich nackt – verdecken aber meist mit einer ach so zufällig plazierten Hand den springenden Punkt. Dieses schlichte Ableugnen der Quelle der weiblichen Phantasien ist beinahe so endlos wie die Phantasien selbst. Dabei sind diese Quellen so offensichtlich, daß schon ihre Erwähnung erkennen läßt, wie leicht sie als Ausgangspunkt einer Phantasie dienen können.

Frauen phantasieren über ehemalige Liebhaber, über ihren ersten Orgasmus, ihr erstes «anderes» Sexerlebnis etwa mit einer anderen Frau oder mehreren Personen. Es gibt Phantasien, welche die Fortsetzung eines realen oder in der Erinnerung lebenden Sexualerlebnisses sind – eines gestohlenen Kusses, eines Händedrucks, des ersten Abendessens in einer noch nicht vollzogenen, aber zweifellos entstehenden Affäre –, sexuelle Zündfunken, die noch nicht gezündet haben, es vielleicht niemals tun werden, außer in der Phantasie. Es gibt die absolut fiktive Phantasie, entstanden aus der Vorstellungsgabe der Phantasiererin, ausgelöst von einem attraktiven Gesicht bei einer Einladung, dem Helden eines Fernsehfilms, einem Popmusiker oder einem Filmstar. Sollte Ihnen noch nicht aufgefallen sein, daß diese letzte Möglichkeit zur Phantasie tatsächlich endlos ist, dann denken Sie nur an die Millionen von Frauen – eine sitzt vielleicht gerade neben Ihnen –, deren Augen glasig, deren Hände feucht werden und deren Lippen sich zu einem erwartungsvollen Lächeln öffnen, wenn sie Tom Jones oder Paul Newman sehen. Glauben Sie wirklich, daß sie an gar nichts denken, oder daß sie abschalten, wenn der Fernseher abgeschaltet wird?

Weniger offensichtlich sind jene Phantasien, die dem Bemühen der Frau entspringen, mit Emotionen und Wünschen fertigzuwerden, die zu erschreckend oder destruktiv sind, um tatsächlich ausgelegt zu werden. Fast genauso, wie Träume zum gesunden Ventil für die heftigen Emotionen werden, die wir in Wirklichkeit nicht erleben wollen, können sexuelle Phantasien der Frau die Möglichkeit verschaffen, Erfahrungen zu machen ohne die Plage der Eifersucht oder den Konflikt, wenn sie andere Männer begehrt. Deswegen habe ich hier Gerdas Phantasie eingefügt; ihre von der Eifersucht auf die ehemalige Freundin ihres Liebhabers ausgelöste Phantasie nimmt die Gestalt einer lesbischen Beziehung mit jener anderen Frau an.

Susie

Ich bin seit über drei Jahren verheiratet und habe letztes Jahr eine ein Jahr dauernde Affäre mit einem Kollegen, einem leitenden Beamten, (G), beendet, der doppelt so alt ist wie ich. Wenn mein Mann mit mir schläft, stelle ich mir häufig vor, daß G. wieder auf mir liegt (schwierig, da G. schwerer, größer und viel behaarter auf der Brust ist als mein Mann), und wenn ich an meinen Liebhaber denke, fällt mein Orgasmus viel stärker aus. Manchmal rufe ich, wenn ich komme, sogar seinen Namen, aber nur unterdrückt. (Zum Glück – in dieser Hinsicht – ist mein

Mann auf einem Ohr taub!) Mit meinem Liebhaber hatte ich ein weitaus leidenschaftlicheres Verhältnis als mit meinem Mann, selbst damals, als wir noch verlobt waren. G. und ich brauchten einander nur anzusehen, und er bekam eine Erektion, während ich feucht wurde. Es hilft mir sogar, wenn ich daran denke, daß die Bettlaken, unter denen ich mit meinem Mann schlafe, dieselben sind, unter denen ich mit G. lag, während mein Mann geschäftlich verreist war.

Seit dieser Affäre habe ich versucht, das angeschlagene Ego meines Mannes wiederaufzubauen, indem ich ihm sagte, was für ein guter Liebhaber er ist. (Es hilft, daß ich jetzt bei meinem Mann regelmäßig zum Orgasmus komme, während ich vor meiner Affäre nur in der «oberen» Position kam.) Manchmal muß ich meinen Mann mit ein paar Notlügen überzeugen. Ich glaube, er würde mich verlassen, wenn er wüßte, woran ich wirklich denke.

Wenn mein Mann mich fickt, träume ich von G.s Lieblingsspiel; ich mußte mich ganz schwarz anziehen, mit Strumpfhaltergürtel und Strümpfen unter einem langen schwarzen Rock, der an der Seite geknöpft wurde. Nachdem er sich bis auf die Hose ausgezogen hatte, küßte er mich, bückte sich, streichelte mein Bein dort, wo der Rock geschlitzt war, und fuhr mit der Hand unter dem Rock empor, bis er die Oberkante meiner Strümpfe und die Strumpfhalter fühlte, wobei er gleich zu keuchen begann. Dann öffnete er von unten nach oben die Knöpfe. Inzwischen waren wir beide ziemlich heiß, und ich «stieg» auf ihn, rieb meine Nylons an seiner Hose. An diesem Punkt meiner Phantasie, nachdem ich mein Oberteil ausgezogen und seine Hose geöffnet habe, verkehrten wir im Stehen, meine Beine um seine Taille geschlungen, während G. meinen Rücken stützte, gewöhnlich aber wollte er erst an meiner linken Brust saugen, und dann zogen wir einander vollständig aus. Anschließend bewunderten wir einander in meinem Frisiertischspiegel, reizten einander, und ich bewunderte sein erigiertes Organ und nahm es häufig in den Mund, was er sehr liebte. (Das hatte noch keine Frau mit ihm gemacht ... Zuerst hielt er es für pervers!)

Wie Sie sehen, vermischen sich meine Phantasien ständig mit dem, was wirklich geschehen ist. Am Morgen holte mich G. mit seinem Wagen ab und phantasierte über die Positionen, in denen er mich am Abend nehmen wollte; häufig streichelte und küßte er mich so wild, daß ich einoder zweimal um 8 Uhr 15 morgens auf dem Vordersitz auf seinem Schwanz saß, während seine Chefs sich fragten, was denn mit dem alten, zuverlässigen G. los sei! Sein beliebtestes Ritual bestand darin, mich so zu reizen, daß ich ihn anflehte, in mich einzudringen und «mein Feuer zu löschen». Das war okay, solange er sich beherrschen konnte, häufig aber

konnte er das nicht, vor allem vor dem Spiegel, und wir fickten einander auf dem Fußboden bis zum Wahnsinn. Vor allem eines Abends wälzte er sich mit mir auf dem Teppich des Vorderzimmers herum, während ich mehrmals zum Orgasmus kam, und erst eine halbe Stunde später sahen wir, daß ich mir auf dem Rücken an fünf Stellen die Haut aufgescheuert hatte. Meinem Mann erzählte ich, daß ich Bodengymnastik getrieben hätte. All das, das Wirkliche und das Erdachte, geraten während der Phantasie bei mir durcheinander. Außerdem phantasierten G. und ich gemeinsam über die Frage, wie es wohl wäre, wenn wir in seinem Wagen an einem abgelegenen Ort auf einem Felsvorsprung mit Büschen ringsum miteinander schliefen und die zweihundert Männer seiner Abteilung plötzlich hinter den Büschen hervorkämen und uns sähen. Ich glaube, das hätte mir tatsächlich Spaß gemacht, und ich habe mir immer wieder vorgestellt, wie sie alle masturbierten, als sie sahen, daß ihr Chef auch in anderen Dingen gut ist, nicht nur in der Arbeit. Ich hätte gern gesehen, wie sie reagierten, wenn ich den Penis meines Liebhabers in den Mund nähme und mit ihm spielte; das hätte viele von ihnen schockiert, weil viele von ihnen alte Weiber sind, vor allem, wenn sie gesehen hätten, wie ich ihn damit zum Höhepunkt bringe und seinen Samen schlucke, oder wenn G. kommt, einfach weil ich meine Vaginalmuskeln anspanne (ein Trick, den ich von meiner Mutter gelernt habe – ha! – mit meinem Mann kann ich das aber nicht machen; der ist nicht sensibel genug).
Mein Mann ergreift im Bett eigentlich nie richtig die Initiative, und ein Orgasmus ist für ihn offenbar mehr eine Erleichterung als eine Entspannung. (Übrigens sind wir seit drei Jahren verheiratet, und er ist vierundzwanzig.) Am meisten vermisse ich die Manipulationen meines Liebhabers an meinem Körper beim Verkehr, und die Art, wie er die Situation mehr oder weniger beherrscht. Wenn ich mit meinem Mann zusammen bin, erinnere ich mich vor allem daran, wie G., wenn er zum Höhepunkt kam, vor Lust grunzte und stöhnte, mich heftig küßte und mir das Gefühl vermittelte, ganz Frau, vollständig sein Besitz zu sein. So habe ich mich seit Monaten nicht mehr gefühlt.
Ich danke Ihnen für die Gelegenheit, mir etwas von der Seele zu reden, das mich seit nahezu zwei Jahren bedrückt. Häufig habe ich mich danach gesehnt, meinem Mann die Einzelheiten meines Ehebruchs zu schildern: Es würde meine Meinung von meinem Mann erheblich steigern, wenn er sich an dem, was mein Liebhaber erlebt hat, freuen könnte. Aber ich weiß ja, daß das unmöglich ist. Schließlich beruhen meine Phantasien auf der Wirklichkeit. (Brief)

Adrienne

Adrienne ist einer jener lebhaften, fröhlichen Menschen, die man leicht kennenlernt. Ich begegnete ihr auf der Reise mit der «Queen Elizabeth» von New York nach Southampton. Obwohl die Reise nur fünf Tage dauert, lernen sich die Menschen auf einem Schiff so schnell und so intim kennen, daß es einem unglaublich erscheint, wenn man an Land ist und zurückdenkt.
Dies war der Fall bei Adrienne und mir. Wir wurden auf der Cocktailparty des Kapitäns miteinander bekannt gemacht. (Wir beide waren praktisch die einzigen alleinreisenden Damen unter sechzig an Bord; daher wurden wir natürlich eingeladen.) Spitznamen, schnell erfunden und verliehen, sind ebenfalls Teil des Lebens an Bord, und hier gab es einen Herrn, den Adrienne beinahe sofort den «Spieler» taufte. Als ich sie kennenlernte, kannte sie ihn bereits, und wir drei tranken vor dem Dinner oft noch ein Glas zusammen. Der Spieler gehörte zu den Männern, die gern und viel über Sex reden, und bestand mit erstaunlicher Hartnäckigkeit darauf, mehr über auch das kleinste Detail, das erwähnt wurde, zu erfahren. Eines Abends, nachdem sich der Spieler verabschiedet hatte, kamen Adrienne und ich zu unserem Gespräch.
Adrienne ist eine füllige, beinahe professionell gesellschaftserfahrene Zwei- oder Dreiunddreißigerin; wie gesagt, glaube ich kaum, daß wir an Land mehr getan hätten, als uns gegenseitig beim Vornamen zu nennen, so wenig hatten wir gemeinsam. Aber sie redete gern, und ich hörte ihr zu.

Als Sie mich neulich fragten, ob ich jemals sexuelle Phantasien gehabt hätte, war ich zuerst fest überzeugt, niemals eine gehabt zu haben. Was war mir da entgangen? Vielleicht hat der Spieler etwas damit zu tun, daß ich noch mal nachgedacht habe. Jetzt, wenn ich so überlege, fällt mir ein, daß meine Gedanken bei mehr als einer Gelegenheit durchgegangen sind und daß ich eine lebhafte Vorstellungsgabe besitze. Ich war nur einfach nicht daran gewöhnt, diese Ideen und Bilder als «Phantasien» zu bezeichnen.

Vor mehreren Jahren ging ich mit einem Mann namens Ted. Er war groß (wie der Spieler), sah gut aus, und ich fand ihn sehr attraktiv, aber zurückhaltend. Als ich ihn kennenlernte, waren wir auf einer Dinnerparty, die im Freien auf einer wunderschönen, mit rosa und weißen Petunien bewachsenen Terrasse stattfand. Es war ein warmer Abend, und wir tranken Pink Gin, ein Drink, der mich immer sehr romantisch und sehr sexy stimmt. Wir waren einander gerade erst vorgestellt worden, aber da standen wir, allein auf der Terrasse, und ich erzählte ihm, daß ich zu Hause in meiner Wohnung einen riesigen Teddybär hätte. Unverzüglich antwortete er, jetzt könne ich in der Nacht einen weiteren «Teddy» haben. Er sagte es lässig und mit soviel Humor, daß ich mir dachte: «Na ja, warum nicht?»
Er war ein wunderbarer Liebhaber. Sie wissen sicher, daß manche Men-

schen beim Sex immer einen Plattenspieler laufen lassen müssen, nicht wahr? Nun, ich brauche, um in Sexstimmung zu kommen, lediglich an unser Gespräch an jenem ersten Abend zu denken. Immer wieder stelle ich ihn mir als großen Teddybär vor und mich als einen Honigtopf. Er war ein sehr hungriger Bär und saugte und kratzte aus dem Topf, soviel er nur konnte, und ich wünschte nur immer wieder, daß mein Topf stets gefüllt sein möge. Allein, wenn ich jetzt daran denke ... Ich spüre schon, wie ich auf einmal ganz erregt werde ... He! Wohin ist der Spieler gegangen? (Gespräch)

Doris

«Da war es nun, dieses Erlebnis, das der Höhepunkt im Leben einer Frau sein sollte, und es war wie eine Art Freiübung», sagt Doris, als sie von ihrer Einführung in den Sex durch Henry, ihren damaligen Verlobten, erzählt. «Meine Reaktionen waren immer dieselben. Ich wurde von den Präliminarien erregt, aber dann wartete ich bloß noch darauf, daß das, was man ‹das Wahre› nennt, vorüber war.»

Doris fühlte sich irgendwie betrogen und war böse auf Henry. Schließlich lösten sie ihre Verlobung auf. Zuvor jedoch erklärte Doris Henry, was sie empfand. Daraufhin kaufte er ihr «etwas ganz Besonderes». «Es glich einem kleinen, dikken Gummiband», sagt Doris, «ungefähr zweieinhalb Zentimeter breit, und hatte auf einer Seite ein komisches, kleines, emporstehendes Ding. Ich weiß noch, daß ich dachte, es sieht aus wie die Flosse eines Haifischs, die mitten aus dem Gummiband hervorragt.» Henry streifte sich das Gummiband über den erigierten Penis, und mit jedem Stoß massierte die kleine Flosse beim Herausziehen und Hineinstoßen meine Klitoris so großartig, wie es Henrys Penis niemals geschafft hatte. Noch nie hatte ich ein solches Gefühl gehabt. Noch nie hatte ich einen solchen Orgasmus gehabt.»

Ein Jahr nach Auflösung der Verlobung heiratete Doris einen anderen. Ihr Mann weigert sich, «eines von diesen kleinen emporstehenden Dingern» zu kaufen, wie Henry es gehabt hatte, aber er hat gelernt, sie mit dem Finger zum Höhepunkt zu bringen.

Es ist dunkel – vielleicht, weil ich die Augen geschlossen habe, um das Bild besser sehen zu können. Ich denke nur daran, daß Henrys großer Penis in mich hineinstößt wie ein großer, fleischfarbener Hai. Nur selten stelle ich mir vor, daß der Mann mein Ehemann ist. Gewöhnlich ist es mein ehemaliger Freund, zuweilen auch ein anderer Mann, den ich vor kurzem kennengelernt habe. Ich sehe alles sehr deutlich; der Penis des Mannes teilt mein Schamhaar, teilt meine Lippen, dringt in mich ein, und die kleine Spitze stößt auf die Klitoris zu, als sei sie begierig, mich dort zu berühren. Ich konzentriere mich auf diese kleine Haifischflosse aus

Gummi, die mich mit jedem Stoß genau an der richtigen Stelle massiert. Sie massiert mich, wenn sie hineingeht, sie massiert mich, wenn sie wieder herauskommt. Meinem Mann gegenüber habe ich nie wieder davon gesprochen, seit er sich weigerte, eine zu kaufen. Aber dies ist eines der schönsten Hochzeitsgeschenke, die uns mein ehemaliger Freund hätte machen können ... dieses Bild davon, das ich in Erinnerung habe.
Ich stelle mir gern vor, daß wir uns in einem tropischen Meer oder einem warmen Swimmingpool lieben. Und dann sehe ich diesen rosa Hai auf mich zugeschwommen kommen, und ich öffne meine Beine ganz weit. Der Hai kennt mich, und ihm behagt das warme Gefühl drinnen. Es macht ihm Spaß, an den Lippen herumzuspielen. Manchmal, sogar wenn mein Mann nicht in mir ist, brauche ich nur an diese Haifischflosse zu denken, und schon gehe ich die Wände hoch. Im Geiste sehe ich das Bild. Mehr brauche ich nicht. Nur den Gedanken an diese rosa Flosse, die mich massiert. (Tonbandinterview)

Lulu

Alle lesbischen Phantasien, die ich habe, gehen auf das eine Mal zurück, als mein Mann und ich im Bett mit einem anderen Mädchen experimentierten. Ein zweites Mal ist es nicht passiert, jedenfalls nicht bei meinem Mann – bei mir schon. Und ich muß zugeben, es hat mir Spaß gemacht. Es war die Idee meines Mannes, und obwohl er mich bat, die Initiative bei dem Mädchen zu ergreifen, machte mir das nichts aus. Seit jener Zeit habe ich mir manchmal überlegt, wie es wohl wäre, wenn ich allein irgendwo ein Mädchen anspräche und es verführte, oder wenn ich von einer dominierenden Frau verführt würde, vor allem, da ich bei meinem einzigen Erlebnis bisher die Initiatorin gewesen bin. Wenn ich mit meinem Mann im Bett bin, erlebe ich diese Szene immer wieder, stelle mir vor, wie das erste Mädchen tatsächlich bei mir war, und die Dinge, die ich vielleicht mit ihr versucht hätte, hätte ich nur mehr gewußt. Wenn ich will, kann ich mir sogar vorstellen, daß mein Finger ihre Zunge ist, so, wie ich mich daran erinnere. Das ist eine Menge Erinnerungen für ein einziges Erlebnis, finden Sie nicht? (Gespräch)

Daisy

Ich habe sexuelle Phantasien, seit ich vor drei Jahren heiratete. Ich stelle mir vor, daß ich die Straße entlanggehe, und plötzlich hält ein phantasti-

scher Wagen neben mir, und drinnen am Steuer sitzt Robert Redford. Neben ihm sitzt natürlich Paul Newman. Sie fahren mit mir zu einem eleganten Modeatelier, wo uns Mannequins die tollsten Kleider vorführen (genau wie in den alten Filmen aus den Vierzigern im Fernsehen). Sie kaufen mir fabelhaft elegante, sexy Kleider. Dann gehen sie mit mir auf einen Ball.
Alle Welt ist dort, Filmstars und ganz himmlisch aussehende Männer, die tollsten, die man sich nur wünschen kann. Natürlich wollen alle mit mir tanzen: Tom Jones, dem ich einen Korb gebe, weil ich einfach sein Gesicht sehen will ... Engelbert ... Franco Nero ist unglaublich eifersüchtig ... Der einmalige Elvis fragt, ob er mich nach Hause bringen darf, aber ich weise sie alle zurück und beende meine Phantasienacht damit, daß ich nach Hause gehe und leidenschaftlich mit Marc Bolan von T. Rex schlafe. (Brief)

Kitty

Ich bin eine glücklich verheiratete Frau von fünfunddreißig Jahren und denke oft an andere Männer und wie sie mich lieben würden. Meine lebhafteste Phantasie dreht sich um Tom Jones. Erst neulich, als wir allein fuhren, wanderten meine Gedanken davon. Plötzlich sah mich mein Mann an und fragte: «Warum lächelst du?» Ich antwortete: «Weil ich mit Tom Jones im Bett war.» – «Was hat er gemacht?» fragte er. «Alles», antwortete ich. «Und es war umwerfend!» Wir lachten beide sehr. (Brief)

Flora

Ich bin ein James Bond-Fan und stelle mir oft vor, daß ganz gewöhnliche Verkäufer phantastische Sachen mit mir machen, ehe sie mich mit ins Bett nehmen. Neulich stellte ich mir den Milchmann vor, als er mich gerade fragte, wieviel Liter ich wollte. «Oh, oh, sieben», flüsterte ich verträumt! (Brief)

Josie

Ich stellte mir früher immer vor, daß mein Mann Mick Jagger sei – bis zu der Nacht, als ich beim Höhepunkt unseres sexuellen Crescendos stöhnte: «O Mick!» Bis heute habe ich ihn nicht überzeugen können, daß «Mick» nicht der Briefträger oder der Gasmann oder ein Vertreter ist! (Brief)

Betty

Ich würde gern wissen, wie es ist, wenn man mit dem lässigen Tony Curtis oder dem sexy Roger Moore schliefe. Ich bin eine sechzigjährige Großmutter – und wiege 82 Kilo –, was wohl sicher nicht sehr sexy ist. Wenn ich meine Phantasieliebhaber sehe, bin ich richtig bei ihnen in der Fernseh-Szene; dann ist das Programm zu Ende, und ich muß mit meinem Mann ins Bett. (Brief)

Sarah

Meine Phantasie war immer, einfach jemandem davon zu erzählen, daß ich von sehr jungen Männern träume. Mein Liebling ist im Moment Richard Benjamin. Ich schäme mich sehr, denn im nächsten Mai werde ich fünfzig. Außerdem muß ich zugeben, daß ich sexuelle Phantasien habe, sobald ich gut gekleidete Männer *ohne Bauch* sehe! Ich kann Ihnen gar nicht sagen, wie aufregend ich einen flachen Bauch finde. (Brief)

Maud

Gott sei Dank für Ihren Artikel. Ich dachte schon, ich sei die einzige, die beim Sex gewisse Phantasien hat.
Ich habe nie mit jemandem darüber zu sprechen gewagt, weil man mich dann für unanständig gehalten hätte. Selbst jetzt scheue ich mich ein wenig, Ihnen zu schreiben.
Meine erste Phantasie hatte ich, wie ich mich erinnere, als unser Liebesspiel, wie an den meisten Abenden, vor dem Kamin damit begann, daß ich zwischen den Beinen meines Mannes war und Fellatio bei ihm machte. Dabei lief der Fernseher, aber der Ton war abgestellt, und plötzlich stellte ich mir vor, ich täte es statt mit meinem Mann mit dem Mann auf dem Bildschirm. Erregt wurde ich besonders, als ich mir vorstellte, ob der Mann, den ich da sah, einen Penis wie mein Mann hätte. Das steigerte meine Bereitschaft, meinem Mann Vergnügen zu bereiten, und obwohl er keine Ahnung hatte, woran ich dachte, genoß er meine gestei-

gerte Intensität mit Sicherheit, denn er kam im Handumdrehen zu einem großartigen Höhepunkt.
Das zweite Erlebnis wurde vom ersten inspiriert: Wieder bei eingeschaltetem Fernseher, lag ich auf den Knien und sah mir ein Fernsehspiel an, während er mich von hinten bestieg, und während er zustieß, stellte ich mir vor, das sei nicht er, sondern der gutaussehende Kerl in dem Stück. Die Wirkung auf mich war unbeschreiblich, und ich legte eine derartige Verve an den Tag, daß mein Mann, glaube ich, etwas argwöhnte, denn er langte über mich hinweg und stellte, sehr zu meinem Mißvergnügen, den Fernseher ab.
Bei anderen Gelegenheiten, wenn er zuweilen bei mir Cunnilingus macht, lege ich mich zurück und stelle mir vor, er sei ein junges Mädchen im Teenageralter (danach sehne ich mich). Aber leider habe ich nie Gelegenheit, eins kennenzulernen, da ich nicht allein aus dem Haus gehen darf. Er ist viel zu besitzergreifend, um mir das zu gestatten. (Brief)

Gerda

Ehe ich Nick, meinen gegenwärtigen Liebhaber, kennenlernte, hatte ich nie eine solche Phantasie, das heißt, keine, die sich um eine andere Frau drehte. Viele Phantasien, aber nie solche. Und in der Wirklichkeit habe ich nie an eine andere Frau auch nur «so» gedacht, würde niemals eine andere Frau sexuell wollen. Seit jedoch Nick mir von ihr erzählt hat, von dem Mädchen, mit dem er gelebt hat, kann ich nicht anders, ich muß daran denken, an sie, wie sie zusammen waren. Ich weiß, daß sie Nicks Sexualleben völlig veränderte, daß sie ihn zu einem besseren Liebhaber gemacht hat. Und ich weiß auch, daß er mit ihr Schluß gemacht hat, daß er mich liebt; davon bin ich so fest überzeugt, wie man es vernünftigerweise nur sein kann. Aber Eifersucht ist nicht vernünftig, oder? Und ich hasse sie, die Eifersucht; ich finde es schrecklich, was sie den Menschen antut, und ich werde nicht zulassen, daß sie für mich und Nick alles verdirbt. Manchmal habe ich das Gefühl, wenn ich dieses Mädchen je treffe, kratze ich ihr die Augen aus – wenigstens würde ich es gern tun. In meinen Phantasien aber ist alles ganz anders. Die sehen ungefähr folgendermaßen aus:
Das Bett ist eines von diesen antiken, schmiedeeisernen Betten, wie man sie in Italien findet. Die Italiener hängen religiöse Medaillen und Schmuck daran, und die beginnen dann durch die Stoßbewegungen beim Ficken zu klingeln. Das Bett ist rot angestrichen, und auf den Stä-

ben am Kopf- und Fußende sitzen vergoldete Kugeln. Das Bett steht im Zimmer dieses Mädchens, in ihrer Wohnung. Ich kann mir die Wohnung nach Nicks Beschreibung gut vorstellen, mitsamt dem kleinen Hund, winzig, mit langen, grau-braunen Haaren. Der Hund ist bei uns auf dem Bett; er leckt das Arschloch des Mädchens, das zwischen meinen Beinen kniet. Den Hund kann ich nicht sehen, aber ich weiß, daß er da ist, daß das Mädchen den Hund dazu abgerichtet hat, daß er das tut. Ich spüre die langen Haare des Mädchens an meinen Schenkeln und auf meinem Unterleib, als sie mich langsam küßt, meine Lippen mit den Fingern teilt, mit der Zunge direkt die empfindliche Stelle berührt, sehr sanft, und dann pressen sich ihre Lippen auf mich, voll, langsam, und dann kommt die Zunge, ebenfalls langsam, ganz langsam zuerst – und nicht nur die Zungenspitze, die wäre zu hart, sondern die ganze Länge und Breite der Zunge, weich, warm, sie leckt mich mit langsamen, großen, warmen, wiederholten Küssen. Das stumpfe Gefühl ihrer Zähne, als sich ihr Mund auf mich preßt. Nick ist da, er steht ein Stück entfernt, beobachtet uns, beobachtet mich, mein Gesicht. Er lehnt an der Wand, kühl, distanziert, interessiert, weiß, was ich fühle. Er trägt seine alte Khakihose, das rote Banlonhemd, die alten blauen Schuhe. Sein Blick weicht nicht von meinem Gesicht, er ist fasziniert, er wartet darauf, daß die Röte in meine Wangen steigt, wie es, das weiß er, geschehen wird, genau wie ich weiß, daß sein kühl-distanzierter Ausdruck weichen wird. Meine Lippen öffnen sich, und während mein Atem schwerer, schneller geht, ist es mit seinem das gleiche. Ich sehe, wie die Schwellung in seiner Hose immer größer wird; seine Hand wandert darauf zu. Irgend etwas in mir wehrt sich dagegen, daß dieses Mädchen mir Lust bereitet, jegliche Art von Lust, aber sie ist sehr gut darin, sie kennt jeden kleinen Trick, einfach den Rhythmus, den richtigen Rhythmus, langsam zuerst, die ganze Zunge warm und genußvoll an mir. Jetzt die Vorstellung ihrer Haare, all der langen, seidigen Haare – die Vorstellung, daß sie ein Mädchen ist, die Vorstellung, daß sie Rosie ist, Nicks ehemalige Freundin, erregt mich. Ich sehe, wie Nick seine Hose öffnet; er steht immer noch da, beobachtet immer noch mein Gesicht, braucht meine Erregung aber jetzt für seine eigene. Er zieht seinen Schwanz heraus, und seine lange, schlanke Hand beginnt ihn zu massieren, zieht die Vorhaut zurück, zieht sie langsam herauf und wieder herunter über das rosige, glatte Ende. Sein Rhythmus ist zuerst langsam wie der des Mädchens mit mir. Ich betrachte seinen Schwanz, ich kenne ihn so gut, ich beobachte ihn, die Adern geschwollen wie die Adern seiner Hand, und ich kontrolliere mich, passe mich ihm an. Meine Hand tastet nach dem Haar des Mädchens, das sich so wunderschön weich anfühlt – Himmel! Ist das wirklich eine Frau, die das mit mir macht? –, und mit ganz leichtem Druck halte ich ihren Kopf, passe die Bewegungen ihrer Zunge Nick und mir an. Aber ich brauche sie nicht zu führen, sie weiß Bescheid; sie hat mich immer gewollt. Wir brauchen Nick nicht. Jetzt braucht Nick uns. Ich entspanne mich; ich überlasse mich ganz ihr. Dränge mich gegen ihren Mund, so daß ihre Lippen gegen ihre Zähne gepreßt werden, und ihre Zunge in mich hineinschlüpft, mich begehrt. Mein Gesicht ist heiß, meine Fotze schmerzt vor Begehren nach ihr. Ich sehe, wie Nicks Hand sich immer schneller bewegt, er steht vorgebeugt, sein Körper kann sich kaum aufrecht halten, sein Mund steht offen, seine Hand bewegt sich auf und ab, auf und ab, genau wie er mich gelehrt hat, ihn zu massieren, sein Blick klebt an meinem Gesicht, fleht und bettelt, nicht aufzuhören. Das Mädchen stöhnt, ihre Zunge wird immer schneller. Sie wird gleich kommen, aber sie hält es zurück, wartet auf mich. Der Schrei steckt in Nicks Kehle, ich bin fast da, aber ich halte auf dem Höhepunkt inne, will nicht, daß es schon endet, warte, Nick, warte, noch nicht, noch nicht! Der kleine Hund liegt jetzt auf dem Rücken unter dem Mädchen, damit er ihre Fotze ablecken kann, aus der es tropft, aber sie wartet immer noch, ihre saugenden Lippen flehen, ihre Zunge hört nicht auf, bis – *jetzt!* (Auf Bitte niedergeschrieben)

5. Kapitel
Schuldbewußtsein und Phantasie

Das Schuldbewußtsein der Frauen

Ziehen sich die Frauen für die Männer an oder für die Frauen, ich habe mich stets gefragt, warum diese ewig provokative Frage immer so gestellt wird, als wäre der Kern der Sache, die Antwort, eine Angelegenheit der Zustimmung des einen oder des anderen Geschlechts. Die Frage wird jedoch nie zufriedenstellend beantwortet, weil sie falsch gestellt wird. Es ist Mißbilligung, die Angst vor Mißbilligung, welche die meisten Frauen motiviert, und bei Mißbilligung spielt es keine Rolle, von welcher Seite sie kommt.

Mit der sexuellen Phantasie ist es nicht anders; die Frage lautet nicht, für wen die Frauen sich ihre sexuellen Vorstellungen aussuchen, sondern aus Angst vor wessen Mißbilligung sie sie unterdrücken. Und die Antwort ist die gleiche wie oben. Wobei die Parallele zwischen dem, was eine Frau auswählt, um ihren Körper zu bedecken, und dem, was als sexuelle Phantasie in ihrem Kopf vorgeht, gar nicht mal speziell konstruiert ist.

Bei der großartigen Höhepunktszene des frühen Bette Davis-Films «Jezebel», in der sie auf dem traditionell in weiß stattfindenden Kotillonball in einem flammend roten Kleid erscheint – wessen Herz setzte da (zugleich mit der Musik) in entsetzter Mißbilligung und Beunruhigung über das Wagnis, so etwas zu tragen, aus? Das Herz jedes einzelnen Anwesenden, ob Mann oder Frau. Das heißt, bis auf das des gutaussehenden Glücksspielers George Brent, der plötzlich erkennt, daß seine eigene, ganz private Phantasievorstellung einer Frau auch diejenige Bettes ist. Und die der Zuschauer natürlich auch. einen kurzen Augenblick lang teilen wir mit ihr die Vorstellung, die kühnste und schönste Frau des ganzen Balles zu sein, die, statt wegen ihrer Kühnheit zurückgestoßen zu werden, vom männlichsten aller Männer, dem Helden, erkoren wird.

Dann gehen die Lichter an; wir stoßen einen Seufzer aus und gehen Heim, in die Wirklichkeit, in der wir natürlich ebensowenig daran denken würden, ein solches Kleid zu kaufen, wie wir daran denken würden, auf den nächsten «George Brent» zu fliegen, der des Weges kommt. Nicht etwa, weil uns ein rotes, eng anliegendes Kleid nicht stehen würde; es gibt für jede Frau ein Äquivalent für das, was dieses Kleid bewirkt, genau wie es für jede Frau irgendwo einen äquivalenten George Brent gibt, der für sie das sein könnte, was George für Bette war. Aber wir kleiden uns nicht «gegen die Regel» (und unserer Phantasie entsprechend) – aus demselben Grund, aus dem wir nicht unberechenbar handeln; wir würden zuviel Beunruhigung auslösen. In anderen Frauen, in unseren Männern, in uns selbst.

Statt dessen hält uns das Schuldbewußtsein, das wir im voraus über das empfinden, was wir – in unseren wildesten Phantasien – möglicherweise getan hätten, nicht nur davon ab, es tatsächlich zu tun, sondern es unterdrückt sogar die Phantasie. Das ist Schuldbewußtsein in seinem frustrierendsten Sinn. Wie das Endresultat aussieht, haben Sie gesehen: Frauen gehen an den Schaufenstern der Modegeschäfte vorbei («Ach, das ist nichts für mich»), lächeln nachsichtig und deuten damit an, sie hätten die Kleider überhaupt nicht *gesehen*, ebenso wenig, wie sie «anderen» Männern wahrhaft sexuelle Blicke zuwerfen. Nachdem sie ihre Phantasie wie ein Licht ausgeschaltet haben, werden sie auch für die Wirklichkeit blind; so ist es sicherer. Verdrängung ist eine Verteidigungslinie, die immer weiter vorwärtsrückt, Gefahren immer weiter vorn vermutet, und zum Schluß ist sogar die Phantasie selbst, ganz gleich, wie weit entfernt sie davon ist, ausgelebt zu werden, sexuell so bedeutungsschwer geworden, daß die meisten Frauen, die nicht mal im Traum daran dächten, in der Wirklichkeit zu «experimentieren», es auch in ihren Wachträumen nicht tun.

Um fair zu sein: Frauen sind sehr wenig darin geübt, über Sex nachzudenken (außer in ihren fast unbewußten Träumereien). Sie tun es vielleicht, aber sie denken nicht darüber nach. Deswegen bleibt die bohrende Schlafzimmerfrage der Männer: «Woran denkst du?» zumeist unbeantwortet oder erhält ein aufrichtiges, aber unüberlegtes «An gar nichts» zur Antwort. Die bewußten Gedanken der Frauen wandern, wie die Körper der Jungfrauen, nicht spontan von der offensichtlichsten Sexmöglichkeit zur nächsten. Das ist eine Frage der Übung, oder ein Mangel daran, wie beim Üben von Tonleitern. Kommt es gelegentlich doch einmal zur sexuellen Träumerei, bewegt die sich im allgemeinen auf einer geraden Linie und ist von kurzer Dauer. Es ist, als denke man in einer fremden Sprache. Das hat nichts mit Intelligenz oder «Befreiung der Frau» zu tun. So aufgeschlossen und freimütig wir auch alle werden, in diesem Zeitalter, in dem man nicht mehr schockiert sein kann, in dem doch alles geschrieben und verfilmt und gesellschaftlich so akzeptabel geworden ist, kenne ich immer noch Frauen, die verstummen, sobald das Thema sexuelle Phantasie aufs Tapet kommt.

Während ich an diesem Buch arbeitete, lernte ich Frauen kennen, die sofort begriffen, was ich wollte, die intuitiv so genau wußten, um was es ging, daß sie meine Worte aussprachen, ehe ich sie noch formulieren konnte. Sie waren ermutigend und begeistert und selbst Phantasiererinnen – nur konnten sie sich plötzlich, als wir so offen darüber sprachen, nicht mehr an den Kern der Sache erinnern, nämlich an ihre eigenen, spezifischen Phantasien. «Aber das ist doch lächerlich», sagte eine völlig perplex. «Ich weiß, daß ich phantasiere, aber ich kann mich einfach nicht erinnern ...» Nach einigen Tagen dann – in denen sie sich langsam an die Idee gewöhnt oder vielleicht auch wieder eine Phantasie gehabt hatten und sie diesmal in Erinnerung behielten – erzählten sie sie mir voller Triumph.

Von den meisten Frauen erwarte ich, daß sie behaupten, sie hätten keine sexuellen Phantasien. (Frauen, die Beiträge zu diesem Buch geliefert haben und sich ihrer Phantasien bewußt sind, bilden die Ausnahme, nicht die Regel.) Ich erwarte sogar, daß dieselben Frauen, die behaupten, keine Phantasien zu haben, genau die sind, die am liebsten über dieses Thema sprechen würden, die am interessiertesten sind und diese Idee eifrig verfolgen. Worauf ich jedoch nicht vorbereitet bin (oder vielmehr war, als ich begann), das ist das hilflose Suchen nach Worten, das manchmal fast hysterische Gekicher, der stammelnde Versuch, Sätze zu bilden, und die fast immer aufgestellte Behauptung, die alles zu leugnen sucht, indem sie alles zugibt: «Mit mir kann irgendwas nicht stimmen; ich habe überhaupt keine Phantasien.» Wenn man hört, wie eine intelligente Frau versucht, ein Wort an das andere zu reihen in dem Bemühen, zu beschreiben, was sexuelle Phantasien für sie bedeuten, dann ist das, als sehe man einem normal gesunden Kind zu, das urplötzlich eine Dystrophie entwickelt hat und nun mühsam versucht, einen Bauklotz auf den anderen zu setzen. Schon in einem früheren Kapitel habe ich meine Überzeugung erwähnt, die Trennung der Frau vom Sex beginne damit, daß sie in der Kindheit von Abenteuern und Entdeckungen, sowohl körperlicher als auch geistiger Art, ausgeschlossen wurde und man ihr nur begrenzte, begrenzende Spielsachen und Spiele erlaubte. Es ist, als wäre es ein Verbrechen, wenn ein junger weiblicher Körper beim Spielen geknufft und gestoßen wird, als ob das Verbrechen im Kontakt von Dingen und Menschen mit ihrem Körper läge. Und das Gefühl, es sei ein Verbrechen, berührt zu werden, auch von ihr selbst, wächst im Teenageralter so sehr, daß der Boden für das Schuldbewußtsein schon bereitet ist, falls sie zufällig darüber stolpert.

Wenn ihre eigenen Hände bereits zögern, das zu berühren, was offensichtlich und eindeutig ihr gehört, welche Chance hat ihr Geist dann noch, die Möglichkeiten dieses Körpers zu erforschen? Und woher soll sie das rudimentäre Material nehmen, das ihre Vorstellungskraft braucht, um darauf aufzubauen? Welche Bücher und Zeitschriften bieten ihr mehr als die Spielsachen ihrer Kinderzeit, mehr Anreiz, mehr Ideen für sexuelle Phantasien über ihren Körper, der so streng verboten ist? Wenn sie zwölf ist, sind all ihre Sinne kanalisiert: brave kleine Mädchen tun «solche Dinge» nicht; brave kleine Mädchen sehen auch nicht hin – daher das Feigenblatt, für den Fall, daß sie es doch tun. Und da brave kleine Mädchen nicht einmal an «solche Dinge» denken, wird sogar das Feigenblatt zum Rätsel.

Später, wenn das Rätsel gelöst und das Feigenblatt entfernt ist, sehen Frauen zwar hin (wenigstens einige), aber sie sprechen immer noch nicht davon. Die Verschwörung des Schweigens, die mit ihrer Mutter begann und die jede Frau zu ihrem eigenen Kerkermeister macht, zwingt die Frauen, stumm und so streng von ihren Gedanken getrennt zu bleiben, wie ihre Gedanken von ihrem Körper getrennt sind. Für mich ist das Tragischste daran nicht etwa, daß eine Frau in ihren Phantasien Schuldbewußtsein über das empfindet, was sie tut (dieses Schuldbewußtsein ist gewöhnlich ebenso tief vergraben und unbewußt wie die Phantasie selbst), sondern daß eine Frau Schuldbewußtsein darüber empfindet, daß sie überhaupt Phantasien hat. Sich schuldig zu fühlen, nicht wegen etwas, was man getan hat, sondern für etwas, an das man lediglich gedacht hat – *das* ist tragisch.

Christa

Ich nehme an, mein Sexualleben ist genauso normal wie das jeder anderen Achtundzwanzigjährigen. Es ist glücklich, es existiert, und ich habe mich nie frustriert gefühlt. Rudi und ich gehen jetzt seit zwei Jahren zusammen und werden auch wohl heiraten, wenn uns danach ist – und wenn ich deswegen nicht meinen Job aufgeben muß, den ich liebe. Ich muß viel geschäftlich verreisen, und Rudi weiß, daß ich vermutlich dann und wann mit dem einen oder anderen Mann schlafe. Aber die Eifersucht gehört nicht zu unseren Problemen. Im Grunde haben wir überhaupt keine – auch keine sexuellen Probleme. Wir schlafen kaum je einmal ein, ohne uns zuerst zu lieben. Das ist einfach natürlich. Das einzige, was nicht natürlich ist, das ist ein immer wiederkehrender Gedanke bei mir – das, was Sie vermutlich eine Phantasie nennen würden. Wenn es tatsächlich eine ist, dann ist es die einzige, die ich jemals gehabt habe, und ich habe sie fast jedesmal, wenn ich mit jemandem schlafe. Das ist das einzig Unnatürliche bei mir. Immer, wenn ein Mann auf mir liegt, in mir ist, habe ich unweigerlich diesen Wunsch, diese Vorstellung, daß er mich von hinten nimmt. Das tut er nicht, aber das ist es, was ich mir wünsche – jawohl, immer wieder von hinten gefickt zu werden. Davon träume ich. Vielleicht, wenn es geschähe, nur ein einziges Mal, vielleicht würde ich mich dann bei dem Gedanken daran nicht so schuldbewußt fühlen. (Brief)

Annie

Werden Sie die Ergebnisse dieser Arbeit veröffentlichen? Das hoffe ich sehr. Ich habe mich immer so schuldig gefühlt, wegen meiner sexuellen Gedanken, meiner Phantasien, überhaupt allem, was mit Sex zu tun hat, glaube ich, auch wegen dem Masturbieren. Aber ich habe nicht aufgehört, nicht mit dem Sex, und nicht mit den Phantasien ... Irgendwie konnte ich einfach nicht, es schien alles so natürlich zu sein. Aber das Schuldbewußtsein, das schien ebenfalls natürlich zu sein, bis ich meinen Mann kennenlernte. Er hat mir so sehr geholfen!

Zuerst muß ich sagen, daß ich seit dreieinhalb Jahren verheiratet bin. Ich bin zwanzig Jahre alt. Und obwohl ich sage, daß mein Mann sehr viel dazu beigetragen hat, mein Schuldbewußtsein in Sachen Sex zu mindern, muß ich zugeben, daß ich nie von meinen Phantasien erzählt habe. Ich habe niemandem davon erzählt. Ich hatte sie einfach und kam mir dann deswegen furchtbar vor. Ich sage es Ihnen jetzt, weil ich tief innen glaube, daß es das Schuldbewußtsein ist, was falsch ist, und nicht die Phantasie. Hier sind einige meiner Gedanken darüber.

Es ist immer besonders erregend für mich, mir vorzustellen, daß einer von unseren Freunden, ein anderer Mann, mit mir schläft, während in Wirklichkeit mein Mann mit mir schläft. Ich habe wirklich nicht den Wunsch, Beziehungen mit einer anderen Person zu haben, aber allein der Gedanke daran verschafft mir diese zusätzliche Erregung. Ist das so falsch? Ich würde nicht im Traum daran denken, meinem Mann davon zu erzählen. Wir sind sehr liberal, was unsere Sexpraktiken betrifft, doch nicht um die Welt würde ich ihn in seinem Stolz kränken, und das würde ich möglicherweise tun, wenn ich ihm von diesen Dingen erzähle.

Manchmal, wenn mein Mann mich oral liebt, stelle ich mir vor, daß eine Frau, die ich vor langer Zeit kannte, mit der ich aber keine körperlichen Beziehungen hatte, darum bittet, mich lecken zu dürfen. Ich stelle mir vor, daß sie das tut, wann immer ich es wünsche, und das ist oft. Das steigert meine Orgasmusfähigkeit enorm. Nach dem Orgasmus löst sich meine Phantasie vollständig auf – bis zum nächstenmal. Nicht, daß mein Mann im Bett nicht gut ist – er ist großartig –, aber der Gedanke an diese Frau macht es noch großartiger. Nur, daß ich später manchmal das Gefühl habe, ihn zu betrügen.

Jetzt erinnere ich mich auch an eine sogar noch frühere Phantasie ... Ich hatte sie fast ganz vergessen. Als ich sechs oder sieben Jahre alt war, stellte ich mir beim Masturbieren vor, daß mein Vater den Griff eines großen Schraubenziehers in mich hineinsteckte und mich masturbierte. Einen anderen Kontakt zwischen uns gab es nie, nur diesen. Es ist seltsam, denn ich hatte noch nie erlebt, daß etwas in mich eingeführt wurde, und mit meinem Vater habe ich mich nie sehr gut verstanden. Diese Phantasie hatte ich ein paar Jahre lang.

Ich glaube, Sie werden feststellen, daß die Männer sich über Ihr Buch alle ziemlich aufregen werden. Viele von ihnen denken doch immer noch, daß die Frauen nur zu ihrem Vergnügen da sind. Manche wollen nicht einmal zugeben, daß die Frauen (falls richtig behandelt) ebenso starke sexuelle Wünsche und Gefühle haben wie sie. Die meisten Männer, die ich vor meiner Ehe kennenlernte, wußten nicht mal, was ein Vorspiel ist. Wenn es allmählich immer bekannter wird, daß gewöhnlich ein Vorspiel notwendig ist, um bei der Frau den Ball ins Rollen zu bringen, möchte ich wetten, daß es eine ganze Menge mehr sexuell befriedigter Frauen gibt als jetzt. Ich hatte vor meinem Mann ungefähr dreißig andere Männer und hatte niemals einen Orgasmus; ich fiel immer auf solche, die draufhupften, wieder runterhupften und mich nach Hause brachten, und ich erzählte ihnen natürlich, sie seien fabelhafte Liebhaber und so, empfand in Wirklichkeit aber nur Frustration.

Wie ich Ihnen sagte, hat mein Mann viel dazu beigetragen, daß ich mich in punkto Sex weniger schuldig fühle, vor allem über das, was wir *wirklich* tun, und das ist alles, was uns Spaß macht. Ich weiß nicht, warum ich so sehr zögere, ihm von meinen Phantasien zu erzählen; ich weiß nicht, warum ich mich so schuldbewußt fühle, daß ich welche habe. Ich phantasiere nicht jedesmal, wenn wir miteinander schlafen. Ebenso häufig genügt mir mein Mann. Zuweilen aber, selbst wenn er außer seinem Penis noch seine Finger in mir hat und man meinen sollte, es gäbe außerdem nichts mehr, was mich noch stimulieren könnte, stelle ich mir vor, daß ich von vielen verschiedenen Penissen gefickt werde, daß ich eine Nymphomanin bin, die gar nicht genug von den verschiedensten Männern kriegen kann. Ich wollte, ich fühlte mich nicht so schuldbewußt wegen meiner Gedanken. Aber jetzt tue ich es schon nicht mehr so sehr, wo ich sie aufschreibe und höre, daß ich nicht die einzige auf der Welt bin, die solche Ideen hat. Manchmal denke ich, viele Frauen würden sich sogar schämen, zuzugeben, daß sie *überhaupt* sexuelle Gefühle haben.

Ich gebe nicht vor, zu wissen, was die Menschen motiviert, aber ich möchte wetten, wenn mehr Menschen offener wären und sich beim Sex mehr gehen ließen, geistig sowohl als körperlich, wäre die Welt ein besserer Ort. Bestimmt wären viele Menschen nicht so aggressiv und machthungrig, wenn sie einen passenden Sexpartner fänden, der sie so akzeptiert, wie sie sind. Wenn die Menschen sich von ihren tief eingewurzelten Sex-Schuldgefühlen befreien könnten, hätten sie mehr Zeit, gute Liebhaber zu sein, und weniger Zeit für Rache und Krieg. Guter Sex macht meinen Mann und mich sehr sanft. Wer könnte an Haß und Kampf denken und Pläne schmieden, wie er einen anderen übervorteilen kann, wenn er gerade sexuell sehr befriedigt worden ist, ganz gleich, mit welchen Mitteln dieses schöne Ziel erreicht worden ist? Nicht viele, möchte ich wetten. Und so verteidige ich zum Schluß tatsächlich noch meine «schmutzigen» Gedanken! Und meine damit wohl, daß ich sie für richtig halte. (Brief)

Liliane

Ich phantasiere nur, wenn ich masturbiere, und nehme an, was ich dabei denke, ist ziemlich typisch. Ich stelle mir vor, daß ein Mann mich liebt, daß er mich leidenschaftlich am ganzen Körper küßt, sich aber vor allem auf meine Fotze konzentriert, die äußeren Lippen reizt, mich absolut und sachverständig liebt. Ich liege einfach da, in Ekstase, und das macht mich hinterher ein bißchen schuldbewußt, weil meine Phantasie so selbstsüchtig war und ich mir nie auch nur vorstelle, daß ich *ihn* berühre. (Brief)

Alice

Als ich vierzehn war, hatte ich die übliche Beziehung mit einer guten Freundin (ich glaube, das haben die meisten Mädchen). In meinem Schlafzimmer tat sie, als sei sie die Puffmutter, und ich war ein jungfräuliches Mädchen. Sie kleidete mich in eine Art sexy wirkenden Bikini aus Chiffonschals. Anschließend war sie dann ein Kunde, eine rauher Seemann, der mich gegen meinen Willen nahm. Sie lag dann auf mir und rieb ihre Vagina an der meinen. Ich erlebte dabei sehr intensive Orgasmen (intensiver als bei einem Mann). Nachdem sie fortgezogen war, hatte ich nie wieder Gelegenheit zu einer derartigen Verbindung. Wenn ich jetzt masturbiere, denke ich gewöhnlich, daß ich von einer hübschen Frau verführt werde. Sollte das jedoch in Wirklichkeit noch einmal vorkommen, müßte schon ich von der Frau verführt werden, um meine Verlegenheit zu überwinden.
Ich habe mit meinem Liebhaber über meine lesbischen Phantasien gesprochen. Er weiß, daß ich deswegen schuldbewußt bin. Er hat versucht, daran teilzunehmen, indem er während des Sex mit mir sprach, mir erklärte, er sei eine Frau, und so weiter ... Das erregt mich bis zu einem gewissen Grad, aber ich bin nicht sicher, ob er es für mich tut oder wegen seiner eigenen homosexuellen Empfindungen, obwohl er behauptet, keine zu haben. Er mag es, wenn ich mich auf ihn lege (mein Rücken auf seiner Brust), damit er meine Brüste befühlen kann. Aus dem, was er sagt, schließe ich, daß er wünscht, es wären seine. Das ist ein erregender Gedanke für mich, und ich verstehe nicht, warum er nicht das geringste Interesse an der Homosexualität zugeben will. Schließlich habe ich es doch auch zugegeben. Da er in meinen lesbischen Phantasien nichts Beschämendes sieht, warum sollte er sich seiner homosexuellen Phantasien schämen?
Nicht alle meine Phantasien fallen in die lesbische Kategorie. Der Mann, mit dem ich zusammenlebe, hat einen gutaussehenden Vetter; ich stellte mir vor, daß er zu uns ins Haus kommen und mich nackt vorfinden würde, und wir würden miteinander schlafen, oder manchmal stellte ich mir vor, er käme mit Freunden, und sie würden mich alle anfassen, würden versuchen, mich in Erregung zu bringen; dann würde ich mit dem schlafen, der mir am besten gefiel. Jetzt habe ich diese Phantasie nur noch selten. Jetzt nehmen mich die Männer in meinen Phantasien mit Gewalt und sind älter als ich (gewöhnlich ungefähr fünfunddreißig). Manchmal ermuntert mich mein Liebhaber, mir vorzustellen, daß viele Männer mit mir schlafen; er streichelt und berührt mich überall sehr schnell, als seien seine Hände viele Hände. Das erregt mich sehr

stark, hinterher aber schäme ich mich. Manchmal meine ich, meine Phantasien machen ihm Spaß, sie erregen ihn, wenn wir miteinander schlafen, aber später, fürchte ich, blickt er deswegen auf mich herab, macht er mir deswegen Vorwürfe.
Bin ich eine heimliche Lesbierin? Ich weiß es nicht. Vielleicht könnte ich weniger heuchlerisch über meine Phantasien sein, wenn mein Liebhaber es auch wäre. (Brief)

Klara

Ich gebe mir große Mühe, mich von sexuellen Schuldgefühlen und Frustrationen zu befreien. Dank meines Mannes hoffe ich, sexuell bald vollkommen frei zu sein, aber ich muß zugeben, ich möchte nicht das Risiko eingehen und ihm von meinen Phantasien erzählen. Als wir uns kennenlernten, war er eifersüchtig auf andere Männer. (Ich habe nie geflirtet, sah nur gern andere Männer an, genau wie Männer gern eine Frau ansehen.) Jetzt sind wir jedoch sehr großzügig, und vielleicht wäre er überhaupt nicht eifersüchtig auf meine Phantasien. Ich nehme an, ich will ihm gar nicht unbedingt davon erzählen, ich hätte nur gern das Gefühl, daß es nicht schlimm ist, wenn ich solche Dinge denke, daß er nichts dagegen hat.
Ich glaube kaum, daß er gern hören würde, daß ich manchmal während des Verkehrs mit ihm an jemand anders denke. Gewöhnlich denke ich an einen anderen Mann, den ich gerade erst kennengelernt habe, der überaus attraktiv war und mit dem ich gerne schlafen würde. Ich liebe meinen Mann sehr – er ist der Größte –, aber ich glaube, daß wir sexuell auch andere Menschen lieben können. Das würde ich ihm niemals sagen, ich wünschte nur, er wüßte es und akzeptierte es, ohne daß ich es ihm sage.
Ich glaube jedoch, er wäre bereit, etwas über meine Phantasien beim Masturbieren zu hören. Meistens stelle ich mir vor, daß jemand ganz langsam auf mich zukommt und sich mir nähert, um meine Genitalien zu küssen. Während ich mir vorstelle, daß diese Person näher kommt, werde ich immer erregter, und wenn ich mir den Kuß vorstelle, habe ich einen Orgasmus. Manchmal stelle ich mir vor, daß diese Person weiblich ist – und das weckt Schuldbewußtsein in mir. Diese lesbischen Gefühle machen mir Sorgen, und ich möchte offen mit meinem Mann darüber sprechen, aber ich habe Angst davor. Außerdem, wenn ich sehe, wie erregt mein Mann beim Cunnilingus mit mir wird, frage ich mich manchmal, ob es mich ebenso erregen würde, wenn ich das mit einer anderen

Frau täte. Alle meine lesbischen Gefühle sind imaginär; vermutlich fühlte ich mich abgestoßen, wenn eine Lesbierin sich mir in Wirklichkeit nähern würde.
Meine anderen sexuellen Phantasien drehen sich um ein gewisses Maß von Voyeurismus oder Exhibitionismus. Eine ganz bestimmte besteht darin, daß jemand – keine spezielle Person – ins Zimmer kommt, während ich masturbiere, und eventuell mitmacht. Zuweilen stelle ich mir beim Masturbieren vor, daß mich, wenn ich zum Orgasmus komme, ein riesiger Hund leckt. Beim Verkehr stelle ich mir vor, daß andere Leute uns zusehen und daß der Mann eventuell schwarz ist.
Selbst während des Tages wandern meine Gedanken. Wenn ich einen Mann besonders anziehend finde, kann ich eine ganze Affäre zusammenphantasieren, fast so, als schriebe ich ein Buch oder ein Stück über unser Verhältnis.
Ich glaube, mein Mann würde diese Phantasien noch unterstützen, vor allem, da sich unser Verhältnis so sehr zum Besseren gewendet hat. Ich habe ihm erzählt, daß meine ersten sexuellen Gedanken als Kind nicht dem Verkehr galten, sondern der Nacktheit, nackten Menschen, vielen Menschen, die nackt an einem Swimmingpool oder in einem Park herumliefen. Ich gehörte natürlich auch zu den Nudisten, und dieses Nacktsein bei mir und den anderen erregte mich.
Wir sind erst seit drei Jahren verheiratet. Eine Zeitlang war es ziemlich langweilig, wenn wir uns liebten. Diesen Zustand haben wir aber überwunden, indem wir uns heftig ineinander verliebten und unsere vielen sexuellen Vorbehalte kurzerhand über Bord warfen.
Vielen Dank dafür, daß Sie dies wissen wollten. (Brief)

Cilly

Ich wollte einen Beitrag zu Ihrer Arbeit leisten, obwohl mein Sexualleben vermutlich mangelhaft ist und Ihren Recherchen nur wenig weiterhelfen wird. Doch selbst diese Tatsache wird Ihnen einiges verraten, und ich möchte das Gefühl haben, in engerem Kontakt mit der Welt, mit anderen Frauen zu stehen. Ich habe gesagt, daß mein Sexualleben mangelhaft ist, obwohl ich nicht weiß, was normal oder der Durchschnitt ist. Ich bin sicher, daß der Sex mehr bieten kann als das, was ich empfinde.
Wir sind seit sieben Jahren verheiratet, und unser Sexualleben ist kein bißchen anders als es war, als wir heirateten, nur daß es jetzt seltener ist. Man sollte meinen – oder hoffen –, daß Menschen, die lange zusammenleben, immer neue und interessante Dinge aneinander entdecken, die

ihnen helfen, dem anderen größeres Glück beim Sex zu schenken. Für mich aber ist der Sex nur erregend, wenn ich mir vorstelle, daß jemand mit mir Cunnilingus macht, was mein Mann nicht tun will; und ich habe mich immer zu schuldbewußt gefühlt, um mit jemand anders darüber zu sprechen. (Brief)

Beunruhigung der Männer

Frauen verschwenden viel zuviel Zeit und Gefühl auf Schuldgefühle, unnötige Schuldgefühle. In ihrer Isoliertheit und Ignoranz stellen sie sich sie verurteilend erhobene Finger vor. Ich glaube manchmal, jede Frau fühlt sich insgeheim von ihrem eigenen, ganz persönlichen Dämon verfolgt, der ihre eigene, ganz persönliche Form der Scham verkörpert; der sie hetzt, nicht wegen etwas Realem, sondern wegen etwas Eingebildetem. Im Finstern wachsen und gedeihen Scham und Selbstvorwürfe. Ich hoffe nur, daß dieses Buch den Frauen, die phantasieren, ein wenig hilft, die Schuldgefühle abzubauen, weil es ihnen zeigt, daß sie nicht allein sind, daß sie nicht die einzigen Menschen auf der Welt sind, die merkwürdige, häufig ungebetene Gedanken oder Ideen hegen; daß etwas «Schreckliches» zu denken nicht bedeutet, daß man schrecklich ist oder wirklich etwas Schreckliches wünscht; und überhaupt sollte man nicht verurteilt werden für etwas, das man denkt.

Aber nicht jedes Schuldgefühl, das die weiblichen Phantasien umgibt, ist eingebildet. Die Nervosität und Beunruhigung, die das Thema in den Männern hervorruft, ist überaus real, und die Frau muß das natürlich merken; wenn er beunruhigt ist, ist *sie* schuldig.

Ich kann verstehen, daß ein Mann nichts von den anderen Männern im Leben seiner Frau hören will, vor allem will er nicht hören, daß sie durch ihre Gedanken spuken, wenn er mit ihr schläft. Und ich verstehe auch, warum manche Frauen meinen, sie *müßten* ihrem Mann alles erzählen – aber warum sie es dann auch tun, das kann ich nicht verstehen. Alles zu erzählen, ist nicht unbedingt eine Möglichkeit, Schuldgefühle zu überwinden. Manchmal wird dadurch nur die Angst vertieft. (Obwohl man meiner Ansicht nach keine feste Regel aufstellen kann; nur Sie allein, die Sie Ihren Mann kennen, können entscheiden, wieviel er Ihrem Gefühl nach wirklich wissen *will*.) Aber mehr über die Frage, ob man seine Phantasien erzählen soll oder nicht, in einem anderen Kapitel.

Ich erwähnte früher schon, daß ich es aufgegeben hatte, mit Frauen über ihre Phantasien zu sprechen, wenn ihre Männer anwesend waren. Denn trotz des anfänglichen Interesses, das eine eingehendere Diskussion dieses Themas in allen hervorrief, machte es die Männer jedesmal eindeutig nervös. Und warum sie sich durch dieses Thema bedroht fühlten, ist nicht schwer zu erraten.

Die Phantasien einer Frau rufen im Mann das Gespenst eines unüberwindlichen Rivalen wach, ausgestattet mit wunderbaren Fähigkeiten und unvorstellbaren Proportionen, vor allem eines Rivalen, über den er keine Kontrolle hat. Manche Männer reagieren zwar nicht mit Wut oder Angst, sondern damit, daß sie die Idee schlichtweg leugnen. Eines Abends diskutierte ich bei ein paar Gläsern

Wein mit einem Freund über dieses Thema, als er sagte: «Sie müßten mit meinem Freund Harry sprechen. Er wird gleich kommen. Harry wird fasziniert sein von Ihrem Projekt. Harry ist das Original-Raubtier im Dschungel. Es gibt auf dem Gebiet des Sex nichts, was er nicht schon erlebt hätte, und die Frauen, mit denen er geschlafen hat, würden ein Telefonbuch füllen.» Wunderbar, dachte ich, jetzt werde ich einen ungeheuer erfahrenen Mann kennenlernen, der so einfühlsam und großzügig ist, daß ich endlich einmal mit einem Mann über die Phantasien der Frauen sprechen kann, ohne daß er gleich nervös wird. Und so lächelte ich dem Raubtier im Dschungel, als es eintraf, herzlich zu, und es lächelte zurück, bis mein Freund ihm von meiner Arbeit berichtete. Die Miene des Raubtiers wurde sofort ernst, es richtete sich zur vollen psychologischen Angriffsstellung auf und steckte sich eine Zigarre an. «Keine Frau, die *ich* je gefickt habe, hat sexuelle Phantasien gebraucht», erklärte er.

Dieses Buch handelt nicht von Männern und *ihren* Phantasien, aber ich möchte hier doch einen Brief von einem Mann abdrucken, der mir dazu nicht nur sagt, was seine Frau *denkt*, sondern sogar noch den Brief für sie schreibt und sogar mit ihrem Namen unterzeichnet.

Tinas Mann

Meine sehr anständige Frau hat mich gebeten, an ihrer Stelle zu schreiben. Somit teile ich Ihnen mit, daß ich nicht glaube, daß sie außergewöhnliche Phantasien hat.

Falls überhaupt, hat sie die Phantasie – und erklärt mir das auch (wir sind seit fünfunddreißig Jahren verheiratet) –, daß sie ein starkes Gefühl der Liebe hat, wenn wir miteinander schlafen. Sie hat, wie jeder Mensch, das Recht auf ihre eigenen geheimen Gefühle und Wünsche, über die wir offen sprechen. Sie fühlt sich in ihrem Zartgefühl verletzt, wenn sie von Frauen liest, die über andere Frauen oder Tiere phantasieren. Sie braucht mir das nicht zu sagen, ich weiß es auch so.

Sie hat mir erklärt, es könnte sie – wie auch mich – erregen, zuzusehen, wie große Tiere, etwa Pferde oder Elefanten, Sex haben. Wir würden gern mal ein Gestüt besuchen und uns diese Art von Sexualhandlung ansehen. Aber ich bin überzeugt, daß sie nicht an so etwas denkt, wenn wir miteinander schlafen.

Was mich angeht, so habe ich beim Sex keinerlei Phantasien. Es macht mir Freude, an meine Frau zu denken, an eine gesunde, saubere Frau, und ihr einziger Gedanke oder ihre einzige Phantasie ist es, hübsche, adrette Kleider zu tragen, weil sie weiß, daß mich das erfreut. Sie hat nie masturbiert, und obwohl sie früher mit ihrer Schwester in einem Zimmer geschlafen hat, bin ich überzeugt, daß sie niemals einen lesbischen Gedanken gehabt hat.

Ihre Phantasie besteht, ich wiederhole es, in dem Gefühl der Liebe zu mir, und daß sie, wenn wir miteinander schlafen, mir soviel Freude bereitet, wie sie nur kann.
Ich würde jedoch gern mehr über Phantasien lesen, obwohl ich nicht glaube, daß die durchschnittliche Frau die sexuellen Wünsche und Phantasien hat, wie viele Männer sie offenbar haben.
Vielen Dank, daß ich für meine Frau an Sie schreiben durfte. (Er unterzeichnet mit *ihrem* Namen)

6. Kapitel
Akzeptierte Phantasien

Manche Frauen haben überhaupt kein Schuldgefühl wegen ihrer sexuellen Phantasien. Sie akzeptieren sie, agieren sie aus, teilen sie mit ihren Liebhabern, ja, erleben sie sogar auf einer Von-Tag-zu-Tag-Basis, wie Sophie. Einige sind auf eigene Faust so weit gekommen; der größere Teil hat dazu die Ermunterung eines sie akzeptierenden Liebhabers gebraucht. Und sehr wenige haben, glaube ich, ganz einfach Glück: Sie sind ohne Schuldbewußtsein geboren.
Wie Sie gelesen haben, schickten mir die meisten Frauen ihre Beiträge für dieses Buch mit einem Gefühl der Angst, fast mit einem gewissen Selbstvorwurf oder sogar Abscheu – obwohl viele mit dem erleichterten Seufzer schlossen:
«Gott sei Dank habe ich endlich jemandem davon erzählen können, der Verständnis dafür hat; ich dachte, ich wäre die einzige Verrückte, mit diesen Gedanken ...»
Die Befreiung von der Angst, mit ihren Gedanken allein dazustehen, und die größere Realität, die diese durch das Mitteilen erhielten, war zuweilen allein schon ein so starkes sexuelles Stimulans, daß mehrere meiner Korrespondentinnen ihren Brief unterbrechen mußten, weil sie so in Erregung gekommen waren, daß sie masturbieren mußten. Von der Euphorie ihrer Erleichterung mitgerissen, berichteten sie mir sogar davon – und erlebten noch mehr therapeutische Befreiung von Schuld. Zum Beispiel:

Bitte entschuldigen Sie, wenn dies etwas zusammenhanglos klingt, aber Sie werden sicher verstehen, daß ich dies nicht aufschreiben konnte, ohne zu masturbieren, was ich in diesem Augenblick gerade tue ...
Die einzigen Phantasien, von denen ich spreche, sind diejenigen, die ich mir ausdenke, um meinem Mann einen Gefallen zu tun. Die echten Phantasien behalte ich stets für mich. Es wirkte ein bißchen erregend auf mich, Ihnen meine Phantasien zu schildern, und ein paarmal habe ich aufgehört und mit den Fingerspitzen an meinen Brustwarzen gespielt, während ich diesen Brief tippte. (Je öfter ich das tat, desto wohler fühlte ich mich dabei, Ihnen diese Dinge zu schreiben.) Ja, während ich diesen Satz mit der einen Hand tippe, spiele ich mit Daumen und Zeigefinger der anderen Hand an meinen Brustwarzen.

Entschuldigen Sie, es hat mich jetzt überkommen, deshalb muß ich aufhören und mich abreagieren, wenn es geht ...

Nachdem ich meinen Brief noch einmal durchgelesen habe, bin ich in meiner Hose ganz naß ...

Es ist schwierig gewesen, diesen Brief zu schreiben. Meine Erinnerungen haben so erregend auf mich gewirkt, daß ich zweimal aufhören mußte, um mit einem von meinem Hausboy angefertigten «Phallocrypt» zu masturbieren. Der «Phallocrypt» ähnelt einem Dildo und wird von einigen Eingeborenenfrauen benutzt, wenn sie sich befriedigen wollen, während ihr Mann nicht da ist. Der meine ist genau nach dem erigierten Penis meines Mannes geformt. Wenn ich ihn benutze, stelle ich mir vor, daß der eingeborene Boy, der ihn gemacht hat, die Stelle meines Mannes einnimmt. Aber das spielt keine Rolle, wenn ich die Augen schließe und den Boy nicht sehen kann, sondern nur diese wunderbare Waffe spüre, die genauso wirkt wie mein Mann. Wenn sie nur Samen ergießen könnte oder Schleim in mich hinein absondern ... jetzt. (Von einer Korrespondentin im Pazifik)

Phantasien

Eine Minderheit, die Schuldbewußtsein nicht kennt, scheint bei diesem Thema überhaupt keine Hemmungen zu haben. Sie leisten ihre Beiträge so bereitwillig, als hätte ich sie zu einer Party eingeladen, auf der sie sich bestens amüsieren werden, weil sie die Gäste alle bereits kennen. «Phantasien? Selbstverständlich habe ich Phantasien. Hat die nicht jeder?» Ja, Gloria war fest davon überzeugt, daß keine Phantasien-Sammlung ohne die ihre vollständig sei, die sie tagtäglich bei ihrer Arbeit als Fotomodell benutzt. Für Frauen wie sie gibt es keine Wand zwischen Phantasie und Wirklichkeit; was man *denkt* und was man *tut*, muß nicht unbedingt dasselbe sein, aber es muß auch nicht so streng getrennt sein, als läge es im Krieg miteinander. Eine Frau, die so nahe an ihrer Phantasie lebt, zieht keine schmutzige Wäsche aus dem hintersten Winkel hervor, wenn sie mit jemandem darüber spricht; das Material ist für sie jederzeit greifbar. Wichtig ist nicht, ob ihr wirkliches und ihr Phantasieleben koexistieren oder ob sie ihre Phantasien ausagiert, sondern daß jede von ihnen existiert und akzeptiert wird. Ihre Phantasien gehören zu ihrer Selbst-Bewußtheit; es gibt weder Bedrohung noch Angst. So ist sie eben.

Für Frauen wie Hanna gibt es keine Geheimnisse, keine Scham in der Phantasie; sie hat sich sogar ein Foto ihres Phantasieliebhabers an den Spiegel gesteckt, wie sie es mit dem Foto eines echten Liebhabers getan hätte, und genießt es jeden Abend, an dem sie zufällig allein und in der richtigen Stimmung ist, in ihre Phantasie hinüberzugleiten. Für Sophie ist ihre Phantasie beinahe gar keine Phantasie mehr, lediglich ein Wunschleben, und sie setzt ohne jegliches Zögern den Wunsch, mit zwei gleichermaßen aufregenden Männern zu leben, unverzüglich in die Praxis um. Wie gesagt, manche Menschen leben so nahe an ihren Phantasien, daß sie *in* ihnen leben.

Ich weiß nicht, wie bedeutungsvoll die Tatsache ist, daß die vier Frauen in den folgenden Phantasien jung sind, aber ich vermute, es hat etwas zu bedeuten. Hier kommt auch die jüngste Einsenderin zu Wort – fünfzehn Jahre alt und technisch gesehen noch Jungfrau –, und zwar wegen ihres schlichten Freimuts und des Akzeptierens ihrer eigenen Person. Vielleicht sagt das etwas über die Zukunft der Phantasie aus.

Gloria

Ich glaube wirklich, daß eine Sammlung von sexuellen Phantasien ohne die meine nicht vollständig wäre. Sie ist die fabelhafteste, die es gibt.

Ich muß Ihnen erklären, daß ich sie beruflich benutze, wenn ich als Fotomodell arbeite. Sagen wir, ich bin in einem Studio und stehe da und warte darauf, daß der Fotograf aufhört, mit den Scheinwerfern und so herumzufummeln. Ich sehe gelangweilt aus, weil ich mich langweile. Wenn er dann fertig ist und wir anfangen, gehe ich bewußt «auf den Markt» – so sehe ich das nämlich –, denke mich immer tiefer in meine Phantasie hinein, obwohl ich alle Anweisungen befolge (darin bin ich ein echter Profi) *und sehe immer interessanter aus*. Das hat bisher noch jeder Fotograf gesagt, mit dem ich gearbeitet habe. Wie ich das mache, erzähle ich ihnen nicht (das ist meine Angelegenheit), aber ich habe großen beruflichen Erfolg damit. Natürlich erweitere und verändere ich die Phantasie ständig, aber so sieht die Grundidee aus:

Ich schlendere mit meinen Lakaien durch eine Markthalle, einen riesigen Bau mit hohem, gewölbtem Glasdach, den einen Gang hinauf, einen anderen hinunter, besehe mir die ausgestellten Waren und überlege mir, welche ich wohl möchte. Alle ausgestellten Waren an den Ständen sind nackte junge Männer, die verschiedensten Typen, aber alle kräftig. Ich bin die einzige Kundin in der ganzen Halle, und um mich herum dienern alle möglichen Verkäufer, Händler oder Presseagenten, die mir alle den einen oder anderen Mann verkaufen wollen. Manchmal, wenn mir danach ist, höre ich mir die phantastischen Geschichten an, die sie darüber erzählen, was diese Männer alles können, und das allein schon ist ziemlich aufregend; dann wieder scheuche ich sie davon und gehe weiter. Irgendwann zieht dann ein bestimmter junger Mann meine Aufmerksamkeit auf sich, dann noch zwei oder drei oder auch mehr, je nachdem, in welcher Stimmung ich bin. Wenn ich ein paar Kandidaten zusammen habe, treiben die Lakeien sie auf einem Podium zusammen, während andere Lakaien die Leinwand bereitmachen. Die Leinwand ist riesig, sie füllt eine ganze Wand der Halle aus, fünfzigmal so groß wie die übliche Kinoleinwand. Alle anderen Leute in der Halle werden nun vorübergehend hinausgeschickt, nur meine eigenen Leute nicht, und dann fängt der Film an. Der Film zeigt mich, in herrlichen Technicolor-

farben, nackt, auf dem Bett liegend, die Kamera am Fuß des Bettes in meiner Höhe. Während sich meine Knie, die zunächst geschlossen sind, langsam öffnen, beginne ich mich auf dem Bett zu winden, und die Kamera kommt näher. Am weitesten entfernt rollt der Kopf auf dem Kopfkissen, in der mittleren Entfernung rollen die Brüste hin und her, während die Hüften kreisen, und die Zoom-Aufnahme – aber ganz langsam – zeigt den Schlitz, der immer riesiger wird, während sich die Schenkel ganz öffnen und die Füße sich in die Luft heben. All das sehen die jungen Männer auf der Leinwand, während ich sie beobachte. Ich schlendere umher, um mir jeden einzelnen von allen Seiten anzusehen, wie sie über mir auf dem Podium stehen, und während ihre Erektionen immer größer werden, treffe ich meine Wahl.
Ich bedeute also den Lakaien, daß dieser da der richtige ist, und während die Kameras für die nächste Aufnahme fertiggemacht werden, führe ich diesen inzwischen den wahnsinnig geilen Männ zu einem riesigen Bett, das in einer Ecke der Markthalle in einem durch Vorhänge abgeteilten Studio steht. Ich ziehe die wenigen Kleidungsstücke aus, die ich anhabe, der Mann legt sich aufs Bett und ich mich auf ihn. Mit je einem Knie rechts und links von seiner Taille, hebe ich meinen Arsch hoch in die Luft, richte es so ein, daß ich ganz leicht die Spitze des Schwanzes berühre, und reize ihn ein bißchen. Der arme Kerl fängt an zu keuchen und zu stöhnen, aber wir müssen erst die Kameras richtig einstellen: eine Kamera ist hinter mir, eine über mir, die übrigen alle rings herum. Wenn alles fertig ist und seine Erektion durch das Reizen sogar noch riesiger und härter geworden ist, fangen wir an. Zuerst lasse ich mich ganz langsam auf seinen Schwanz nieder, dann wieder hinauf, hinunter, hinauf, jetzt ein bißchen gedreht, dann wird es schneller und wilder, bis ich ihn wie ein Cowboy reite und er stößt und wir wie ein Donnerwetter ficken. Dabei läuft auf der riesigen Leinwand in einer Vielzahl von Bildern zugleich alles ab, was wir tun, oder vielmehr, alles, was wir ein bis zwei Sekunden zuvor getan haben, und jetzt sind alle Leute wieder in der Halle, betrachten alle die riesige Leinwand, und wir sehen sie auch aus den Augenwinkeln, und auch das trägt mit zum Höhepunkt bei, wenn er kommt, applaudieren die Zuschauer. Mnchmal zögern wir ihn sehr lange hinaus, manchmal kommen wir sofort und reizen uns dann gegenseitig mit der Zunge, um wieder in Gang zu kommen. Jedenfalls steigert sich das alles mit Variationen, bis der Applaus, während wir zu einem phantastischen Finish kommen, immer lauter wird und zum Schluß die ganze Halle noch lauter brüllt als sogar ich. (Auf Bitte niedergeschrieben)

Hanna

Meine Bekanntschaft mit Hanna schloß ich durch einen Brief, in dem sie mir die ihrer eigenen Ansicht nach wichtigsten Fakten über sich selbst mitteilte. «Ich bin dreiundzwanzig, verheiratet (getrennt), habe eine Babytochter und bin *bisexuell* – ich liebe sowohl Männer als auch Mädchen!»
Als wir uns richtig kennenlernten, erfuhr ich den Rest: Sie ist, genau wie ihr Mann, aus Wales; beider Väter waren Bergleute. Aber sie lernten sich in London kennen und beschlossen, als Hanna schwanger war, zu heiraten. Sie hatte sich halbwegs eine Abtreibung gewünscht, aber Tom war strikt dagegen gewesen. «Bevor wir heirateten, wußte er nicht, daß ich bisexuell bin», erzählt Hanna. «Ich wußte es ja sogar selber nicht, ich wußte nur, daß ich hin und wieder diese verrückten Ideen hatte. Über andere Mädchen.» Nach der Heirat schlossen sich Tom und Hanna einer Gruppe junger Leute an, die regelmäßig Parties mit Partnertausch veranstalteten.
«Auf einer dieser Parties entdeckte ich dann, daß ich bisexuell bin», berichtete Hanna. «Während Tom lediglich erregt wurde, wenn wir nach Hause kamen und er mich aufforderte, ihm zu erzählen, wie die anderen Männer waren, ging er regelrecht in die Luft, als er einmal eine Schlafzimmertür öffnete und mich mit einem anderen Mädchen fand. Die Vorstellung, daß ich mit anderen Männern schlief, machte ihn nicht eifersüchtig, sondern erregte ihn. Die Vorstellung jedoch, mit einer Frau konkurrieren zu müssen, brachte ihn auf die Palme.» Sie verließ ihn, und die beiden sind jetzt seit mehreren Monaten getrennt.

Ich habe diese Tagträume meistens, wenn ich allein bin. Schon wenn nur das Baby im selben Zimmer ist wie ich, klappt es nicht. Das fand ich heraus, als ich es bei meiner Mutter ließ, wenn ich zum Wochenende wegfahren wollte. Als ich da nach Hause kam, war meine ganze kleine Wohnung auf einmal anders. Die Tatsache, allein zu sein, machte alles so sehr sexy. Merkwürdig, nicht? Schließlich, was kann ein wenige Monate altes Baby schon wissen oder sehen? Sie verstehen doch noch nichts. Aber es war eben so. Allein in meiner Wohnung zu sein, ist für mich das Schönste auf der Welt. Manchmal denke ich, es gefällt mir so sehr, daß ich nie wieder mit einem Mann zusammenleben möchte. Mit niemandem.
Wenn ich abends von der Arbeit nach Hause komme, ziehe ich gern die Vorhänge zu, damit ich mich so richtig allein fühlen kann. Ich stelle das Radio auf einen Popsender und bilde mir ein, im Nebenzimmer sei ein Mann, der mit mir spricht, während er verschiedene Schallplatten auf meinen Plattenspieler legt. Als ich in Zeitschriften Fotos vom schönsten Discjockey fand, schnitt ich sie aus und steckte sie in den Rahmen meines Spiegels. Das hilft mir bei der Vorstellung, ein Mann sei im Nebenzimmer.
Dann fange ich an, mich auszuziehen. Ich antworte dem Mann im Ne-

benzimmer sogar. Ich ziehe einen G-String an, einen Strumpfhaltergürtel, schwarze Strümpfe, hübsche Strumpfhalter (keinen BH), eine spitzenbesetzte oder durchsichtige Bluse oder ein durchsichtiges Negligé, keinen Rock, und eine blonde Perücke. Zuallererst aber führe ich ein Tampax ein. Ein Tampax einzuführen ist immer erregend, besonders aber regt es mich auf, wenn ich es in Wirklichkeit nicht brauche.
Während ich mich so anziehe, wandere ich gern im Schlafzimmer umher und stelle mir den Mann im Nebenzimmer vor. Er klingt sehr lässig, wenn er die Platten auflegt und mit mir durch die halb offene Tür redet, plaudert, als hätte er nichts im Sinn als die Beatles oder Rolling Stones, aber die ganze Zeit weiß ich genau, daß er sich vorstellt, wie ich mich für ihn bereitmache. Ich mag die Idee, daß seine Stimme so ruhig und freundlich klingt, so gelassen, während ich doch weiß, daß er in seiner Hose eine Erektion wie ein Schlachtschiff für mich kriegt. Ich stelle mir sein Gesicht vor – dabei betrachte ich das Foto –, wie er im Nebenzimmer umherwandert und versucht, sich zu beherrschen. Ich stelle mir gern vor, daß sein Gesicht mit feinen Schweißtröpfchen bedeckt ist, die seine Wangen hinunterrollen – er ist nämlich sehr ungeduldig, aber er weiß, wenn er sich mir gegenüber anmerken läßt, wie wild es ihn macht, auf mich warten zu müssen, würde es mir Spaß machen, ihn noch ein bißchen länger warten zu lassen. Wenn ich an sein schweißbedecktes Gesicht denke, schiebe ich mir das Tampax noch etwas höher hinein.
Was mir auf andere Art und Weise Befriedigung verschafft, ist ein bestimmter Gang, den ich übe, wenn ich allein und so gekleidet bin. Wenn ich ins Kino gehe und sehe, wie sie die Mädchen in diesen sexy Filmen gehen lassen, muß ich lachen. Mädchen gehen nicht so. Aber es regt mich auf, wenn ich es sehe, sogar in den Filmen; wahrscheinlich tun sie es deswegen. Wenn ich also allein bin, übe ich diesen Gang. Erinnern Sie sich, wie Maurice Chevalier immer ging, den Arsch ein klein wenig nach hinten gestreckt? Das übe ich. Dann stelle ich mir vor, ich wäre ein Teenager, der so geht, und betrachte mich dabei im Spiegel; dann sehe ich mich am liebsten in einer Spitzenbluse, als wäre ich auf der Straße, nicht bei mir zu Hause. Ich stelle mir vor, ich wäre ein junges Mädchen, das an mir vorbeigeht – nur um mich aufzuregen. Und ich stelle mir vor, daß ich dieses junge Mädchen mit mir nach Hause nehme. Zuerst nehme ich ihren G-String ab. (Das tue ich tatsächlich, wenn ich daran denke.) Und stelle fest, daß sie da unten glattrasiert ist. (Das finde ich schön, wenn man ganz und gar weiß ist.) Das erregt mich sehr, und ich stelle mir vor, daß ich sie auf das winzig kleine weiße Dreieck küsse. Das Mädchen in diesem Traum ist immer jünger als ich, und sie weiß kaum, was sie tut. Sie marschiert nur gern mit ausgestrecktem Hinterteil herum,

weil sie weiß, daß das andere Leute in Erregung versetzt, und sie selber ebenfalls. Aber sie weiß nicht, was sie mit dieser Erregung anfangen soll, wissen Sie; bis ich es ihr beibringe. Ihr kleines weißes Ding sieht so zart aus, so verletzlich. Ich bin nämlich dunkel, und ich kann mir gut vorstellen, wie meine dunkle Hand auf dieser weißen Haut aussieht ... wie meine dunklen Finger langsam in diesem weißen Fleisch verschwinden ... einfach in ihr verschwinden wie in weißem Sahnepudding. Ich kriege eine Gänsehaut, wenn ich nur daran denke.

Mein Mann hat, als er zuletzt hier war, ein paar Kleidungsstücke zurückgelassen; die ziehe ich auch gern an. Vor allem ziehe ich gern seine Unterwäsche an. Der Schlitz vorn fasziniert mich. Dann führe ich auch wieder einen Tampax ein, durch den Schlitz, und versuche ihn so zu arrangieren, daß er heraushängt ... nicht ganz darin ist, verstehen Sie? Aber der Winkel ist verkehrt, nicht wahr? Ich meine, bei Männern kommt er doch vorn heraus, aber der Tampax zeigt direkt nach unten, und man kann sich nicht natürlich hinsetzen. Aber es ist sehr aufregend, und ich stelle mir vor, daß ich Tom bin, der nur diese Hose mit dem Schlitz vorn anhat, und bei mir ist ein schwarzer Mann. Ich finde diesen Farbkontrast schön. Der schwarze Mann ist wirklich tiefschwarz, und außerdem mit Schweiß bedeckt, so daß er beinahe glänzt. Das macht meine eigene Haut noch weißer. Ich stelle mir vor, daß dieser Schwarze einen ungeheuren Schwanz hat und daß er insgeheim darauf wartet, daß ich genug habe vom Herumwandern in dieser bestimmten Haltung. Er hat nämlich auch eine Phantasie, wissen Sie; er möchte diesen riesigen Schwanz in meinen kleinen weißen Arsch reinschieben, aber ich fühle das und schleiche mich beim Umherwandern hinter ihn und schiebe ihm meinen Tampax rein, packe ihn um die Taille, bei den Eiern, damit er sich nicht bewegen kann, ohne daß ich ihm weh tue. Jedesmal, wenn er sich losmachen will, quetsche ich seine Eier, und schließlich muß er nachgeben, und ich schiebe meinen riesigen weißen Schwanz ganz hinein, und mitten drin fängt er an, es zu genießen, er läßt sich auf Hände und Knie nieder, damit ich es leichter habe. «Bewegung!» schreie ich ihn an, und er läßt seinen Arsch kreisen, um ihn besser fühlen zu können.

Diese kleinen Spielchen gefallen mir am besten, weil ich weiß, daß ich noch den ganzen Abend und die ganze Nacht vor mir habe. Zum Orgasmus komme ich bei diesen Gedanken nicht, aber ich werde sehr erregt, und mein Atem geht schneller. Also nehme ich gewöhnlich ein Bad und schalte den Fernseher ein. Das gibt mir so ein friedliches Gefühl. Ich will Ihnen was sagen: dieses ganze Getue um den Orgasmus muß einfach Unsinn sein. Ich bin bei Männern zum Orgasmus gekommen – und bei

Mädchen. Aber das hat mich nie so ganz richtig entspannt. Erschöpft vielleicht, aber immer noch bereit für ein weiteres Mal. Wenn ich jedoch meine Phantasien habe und anschließend ein Bad nehme, gleite ich einfach in den friedlichsten Schlaf meines Lebens hinüber. Irgendwie müssen sie also befriedigender sein als die Wirklichkeit. Jedenfalls kommt es mir manchmal so vor. (Tonbandinterview)

Sophie

Sophie ist achtzehn, hat aber bereits ein ausgefülltes und abwechslungsreiches Sexualleben. Als sie sechzehn war, fanden ihre Eltern das heraus, und sie zog nach dem darauffolgenden Streit aus. Sie lebt jetzt in der Großstadt, in einem relativ freien, freizügigen Viertel. Sie hat keinen festen Job, findet aber immer eine Anstellung, wenn sie – oder die Freunde, mit denen sie zusammenlebt – einmal kein Geld mehr hat. Im Augenblick verdient sie sich ihr Geld, indem sie in einem der modernen, neuen Frisiersalons Kopfwäsche macht, in dem junge Männer und Frauen sich die Haare schneiden lassen, wo laute Musik gemacht, Kaffee serviert wird und die wartenden Kunden sogar tanzen. Der Job gefällt ihr, und sie sagt, daß sie ihn im Moment nicht aufgeben will.
Sophie lebt kommunal, wie sie es ausdrückt. Eine ältere Generation würde sagen, sie lebt mit zwei Männern zusammen. Ebenfalls typisch für Sophies Generation ist es, glaube ich, daß sie sich ihrer Phantasien durchaus bewußt ist und nicht nur ohne jede Scham gesteht, daß sie sie hat, oder darüber spricht, sondern sie sogar richtig auszuleben versucht.

Ich habe nie irgendwelche Hemmungen wegen dem Sex gehabt; für mich war das immer etwas, das die Leute taten, wenn ihnen danach war, daher paßte es mir auch nicht, daß meine Familie sich so darüber aufregte. Ich sagte ihnen, sie hätten ihre Ebene, ich hätte meine, wir brauchten uns nicht deswegen zu zanken. Aber sie verlangten, daß ich mich nur auf ihrer Ebene bewegte – immer schön zu zweit, verheiratet –, also bin ich weg.
Nicht der Sex war es, der mir Schwierigkeiten machte, sondern die Art von Mann, mit dem ich Sex haben wollte. Welches Mädchen will schon allein sein? Ich aber habe mein Leben lang schon immer zwei verschiedene Typen von Mann gemocht. Der erste war immer groß und dunkel, und ich konnte nie ganz sicher sein, daß er mich wirklich mochte. Oder irgendeinen anderen Menschen, wenn man's recht bedenkt. Ein harter Kerl, der sich von niemandem was gefallen ließ. Hinter einem solchen Kerl waren natürlich sämtliche Weiber her. Was ihm nur recht war. An einen erinnere ich mich. Praktisch jedes Mädchen, das nicht gerade zum Weglaufen war, konnte ein oder zwei Nächte lang mit ihm schlafen, aber

dann war alles aus, und wenn sie weinte oder ihm sagte, daß sie ihn liebt, dann war das Pech für sie, er lachte bloß und ging davon.
Mein anderer Typ, der Typ B, ist genau das Gegenteil. Er ist fast immer klein, vielleicht mit verwaschen-blondem Haar. Aber er sieht gut aus, wenn auch traurig, als hätte er Tb und würde nicht mehr lange leben. Typ A, der harte, war ein Schulabgänger, Typ B dagegen hatte es so richtig mit Büchern und mit dem Lesen und hatte alle möglichen Theorien über die Philosophie, über die Frage, wie die Welt wirklich ist. Er hatte eine spezielle Anziehungskraft, er konnte mit einem reden und einem erklären, warum bestimmte Dinge geschehen. Bei ihm fühlte man sich ruhig. Seine Hauptanziehungskraft bestand aber natürlich darin, daß man ihn bemuttern wollte.
So komme ich mir, seit ich angefangen habe, mit Jungen auszugehen, wie eine alte Standuhr vor, tick-tack, pendele ich zwischen diesen beiden entgegengesetzten Typen hin und her, denke an den einen, wenn ich mit dem anderen zusammen bin. Aber das war mir nicht immer so klar. Bis eines Tages ein Kino ein Clark Gable-Festival veranstaltete und ich sofort merkte, daß dieses Mädchen in dem Film *Vom Winde verweht* auch zwischen diesen beiden Typen, A und B, hin und her pendelte. Clark Gable und Leslie Howard. Leslie Howard, Himmel, was für ein Typ B der war! Perfekt! Als Sie also nach meinen Phantasien fragten, wußte ich sofort, daß meine Phantasie keine Story war, die ich mir ausdachte, um es mit einem Kerl besser treiben zu können. Manche von den Männern, die ich kenne, lesen einem ewig aus diesen Büchern vor, über Lesbierinnen, und acht Leute, die es miteinander treiben. Aber das ist alles nur im Kopf, das wirkt nicht sehr auf mich. Jedenfalls dreht mich das nicht so an, wie es die Männer andreht. Ich weiß nicht, wie Sie meine Story nennen würden. Es ist einfach die Art, wie ich lebe, und daß das, was ich denke, bei den Bettszenen so erregend ist.
Und was für Bettszenen das sind! Zum Beispiel, wenn ich mit Typ A im Bett bin, befiehlt er B, den großen Spiegel näher heranzustellen, damit wir uns besser sehen können. Oder er befiehlt ihm, uns ein paar Joints zu drehen, während wir weitermachen, und dann stecken wir drei uns hinterher eine an und rauchen ganz friedlich. Die ganze Zeit aber, wo ich es mit A treibe, weiß ich, daß B ebenfalls im Zimmer ist und daß er an mich denkt, für mich aufpaßt, begreift, daß ich es genieße, und ich begreife, daß B es ebenfalls genießt.
Oft mache ich es natürlich auch mit B, aber mit ihm ist es immer ganz anders. Er ist nicht so hart wie A. Er mag es, wenn ich die Führung übernehme. Manchmal habe ich bei ihm das Gefühl, es wäre fast, als hätte ich ein Baby im Bett. Einmal wurde A wütend über irgendwas, das

ich getan hatte, und gab mir eine so kräftige Ohrfeige, daß ich hinfiel. Dann nahm A ganz einfach alles Geld, das wir im Haus hatten, und verschwand. Aber B blieb bei mir und war sehr zärtlich, versuchte mir sogar A.s Psychologie zu erklären, damit ich ihn nicht so sehr haßte. Er ist so ruhig, daß er begriff, daß ich A tief innen so sehr liebte, daß es schlecht für mich wäre, wenn ich ihn haßte.
Manchmal habe ich das Gefühl, daß B in A verliebt ist. Vielleicht glaubt A das auch. Er nennt ihn oft «Süßer» oder «Schätzchen» oder andere Schwulenausdrücke. Ich glaube sogar, B wird so aufgeregt, wenn ich mit A schlafe, weil er nicht weiß, wen von uns er selbst lieber ficken möchte, A oder mich. Oder beide. Das haben wir sogar auch ein paarmal versucht. Da haben Sie ein Mädchen, das in einem Traum lebt, zwei Männer zugleich in sich hat, die sich gegenseitig auch noch anfassen. Aber wir tun das nicht so oft, denn nach einer solchen Szene wird A wütend und verschwindet für ein bis zwei Tage, und ich höre, daß er irgendwo ein anderes Mädchen bumst.
Sie sehen also, ich brauche mir keine Geschichten auszudenken, um in Fahrt zu kommen. Ich lebe in einer. Das Wort «Phantasie» gefällt mir nicht. Es klingt wie so was Neurotisches, und dann kommen sie mit ihren Psycho-Netzen, um einen zu holen. Ich würde also nicht sagen, daß ich über Sex phantasiere. Oder wenn ich es doch tue, dann ist es mein ganzes Leben. (Brief)

Bobby

Ich bin erst fünfzehn Jahre alt, darum möchte ich Ihnen meinen Namen nicht nennen, damit ich sicher sein kann, daß meine Eltern nichts hiervon erfahren. Ich sah Ihren Fragebogen in einer Zeitschrift meines großen Bruders und möchte gerne darauf antworten, weil ich ziemlich häufig an Sex denke. Ich schmuse häufig mit Jungen, aber der einzige, mit dem ich versucht habe, bis zum Letzten zu gehen, kam, bevor er seinen Penis in mich reinstecken konnte. Ich dachte, das müßte ich Ihnen erzählen, damit Sie meine Antworten besser verstehen.
Die meisten Jungen, mit denen ich Sex habe, würden sich nicht ärgern, wenn sie wüßten, daß ich an einen anderen denke, wenn ich Sex mit ihnen habe. Ich bin sicher, daß ihre Gedanken ebenfalls bei einem sexy Mädchen sind, das sie erregt. Außerdem hat kein Junge das Recht, sich über etwas zu ärgern, was ich nur denke, solange ich ihm gebe, was er will.
Ich masturbiere beinahe jeden Tag, und dabei phantasiere ich fast im-

mer. Eine meiner Lieblingsphantasien ist es, einen Jungen, der mich erregt, gefesselt vor mir zu haben. Er ist hilflos; ich ziehe ihm die Hose aus und spiele mit seinem Penis. Wenn er beinahe so weit ist, daß er kommt, höre ich auf und sehe zu, wie er leidet. Dann zwinge ich ihn dazu, bei mir das zu machen, was wohl, glaube ich, Cunnilingus genannt wird, ehe ich schließlich mit seinem Penis spiele, bis er kommt.
Wenn ich mit Jungen schmuse, habe ich es gern, wenn sie Cunnilingus bei mir machen (ich nenne es gewöhnlich, meine Pastete essen), und wenn ich masturbiere, stelle ich mir vor, daß ein Junge das mit mir macht.
Manchmal, wenn ich masturbiere, spiele ich mit meinen Brustwarzen, und dann stelle ich mir gern vor, daß ein Junge an ihnen saugt. Oder ich stelle mir vor, daß ein Junge mich fickt und daß mein Finger sein Penis ist, der rein und raus geht. Das mache ich, bis ich so oft gekommen bin, daß ich nicht mehr kann.
Eine meiner verrücktesten Phantasien ist es, den Hintern versohlt zu bekommen. Ich stelle mir vor, daß ein Junge, der mich wirklich aufregt, mich packt, mir den Rock hochschlägt, die Hose runterzieht und mir den Hintern versohlt, bis es richtig weh tut. Wenn ich dann weine, küßt er meinen ganzen Hintern und macht Cunnilingus mit mir.
Ich habe ein paar Jungen den Penis geleckt, wenn ich mit ihnen geschmust habe, und manchmal denke ich daran, wenn ich masturbiere. Wenn ich mir das vorzustellen versuche, sauge ich manchmal an meinem Daumen.
Die allgemeinste von meinen Phantasien ist es, glaube ich, einen Jungen in meiner Gewalt zu haben und ihn zu allem zwingen zu können, was ich mir wünsche. Ich stelle mir vor, daß ich in einem großen Sessel sitze, der wie ein Thron aussieht, daß mein Rock hochgeschlagen ist, daß ich keine Hose anhabe und daß der Junge zwischen meinen Beinen kniet und Cunnilingus mit mir macht. Manchmal, wenn ich wirklich den Teufel in mir habe, stelle ich mir vor, daß ich ihm in den Mund pinkele und er es schlucken muß. In meiner Phantasie sind die Hände des Jungen gefesselt, so daß er mich nur mit seinem Mund berühren kann. Gewöhnlich ist er nackt, und manchmal stelle ich mir vor, daß ich ihn auspeitsche, während er so vor mir kniet. Diese Phantasien schmücke ich je nach Lust und Laune aus.
Ich habe auch noch andere Phantasien, aber diese sind mir jetzt am liebsten.
Vor ein paar Jahren habe ich es mit einem anderen, etwas älteren Mädchen getrieben. Meistens haben wir einander masturbiert, und ich habe an ihren Brustwarzen gesaugt. Von ihr habe ich auch den Cunnilingus

gelernt. Wenn ich masturbierte, dachte ich an alles, was ich mit ihr gemacht habe, und daran denke ich auch heute noch manchmal, wenn ich masturbiere. Meistens denke ich daran, wie sie in Erregung geriet und so toll kam, wenn ich an ihr herumspielte. Manchmal stelle ich mir gerne vor, wie es wohl wäre, wenn ich dieselben Sachen mit einem jüngeren Mädchen tun würde. Außerdem stelle ich mir gerne vor, wie es wäre, wenn ich einen Penis hätte wie ein Junge und mit einem Mädchen Sex hätte.

Wenn ich einen Jungen sehe, der mich aufregt, versuche ich mir vorzustellen, wie er aussähe, wenn er nackt und mit aufgestelltem Penis dastände. Der Gedanke an seinen stehenden Penis wirkt besonders stark auf mich. Wenn so ein Junge mich ansieht, stelle ich mir vor, daß er mich auch nackt sehen kann. Gelegentlich stelle ich mir dasselbe mit einem Mädchen vor. Manchmal, wenn ich in der Schule an der Jungentoilette vorbeikomme, stelle ich mir die Jungen da drinnen mit aus der Hose hängenden Penissen vor. Dann muß ich lachen, statt Sexgedanken zu kriegen.

Die Jungen, mit denen ich Sex habe, wissen nichts von meinen Phantasien, aber manchmal kriege ich sie dazu, Dinge zu tun, über die ich vorher, ohne daß sie es wissen, phantasiert habe. Ich genieße es, wenn sie vor mir knien und Cunnilingus mit mir machen, bevor ich etwas mit ihnen mache.

Ich stelle mir gern vor, daß ich mit einem Jungen, der mich wirklich aufregt, bis zum Letzten gehe, während alle meine Freundinnen zusehen. Ich stelle mir vor, daß sie so in Erregung geraten, daß sie selber anfangen zu masturbieren und ihn bitten, es mit ihnen zu treiben, aber er bleibt bei mir. Außerdem masturbiere ich gern, wenn ich Rockmusik höre. Manchmal stelle ich mir vor, daß einer der Sänger mit mir vor einem großen Publikum Sex hat.

Ich mag Pferde und stelle mir manchmal vor, daß ich nackt und ohne Sattel auf einem herrlichen Vollblutpferd reite. Ich habe ein schlechtes Gewissen, wenn ich an so was denke, aber einmal versuchte ich mir vorzustellen, wie es wohl wäre, wenn das Pferd seinen großen Penis in mich reinsteckte. Das war aber eher so etwas wie Neugier.

Das einzige Mal, daß ich von meinen Phantasien gesprochen habe, war ein paarmal mit diesem älteren Mädchen, von der ich Ihnen erzählt habe. Damals brachte uns das besser hoch.

Ich bin sicher, daß es noch andere Dinge gibt, die ich Ihnen hätte erzählen können, wenn sie mir eingefallen wären, aber ich hoffe, daß auch dies Ihnen ein bißchen hilft.

Frieden. (Brief)

Paula

Paula ist eine bildhübsche schwarze Haitianerin, die ich in Rom kennengelernt habe. Tony, ihr gegenwärtiger Liebhaber, ist ein weißer Engländer. Ich würde sagen, daß sie Anfang Zwanzig ist. Ich habe mein Gespräch mit ihr nicht redigiert, um einmal zu zeigen, wie sich diese Interviews im allgemeinen entwickelt und Form angenommen haben. Wie Sie sehen werden, ist Paula keineswegs ein sexuelles Kräutchen Rühr-mich-nicht-An, weigerte sich ursprünglich aber, einen Beitrag zu diesem Buch zu leisten, und behauptete, sie habe keine sexuellen Phantasien. Erst als ich ihr mehrere zu lesen gab, rief sie aus: «Ach so, *das* ist eine sexuelle Phantasie! Etwas, das einem ein schönes Gefühl gibt!»
Interessant und typisch für die Frauen ist auch, daß sie plötzlich viel mehr zu sagen haben, als sie gedacht hatten, wenn sie von ihren Phantasien zu sprechen beginnen. Wenn Paula sich für das Thema zu erwärmen beginnt, liefert sie Informationen, die sogar für sie selber neu sind, als käme sie zum erstenmal mit bis dahin unangetasteten Bereichen ihres Ichs in verbale Berührung. Das bedeutet nicht, daß sie zu Beginn des Interviews bewußt Informationen zurückgehalten hätte – nachdem sie sich zum Reden entschlossen hatte, war sie eifrig darauf bedacht, alles zu erzählen, und bestand sogar darauf, daß ich ihren richtigen Namen verwendete –, ich glaube vielmehr, die eigentliche Tiefe ihrer Phantasien und ihr Verwachsen mit der Wirklichkeit wurde ihr eben erst richtig bewußt, als sie darüber sprach. Was mich angeht, so wurde mir erst, als ich das Interview etwa zur Hälfte hinter mir hatte und ich fast nicht mehr so recht wußte, was Phantasie war und was Wirklichkeit, so richtig klar, wie sehr Paulas Phantasie und ihre reale Welt ineinander übergingen, daß sie ihre Phantasien total und freudig akzeptierte und sie auslebte.

Frage: Haben Sie seit unserem letzten Gespräch noch einmal über Ihre Phantasien nachgedacht?
Antwort: Könnte ich ein paar Phantasien von anderen Leuten lesen, nur um zu sehen, wie die sind? Was ich denke, ist vielleicht gar keine richtige Phantasie.
F: Erinnern Sie sich an die Phantasie des Mädchens, das sich vorstellte, ein Mann leckt sie mitten in einem Restaurant?
A: Wenn ich mit einem Mann schlafe, stelle ich mir gerne vor, daß der Mann ein anderes Mädchen fickt, nicht mich.
F: Wo sind Sie dann, sind Sie ebenfalls in dieser Phantasie?
A: Ich bin in meinen Gedanken, ich meine, ich weiß, daß ich gefickt werde, aber ich stelle mir gern vor, der Mann fickt eine andere.
F: Ein bestimmtes Mädchen, eine Freundin ...?
A: Nein. Manchmal sind es die Mädchen, mit denen ich zur Schule gegangen bin, und ich finde es so fabelhaft, was da geschieht, ich weiß, daß sie es auch fabelhaft finden.
F: Daß sie mit dem Mann ficken, mit dem Sie in Wirklichkeit schlafen? Das erregt Sie?

A: Komisch, nicht? Beim Schlafen zu denken, daß jemand anders das alles kriegt, nicht man selbst. Ich habe manchmal gern ein anderes Mädchen bei mir im Bett, es macht mir Spaß, wenn wir's zusammen kriegen, sie, ich und mein Freund, und wenn er dann mit ihr schläft und mit mir schläft. Ich werde furchtbar eifersüchtig, aber das bringt mich ungeheuer hoch. Die Eifersucht bringt mich in Fahrt ... zu sehen, wie er eine andere fickt.
F: In Ihrer Phantasie oder in Wirklichkeit?
A: Nein, in der Phantasie. Ich finde es wirklich fabelhaft. Wenn ich mit jemandem schlafe, denke ich daran. Dann habe ich das verrückte Gefühl, daß ich weiß, was *sie* kriegt. Ich werde richtig erregt, wenn ich an all die Dinge denke, an die sie vielleicht auch denkt ... Etwa, was für ein großartiger Ficker er ist ... selbst wenn *sie* keinen großartigen Fick hat, denke ich, o Mann, das ist wirklich ... stark.
F: Sehen Sie sich in Ihrer Phantasie, wie Sie den beiden zuschauen?
A: O ja! Wenn ich mit jemandem schlafe, müssen meine Augen offen sein, auch wenn ich in Wirklichkeit auf gar nichts Bestimmtes schaue. Meine Phantasie ist so stark, daß ich sehen, daß ich meine Augen wirklich offen haben muß. Mit geschlossenen Augen ist es nicht schön.
F: Die meisten ficken mit geschlossenen Augen.
A: Ich nicht. Meine Augen müssen offen sein, *das* Ding *da* ansehen. Es ist wirklich real, es ist erstaunlich.
F: Empfinden Sie in der Wirklichkeit auch Eifersucht?
A: Ich werde eifersüchtig, wenn ich denke, ich wäre dabei und sähe nur zu ... Aber nein, ich bin im Grunde nicht eifersüchtig. Weil ich weiß, daß in Wirklichkeit ich das kriege, was sie in meinen Gedanken kriegt, und das ist so schön, daß es dazu beiträgt, die große Eifersucht zu stoppen. Ich bin eifersüchtig, aber freudig, weil es so erregend für mich ist, zu wissen, daß sie gefickt wird und beinahe verrückt wird; daß es so stark ist.
F: Ich finde es schön, daß Sie die Augen offen haben. Das beweist, wie nahe Sie dem Ganzen sind.
A: Und ich kann's tatsächlich sehen. Die Frau kann irgendeine sein. Irgendeine, die mir gerade einfällt. Sie kommen und verschwinden wieder. Ich stelle mir vor, daß jeder gefickt wird, jeder, den ich kenne ... Bekannte, Freundinnen ...
F: Wie ist es denn mit Männern? Denken Sie manchmal an Tony mit anderen Männern?
A: Ja. Wenn ich mit ihm schlafe, sehe ich gern, daß ein anderer Mann dabei mit ihm schläft.
F: Stört das Tony?
A: Es stört ihn nicht, nein. Ich hasse es, wenn ein Mann sagt, es paßt

ihm nicht, daß ich das denke. Ich weiß, die meisten Männer sagen, sie würden bestimmt nicht mit einem anderen Mann gehen. Aber zu sagen, sie hassen die Idee, hassen es, daran zu denken ... Ich hasse es, wenn ein Mann so ist. «Oh», sollte der Mann sagen, «das ist eine fabelhafte Idee, das bringt mich hoch wie wahnsinnig.»

F: Ich glaube, viele Männer fühlen sich bedroht, wenn Sie davon reden, daß sie es mit einem anderen Mann machen; sie sagen: «Das ist schön und gut für eine Frau, aber einen homosexuellen Akt abzuziehen, das ist für einen Mann etwas ganz anderes.»

A: Ich weiß. Aber wenn man zu einem sagt, der wirklich dufte ist, daß man sich ihn mit einem anderen Mann vorstellt, dann gefällt ihm das, dann wird er es nicht von sich weisen. Und das ist schön. Ich sage gern zu einem Mann, den ich wirklich gut finde: «Ach, Baby, ich möchte dich gern mit einem anderen Mann sehen.» Das sage ich immer, wenn ich es so richtig genieße, wenn wir miteinander schlafen. Auch wenn es wirklich nie passiert, er mit diesem anderen Mann, es ist trotzdem schön, es zu sagen, und wenn's passiert ...

F: Daran zu denken, bedeutet nicht, daß man wünscht, daß es passiert, oder daß es passieren muß. Es ist einfach der Gedanke, daß es passieren könnte ...

A: Genau. Jedesmal, wenn wir miteinander schlafen, denke ich gern daran, daß alles passieren kann, ganz egal, wie schmutzig oder wie scheußlich. Es macht mich so richtig schön verrückt, zu denken, daß alles möglich ist. Zum Beispiel hätte ich nichts dagegen, auf einem Pferd gefickt zu werden. Ich stelle mir gern vor, daß es passieren könnte ... daß ich vorn sitze, und daß jemand, den ich wirklich mag, hinter mir sitzt, und er könnte ihn einfach in mich reinstecken, während wir reiten, hinein und hinaus. Das ist etwas, das ich gern ausprobieren würde. Ich weiß, das klingt lächerlich.

F: Nichts klingt lächerlich.

A: Aber solche Sachen gehen mir eben durch den Kopf. Wenn ich auf dem Poloplatz bin und Tony beim Spielen zusehe, denke ich: «O Mann, das wär 'ne Wucht, jetzt sofort, da auf dem Pferd, von ihm genommen zu werden!»

F: Männer auf Pferden sind ein sehr sexy Anblick.

A: Sehr sexy. Einmal habe ich ihn gefragt: «Kommst du manchmal, wenn du reitest?» Und er hat gesagt: «Beinahe.»

F: Nehmen Sie in Ihren Phantasien jemals an Gruppensex teil? Ich meine, mehr als, sagen wir, nur zu dritt?

A: Eigentlich nicht. Gewöhnlich habe ich da dieses ganz große Ding mit dem anderen Mädchen, dem Mädchen in meiner Phantasie, und wie sie kommt. Dieses Bild habe ich immer im Kopf, wenn ich mit jemandem schlafe. Es spielt keine Rolle, wer der Mann ist, es muß nicht unbedingt Tony sein, aber ich stelle mir eben gern vor, daß dieses andere Mädchen fühlt, was ich fühle, daß sie kriegt, was ich kriege.

F: Warum, glauben Sie, bringt Sie das stärker in Erregung?

A: Weil die Erregung etwas ist, das ich mit jemandem teilen möchte, weil ich weiß, daß manche Mädchen diese Art von Erregung fabelhaft finden würden, und ich denke dann gern, daß sie es zur gleichen Zeit wie ich kriegen. Selbst wenn ich richtig müde bin, brauche ich bloß die Augen zu öffnen, und schon sehe ich, was in meinem Kopf vorgeht. Es ist, als sähe man seine eigene Phantasie.

F: Wenn Sie einen attraktiven Mann sehen, beginnen Ihre Gedanken dann zu wandern?

A: O ja! Aber ich glaube, das ist wohl das Natürlichste, daß man denkt: «Ich möchte wissen, ob er im Bett gut ist.» Selbst wenn es nicht dazu kommt oder kommen kann, denke ich das. Später, vielleicht am Abend, wenn ich mit Tony zusammen bin, denke ich an diesen Mann, stelle mir vor, daß er es ist, der mich fickt. Aber das ist nur natürlich. Ich bin überzeugt, daß die Männer das die ganze Zeit machen, über andere Mädchen phantasieren, wenn sie es mit ihrer Freundin machen.

F: Sind die Mädchen, an die Sie denken, immer Bekannte?

A: Es ist viel aufregender, wenn man das Mädchen kennt. Nehmen wir an, ich habe sie ein paar Tage lang nicht gesehen. Wenn ich dann an sie denke, Mann, dann sehe ich alles wieder vor mir, wie sie war. Das geht mir tagelang nicht aus dem Kopf.

F: Sie erinnern sich an diese Szene mit dem Mädchen, an eine reale Szene?

A: Genau.

F: Diese Phantasien von anderen Mädchen tauchen vermutlich vor allem auf, wenn der Mann Cunnilingus bei Ihnen macht.

A: Ja. Denn dann kann ich die Augen öffnen und sehe seinen Kopf, stelle mir alles vor. Wenn ich da unten seinen Kopf sehe, kann ich auch seinen Mund sehen, alles ... und stelle mir vor, er macht das mit einem anderen Mädchen genauso wie mit mir.

F: Sie sind ein sehr großzügiger Mensch, Paula.

A: Ich denke nie einfach nur an mich, wenn ich phantasiere. Ich denke dann gern daran, daß viele Menschen das kriegen, was ich kriege, ich stelle mir ein ganzes Zimmer voller Menschen vor, eine Menge Farben, und Stimmen ...

F: Viele Menschen schlafen nur miteinander, wenn das Licht aus ist, unter der Bettdecke ...

A: O nein! Bei mir muß das Licht an sein, ich muß die Augen offen haben. Die wildesten Phantasien habc ich, wenn ich Auto fahre.
F: Deswegen fahren Sie so häufig Auto.
A: Immer wenn ich fahre, fühle ich mich sehr sexy.
F: Ich glaube, eine Menge Frauen haben dieses Gefühl. Was glauben Sie, woher es kommt, daß Frauen beim Autofahren dieses Gefühl kriegen?
A: Manchmal, wenn ich fahre, spielt sich eine ganze Szene ab. Alles passiert. Die meisten Mädchen, wenn sie fahren ... Sehen Sie sich das nächste Mal, wenn Sie eine Autofahrerin sehen, ihr Gesicht an. Die sehen richtig ... stolz aus. Niemals wirken sie gelangweilt. Das ist ein Ausdruck, den sie auch haben, wenn sie mit jemandem schlafen, wenn sie an Sex denken.
F: Hört Tony gern von diesen Phantasien?
A: O ja. Wenn wir ficken, hört er wahnsinnig gern, was ich denke, er fragt mich danach und sagt: «Oh, das ist wunderbar! Weiter, erzähl mir mehr!»
F: Viele Leute scheinen stumm zu ficken. So viele Frauen haben mir erzählt, sie wünschten, ihre Männer würden mehr reden.
A: Es ist wunderbar, wenn man jemanden hat, der mit einem redet. Das liebe ich! Phantastisch! Dann verliere ich wirklich den Verstand. Wenn man's stumm macht, ist es nur ein halber Fick, dann ist es, als wäre man allein. Aber wenn ein Mann in einem drin ist und sagt: «Ach, Baby, es ist einmalig, dich so zu ficken», und er beschreibt dann, was er fühlt, und ich beschreibe ihm, was ich fühle und was ich denke, und wenn er das hört, o Mann, dann fickt er mich noch viel wilder. O ja, ich liebe es, beim Ficken zu reden. Das feuert an, das macht, daß ich noch viel wildere Sachen tun möchte. Wenn ein Mann beim Ficken nicht mit einem redet, wagt man bestimmte Sachen nicht zu tun. Wenn er redet, das ist, als feuert er einen an. Männer fragen sich immer wieder, woran die Mädchen denken, wenn sie von ihnen gefickt werden ... Manche machen sich, glaube ich, richtig Sorgen deswegen. Aber das Ficken kann nur schöner werden, wenn man es ihnen sagt, und das lieben sie. Und man muß es richtig sagen, man muß die aufregenden Wörter verwenden, man muß vulgär sein, sonst ist es sinnlos. Denn wenn man fickt, soll man Fickwörter verwenden. Man muß vulgär sein, richtig vulgär.
F: Beim Ficken handelt es sich nicht um Vaginas und andere medizinische Termini, sondern um Fotzen und Schwänze ...
A: Man geht doch nicht zum Arzt, nicht wahr? Man wird gefickt. Ich sage gern: «Ach, Liebling, ich möchte gern ganz unanständig sein. Ich denke an so unanständige Dinge ...»

F: Wenn Sie daran denken, daß er einen anderen Mann fickt, wo sind Sie dann in Ihren Phantasien? Sehen Sie zu? Ficken Sie auch?
A: Meine Lieblingsvorstellung ist, daß er mich fickt, während er von einem anderen Mann gefickt wird. So kann ich mir genau vorstellen, was er fühlt. Es ist, als teile ich mit ihm das, was er fühlt, als stieße der Schwanz, der in ihn hineinstößt, auch in mich hinein, so als käme ein Extradruck von oben.
Fl: Wenn Sie an andere Mädchen denken, ist Ihre Rolle dann aktiv oder passiv?
A: Ich bin gern die aggressivere. Vielleicht, weil ich dann ungefähr so bin wie ein Mann, der ein Mädchen fickt. Ich möchte daran denken können, was er fühlt, weil das, was er mit mir macht, ein so wunderbares Gefühl ist. Deswegen denke ich mir, daß ich mit diesen anderen Mädchen ganz wilde Sachen treibe.
F: Die meisten Frauen, mit denen ich gesprochen habe, sagen, sie haben an andere Frauen gedacht. Sie scheinen das zu akzeptieren; sie fühlen sich überhaupt nicht schuldbewußt deswegen.
A: Wenn ich ein nacktes Mädchen sehe, gerate ich gewöhnlich in Erregung. Dann denke ich: O Mann!
F: O Mann, Sie möchten sie ficken, oder Sie möchten zusehen, wie sie gefickt wird?
A: Meistens möchte ich sehen, wie ihre Beine gespreizt sind, wie sie von einem Mann gefickt wird.
F: Von Ihrem Mann?
A: Von irgendeinem Mann, meistens aber von meinem Mann. Das ist aufregend. Was mich aufregt, ist die Art, wie die meisten Mädchen darauf reagieren, daß sie gefickt werden. Weil meine Gedanken so ... Ich kann mir vorstellen, daß es so stark ist, ich kann es fast an ihrer Stelle fühlen. Ich denke, o Mann, die genießen das so richtig.
F: Und keine Schuldgefühle?
A: Aber nein! Wenn ich mit jemandem schlafe, kenne ich keine Scham. Wenn man sich schämt, haben die Gedanken keine Möglichkeit, kreativ zu phantasieren, und der Körper ist dann auch nicht frei. Ich glaube, ich würde die Dinge, die ich mache, wenn ich mit jemandem schlafe, gar nicht tun, wenn meine Gedanken nicht wirklich kreativ phantasieren könnten.
F: Ich glaube zwar nicht, daß Frauen *immer* beim Sex phantasieren, aber abzuleugnen, daß es jemals geschieht, es rundweg abzuleugnen ...
A: Oh, man muß phantasieren, wenn der richtige Zeitpunkt da ist. Wenn ich ficke, phantasiere ich nicht über den Mann, mit dem ich zusammen bin. Ich weiß ja, daß er es tut. Ich meine, wenn ich einen Mann

nicht mag, würde ich nicht mit ihm ficken, aber der Mann in meinen Gedanken ist immer ein anderer. Ich weiß, daß er in mir ist, es aber in Gedanken gleichzeitig mit einem anderen Mann zu treiben, ist phantastisch.

F: Was kommt eigentlich zuerst: die Wirklichkeit oder die Phantasie?

A: Die Phantasien sind immer vorhanden gewesen, sehr stark sogar. Daher wußte ich ja, daß mir diese Dinge tatsächlich gefallen würden. Schon seit ich ... elf oder zwölf war.

F: Das ist tatsächlich das magische Alter. Haben sich die Phantasien, sagen wir, die von Ihnen und einem anderen Mädchen, verändert, nachdem Sie es *in Wirklichkeit* taten?

A: Nein. Als ich noch klein war, sah ich manchmal, wie zwei Leute miteinander schliefen, und das gab mir ein schönes Gefühl. Mitgerissen wurde ich nicht, dafür war ich noch viel zu jung. Na ja, wo ich aufgewachsen bin, sind die Leute manchmal achtlos, vergaßen, ein Fenster oder eine Tür zu schließen, und dann kam ich vorbei.

F: Ich wünschte, ich wäre auch an so einem Ort aufgewachsen! Wenn Sie Tony jetzt von Ihren Phantasien erzählen, denkt ihr beiden dann manchmal daran, sie in die Wirklichkeit umzusetzen? Etwa, daß ihn ein anderer Mann fickt, während er Sie fickt?

A: Ja. Alles, was ich ihm erzähle, meine Phantasien, das sind alles Dinge, von denen ich mir wirklich wünschte, sie würden passieren. Sagen wir mal, wir sind auf einer Party, und wir fühlen uns restlos wohl. Plötzlich sind wir beide der Meinung, daß wir es an diesem Abend machen werden. Ich sage: «Ach, Tony, ich würde so gern eine Szene mit dem Mädchen da haben.» Und er würde dann automatisch sagen: «Warum machst du es dann nicht?» Neulich war bei mir diese junge Amerikanerin zu Besuch, und Tony und ich, wir kamen einmal sehr spät abends nach Hause. Ich hatte noch nie eine Szene irgendwelcher Art mit diesem Mädchen gehabt, und Tony mochte sie auch nicht besonders, aber er genoß uns beide, sich und mich, so sehr, daß ich sagte: «Komm, Liebling, laß es uns zusammen mit dem Mädchen machen.» Also rief ich dieses Mädchen zu uns herein. Er hat diese Nacht wahnsinnig genossen. Ich glaube, sie war noch nie zuvor an einer solchen Szene beteiligt, aber sie genoß es wirklich, sie hörte nicht auf, davon zu reden. Von da an wollte sie es am liebsten jeden Tag machen. Aber Tony wollte nicht mehr. Er mochte sie wirklich nicht, es war nur dieser Abend, wo er ohnehin schon erregt war und es ihn so hoch brachte, als ich ihm von meinen Phantasien erzählte.

F: Und was ist mit einem anderen Mann?

A: Nur einmal, neulich. Eines Tages habe ich ihn so hochgebracht, mit meinem Gerede davon, daß am nächsten Abend ein Kerl da war, der schon immer versucht hatte, ihn zu kriegen, und da hatten wir tatsächlich eine Szene mit ihm. Ich glaube, Tony war zum Schluß nicht sehr begeistert, denn es ist nicht seine Szene, er mag die Mädchen viel zu sehr. Aber er sagte, ich hätte ihn so hochgebracht, in dieser Hinsicht, daß er gemeint hätte, er müßte es mal probieren.

F: Bringen Männer Sie eher in Erregung?

A: Aber ja! Männer viel mehr als Frauen ... Aber es kommt immer darauf an.

F: Ganz allgemein können Frauen, glaube ich, mit beiden sexuellen Szenen, auch wenn sie nur daran denken, mit weit weniger Befürchtungen fertig werden als Männer. Sie scheinen sich durch ihre Phantasien über andere Frauen nicht bedroht zu fühlen.

A: Nein, ich glaube nicht, daß Mädchen sich dadurch bedroht fühlen, Mädchen ... Für sie liegt in dieser Art von Szene irgendwie etwas Unschuldiges und sehr Schönes. Sie nehmen sie eher als etwas Schönes, nicht als etwas Vulgäres, etwas Abscheuliches. Und wenn sie wirklich zusammen eine sexuelle Szene aufziehen, machen sie das ganz natürlich.

F: Phantasieren Sie immer noch über Tony und diesen Mann, mit dem er es gemacht hat?

A: O ja, aber ich spreche mit ihm nicht mehr darüber, weil ich weiß, er möchte es wirklich nicht noch einmal tun. Aber ich denke daran. Immer, wenn wir miteinander schlafen, durchlebe ich noch einmal die letzten Szenen, selbst wenn er nicht an einer bestimmten Szene teilgenommen hat. Selbst wenn ich in einer neuen Szene bin, erlebe ich die Einzelheiten einer Szene gern noch einmal. Das macht alles so phantastisch. Ich phantasiere sogar, wenn ich allein im Bett bin. Dann komme ich wieder sehr in Erregung.

F: Hat ein Mann Sie jemals wegen Ihrer Phantasien, weil Sie ihm davon erzählt haben, gescholten?

A: O nein! Ich habe noch nie einen Mann erlebt, der einen Menschen, der so unanständig ist wie ich, nicht mag. So, wie ich es sage, wie ich meine Phantasien erzähle, sind sie so schön, daß niemand, der seinen Verstand beisammen hat, mich dafür schelten würde.

F: Als Sie vorhin über die Eifersucht sprachen, sagten Sie, die Eifersucht bringe Sie in Erregung. Wie meinten Sie das?

A: Zum Beispiel, wenn da ein Mädchen im Zimmer ist, von dem ich denke, Tony würde es gern mit ihr machen, ein Mädchen, auf das ich eifersüchtig bin, dann stelle ich mir einfach vor, daß ich es mit ihr mache. Am nächsten Tag sage ich dann zu ihm: «Ich habe dieses Mädchen

gefickt.» Das würde ihn ärgern, mir aber eine Genugtuung sein. Selbst wenn er anschließend mit ihr ginge, würde ich es nicht als allzu schlimm empfinden, weil ich die Eroberung ja in Wirklichkeit zuerst gemacht hätte. Aber das kommt nur durch die Eifersucht; wenn er sie nicht hätte ficken wollen, wäre ich nie auf den Gedanken gekommen.
F: Wünschen Sie sich manchmal, daß diese Eifersuchtsphantasien, daß Sie es mit dem anderen Mädchen machen, Wirklichkeit würden?
A: O ja! Manchmal machen wir's dann auch wirklich, ich und das andere Mädchen, auf das ich eifersüchtig bin, und Tony. Diese Szenen genieße ich wirklich, aber selbst dabei bin ich noch immer eifersüchtig. Aber die Eifersucht bringt mich auch in Erregung. Ich meine, wenn ich früher am Abend eifersüchtig war und Tony und ich später im Bett sind, werde ich wegen dieser Eifersucht erregt ... obwohl ich gar nicht gern eifersüchtig bin. Vielleicht phantasiere ich dann auch, stelle mir vor, daß das Mädchen bei uns ist. Ich weiß, daß die meisten Mädchen, normale Menschen, sehr aggressiv werden, wenn sie eifersüchtig sind, aber ich werde nur ganz ruhig, fast passiv, und außerdem sexy und wild.
F: Wenn Sie wissen, daß Tony ein anderes Mädchen fickt, und Sie nicht dabei sind – was empfinden Sie dann?
A: Ich stelle mir vor, was vor sich geht. Es ist eine ungeheure Befriedigung für mich, mir ihre Bewegungen vorzustellen, das regt mich auf, und ich denke: «O Mann!» Ich bin eifersüchtig, aber ich weiß, daß er mich auch gern dabei hätte ... und ich stelle mir vor, ich bin dabei. Ich stelle mir vor, daß er an mich denkt, während er sie fickt, und in gewisser Weise bin ich dabei.
F: Kleiden sich die Menschen in Ihren Phantasien seltsam, tragen sie Masken, oder finden die Phantasien in seltsamer Umgebung statt?
A: Nein, ich stelle sie mir immer nackt vor. Und es findet immer im Bett statt. In einem Bett, das ich kenne. Und meine Phantasien sind immer bunt, niemals schwarzweiß.
F: Wenn manche Leute beim Ficken irgend etwas ganz Irres tun möchten, müssen sie zuerst darüber phantasieren.
A: Manchmal, nicht immer, brauche ich meine Phantasien wirklich, um in Gang zu kommen, komme ich nicht ohne sie aus. Möglich, daß es Leute gibt, die man bloß anzufassen braucht, und schon werden sie sexy. Aber ich bezweifle wirklich, daß die meisten Leute einfach an gar nichts zu denken brauchen und trotzdem sexy werden.
F: Wenn es ein ganz neuer Mann ist, dann ist man vielleicht sofort erregt.
A: Aber wenn es jemand ist, mit dem man schon häufig geschlafen hat, und wenn es der beste Ficker von der ganzen Welt ist, dann finde ich

immer noch, daß Phantasien helfen ... am Anfang, meine ich, nur als Starthilfe. Manchmal gerate ich in Erregung, wenn ich an die irren Sachen denke, an die *er* wahrscheinlich denkt, wenn er mich fickt.

F: Glauben Sie, daß Männer ebensoviel phantasieren wie Frauen, vor allem im Bett?

A: Nein, ich glaube, die Männer verlassen sich oft darauf, daß die Frauen die Dinge ins Rollen bringen. Wenn eine Frau zum Beispiel sich ganz entspannen, ihrem Mann vertrauen und ihm von ihren Phantasien erzählen kann, das bringt ihn wirklich hoch. Neulich abends, als wir im Bett waren, und ich wußte genau, er denkt immer noch an seine Arbeit, wußte ich trotzdem genau, daß er ficken wollte, nur war er mit den Gedanken woanders. Er sagte sogar: «Ich bin zu müde.» Ich antwortete: «Du bist nicht zu müde.» Und er brauchte mich nur anzusehen, um zu wissen, was in meinem Kopf vorging, weil ich ihm schon so oft von meinen Phantasien erzählt hatte. Er sah mit einem Blick, daß ich mitten drin war, in einer, und plötzlich war er ebenfalls drin. Deshalb sollten Frauen ihrem Mann wirklich immer erzählen, was in ihrem Kopf vorgeht. Es könnte ihr ganzes Leben verändern. (Tonbandinterview)

Phantasien, die Wirklichkeit sein sollten

Der Inhalt einer Phantasie, das, was darin geschieht, hat niemals damit zu tun, ob sie ausgelebt werden sollte oder nicht. Was für Sie oder mich häßlich, ja sogar entsetzlich klingt, mag für die Frau, die es sich ausgedacht hat, sexuelle Befriedigung bedeuten. Schließlich ist sie die einzige, die weiß, ob eine Phantasie dort bleiben sollte, wo sie ist – in ihren Gedanken –, oder ob die Tatsache, daß sie sie auslebt, ihr Leben bereichern würde. Ein Punkt, der die Frauen immer wieder zu verwirren scheint, ist der Gedanke, daß Phantasien akzeptieren auch bedeuten muß, sie in die Wirklichkeit umzusetzen, und daß sie, wenn sie das nicht tun, sexuelle Heuchlerinnen sind.

Das Akzeptieren von Phantasien jedoch kann ganz einfach genau das und nichts weiter bedeuten; nirgends steht geschrieben, daß man nur den halben Weg gegangen ist, wenn man sie nicht auslebt. Für die Phantasie gibt es keine Vorschriften.

Was jedoch klar sein sollte, und zwar für jeden, der dieses Buch gelesen hat, ist, wie viele Phantasien, die darin enthalten sind, Teil des wirklichen Lebens der Frau sein *sollten.* Wie viele Phantasien sind sexuelle Wünsche, die Sehnsucht nach Dingen, auf die jede Frau ein angeborenes Recht hat. Und dieses Recht mag durchaus über die Befriedigung hinausgehen, die man gewöhnlich darunter versteht, wenn man sagt, eine Frau sei verheiratet oder habe einen Liebhaber oder sei sogar sexuell befriedigt. Denn was die Frauen wollen, ist schließlich so simpel, daß es für mich ein Rätsel ist, warum sie Angst haben, darum zu bitten. Und das bedeutet vermutlich, daß die Frauen einfach nicht reden, nicht einmal mit ihren Liebhabern, daß sie – entweder aus Schüchternheit oder aus Angst – ihren Wünschen nicht Ausdruck verleihen. Die folgende Phantasie ist typisch, und ihr überraschender Schluß macht sie nur noch bitterer.

Martha

Ich bin eine verheiratete Frau von vierundvierzig Jahren. Ich möchte Ihnen von meiner sexuellen Phantasie erzählen. Meine Phantasie ist auf einer realen Basis aufgebaut. Vor ungefähr elf Jahren, bevor ich verheiratet war, als ich noch verlobt war, ging ich ein paarmal mit einem verheirateten Mann aus, mit dem ich zusammenarbeitete. Es war keine Liebe. Es war rein sexuell.

Obwohl ich regelmäßig mit meinem Freund schlief, brachte mich dieser Mann wirklich in Erregung. Zum Glück hatten wir ein Zimmer, in das wir uns zurückziehen konnten; so brauchten wir es nicht auf dem Rücksitz eines Wagens zu machen. Zuerst zogen wir uns vollständig aus. Er hatte immer die unglaublichste Erektion. Er streichelte, küßte und saugte an meinen Brüsten. Er streichelte mein Hinterteil und gab mir ein paar zärtliche Klapse drauf. Er spielte mit meiner Klitoris und schob seine Finger in mich hinein. Dann saugte er an meiner Klitoris und schob seine Zunge in mich hinein. Dabei berührte ich seinen Penis kein einziges Mal. Er konzentrierte sich vollständig auf mich, bis ich vor Erregung weinte, und dabei redete er mit mir in der Sprache der Lust: «Oh, du meine Schöne, du zauberhafte kleine Fotze, diese reizenden Härchen da, ich werde meinen Schwanz in sie hineinstoßen, direkt in deine Fotze hinein. Ich werde dich ficken, ich werde dich ficken, ficken, ficken, und dann werde ich all die Härchen mit meinem Samen naß machen, und dann wirst du ihn für mich lecken, von oben bis unten.»

Dann schob er mir die Finger ins Hinterteil und leckte mich bis zum Orgasmus. Während ich vor Lust noch weinte, schob er seinen riesigen Penis in mich hinein und fickte mich, meine Beine um seine Taille geschlungen, bis ich mindestens zwei Orgasmen gehabt hatte. Er selbst war immer noch nicht gekommen und hatte eine Erektion wie eine Eisenstange. Er preßte ihn gegen meine Lippen, bis ich den Mund öffnete und ihn einließ, und dann saugte ich an ihm. Er konnte seine Ejakulation zurückhalten, so lange er wollte. Immer noch erigiert, nahm er ihn aus meinem Mund, und ich streichelte ihn mit der Hand, schloß meine Finger um ihn. Plötzlich packte er grob meine Beine, legte sie sich über die Schultern und stieß seinen Schwanz abermals in mich hinein, arbeitete hart und schnell. Dann kam er, und ich fühlte, wie sein Samen herausschoß.

Das also ist meine sexuelle Phantasie. Geschehen ist es niemals so. Ich hatte zwar eine Affäre mit diesem verheirateten Mann, der Rest ist zum größten Teil nichts als ein Tagtraum. (Brief)

Ausgelebte Phantasien

Obwohl nur die Frau selbst weiß, ob ihr Leben reicher würde, wenn sie ihre Phantasie auslebte, so ist selbst dieses Wissen keine Garantie dafür, daß das, was in der Phantasie funktioniert hat, in der Wirklichkeit ebenfalls funktionieren wird. Es ist ein Glücksspiel; manche Frauen haben mir erzählt, allein die Tatsache, über ihre geheimen Wünsche gesprochen zu haben – ganz zu schweigen vom Ausleben –, sei nicht nur enttäuschend gewesen, sondern hätte die Wirksamkeit der Phantasie endgültig zunichte gemacht.

Einige der in den Kapiteln Schmerz und Demütigung geschilderten grausigen Phantasien können jede von der Idee abbringen, ihre «Träume» in die Wirklichkeit umzusetzen. Zum Glück sagen die Frauen, welche diese erschreckenden sexuellen Vorstellungen haben, gewöhnlich, daß sie sich in Wirklichkeit keineswegs diese Behandlung wünschen und meilenweit davonlaufen würden, um echtem Schmerz aus dem Weg zu gehen. Ihre blutrünstigen Phantasien scheinen mit den schrecklichen, aber wohltuenden Alpträumen verwandt zu sein, die man nachts hat. (Wenn ihre Alptraumphantasien jedoch nicht therapeutisch wirken – wenn sie Sie in Schrecken versetzen, nicht mit der köstlichen Gruselspannung eines Draculafilms, sondern sie in Versuchung führen, ihr eigenes, reales Ungeheuer zu suchen –, dann wäre ein wenig professionelle Hilfe wohl angezeigt.)

Frauen, die in ihren Phantasien überhaupt keinen Konflikt sehen, Frauen, die sich ihnen nähern statt sich von ihnen entfernen wollen, schauen um sich und sehen, wie sich alles verändert und wie alles und jedes ausprobiert wird; nach Filmen, Zeitschriften und Plakatwänden zu urteilen, scheint es, daß das Leben selbst voll Phantasien ist, die sich einander tagtäglich weiter annähern; warum das Leben nicht mit der Phantasie vermischen? Hier folgen ein paar Interviews und Briefe von Frauen, denen dabei unterschiedlicher Erfolg beschieden war.

Sylvia

Ich bin seit zwanzig Jahren verheiratet, habe zwei Kinder und habe gerade meinen zweiundvierzigsten Geburtstag gefeiert. Mein Mann, ein Journalist, und ich, wir haben beide studiert. Wir sind Angehörige der Mittelschicht.

Vor Jahren, als ich mit meinem Mann Träume und Phantasien diskutierte, gestanden wir einander, daß wir tatsächlich beim Sex an andere Personen dachten. Außerdem finde ich im Verlauf eines hektischen Tages, genau wie meine Freundinnen, Erleichterung, wenn ich masturbiere und dabei über den rothaarigen Fernsehproduzenten und -autor phantasiere, der unser Nachbar ist.

Tatsächliche Experimente mit meinen Phantasien haben mich jedoch enttäuscht. Beide sind eigentlich eher zufällig passiert. Der erste Fall hatte mit einer lesbischen Phantasie zu tun, die ziemlich vage, ja sogar eher ein flüchtiger Gedanke daran war, wie es wohl wäre, wenn ... Schließlich, wer kennt die wichtigen sexuellen Bereiche einer Frau besser als andere Frauen? Nun, vor ein paar Jahren stattete mir eine sehr gute Freundin eines frühen Morgens einen Überraschungsbesuch ab. Da ich noch keine Zeit zum Anziehen gehabt hatte, erwischte sie mich im Morgenrock. Während wir auf dem Diwan saßen und Kaffee tranken, rückte sie allmählich immer näher an mich heran. Dabei begann ich an meine Phantasie zu denken und zu überlegen, ob dies die Gelegenheit sei. Bevor ich jedoch entscheiden konnte, ob ich es auch wirklich wollte, streckte sie wie ein Blitz aus heiterem Himmel plötzlich die Hand aus und begann meine Brüste zu streicheln. Ich schalt sie wegen ihres Verhaltens, aber sie ließ sich nicht abweisen und senkte langsam das Gesicht auf meinen Schoß. Ich muß gestehen, daß es für mich zuerst ein ganz schöner Schock war, daß ich mich dann aber fragte, ob sie mit ihrer Zunge wohl so gut sei wie mein Mann (und ein paar andere Männer, die ich kenne) oder so aufregend wie einige der Lesbierinnen in den bei den heutigen Filmen immer wieder vorkommenden Szenen.

Nun, leider war sie das nicht. Sie brachte mich zum Höhepunkt, aber mit der Hand. Ich sehe sie jetzt noch vor mir. Zum Glück ist sie fortgezogen. Ich hätte es nicht fertiggebracht, sie wiederzusehen.

Der zweite Fall hat mit der in meinen Augen zweifellos vorherrschenden weiblichen Phantasie zu tun: dem Neger und seiner angeblichen Größe und Begabung. Es geschah während der letzten Präsidentschaftswahlen in Amerika. Mein Mann mußte zur Berichterstattung nach Washington. Während seiner Abwesenheit nahm ich an einer Dinnerparty teil, auf der zwei vielversprechende Präsidentenmitarbeiter mit einer Gruppe von Pseudo-Intellektuellen (verzeihen Sie mir) zusammenkamen. Ein junger Neger, sehr gepflegt, mit einem Doktor in Staatswissenschaft, diskutierte fast den ganzen Abend lang mit mir über alle möglichen Themen, von Schlußverkäufen bis Sex. Er erbot sich, mich nach Hause zu fahren. Inzwischen hatte sich meine Phantasie in meinen Gedanken breit gemacht, und da ich mich fragte, wie er im Bett sei, hatte ich bereits begonnen, zu überlegen, ob ich es wirklich herausfinden wollte. Unterwegs hielt er auf einem Parkplatz und begann, mir Avancen zu machen. Was dann kam, wissen Sie natürlich: Er zog seinen sehr steifen und pulsierenden Penis aus der Hose und legte ihn mir auf die Hand. Da hielt ich nun tatsächlich dieses Ding, das ich mir so oft vorgestellt hatte! Er flehte mich an, ihm zu erlauben, mich «da» zu küssen, und ehe ich mich's versah, zog ich schon Schlüpfer und Strumpfhose aus. Er aß, als sei es seine letzte Mahlzeit. Zum Glück waren die Kinder in Ferien, daher hielt ich es für das beste, zu mir zu fahren und dort weiterzumachen. Ich kann mich im Wagen nicht entspannen.

Ich weiß nicht, ob Charlie ein typischer Vertreter seiner Rasse war, aber er war ein *ganz mieser* Ficker. Das war mein erstes und letztes Erlebnis mit der anderen Rasse. Aber ich werde es nie vergessen. Ich dachte, das wäre auch das Ende des Negers als Phantasie für mich, aber wie ich festgestellt habe, hat es der Phantasie kein Ende bereitet, sondern sie nur verändert. Ich werde es wohl nie wieder tun, aber ich werde mich immer daran erinnern ... auf eine bestimmte Art und Weise. Eines noch: Er flehte mich an, ihn zu lecken – was ich in der Phantasie getan hatte, was ich aber nun natürlich ablehnte. Ich muß zugeben, sein Instrument bot einen prächtigen Anblick und faßte sich großartig an, darüber hinaus aber war sein sexuelles Talent gleich null. Übrigens hat eine gute Freundin von mir ebenfalls mit einem Schwarzen Verkehr gehabt, und auch sie stimmt mir darin zu, daß die sexuelle Meisterschaft der Neger reine Erfindung ist. Ich fürchte, sie ist lediglich ein Statussymbol.

So, das ist meine Story. Ich hoffe, sie hat zur Aufklärung beigetragen. (Brief)

Elisabeth

Ich bin fünfundzwanzig Jahre alt. Mein Mann und ich sind fünf Jahre verheiratet, und wir haben einen vierjährigen Sohn. Ich habe studiert, interessiere mich für Malerei und Musik und habe einige Zeit als Schauspielerin gearbeitet. Gegenwärtig habe ich einen Job als Telefonwerber. Viel Glück für Ihre Recherchen. Hier meine Erfahrungen.

Beim Sex konzentriere ich mich gewöhnlich auf das, was ich tue, und auf denjenigen, mit dem ich zusammen bin. Manchmal stelle ich mir jedoch vor, daß ich mit einem alten Freund oder einem absolut Fremden zusammen bin, daß außer meinem Mann auch noch ein anderer Mann mit mir schläft. Es gibt einen Freund meines Mannes, mit dem ich einmal ein sexuelles Erlebnis hatte (auf Drängen meines Mannes), und ihn stelle ich mir häufig als den anderen Mann vor. Diese Phantasie tritt auf, wenn mein Mann und ich Analverkehr haben. Während ich meine Klitoris stimuliere oder mein Mann sie für mich stimuliert, stelle ich mir vor,

daß ich mit dem anderen Mann Vaginalverkehr habe, während ich gleichzeitig mit meinem Mann Analverkehr habe.
Manchmal denke ich auch an die anderen Frauen, mit denen mein Mann, wie ich weiß, zusammen gewesen ist, und überlege, ob er mit ihnen dasselbe gemacht hat, und wie sie reagiert haben. Ich stelle mir vor, daß ich er bin, daß ich mit einer dieser Frauen verkehre. Und wenn ich am Penis meines Mannes sauge, versuche ich mir vorzustellen, was für ein Gefühl das wäre, einen Penis zu haben, an dem jemand saugt oder den jemand mit der Zunge reizt. Ich glaube fast zu fühlen, wie der Samen aus mir herausgesogen wird, wenn ich (wenn er) zum Orgasmus komme (kommt). Ich genieße meine Phantasien sehr und finde, daß es die Erregung steigert, wenn man über sie spricht.
Mein Mann ermuntert mich bei meinen Phantasien und drängt mich, sie ihm zu beschreiben. Er wird zum Beispiel heftig erregt, wenn ich ihm erzähle, daß ich tagsüber masturbiert habe, und ihm beschreibe, was ich beim Masturbieren gedacht habe. Zuweilen habe ich ihm sogar von meinen Phantasien erzählt, während wir miteinander schliefen. Jede Verbalisierung dieser Art steigert seine Erregung. Zuweilen bittet er mich, zu tun, als sei er ein alter Liebhaber, und ihm meine Gefühle und Reaktionen zu beschreiben. Außerdem habe ich meinen Mann gebeten, so zu tun, als sei ich eine andere, während er mit mir schläft. Ein- oder zweimal habe ich so getan, als sei ich ein Junge, und habe meinen Mann gebeten, ebenfalls so zu tun, während er mich im Anus bumste. Obwohl es ihn erregt, wenn ich ihm von meinen Phantasien erzähle, während wir miteinander schlafen, deprimiert ihn hinterher der Gedanke an das, was ich gedacht habe. Er bittet mich, ihm meine Phantasien zu erzählen, aber hinterher stoßen sie ihn leider ab; er verabscheut sich selbst dafür, daß er sich von so was hat in Erregung bringen lassen. Alles in allem habe ich mich mehr oder weniger dazu entschlossen, meine schönen Phantasien in Zukunft lieber für mich zu behalten. (Brief)

Winnie

Ich habe oft daran gedacht, wie schön (und jetzt, wenn ich es recht überlege, wie unsauber) es wäre, wenn ein Mann in mich reinpissen würde (kommt darauf an, wer die Bettwäsche wäscht). Ich habe das nie wirklich erlebt, aber häufig darüber nachgedacht und mit Männern darüber gesprochen, die der Meinung zu sein schienen, es sei unmöglich. Ist es vielleicht unmöglich, weil sie – warum? frage ich mich – nicht gleichzeitig pinkeln und einen Steifen haben können? Ich fürchte, diese Phantasie ist

dazu verurteilt, eine Phantasie zu bleiben – es sei denn, ich finde einen physischen Zauberkünstler.
Außerdem habe ich über etwas anderes nachgedacht und weiß nicht mehr, ob ich es erwähnt habe, als wir uns trafen: In letzter Zeit habe ich mich gefragt, ob es nicht unangenehm wäre, alle Phantasien auszuleben und dann keine mehr zu haben. Verstehen Sie? Als wenn ... Na ja, wenn man alles tut, wovon man glaubt, daß man es gern tun würde, woher soll man dann neue Phantasien nehmen? Das ist nur so ein Gedanke. (Brief von einer Freundin)

Loretta

Das Wichtigste, was ich über meine Phantasien herausgefunden habe, ist die Tatsache, daß sie weitaus erregender sind als die Wirklichkeit. Ich spreche aus Erfahrung. Sie auszuleben war eine Enttäuschung. Die Phantasie war, ehrlich gesagt, weitaus erregender, als es wirklich zu tun. Ich werde nichts weiter sagen, als daß ich in meiner Phantasie dominiert, gefesselt wurde. (Brief)

Eva

Ich wurde mit fünfundzwanzig Jahren als geschiedene Frau mit zwei Töchtern allein gelassen und begann nach einer Weile Phantasien über kleine Jungen zu haben. Ich stellte mir vor, daß sie bei mir im Bett wären, mich an- und auszögen und alle möglichen sonderbaren Dinge, etwa, daß sie mich auf die Vaginallippen küßten. Das veranlaßte mich, zu masturbieren und außerdem Reizwäsche zu tragen.
Ich stellte mir vor, der Zeitungsjunge, der mir die Zeitung brachte, hätte eine Affäre mit mir. Dann verschwand eines Tages eine meiner beiden Töchter, der Zeitungsjunge fand sie schließlich, und daraus entwickelte sich eine Freundschaft zwischen uns. Manchmal, wenn er zu Besuch kam, saß er mir gegenüber in einem Sessel. Wenn ich ihn «da» anstarrte, versuchte ich mir auszumalen, wie sein Penis aussah. Dann, eines Abends, als wir alle im Kino gewesen und die Kinder bereits im Bett waren, saß ich mit ihm auf dem Sofa. Plötzlich überkam es mich, und ich fragte ihn, ob er mich möge. Ich fühlte, wie seine Hand unter meinen Rock kroch, und kurz darauf verwirklichte sich eine meiner Phantasien, und ich stellte fest, daß sein Penis tatsächlich größer war, als ich ihn mir vorgestellt hatte. Zwei Jahre später heirateten wir, obwohl ich zwölf

Jahre älter bin als er. Wir sind sehr glücklich und haben drei Kinder, eines davon das Ergebnis jenes Abends, nachdem wir aus dem Kino kamen.
Phantasien helfen einem weiter. Ich habe sie wirklich sehr genossen, aber die Wirklichkeit genieße ich noch viel mehr. (Brief)

Claudia

Meine exotischste und wirksamste Masturbations- und Kopulationsphantasie ist während meines ganzen Sexuallebens die gleiche geblieben, und zwar vom Alter von etwa siebzehn oder achtzehn an, als das Masturbieren für ungefähr zwei Jahre mehr oder weniger regelmäßig jeden Tag in mein Leben trat. Woher diese Phantasie kommt, ist mir immer noch ein Rätsel, aber sie hat mich häufig bei der Wahl meiner Liebhaber beeinflußt, und innerhalb der von der Gesellschaft jenen Beziehungen, bei denen die Phantasie Wirklichkeit geworden ist, auferlegten Grenzen habe ich meinen Traum tatsächlich bei mehreren Gelegenheiten «gelebt».
Es ist durchaus möglich, daß der Scorpio/Sado-Masochistische/Florence-Nightingale-Superfick, der ich mir bei diesen schönen Gelegenheiten zu sein einbilde, nichts weiter als eine Legende ist, aber meine Fähigkeit, ihn wirklich real erscheinen zu lassen, ist keine, und so bringe ich es fertig, mich jedesmal zu erleichtern, wenn er zu seiner faszinierenden Musik sein hübsches Haupt erhebt.
Nachdem ich dies dargelegt habe, bin ich jetzt vielleicht in der Lage, meine Phantasie mit der entsprechenden Deutlichkeit zu schildern.
Ich mag Gangster. Als ich ein Teenager war, hatten die Masturbationsgeschichten, die ich mir ausdachte, alle mit einer Art dickem Mafiachef zu tun, der für sein Vergnügen Mädchen mietete oder sie sogar durch seine Gefolgsleute einfangen ließ. Da ich mich immer nur klitoral masturbierte und noch masturbiere, ich dies damals aber für schrecklich anomal hielt, ist die Folge meiner Phantasien überaus wichtig.
Diese Gefolgsleute legten mich auf den Tisch, und ich hatte nie Gelegenheit, sehr viel zu sagen. Man masturbierte mich auf diese künstliche, klitorale Art bis kurz vor dem Höhepunkt der Erregung, was den Gangster hochbringen sollte, wenn er den Kopf durch die Tür steckte und, als er mich kurz vor dem Kommen sah, einen tüchtigen Steifen kriegte. Daß er einen überaus großen Schwanz hatte, brauche ich wohl nicht erst zu erwähnen. Er war angekleidet, zeigte mir aber seinen Steifen, weil die Jungens ihm gesagt hatten, mit gefielen große Schwänze. Dann be-

fahl er, mich zum Orgasmus zu bringen, da er nicht in eine «ungekommene» Fotze einzudringen wünsche. Das lieferte mir den Vorwand für meinen Orgasmus und bildete gewöhnlich den Schluß meiner Story. Danach schlief ich regelmäßig ein.

Nun gibt es Variationen dieses Themas, die im Laufe der Jahre hinzugefügt werden mußten. Dieser gefährliche Mensch, vor dem die ganze Welt anscheinend entsetzliche Angst hat, kommt manchmal durch die Tür des Zimmers herein, in dem ich von den «Jungens» bis zur Bereitschaft masturbiert werde, und wenn er mich sieht und mit mir spricht, findet er, daß ich das tollste Mädchen bin, das er jemals gesehen oder kennengelernt hat, und daß ich die hübscheste Pussy habe, also befiehlt er den Männern, aufzuhören, fickt mich selber so richtig schön, es gefällt ihm, und er erklärt mir, er werde mich zu seiner ständigen Alten machen, und ich würde ihn jeden Donnerstag haben, wofür ich dann sehr anständig belohnt werde würde. Die Jungens sind baß erstaunt darüber, denn der große Boss hat's nicht so mit den Mädchen, und sie ermahnen mich sogar, ja nicht zu vergessen, daß ich mich so glücklich schätzen könne wie sonst kein Mädchen auf der Welt.

Abgesehen von dieser Variation gelangen gelegentlich auch noch andere Dinge in die Szene. Manchmal gefalle ich ihm so sehr, daß er nicht in mich eindringt, weil sein Schwanz so überdimensional ist, daß schon viele, viele Damen ihn abgelehnt haben, und er ist ein bißchen nervös, weil er einem so süßen Mädchen nicht weh tun will. Ich beruhige ihn nach Kräften und versichere ihm, es sei absolut okay, wenn er in mich eindringen will, bevor ich komme, ich würde schon damit fertig werden (ich bin die Größte). Gewöhnlich zögert er, sagt aber, er werde er zuerst versuchen, nachdem ich gekommen und entspannt und feucht genug bin, um ihn aufzunehmen, und wenn wir es beim erstenmal schön finden, dann vielleicht, nächsten Donnerstag ... Das liefert mit abermals den Vorwand, den ich brauche, um zu masturbieren, anstatt unwichtige Gegenstände in meine Vagina einzuführen.

Wie dem auch sei, dieser Gangster ist mein Freund und würde mir niemals weh tun, aber er tut vielen anderen Menschen weh, weil er wirklich ein gemeiner Killer ist. Aber ... ich bin eben ein nettes Mädchen, und niemand würde etwas so Anbetungswürdiges wie mich verderben. Früher hieß er immer «Joe», jetzt aber trägt er manchmal den Namen meines jeweils abwesenden, gegenwärtigen Liebhabers, den ich mir in Erinnerung rufen will.

Im wirklichen Leben habe ich drei Gangster-Liebhaber gehabt, und alle waren sie ausgezeichnete Liebhaber und paßten großartig zu dem vorgefaßten Bild, das ich mir von einem guten Gangster gemacht hatte, das

heißt, sie mochten nach außen Mörder sein, würden mir aber niemals weh tun. Ich habe keinem von ihnen von dieser Phantasie erzählt, denn sie spielten ihre Rollen auch ohne Manuskript einfach perfekt.
In letzter Zeit habe ich die Finger von den Gangstern gelassen, in der Wirklichkeit und in der Phantasie. Statt dessen male ich mir nun eine andere Szene aus, die mir in Zeiten extremen Stresses gestattet, mich selbst zum Orgasmus zu bringen: Ich stelle mir vor, in einer Art Amphitheater seien zehn bis zwölf Männer versammelt, die lernen sollen, wie man ein Mädchen zum Orgasmus bringt. Sie alle haben aufmerksam dem netten Mann zugehört, der den Unterricht erteilt und ihnen zeigt, wie man die Mädchen dazu kriegt, daß sie die Männer noch mehr schätzen. Ich soll (nachdem ich gekommen bin) von demjenigen groben Typen gefickt werden, der mir am besten gefällt und dessen Schwanz am steifsten ist.
Das klingt auf dem Papier wirklich dümmer als in meinem Kopf, aber so ist es vermutlich mit allen Phantasien. Abgesehen von den beiden erwähnten Phantasien habe ich die ewige Doktor-Gynäkologen-Phantasie, und sehr selten gehe ich auf Pferde- oder Hundetrips. Ganz allgemein aber komme ich auch ohne Ärzte oder Pferde aus. Und ich bin nicht sehr daran interessiert, meine Phantasien in die Wirklichkeit zu übertragen, denn das war meistens, wenn ich es versucht habe, eine Enttäuschung; moralisch und gesellschaftlich gesehen kann ich mich nicht mein Leben lang mit Gangstern abgeben. (Brief)

Josefine

Meine Phantasien haben sich immer um Tiere und um sonst nichts gedreht. Seit ich ein Teenager war, bringt mich der Anblick kopulierender Hunde oder eines Pferdes auf der Weide, dessen Penis herunterhängt, in eine ungeheure Erregung.
Ich bin geschieden, habe aber einen Liebhaber, und zumeist, wenn wir miteinander schlafen, stelle ich mir vor, daß es der Penis eines großen Hundes oder Pferdes ist, der in mich eindringt, oder daß ein Hund mich leckt und ganze Horden von Hunden wie wild bumsen. Das bringt mich wirklich hoch. Ich weiß nicht warum, ich weiß auch nicht, warum es nur Hunde und Pferde sind. Mein Liebhaber weiß davon und spricht gern darüber, aber er versteht es auch nicht. Wenn wir miteinander schlafen, sagt er: «Wünschst du dir jetzt nicht, ich wäre ein großer Schäferhund, oder das da zwischen deinen Beinen wäre der Penis eines Hengstes?»
Als ich vor einiger Zeit einen Freund besuchte, saß sein riesiger deut-

scher Wolfshund neben mir auf dem Sofa. Plötzlich kam die hellrote Spitze seines Penis zum Vorschein, und das erregte mich so sehr, daß ich sofort aufstehen und gehen mußte. Noch wochenlang habe ich von dem Hund geträumt.
Ich selber habe nie einen Hund besessen, und so gern ich auch einen hätte, ich würde mich doch vor dem fürchten, was passierte, wenn ich tatsächlich einen bekäme. Ich würde ihn bestimmt nicht in Ruhe lassen können. Also bleibe ich lieber bei meinen Phantasien, die ich wirklich genieße, und werde mir niemals einen Hund kaufen. (Brief)

Geteilte Phantasien

Eine sexuelle Phantasie mit einem Mann teilen, der sie akzeptiert, ja, der sogar noch dazu ermuntert – was könnte ich dem hinzufügen? Genau wie der Sex selbst macht auch das mehr Spaß, wenn man's zu zweit tut.

Lydia

Meine Phantasien beim Sex drehen sich gewöhnlich um einen oder mehrere Männer; was immer wir dann tun, es ist unweigerlich eine Gruppe von Personen dabei, die zusehen. Sowohl in der Phantasie als auch in der Wirklichkeit bin ich eine Exhibitionistin. Ich genieße es, wenn Männer auf das Dreieck meiner Hose, meines Badeanzugs, meiner Strumpfhosen schauen. Mein Mann weiß von meinen Phantasien und ermuntert mich darin. Er weiß auch von meiner Masturbation, die, wie er findet, meine Sexualität anheizt. Beim Masturbieren sind meine Phantasien gewöhnlich exhibitionistischer Natur. Vor meiner Ehe hatte ich gelegentlich lesbische Phantasien; jetzt aber nicht mehr.
Wenn ich in der Wirklichkeit mit gespreizten Beinen dasitze, um zu zeigen, was dazwischen liegt, verändert sich das in der Phantasie dahingehend, daß ich nur einen kurzen Minirock trage, mit nichts darunter, und ganz breitbeinig dasitze, um meine Genitalien zu zeigen. Mein Mann hat sehr viel Verständnis für meine Bedürfnisse und ermuntert mich und hilft mir bei meinen Phantasien. Auf diese Art bereite ich ihm mehr Vergnügen. Zum Beispiel küßt er sehr lange meine Genitalien und saugt an ihnen, damit ich über andere Männer phantasieren kann, ohne durch seine Stimme gestört zu werden. Wenn ich fertig bin, deute ich ihm das an, und dann steckt er seinen Penis hinein. Er fragt: «Bist du heute gefickt worden?» Und ich antworte: «Ja, drei Mann haben mich

im Büro gefickt.» Er fragt mich, ob ich auf dem Weg ins Büro meine Fotze gezeigt habe, und ich erzähle ihm, ich hätte mit gespreizten Beinen im Zug gesessen, so daß mich die Männer sehen konnten. Es ist ein Spiel, das wir zusammen spielen, und wir beide haben großen Spaß daran.

Hier ist meine Lieblingsphantasie:

Es ist Abend. Wir gehen zu einer Party, und ich ziehe mich im Schlafzimmer an. Ich ziehe einen BH an, ein kurzes tunikaähnliches Kleid und außerdem nur noch Schuhe (ich bin wunderschön braun). Ich stehe mit erhobenen Armen vor dem Spiegel; dadurch zieht sich mein Kleid bis über meine Fotze empor. Wenn wir auf der Party ankommen, sind ungefähr sechs Paare da, alle hübsch oder schön, die Männer in engen Hosen, die Frauen alle voll bekleidet. Ich setze mich und genieße es, daß die Männer unter meinen Rock spähen. Dann stehe ich auf und bücke mich, um etwas vom Fußboden aufzuheben. Ich spüre Hände auf meinen Hüften. Ich bleibe stehen, wie ich bin, und fühle, wie ein großer Penis in mich eindringt. Ich sehe mich nicht um, und er macht weiter, bis er fertig ist. Dann nimmt mich ein anderer Mann, legt mich aufs Sofa und fickt mich. Sie wechseln sich ab, in den verschiedensten Positionen, während die anderen zusehen. Von den anderen Paaren schläft jedoch keines miteinander. Schließlich gehen wir. Es ist ein warmer Abend, und mein Mann legt beim Gehen seinen Arm um meine Taille. Dadurch rutscht mein Rock so hoch, daß die vorübergehenden Männer meine Fotze sehen können. Als wir an einem Stück Rasen neben der Straße vorbeikommen, ziehe ich meinen Mann zu Boden, daß er auf dem Rükken liegt. Ich nehme seinen Penis in den Mund, dann besteige ich ihn, und wir ficken in aller Öffentlichkeit. Hätte ich mit meinem Mann gefickt, während ich diese Phantasie habe, hätten wir jetzt den Punkt erreicht, an dem ich ihm zu erzählen beginne, was in meiner Phantasie geschieht, und daß er der Mann ist, der es tut, und so könnten wir auf ein ganz fabelhaftes Finish hinarbeiten. (Brief)

Jacqueline

Es hat einige Zeit gedauert, bis ich Ihnen schreibe, selbst nachdem ich meinen Mann um Rat gefragt hatte, der seit dem Tag, als wir Ihren Brief lasen, dafür war, daß ich es tat. Der Grund, warum ich mich nicht eher dazu entschließen konnte, sind die Resultate meiner Phantasien, nicht so sehr die Tatsache, *daß* ich sie praktiziert habe. Ob Sie sie überraschend oder schockierend finden, können Sie natürlich nur selber sagen.

Ich bin zweiundvierzig und seit fünfundzwanzig Jahren verheiratet. Wir haben vier inzwischen erwachsene Kinder. Unser Sexualleben war, wie wir glauben, relativ zufriedenstellend, nur daß ich lange das Gefühl hatte, daß etwas fehlte, daß es häufig ziemlich langweilig war.

Ungefähr vor einem Jahr muß mein Mann das erraten haben – wahrscheinlich durch die Einstellung, die ich zuweilen zum Sex hatte, und auch (und weitaus wahrscheinlicher), weil ihm immer klarer wurde, daß er mich nicht ausreichend befriedigen konnte. Er hatte mich oft gefragt, ob er genug für mich habe, und gewöhnlich hatte ich das bejaht – zum Teil, weil ich nicht wollte, daß er sich unzulänglich vorkam, rückblikkend aber sicher auch, weil ich wußte, sobald ich wirklich daran denken würde, daß mir ein anderer Mann mehr geben könnte, würde sich das in meinen Reaktionen so deutlich ausdrücken, daß mein Mann es bemerken und möglicherweise ernsthafte Einwände dagegen haben würde, daß mich ein anderer Mann fickte, auch wenn es nur in der Phantasie geschah. Eines Nachts aber, als er mich selbst zu ficken versuchte, sagte er plötzlich, es habe keinen Zweck, ich sei viel zu groß für ihn geworden, er könne das, was er habe, in mich reinstecken, ohne daß ich es merke, und ich brauche jetzt einen Mann, der mir einen dickeren Penis geben könne.

Ich staunte selber über meine Reaktion darauf, und das schien er zu spüren, denn er begann darüber zu sprechen, und wir hatten einen herrlichen Fick. Ich gestand ihm, daß ich mir oft andere Männer auf mir vorgestellt hatte, und sagte ihm sogar, welche Männer ich dabei im Sinn gehabt hatte. Er wurde sehr erregt durch meine Phantasien und fing an, sämtliche Bekannten aufzuzählen und sich bei der Nennung ihres Namens meine verschiedenen Reaktionen zu merken. Er wußte, daß ich für wenigstens zwei von ihnen eine Schwäche hatte – seinen Vetter und meinen ehemaligen Schwager –, und wir beide erreichten gemeinsam einen phantastischen Höhepunkt, indem wir uns vorstellten, daß sein Vetter mich fickte. Er verlangte sogar, daß ich ihn beim Namen seines Vetters nannte.

Nach diesem Erlebnis praktizierten wir das natürlich immer häufiger, und nach ungefähr zwei Wochen, während derer ich mehr gefickt worden war denn je zuvor, lagen wir eines Sonntagnachmittags im Bett, ungefähr eine Woche, bevor wir mit seinem Vetter und dessen Frau zusammen in Urlaub fahren wollten. An diesem Nachmittag traf mein Mann im Gegensatz zu sonst keine Vorsichtsmaßnahmen; er wollte ihn nackt reinstecken, und als er ihn drin hatte, erklärte er mir auch, warum: Wenn wir diesmal auf Urlaub führen, sagte er, wünsche er, daß es ein «Fickurlaub» würde, denn er habe ja jetzt entdeckt, um wieviel schöner alles sei, und er wolle, daß ich mich, falls sich die Gelegenheit dazu ergäbe, von seinem Vetter ficken lasse. Und er meinte, wenn er seinen Schwanz nackt in mich reinstecke, könnte ich, sollte ich seinen Vorschlag befolgen und mich auch von seinem Vetter ficken lassen, und wenn ich dann schwanger sei, später mit Fug und Recht behaupten, das Baby sei von meinem Mann. Er verlangte von mir, daß ich mich damit einverstanden erklärte und mich auch seinem Vetter öffne, damit ich herausfinden könne, was ein anderer Mann mir bieten könne. Da wir weit von zu Hause entfernt seien, meinte er, würde niemand etwas erfahren, und wenn es mir gefiele, hätte ich ausreichend Gelegenheit, mich ausgiebig daran zu erfreuen, und zwar so oft, wie ich es nur wolle.

Inzwischen war ich natürlich so erregt, als ich ihn mit beiden Beinen um die Taille packte und zum erstenmal seit Jahren spürte, wie er direkt in mich hineinkam, als ich ihm versprach, seinen Vorschlag zu befolgen. Während der Woche vor unserem Urlaub nahm er mich jede Nacht mehrere Male, und da ich jedesmal seinen Samen aufnahm, konnte er, falls ich schwanger wurde, nicht behaupten, es sei nicht seins.

Er sorgte dafür, daß ich schön glattrasiert war, als wir in unseren Urlaub fuhren, und jetzt begann ich mich wirklich genauso zu fühlen, wie mein Mann sich fühlte; ich war viel eifriger bereit, noch kürzere Röcke ohne Höschen darunter zu tragen, und fand es auch überhaupt nicht schwierig, sobald wir nach Italien kamen. Wie experimentierten, um festzustellen, wie ich mich zeigen konnte, ohne allzusehr aufzufallen, obwohl ich tief im Innern wußte, daß sein Vetter nicht viel Aufmunterung brauchte. Wir stellten fest, daß es recht leicht für mich war, das zu zeigen, was ich hatte – immer in dem Gedanken daran, daß mein Fötzchen absolut kahl war und daß mein Schlitz deutlich zu sehen sein würde –, und sobald ich feststellte, daß sein Vetter mir mehr Interesse entgegenbrachte und sich mehr Freiheiten mit mir herausnahm als sonst, dauerte es nicht lange, und wir konnten uns heimlich in unser Zimmer zurückziehen, und ich konnte herausfinden, wie ein anderer Mann gebaut war.

Dieses Erlebnis war einfach himmlisch, und weit besser und einfacher, als ich es mir vorgestellt hatte. Außerdem fand ich heraus, daß es Männer mit Schwänzen gibt, die eine Frau noch öffnen können, auch nachdem sie schon mehrere Kinder gehabt hat, und am liebsten hätte ich da stundenlang gelegen und zugesehen, wie ich geöffnet und wirklich gefickt wurde. Obwohl er wesentlich größer war als mein Mann, war es nicht nur, weil er mir diese ungeheure Befriedigung verschaffte, sondern es war die Variation und die andere Art, wie er es tat – meistens mit Kissen, durch die er mich hochlagerte, aber auch oft von hinten –, eine

Position, von der ich nicht gedacht hätte, daß sie mir gefallen könnte, die ich auch nicht oft mitgemacht hatte. Doch mit diesem Mann war alles ganz anders.

Die Geschichte ist, daß ich während dieses Urlaubs alle beiden Männer regelmäßig genoß, und zwar in einem solchen Ausmaß, daß ich während dieser beiden Wochen häufiger gefickt wurde als vorher in einem ganzen Jahr. Mein Mann genoß ebenfalls jeden Augenblick, und für mich war es vor allem erstaunlich, daß er, auch wenn er es überhaupt vorgeschlagen hatte, so gern darüber sprach – darüber, daß ich mit seinem Vetter geschlafen hatte, und die Tatsache, daß ein anderer Schwanz zwischen meinen Lippen gesteckt hatte, würzte die Sache noch, und ich mußte ihm versprechen, unser Experiment weiterzuführen. Der ehemalige Mann meiner Schwester wurde jetzt aufs Tapet gebracht, und ich mußte meinem Mann versprechen, daß ich mit ihm schlafen würde, falls er nach unserer Heimkehr daran Interesse zeigte. Seit er sich von meiner Schwester getrennt hatte, lebte er allein in seinem Haus, und mein Mann schlug vor, wir sollten ihn bitten, zu uns zu ziehen und bei uns zu wohnen.

Nachdem wir aus Italien zurück waren, luden wir ihn also ein, und er wurde in einem Schlafzimmer untergebracht, das ein Durchgangszimmer zu unserem war; mein Mann meinte, wenn alles klappte, würde er zeitig zu Bett gehen, dann könne ich auf dem Weg zu unserem eigenen Zimmer mit meinem Schwager schlafen. Mein Mann könne dann in mich eindringen, unmittelbar, nachdem mein Schwager mich genommen hatte.

Es kam genauso, wie wir es uns vorgestellt hatten, dabei erfuhr ich jedoch, warum sich mein Schwager wirklich von meiner Schwester getrennt hatte. Er war so groß, daß die meisten Frauen vor ihm zurückschreckten, vor allem, wenn sie keine Kinder hatten, was bei meiner Schwester der Fall war, aber mir bereitete es die größte Befriedigung, daß ich etwas Schwierigkeiten hatte, ihn aufzunehmen, und gedehnt wurde, nachdem ich jahrelang gehört hatte, ich sei zu groß. Als ich anschließend mit meinem Mann schlief, merkte er sofort, was ich in mir gehabt hatte, und dadurch genoß er es um so mehr, nur ein oder zwei Minuten später seinen eigenen Schwanz dort hineinzustecken, wo gerade ein größerer Schwanz gewesen war.

Es ist mir klar, daß dieser Brief vielleicht nicht genau das ist, was Ihnen vorschwebt, da er hauptsächlich ein Bericht über das ist, was wir *nach* den Phantasien getan haben, und nicht, was wir getan haben, während wir sie hatten, aber ich hoffe, daß Sie trotzdem einige Informationen daraus ziehen können. Betonen möchte ich, daß sowohl mein Mann als auch ich selbst davon profitiert haben. Er, weil er jetzt ein viel besserer Liebhaber ist als zuvor, und ich empfinde, offen gestanden, weder Bedauern noch Scham deswegen. (Brief)

Doris

Diesen Brief schreibt mein Verlobter, während ich spreche. Das dürfte Ihnen eine Ahnung davon vermitteln, wie offen wir miteinander sind. Ich bin neunzehn, und wir werden bald heiraten.
Während des Geschlechtsverkehrs und des Masturbierens phantasiere ich immer nur von ihm; er ist in allen Phantasien anwesend. Nur während des Vorspiels denke ich manchmal an einen anderen Mann, vor allem an einen Mann, mit dem ich zusammen arbeite. Ich stelle mir verschiedene Situationen vor, in denen ich mit ihm gewesen bin, aber diese Gedanken enden, wenn ich Geschlechtsverkehr habe, wahrscheinlich, weil ich niemals Geschlechtsverkehr mit ihm gemacht habe.
Selbst wenn ich an eine andere Frau denke, ist mein Verlobter in meinen Phantasien zugegen. Er sieht gewöhnlich zu, wenn die Frau mich leckt oder ich sie. In der Wirklichkeit würde uns beiden das sehr viel Vergnügen machen. Tatsächlich glaube ich, daß alles, was ich mir sexuell ausdenke, ihn hochbringt. Beim Sex reden wir nicht sehr viel, aber ich mag es, wenn er mir am Anfang sagt, daß er mich «ficken» wird. Solche Wörter haben eine große Wirkung.
Als ich ungefähr elf Jahre alt war, gab es einen ziemlich gutaussehenden jungen Mann von ungefähr zwanzig Jahren nebenan. Manchmal besuchte ihn am Wochende seine Freundin und übernachtete bei ihm. Am Abend konnte ich ihn dann in seinem Schlafzimmer mit ihr hören; die Wände zwischen unseren Häusern waren nicht sehr dick. Man brauchte nicht viel Phantasie, um sich vorzustellen, was sie trieben, nicht einmal als Elfjährige. Meine Phantasie war ziemlich simpel. Ich stellte mir einfach vor, daß er das, was er tat – was immer das sein mochte –, nicht mit ihr, sondern mit mir machte. Stundenlang lag ich da, lauschte an der Wand und wünschte mir, ich wäre an ihrer Stelle. Niemals schlief ich ein, bis nebenan alles ruhig war. Bis heute habe ich diese Liebesgeräusche nicht vergessen.
Die einzige Phantasie, die ich in die Praxis umgesetzt habe, ist die, welche von meinen exhibitionistischen Neigungen handelt. Von meinem Verlobten ermuntert, lasse ich oft das Höschen weg, wenn ich schwarze Strümpfe und einen Strumpfhaltergürtel trage. Bei meinen Miniröcken ist es nicht weiter schwierig, mich an öffentlichen Plätzen zu zeigen. Spä-

ter erzähle ich dann meinem Verlobten alles sehr ausführlich. Nicht im Traum würde ich daran denken, ihn aus meinen Phantasien zu verbannen; wenn er dabei ist, oder wenn ich ihm davon erzähle, wird alles für uns viel erregender. Selbst wenn ich mich in meine liebsten lesbischen Phantasien stürze, habe ich ihn gern dabei, wie er zusieht oder in der Wirklichkeit mit mir darüber redet. (Brief)

Jana

Mein Mann und ich reden beim Sex, vor allem, wenn er mich betastet. Am besten aber ist es, wenn wir uns beide vorstellen, daß wir eine Ausstellung veranstalten, mit allem, was mit Sex zu tun hat. Gewöhnlich ziehe ich mich aus, während mein Mann auf dem Bett liegt und mich in allen Einzelheiten beschreibt. Zuletzt streichele ich meine Titten und masturbiere. Wenn er sich auszieht, spreize ich seine Beine und nehme seinen Penis in den Mund. Wir machen oralen Sex, dann reiben wir uns gegenseitig mit Öl ein und machen es in verschiedenen Positionen. Am schönsten ist es von rückwärts vor dem Spiegel. Dann können wir sehen, wie unser imaginäres Publikum uns sieht, und ich kann ihn in mir sehen und dabei mit meiner Klitoris spielen, die inzwischen richtig schön erigiert ist. (Brief)

Esther

Ich bin fünfzig Jahre alt, und mein Mann ist vierundfünfzig. Wir haben zwei Kinder, beide verheiratet. Wir haben beide studiert, und mein Mann hat ein überdurchschnittliches Einkommen, daher können wir ausgedehnte Reisen unternehmen. Seit ich ungefähr achtundzwanzig war, erfreuen wir uns eines sehr aktiven und abwechslungsreichen Sexuallebens. Mein Mann (ich werde den Namen Gert verwenden) billigt alle meine sexuellen Aktivitäten, entweder indem er teilnimmt, hilft oder einfach zusieht. Nichts, was ich ihm erzähle, könnte ihn jemals eifersüchtig oder ärgerlich machen, solange es mein sexuelles Gefühl steigert. Er besteht darauf, daß ich die Tatsache erwähne, daß mein Körper fest und schlank ist, mit ungefähr demselben Gewicht und denselben Maßen wie mit dreißig. Wir sind beide der Überzeugung, daß viel Sex die beste Übung für eine gute Figur ist, die eine Frau haben kann.
Beim Koitus phantasiere ich nicht oft, aber wir reden viel, geben Anweisungen, beschreiben einander, was wir fühlen, usw.

Beim Masturbieren phantasiere ich ständig. Je nachdem, wie ich es mache, beschwöre ich jeweils viele unterschiedliche Bilder herauf. Das häufigste ist die Vorstellung, daß mich mein Boxer besteigt (was tatsächlich ungefähr jeden zweiten Tag geschieht). Manchmal denke ich an Sex mit zwei Männern. Dabei wechsele ich den Dildo zwischen meiner Vagina und meinem Mund hin und her, stelle mir vor, daß ich von dem einen gefickt werde und den anderen lecke. Zuweilen habe ich diese Phantasie schon auf drei Männer ausgedehnt und einen kleinen Dildo in meinen Anus gesteckt. Weniger komplizierte Phantasien schließen meinen Bruder, meinen Schwager, einen Onkel und zahlreiche attraktive Männer aus unserem Bekanntenkreis ein.

Wenn Gert oder der Boxer bei mir Cunnilingus machen, lege ich mich oft einfach mit geschlossenen Augen zurück und stelle mir alle möglichen oralen Situationen vor. Die sind häufig lesbischer Natur und drehen sich meist um eine schöne Freundin von mir, mit der ich im Alter zwischen fünfzehn und siebzehn sehr häufig geschlafen habe. Leider wurde unsere Familie versetzt und unsere Beziehung daher abgebrochen. Ich hatte auch mit anderen Mädchen Sex, aber keine war so hübsch und geschickt wie meine erste Freundin. Ich habe Gert erklärt, wenn sich unsere Wege wieder kreuzen sollten, würde ich, falls sie das will, wieder mit ihr ins Bett gehen.

Ich habe sehr früh zu phantasieren begonnen; mit acht Jahren, glaube ich. Damals zeigte mir mein Onkel, zu jener Zeit etwa vierzehn Jahre, seinen erigierten Penis, und zeigte mir auch, wohinein er gehörte. Er demonstrierte mir das mit seinem Finger, was ich sehr genoß, und rieb die Spitze seines Penis an meinem kleinen Loch. Wir haben häufig ähnliche Sexspiele getrieben, und ich begann regelmäßig zu masturbieren. Das war jedesmal von dem Gedanken begleitet, daß er mich mit seinem Finger bumste oder daß sein Penis meine inneren Lippen und die Klitoris streichelte. Als ich dreizehn war, begann ich mit meinem Bruder zu schlafen und fuhr damit in unregelmäßigen Abständen fort, bis ich ungefähr sechzehn war.

Ich stelle mir gern vor, daß ich ausgestellt werde. Ich habe für Gert so häufig Vorführungen gemacht, daß ich an ein Publikum, wenn auch aus einem einzigen Mann bestehend, gewöhnt bin. Auf unseren Reisen hatten wir mehrmals Gelegenheit, Sexvorführungen zu sehen, und seltsamerweise identifiziere ich mich immer mit den Mädchen und stelle mir vor, wie und in welchem Ausmaß ich ihre Vorführungen verbessern könnte. Ich bin überzeugt, daß ich eine starke Neigung zum Exhibitionismus habe. Ich posiere gern für Fotos; je sexier, desto besser. In geringem Ausmaß (und mit Gerts Billigung) habe ich den Exhibitionismus auch ausgeübt. Ich habe zum Beispiel viele Jahre lang kein Höschen getragen, höchstens dann, wenn man von mir erwartete, daß ich es ausziehe (ehrlich); beim Arzt oder bei der Schneiderin. Ich habe zahlreichen fremden Männern einen unerwarteten Blick auf meine Pussy gegönnt, während Gert und ich ihre überraschten und erfreuten Reaktionen beobachteten. Gewöhnlich geschieht das bei Autofahrten. Ich habe meine Labia dann mit Lippenstift bemalt, damit sie vor dem Hintergrund meiner dunkelbraunen Haare auch deutlich sichtbar sind. Da sie sehr feucht und geschwollen sind, kann man sie eindeutig erkennen. Bei diesen Autofahrten haben wir immer einen Dildo dabei, und natürlich unseren Boxer. Ich habe mich unterwegs häufig von ihm bumsen lassen, zweifellos zur größten Überraschung einiger Lastwagenfahrer, die sich sicher gefragt haben, was ein großer Hund mit den Pfoten auf der Rücklehne des Vordersitzes zu tun hatte.

Unsere Phantasien laut zu schildern, mindert natürlich die Neuheit einer bestimmten Situation bis zu einem gewissen Grade. Trotzdem haben wir, wenn überhaupt, nur wenige unserer besten Phantasien ausgelebt, und dennoch sind sie wirksame Sexstimulatoren geblieben. Die wirksamste – meine Lieblingsphantasie – und eine, die den Test bestanden hat, dreht sich um Sodomie. Sie begann vor ungefähr zwanzig Jahren und wurde etwa drei Jahre später verwirklicht. Unser gegenwärtiger Hund ist der dritte und müßte noch fünf oder sechs Jahre zu gebrauchen sein. Die beiden ersten waren deutsche Schäferhunde, und wir haben sie alle trainiert. Bis die Kinder aus dem Haus waren, war Hundebumsen allerdings nur bei seltenen Gelegenheiten möglich, obwohl ich häufig Cunnilingus hatte. Ich befriedigte die Hunde durch Masturbieren, und wenn Gert dabei war und aufpaßte, daß ich nicht überrascht wurde, machte ich auch Fellatio mit ihnen. Ich weiß, das klingt schrecklich, aber es ist wirklich überaus angenehm, vor allem, da ich jene Gegend stets mit einem milden, alkoholischen Desinfektionsmittel wasche, das man in der Drogerie bekommt. Vorsichtsmaßnahmen sind jetzt nicht mehr notwendig, aber ich finde es immer noch schön, ihn gelegentlich gründlich zu lecken.

Ich hoffe nun, daß meine Schilderungen keinen Anstoß erregen. Bitte verwenden Sie sie, wie Sie wollen, falls sie überhaupt von Wert sind. (Brief)

Ingeborg

Ich bin siebenundvierzig Jahre alt und mit meinem jetzigen Mann erst zweieinhalb Jahre verheiratet. Vorher war ich vierundzwanzig Jahre verheiratet; er war gewalttätig, und der Sex mit ihm war widerlich. Mein jetziger Mann dagegen ist ein sehr guter und freundlicher Liebhaber; er hat mich gelehrt, daß Sex etwas sehr Schönes ist, das man genießen kann. Mit ihm über unsere Phantasien zu sprechen, macht sie, wie ich finde, noch aufregender, wenn sie wieder einmal kommen.
Was ich mir beim Sex mit meinem Mann immer am liebsten vorstelle, ist, daß ich es mit jemandem mache, der nicht zu mir gehört. Dieser «andere» ist nicht eine bestimmte Person und auch nicht immer ein Mann. Weit davon entfernt, eifersüchtig oder ärgerlich zu sein, bittet mein Liebhaber mich, mit ihm zu reden und ihm in allen Einzelheiten zu schildern, was in meinen Gedanken vorgeht, und das macht unsere Liebe fabelhaft.
Eine meiner Lieblingsvorstellungen beim Phantasieren ist es, daß jemand mich beobachtet, und diese Phantasie wird so real, daß sie meinen Höhepunkt steigert. Lesbische Phantasien habe ich auch, die sind aber nicht so großartig, da ich eine Frau für Männer bin, aber manchmal frage ich mich doch, wie ich reagieren würde, wenn ich sähe, wie eine andere Frau ihre Brüste und ihre Fotze betastet, mit sich spielt. Ich würde es nicht machen wollen, ich möchte sie nur beobachten.
Wir phantasieren oft zusammen, spielen ein bißchen Theater, als hätten wir uns gerade kennengelernt und als hätte er noch niemals zuvor eine Frau gehabt. Ich verführe ihn, bringe ihm bei, was er machen muß. Oder wir tauschen die Rollen, und er wird mein Lehrer. Es ist immer sehr schön. (Brief)

Mara

Ich habe eine meiner Phantasien in die Wirklichkeit umgesetzt: Sex mit einem Farbigen zu haben. Wenn ich das meinem Mann beschreibe, bringt es ihn wirklich hoch. Und wenn ich noch die Vorstellung hinzufüge, es öffentlich zu treiben, bin ich so erregt, daß ich sogar den Ausdruck auf den Gesichtern der Zuschauer sehen kann.
Wenn mein Mann und ich über diese Dinge sprechen, ist es leichter zu erklären, was wir wirklich denken und fühlen, aber die meisten Menschen, vor allem Frauen, wollen natürlich nicht über Tabuthemen sprechen. Wenn man dieses Thema anschneidet, würden sie einen für sexbe-

sessen halten, dabei ist es wirklich das interessanteste Thema, das es gibt, und wenn man darüber spricht, und nur dann, findet man heraus, was die Menschen voneinander unterscheidet. (Brief)

Sissy

Ich glaube, meine Phantasien begannen, als ich ganz jung war, aber an das erste, was mich wirklich in Gang brachte, erinnere ich mich deutlich. Ich finde den Gedanken daran immer noch aufregend. Ich war ungefähr zwölf und wußte, glaube ich, ebenso viel oder wenig über den Sex wie andere Mädchen. Eines Tages war ich mit zwei anderen Mädchen und mehreren fünfzehn- oder sechzehnjährigen Jungen im Park. Sie zwangen einen kleineren Jungen, sich vor uns zu entblößen. Das faszinierte uns drei Mädchen eindeutig, und wie Sie sich denken können, war bald ein intensives Petting zwischen uns und den älteren Jungen in Gang gekommen. Es mag seltsam klingen, aber ich kann mich nicht erinnern, ob einer dieser Jungen tatsächlich in mich eindrang oder nicht. Aber die ganze Zeit – und auch heute noch – erinnere ich mich an den Anblick der kleinen roten Spitze, die aus der Vorhaut kam, und ich weiß noch, daß ich mich fragte, was das für ein kleines rotes Ding war, das da auf mich zukam.
Der Anblick dieser ersten Entblößung brachte mir den Beginn der Phantasien und des Sex. Ich bin fünfundfünfzig Jahre alt und habe bis vor kurzem meine Phantasien, mich zu entblößen, für mich behalten. In meinen Phantasien bin ich es, die ihre glattrasierte Fotze vor jüngeren Männern, ja sogar Jungen entblößt, damit sie sehen können, wie die Fotze einer richtigen Frau aussieht. Ich habe mich immer gefragt, wie groß wohl andere Männer sein mochten, weil sich mein Mann nach unserem dritten Kind in mir wie ein Finger anfühlte. Damals begann ich, mir die Männer richtig anzusehen und meinen Mann zu drängen, er solle mir doch erzählen, wie andere Männer seien. Ich konnte es nicht glauben, daß manche Männer wirklich so groß sein sollten, wie er sie beschrieb, und in meinen Phantasien stellte ich mir vor, wie sie mich, gereizt von meiner rasierten Fotze, bestiegen. Ich dachte an einen anomal großen Mann, mit einem so riesigen Schwanz, daß ich sehr lange brauchte, um ihn aufzunehmen. In meiner Phantasie sah ich, wie mein nackter Schlitz immer mehr gedehnt wurde, während sein überdimensionaler Penis bis hinten hin in mich eindrang. (Ich habe mir sogar vorgestellt, zwei Männer auf einmal zu haben, da ich weiß, daß so etwas möglich ist.) Und da mein Schlitz, vollkommen von Haaren befreit, ganz zu se-

hen ist, kann der Mann in meiner Phantasie auch mich beobachten, die Bewegung, die Reaktion meiner Fotze. Ich sehe, wie er zustößt, mich dehnt und sich dann wieder aus mir zurückzieht, damit wir gemeinsam die glänzende, rote Spitze inspizieren können, von der die Haut so weit zurückgezogen ist, wie es der Mann ohne allzu große Schmerzen aushalten kann, was wiederum die Spitze dicker macht, so dick, wie es überhaupt nur geht, bevor er sie wieder hineinschiebt.

Als mein Mann meine Reaktion auf seine Erzählungen von größeren Männern wahrnahm, begann er schließlich zu argwöhnen, daß ich phantasierte. Zuerst wollte ich es nicht zugeben. Ich wollte während des Verkehrs nicht mit ihm reden; ich wollte bei meinen Phantasien bleiben. Außerdem dachte ich, er würde vielleicht gekränkt sein. Bald aber wurde mir klar, wie erregt er wurde, wenn ich meine Phantasien mit ihm teilte, ihm sogar erzählte, daß ich mich in meiner Vorstellung vor anderen Männern entblößte. Er drängte mich, ihm mehr zu erzählen, und unser Verkehr bekam plötzlich eine ganz neue, aufregende Note. Er ermunterte mich, an andere Männer zu denken. Mein Mann ist eifersüchtig, dieser «Beinahe-Versuch», anderen Männern seine Frau vorzuführen, und sei es auch nur in der Phantasie, bringt ihn so richtig hoch.

Schließlich jedoch entwickelte sich dies bis zu einem Punkt, da er mich tatsächlich ermunterte, andere Männer zu nehmen. Zuweilen sind wir auch so erregt, daß wir gemeinsam von Inzest phantasieren, was zu einem Phantasie-Höhepunkt führt.

Wenn mein Mann beim Sex mit mir redet – jetzt, da er weiß, daß ich andere Männer habe, und zwar mit seiner Zustimmung –, stellt er mir alle möglichen Fragen über die anderen Schwänze, die ich habe, und das versetzt ihn in starke Erregung, denn obwohl er sehr genau weiß, daß er mich nicht ficken kann wie sie, macht es ihm doch großen Spaß, es wenigstens zu versuchen. Jetzt ermuntert er mich sogar zu einer wirklichen Entblößung vor anderen Männern; ja, er liebt es, mich zu rasieren. Diese Entblößungen haben später eine großartige Wirkung auf unseren Sex, denn wir phantasieren zusammen, reden hin und her, darüber, wie es wohl wäre, wenn ich den Mann, vor dem ich mich in seinem Beisein entblößt hatte (was natürlich nur bedeutet, daß ich meine Beine ein bißchen spreize, wenn ich einem Mann im Zimmer gegenüber sitze), wenn ich diesen Mann tatsächlich genommen hätte. Bei anderen Gelegenheiten nehme ich auch wirklich andere Männer ... und erzähle dann meinem Mann davon. Jetzt erklärt mir mein Mann sogar, daß ich durch den regelmäßigen Verkehr mit anderen Männern – und anschließend den Bericht darüber an ihn – im Bett sehr viel besser geworden, weit entspannter und in der Lage bin, ihm das Allerbeste zu geben. (Brief)

Adeles Mann

Ich habe Ihren Artikel immer wieder gelesen, und da ich festgestellt habe, daß Ihre Recherchen seriös sind, habe ich mich entschlossen, Ihnen zu schreiben.
Ich bin ein heterosexueller Mann, allerdings Witwer, aber ich glaube, es würde Sie interessieren, von den sexuellen Phantasien meiner lieben, verstorbenen Frau zu erfahren, die leider vor fünf langen Jahren entschlafen ist.
Wir hatten gegen Ende des letzten Krieges geheiratet, und als ich vom Militär entlassen wurde, war ich dreiundzwanzig Jahre alt, während sie einundzwanzig war. Unser Eheleben war von Anfang an wunderbar, sexuell und in jeder anderen Hinsicht.
Nun zu den Dingen, für die Sie sich interessieren. Wir hatten uns auf ihren Wunsch hin einen Film mit Alan Ladd angesehen, weil sie immer wieder sagte, wie sehr sie ihn möge. Wie sehr, das war mir damals noch nicht klar. Der Film lief erst höchstens zehn Minuten, da küßte sie mich bereits leidenschaftlich, und ich schob natürlich meine Hand in ihre Bluse, öffnete ihren BH und fand, daß ihre Brüste hart und ihre Brustwarzen steif waren. Also schob ich ihr meine andere Hand natürlich unter den Rock, nachdem ich meinen Regenmantel über unsere Knie gebreitet hatte. Sie trug Seidenhöschen ohne Zuggummi – sehr praktisch –, also schob ich meine Hand hinein und stellte fest, daß sie klatschnaß war. Sie war bereits gekommen, und sobald ich ihre Klitoris berührte, kam sie abermals. Schließlich hatte ich zwei Finger in ihr, und sie wurde wild. Den Film sah ich kaum, denn sie holte meinen Schwanz heraus und molk mich langsam ab.
Als wir zu Hause waren, fragte ich sie, ob Alan Ladd immer diese Wirkung auf sie ausübe, und sie bejahte die Frage und sagte, sie phantasiere oft über ihn, wenn wir miteinander schliefen. Aber, sagte sie, es sei nicht dasselbe, wie ihn in einem Film zu sehen, denn ich sei nicht grob genug mit ihr. Sie fand sogar, ich sei zu freundlich zu ihr, also warf ich sie auf der Stelle aufs Sofa, riß ihr die Kleider herunter, zog mich aus, machte das Licht aus und sagte ihr, sie solle mich Alan nennen und mit mir tun, was sie wollte, oder mir beschreiben, was Alan nach ihrem Wunsch mit ihr machen sollte. Es war phantastisch! Sie sagte mir, sie habe sich immer gewünscht, daß er sie fickte, während er auf seinem Pferd saß und sie umgekehrt rittlings vor ihm saß. Also taten wir, als wäre es so, ich saß auf dem Sofa, während sie auf mir Jockey spielte. Leider dauerte es dieses erste Mal nicht sehr lange, wie Sie sich wohl vorstellen können. Jetzt erst ist mir klar, wie absolut hemmungslos wir für ein so junges

Paar waren, denn die ganze Zeit rief sie mir zu: «Fick mich fester, Alan – was für einen herrlichen großen Schwanz du hast!» Und so weiter, und so fort; kein Wunder, daß ich so schnell kam. Sobald ich gekommen war, kniete sie sich vor mich hin und sagte: «Ich habe dich immer lecken wollen, Alan, und das werde ich jetzt tun.» Und mein Gott, wie sie es tat! Wir gingen ins Bett; sie war unersättlich. Sie war so fabelhaft, daß ich mir am nächsten Tag einen Offizierstrenchcoat kaufte und dazu einen weichen Filzhut, wie er sie immer trug. Beides trug ich auf dem Weg vom Büro nach Hause, und als ich das Haus betrat, brach sie in Tränen aus. Anscheinend hatte sie gefürchtet, ich könne ihr Verhalten mißbilligen und bereuen, was in der Nacht zuvor geschehen war. Ich darf sagen, daß ich ein Mann bin, der niemals Einwände gegen die Phantasien meiner Frau – meiner verstorbenen Frau, müßte ich sagen – über Alan Ladd gehabt hat. Ja, ich glaube, ich habe mehr von seinen Filmen gesehen als irgendein anderer Mann auf der Welt.

Das war jedoch nicht das Ende. Als Sean Connery in den Filmen nach den Büchern von Ian Fleming sein Debüt als James Bond gab, stellte sie fest, daß er sie «antörnte», wie es im modernen Jargon heißt, und schon ging es wieder los. Als wir älter wurden, hatten wir natürlich unsere Methoden verfeinert, denn es hätte albern gewirkt, wenn wir im Kino geknutscht hätten. Sobald wir aber das Kino verlassen hatten und ich den Wagen heimwärts steuerte, öffnete sie meine Hose und leckte mich, während ich mit einer Hand fuhr und sie mit der anderen zum Orgasmus brachte. Dies ist natürlich gegen die Verkehrsregeln, aber da ich immer Autos mit Automatik fahre, war weder eine Handbremse noch eine Gangschaltung im Weg.

Ich hoffe, Sie haben nichts dagegen, daß ich Ihnen schreibe, ich glaube, Sie werden überrascht sein, daß es Männer gibt, die ihre Frauen ermuntern, beim Verkehr zu phantasieren. Mein Leben ist dadurch wahrhaftig reicher geworden. Und diese letzten fünf Jahre waren unendlich einsam.

(Brief)

7. Kapitel
Gedankensplitter

Manche Frauen wollten mir nicht mehr über ihre Phantasien erzählen als ein oder zwei flüchtige Gedanken, die ihnen gerade einfielen.

... Ich stelle mir vor, ich stehe am Strand, und das Wasser läuft unter meinen Füßen ab. Das Gefühl des Schwindels und des Fliegens ist überwältigend. Ich werde ins Meer hinausgezogen. Es ist unbeschreiblich ...

... Ich werde von einer Harlem-Gang vergewaltigt oder vom Kumpel meines Freundes verführt, oder ich selbst verführe eine Jungfrau oder werde für einen Pornofilm aufgenommen oder im Bett von meinen Eltern oder von meinem jüngeren Bruder überrascht oder bin mit anderen Paaren im Bett (das letztere wirkt Wunder!) ...

... Ich stelle mir meinen Liebhaber als Wahnsinnigen vor ... oder seltsamerweise als Jungfrau ...

... Ich stelle mir vor, mein Liebhaber sei der Junge, den ich liebte und heiraten wollte, als ich sechzehn war und wir getrennt wurden ...

... das Bewußtsein, daß dieser Liebhaber mein Leben in der Hand hat, denn mein Arzt hat mich vor einer neuen Schwangerschaft gewarnt ...

... in meinen Phantasien bin ich immer voll bekleidet. Sicher hat das etwas mit Vergewaltigung zu tun, warum sollte ich sonst angezogen sein? Daß ich meine Kleider an habe, steigert den Zwang zur Geschwindigkeit; es gibt keine Zeit für Vorspiele, nicht einmal Zeit zum Nachdenken. Aber das ist die aufregendste sexuelle Vorstellung, die ich habe ... ich vollständig bekleidet und von einem Unbekannten fabelhaft vergewaltigt, der dann in der Nacht verschwindet, während ich herrlich befriedigt und, jawohl, bekleidet, zurückbleibe.

... meine Phantasien sind ziemlich typisch ... Wir laufen durch die Wiesen, lieben uns am Strand, geflüsterte Gespräche im Bett, er bittet mich, ihn zu heiraten ...

... Ich entdeckte die Existenz des Sex durch eine zufällige Begegnung mit sich paarenden Meerschweinchen und erfuhr dann die menschlichen Einzelheiten von einem drei peinliche Jahre jüngeren Mädchen. Sobald ich wußte, daß es das gab, versuchte ich alles, mir den Akt vorzustellen: ich stopfte mir Kleenex in die Vagina, saß stundenlang vor dem Fernseher und überlegte, ob es sich wohl wirklich *so* anfühlte. Ich stellte mir vor, daß mich irgendein stoppelköpfiger Junge nackt sähe (er hätte sich zweifellos von meinen praktisch nicht existierenden Brüsten abgestoßen gefühlt), und überlegte, was wohl dann käme. Ich versuchte mir das tatsächliche Eindringen des Penis vorzustellen – schmerzhaft? ekelhaft? herrlich? Ich konnte es mir nicht ausmalen. Als ich es versuchte, kam mir der Akt so intim vor, daß man es eigentlich nur mit jemandem tun konnte, den man wirklich ... mochte. Aber wenn man jemand wirklich mochte, wie konnte man dann so etwas Gräßliches tun? Es war ein Dilemma und hätte fast all meinen sexuellen Phantasien ein Ende gesetzt ... bis ich mich mit sechzehn verliebte ...

... Während ich mit meinem Mann schlafe, stelle ich mir vor, daß ich die Geliebte meines Mannes bin. Ich stelle mir vor, daß ich versuche, ihn von seiner prüden Ehefrau wegzulocken. Oder ich stelle mir vor, ich bin ein Callgirl oder eine Prostituierte. Nachdem ich einmal mit meinem Mann in einer Nacktbar gewesen war, stellte ich mir ungefähr eine Woche lang vor, ich sei eines der Mädchen, die wir gesehen hatten. Komisch, wenn wir tatsächlich miteinander schlafen, stelle ich mir nie vor, daß *er* ein anderer ist. Immer bin ich es, die eine andere ist ...

... Ich hatte Sexträume, als ich in die Pubertät kam; sie drehten sich alle um die Penetration. Es faszinierte mich, wie herrlich das in meinen Träumen zu sein schien, und ich glaubte, wenn ich tatsächlich eines Tages Sex hätte, würde ich auf der Stelle sterben und im siebten Himmel sein. Der Traum war so wirksam, daß ich ganz großartig masturbierte, was ich sehr gern tat und mir dabei vorstellte, daß richtiger Sex zwischen Mann und Frau sogar noch schöner sein müßte. Später hatte ich Schwierigkeiten mit Priestern, die behaupteten, zu masturbieren wäre «schmutzig» und eine «Todsünde». Eine Zeitlang tat ich es dann nicht mehr, und wenn ich es doch tat, hatte ich ein schlechtes Gewissen. Und schließlich tat ich es überhaupt nicht mehr ...

... Ich stelle mir vor, wie verschiedene Männer im Bett sind. Ich bin sehr glücklich verheiratet, deshalb würde ich nie mit ihnen ins Bett gehen, aber wenn ein Freund meines Mannes attraktiv ist, habe ich Phantasien darüber, wie wir beide miteinander schlafen. Wenn wir uns beim Cocktail usw. gegenübersitzen, stelle ich ihn mir nackt vor. Das geht so weit, daß ich tatsächlich in Erregung gerate ...

... Ich hatte gerade mit einem Liebhaber gebrochen und stellte mir in meinen Masturbationsphantasien vor, daß ich mit einer Frau schlafe, einer meiner besten Freundinnen und ein sehr attraktives junges Mädchen. In meinen Phantasien entdeckte mein Ex-Liebhaber uns und war zutiefst gekränkt ...

... Ich frage mich, wie es wohl sein würde, mit einem Dildo zu masturbieren, und wenn ich in Sexbüchern Fotos von diesen Apparaten im Gebrauch sehe, werde ich immer sehr erregt. Ausgesprochene Sexbücher (Sie wissen schon, mit farbigen Fotos von Männern und Frauen in allen möglichen Positionen) bringen mich wirklich hoch. Mein Mann und ich besitzen zwei davon, und manchmal sehen wir sie uns an. Wenn wir anschließend nicht miteinander schlafen würden, müßte ich masturbieren! Über perverse Sexualhandlungen, wie etwa mit einem Pferd, phantasiere ich jedoch nie. *Das* schaltet mich ab ...

... Die ersten sexuellen Tagträume hatte ich im Alter von vier Jahren. In dem Orchester, das im Club meines Großvaters am Samstagabend zum Tanz aufspielte, war ein dunkelhaariger, geheimnisvoll wirkender Mann. Er spielte Baß, und von Sonntag an träumte ich die ganze Woche hindurch, daß er eines Tages in der Abenddämmerung kommen und mich in seinem Baßkasten davontragen würde. Bis heute fühle ich mich zu dunkelhaarigen Musikern, vor allem Baßspielern, hingezogen und habe mich von Zeit zu Zeit immer wieder einmal von ihnen mitnehmen lassen (nicht im Baßkasten), nur um dann festzustellen, daß ihr Liebesakt, und sei er noch so wild, sich niemals mit meinen jetzt ziemlich erwachsenen Phantasien von dem messen kann, was ich mir wirklich wünsche ...

... Ich bin nicht für den so eindeutigen muskulösen und männlichen Typ. Meine Sexorgien finden mit intellektuellen, fast schüchternen Männern statt, von denen man annehmen würde, sie wüßten gar nicht, was man im Bett macht, aber ich stelle mir vor, daß sie unter der Oberfläche Experten sind. Und da ich die einzige bin, die von ihrer Geschicklichkeit weiß ...

... Ich bin mit Ketten gefesselt, werde geschlagen und gezwungen, gegen meinen Willen mit Männern zu schlafen. Das überrascht mich, denn ich habe noch nie einem Mann erlaubt, Hand an mich zu legen ... Und dennoch komme ich immer wieder auf diese Situation zurück ...

... Ich denke, wenn wir miteinander schlafen, nur daran, wie sehr ich ihn liebe. Doch manchmal spiele ich die Miezekatze und er den liebevollen Besitzer ...

... Ich habe erotische Träume gehabt, die mich zum Orgasmus brachten. Ich schlafe mit einem Schwarzen, einem geheimnisvollen Fremden, Jungen im Teenageralter, einmal, ehrlich gesagt, sogar mit einer Frau, und einmal war da ein Hengst, der wie ein Mann aussah, den ich kenne, der aber trotzdem ein Pferd war ...

... Beim Masturbieren stelle ich mir vor, daß ich von einem Mann vergewaltigt werde, der mich entführt hat, weil er meiner phantastischen Schönheit nicht widerstehen konnte ... Oder ich stelle mir vor, ich schlafe mit einem alten Freund, der wahnsinnig sexy war, mit dem ich aber nie ins Bett gegangen bin, weil ich damals zu jungfräulich war (mein Mann ist tatsächlich der einzige, mit dem ich jemals im Bett war!).

... Wie ich vermute, ist es eine Unterwerfungsphantasie. Mein Wille wird durch sexuelle Erregung ausgeschaltet. Der Mann, mein Partner, hat keine Identität, er ist entpersönlicht. Er wird nie zu einer wirklichen Person, etwa zu einem Filmstar oder meiner ersten Liebe. Er ist nicht sadistisch, aber er ist auch nicht liebevoll – eher wie eine kalte, gefühllose Maschine. Manchmal ist für mich das Erreichen des Orgasmus mit gewissen Bedingungen verbunden ... Ich darf keinen Laut von mir geben, oder mich nicht bewegen, oder so etwas ähnliches. Manchmal sind es zwei Männer ... oder noch mehr. Ich glaube, man könnte sagen, meine Phantasien bewegten sich irgendwo zwischen Vergewaltigung, Opfer und Prostituierter, ungefähr halb und halb. Ich habe mir nie vorgestellt, daß ich geschlagen oder mir irgendwie Schmerz zugefügt würde, und ich werde auch nie selber aktiv; es wird immer nur etwas mit mir gemacht. Der Mann ist ein unpersönlicher Manipulator. Für diese Phantasien gibt es keine bestimmte Umgebung, keine Requisiten oder so, keine ausgefallene Kleidung. Sexphantasien sind etwas relativ Neues für mich. Als ich jünger war, hatte ich nie welche. Auch jetzt habe ich keine Phantasien, es sei denn, ich kenne einen Mann gut, und die sexuelle Routine ist wie ein vertrauter, bequemer alter Schuh.

... Ich beschwöre diesen ultramaskulinen, groben, starken Kerl herauf, und in den Augenblicken des Höhepunktes wird er auf einmal sehr zärtlich, sehr sanft, genau der richtige Mann für mich. Es bringt mich hoch, wenn ich merke, wie absolut sich dieser Mann mir hingeben kann ...

... Ich bin Königin Elizabeth (die Erste), in einem Schloß mit Hannibal, Rhett Butler und Elke Sommer. Wir vier tun gemeinsam die verschiedensten schmutzigen Dinge. Es ist eine Serienphantasie; ich fange immer da an, wo ich aufgehört habe. In meinen Kindheitsphantasien folterte ich verschiedene andere Frauen; jetzt aber, wo ich erwachsen bin, habe ich diese Art von Phantasien nicht mehr ...

... Ich liege mit gespreizten Armen und Beinen auf einem riesigen Rouletterad, das an der Wand hängt. Während mein Partner in mich eindringt, dreht sich das Rad immer schneller ...

... Ich bin absolut passiv, es wird gegen meinen Willen etwas mit mir gemacht. Es handelt sich nicht eigentlich um Vergewaltigung, ich wehre mich nicht, ich genieße es gegen meinen Willen. Manchmal höre ich eine Stimme, wie in einem Rundfunksender, die beschreibt, was man mit mir macht und wie meine Reaktionen ausfallen ...

... Ich bin ohne Unterwäsche auf der Straße. Ich nähere mich zwei Männern, die zusammen spazierengehen, hebe meinen Rock und erbiete mich, alles zu tun ...

... Ich borge mir oft einige der lebhafteren Szenen aus der *Geschichte der O* aus, zum Beispiel, wo sie den ganzen Tag keine Unterwäsche trägt und ihrem Liebhaber ständig zur Verfügung steht, der von ihr verlangt, daß sie mit anderen Männern schläft, während er zusieht. Und Peitschenszenen, wie jene aus demselben Buch, wo sie in dem speziellen Schönheitssalon nackt auf dem Stuhl sitzt und verschiedene interessante Partien ihres Körpers für den Sex vorbereitet werden. Für Orgien stütze ich mich stark auf *Mein geheimes Leben* ...

... Ich bin nicht sehr phantasiebegabt. Ich stelle mir einfach Szenen vor, die zwischen mir und meinem Liebhaber tatsächlich stattgefunden haben und die ich besonders interessant fand ...

... Ich bin Stripperin, mache Vorführungen auf einer Bühne. Dann mische ich mich unters Publikum und habe mit verschiedenen Männern Sex ...

... Ja, ich schäme mich, zu gestehen, daß ich Phantasien über Liebe und Sex habe, seit ich in der Schule war. Mein Direktor ahnte nichts, aber häufig war ich in der romantischsten Umgebung seine Geliebte. Manchmal fürchte ich, daß ich nymphoman bin, aber nur in meiner Phantasiewelt. Mein Lieblings-«Trip» führt mich, während ich unsere Hauptstraße zu Hause entlangtrotte, in den Harem eines virilen Potentaten. Wenn ich aufwache, trage ich ... eine ganze Ladung Einkäufe.

... Die Männer in meinem Leben sind alle recht fade gewesen. Meine Phantasien handeln immer von einem sehr männlichen Mann, der weiß, wie man sich durchsetzt. In meinem Traum legt er mich übers Knie und versohlt mir den blanken Hintern. Dann lieben wir uns.

... Ich träume von einem bestimmten, kräftigen, muskulösen Mann, den ich jeden Tag an unserem Haus vorbeikommen sehe. Er hat einen großen schwarzen Bart und wunderbare Zwinkeraugen. Nun, träumen ist erlaubt, nicht wahr?

... Meine erotische Phantasie besteht darin, daß ich an einem glühheißen Tag splitternackt über eine Frühlingswiese wandere. Ein großer, «geiler» Bulle von einem Mann (ebenfalls splitternackt) packt mich und treibt, ohne ein einziges Wort zu sprechen, wilden, erotischen Sex mit mir. (Ich glaube, es ist besser, wenn Sie nur meine Anfangsbuchstaben verwenden.)

... Mein Phantasieliebhaber fährt mit mir auf einen Trip das Empire State Building hinauf. Er weiß von meiner Liebe zur Musik, von meiner Angst vor großen Höhen. Während wir himmelwärts sausen, nimmt er mich ruhig in die Arme, zuerst sehr liebevoll, dann besitzergreifender, bis er schließlich sehr fordernd wird. Wenn wir oben sind, lieben wir uns zur Begleitung von Musik vom Typ *Scheherazade*. Eine wilde, leidenschaftliche Angelegenheit, ein Konglomerat von Geräuschen und Empfindungen, allesamt wahnsinnig aufregend. (Es hat mir großen Spaß gemacht, dies aufzuschreiben!)

... Meine geheimen Phantasien handeln alle von Sex in der Luft oder auf See. Wenn ich in der Lotterie gewänne, würde ich ein Flugzeug und ein Boot mieten, nur um herauszufinden, welche Schaukelbewegung besser zum Sex paßt.

... Wie kommt es, daß ich, eine glücklich verheiratete Mutter von vier bezaubernden Kindern, mit einem fabelhaften Mann, wie kommt es, daß ich jedesmal in Trance falle, wenn ich Montag- und Mittwochvormittag unseren gutaussehenden Lieferanten den Weg heraufkommen sehe? Wenn ich ihm die Tür öffne, setzt fast mein Herz aus. Während ich darauf warte, daß er seine Waren absetzt, stehe ich da wie gebannt und überlege, wie es wohl wäre, mit diesem, ein Meter achtzig großen Trumm von Mann zu schlafen. Ich würde bestimmt sterben, wenn er wüßte, was ich denke, denn ich bin nur einsfünfundvierzig groß.

... In meiner Phantasie schwimme ich in einem Bassin voll Champagner, zusammen mit zwei gutaussehenden Männern, der eine blond, der andere dunkel. Ich klettere aus dem Bassin und lege mich auf den Tisch, während sie mich am ganzen Körper sanft, aber besitzergreifend massieren. Dann springen wir drei wieder hinein, und ich schlafe dort in dem Champagner zuerst mit dem einen und dann mit dem anderen, stürmisch mit dem dunklen, anschließend erschöpft mit dem blonden.

... Ich gehe zu meinem Arzt und finde dort, statt meinen gewohnten Doktor, einen hinreißenden Doktor Kildare-Typ vor. Er bittet mich, hinter einen Wandschirm zu treten und mich auszuziehen. Das tue ich, und wenn ich bis auf BH und Höschen ausgezogen bin, kommt er hinter den Wandschirm, begutachtet mich und macht mir ein Kompliment über meine Figur. Ich bin zunächst verlegen, fühle mich dann aber geschmeichelt. Er bittet mich, sämtliche Kleidungsstücke abzulegen. Ich gehorche. Während er mich mit dem Stethoskop abhorcht, sagt er noch einmal, wie sehr er mich bewundert. Dann sagt er, daß er gern mit mir schlafen würde, und ich willige freudig ein. Dann zieht er sich aus, und wir lieben uns auf seiner Couch. Hinterher ziehe ich mich an und gehe, als hätte ich nur einen ganz normalen Besuch beim Arzt gemacht. Mein Mann weiß natürlich nichts von meinen kleinen Tagträumen, und unsere Ehe ist sehr glücklich.

... Ich liege auf einem niedrigen, breiten Bett; ich trage eine lange, grellrote, durchsichtige, antike römische Toga, die zu meinem langen blonden Haar paßt. Bei mir sind zwei zahme Schlangen und eine Katze. Um mich herum sind acht hochgewachsene, schlanke, langhaarige Männer in kurzen, schneeweißen römischen Togas. Sie bedienen mich und unterhalten sich mit mir über erotische Themen. Währenddessen tanzen und singen acht andere sexy Männer in purpurnen oder roten ausgestellten Samthosen, schwarzen Gürteln und geblümten Hemden zu psychedelischer Stereomusik. Ich kann mir jederzeit einen von ihnen auswählen, um mit ihm zu schlafen. (Ich bin volljährig.)

... Hurra für diese herrlich schmutzigen Tagträume! Ich träume oft davon, wie bestimmte Männer wohl im Bett sind, und erst kürzlich ging fast mein kleiner Verstand mit mir durch, als diese bezaubernden Männer kamen, um ein neues Zentralheizungssystem zu installieren. Unser Haus mag in jener Woche zwar kalt gewesen sein, meine Gedanken aber heizten mir ziemlich ein.

... Als der Sex ein bißchen verbreiteter wurde, phantasierte ich eines Nachts, ich sei «Jane», die sich in einer Dschungelhütte lieben ließ. Ich schrie «Tarzan!» und riß an den Haaren meines Liebhabers. Die Phantasie endete kläglich, als ich eine von den letzten Haarsträhnen meines Mannes in der Hand hielt.

... Ich werde in einer riesigen, eingedellten Whiskyflasche geliebt, die von oben bis unten mit Tigerfellen verhängt ist. Mein Liebhaber ist wie ein Scharfrichter gekleidet, seine Augen glitzern hinter den Schlitzen der Maske, und wenn er mich nimmt, fallen die Tigerfelle herab, und da ist meine gesamte Familie, die mich schockiert, entsetzt und verdutzt anstarrt. Bitte nennen Sie nicht meinen Namen, sonst bekommt meine Familie tatsächlich einen Schock!

... Ich habe nur eine einzige romantische Phantasie über Männer, und die besteht darin, daß ich umwerfend angezogen mit meinen drei Kindern, die wie Fernseh-Paradekinder aussehen, ausgehe. Im Vorbeigehen sieht mich jeder Mann an, begehrt mich und denkt dabei, wie fabelhaft ich mich für eine Frau mit drei Kindern gehalten habe.

... Meine Phantasie findet immer an einem einsamen Strand statt. Ich mache einen Abendspaziergang, und dabei treffe ich meinen Herzallerliebsten. Diese Phantasie habe ich, seit ich ein Teenager war. Der Herzallerliebste wechselt natürlich von Zeit zu Zeit.

... Obwohl ich über sechzig bin, bin ich im Herzen immer noch eine Romantikerin und eine sehr glücklich verheiratete Frau. Ich muß gestehen, daß ich bei gesellschaftlichen Anlässen oder beim Warten auf den Bus oft attraktive Männer betrachte und mir überlege, wie sie auf einem gestohlenen Weekend wohl als Partner wären. Ich vermute, daß nicht alle virilen Typen die besten Liebhaber sind! Es ist eine aufregende Phantasie, und ich bin dankbar, daß niemand meine Gedanken lesen kann, vor allem nicht mein lieber Mann.

... Ich bin groß, elegant und intelligent. Ich bin immer auf einem Maskenball, wo ich mit jedem Mann schlafe, den ich begehre. Nie nehme ich meine Maske ab. In Wirklichkeit bin ich natürlich klein, dünn, nicht sehr intelligent und im mittleren Alter. Aber ich bin glücklich verheiratet.

... Wenn ich meine alltägliche Langeweile vertreiben will, wandern meine Gedanken immer in den Dschungel. Tarzan hält mich in seinem Baumhaus gefangen. Er ist wild und leidenschaftlich, liebt mich auf seine primitive Art. Aber wie sehr genieße ich jeden harten, besitzergreifenden Augenblick, so völlig anders als die zivilisierten Zärtlichkeiten. Ich kann schon nicht mehr zählen, wie oft Tarzan mich zu seinen animalischen Sexfreuden gezwungen hat, aber sie werden immer schöner.

... Ich bin die siebte Frau von Henry Tudor, er kommt jede Nacht zu mir ins Boudoir. Am Tag bin ich Altenglands Queen, bei Nacht ist es eine andere Szene. Es gibt Liebe, es gibt Leidenschaft und es gibt Lust, am Samstag ist eine Orgie ein Muß. Ich weiß, daß ich nicht in den Tower muß, denn durch meinen Sex habe ich große Macht. Von allen seinen sieben Frauen trage nur ich ihn in den siebenten Himmel.

... Ich bin geschieden und lebe allein, bin aber niemals einsam, obwohl ich nicht oft ausgehe. Mein «Phantasie»-Liebhaber ist Tag und Nacht bei mir, und ich finde *sie* sehr aufregend. Sie ist eine «männlich» wirkende Frau in Männerkleidern. Sie ist sehr lieb und führt mich jeden Samstag- und Sonntagabend aus. Sie arbeitet beim Ambulanzdienst als Fahrer. Wenn wir ins Bett gehen, ist sie sehr sanft und verständnisvoll und ein großartiger Liebhaber – viel besser als ein Mann. Ich würde sie niemals gegen einen Mann eintauschen. Jedesmal, wenn wir Sex haben, ist es aufregender als das letzte Mal, und wir lieben uns sehr oft (ungefähr zwölfmal pro Nacht – wenn ich in Hitze bin). Jeder Akt ist kurz, schnell aber befriedigend. Das ist natürlich nur eine Phantasie, ein Tagtraum, aber diese Frau existiert; allerdings nicht in *meinem* Leben (derjenige, der sie hat, kann sich glücklich schätzen). Ich habe sie nur im Vorübergehen gesehen. Ich trage ihre «Fackel» jetzt *seit nahezu sechs Jahren.*

... Da ist dieser riesige Tausendfüßler oder Krake oder eine Kreuzung von beiden, der mit dem Kopf voran in mich hineinkriecht, während meine Beine für ihn schon richtig schön gespreizt sind. Während er in mich hineinkriecht, fallen seine Tausende von pelzigen Beinen auf die Laken um mich herum. Er kitzelt und erregt mich, als er sich windet und krümmt und immer tiefer gelangt, und er wird naß von meinem Nektar, den er aufleckt, und der ihn kräftigt. Immer höher kommt er. Das alles dauert Stunden, weil er dreitausend Meter lang ist, aber ich genieße jeden einzelnen Zentimeter.
Am nächsten Morgen, erschöpft, aber glücklich, beginne ich mit dem Ritual, die Tausende von orangefarbenen, pelzigen Beine aufzusammeln, die um mich herum liegen, und sie in einem Korb in die Küche zu tragen. Dort werfe ich sie in meinen blauen Emaille-Marmeladenkochtopf, füge Zucker, Orangenschale, Zitrone, Muskat, Bananenschalen und, falls vorhanden, etwas Haschisch hinzu (nach Belieben). Wenn die Orangenmasse abkühlt, gieße ich sie in penisartige Formen (im nächsten Sexladen zu kaufen) und lasse sie abkühlen und fest werden. Falls gewünscht, kann man sie später lutschen, aber gewöhnlich verschenke ich meine an meine Freundinnen, denn die penisartige Form selbst verschafft mir ausreichend Befriedigung, und ich teile sie mit niemandem. Sie wären erstaunt, wenn Sie wüßten, wie viele Freundinnen hereinschauen, um mal zu lutschen.
Wie Sie sich sicher denken können, sind dies keine Gedanken, die ich beim Ficken habe. Sie sind nicht einmal Masturbationsphantasien, sondern einfach träge Tagträume, die ich nach dem Baden habe, wenn ich mich für eine Stunde oder so hinlege, halb schlafend, halb wachend, und darauf warte, daß es Zeit wird, sich anzuziehen und am Abend auszugehen.

... Alle drei bis vier Monate schneidet mir mein Mann das gesamte Schamhaar ab. Zuerst nimmt er eine Schere, dann einen kleinen Damenelektrorasierer. Ich habe es immer gern, wenn er bei dieser Arbeit nackt ist. Die ganze Zeit halte ich seinen Penis in der Hand und sorge mit behutsamen Bewegungen dafür, daß seine Erektion bestehen bleibt. Wenn ich weiß, daß er fast fertig ist, fühle ich in mir das steigende Bedürfnis, seinen Penis wie beim Gasgeben auf einem Motorrad zu drehen, um das Geräusch des Rasierers lauter zu machen. Dadurch gerate ich so in Erregung, daß ich beinahe zum Höhepunkt komme, darum gebe ich noch mehr Gas, um das Geräusch des Motorrads noch lauter zu machen, damit mein Mann nicht durch meine leidenschaftlichen Schreie überwältigt wird.

... Beim gemeinsamen Duschen haben wir gelegentlich Verkehr, wobei wir uns gegenüberstehen. Ich lehne mich gern zurück und sehe zu, wie er nur die Spitze seines Penis in mich hineinsteckt. Wenn dann das Wasser zwischen unseren Körpern herabströmt, stelle ich mir vor, daß ich fühlen kann, wie eine ungeheure Menge seines Samens aus der Dusche und auf meinen Bauch und meine Schamgegend fließt. Das steigert meine Gefühle so sehr, daß ich tatsächlich fühlen kann, wie er literweise Samen in mich hineinpumpt, und ich habe dann immer einen langen Orgasmus, auch wenn keine gemeinsame Bewegung zwischen unseren Körpern stattfindet. Ich erlebe diese Phantasie nur, wenn er ausschließlich die Spitze seines Penis in mich hineinsteckt. Ich muß hinunterblikken und einen Teil seines Penis zwischen unseren Körpern sehen können ... Wenn er zu weit drinnen ist und ich ihn nicht sehen kann, kann ich diese Phantasie nicht haben.

... Sex mit zwei Männern zu haben, die mich gleichzeitig lecken. Oder Sex zu haben, während der Fernseher an ist, fördert die Vorstellung, daß die Fernsehschauspieler zusehen. Oder vor einer Zuschauermenge zu masturbieren und sie alle zu erregen. Oder die Phantasie, in einem vollgestopften Bus in die Hose eines Mannes zu greifen und ihn zu masturbieren. Oder von einem starken, gutaussehenden Fremden vergewaltigt zu werden, während er ständig Obszönitäten von sich gibt: «Mein Schwanz steckt in deiner Fotze, und er glüht.» – «Ich möchte auf dich kommen, überall, in deine Augen, in deinen Arsch, usw.» Plus verschiedene «Fick mich»'s.